LA TERRE MAUDITE

JUAN FRANCISCO FERRÁNDIZ

LA TERRE MAUDITE

Roman

Traduit de l'espagnol par Marie Vila Casas

Robert
Laffont

Titre original : LA TIERRA MALDITA

ISBN : 978-2-221-22161-7
(édition originale : ISBN 978-84-253-5625-4, Penguin Random House Grupo Editorial, S. A. U., Barcelona)
Dépôt légal : avril 2020

Pour mon fils Marc, qui évolue dans mille et un univers ;
ensemble, nous abreuvons notre imagination
à une même source qui, je l'espère, jamais ne se tarira.
Merci pour les histoires héroïques et les aventures que tu me suggères.

« Le manque d'informations fait qu'on ne peut s'attaquer à certaines périodes de l'histoire qu'en acceptant d'avance d'adopter une position risquée, et en ayant la modestie de reconnaître qu'il se peut qu'on se trompe : si nous pouvions miraculeusement remonter mille ans en arrière, voir de nos propres yeux les hommes et les femmes dont nous parlons et observer les faits que nous commentons, la relation entre la réalité et l'imaginaire que nous avons recréé serait peut-être très mince, et nous aurions les plus grandes surprises. »

Ramon d'Abadal,
Els primers comtes catalans[1]

1. RBA La Magrana, Barcelone, 1958. Traduction de Marie Vila Casas.

Personnages historiques

PARMI LES DESCENDANTS DE CHARLEMAGNE (747-814)
Roi des Francs et empereur d'Occident.

PÉPIN (777-810), roi d'Italie.
LOUIS LE PIEUX (778-840), empereur d'Occident.

LOUIS LE PIEUX (778-840)
Empereur d'Occident.

De sa première épouse, Ermengarde de Hesbayre

LOTHAIRE 1ER (795-855), roi d'Italie, roi de Lotharingie, empereur d'Occident.

PÉPIN IER (797-838), roi d'Aquitaine.

LOUIS II LE GERMANIQUE (806-876), roi de Bavière, roi de Francie occidentale.

De sa deuxième épouse : Judith de Bavière

CHARLES II LE CHAUVE (823-877), roi d'Aquitaine, roi de Francie occidentale, empereur d'Occident.

LOTHAIRE IER (795-855)
Roi d'Italie, roi de Lotharingie, empereur d'Occident.

Épouse Ermengarde de Tours. Ils ont huit enfants, dont :

LOUIS II LE JEUNE (825-875), roi d'Italie, empereur d'Occident. Père d'ERMENGARDE de Lotharingie, épouse de BOSON, de la lignée des BOSONIDES (FRANCS).

LOTHAIRE de Lotharingie (835-869), roi de Lotharingie. Épouse en premières noces THEUTBERGE, de la famille des BOSONIDES, dont il n'a pas d'enfant. Il la répudie pour épouser sa maîtresse, Waldrade.

CHARLES DE PROVENCE (845-883), roi de Provence.

LOUIS LE GERMANIQUE (806-876)
Roi de Bavière, roi de Francie occidentale.

Épouse Emma de Bavière. Ils ont :

CARLOMAN DE BAVIÈRE (830-880).

LOUIS III LE JEUNE (835-882), roi de Germanie.

CHARLES III LE GROS (839-888), empereur d'Occident, régent de Francie occidentale.

CHARLES II LE CHAUVE (823-877)
Roi d'Aquitaine, roi de Francie occidentale,
empereur d'Occident.

De sa première épouse, ERMENTRUDE D'ORLÉANS, il a, entre autres :

LOUIS II LE BÈGUE (846-879), roi des Francs.

CHARLES L'ENFANT (847-866), roi d'Aquitaine.

CARLOMAN (mort en 876).

De sa seconde épouse, RICHILDE, de la lignée des BOSONIDES (FRANCS), *il a une fille :*
ROTHILDE (871-928).

LES MEMBRES DE L'ÉGLISE SOUTIENS DE CHARLES LE CHAUVE :
L'archevêque HINCMAR.
ANSÉGISE, archevêque de Sens.

BERNARD DE SEPTIMANIE (?-844), lignée des GUILHEMIDES (FRANCS). Exécuté sur ordre de Charles le Chauve. Comte d'Autun, marquis de Septimanie, COMTE DE BARCELONE, comte de Toulouse.

Épouse DHUODA. Ils ont pour enfants, entre autres :

GUILHEM DE SEPTIMANIE (826-850). Comte d'Agen et de Bordeaux, COMTE DE BARCELONE. Décapité sur ordre de Charles le Chauve.

BERNARD PLANTEVELUE (841-886), comte d'Autun et d'Auvergne, marquis de Toulouse.

THEUTBERGE (?-875), lignée des BOSONIDES (FRANCS). Épouse de LOTHAIRE de Lotharingie, sœur de BIVIN DE VIENNE.

BIVIN DE VIENNE ou BIVIN DE GORZE (822-865 OU 869), lignée des BOSONIDES (FRANCS).

Il a pour enfants :

BOSON (844-887), lignée des BOSONIDES (FRANCS). Duc de Bourgogne, de Lyon et de Provence, vice-roi du royaume d'Italie, comte de Mâcon et de Chalons, Comte d'Autun, roi de Provence. Épouse ERMENGARDE de Lotharingie, la fille de LOUIS II LE JEUNE.

RICHILDE (845-910), lignée des BOSONIDES (FRANCS). Seconde épouse de CHARLES LE CHAUVE, impératrice d'Occident.

BERNARD DE GOTHIE (mort vers 879), lignée des RORGONIDES (FRANCS). COMTE DE BARCELONE, de Gérone, de Poitiers, de Bourges, d'Autun, marquis de Gothie.

SUNIFRED Ier (805-848), lignée des BELLONIDES (GOTHS). Descendant du comte BELLON. Comte d'Urgell et de Cerdagne, marquis de Gothie, COMTE DE BARCELONE, Gérone, Ausone, Basalú, Narbonne, Béziers, Nîmes et Lodève. Exécuté par GUILHEM DE SEPTIMANIE.

De son épouse, ERMESSENDE DE CARCASSONNE, il eut plusieurs enfants, dont :

GUIFRÉ, COMTE DE BARCELONE.
MIRÓ.
RADULF.
SUNIFRED.
RICULF.

Prologue

Monastère de Santa Afra, au nord de Gérone

Ils arrivèrent aux abords de l'humble monastère par une nuit d'orage et se blottirent derrière une dalle du cimetière. Les loups qui les suivaient à la trace hurlaient au loin.

Dans la chapelle en pierre, les cinq moines qui chantaient les complies entendirent des pleurs. Le prieur Adaldus poursuivit le cantique pour conjurer les menaces de la nuit, mais *frate* Rainart, aveugle depuis des années, se releva en affirmant que les âmes désincarnées qui vaguaient dans ces parages désolés ne pleuraient pas ainsi.

Munis de torches, les moines apeurés sortirent et firent le tour de la modeste église. Les loups flairaient déjà les tombes et le plus grand montra les crocs. Quand les hommes agitèrent leurs flambeaux pour les effrayer, ils découvrirent les enfants derrière une sépulture. Le garçonnet avait environ sept ans et la petite à peine plus de trois. Ils se ressemblaient, avec leur même chevelure blonde, sale et emmêlée. Le garçon enlaçait la fillette d'un geste protecteur, en proie à une profonde angoisse. Lorsqu'il aperçut les moines, il gémit d'un air suppliant. La petite leva sur eux des yeux d'un bleu clair intense, puis elle tourna la tête vers la nuit noire, là où les loups s'étaient retirés. Pas une larme ne coulait sur ses joues malgré son très jeune âge, et cela troubla les moines. Ces deux enfants étaient peut-être frère et sœur, mais leurs âmes étaient bien différentes.

— Vous ont-ils mordus ? leur demanda le prieur, inquiet.

Ils firent non de la tête. La tunique de la fillette était déchirée et son dos présentait comme des traces de coups de langue. Les moines, déconcertés, allèrent chercher des couvertures pour les protéger du froid. Le garçonnet tenait un grand arc droit en if qu'il n'aurait jamais pu bander seul. Ils étaient épuisés, affamés, trempés, et ils avaient les pieds en sang après une longue marche, en revanche leurs tuniques de lin, bien qu'en lambeaux, étaient de bonne facture. Leurs regards révélaient une histoire tragique, l'une de celles, tellement nombreuses, vécues sur cette sinistre terre.

— On dirait qu'ils viennent de loin. Ils sont gelés et très faibles !

— Ils vivront, affirma le vieux *frate* Rainart en leur palpant la tête, intrigué. Dieu les a protégés et guidés jusqu'ici pour une raison précise. Qui êtes-vous ?

Les enfants ne répondirent pas. Après les avoir séchés et avoir posé devant eux des miches de pain et des morceaux de fromage ranci, qu'ils les regardèrent dévorer à belles dents, les moines obtinrent enfin la réponse à leur question grâce au récit de l'aîné. Que les deux petits soient arrivés jusque-là, à plusieurs jours de marche du cœur du comté de Barcelone, était miraculeux. C'étaient les enfants d'Isembard de Tenes, le dernier Chevalier de la Marche hispanique, disparu au cours de la cruelle rébellion de Guilhem de Septimanie. Le comte avait pris les armes dans le sud du royaume de Francie et s'était emparé de Barcelone, dont il avait assassiné le comte légitime. Afin de dissimuler la véritable identité d'Isembard et de Rotel, la petite communauté bénédictine les surnomma les « Natifs de cette terre ».

Les moines échangeaient des coups d'œil affligés pendant qu'Isembard bredouillait son histoire. Elle confirmait les pires rumeurs. Après avoir été élevée au rang aristocratique pour défendre contre les Sarrasins la Marche hispanique – l'ultime frontière au sud du Saint-Empire romain –, la maison de Tenes avait disparu, environnée d'une sombre légende. De son château bâti sur un pic rocheux qui surplombait la rivière Tenes, il ne restait que des ruines muettes, et aucun homme n'oserait avant longtemps passer la houe sur ces terres ou même y tailler un vieux chêne. L'endroit semblait maudit.

Les petits évoquèrent également l'existence dans les forêts d'horribles créatures et de crimes impies sur les terres désertées. *Frate* Rainart prit peur : les ténèbres s'étendaient sur une Marche hispanique dévastée et il ne restait plus personne pour les arrêter.

PREMIÈRE PARTIE

LA MARCHE HISPANIQUE

An 861

Dans la deuxième moitié du IXe siècle, le Saint-Empire romain était partagé entre les petits-enfants de Charlemagne et leurs enfants. Avec l'abandon de la réforme agricole et institutionnelle du vieil empereur, le rêve impérial se dissipait dans des guerres fratricides, la soif de pouvoir et la misère. Les grandes maisons de l'aristocratie accumulaient des territoires en échange de leur loyauté et de la fourniture de troupes, tandis que d'autres dangers menaçaient les confins d'un empire à l'agonie : la Germanie était harcelée par des hordes slaves, l'Italie par les Sarrasins, et la Francie occidentale par les Normands et l'émirat de Cordoue.

Ces menaces étaient contenues dans les marches frontalières, gouvernées par des comtes nommés par le roi et chargés de sauvegarder le territoire. Au sud des Pyrénées, dans la partie la plus méridionale de la Gothie, appelée Septimanie au temps des Wisigoths, les comtés de Barcelone, d'Ausone, de Gérone, d'Empúries, de Cerdagne, d'Urgell, du Pallars et de la Ribagorce gardaient l'imprécise frontière du royaume de Francie occidentale face à l'émirat de Cordoue. Ni Charlemagne ni ses descendants n'étaient parvenus à dominer durablement de nouveaux territoires au sud du fleuve Llobregat et des rivières Cardener et Sègre. Telle était la Marche hispanique. Et à son extrême limite, coincée entre les ombres de la désolation et la lumineuse Méditerranée, la dernière ville de l'empire résistait : Barcelone.

Depuis qu'elle avait été arrachée à l'émirat de Cordoue en 801, Barcelone avait subi plus de sept attaques sarrasines dévastatrices et des razzias lancées depuis le Llobregat pour détruire les villages, les monastères et les cultures dans les territoires des comtés de Barcelone et d'Ausone. La magnifique muraille romaine de l'ancienne Barcino, renforcée après la conquête, protégeait ses quelque mille cinq cents habitants, mais la menace était si grave et constante, et le destin des cultures à l'extérieur de l'enceinte si éphémère, qu'une bonne partie des maisons intra muros *des Wisigoths avaient été transformées en jardins potagers et en champs cultivés.*

Les rois et les comtes savaient qu'abandonner la Marche hispanique à son triste sort représentait un grave danger pour l'empire, pourtant les guerres entre les descendants de Charlemagne recouvraient du voile noir de l'oubli cette ultime frontière. De ces endroits terribles qu'étaient Barcelone et la Marche hispanique parvenaient de sinistres histoires qui faisaient frémir tous les habitants du royaume.

En juin 860, à l'issue de l'accord de paix signé à Coblence, les quatre rois carolingiens descendants de Charlemagne acceptèrent la nouvelle répartition des royaumes de l'Empire. Charles le Chauve, fils de Louis le Pieux et de sa deuxième épouse, conserva la Francie occidentale; Louis le Germanique, fils de Louis le Pieux et de sa première épouse, s'octroya la Germanie, à l'est du Rhin; Louis II, fils du défunt Lothaire Ier, régnerait en Italie en conservant le titre d'empereur; son frère, Lothaire II, hériterait du territoire de la Lotharingie, une vaste frange allant de la mer du Nord aux Alpes.

Pépin II, fils de Pépin Ier et petit-fils de Louis le Pieux, un homme au caractère instable et hostile à son oncle Charles, fut dépossédé de l'Aquitaine; il trouva refuge en Bretagne.

Cet équilibre vacilla de nouveau lorsque Lothaire II répudia son épouse Theutberge, de la puissante lignée bosonide, amie de Charles le Chauve. L'aristocratie franque s'en offensa. Le lignage carolingien s'affronta une nouvelle fois et les mouvements de troupes reprirent, s'accompagnant, comme toujours, de réquisitions de vivres et de l'abandon des champs.

Barcelone et la Marche hispanique connurent toutefois une brève période de paix. En effet, en 857, le comte franc Unifred, marquis de Gothie et seigneur de Barcelone, de Gérone, d'Empúries et du Roussillon, avait signé une trêve avec le wali de Saragosse et se consacrait désormais à la défense des côtes du sud de la Francie contre les invasions normandes. Après la répudiation de Theutberge, Unifred partit soutenir Charles le Chauve. Les Sarrasins profitèrent de cet abandon et, en 861, Barcelone subit une nouvelle incursion qui dévasta les champs et les faubourgs. Seule la muraille échappa au désastre absolu.

Dans la ville prostrée et abandonnée par son comte, aux récoltes détruites et à l'activité commerciale paralysée, le vicomte, les nobles et les autorités de Barcelone supplièrent le roi de nommer au moins un évêque pour occuper le siège resté vacant.

Les évêques avaient alors pour fonction de gouverner leur diocèse et de faire contrepoids au pouvoir du comte. Ils percevaient une partie de l'impôt et possédaient leur propre sceau royal. L'arrivée d'un évêque était le seul espoir de Barcelone, face à la vacance du pouvoir et à la précarité qui conduiraient à sa disparition totale, comme cela s'était produit à Egara, Ausa[1] *et dans la ville proche d'Empúries, qui avait succombé à la suite de la dernière attaque des Normands.*

---

1. Les habitants d'Egara s'installèrent dans la ville voisine de Tarrasa. La localité disparue d'Ausa se trouvait dans l'actuelle ville de Vic. (*Toutes les notes sont de l'auteur.*)

1

Ville de Reims, en automne

Fils de la noble maison de Rairan, à Reims, le prêtre Frodoi considérait les vingt-cinq premières années de sa vie comme le préambule à ce qui allait advenir, et c'est avec l'estomac noué qu'il contemplait la porte en bronze de l'aula épiscopale. Il attendait depuis des mois cette audience avec l'archevêque Hincmar, le plus puissant prélat de l'Église de Francie occidentale, le conseiller du roi Charles le Chauve. Il connaissait l'archevêque depuis ses années d'études à l'école cathédrale de Reims et il désirait ardemment découvrir quel grand honneur lui réservait l'Église.

La maison de Rairan avait prospéré au cours des dernières décennies grâce aux services rendus à la Couronne. Le père de Frodoi était tombé au combat pendant la rébellion de Pépin et son frère aîné luttait en Aquitaine contre les Normands, aux côtés du roi. En outre, afin de se gagner les faveurs de l'archevêque, la famille avait fait don de terres à l'abbaye Notre-Dame de Compiègne et à l'abbaye de Chelles. Au terme de deux années de sacerdoce, le jeune homme était assuré d'un brillant *cursus honorum* dans l'administration ecclésiastique. Il imaginait un évêché près de Reims, avec privilèges et prélèvement de la dîme, esclaves *mancipia* pour cultiver ses champs et paroisses pourvoyeuses de gros bénéfices. Peut-être même pourrait-il faire ériger une cathédrale, comme Hincmar, qui agrandissait celle de Reims depuis vingt ans.

Les portes de l'aula s'ouvrirent et Frodoi s'efforça de maîtriser son émotion. Il admira l'espace surmonté de trois voûtes en plein cintre soutenues par de fines colonnes de marbre abondamment décorées. Les fenêtres étroites atténuaient la lumière venue de l'extérieur et un fin voile de poussière flottait dans l'air. Chanoines et évêques présidaient l'audience depuis la tribune ; au fond, assis sur un trône d'argent et de pierreries, se tenait Hincmar, le puissant archevêque de Reims, avec sa mitre brodée de fils d'or et sa crosse.

Saisi, Frodoi baisa cérémonieusement l'anneau du prélat âgé d'une cinquantaine d'années. Impressionné par l'imposante présence d'Hincmar, il tourna les yeux vers le Christ en croix qui dominait la salle, la tête ornée d'une couronne d'or, le regard fixe et vide, comme si les personnes présentes le dérangeaient.

— Mon fils, dit Hincmar, crois-tu que notre Rédempteur a souffert sur la croix ?

Frodoi tressaillit. Il s'était distingué en arithmétique et il aimait l'histoire des grands personnages grecs et romains, mais les questions théologiques lui paraissaient fastidieuses. S'il répondait de manière imprécise, il risquait de tomber dans l'hérésie, aussi se montra-t-il prudent.

— C'est à l'humanité qu'il revient de souffrir, si elle aspire à la vie éternelle.

— Un ministre de Dieu, comme nous le sommes, doit-il souffrir comme n'importe quel autre homme ?

Frodoi soutint le regard inquisiteur d'Hincmar. Dans le silence tendu, un raclement de gorge se fit entendre du côté des stalles attribuées au clergé ; quelque chose n'allait pas.

— L'Église est appelée à établir le Royaume de Dieu, à étendre son autorité et à bannir le paganisme qui perdure encore dans le monde. – À mesure qu'il parlait, Frodoi prenait de l'assurance, pourtant la tension ne se relâchait pas. – Ses bergers doivent guider les nobles et les rois sur le chemin de la fidélité et de l'obéissance. S'il leur faut en souffrir, Dieu les récompensera.

— Tu es ambitieux et tenace, Frodoi. J'ai ouï dire que tu montrais déjà ces qualités à l'école cathédrale, or je me demande si c'est une bonne chose chez un homme de foi… Tu ferais peut-être un meilleur soldat.

— Dieu m'a appelé, objecta Frodoi, qui n'aimait pas la tournure prise par la conversation. L'Église aussi a besoin de forces pour mener à bien sa mission.

Hincmar acquiesça d'un air satisfait. Soulagé, Frodoi se tourna avec un air provocateur vers les évêques. Tous arboraient une expression sérieuse. Il était sorti victorieux de cet interrogatoire et l'archevêque le favoriserait peut-être par rapport aux autres aspirants.

— Tu es la bonne personne, conclut Hincmar.

Frodoi baissa la tête pour entendre prononcer l'honneur qui allait lui échoir.

— Au nom de notre roi Charles, et sous l'autorité de Fredold, archevêque de Narbonne, tu seras ordonné évêque de Barcelone. Là-bas, tu exerceras ton ministère, tu achèveras la cathédrale commencée par l'un de tes prédécesseurs, Jean, et tu mèneras à bien la mission sacrée que tu évoquais avec tant de ferveur.

Le jeune prêtre sentit ses jambes se dérober sous lui. Le silence qui régnait dans l'aula attestait que cette nomination ne surprenait aucun des membres du clergé présents. Frodoi les regarda de nouveau du coin de l'œil. Certains paraissaient sur le point d'applaudir. Ils mentionneraient avec goguenardise cet instant pendant des semaines.

— Monseigneur archevêque… la Marche hispanique ? murmura-t-il, le souffle coupé.

Un voile noir obscurcit son âme. Il savait que Barcelone dépérissait à l'extrémité sud du royaume, et que la ville avait subi de nombreuses attaques au cours des six dernières décennies. Il se rappelait particulièrement celle que lui avait racontée son père, impliqué dans le conflit. En 843, après des années d'abus de toutes sortes, le roi avait destitué le belliqueux Bernard de Septimanie, qui s'était rebellé et avait été décapité. La Marche avait accueilli avec joie la nomination du nouveau comte, Sunifred, né sur cette terre. Le marquis de Gothie fraîchement nommé était désireux de repeupler les terres incultes pour ramener la prospérité, mais Guilhem de Septimanie, le fils de Bernard, envoyé à la cour en tant qu'otage, rêvait de vengeance. Feignant d'être loyal au roi, il avait obtenu des titres. En 848, il s'était emparé de territoires qui avaient appartenu à son père, au-delà des Pyrénées, et il avait tué le comte Sunifred et ses chevaliers. Il avait tenu bon pendant deux années durant lesquelles il avait déchaîné sa colère. En 850, il s'était allié à un général sarrasin et avait pénétré jusqu'au cœur de Barcelone, qu'il avait mise à feu et à sang. Il avait poursuivi son œuvre de destruction de la Marche hispanique jusqu'à Gérone, où il avait enfin été arrêté et exécuté par le comte Aleran de Troyes.

Depuis, plusieurs seigneurs s'étaient succédé dans le comté de Barcelone, qui demeurait néanmoins plongé dans l'incertitude et la désolation. La ville ne comptait plus que quatre cents foyers à peine, mais elle conservait son siège épiscopal et son atelier monétaire, la Seca. Personne ne voulait s'y rendre et le comte actuel, Unifred de Gothie, vivait généralement loin de là, auprès du roi et de sa cour itinérante.

— Si tu acceptes, tu seras mitré sur-le-champ et tu te mettras en route sans tarder, continua Hincmar. Tu auras les mêmes privilèges que tous tes prédécesseurs : revenus, terres et serfs. Pour achever la cathédrale commencée par l'évêque Jean, tu bénéficieras d'un tiers de la monnaie frappée et autant du *teloneum*, le droit de tonlieu perçu sur les marchandises arrivées dans la ville par terre et par mer. Ta tâche principale sera cependant d'éradiquer le rite mozarabe des célébrations religieuses et d'imposer le missel romain. On a besoin de serviteurs comme toi là-bas, plus qu'en aucune autre partie du royaume.

Frodoi eut l'impression d'être condamné à mort. Le roi proposait de l'envoyer dans l'endroit le plus dangereux et oublié de ses domaines pour guider en berger des *fideles* hostiles qui se considéraient abandonnés par la Couronne franque.

La phrase lui échappa :

— Cette terre est maudite.

Un brusque silence suivit cette réplique. Hincmar adressa un regard méprisant aux membres du clergé.

— Aucun de ces évêques confortablement installés n'en serait capable, dit-il à Frodoi, mais toi, tu l'es, je le sais. Dieu me l'a révélé. Acceptes-tu ?

Persuadé que personne parmi les siens n'avait commis une offense susceptible de lui valoir un tel châtiment, Frodoi soupçonna des familles nobles rivales d'avoir conspiré pour freiner son ascension. Un groupe de prélats souriaient ; certains, aussi jeunes que lui, gouvernaient déjà des évêchés comme d'authentiques rois. Tout cela n'était qu'une supercherie, conclut-il. Aucun membre de son lignage ne s'abaisserait à accepter un diocèse dans la terre la plus ténébreuse de l'univers, or tous savaient qu'un refus compromettrait sa montée vers les hautes sphères de l'Église.

— Qu'en dis-tu ?

Frodoi allait refuser lorsqu'il se souvint de ce qu'il avait pensé en entrant. Toute sa vie, il s'était senti appelé à quelque tâche d'importance, et il reconnut que cette conviction persistait, même après l'offre humiliante d'Hincmar. Les voies du Très-Haut n'étaient pas toujours rectilignes, songea-t-il, et Barcelone était toujours debout, malgré tout.

— J'accepte.

Les sourires acerbes s'effacèrent d'un coup. Frodoi jeta un coup d'œil arrogant en direction des sièges de cérémonie ; ces hommes ne pourraient jamais le taxer de faiblesse.

— Si telle est la volonté du roi et de l'Église, je serai le nouvel évêque de Barcelone.

Hincmar s'inclina. L'orgueil se lisait sur ses traits, bien que l'archevêque tâchât de le dissimuler.

— En es-tu sûr ? C'est une terre de martyrs.

Hincmar faisait allusion à la sinistre liste d'évêques et d'abbés assassinés de la plus cruelle façon en Gothie. De fait, personne ne savait ce qu'il était advenu de son prédécesseur, l'évêque Adolphe, mais on parlait d'une fin sanglante. Frodoi, lui, ne pensait qu'au désarroi qu'il avait suscité.

— Quand dois-je partir ?

— Après ta consécration, tu iras à Narbonne et tu te soumettras à l'autorité de l'archevêque Fredold. Ensuite, tu voyageras jusqu'à ta destination. Le troupeau depuis trop longtemps égaré a besoin d'un berger ferme et déterminé. Nous avons eu vent de l'extorsion de biens par certains clercs rebelles pratiquant le rite mozarabe. Il te faudra les récupérer.

Frodoi doutait que ce soient les problèmes les plus cruciaux. Il se garda toutefois de l'exprimer à voix haute : après la vanité venait l'incertitude. Mais Hincmar n'avait pas terminé.

— Le jeune prêtre Jordi t'accompagnera. Il est né à Barcelone et il t'aidera avec les Goths. Mon confesseur, le bénédictin Servusdei, homme saint et très sage, partira également avec toi. Tu le connais depuis l'école cathédrale de Reims. C'est un maître hors pair en lois et décrets conciliaires, et il te conseillera sur la *lex* et les *consuetudine* des Goths, leurs lois et leurs coutumes. Il sera ton meilleur adjoint. Je l'apprécie tant que je déplore de devoir me séparer de lui.

En effet, Frodoi avait assisté aux *lectiones* magistrales de Servusdei. Il se souvenait du vieil homme maigre approchant la soixantaine, toujours vêtu de la même bure effilochée. Un moine réservé et très religieux considéré par tout le clergé comme le meilleur professeur et confesseur.

— Je vous en suis reconnaissant, monseigneur, remercia-t-il avec sincérité.

Un archidiacre murmura à l'oreille d'Hincmar; celui-ci contempla le jeune homme d'un air attristé.

— Tu dois savoir que Barcelone a subi une nouvelle attaque des Sarrasins il y a peu. Ils n'ont pas franchi les murailles, mais ils ont tout détruit alentour. Beaucoup d'habitants ont fui et la population est décimée. En l'absence du comte Unifred, tu seras la plus haute autorité sur place, avec l'actuel vicomte Sunifred, et il te faudra gagner le respect des Goths et des *Hispani*.

Frodoi acquiesça, tout en se reprochant l'excès d'orgueil qui l'avait poussé à accepter; peut-être était-ce la pire erreur de son existence. Il souhaitait quitter le palais avant que sa peur ne devienne manifeste. Pourtant, en marchant vers la sortie, il songea que sa position serait renforcée si d'autres personnes voyageaient avec lui, et il se hasarda à adresser une requête à Hincmar :

— Monseigneur, je sollicite du roi l'autorisation d'emmener avec moi des colons et de leur offrir des terres de l'Église en échange du paiement d'un cens. Si l'un des problèmes à régler est le dépeuplement, il conviendrait d'accroître sur place le nombre de chrétiens pratiquant le rite romain.

— Nous étudierons cette demande, répondit le prélat, pensif.

Hincmar avait fait l'objet de fortes pressions venues de plusieurs maisons aristocratiques afin d'écraser le jeune prêtre, néanmoins il sentait que Frodoi, doué d'un grand talent, participait d'un plan divin qu'il ne comprenait pas encore, et que son départ vers la frontière n'était pas la fin dernière. La roue de l'histoire tournait, et c'est animé de cette impression qu'il reprit la parole.

— Dieu souhaite ta présence là-bas, déclara-t-il d'une voix tremblante. Que Notre Seigneur te garde et te conserve ton courage, car tu as raison, Frodoi, cette terre est maudite.

2

Dans les environs de Carcassonne

Debout sous la pluie, Elisia écarta les mèches noires de sa figure, les yeux rivés sur la tombe de son grand-père. Elle avait dix-sept ans et était désormais seule au monde, sans plus aucun parent de son sang.

Elle regardait avec désolation les gouttes d'eau tomber sur la sépulture, dans le petit cimetière contigu à l'ermitage Saint-James. Derrière elle, l'assistance présente à l'enterrement murmurait, peinée, en s'éloignant pour lui permettre de faire ses adieux au défunt. Elisia regretta de ne pas savoir écrire ; elle aurait aimé graver le nom de Lambert sur la pierre.

Au loin, un brouillard gris enveloppait la ville fortifiée, sous laquelle s'étendait jusqu'aux berges de l'Aude un faubourg densément bâti. Elisia vivait dans l'auberge d'Otèri, une maison de pierre et de bois située près du pont enjambant le fleuve. D'aussi loin qu'elle se souvenait, elle avait toujours travaillé là avec son grand-père. Ils étaient tous deux des serfs de l'aubergiste. Lambert lui avait raconté plus d'une fois qu'elle était la fille d'un valeureux soldat mort au combat sous les ordres du comte Bera II, et il lui promettait en riant un brillant avenir. Avec le temps, Elisia avait appris que son grand-père avait inventé cette chimère de toutes pièces, à la seule fin de faire rêver la petite orpheline obligée de travailler à l'auberge dès l'âge de six ans. Ses parents et ses frères avaient péri dans un incendie survenu quand elle avait deux ans, dans cette même auberge. La fillette aidait à toutes les tâches compatibles avec son jeune âge – transporter du bois, réparer le toit ou servir à table –, et Lambert et elle partageaient le couvert avec les autres serfs. Ils travaillaient sans relâche et Otèri, le vieil aubergiste, les considérait comme des membres de sa famille. Ils menaient une vie dure mais ne manquaient de rien.

Elisia avait beau être serve, elle grandissait heureuse dans son petit univers. Sa nature optimiste la protégeait des lamentations sur sa condition. N'étant jamais sortie de Carcassonne, elle écoutait, le cœur palpitant, les récits des marchands et pèlerins qui faisaient halte dans l'auberge, s'émerveillant des mésaventures et des péripéties qu'ils vivaient sur les chemins ; elle imaginait souvent ce qu'elle aurait fait à leur place en pareilles situations.

Grandir dans une auberge lui avait forgé le caractère, qu'elle avait ferme et résolu. Devenue une jeune fille svelte aux yeux doux en amande, qui s'illuminaient dès qu'elle souriait, elle savait déjà esquiver avec élégance les mains baladeuses des clients et répondre avec esprit à leurs compliments. Lorsqu'elle se rendait sur les tombes couvertes de mousses de ses parents, à Saint-James, elle rendait grâce à Dieu d'avoir son grand-père auprès d'elle et un toit sur la tête. C'était beaucoup plus que ce que d'autres possédaient dans les environs de la ville.

Cette année-là, l'automne avait fait irruption brusquement, et avec lui le malheur. Deux jours plus tôt, après avoir examiné le ciel empli d'un sombre manteau nuageux, le vieux Lambert avait décidé de fixer le chaume sur le toit de l'auberge. Alertée par les cris des autres servantes, Elisia avait quitté la cuisine et découvert l'échelle cassée. Lambert était étendu à côté. Elle n'avait rien pu faire d'autre pour lui que le bercer dans un pleur déchirant avec, au cœur, l'horrible morsure de l'absence.

Très affecté par la perte de son serf préféré, Otèri avait payé l'enterrement, comme si le vieil homme était l'un de ses parents.

Devant la tombe de son grand-père, Elisia sentit des doigts s'entrelacer aux siens ; elle sursauta. Gali. Elle le regarda d'un air triste et le laissa lui réchauffer les mains. Le jeune homme de vingt-cinq ans, au regard vif et à la langue bien pendue, vivait depuis presque un an à l'auberge. Il était le petit-fils d'un ami de la famille d'Otèri, comme l'avait expliqué l'aubergiste en l'accueillant à bras ouverts. Gali n'était pas beau mais il avait le sourire facile et le bagout enchanteur. Il passait ses journées dans la taverne de l'auberge, oisif, et avait captivé le cœur de la jeune serve par ses galanteries. Lambert ne voyait pas d'un bon œil que sa petite-fille s'amourache de cet homme sans terre ni métier, et qui traînait avec lui une réputation de débauché. Il le fit savoir à Elisia, mais la jeune fille était fascinée par l'aisance du garçon.

L'avant-veille de l'accident du vieil homme, Gali avait eu l'audace d'embrasser Elisia dans le bûcher, et elle l'avait laissé faire. Aussi son contact la réconforta-t-elle ce jour-là, sous la pluie, au cimetière de Saint-James.

— Lambert t'a promis que tu ne serais jamais seule. Je prendrai soin de toi.

Elle sourit tristement. Les paroles de Gali tombaient toujours au bon moment. Elle se laissa enlacer, même si ce n'était ni le lieu ni le moment. Elle tremblait de froid.

— Lambert tenait toujours ses promesses.

Le passé de Gali était sombre et émaillé de malheurs, comme le sien. Il avait été élevé en homme libre dans un village du comté de Conflent appelé Vernet, où Gombaud, son grand-père, ami d'Otèri, administrait des vignobles pour le comte. En 848, lorsque l'usurpateur Guilhem de Septimanie avait exécuté le comte Sunifred à Barcelone, il avait également poursuivi ses vassaux, dont Gombaud. Les soldats étaient venus à Vernet, ils avaient détruit la maison de Gali et violé sa mère et ses sœurs avant de les tuer. Le garçon avait réussi à s'échapper avec son grand-père et ils avaient vécu pendant des années à Empúries. À la mort de Gombaud, Gali, abandonné à son sort, était venu chercher la protection d'Otèri à Carcassonne.

À l'auberge, tout le monde mettait Elisia en garde contre lui. Elle ne prêtait aucune attention à ces avertissements. Elle voyait en Gali un homme libre, qui avait voyagé, qui la préférait à d'autres filles plus âgées, et dont les mots doux comme le miel la faisaient toujours se sentir différente.

— As-tu réfléchi à ce que je t'ai dit ? demanda-t-il.

Elle frissonna. Elle savait à quoi il faisait allusion et cela lui faisait mal de parler de cela dans un tel moment.

— Barcelone est à la frontière. C'est un endroit dangereux.

— Mais c'est maintenant que nous avons l'occasion de partir ! – Gali prit son visage entre ses mains, comme il en avait l'habitude lorsqu'il réclamait son attention. – Nous joindre à la suite du nouvel évêque de Barcelone est la seule manière de voyager sur les chemins de la Marche hispanique. Il a promis des terres, et la protection de l'Église, à ceux qui partiraient avec lui.

À l'auberge, on ne parlait que de ça. Le nouvel évêque Frodoi était arrivé à Narbonne, d'où il partirait pour Barcelone deux semaines plus tard, accompagné par celles et ceux qui croyaient à ses promesses. Tous n'applaudissaient pas à cette initiative risquée. Certains évêques ainsi que des familles nobles rivales de la sienne désiraient même empêcher la réussite de l'entreprise.

Elisia sentit la tête lui tourner. Le corps de son grand-père n'était pas encore froid que Gali la pressait de nouveau. Depuis plusieurs semaines, il lui racontait que son grand-père Gombaud avait caché quelque chose dans sa maison de Barcelone avant de partir. Il insistait : c'était l'occasion ou jamais d'aller le récupérer, et il voulait l'emmener avec lui.

— Barcelone est un endroit dangereux, répéta Elisia, mélancolique. La ville va disparaître, d'après ce qu'on raconte.

— Ses murailles sont plus hautes que celles de Carcassonne ! s'exclama Gali avec enthousiasme, sans se soucier du fait qu'ils étaient devant la tombe du vieux Lambert.

— Nous ne sommes pas mal, ici, Gali. Tu crois vraiment ce que ton grand-père t'a raconté ?

— Absolument. Si c'est encore là-bas, notre vie en sera changée !

— C'est ce qui me fait peur. De toute façon, je suis la serve d'Otèri.

Gali lui caressa les cheveux et sourit avec cette effronterie qui la troublait tant.

— Je lui parlerai, va. S'il t'autorise à m'accompagner, tu ne seras plus serve !

Elisia soupira. Elle n'avait vraiment pas l'esprit à se laisser charmer.

— D'après ce qu'on dit, ce Frodoi est un noble ambitieux. Il rêvait de diriger un riche évêché et il a été puni. S'il entraîne des colons avec lui, c'est pour qu'ils travaillent ses terres et qu'ils lui versent des impôts.

— Il est ambitieux, sans aucun doute ! Mais l'important c'est qu'avec lui on voyagera en sécurité. Fais-moi confiance, Elisia, c'est à Barcelone que se trouve notre avenir.

— Mais tu n'y es jamais allé ! Tu viens de Vernet, objecta Elisia, avant d'ajouter : La frontière me fait peur.

Le visage de Gali se ferma. Il n'était pas habitué à ce qu'on lui résiste ainsi. Il en prit conscience et se ressaisit.

— Nous pourrions ouvrir notre propre auberge. Tu te rends compte ? Tu serais la patronne, parce que je partagerais tout avec toi. Tes enfants grandiraient comme des êtres libres et ils ne manqueraient de rien !

Elisia caressa doucement la pierre tombale de Lambert, l'air triste. Le vieil homme plein de bon sens voulait le meilleur pour elle, et il n'avait jamais approuvé l'aventure avec Gali. Maintenant qu'il n'était plus de ce monde, le jeune homme insistait de nouveau. Elle reconnut en son for intérieur que c'était un joli rêve, malgré tout. De toute façon, Otèri ne la laisserait jamais partir. À ses yeux, elle était la personne la plus précieuse pour l'auberge. Cette idée la soulagea.

Elle se remémora l'époque où elle avait commencé à s'intéresser au travail de son grand-père, le cuisinier de l'auberge. Elle avait douze ans. Avec lui, devant les énormes feux, elle avait découvert les condiments et le secret des soupes, et il lui avait enseigné à identifier, à l'odeur, le point de cuisson exact des ragoûts. Elle avait peu à peu développé une intuition particulière dont Otèri sut tirer profit. Puis, en secondant son grand-père, elle avait appris comment fumer les poissons, saler les viandes et fabriquer les charcuteries. Par ailleurs, elle manifesta tout de suite un talent remarquable pour la pâtisserie et la fabrication du nougat et des fruits confits, qu'elle conservait dans de grandes jarres.

Les hôtes louaient la table d'Otèri. Lambert et sa petite-fille attendaient l'arrivée épisodique d'épices exotiques et apprenaient les recettes que leur décrivaient les voyageurs des terres lointaines pour les leur préparer afin qu'ils se sentent comme chez eux à l'auberge. L'établissement prospérait et sa réputation dépassait largement les limites du comté. Otèri traitait

Elisia comme sa propre fille et elle savait qu'elle aurait toujours un toit.

En ce moment précis, elle avait seulement envie de pleurer.

— Je me dis parfois que tu partiras, de toute façon, Gali. – Elle appuya sa tête contre sa poitrine. – Je suis serve, et ma place sera toujours ici.

Elle frissonna.

— J'ai froid. Rentrons à l'auberge.

Pendant qu'ils descendaient sur le chemin boueux, l'expression du jeune homme se durcit.

Trois jours avaient passé depuis l'enterrement du vieux Lambert. Otèri était assis dans la cave de la taverne avec cinq autres hommes, tous silencieux et le visage grave. L'aubergiste sentait le sol se dérober sous ses pieds. En face de lui, sur le vieux tonneau où il avait lancé les dés et bu du vin, s'entassaient les pièces d'argent qu'il venait de perdre sans presque s'en rendre compte, aveuglé par l'escalade des mises. Cela faisait des années qu'il n'avait pas vécu de nuit aussi désastreuse. Furieux, il aurait voulu jeter au loin les trois dés d'os jaunâtre, cause d'une telle perte.

Gali contemplait, le sourire aux lèvres, la petite fortune qu'il venait de gagner. Otèri eut envie de se ruer sur lui. Il avait accueilli à bras ouverts le petit-fils de son vieux complice quand il s'était présenté à l'auberge. Gombaud avait été son meilleur compagnon pendant les quatre campagnes militaires au service du comte Oliba de Carcassonne, jusqu'à ce qu'il parte servir le comte Sunifred, un cousin du noble.

Otèri et Gali partageaient la même passion secrète pour le jeu et fréquentaient les plus sordides tavernes de Carcassonne. Mais jusqu'alors, ils ne s'étaient jamais affrontés aux dés. Ils avaient commencé vers minuit, misant une poignée d'oboles. Otèri enchaînant les victoires, Gali l'avait poussé à risquer davantage, et l'aubergiste avait fait l'erreur de l'écouter. Têtu comme il était, il n'avait à aucun moment flairé la stratégie du jeune homme.

L'aurore allait poindre quand, le jugement pourtant émoussé par le vin, il comprit qu'il venait de perdre plus que ce qu'il possédait.

— Cet argent est nécessaire à l'auberge, Gali. Beaucoup de familles et de serfs en dépendent, dit-il en montrant le tas de pièces. Je t'ai ouvert les portes de ma maison, au nom de l'amitié qui me liait à ton grand-père, et maintenant…

— C'est le hasard, Otèri, murmura Gali, inclément.

— Mais j'en ai besoin ! insista l'aubergiste, effondré, la langue fourchant à cause du vin.

Gali poussa les pièces vers Otèri avec un sourire mauvais.

— Tu sais ce que je veux… Je t'en ai déjà parlé.

L'aubergiste écarquilla les yeux. Soudain, il comprit tout. Voilà pourquoi ils étaient là tous les deux, cette nuit. Il eut envie de le rouer de coups.

— Elisia est comme ma fille et l'auberge ne serait pas la même sans elle. Tu t'es entiché d'elle et tu lui apporteras le malheur ! Si Lambert vivait encore… !

— Laisse le vieux tranquille. Elisia est jeune et belle, elle mérite d'être libre. Elle fera une bonne épouse et une bonne mère.

Otèri fronça les sourcils. Depuis son arrivée, Gali avait partagé son temps entre les tavernes, le jeu et les femmes. L'aubergiste savait qu'il n'aimait pas Elisia et qu'il ne considérait que ses probables qualités d'épouse. Il la voulait pour profiter d'elle. Cette certitude lui retournait l'estomac. Cependant il avait absolument besoin de récupérer ce qu'il avait perdu. Si Lambert était toujours de ce monde, il n'aurait jamais osé céder à la demande de Gali. Même son accident paraissait être survenu trop opportunément à la seule fin de servir les intérêts du jeune homme.

— Après quatre générations, tu seras celui qui connaîtra la honte de perdre la célèbre auberge de l'Aude, Otèri, affirma Gali froidement.

C'était un coup bas. Tous s'agitèrent sur leur siège en silence. Otèri vit les pièces d'argent sur le tonneau. Le lendemain, il ne pourrait pas payer la viande, ni le fourrage pour l'étable. L'auberge courrait à la faillite et les témoins, des compagnons de débauche de Gali, se chargeraient de salir son nom dans tout Carcassonne. Il ne se relèverait pas d'une telle humiliation. Il était pris au piège.

— Elle ne doit pas le savoir. Je ne te demande que ça, lâcha l'aubergiste dans un soupir de désolation.

— J'aime les filles enthousiastes et gaies. Je ne cherche pas une fille servile. Elle viendra de sa propre volonté, elle saura ce que je lui en dirai et elle pensera ce que je souhaite qu'elle pense. Je veux aller le plus vite possible à Narbonne pour rejoindre le convoi du nouvel évêque de Barcelone. – Gali fit une grimace moqueuse. – Elisia me suivra en bonne épouse, avec ta bénédiction.

— C'est bon, Elisia est à toi, accepta Otèri, désespéré, les poings serrés devant cette ignominie. J'espère que tu brûleras en enfer si tu ne prends pas soin d'elle.

Deux jours plus tard, Elisia regardait les tables vides dans la lumière grise d'une nouvelle journée couverte. Les clients n'allaient pas tarder à descendre et les feux brûlaient déjà vivement dans la cuisine. Cet instant de calme était le moment préféré de son grand-père. Tout le rappelait à Elisia, et elle pleurait en recevant les condoléances des clients et des marchands qui arrivaient à Carcassonne. Tous appréciaient Lambert qui, durant des années, avait animé leurs soirées par ses chants, ses danses, son rire.

Otèri ne tarda pas à apparaître ; ils s'assirent tous deux à une table à l'écart. La veille au soir, Gali avait proposé à Elisia de l'épouser, et elle avait entendu l'aubergiste autoriser ce mariage, à sa grande stupéfaction. Otèri avait expliqué que le vieux Lambert avait travaillé pendant soixante ans sans prendre un seul jour de repos et que son unique petite-fille méritait sa liberté et un bon mari. Fraîchement baigné et vêtu d'une tunique de belle toile, Gali avait évoqué pendant des heures les possibilités qui s'offriraient à elle si elle partageait sa vie. Elisia avait peu à peu été touchée par son enthousiasme. L'auberge était son univers, mais pour elle, comme pour n'importe quel *servus*, la liberté demeurait l'aspiration la plus chèrement désirée. Sans son grand-père, il ne lui restait rien, et elle finirait par être mariée à un autre domestique.

— Es-tu certaine de l'aimer, Elisia ? lui demanda l'aubergiste sans détour d'un air navré. Je ne parle pas du fait de partir à Barcelone.

Elle fut surprise. La veille au soir, devant Gali, Otèri paraissait résigné, or à présent elle voyait sur ses traits quelque chose qui ne lui plaisait pas. On aurait cru qu'il avait peur pour elle.

— Je vais me marier avec lui, tu as donné ton consentement.

— Tu ne m'as pas répondu, Elisia. Ta famille a été au service de la mienne durant des générations, et même pour t'acheter une robe tu avais besoin de mon autorisation. Lambert ne m'a demandé qu'une seule chose : que je ne t'impose personne. Désires-tu épouser Gali ?

— C'est un homme bon, malgré tout, répondit-elle nerveusement. C'est ce que tu m'as dit hier.

Elle baissa la tête. Elle n'était pas convaincue, elle était très jeune et elle avait peur, néanmoins Gali lui promettait de prendre soin d'elle et de lui offrir une bonne vie.

— Vous me manquerez tous, Otèri.

L'aubergiste baissa la tête à son tour, peiné. Si Elisia avait refusé, il aurait cherché la façon de rattraper son erreur, or le fringant Gali l'avait séduite.

— Tu as ma bénédiction, ma fille, murmura-t-il, sans force.

Elisia était une fille élancée aux traits fins et à la chevelure brune qu'elle couvrait habituellement pour la protéger de la graisse de cuisine. Mais ce qui séduisait par-dessus tout, c'étaient ses grands yeux couleur de miel ourlés de longs cils et son regard chaleureux et émouvant. Elle était vive et gaie, et des dizaines de jeunes gens de Carcassonne, avec de bien meilleures situations que Gali, n'auraient pas hésité à lui faire la cour ; malheureusement, il était trop tard.

— Nous regretterons tous ton absence et les clients protesteront, ajouta Otèri.

— Adovira connaît nos recettes, elle se débrouille bien.

Le vieil homme lui caressa la joue d'un geste paternel. La fillette qui grimpait sur les tables pour chanter devant les clients jusqu'à ce que son grand-père se précipite pour la récupérer était presque une femme, désormais. Or il ne voyait pas dans ses yeux l'éclat frémissant de la jeune fille amoureuse. Le charme de Gali hypnotisait la jeune ingénue. Pour autant, l'amour n'était pas non plus visible dans la majorité des couples arrangés par les familles. Otèri était le maître d'Elisia et elle était en âge de se marier. Ils suivaient l'ordre naturel des choses. Et puis elle était intelligente, habituée aux tâches domestiques d'une auberge bruyante et savait prendre soin d'elle. Il se répétait tout cela pour apaiser le sentiment de culpabilité qui le rongeait. Il l'avait vendue, il l'avait livrée pour solder une dette…

— D'abord Lambert, et maintenant toi… Trop de pertes, reprit-il d'un ton aigri. Je me fais vieux.

Elisia, effrayée, ne put retenir ses larmes. Elle aurait préféré se marier et rester à Carcassonne, mais Gali nourrissait de grands projets pour eux dans la lointaine Barcelone. Elle s'accrochait à chacune de ses promesses.

— Merci, Otèri. Si je le peux, je ferai parvenir des nouvelles par les marchands.

— Tu nous manqueras à tous, ici, Elisia.

— Et Gali ?

La méfiance qu'il éveillait lui était pénible et douloureuse.

— Tu n'es pas une fille naïve. Tu ressembles à ton grand-père, alors ne perds pas ton acuité et observe-le, l'avertit Otèri, imitant Lambert.

Il attendit que la douleur qui lui nouait la gorge lui permette de parler à nouveau, et il lui prit les mains. Ce n'était pas celles d'une damoiselle ; des traces de brûlures et de coupures mal cicatrisées les enlaidissaient. L'expression angélique d'Elisia cachait un caractère endurci par le labeur.

— Et si tu dois mordre, mords ! ajouta-t-il.

Lorsque les pluies cessèrent, Otèri concéda à sa serve Elisia la liberté de quitter l'auberge en compagnie de l'orgueilleux Gali. Ils se marièrent dans la petite chapelle Saint-James, par une froide matinée, avant de partir avec des colporteurs de confiance qui se rendaient à Narbonne, où Frodoi attendait les colons. Des familles d'autres villes ayant peu à perdre dans cette aventure incertaine étaient également présentes au rendez-vous.

La noce fut célébrée par un prêtre qui passait plus de temps à la taverne que dans son église, et qui pleura en voyant Elisia rayonnante dans la robe de drap noir et le voile blanc ayant appartenu à l'épouse d'Otèri. Le couple partait pour ne plus revenir, et les adieux dans l'auberge furent émouvants.

La vingtaines de serviteurs leur donnèrent des couvertures, de la viande salée et des miches de pain blanc. Otèri et sa famille leur offrirent une poignée d'oboles en argent et deux grosses pèlerines pour supporter les rigueurs du voyage, long et pénible. L'automne commençait, mais le froid se faisait déjà intensément sentir.

Gali se pavanait, son habituel sourire séducteur aux lèvres. Il avait ce qu'il voulait. Elisia tira des larmes à l'assistance et reçut les plus chaleureuses embrassades. L'heure n'était plus aux mises en garde et aux arguments pour la détourner de ce voyage vers l'obscure Barcelone. Il ne restait qu'à prier Dieu afin qu'Il les protège.

Quand la brume de l'aube se dissipa, ils rejoignirent la file de chariots couverts qui progressait difficilement sur le chemin fangeux. Elisia et Gali suivaient à pied, et tous, rassemblés devant la porte de l'auberge, virent avec nostalgie la jeune femme déjà en train de blaguer avec deux garçons.

— J'ai pris la pire décision de ma vie, murmura Otèri, le visage sombre.

Adovira, cuisinière désormais, essuya ses larmes et affirma :

— Où qu'elle aille, elle sera autant aimée qu'ici.

Le convoi traversa l'Aude sur le pont de bois dont la structure tanguait dangereusement en raison de la montée des eaux due aux récentes pluies. Elisia leur adressa un salut de la main.

Gogo, le meilleur ami de Lambert à l'auberge, s'approcha d'Otèri. Le maître ne le traitait pas non plus comme un serf. Gogo s'adressa à lui avec franchise :

— Du jour où Gali a appris le départ de l'évêque pour Barcelone, il n'a plus eu que cette idée en tête. Je ne peux pas m'empêcher de penser à quel point l'accident de Lambert l'arrangeait.

Otèri sentit la culpabilité l'étouffer; il ne voulait pas porter en plus le poids de ce soupçon-là.

— Semer le doute dans l'esprit d'Elisia n'aurait fait que la tourmenter davantage, Gogo. Elle a suffisamment pleuré.

— Elle ne se serait jamais éloignée de son grand-père, même pour Gali.

Regardant le vieux Gogo, Otèri frémit.

— Nous ne connaîtrons jamais la vérité, et j'espère qu'elle non plus. C'est mieux pour elle, je le sais, Gogo. Et pour la mémoire de Lambert, je l'espère aussi ! Même si elle est à peine plus qu'une petite fille, Elisia sait prendre soin d'elle. Je prie Dieu de la protéger.

3

Les Natifs de cette terre survécurent et les moines, des hommes robustes et profondément croyants, y virent un signe de la Providence. Personne ne se présenta pour réclamer le frère et la sœur, et le lignage de Tenes sembla s'effacer des mémoires, comme tant d'autres en ces temps de grande instabilité.

Il n'était pas rare de trouver des enfants perdus. Trois des cinq *frates* du monastère étaient âgés et le besoin de jeunes bras se faisait sentir dans le vignoble. Les religieux élevèrent donc les deux enfants comme des serfs au service du monastère. Il était décidé que lorsque Rotel aurait ses menstrues, ils la marieraient à un garçon de la bourgade, à moins que, sentant l'appel de Dieu, elle n'entre dans un couvent de femmes.

Les petits grandirent aussi unis que le jour où ils avaient été découverts dans le cimetière ; à mesure qu'ils se développaient et dépassaient en taille leurs bienfaiteurs, ils se frayèrent une place dans le cœur des rudes moines. Ils avaient les mêmes cheveux blonds, mais ceux de Rotel étaient comme des rayons de soleil. Ils avaient les mêmes yeux bleus, mais ceux de Rotel étaient plus clairs et pénétrants. Ils se ressemblaient comme deux gouttes d'eau, mais ils étaient différents. Isembard ne révéla jamais le vague souvenir qu'il conservait de son père rentrant au château avec un nouveau-né enveloppé dans une cape. Sa mère s'était retirée dans ses appartements pour pleurer. L'enfançon était une fille bâtarde du chevalier Isembard de Tenes.

Isembard jouait avec des épées de bois et, dans ses moments de liberté, il améliorait sa précision au tir à l'arc ; son seul véritable ennemi était cependant les prières prolongées et soporifiques auxquelles sa sœur et lui devaient assister. Curieuse et solitaire, Rotel s'aventurait parfois dans la forêt pour ne rentrer qu'à la nuit tombée, sans jamais raconter où elle était allée. Peu à peu, les moines cessèrent de l'interroger. Ils se rappelaient son dos léché par les loups, et jusqu'à son dernier souffle le vieux *frate* Rainart soutint qu'elle était spéciale, davantage liée à la nature qu'aux humains.

Même très jeune, elle ne perdit jamais une seule chèvre quand elle gardait le troupeau. Jamais elle n'eut peur, et il lui arrivait de revenir avec un petit lièvre dont elle s'occupait avec tendresse. Son caractère indomptable se forgea définitivement lorsqu'elle se perdit en forêt pendant une tempête de neige et disparut durant trois jours. Elle avait treize ans. Ils la retrouvèrent dans une grotte, saine et sauve, sereine, couverte d'une pelisse de peaux de bêtes que les moines crurent reconnaître et voulurent brûler. Elle parvint à les convaincre de la lui laisser. Elle ne raconta jamais ce qui s'était passé, mais de ce jour elle sourit et regarda le paysage comme si la nature lui murmurait des secrets.

Puis un jour Rotel eut ses premières menstrues. Le temps avait tempéré le zèle religieux des moines et ils oublièrent qu'elle devait quitter le monastère. Ils se trouvaient à une journée de marche du village le plus proche et rares étaient les habitants ou les pèlerins qui s'approchaient de Santa Afra. Le prieur Adaldus préférant éviter les rumeurs, ils construisirent néanmoins pour elle une cabane en pierre à l'écart du couvent, près des vignes. Les moines aimaient Rotel comme leur fille, et ils n'avaient plus l'âge de succomber à la tentation. En outre, elle travaillait sans relâche. La maigre fillette devenait une jeune fille d'une beauté saisissante et froide qui ne se montrait chaleureuse que dans l'intimité du monastère ; les rires partagés avec les *frates* rompaient souvent la paix de Santa Afra et dérangeaient le prieur Adaldus. Hors de l'enceinte monastique, Rotel paraissait inatteignable. Au contraire de son frère, le bel Isembard, dont toutes les donzelles de la bourgade rêvaient.

Les deux jeunes débordaient d'énergie, tandis que la communauté vieillissait. Les conditions de vie difficiles et l'alimentation frugale minaient la santé des moines. Heureusement, Isembard et Rotel se chargeaient des travaux des champs, s'occupaient du petit couvent et remplissaient la resserre de vivres.

Tout changea à l'été 860 lorsqu'une épidémie toucha les habitants de la vallée. Les moines moururent, et seuls le prieur Adaldus et un *frate* nommé Remigius survécurent. Pour éviter que le monastère tombe dans l'abandon et que ses terres passent aux mains du comte de Gérone, ils les offrirent à une autre communauté.

Les sept nouveaux moines qui s'installèrent à Santa Afra suivaient aussi la règle bénédictine, mais selon la nouvelle rigueur imposée sous le règne de Louis le Pieux par Benoît d'Aniane. À leur arrivée, ils ne virent pas d'un bon œil la présence de Rotel. Son impureté féminine contaminait la maison de prière. Et sa beauté inaccessible leur paraissait mortifère.

Sixto, le défenseur le plus acharné de la réforme de Benoît d'Aniane, fut nommé prieur. La situation bascula. Rotel n'avait plus l'autorisation de pénétrer dans la chapelle que pendant les messes, à condition de demeurer au fond, la tête couverte. Elle n'avait plus le droit d'adresser la parole aux moines, et Sixto décida qu'elle resterait tant qu'on ne lui aurait pas trouvé un couvent de femmes ou une famille dans le village. Isembard intervint, sans succès. Bientôt, Santa Afra cessa aussi d'être son foyer.

En cet automne 861, Rotel avait quinze ans et Isembard dix-neuf. C'était le 19 octobre, veille de la Saint-Simon, et le nouveau prieur avait décidé de célébrer des vêpres solennelles sans en expliquer la raison. En fin d'après-midi, la petite cloche de la chapelle du monastère sonna avec insistance. L'écho en retentit jusque dans les montagnes. Isembard se dressa au milieu des ceps, s'étirant le dos, les mains sur les hanches. Ils taillaient la vigne et il leur restait encore beaucoup à faire, mais ils ne pouvaient pas se dispenser d'office, sous peine d'offenser le prieur, une fois de plus.

— C'est l'heure, Rotel ! cria-t-il.

Sa sœur apparut à l'autre bout du rang de vigne.

— Je ferais mieux de ne pas y aller, dit-elle, l'air sombre.

— On nous privera de nourriture pendant deux jours. C'est comme ça, maintenant.

Les gens du village assistaient à l'office, selon l'habitude, ainsi qu'un noble tonsuré venu du comté de Barcelone, un Franc qui se faisait appeler Drogon de Borr et dont *frate* Remigius parlait avec méfiance. Il était très puissant dans la Marche, où il possédait des terres et quelques petits châteaux, entre Barcelone et Urgell ; des histoires inquiétantes circulaient à son sujet et à propos d'un harem de très jeunes femmes qu'il entretenait. On disait qu'il se trouvait dans le comté de Gérone pour attendre le nouvel évêque de Barcelone, en route vers son diocèse. Désireux de devenir comte de Barcelone, Drogon de Borr espérait s'attirer ses bonnes grâces. Tout le monde s'étonnait qu'il se soit arrêté dans l'humble couvent de Santa Afra.

Sixto se moquait des rumeurs du peuple et de ses *frates*. Voulant développer et enrichir le monastère, il cherchait des protecteurs. Drogon de Borr et ses hommes s'étaient arrêtés à Santa Afra au cours d'une partie de chasse, il les avait aussitôt invités à la célébration, sans prendre le temps de s'interroger sérieusement sur le caractère insolite d'une telle halte, aussi éloignée de Gérone – sans nul doute un présent envoyé par le Très-Haut.

Rotel ôta son mouchoir de tête pour libérer l'abondante chevelure qui couvrait ses épaules en douces vagues. Isembard comprenait sa peur. C'était une toute jeune fille, or sa beauté saisissante faisait l'objet de tous les regards. Les moines et les villageois la connaissaient, mais ce jour-là un aristocrate à la mauvaise réputation allait la découvrir, et cela risquait de tout changer.

— Le prieur Sixto n'a pas besoin de nous pour obtenir l'aumône, insista-t-elle en s'approchant de son frère.

— Nous gagnons notre pain et nous respectons les préceptes. Il en a toujours été ainsi, Rotel.

— Au village, on raconte que je suis la concubine des moines, ajouta-t-elle, blessée.

— Oui, et aussi que tu as des yeux de sorcière, plaisanta-t-il. Ne les écoute pas. Nous resterons au fond de l'église avec les serfs et les bergers. Personne ne fera attention à nous.

Rotel n'avait pas l'air convaincue. Isembard la serra dans ses bras vigoureux. Il avait toujours pris soin de sa petite sœur. Même si les hommes de Drogon étaient armés d'épées en fer, il se jura de ne jamais laisser personne lui faire de mal.

— Va devant, grand frère, dit Rotel. J'arrange mes cheveux et je me couvre la tête.

Isembard s'éloigna et elle commença à tresser ses cheveux, ce qu'elle faisait quand elle était nerveuse, le regard rivé sur la vigne qui avait grandi avec eux. Elle ne voulait pas monter au monastère et être exposée par Sixto telle une bête de foire, or c'est ce que le prieur s'apprêtait à faire, elle en était certaine. Au village, d'autres jeunes filles de son âge avaient déjà été mariées selon la volonté de leur père, et les moines pouvaient agir de même avec elle.

Elle courut vers la forêt. Isembard lui-même ignorait que là, dans une grotte secrète, elle conservait sa dame, une statuette en terre cuite qui tenait dans la main. Elle représentait une dame assise, avec une coiffe pointue et un enfant dans les bras. Elle avait l'air très ancienne. Rotel l'avait trouvée dans cette grotte, où elle s'était réfugiée deux ans auparavant, le jour où une tempête de neige avait fait rage. Elle ne l'avait jamais montrée aux moines. Peut-être était-ce la Vierge Marie. Elle était posée sur une corniche, entourée de fleurs fanées. À présent, c'était elle qui la fleurissait, et cela lui faisait du bien.

Cette grotte était son sanctuaire secret. Elle caressa du bout des doigts le visage abîmé de la dame et une larme coula sur sa joue. Elle n'avait pas peur, bien que son âme soit glacée. Il allait se passer quelque chose, elle le pressentait.

Quand elle ressortit, elle s'immobilisa, surprise. La forêt était étrangement silencieuse. Quelque chose siffla au sol. Une vipère se dressa à ses pieds. Rotel avait plus d'une fois approché un serpent, et elle ne bougea pas. Sans quitter des yeux le reptile, elle se pencha imperceptiblement et, anticipant son attaque, elle lui attrapa la tête au moment précis où il allait mordre.

— Qu'est-ce que tu fais ici ? lui dit-elle. L'hiver approche, tu devrais te cacher, comme moi.

Elle lança la vipère dans les broussailles. Au même instant, elle sentit le duvet de sa nuque se hérisser. À quelques pas devant elle, une silhouette enveloppée de peaux de bêtes l'observait, immobile au milieu des arbres. Ce n'était pas la première fois qu'elle l'apercevait, ces dernières semaines. Était-ce le spectre d'un défunt, comme les moines le leur racontaient pour leur faire peur quand ils étaient petits, Isembard et elle ? Quelque chose en elle lui soufflait qu'il s'agissait d'un danger plus grand encore. Elle cligna des yeux, et la silhouette disparut.

Elle courut jusqu'au monastère. Son frère devait être désespéré. Elle préférait encore les œillades lascives des hommes à l'ombre sinistre qui la guettait dans la forêt.

Au contraire de ce qu'Isembard avait affirmé à Rotel, les Natifs ne passèrent pas inaperçus. La jeune fille supporta l'office du mieux qu'elle put, au fond de l'humble chapelle dépourvue d'ornements et de statues, puis elle finit par se lasser.

— Je veux partir.

— Non ! s'exclama Isembard.

Ils appartenaient au monastère. Ils pouvaient compter sur l'affection du vieil Adaldus et du *frate* Remigius, en revanche le prieur Sixto jugerait leur départ de la chapelle très irrévérencieux.

L'altercation attira l'attention de Sixto. Dérangé au milieu de la prière eucharistique, il l'interrompit. Drogon de Borr, installé à côté de lui, avait raconté qu'il avait été ordonné prêtre dans sa jeunesse, mais il n'officiait pas pendant ces vêpres. La quarantaine passée, il avait un physique de guerrier et une longue chevelure noire qui couvrait une partie de son visage pâle et anguleux. Il détaillait l'assistance de son œil noir d'oiseau de proie qui abritait quantité de souvenirs inavouables. Sur sa cotte de mailles, il arborait un surcot armorié avec un dragon brodé ; il avait déposé sa hache sur l'autel, une audace que le prieur feignait d'ignorer afin de ne pas le contrarier. Son aspect incommodait l'assistance, et il se plaisait à le constater.

En voyant Rotel, il esquissa un rictus et se pencha vers un de ses hommes pour lui chuchoter quelques mots à l'oreille.

La jeune fille quitta la chapelle, incapable de supporter l'horrible pressentiment qui l'assaillait.

Le prieur Sixto continua à célébrer la messe. Il éleva l'humble calice de bois recouvert de laiton, une coupe tout à fait indigne du sang du Christ. Au précédent concile de Reims, il avait été déclaré que le calice devait être en métal précieux, malheureusement Santa Afra était un monastère misérable composé d'une chapelle et d'une petite maison de deux pièces. Les moines l'avaient bâtie de leurs mains, pierre par pierre, sur une colline remise en précaire par le comte de Gérone. Ils subsistaient sans percevoir aucun impôt, et sans posséder de serfs soumis à la dîme. Tout cela devait changer, songeait le prieur. En premier lieu, il lui fallait un calice précieux et d'autres ornements d'église. Il profiterait de la présence de Drogon pour lui offrir une chose qu'il apprécierait. Il soupçonnait que l'homme était revenu pour cela. Peut-être avait-il aperçu Rotel dans les vignes au cours de sa précédente visite.

Sixto ne s'était jamais intéressé aux origines des deux enfants. Les moines, avisés, lui avaient simplement raconté qu'ils étaient arrivés là par une nuit d'orage et que les loups les avaient respectés. La belle jeune fille privée de père, de mère et de parents connus était un don de Dieu. Elle appartenait au monastère, comme les vignes et les chèvres. Le prieur poursuivit la célébration avec optimisme.

À la fin de l'office, Isembard salua quelques connaissances du village avant de partir à la recherche de sa sœur. Il alla à la fontaine proche où elle avait l'habitude de s'asseoir lorsqu'elle était préoccupée ; il ne la vit pas. Le jour tombant, les villageois repartaient en petits groupes, et Drogon prit le chemin de Gérone avec ses soldats. Isembard soupira, soulagé. Rotel n'ayant toujours pas réapparu, il se rendit dans sa cabane, au cas où elle y serait.

— Rotel ?

Il entendit son cri étouffé et entra, angoissé, sans mesurer le danger. Sa sœur était attachée et bâillonnée au sol mais, avant de pouvoir réagir, il reçut un coup derrière la tête et sombra dans l'obscurité.

— Isembard, réveille-toi !

Une voix martelait son crâne. Quand il parvint à soulever les paupières, il ressentit une douleur insupportable, puis il distingua le vieil Adaldus dans la pénombre.

— Ils l'ont emportée ! lui dit le moine, affligé.

La peur envahit le jeune homme.

— Rotel ! Que s'est-il passé ?

— Le prieur l'a vendue à Drogon.

— Je l'ai vu partir avec ses hommes et personne d'autre !

— Il n'a pas voulu agir devant les villageois. Un de ses soldats a enlevé Rotel à la nuit tombée, avec l'aide de deux des nôtres, lâcha Adaldus, honteux. Que Dieu nous pardonne.

Encore étourdi, Isembard se redressa, affolé. Il n'avait pas su la protéger.

— Frère Adaldus, croyez-vous que Drogon soit venu pour elle ? Jamais un noble ne nous avait rendu visite jusqu'alors.

— Il est possible qu'il l'ait aperçue quand il est venu ici avec ses hommes, il y a quelques semaines, ou alors un villageois lui aura parlé d'elle, peu importe. Rotel est très belle, mais aussi très spéciale, tu le sais mieux que quiconque. Il se peut que ce soit un caprice, ou qu'il existe une autre raison…

— Je dois la retrouver, affirma Isembard.

Bien que paniqué, il n'abandonnerait pas sa sœur.

Adaldus lui donna un couteau et une bourse contenant quelques oboles d'argent. Ce seraient ses seules armes contre l'épée du soldat de Drogon ; depuis qu'il s'était enfui de Tenes, douze ans plus tôt, Isembard n'avait pas revu d'arme comme celle-ci.

— Vous avez volé le prieur Sixto !

— Sixto est convaincu d'être l'instrument de Dieu, or moi aussi je le suis, dit Adaldus en serrant Isembard dans ses bras. – Il aimait ce garçon et sa sœur comme ses propres enfants. – J'ai été prieur pendant des décennies, et à présent je ne reconnais plus Santa Afra. Si tu parviens à la sauver, surtout ne revenez pas !

— Que deviendrons-nous ? murmura Isembard, abattu.

Depuis qu'il était enfant, il avait servi des hommes qui se consacraient à la prière, et il ne comprenait pas pourquoi Dieu le punissait de la sorte… À moins qu'Il n'ait un dessein impénétrable pour eux deux ?

Adaldus pleurait. Il se sentait coupable. Lorsque Rotel avait saigné pour la première fois, à treize ans, il était prieur du monastère, et il aurait dû la donner à un jeune paysan honnête. La jeune fille aurait connu une existence précaire, certes, mais à présent elle était livrée aux caprices d'un noble de mauvaise réputation et aux intentions douteuses. Il prit de nouveau Isembard dans ses bras. Il le connaissait bien. Le garçon avait un esprit noble et dans ses veines coulait un sang légendaire. Toutefois il n'était qu'un serf sans rien dans les mains ni dans les poches. Le vieux moine savait pourtant que, même ainsi, il prendrait tous les risques pour Rotel. Il voulut lui insuffler du courage.

— Souviens-toi que tu es le fils d'Isembard de Tenes. Je regrette de ne pas t'avoir parlé davantage de ta famille, mais tu découvriras l'histoire par toi-même. Tu dois partir, maintenant.

L'évocation de son père causa une profonde douleur au garçon. Le chevalier lui avait promis de lui apprendre à manier l'épée, et il n'était jamais revenu pour tenir sa promesse. Aujourd'hui, son fils ne savait que s'occuper de la vigne et réparer les murs du vieux monastère, et il avait à l'âme une vieille blessure qui suppurait la haine et la frustration.

— Dans quelle direction sont-ils partis ? demanda-t-il à Adaldus.

— Prends le chemin de Gérone. Drogon a l'intention d'y retrouver le nouvel évêque de Barcelone. Le mercenaire qui détient Rotel ne doit pas être loin. S'il n'a pas encore rejoint Drogon, tu pourras peut-être le surprendre. Sois prudent.

— Dites adieu de ma part au *frate* Remigius.

— Il est en train d'occuper tout le monde avec une histoire ennuyeuse. Il vaut mieux qu'il ne te voie pas.

Isembard prit la cape qu'Adaldus lui tendait et s'éloigna comme une ombre le long de l'étroit sentier, la tête le lançant à cause du coup.

À plusieurs milles de là, il distingua deux moines de Sixto qui revenaient par le même chemin. Il se cacha derrière un chêne. Les deux hommes admiraient à la lueur de la lune un splendide calice en argent orné de perles. Il en déduisit qu'il s'agissait du prix payé pour sa sœur : Santa Afra n'avait pas les moyens d'acheter un objet d'une telle valeur. Furieux, il prit une grosse pierre mais, au dernier moment, il se retint de la lancer. Dans le silence de la nuit, la rixe s'entendrait de loin et le bruit pourrait alerter le ravisseur de Rotel. S'il voulait avoir une chance de réussir, il devait le prendre par surprise.

Lorsque les moines eurent disparu dans la nuit, il se remit en route. Peu après, il aperçut un cavalier accompagné de Rotel, couverte de sa pelisse en peaux de bêtes, qui marchait les épaules basses, attachée à la monture par une corde.

Sentant la présence de son frère, elle tourna la tête. Elle fit un geste pour lui demander d'attendre, mais Isembard, dans un cri, lança la pierre. Elle frappa le casque rond de l'homme. Le cavalier se raidit sous la douleur. Isembard courut, se jeta contre lui et lui planta son couteau dans la cuisse. Envahi par la peur, il parvint néanmoins à couper la corde et à détacher les mains de Rotel. Le guerrier, qui s'était ressaisi, sauta de son cheval et le renversa d'un coup. Isembard perdit le couteau et reçut dans les côtes un coup de pied qui le laissa sur le sol, le souffle coupé.

— Ayez pitié, c'est mon frère ! implora Rotel.

L'homme de Drogon frappa à nouveau Isembard, l'envoyant rouler sur le sentier.

— Tu es courageux, gamin, murmura-t-il.

Il s'approcha de lui en boitant et tira de sa ceinture une petite hache à main.

— Mais ta sœur ne peut pas gâcher sa vie dans ce misérable monastère de Santa Afra.

Isembard, incapable de se redresser, se traîna sur le sol. Instinctivement, il leva le bras pour se protéger, espérant que Rotel en profiterait pour s'enfuir vers la forêt.

L'homme émit alors un horrible gargouillement, et la hache lui glissa de la main. Il regardait en face de lui, déconcerté, tandis que le sang jaillissait par jets de sa gorge tranchée. Il s'effondra. Isembard vit Rotel derrière lui. Elle tenait le couteau qu'il avait perdu. Quand ils tombèrent dans les bras l'un de l'autre, Isembard découvrit une lueur brillante et inquiétante dans les yeux de sa sœur. La délicate jeune fille de quinze ans n'avait pas tremblé au moment d'égorger l'homme.

— Ils venaient pour m'enlever ! dit-elle, ébranlée, tâchant de s'excuser en voyant le visage défait de son frère. Le prieur m'a vendue !

Depuis que le soldat s'était emparé d'elle, au bord de la fontaine, Rotel était épouvantée. C'était une sensation aussi forte qu'inconnue d'elle. Elle n'avait jamais craint la solitude dans les contrées désertes, elle n'avait jamais eu peur de se perdre ou d'affronter les dangers de la forêt, or ce soir-là elle avait fait l'expérience de la terreur : se trouver sans défense à la merci d'autrui. Elle avait réagi de manière instinctive. Devant ses mains ensanglantées, elle frissonna.

— Drogon a payé un nouveau calice pour t'avoir, ma sœur.

Isembard avait l'impression que son cœur allait exploser. À part cette douleur, sur son côté gauche, il allait bien et Rotel aussi. Et elle était libre. Néanmoins, un doute l'étouffait.

— T'ont-ils fait du mal ?

— Non, cet homme me conduisait à Drogon, c'est tout, répondit la jeune fille, qui essaya de sourire pour rassurer Isembard. Il m'a dit qu'on allait au château de Tenes.

— Au château de notre père ?

Isembard éprouva une souffrance cuisante ; après tant d'années, le passé resurgissait au cours de cette funeste nuit.

Rotel fit oui de la tête. Elle retrouvait progressivement son calme, néanmoins ils étaient tous deux plongés dans un doute profond. Ils savaient que leurs vies venaient de changer à jamais.

— Le château est le refuge de Drogon. Je crois qu'ils savent qui nous sommes. Qu'allons-nous faire ? demanda-t-elle en observant Isembard de son regard clair et profond.

— Nous ne pouvons pas retourner à Santa Afra. Et dans la bourgade, on nous dénoncera.

Les paroles d'Adaldus revinrent à la mémoire du garçon : « Rappelle-toi que tu es le fils d'Isembard de Tenes. » Le corps sans vie d'un mercenaire gisait à leurs pieds. S'il voulait protéger Rotel, il ne devait plus penser comme un serf.

— Les hommes de Drogon nous chercheront dans les environs du monastère, Rotel. Gérone compte de nombreux habitants et nous passerons inaperçus. Drogon ne s'attendra pas à ce que nous y allions. J'ai une obole d'argent. On pourrait s'enfuir avec une caravane de marchands.

Rotel le dévisagea d'un air inquiet. Elle n'était jamais sortie du monastère. Elle ne savait même pas utiliser les pièces de monnaie et encore moins négocier avec des margoulins.

— Qu'allons-nous devenir ?

Isembard la serra contre lui. Il ressentait la même peur que lorsqu'ils s'étaient enfuis du château, enfants. Dieu les mettait de nouveau à l'épreuve, et il voulut Lui manifester sa fermeté.

— Nous sommes d'ici, nés sur cette terre, et nous avons déjà vaincu la mort une fois. Je te protégerai, Rotel.

Elle connaissait bien son frère, il était courageux, toutefois la situation le dépassait. Malgré tout, elle lui faisait confiance.

Ils recouvrirent le cadavre du mercenaire d'un tapis de feuilles mortes, puis ils effrayèrent son cheval avant de s'enfuir. Leur existence à Santa Afra était terminée et ils ne se retournèrent pas. Ils s'échappaient en silence, sans savoir s'ils laissaient derrière eux les pires ombres ou si elles les attendaient plus loin, devant.

4

Gérone

Le jour se levait sur la ville silencieuse plongée dans un brouillard épais qui montait de la rivière Onyar et enveloppait les robustes murailles. Les premiers marchands occupèrent les meilleures places sous le porche de l'église. Ils avaient pour ordre d'attendre la fin de la messe, mais ils voulaient profiter de la présence des colons du nouvel évêque Frodoi en partance pour Barcelone. Ils vociféraient, vantaient leurs couvertures et leur outillage, pendant que les charpentiers vérifiaient les roues et les axes des chariots. L'hiver s'annonçait rude. Les pluies avaient rendu la route depuis Narbonne peu praticable et le reste du trajet menaçait d'être pire encore. Ils pouvaient encore emprunter des tronçons de l'ancienne voie romaine, en revanche dans les parties en terre les roues risquaient de casser quand elles s'enfonçaient dans la boue.

Dans l'église sombre, les fumées d'encens ternissaient l'éclat des cierges et masquaient les relents de sueur et de cuir des voyageurs. La messe était terminée. Elias, le nouvel évêque de Gérone, conversait avec son vicaire et plusieurs chanoines, tous des hommes âgés, en observant le jeune Frodoi qui priait devant la croix.

Il avait accepté le mandat qui lui avait été confié, mais la curie et la noblesse doutaient encore qu'il arrive sain et sauf dans son évêché de Barcelone. À son départ de Reims, beaucoup s'étaient réjouis de voir s'éloigner un rival qu'ils ne croiseraient plus que lors des conciles. Frodoi avait voyagé avec le moine Servusdei jusqu'à Narbonne, où il avait reçu la bénédiction de l'archevêque Fredold, lequel se demandait si la détermination du prélat n'était pas pur orgueil. Le jeune prêtre barcelonais Jordi s'était ensuite joint à eux; il aimait sa terre et il considérait le jeune évêque comme un envoyé du Seigneur.

À la surprise de toute la Cour, le roi Charles avait autorisé Frodoi à emmener avec lui des colons dans la Marche hispanique afin de labourer les terres en friche, propriétés de l'évêché, puisque les bras manquaient depuis l'attaque sarrasine de l'été précédent. Le comte de Barcelone, Unifred, était avec le monarque, et il avait accepté qu'en son absence l'évêque soit la plus haute autorité aux côtés du vicomte. Des messagers et des pigeons voyageurs avaient relayé l'appel aux colons dans toutes les villes de Gothie, de la vallée du Rhône jusqu'aux Pyrénées. La misère sévissait partout, et bien que la seule mention de la Marche hispanique suffise à provoquer l'effroi, une petite centaine de paysans, d'artisans et de guerriers estropiés, ainsi qu'un moine égaré, partirent pour Narbonne. Certains, en haillons et démunis de tout, avaient une allure cadavérique; d'autres possédaient des chariots et des esclaves. Tous cherchaient une ultime chance, même si c'était dans le recoin le plus désolé de la chrétienté. Frodoi envoya ses clercs dresser des listes sans poser de questions. Pour lui aussi, une nouvelle vie commençait.

L'évêque Elias s'approcha du jeune prélat et remarqua sur son beau visage la trace d'une larme qui se perdait dans sa barbe noire bien taillée, à la mode de la cour franque.

— Depuis que je suis en Gothie, j'entends dire que Barcelone est condamnée à disparaître, chuchota Frodoi, la voix cassée. Serait-ce la volonté de Dieu?

Elias éprouva de la compassion pour cet homme qu'une tâche difficile attendait.

— Je crois que la volonté de Dieu est que vous évitiez une telle situation, mais cela ne vous sera pas facile.

Frodoi se tourna vers la croix et, agenouillé, il reprit sa prière. Il se leva peu après. Son moment de faiblesse était passé.

— Il n'est plus possible de faire marche arrière. Que Dieu nous protège.

La cloche de l'église sonna avec insistance ; les prêtres sortirent sous le porche. L'archidiacre plaça la luxueuse mitre sur la tête de Frodoi. Elias le bénit. La crosse dans la main, le nouvel évêque s'adressa aux colons qui l'attendaient avec espoir :

— Vous qui m'accompagnez dans ce voyage, sachez que Dieu vous pardonne vos péchés ! Peu importent les fautes, la honte ou le déshonneur qui peuvent entacher votre passé, cria-t-il avec son habituelle éloquence. Dieu a contenu l'avancée de l'infidèle, et le vénérable Charlemagne a tracé une ligne, une Marche, qu'ils ne doivent jamais franchir. À présent, le Seigneur nous demande de rejoindre ceux qui vivent là-bas pour cultiver les champs abandonnés, rebâtir les monastères détruits et fonder des domaines fonciers. Nous n'ignorons pas que c'est une terre imbibée de sang, mais j'ai prié, et Dieu m'a concédé une vision.

Elias le regarda, effrayé. Frodoi étendit les mains comme pour embrasser la foule.

— J'ai vu des ceps de vigne ployer sous le poids des grappes, des troupeaux de milliers de têtes, des champs de blé doré s'étendant à l'infini, et des tables couvertes de fromage, de lard et de charcuterie ! Nous ne marchons pas vers la mort ! Une terre de lait et de miel nous attend !

Des vivats éclatèrent dans la multitude rassemblée devant l'église. Les enfants de Gérone demandaient à leurs parents de les emmener avec eux. Elias remarqua le sourire de Frodoi.

— Ils ont besoin de croire, expliqua le jeune prêtre.

Cinq soldats équipés d'une cotte de mailles passée sur un gambison fourré, le heaume arrondi dans la main, s'approchèrent de Frodoi dans une attitude révérencieuse. Ils composaient la garde personnelle de l'évêque de Barcelone, arrivée la veille pour l'escorter jusqu'à destination. Frodoi salua le capitaine Oriol. Âgé de vingt-sept ans, le capitaine avait déjà consacré six années au service du siège de l'évêché. Ses meilleurs hommes l'accompagnaient : Duravit, Italo, Nicolas et Egil, tous des vétérans. Ils étaient moins nombreux qu'il ne l'espérait, mais le raid des Sarrasins au cours de l'été précédent avait causé des pertes, et de nombreux blessés étaient encore convalescents. Les cinq hommes avaient fait le serment sacré de protéger la vie de l'évêque. Frodoi fixa Oriol droit dans les yeux ; son regard bon et droit le réconforta : la pire étape du voyage les attendait.

Drogon de Borr se tenait assez près de l'évêque avec ses hommes, des mercenaires, lui précisa Oriol. Frodoi avait aimablement décliné son offre de l'escorter jusqu'à Barcelone. Soupçonnant une tentative de manipulation pour obtenir ensuite des faveurs, il avait allégué qu'il possédait sa propre garde. Il ne voulait pas arriver dans son diocèse lié par des engagements et des loyautés. Drogon avait feint d'accepter le prétexte, mais son sourire tendu attestait du grief subi.

La cloche sonna de nouveau. La mitre et les atours de cérémonie furent rangés dans un grand coffre. Frodoi, vêtu d'une simple tunique noire et tenant la crosse en argent, monta sur son cheval. Accompagné de sa garde, il suivit le porte-croix qui marchait en tête du convoi. Ils sortirent de Gérone par la porte de l'Onyar pour s'engager sur la via Augusta en direction du sud. Les colons qui partaient avec l'évêque s'approchèrent par groupes tandis que les habitants leur disaient adieu dans une clameur sonore.

Isembard et Rotel, qui se trouvaient dans la foule rassemblée devant l'église, observaient le départ, dissimulés sous leurs capes. Ils déambulaient dans la ville depuis une journée, la peur au ventre, mais, comme Isembard l'avait prédit, ils passaient inaperçus au milieu des colons. Gérone était un lieu hostile pour eux, or jusque-là personne ne leur avait prêté attention. D'après les marchands, Drogon de Borr avait envoyé des soldats à Santa Afra pour rattraper deux serfs qui avaient tué un homme. À présent, les étrangers repartaient.

Les paroles de Frodoi avaient impressionné Isembard. Il n'avait jamais croisé un homme doté d'un tel charisme ; les moines de leur enfance s'étaient toujours montrés calmes et mesurés.

— Notre salut est avec eux, Rotel, assura Isembard, qui avait sondé quelques colons avant le discours de l'évêque. Ils ont besoin de bras pour les travaux des champs, et les moines qui inscrivent les volontaires ne posent aucune question.

— Et Drogon ? se méfia Rotel. – En face du porche de l'église, le noble et ses hommes ne bougeaient pas. – Ne part-il pas avec eux ?

— J'ai entendu dire que l'évêque avait refusé son escorte parce qu'il a sa garde personnelle.

Rotel hocha la tête, peu convaincue. Elle préférait rester seule plutôt que de se joindre à une centaine d'inconnus, mais Drogon avait payé un calice de grande valeur pour elle et il continuerait à la poursuivre. Dès que la ville se viderait, son frère et elle deviendraient trop visibles.

La foule se dispersa et ils restèrent à découvert. Isembard prit Rotel par la main et ils se mêlèrent aux colons qui se pressaient devant la porte de l'Onyar pour quitter Gérone.

— Que personne ne passe sans être identifié, cria le responsable de la garde qui surveillait la porte. Deux serfs en fuite pourraient se trouver parmi les colons.

Les jeunes gens se regardèrent, saisis d'effroi. Drogon avait pris ses précautions ! Sous l'arc de la porte de l'Onyar, un jeune clerc inscrivait sur un parchemin l'identité de ceux qui quittaient la ville. La garde municipale obligeait chacun à se découvrir la tête.

— Qu'est-ce qu'on fait ? demanda Rotel, qui étouffait au milieu de la foule.

Ils voulurent reculer, quand le groupe compact les entraîna vers la porte, au milieu des protestations de quelques-uns. Ils arrivèrent devant l'arc. Un soldat leva les yeux sur eux d'un air indifférent.

— Toi, ordonna-t-il à Rotel, découvre-toi.

Elle jeta un regard impuissant à son frère. Elle ne pouvait pas refuser. Au moment où elle découvrait sa chevelure blonde, la jarre que portait un homme derrière elle tomba sur le sol, se fracassant en mille morceaux.

— Corne de bouc ! Peste soit de cette satanée fille !

Une flaque d'huile se répandit sur les dalles. Le propriétaire de la jarre maudissait la jeune fille qui l'avait bousculé tandis que son compagnon s'efforçait de le calmer. Un vieil homme glissa sur la nappe d'huile et une grande confusion s'ensuivit. La coupable des dégâts adressa discrètement un geste pressant à Rotel.

— Allons-nous-en ! réagit Isembard en tirant sa sœur par la main.

Les soldats et le moine qui dressaient la liste furent poussés par la foule qui cherchait à éviter l'huile répandue sur le sol. Le frère et la sœur, tête basse, s'éloignèrent, persuadés qu'on allait les rappeler. En arrivant au bord de la rivière, ils tombèrent dans les bras l'un de l'autre, soulagés. L'évêque et son escorte à cheval avançaient déjà à bonne distance, suivis des premières familles. Ils leur emboîtèrent le pas, comme les autres colons.

— On a eu chaud ! lança une voix joviale derrière eux.

Ils sursautèrent. Une jeune fille vêtue d'une tunique tachée d'huile leur sourit. Elle devait avoir l'âge d'Isembard, ses cheveux étaient bruns et son regard lumineux. À côté d'elle, un homme un peu plus âgé, roux, la considérait d'un air terrifié. Isembard lui sourit à son tour avec gratitude. Une sensation inconnue l'envahit instantanément quand il découvrit le visage gracieux de leur salvatrice sous sa capuche.

— Pourquoi as-tu fait cela ? voulut savoir Rotel, soupçonneuse.

Elisia mit un peu temps à répondre. Isembard était le plus joli garçon qu'elle avait jamais vu ; elle nota un fourmillement inattendu dans son ventre.

— Je travaillais dans une auberge et, dans ma vie, j'ai croisé quantité de personnes qui cherchaient à fuir. Je dois dire que vous êtes les plus mauvais que j'aie vus. Vous étiez tellement angoissés que je n'ai pas pu m'empêcher d'agir. Je m'appelle Elisia. Voici mon mari, Gali, et nous venons de Carcassonne. Je ne vous avais pas remarqués avant.

Le frère et la sœur s'observèrent, silencieux. Rotel paraissait avoir hâte de s'éloigner, mais Isembard réagit avant elle.

— Nous sommes des bergers de la montagne, et nous venons du nord du comté, mentit-il sans quitter Elisia des yeux. – Il était hésitant, car il n'avait parlé qu'à très peu de femmes dans sa vie. – Ma sœur s'appelle Rotel. Moi, je suis Isembard. Nous étions en ville pour vendre nos fromages et nous avons décidé de nous joindre aux colons en partance pour Barcelone.

Elisia se perdait dans le regard bleu du jeune menteur. Sa timidité l'émouvait. Il était différent de Gali. Dans le bleu de ses pupilles, elle voyait de la lumière, et ses traits fins la troublaient.

Elle essaya de le dissimuler car son mari était à côté d'elle. Elle désigna le prélat qui marchait devant.

— Peu importe d'où vous venez et ce que vous avez fait. L'évêque Frodoi dit que nous aurons tous notre chance. Vous aussi, si vous le souhaitez.

— Pourquoi êtes-vous ici, vous ? demanda Rotel.

Elle avait surpris l'émotion d'Elisia devant Isembard, et cela la dérangeait.

— Avez-vous entendu l'évêque, quand il parlait des nourritures et des récoltes ? Eh bien moi, je les cuisinerai !

Gali examinait les deux fuyards. Ils n'avaient pas de baluchons et ils portaient de vieux vêtements rapiécés. Ils n'étaient personne ; des serfs, peut-être. Il leur adressa la parole d'un ton dédaigneux :

— Nous voulons ouvrir une taverne. Ma jeune épouse est la meilleure cuisinière de toute la Gothie. Pour les autres, il y aura du travail dans les champs…

Il lança un coup d'œil libidineux à Rotel avant d'ajouter :

— … et beaucoup d'enfants à mettre au monde pour repeupler la Marche.

Le frère et la sœur ne répondirent pas. Elisia se fâcha à cause du mépris affiché de Gali. À ce moment, deux cavaliers surgirent de la porte de l'Onyar et commencèrent à obliger les colons à se découvrir la tête. Isembard et Rotel ajustèrent leur capuche.

— Ils vous cherchent, dit Elisia d'un ton grave. C'est pour cela qu'ils surveillaient ceux qui sortaient.

Isembard la regarda. Il vit dans ses yeux couleur de miel quelque chose qui le poussa à être sincère.

— Ils ont vendu ma sœur et… on s'est enfuis, expliqua-t-il prudemment.

Sans attendre, Gali prit Elisia à part pour lui parler, sans cacher son sourire.

— Si ce sont ceux qu'ils recherchent, ils nous donneront peut-être une récompense pour les deux.

— Elle est très jeune, Gali ! s'exclama Elisia, horrifiée. Son frère la protège, mais ils ne connaissent personne ici. Nous devons les aider !

— Ce ne sont que des serfs !

Elisia n'était pas l'épouse soumise et discrète que Gali espérait, et ça le rendait furieux.

— Je l'étais, moi aussi, répliqua-t-elle.

— Désormais tu es libre, et tu es ma femme ! cracha-t-il d'un ton aigre. Tu dois m'écouter.

Elisia prit peur devant la réaction de Gali, pourtant elle ne lâcha pas prise.

— Imagine que deux inconnus vous aient dénoncés et livrés quand vous vous êtes enfuis de Vernet, avec ton grand-père Gombaud ?

Gali serra les poings, irrité par cette remarque, néanmoins il se retint – il y avait du monde autour d'eux.

— Ils pourraient nous causer des problèmes.

— C'est déjà le cas, rétorqua Elisia en montrant sa tunique tachée. Nous les avons aidés à sortir de Gérone.

— Et comment comptes-tu leur éviter d'être arrêtés ? dit Gali en comprenant qu'elle avait raison.

— On va les faire disparaître, répondit-elle avec un sourire malicieux.

Elle se rappelait les astuces que les marchands racontaient à l'auberge pour échapper aux collecteurs d'impôts ou à d'autres dangers. Elle n'aurait jamais pensé qu'elle en viendrait un jour à utiliser l'un de ces stratagèmes. Ils revinrent près du frère et de la sœur. Gali les toisa d'un air méfiant. Sa jeune épouse manifestait trop d'intérêt à sauver le bel Isembard.

— Ayez confiance en moi et faites ce que je vous demande, expliqua Elisia tout en surveillant du coin de l'œil les soldats qui se rapprochaient dangereusement.

— Elle a grandi dans une auberge au milieu des marchands et des truands, fit valoir froidement son mari.

Méfiante, Rotel fronça les sourcils. Isembard, plongeant dans les yeux d'Elisia, retint fermement sa sœur par l'épaule. De toute façon, il était trop tard pour fuir, les soldats les verraient.

— Isembard, dit Elisia, fais semblant d'être un esclave de mon mari, et toi, Rotel, prends ma cape et donne-moi la tienne. Tu viendras avec moi.

Les deux jeunes acquiescèrent ; ils n'avaient pas d'autre choix. Elisia et Rotel s'approchèrent d'une famille d'aspect modeste qui traînait un chariot à deux roues dans lequel étaient assises une femme allaitant un nouveau-né et une fillette d'environ trois ans. La femme sourit en reconnaissant Elisia et elles discutèrent à voix basse. La mère observait successivement Rotel et les gardes qui approchaient. Elle finit par faire oui de la tête, puis montra son nourrisson à Rotel.

— Elle s'appelle Auria et elle n'a qu'un mois, dit Elisia. Sa maman, c'est Leda. Ce sont de bonnes gens, Rotel, et ils acceptent de t'aider. Tu n'as jamais donné le sein, je présume ?

— Mais...

— Allez, sors-le, tout de suite !

Derrière, les cavaliers acclamaient Gali qui bousculait Isembard avec une cruauté exagérée, comme si son serf l'avait mis en colère. Il le renversa dans le chemin boueux et les soldats s'éloignèrent, amusés. Elisia secoua Rotel avec insistance. La jeune fille baissa une manche et, nerveuse, approcha le bébé de sa poitrine.

— Mon Dieu ! gémit-elle en sentant la morsure des gencives.

— Tu n'as jamais enfanté, n'est-ce pas ? murmura Leda. Viens, assieds-toi à côté de moi...

Les soldats arrivèrent à leur hauteur et s'arrêtèrent devant la jeune fille.

— J'espère que tu nous l'offriras, après !

Ils éclatèrent de rire. Rotel serra les mâchoires. La douleur était insupportable, mais elle l'endura en silence. La petite Auria s'agitait car elle n'avalait rien et paraissait sur le point de pleurer. Elisia, qui marchait quelques pas devant, se mit à tousser bruyamment dans sa capuche.

— Regarde la cape... Elle correspond à la description ! s'écria l'un des cavaliers.

Il tira brusquement sur le tissu et découvrit Elisia.

— Tu es arrivée avec l'évêque il y a deux jours, toi. Où as-tu trouvé cette cape ?

— Monsieur...

Elisia toussa avant de parler.

— Une jeune fille blonde, très jeune et très jolie, me l'a donnée. Qu'est-ce que j'ai fait, mon Dieu ? Prenez-la, si vous la voulez !

Les deux soldats se regardèrent avec un air dégoûté pendant qu'Elisia toussait continûment.

— Où allait-elle ?

— Elle fuyait avec un garçon qui lui ressemblait beaucoup, monsieur. Du côté de la muraille, vers le nord, je crois… Je n'en sais pas plus…

Elle feignit d'étouffer.

— Je… Je…

— Écarte-toi, merdaille ! Allons-nous-en.

Rotel souffla de soulagement et rendit Auria à sa mère. Elle regarda Elisia.

— On apprend donc tout cela dans une taverne ?

— Seulement les après-midi pluvieux. Le soir, c'est bien mieux !

Leda rit et son mari Jehan aussi. Il était resté sur la défensive pour surveiller et protéger les siens. Il devait avoir dans les trente-cinq ans, la peau marquée mais le regard noble. Leda et Jehan se sentaient fiers d'avoir berné deux hommes armés d'une épée. Ils présentèrent leurs enfants à Rotel : l'aîné, Sicfred, presque de l'âge d'Elisia, Emma, âgée de quinze ans, comme Rotel, Gauderic, huit ans, Ada, assise dans le chariot avec sa mère, trois ans, et enfin la petite Auria.

Isembard et Rotel constatèrent à quel point la jeune femme de Carcassonne était leur opposé. Habituée à communiquer avec des inconnus, elle était déterminée, avait du bagout, et elle avait déjà noué des relations avec de nombreux colons. Elle connaissait même Frodoi et sa suite réduite. L'esprit ouvert et positif de la jeune femme s'avérait très utile à l'évêque dans cette aventure hasardeuse.

Lorsqu'ils perdirent de vue la ville de Gérone, un vent d'optimisme souffla sur la centaine de colons, mais à peine furent-ils sur la via Augusta que l'inquiétude se propagea. Pour se donner du courage, Sicfred et Emma entonnèrent un chant de moisson, bientôt repris par d'autres.

Isembard, furieux contre Gali, profita d'un ruisseau proche pour laver la boue qui le recouvrait. Gali n'avait aucune nécessité de l'humilier ainsi; en outre, il avait mis Isembard en danger en attirant l'attention sur lui. Peut-être à dessein, songeait le jeune homme. Il n'était pas comme son épouse, la fille aux si beaux yeux, pensait-il en se rinçant le visage.

— On l'a échappé belle !

Elisia se tenait debout à côté de lui, les joues légèrement rosies. Elle jetait des coups d'œil vers la montée, craignant de voir apparaître quelqu'un.

— Je te cherchais pour te présenter mes excuses, à cause de mon mari, murmura-t-elle, nerveuse, ne sachant trop ce qu'elle faisait là. Il est peut-être allé un peu loin… Mais c'est un homme bon.

— Merci de nous aider, répondit Isembard en rassemblant son courage. Tu es la première jeune fille que je rencontre, à part Rotel, et aujourd'hui tu m'as sauvé à deux reprises.

Il eut un instant d'hésitation.

— J'en suis également reconnaissant à ton mari.

Elisia était prise d'émotions contradictoires. Ce garçon éveillait en elle des sentiments différents de ceux qu'elle éprouvait pour Gali. Le regard de gratitude d'Isembard lui donnait la chair de poule et, pour la première fois depuis la mort de Lambert, elle se sentit revivre. Elle désirait savoir qui étaient ce frère et cette sœur apparemment si peu à leur place ici.

— Je crois que tout cela ferait une bonne histoire, dit-elle en souriant pour lui plaire davantage, mais je dois partir. Dès que vous le pourrez, présentez-vous aux moines qui accompagnent l'évêque.

Isembard acquiesça. Il désirait parler encore avec Elisia, tant cela lui était facile. Mais elle remonta la petite pente pour rejoindre le chemin principal. Il la suivit peu après pour retrouver Rotel et les enfants de Jehan et Leda. Il n'était pas bon pour eux de rester à l'écart et, même si leur avenir était incertain, chaque pas qui les rapprochait de Barcelone les éloignait de Drogon.

À la tombée du jour, Isembard et Rotel se présentèrent à Servusdei et à Jordi. Ces derniers prirent leurs noms et leur lieu d'origine. Le vieux moine remarqua l'inquiétude sur leurs visages.

— Vous pourrez travailler avec une des familles. Les secrets du passé ne comptent plus. Il vous suffit de prier pour qu'ils ne réapparaissent pas un jour.

Le soir, la famille de Jehan, à la suggestion d'Elisia, invita le frère et la sœur à s'asseoir autour de son foyer, car ils n'avaient pas emporté de vivres. Après un repas frugal composé de lard salé et de pain, Isembard et Rotel racontèrent qu'ils étaient serfs dans un petit monastère, où ils avaient grandi, et qu'ils s'étaient enfuis quand le prieur avait vendu Rotel à l'aristocrate Drogon de Borr. Ils ne mentionnèrent pas le mercenaire tué. À part Gali, manifestement indifférent, tous écoutaient, plongés dans leurs propres drames. Telle était la funeste réalité de la terre maudite qu'ils foulaient.

5

Sur la via Augusta, en direction de Barcelone

Hormis les messagers, les comtes et les évêques avec leur cour et leur suite, ou quelque marchand escorté, ils étaient très peu nombreux à s'aventurer sur les chemins de la Marche. Les pillages et les rapines avaient isolé les villages, et pour voyager d'une ville à l'autre il fallait emprunter ce qui restait des vieilles routes romaines. L'abandon et les continuelles incursions sarrasines faisaient naître de noires légendes concernant des voyageurs disparus, des hordes d'humains vivant comme des bêtes et des périls plus sinistres encore. Les esprits s'assombrissaient à mesure que le convoi de Frodoi approchait de Barcelone. Quantité de tronçons de la voie romaine étaient effondrés ou profondément crevassés à cause de l'absence de dalles, récupérées pour de nouvelles constructions. Les chariots s'embourbaient et il fallait souvent faire des détours. Plusieurs restèrent enfoncés dans la boue et inutilisables, pourtant la colonne ne s'arrêta pas car tous se sentaient vulnérables.

Ils passèrent devant des hameaux et des monastères détruits, conséquence de razzias ou de menaces que personne n'osait évoquer. Les chants allègres et coquins du début laissèrent place à la psalmodie monotone des psaumes. Sur une colline, ils virent un dolmen, une de ces tables de pierre dressées par les géants dans la nuit des temps, deux énormes rochers en soutenant un autre, plat et cyclopéen. Dessous, on discernait des fruits et des traces de sang : les anciens cultes n'avaient pas disparu. Frodoi fit brûler les offrandes et asperger le lieu d'eau bénite. Il n'osa toutefois pas ordonner la destruction du dolmen. Au fond, lui aussi craignait de déchaîner les forces ancestrales, peut-être encore présentes dans des lieux écartés tel celui-ci. Il ordonna à Sicfred, le fils aîné de Jehan et Leda, de prendre la tête du convoi et de porter la croix.

Le troisième jour, un événement se produisit. La nuit tombait et l'escorte de Frodoi avait pris les devants pour chercher un endroit où établir le campement. Soudain, un homme surgit sur un promontoire. Enveloppé dans une épaisse pelisse composée de diverses peaux de bêtes cousues ensemble, il s'appuyait sur une houlette noueuse. Il observait l'escorte en silence. Ils l'apostrophèrent, mais ils ne virent que du noir sous sa capuche. Il recula et disparut.

Rotel s'inquiéta : elle avait déjà entraperçu cette silhouette dans la forêt. Elle garda cependant le silence. L'évêque ne mentionna pas non plus ce fait dans la brève oraison qu'il adressa au groupe quand ils montèrent le campement. Pourtant cette présence silencieuse les emplissait tous d'une terreur superstitieuse ; le lendemain, une des familles qui possédaient des biens et des esclaves repartit vers Gérone.

Ils commencèrent à se sentir observés. Le paysage de vastes forêts de chênes et d'yeuses demeurait identique, en revanche l'atmosphère du convoi changea. Des disputes éclatèrent et les plus petits pleuraient souvent. Les harangues de Frodoi prédisposaient moins à l'optimisme.

La quatrième journée fut pluvieuse et désagréable. Les colons dressèrent le camp sous des abris rocheux à proximité de la via Augusta. Avant la tombée du jour, Isembard vit Elisia qui pénétrait dans un bosquet voisin. Elle avait l'habitude d'aller en fin d'après-midi cueillir des champignons, des baies ou des fruits des bois, afin d'agrémenter les repas qu'elle partageait avec la famille de Jehan. À la lisière de la forêt, elle prit conscience qu'il l'observait, elle lui sourit et s'enfonça sous les ramures.

Isembard jeta un coup d'œil autour de lui. Rotel bavardait avec Emma. Elle avait beau avoir vécu isolée dans un monastère, elle avait noué une amitié avec la jeune fille de son âge et elles marchaient toujours ensemble. Gali, assis sous l'un des abris avec d'autres hommes, vidait une outre de vin et lançait les dés. Le mari d'Elisia choisissait les colons avec lesquels il s'acoquinait, et depuis le premier jour il adressait à peine la parole à son épouse. Il ne l'accompagnait jamais malgré le danger qu'elle courait en s'aventurant dans une forêt inconnue.

Depuis leur rencontre au bord du ruisseau, Isembard avait essayé de s'approcher de nouveau de la jeune femme de Carcassonne. Il la regardait parler et rire avec les colons. Elisia le remarquait toujours et elle lui souriait tendrement, mais Gali, attentif à la curiosité qu'ils éprouvaient l'un pour l'autre, l'éloignait sous n'importe quel prétexte.

Conscient qu'il ne devrait pas le faire, Isembard partit pourtant discrètement sur ses traces. Il la trouva en train de glaner dans les hautes herbes, non loin du campement. Elle pleurait. Il savait que son grand-père était mort récemment, mais pendant les heures de marche, elle était toujours gaie. Ému, il cessa de l'épier et avança vers elle.

En entendant des bruits de pas, Elisia prit peur, mais quand elle le vit elle lui sourit d'un air triste.

— Je ne sais pas ce que je fais ici, Isembard, dit-elle comme si elle avait besoin de se soulager. J'ai laissé ma vie derrière moi, et je me demande si j'ai pris la bonne décision.

— Tu es avec Gali, tenta-t-il.

Elle acquiesça à peine, ne voulant pas parler de son mari. Déjà, il ne se montrait plus aussi tendre qu'à l'auberge et ne la faisait plus rougir avec ses compliments. Sans cesse il lui rappelait qu'elle était libre grâce à lui. Il exigeait ses repas et, chaque nuit, il la prenait avec brusquerie sous la couverture ; le reste du temps, il préférait la compagnie de certains colons et leur vin aigrelet. Malgré tout, elle voulait croire qu'à Barcelone tout changerait ; elle serait aubergiste et ils auraient des enfants.

— Pourquoi es-tu venu, Isembard ? demanda Elisia pour changer de sujet.

— La forêt est dangereuse.

Il se sentit ridicule. Ils étaient non loin du campement. Elisia devina son trouble et essuya ses larmes. Ne voulant pas qu'il parte, elle proposa d'un ton plus enjoué :

— Tu pourrais m'aider à cueillir des baies.

Isembard accepta, très nerveux. Il ne s'était jamais promené avec une jeune fille, sauf avec sa sœur. Elisia lui parla avec nostalgie de Carcassonne et, distraits, ils s'enfoncèrent dans la forêt, toujours plus sombre au jour finissant. Il l'écoutait avec ravissement, admirant la douceur de ses traits, sa beauté discrète, qui contrastait avec ses mains noueuses, témoignages d'années de labeur. L'intimité de ce moment l'effrayait.

Observatrice, Elisia percevait clairement ce que ressentait Isembard ; elle rougit. Il était si différent de Gali et des jeunes dégourdis qui fréquentaient l'auberge d'Otèri ! Il parlait peu et ses réponses étaient mesurées. Il n'avait apparemment pas beaucoup l'habitude de s'adresser à des femmes. C'était pourtant le plus bel homme qu'elle avait jamais vu. Il avait des traits aussi délicats que ceux de sa sœur, mais sous son vieil habit se devinait un corps musclé et rompu aux travaux pénibles. Il lui plaisait. Avec Gali, elle avait découvert la relation charnelle ; il la possédait en haletant, sans lui parler ni la caresser. Elle se demanda s'il en serait de même avec un autre homme.

La pluie se mit à tomber dru et ils coururent en riant vers une cavité rocheuse qu'ils découvrirent derrière un chêne vert. L'endroit était étroit et leurs corps se frôlaient. Elisia enleva son foulard pour l'essorer. Elle arrangea sa chevelure brune, consciente de l'attention du jeune homme. En agissant ainsi, elle offensait son époux, cependant elle ne s'écarta pas. La tension la stimulait, et elle comprit que quelque chose de profond et d'intense était en train de naître entre eux.

Un désir interdit s'éveilla également chez Isembard alors qu'il respirait l'odeur des cheveux humides d'Elisia. Sentir son corps collé au sien l'excitait, et son esprit fit taire les longues harangues des moines de Santa Afra sur la luxure et l'adultère. Levant une main, il s'aventura à caresser le visage d'Elisia. Elle ferma les yeux et, pour la première fois, oublia Carcassonne.

— J'appartiens à mon époux, murmura-t-elle, incapable de franchir la ligne.

Isembard n'osa pas aller plus loin tandis qu'Elisia se débattait entre la culpabilité et le désir. Soudain, ils entendirent des voix provenant du bois. Ils se séparèrent, décontenancés. Ils aperçurent l'éclat d'une torche parmi les arbres, et la mince silhouette de Rotel qui suivait leur trace sans difficulté. Elle était accompagnée de Jehan et de son fils aîné, Sicfred.

Elisia, dont le cœur battait encore la chamade, s'efforça de sourire et se couvrit la tête, soulagée de constater que son mari n'était pas avec eux.

— J'ai toujours été serve, comme toi, Isembard, mais Gali m'a offert la liberté.

Il ne servait à rien de louvoyer, un sentiment était né entre eux, ils le sentaient, mais Elisia se montrait la plus courageuse au moment de parler.

— Nous péchons à simplement y penser, Isembard.

Sans savoir s'il agissait sous le coup de la déception, le jeune homme l'embrassa dans un élan désespéré. Ce fut le baiser maladroit d'un novice. Elisia ferma les yeux, tremblante. Leurs cœurs battaient à tout rompre lorsqu'ils s'écartèrent l'un de l'autre.

— Ma sœur et moi ne sommes pas nés serfs, avoua-t-il, pantelant.

— Je savais que vous cachiez une histoire très spéciale, dit la jeune femme pour faire retomber la tension.

La vérité était le seul présent qu'Isembard pouvait offrir à Elisia. Avant de sortir de leur abri pour aller au-devant de ceux qui les recherchaient, il lui parla de la famille de Tenes et des deux enfants qui fuyaient, laissant derrière eux une légende et avançant vers les sombres lieux qui les attendaient.

À la fin du cinquième jour, Oriol, le capitaine de l'escorte de Frodoi, annonça qu'ils n'étaient plus qu'à quelques milles de Barcelone. L'évêque donna l'ordre de dresser le campement, puis il envoya Oriol et un de ses hommes dans la ville pour prévenir de son arrivée le lendemain matin et préparer une réception éclatante. En tant que représentant officiel du roi, et en l'absence du comte Unifred, Frodoi serait accueilli par le vicomte Sunifred, les autorités et les notables, le clergé et toute la population. Il espérait qu'une forêt de rameaux d'olivier serait agitée sur son passage et que toutes les cloches de la ville sonneraient.

— Cet endroit ne me plaît pas. Nous sommes observés, murmura Rotel en regardant autour d'elle.

À côté d'elle, le prêtre Jordi désigna les montagnes couvertes de forêts à l'est.

— Ce massif est la Sierra de la Marina, et juste derrière il y a la mer. Dans les temps anciens, c'était un lieu sacré, et sur les points les plus élevés on trouve des dolmens et des ruines. Les gens de la ville y viennent encore avec des offrandes, et certaines nuits de l'année on y pratique des rites impies.

Frodoi fronça les sourcils.

— Là où il y a un vieux temple, nous bâtirons une chapelle ! Des pierres de ces dolmens, nous ferons des linteaux !

Ceux qui écoutaient acquiescèrent, bien que peu convaincus. La via Augusta avançait au milieu des arbres. Le vent froid du crépuscule soufflait dans les branches à une cadence sinistre. Une impression indéfinissable fit frissonner Rotel. Isembard la prit dans ses bras.

— Il y a quelque chose dans la forêt, mon frère, dit la jeune fille, nerveuse.

Ils montèrent le camp parmi les chênes verts et allumèrent des feux. Isembard et sa sœur s'assirent autour d'un foyer avec Elisia, Gali et la famille de Leda. En cette dernière soirée du voyage, son mari, Jehan, voulut raconter son histoire à ses nouveaux amis.

— On était des serfs attachés aux terres franques d'un noble du Razès, Sicard d'Elne. Ma famille vivait depuis trois générations dans le village, au pied du château, et celle de Leda depuis plus longtemps encore. J'étais forgeron, comme mon père et mon grand-père. Je façonnais des ferrures et de l'armement pour le seigneur. Tout allait bien pour moi. Nous n'avons jamais su ce qui avait provoqué la querelle entre les deux familles nobles mais une nuit, avant les vendanges, des cavaliers ont surgi et incendié les maisons et les vignes. Beaucoup sont morts. – Il adressa un regard lourd de tristesse à son épouse. – Ils ont souillé les femmes. Les premiers arrivés au château le lendemain y ont trouvé les corps de Sicard, de ses vassaux et de toute sa famille, assassinés. Ils avaient contaminé les puits en y jetant de la viande pourrie, avant de disparaître dans la brume matinale. Le village a été effacé en une nuit.

Il en allait ainsi, dans ces temps enténébrés. Des histoires similaires se racontaient partout ailleurs. Après un long silence, Leda poursuivit, en larmes :

— Personne ne nous a secourus et aucun autre noble n'est venu récupérer les terres. Les seigneurs sont ainsi, ils gravent leur nom sur leurs épées et les abreuvent de sang. On a enterré Jehan, notre fils aîné, et on a quitté cet endroit moribond. On était condamnés à mourir de faim ou à devenir esclaves, mais l'évêque Frodoi, que Dieu le garde, et sa suite, nous ont trouvés avant.

Rotel et Isembard se regardèrent. Jehan et Leda les avaient aidés à la sortie de Gérone pour prendre leur revanche sur ces hommes armés qui causaient tellement de destruction dans la plèbe.

— Personne ne s'approcherait à ce point de cette frontière s'il avait quelque chose à perdre, ajouta Jehan, l'air pensif.

Elisia jeta un coup d'œil à Gali, à la fois effrayée et désolée. Les journées sans voir personne et les ruines évoquaient des drames identiques. Souvent, ils distinguaient des ossements, des restes humains qui n'avaient pas été enterrés, près de la via Augusta.

— Tout ira bien pour nous, Elisia, lui chuchota Gali avec morgue. Nous aurons une bien meilleure situation que tous ceux-là, je te l'assure.

— Que Dieu t'entende, mais toi aussi tu as dû fuir cette terre il y a des années.

Gali s'assura que personne ne les écoutait avant de murmurer :

— Ma famille a été punie pour sa fidélité au comte. Désormais, nous ne servirons que celui qui paie, ne l'oublie pas, femme. Et ça vaut pour ceux que tu vois là.

Elisia fit une grimace. Ces paroles empestaient le mépris, or elle se sentait accueillie parmi les colons ; elle n'était pas disposée à leur tourner le dos. Au cours des derniers jours, elle n'avait pratiquement pas échangé un mot avec son mari. Gali passait toujours plus de temps avec d'autres hommes et en compagnie d'une outre de vin. Il avait déjà dépensé presque toutes les oboles d'Otèri, et cela préoccupait son épouse.

— Je n'ai jamais dit que ce serait un chemin facile, affirma une voix profonde derrière eux.

Ils se levèrent respectueusement; l'évêque Frodoi leur fit signe de se rasseoir et lui-même prit place sur une pierre plate près du feu. Pendant toutes ces journées, il s'était montré proche d'eux. Il ignorait comment il serait traité dans la ville et il lui importait de pouvoir compter sur des fidèles.

— Le roi se demande pourquoi j'ai accepté d'être évêque de Barcelone, mais vous seuls connaîtrez la réponse.

Malgré son jeune âge, il avait une élocution et une rhétorique qui captivaient son auditoire. Ses gestes et sa façon de regarder toutes les personnes présentes conféraient à ses auditeurs le sentiment d'être importants.

— Je ne sais pas s'il existe au monde une ville ayant subi plus d'attaques et de sièges que Barcelone au cours des soixante dernières années, et qui demeure toujours debout ! Je veux savoir pourquoi. Voilà le mystère qui m'a poussé à accepter cette charge. Je veux comprendre pour quelle raison elle résiste, et si cet endroit maudit fait l'objet d'un dessein de Dieu ! lança-t-il en ouvrant les mains dans un geste accueillant. Je ferai mien ce dessein, et ce sera avec vous.

Après un long silence, il scruta Rotel, dont les yeux bleu pâle possédaient quelque chose d'indéfinissable qui l'alarmait. La jeune fille abritait des secrets tout autres que ceux des autres des colons.

— Je sais que parmi vous certains ont des jugements en attente auprès des tribunaux, ou sont des fugitifs, ou ne sont pas là de leur plein gré. Malgré tout, je désire que vous deveniez ma famille, désormais. Nous allons vivre sur une terre qui possède ses propres coutumes et ses propres lois. À Barcelone, même leurs rituels pour prier Dieu sont différents de ceux du reste de l'empire. Certaines choses changeront, et d'autres nous feront changer. Nous devons nous y préparer et nous montrer patients pour que cette ville devienne aussi notre foyer.

Emma, l'aînée de Jehan, brisa le silence qui s'ensuivit en se levant, l'air apeurée.

— Où est Ada ?

— Là-bas ! Elle est là-bas ! répondit Gali en montrant la forêt.

La fillette de trois ans avait profité d'un moment d'inattention pour atteindre l'orée du bois où elle vadrouillait, distraite, entre les arbres. Derrière elle, l'obscurité était totale. Rotel planta ses ongles dans le bras de son frère.

— Ada, reviens ! cria-t-elle, épouvantée, sa voix couvrant celle de la mère. Sors de là !

L'enfant leva sa petite main comme pour la saluer. Soudain elle hurla et disparut, traînée par quelque chose dans le noir de la forêt. Sa voix terrorisée s'éloigna de plus en plus.

— Mon Dieu !

Ils coururent après la fillette. Et le chaos se déchaîna. Les bois se remplirent de cris de terreur assortis de grognements sinistres. Des ombres surgirent parmi les arbres. Ce n'étaient pas des hommes. Un horrible souvenir d'enfance paralysa Isembard. Les démons qui avaient assailli le château de Tenes étaient revenus pour l'emmener avec eux aux enfers. À la lueur du feu, une tête de mort hérissée de clous agitait une énorme hache. Une autre silhouette à tête de loup surgit, montrant les crocs. La panique dispersa le groupe dans la forêt, et la chasse sanglante commença. Isembard et Rotel virent une de ces créatures plonger les mains dans le ventre déchiqueté d'une femme, qui lâcha un dernier soupir.

La bête les aperçut et courut vers eux en grondant comme un loup. Elle leva une grosse massue au-dessus de Rotel. Isembard réagit instinctivement en lui jetant une pierre à la figure. L'arme frôla le visage de la jeune fille. Elle s'éloigna en titubant, la figure en sang. Son agresseur s'écroula en perdant son heaume. Isembard vit son visage, barbu, à la peau couverte de crasse et de croûtes.

— C'est un homme, un humain..., balbutia le jeune homme, qui cauchemardait depuis des années.

— C'en est un, mais réduit à l'état animal.

Frodoi était près de lui et l'observait, épouvanté.

— Dieu sait quelles choses terribles il a souffertes pour devenir ainsi. Venez, il faut se cacher !

— Et ma sœur ? Je ne la vois pas dans le noir.

Le campement n'était plus qu'un immense désordre de colons voulant fuir.

— Cherche-la, Isembard. Que Dieu te vienne en aide, murmura l'évêque.

Consterné, il constatait que l'attaque se produisait alors qu'ils étaient rendus très vulnérables par le départ en éclaireur du capitaine Oriol.

– Qu'Il nous vienne en aide à tous…

Gali et Elisia trouvèrent une cachette au milieu des racines d'un gros chêne abattu. Ils s'y blottirent sans presque oser respirer. Un des attaquants s'arrêta près d'eux et ils le virent flairer les lieux tel un animal. Son masque en bois peint en rouge lui faisait un visage démoniaque. Il demeura une éternité dans les parages avant de s'éloigner.

— Qu'est-ce que c'est? haleta Elisia. Si on réussit à s'en sortir, on rentre à Carcassonne!

Gali mit sa main sur sa bouche. Trop tard. L'attaquant masqué revint et la tira du trou. Il la traîna sur les feuilles mortes. Elisia hurlait, suppliant Gali du regard. Lui demeurait accroupi sans réagir. La bête souleva une énorme masse rouillée. À cet instant, quelqu'un lui sauta sur le dos et lui planta un couteau dans le cou. Lorsqu'il tomba au sol, agonisant, ils reconnurent Rotel, la tunique couverte de boue et le visage ensanglanté. Elle avait une entaille sur le crâne. Elle voulut prononcer un mot, mais elle perdit connaissance.

Une corne sonna alors près de la voie romaine. Paraissant obéir à un ordre, les agresseurs abandonnèrent la chasse et s'enfoncèrent dans la forêt. Plusieurs groupes d'hommes équipés selon la tradition franque, armures d'écailles, jambières de cuir tressé et boucliers en bois ronds, les poursuivirent.

— Ne craignez rien, vous êtes sous la protection de Drogon de Borr! criaient-ils aux colons éparpillés et abasourdis.

Elisia pleurait tout en tentant de réanimer Rotel. Gali s'approcha, encore apeuré.

— Grâce à Dieu, tu vas bien, murmura-t-il, occultant sa réaction poltronne.

— Que se passe-t-il? Nous sommes venus en enfer, Gali!

Non loin de là, Leda appelait ses enfants. La jeune femme inspira longuement pour contenir sa terreur.

— Reste avec Rotel, Gali! Je dois aller les aider.

Ignorant les protestations de son mari, Elisia courut vers Leda. En réalité, c'était Isembard qu'elle recherchait. En butant sur un cadavre éventré, elle fut terrorisée à l'idée de le retrouver dans le même état.

Ne comptant pas rester là, exposé au danger, Gali décida de laisser Rotel où elle était, quand cinq guerriers munis de torches l'entourèrent. L'un d'eux portait un surcot sale orné d'un dragon brodé d'or. Gali reconnut Drogon de Borr, le noble qui attendait l'évêque à Gérone.

— Mon seigneur, nous vous devons d'avoir la vie sauve, dit-il avec cette soumission que la noblesse aimait tant. Qui nous a attaqués ?

— Ici, on les appelle les hordes, parce qu'ils sont toujours en troupeau. Ils ne s'approchent jamais autant des villes.

Il toisa Gali d'un air méprisant.

— Ils ont peut-être flairé vos femmes. – Il aperçut le corps de l'homme au masque rouge, la gorge entaillée. – Qui l'a tué ? Toi ?

Gali allait acquiescer quand Drogon sourit, l'air caustique, et le bouscula.

— Tu n'en as pas l'air capable.

Il regarda Rotel qui gisait au sol, inconsciente, et un sourire mauvais éclaira son visage.

— C'est elle ?

Gali entrevit l'occasion de s'attirer les bonnes grâces du noble. Le frère et la sœur avaient été trop imprudents en racontant leur histoire.

— Je crois que cette fille vous appartient, noble Drogon de Borr. Elle s'appelle Rotel et elle a rejoint le convoi à Gérone. L'évêque l'a prise sous sa protection, comme nous tous, mais si vous l'emmenez je ne dirai rien. En échange d'une petite récompen…

Il ne termina pas sa phrase. Un couteau appuyé sur sa gorge l'en empêcha.

— Et son frère ? Est-il ici ? Il a tué un de mes hommes !

— Il doit être en train de la chercher, mon seigneur ! gémit Gali craintivement.

Drogon s'écœura de sa veulerie. Cet homme ferait n'importe quoi pour sauver sa vie.

— Comment t'appelles-tu ?

— Gali, Gali de Carcassonne.

— Écoute-moi, Gali…

Il appuya la pointe de sa dague sur une de ses paupières.

— Je vais l'emmener et tu ne diras rien. Pour récompense, tu conserveras ton œil. J'ai beaucoup de vassaux à Barcelone. Un faux pas et je t'écorche vif avant de tanner ta peau.

— Je ferai tout ce que vous me demanderez, mon seigneur !

Quand Drogon le lâcha, Gali s'affaissa, tremblant de tous ses membres. Un des guerriers du noble chargea Rotel sur son épaule.

— Que personne ne te voie. Les autres, suivez-moi. L'évêque voudra nous donner sa bénédiction.

La forêt recouvra lentement sa tranquillité, qui n'était plus troublée que par les lamentations des colons devant les cadavres des leurs, et par les cris de ceux qui cherchaient les disparus.

Elisia découvrit Gauderic, un des fils de Jehan et Leda ; il était terré avec trois autres garçons dans une tanière. Alors qu'elle désespérait de le trouver, elle vit apparaître Isembard, toujours à la recherche de Rotel. Ils se retinrent à grand-peine de se jeter dans les bras l'un de l'autre.

— Vous allez tous bien ? lui demanda-t-il, soulagé de la voir saine et sauve.

Elisia fit oui de la tête et lui prit la main.

— Rotel m'a sauvé la vie !

Gali arriva sur ces entrefaites, le visage décomposé. Elisia et Isembard dénouèrent leurs mains. Il leur jeta un coup d'œil fourbe.

— Rotel s'est enfuie en apprenant que Drogon de Borr était là. Elle est partie dans cette direction, dit-il en indiquant l'endroit où se trouvait le noble.

Isembard s'éloigna, aux aguets. Il ne se fiait pas du tout à Gali, mais son angoisse concernant Rotel était la plus forte. Gali prit Elisia dans ses bras.

— Que s'est-il passé, Gali ? Rotel était blessée…

— C'est mieux comme ça, esquiva-t-il. Drogon est dangereux, et s'il nous voit avec eux…

À cet instant précis, Elisia comprit qu'elle n'aimait pas son époux. Elle s'écarta. Jeune et ingénue, elle était tombée sous le charme d'un homme insolent et séducteur. Or à présent elle ressentait un véritable désir pour quelqu'un, et ce n'était pas lui. Ses yeux se remplirent de larmes. Étranger à la tempête intérieure de sa femme, Gali lui caressa doucement le visage.

— Cette nuit a été terrible. Malgré tout, nous sommes vivants, grâce à Dieu. Je te promets que tout sera différent à Barcelone.

Sans s'éloigner, Elisia scruta l'obscurité dans la direction où Isembard s'était éloigné; deux larmes roulaient sur ses joues. À côté d'elle, Gali espérait ne plus jamais revoir le serf en fuite qui ne pouvait pas détacher les yeux de son épouse.

Ils se dirigèrent sans un mot vers des colons regroupés autour de la tente de l'évêque. Un jour, on forgerait des histoires pour les enfants sur les démons qui avaient surgi dans la forêt, mais eux n'oublieraient jamais la peur qu'ils connurent cette nuit-là.

6

Le soleil se levait déjà à l'horizon lorsque Frodoi referma son missel romain défraîchi. Il se sentait nauséeux et sans force. Cette nuit avait été la plus longue de son existence.

Il bénit les colons dont il nota la peur sur les visages. Ils étaient encore dans la forêt car plusieurs familles continuaient à chercher leurs disparus. La petite Ada avait été la première victime de l'attaque. Ils avaient retrouvé douze corps mis en pièces, et plusieurs jeunes femmes ainsi que deux petites filles n'étaient pas revenues. Frodoi ne voulait pas inhumer les corps en terre profane. Il ne souhaitait pas non plus faire son entrée dans Barcelone avec un cortège funèbre. Il décida qu'on recouvrirait les cadavres de pierres et qu'on les emporterait quelques jours plus tard.

L'évêque fixait Drogon du regard ; il se méfiait de son apparition plus qu'opportune. Le noble se dressait fièrement au milieu d'une douzaine de ses guerriers, l'air froid et inquiétant, malgré son aspect royal. Il portait un diadème de fer sur ses cheveux noirs et un dragon brodé sur son surcot, car il se targuait d'avoir abattu une de ces créatures dans une grotte du Montseny. Personne ne s'était aventuré à lui poser des questions, d'autant qu'on ne savait pas vraiment quel genre de créature abritait la mystérieuse montagne.

Désormais, Drogon était le sauveur du nouvel évêque. Pourtant, Frodoi était préoccupé. Le seul susceptible d'en savoir plus sur cet homme était Jordi. Il décida de s'entretenir en aparté avec le jeune moine et Servusdei.

— Monseigneur, vous ne devez pas vous fier à lui, lui conseilla Jordi, la mine sombre.

— Tu m'as déjà mis en garde contre lui à Gérone, mais je voudrais en savoir plus, murmura Frodoi.

À Gérone, il avait offensé Drogon, et il se reprochait à présent sa maladresse.

— Il affirme être le descendant légitime de Rorgonis de Borr, de Cerdagne, qui fut le vassal du comte Bernard de Septimanie, mais à Barcelone tout le monde sait que c'est un bâtard que Rorgonis fit enfermer dans un couvent quand il était enfant avant de le faire ordonner prêtre. On raconte que les moines, lassés de son comportement, le vendirent comme esclave pour les galères à Aix-la-Chapelle, et aussi, poursuivit Jordi en baissant encore la voix, que le navire chavira devant les côtes africaines et qu'il fut donné pour mort. Or il réapparut des années plus tard… et pas tout seul. Certains assurent qu'il était accompagné d'un esprit démoniaque, noir comme le charbon.

— Des rumeurs, lâcha Servusdei avec dédain.

Toutefois Frodoi était saisi. L'Afrique était un lieu inexploré. Personne ne savait quels funestes secrets se cachaient au-delà de ses déserts brûlants.

— C'est possible, *frate*, acquiesça Jordi d'une voix caverneuse. Il a fait son apparition au château de Borr, sorti de nulle part. Son père était mort et, pour se débarrasser de lui, ses demi-frères lui donnèrent des armes et un cheval. Drogon se joignit alors à l'entourage de Guilhem de Septimanie lorsque celui-ci vint à Barcelone pour venger son père, Bernard. La rumeur raconte que Drogon obscurcit l'âme faible de Guilhem jusqu'à la rendre aussi noire que la sienne. Vous savez que tout cela se termina dans un bain de sang.

— Ne fut-il pas capturé avec Guilhem et le reste des nobles qui se rebellèrent en 850 ?

— Lorsque l'usurpateur fut exécuté aux portes de Gérone, Drogon avait déjà quitté la ville avec un groupe de vétérans et de mercenaires. C'est ainsi qu'il se retrancha à Ausone. Il pilla des bourgades et aussi des villages sarrasins, ce qui provoqua de graves tensions avec les représentants des territoires de Saragosse et de Lleida. Il est possible que son imprudence ait occasionné l'attaque contre Barcelone l'été dernier. Les comtes Unifred de Gothie et Salomon d'Urgell s'avèrent impuissants à le maîtriser, et beaucoup croient qu'en plus de ses mercenaires, il manipule les terribles hordes qui nous ont attaqués. Les gens sont très superstitieux, monseigneur. En Afrique, Drogon a abandonné la foi du Christ, c'est ce qu'on prétend.

— Crois-tu qu'il a d'abord envoyé ces sauvages pour apparaître ensuite et nous sauver ?

— À Gérone, il a tenté d'entrer dans vos bonnes grâces et vous l'avez rejeté. Sans le capitaine Oriol, nous étions dans une situation délicate, privés de protection. L'arrivée de Drogon fut providentielle. De sorte que oui, monseigneur, c'est une possibilité.

— J'ai désormais une dette de gratitude envers lui, conclut Frodoi avec déplaisir. Que cherche-t-il ? Des biens ? Des privilèges ?

— Il contrôle déjà des châteaux et des villages. Il cherche votre influence pour entamer parmi la noblesse le *cursus honorum* que son sang bâtard lui refuse.

Puisque Frodoi exigeait toujours la vérité, Jordi partagea avec lui les soupçons d'une bonne partie de la population de Barcelone et de son clergé :

— Ce qu'il désire, c'est devenir le comte de ces terres.

— Ce jeune homme pourrait bien avoir raison, monseigneur, chuchota Servusdei après l'avoir écouté attentivement. Ce qui s'est produit devrait nous faire réfléchir. Ne penchez pour personne pour l'instant et n'intervenez pas avant de mieux connaître la marche des affaires du comté.

— Vous devez aussi prendre en compte le risque que Drogon se voie interdire l'entrée dans la ville par l'aristocratie gothe à cause de ses abus, poursuivit Jordi. Si vous paraissez avec lui, ils vous rejetteront.

— Je suis un Franc, moi aussi, précisa Frodoi, qui se trouvait plongé dans un dilemme épineux. Avec lui, j'aurai plus de force pour imposer mon autorité.

— Ce n'est pas la bonne voie, jeune évêque, répliqua le vieux Servusdei en caressant son épaisse barbe grise.

Il voyait encore en Frodoi l'élève turbulent plus enclin aux réjouissances et à la compagnie des servantes qu'à l'étude.

Frodoi s'approcha enfin de Drogon. Son visage sans couleur, à moitié caché sous les cheveux, lui faisait froid dans le dos.

— Qui étaient ces créatures qui nous ont attaqués ? Vous avez parlé de hordes.

Drogon plongea ses yeux dans les siens, satisfait.

— Les raids continuels des Sarrasins ont conduit à la misère ceux qui n'avaient pas été enlevés comme esclaves. Quand ils ne meurent pas de faim, ils finissent sous le joug du plus fort. Ils se regroupent en clans ou hordes et, privés d'un prêtre pour soulager leur âme, ils s'avilissent.

Lorsque Drogon parlait, ses années de formation dans l'obscur monastère où l'avait enfermé son père se faisaient sentir.

— Eux et leurs enfants sont aujourd'hui des bêtes enragées. Ils vivent dans des grottes au plus profond de la forêt et attaquent les villages, les monastères et les caravanes de marchands. Vous n'aimeriez pas savoir de quoi ils se nourrissent lorsqu'ils ne trouvent rien pour calmer leur faim…

Frodoi frissonna ; sa version des maux de la Marche différait de celle de Jordi, mais la sensation que le Malin régnait sur cette dernière frontière demeurait sous-jacente.

— Le comte Unifred de Gothie a enrôlé avec lui tous les hommes libres capables de brandir une arme, continua Drogon. Il n'a laissé sur place qu'une garnison insuffisante qui ne protège que la ville de Barcelone. Le comte Salomon vit enfermé dans la ville d'Urgell, et je suis seul pour surveiller la Marche, monseigneur évêque, ajouta-t-il en se redressant. On vous racontera autre chose sur mon compte, néanmoins, c'est la vérité.

— Votre arrivée a été miraculeuse, murmura Frodoi, sur le qui-vive.

— Je revenais de Gérone et regagnais mon château de Tenes quand les guetteurs m'ont informé que les hordes vous suivaient. Même si vous avez refusé mon escorte, je continue de penser que Barcelone a besoin d'un évêque. Et pour cette raison, vous y arriverez vivant. Nous vous accompagnerons jusqu'à la ville, car nous avons encore beaucoup à nous dire.

Frodoi n'apprécia pas la mise en garde dissimulée que contenaient ces paroles, toutefois avec une garde presque inexistante il devait se montrer prudent et ne pas agir comme il l'avait fait à Gérone.

— Il est temps de se mettre en route ! annonça-t-il tandis que Servusdei lui ôtait la mitre.

Les vivats qui éclatèrent étaient un peu plus enjoués que les jours précédents. Elisia aida Gali à installer leur baluchon sur son dos. Ils avançaient à côté de la famille de Jehan et Leda. Tous étaient affligés et scrutaient les ombres de la forêt avec l'espoir de voir réapparaître la petite Ada. Elle n'avait pas encore été baptisée. Si elle était morte, sa famille ne pourrait pas oindre son corps de la sainte huile, selon la coutume, et son âme errerait sans repos. Ils ne savaient rien non plus d'Isembard et de Rotel.

— Ils ne peuvent pas avoir disparu comme ça, d'un seul coup ! affirmait Elisia, incapable de l'admettre.

— Ils ont fui Drogon de Borr. Ce sont des fugitifs, et il est possible qu'ils soient prisonniers ou qu'ils aient perdu la vie, répondit Gali. Oublie-les.

Elisia courba l'échine, malheureuse, mais elle comprit à la froideur de Gali que ses sentiments la trahissaient et qu'elle devait apprendre à les maîtriser. Elle était engagée par ses vœux envers son époux. Elle murmura en silence une prière pour le frère et la sœur de Tenes. S'ils étaient morts, ils se chercheraient l'un l'autre pour l'éternité dans cette contrée sauvage.

Le faible soleil d'automne était au zénith quand les cloches de Barcelone retentirent pour accueillir le nouvel évêque. Drogon forma une escorte solennelle avec ses soldats, tout en essayant de soutirer à Frodoi des informations au sujet de la puissance de la famille Rairan et de ses ambitions personnelles à la tête de l'archevêché. Continuant sur la via Augusta qui longeait un moment le fleuve Besòs, ils parvinrent au sommet d'une douce colline. Ils s'arrêtèrent devant le paysage qui se déployait sous leurs yeux : une vaste plaine parsemée de coteaux, de bois et de parcelles cultivées. De l'ancienne chaussée romaine qui continuait vers le sud partait une autre route en mauvais état, que Jordi appela la Strata Francisca. Elle finissait devant la porte principale de Barcelone. La ville, ceinte d'une muraille de forme ovale, se dressait sur une modeste butte face à la mer, entre deux ravines dénommées *ramblas* qui allaient se perdre dans une zone de lagunes et de marais près de la mer. Là, on apercevait quelques villages aux maisons bâties en adobe, éparpillés au milieu des cultures.

— On dirait la couronne d'un roi ! s'écria Gauderic, le fils cadet de Jehan et de Leda, en montrant la puissante muraille entourant la cité.

— C'est cela, acquiesça fièrement Jordi derrière lui. On appelle Barcelone la « Cité couronnée ».

Le courage revint, malgré la peine.

— Il y a soixante-douze tours ! compta Sicfred.

— Soixante-seize, précisa sa sœur Emma.

— Voilà des siècles, raconta Jordi d'une voix plus forte, des légionnaires romains érigèrent Barcino, le cœur de Barcelone. La ville possède quatre portes disposées en croix. La principale, qui donne sur la Strata Francisca, est la Vieille Porte. À l'autre extrémité se trouve la Porte Neuve. Celle qui fait face à la mer est la Porte du Regomir et la dernière, que vous voyez au nord-est avec ses deux tours rondes, c'est la Porte de l'Évêché, la Bisbal, la plus proche de la cathédrale et des bâtiments épiscopaux. Regardez bien ces arcades qui partent du portail. Ce sont les restes des aqueducs romains qui apportaient l'eau fraîche des montagnes à la ville.

— Les arches sont pleines de mauvaises herbes, et elles sont fissurées, dit Gauderic.

— On ne les utilise plus depuis des années. La ville possède des canaux d'irrigation et des égouts.

De part et d'autre de la voie on distinguait de vieilles pierres tombales et des stèles aux inscriptions usées, mais tous tournèrent leur attention vers les champs et les villages alentour. Les vignes avaient été coupées et les oliviers brûlés. Les maisons n'étaient plus que des ruines silencieuses. Deux enfants, nus et squelettiques, les regardèrent avec effroi et coururent se cacher derrière des arbres.

Sur la plage, ils virent des cabanes en terre et, à côté, un petit temple rectangulaire à l'abside trapézoïdale qui se dressait face à la mer.

— Les pêcheurs viennent prier dans cette église pour demander la protection de la Vierge. C'est l'église de Santa

Maria[1]. – Jordi avait les yeux embués de larmes. – La colline qui s'élève de l'autre côté de la ville et qui descend vers la mer, c'est le Mons Iovis[2] des Romains. Elle abritait un château de petites dimensions destiné au guet, dont il reste la tour, laissée à l'abandon. Là-bas, c'est le port où accostent de temps à autre des marchands venus de Byzance ou des terres infidèles.

— Une ville qui possède un port ne peut pas connaître la famine, fit remarquer Frodoi.

— Il ne reste rien de l'ancien port, si ce n'est un bassin noyé sous les eaux. Et quelques simples passerelles en bois. La Seca où on battait monnaie est fermée depuis des années. Et sans monnaie, pas de commerce.

Servusdei entonna une hymne de louanges, puis ils se remirent en route. Soudain, Frodoi se sentit mal. Ses forces l'abandonnaient. Il pensa à Moïse qui avait douté et n'était pas arrivé jusqu'à la Terre promise. Le moment de vérité approchait, or il n'était qu'un jeune aristocrate orgueilleux et inexpérimenté. Pris de vertige, il s'accrocha fermement aux rênes de son cheval.

— Vous sentez-vous bien ? s'inquiéta Servusdei.

— Ne nous arrêtons pas, murmura Frodoi, presque sans souffle. Ne m'abandonne pas maintenant, Seigneur.

L'enthousiasme s'amenuisa et c'est en silence qu'ils arrivèrent à la rambla de l'est, dont le lit sinuait à l'extérieur de la muraille, étouffé par les roseaux et les joncs. Il coulait très peu d'eau et elle sentait fort mauvais.

— Nous appelons ce lit le Merdançar, le merdoir, vous imaginez pourquoi ! Les gens y jettent leurs excréments. La rambla de l'autre côté porte le nom d'Areny, et elle débouche sur une sorte de lagune, le Cagalell, le pot de chambre, si vous préférez. Toute cette zone est marécageuse.

Ils empruntèrent un pont en bois, celui en pierre étant détruit, pour traverser et atteindre la Vieille Porte flanquée de deux tours ; à l'une d'elles pendait un prisonnier décharné.

---

1. L'église sera ultérieurement répertoriée sous le nom de Santa Maria de les Arenes et deviendra la basilique gothique Sainte-Marie-de-la-Mer au XIVe siècle.

2. L'actuel Montjuïc.

Frodoi, livide, se tourna vers Drogon. Il découvrit son allure triomphale : fièrement dressé face aux gardes silencieux, le guerrier s'apprêtait à entrer dans la cité qui lui était interdite, au côté du représentant du roi. La décision marquerait le destin de Barcelone.

— Je vous suis reconnaissant pour l'escorte, mais c'est l'évêque qui entre dans sa ville, annonça Frodoi à voix haute afin d'être entendu depuis les tours, et conscient que Drogon ne le lui pardonnerait jamais.

L'homme grimaça et plissa les yeux.

— Vous êtes un aristocrate et un Franc, comme moi. Vous devriez mieux peser vos choix.

— Je vous recevrai à votre heure, Drogon de Borr, répondit l'évêque avec fermeté.

— Je crois que vous n'êtes pas conscient de ce que vous êtes en train de faire…

— Je n'oublierai pas que vous nous avez sauvés, mais seul Dieu me guide, et aucun homme.

Le visage de Drogon, presque entièrement caché par ses cheveux, prit un teint céruléen qui reflétait sa rage contenue. L'évêque, de plus en plus malade, se vit dans ses pupilles transpercé par une épée. Il n'avait pas franchi la porte de Barcelone qu'il s'était déjà fait un dangereux ennemi.

— Je n'oublierai pas non plus votre aimable dédain… pour la seconde fois.

Drogon cracha par terre et s'éloigna au galop avec ses hommes sur la Strata Francisca, soulevant un épais nuage de poussière.

Frodoi respira quand il le perdit de vue. Il se sentait indisposé mais il se préparait depuis longtemps à faire cette entrée dans la ville, et il espérait que ses habitants apprécieraient son audace. Il se laissa vêtir de la pompeuse tenue sacerdotale et, sans descendre de cheval, il saisit la crosse. Un grand poids pesait sur sa poitrine. Il lança malgré tout l'ordre d'avancer. Servusdei, balançant l'encensoir, entonna de sa voix rauque et profonde un psaume de victoire.

Derrière la porte, et jusque dans les rues tortueuses, une foule s'agglutinait. Plus rien ne restait du tracé de rues droites et pavées des Romains. Elles avaient disparu au profit de ruelles boueuses serpentant entre des maisons de plain-pied bâties en terre, avec quelques pierres de récupération. Personne n'agitait de rameaux d'olivier, et personne ne reprit le cantique célébrant la venue du berger. L'âme des colons s'assombrit.

Oriol se plaça à côté de l'évêque, ignorant ce qui s'était passé. Frodoi se redressa pour faire montre de l'énergie et de la fermeté qu'il ne possédait pourtant pas. Il leva une main dans l'intention de bénir le peuple alors qu'il ne percevait qu'hostilité autour de lui. Il regarda Jordi d'un air craintif.

— Vous êtes un Franc, Frodoi, et eux sont des Goths, fils des nobles fils qui vivaient à Barcelone avant les Sarrasins. On compte aussi beaucoup d'Hispani parmi eux. Ils sont loyaux à l'empire mais ils tiennent à leurs coutumes et ils vous le font savoir.

Peut-être était-ce une erreur d'avoir dédaigné Drogon? Frodoi descendit de cheval avec l'aide du moine. En silence, il s'agenouilla et prit une poignée de terre. Le soleil le tourmentait. Il remua la tête puis il s'adressa aux Goths dans leur langue, qu'il avait pratiquée avec Jordi.

— Avec le consentement du roi Charles de Francie et de l'archevêque de Narbonne, je me présente devant vous en humble pasteur au nom de Dieu. Vous avez beaucoup souffert, mais je viens de très loin pour m'installer ici et partager votre sort. Nous vivons des temps troublés, et le ciel décidera si Barcelone continuera d'exister ou si elle succombera, comme d'autres villes. Mais je suis ici pour inscrire son nom dans le grand livre de la vie.

Une petite centaine de colons retenaient leur souffle derrière l'évêque. Ils craignaient qu'après tant d'efforts il leur faille retourner d'où ils venaient. Après un silence qui dura une éternité, une petite fille d'environ cinq ans, aux cheveux noirs et aux yeux verts de chat, s'avança, sortant du groupe, et lui tendit la main. Frodoi, les larmes aux yeux, contempla son visage d'ange.

— Je m'appelle Argencia, fille de Nantigis et de Goda, dit-elle spontanément. Bienvenue, monsieur l'évêque.

Frodoi se laissa aider par la fillette. Il se sentait de plus en plus mal, écrasé par la panique. Le geste fit réagir les

Barcelonais qui applaudirent, timidement d'abord puis de plus en plus fort, avant de souhaiter la bienvenue aux étrangers dans une clameur. La petite courut vers sa mère, une belle femme élégante, au milieu de l'aristocratie locale. Frodoi la contempla longuement et il en fut troublé.

Un homme aux cheveux blancs, déjà presque un vieillard, vêtu selon le style goth et armé d'une épée sans fourreau, s'approcha, avec plusieurs officiers et des gardes.

— Je suis Sunifred, vicomte de Barcelone. Au nom du comte Unifred et de tous les habitants de la ville, soyez les bienvenus.

Les cloches sonnaient toujours. L'évêque, soutenu par Jordi et Servusdei, avançait vers les bâtiments épiscopaux et le quartier des palais situé entre la Vieille Porte et la Porte de l'Évêché, suivi du cortège. La vue brouillée, Frodoi admira une vieille église au plan en croix grecque isolée devant un cimetière, derrière le palais du comte, presque collée à la muraille. Sur la droite se dressait le magnifique palais épiscopal, un édifice rectangulaire avec des tours adossées et de hautes et étroites fenêtres dignes d'une forteresse. L'ensemble comprenait d'autres bâtiments secondaires de l'évêché ainsi qu'un petit hôpital bâti à l'aide des pierres récupérées dans les ruines de constructions romaines. Son attention fut attirée par la basilique de la Santa Creu.

Les précédents évêques, Jean puis Adaulf, avaient projeté l'agrandissement de l'église wisigothe : autour de l'humble temple, on voyait les premiers rangs de pierres et la base des colonnes destinées à soutenir trois nefs, dont la nef centrale plus large. Mais les échafaudages non entretenus s'étaient effondrés, et les mauvaises herbes envahissaient tout. La vieille cathédrale et son unique nef, qui avait aussi été une mosquée, paraissaient sur le point de s'écrouler. Elle s'élevait au centre de ce qui serait la nouvelle. Plusieurs ecclésiastiques se tenaient sous le porche lézardé.

Derrière la basilique se trouvait un petit baptistère de forme carrée très ancien contigu à l'aula épiscopale, centre du pouvoir du diocèse et lieu de réunion du collège canonique. L'état de détérioration de ces bâtiments reflétait la situation de la cité.

Jordi indiqua à Frodoi la Seca, le bâtiment qui abritait l'atelier monétaire, ainsi que la caserne de la garde et plusieurs palais de la noblesse situés autour de la basilique et de son propre palais. L'évêque ne l'écoutait pas. En chemin, il avait vu des maisons en ruine et des terrains en friche, des hommes cadavériques et des femmes en haillons. Les enfants qui couraient derrière le convoi souffraient de la faim, à l'évidence. La misère était partout.

— La ville agonise, chuchota-t-il à Jordi.

Il se sentait de plus en plus mal en point.

Ils traversèrent le chantier pour pénétrer dans la basilique wisigothe. L'intérieur était plongé dans la pénombre. Des lampes à huile rouillées accrochées sous les arcs déformés éclairaient la seule nef du temple, sans décor, aux parois écaillées. Frodoi s'écarta des deux moines et avança seul vers l'autel en pierre du presbyterium. Un ancien arc en fer à cheval ouvrait sur l'abside quadrangulaire ornée de traces de peintures datant de périodes antérieures aux Sarrasins. Une croix rouillée pendait à une chaîne au-dessus de l'autel.

La peur eut raison de lui. Depuis qu'il avait vu l'ombre de la destruction rôdant autour de la Cité couronnée, la peur viscérale de l'échec le tenaillait, la frayeur que son inspiration ne soit qu'une ruse du Malin et que Dieu ne soit pas à ses côtés.

Il tomba à genoux sur une dalle funéraire devant l'autel, sans force. Ses doigts frôlèrent une inscription. Il écarta la poussière qui la recouvrait. Avec angoisse, il lut un nom, « Frodoino », et il s'évanouit.

Sur la place située devant le palais épiscopal, les colons s'embrassaient, enfin en sécurité derrière les murailles. Elisia attendait Isembard et Rotel, en vain ; ils n'apparaîtraient plus. Lorsque Gali s'éloigna d'elle, le chagrin la submergea.

— Pourquoi pleures-tu ? demanda une voix profonde derrière elle.

Elisia sursauta. Elle se retourna. C'était la mère de la fillette qui les avait reçus au nom de la ville, sans en demander la permission à quiconque. Ses yeux verts et lumineux l'observaient attentivement. Elisia admira la femme à la beauté souveraine et mystérieuse. À l'auberge, elle avait appris à deviner les âges et à distinguer l'origine des clients. Cette dame aux traits fins était gothe. La blancheur de sa peau fine mettait encore davantage en valeur sa chevelure tressée, noir de jais, tandis que sa robe couleur émeraude rehaussait sa silhouette. Elle admira son allure et son aura puissante.

— Nous avons perdu beaucoup de monde hier soir. Ça a été horrible.

— Que Dieu vous accueille. Tu as l'air de pleurer une personne dont je pourrais presque lire le nom dans tes yeux. Ton époux, peut-être ? Non. Lui, c'est l'homme qui est en train de parler, là-bas, n'est-ce pas ?

— Oui, c'est Gali, répondit tristement Elisia. Nous venons de Carcassonne.

— Un long et périlleux voyage. Mon nom est Goda. Je prierai pour vos morts.

Elisia, touchée, oublia toute prudence devant l'aristocrate barcelonaise. Son mari étant loin, elle voulut prononcer le nom d'Isembard, comme une prière à voix haute.

— Moi, je m'appelle Elisia. Je pleure un frère et une sœur que j'aimais beaucoup, et qui nous avaient rejoints à Gérone... Isembard et Rotel de Tenes. Si vous priez, faites-le aussi pour eux, pour que Dieu les protège... s'ils n'ont pas péri.

— Comment as-tu dit qu'ils s'appelaient ? la retint Goda, troublée.

— Isembard et Rotel, répéta Elisia, surprise par cette réaction. Rotel a disparu quand nous avons été attaqués, Isembard est parti à sa recherche et il n'est pas revenu.

— De la famille de Tenes ? demanda la dame, le visage décomposé.

— C'est ce qu'il m'a dit une fois, précisa Elisia. – Elle le regretta immédiatement. Isembard le lui avait révélé comme un secret intime. – Que se passe-t-il ? Savez-vous quelque chose à leur sujet ?

Goda, apparemment très ébranlée, se borna à hocher la tête. Elle avait hâte de partir.

— Je prierai aussi pour eux, jeune Elisia. Que Dieu vous garde.

Goda s'éloigna, emmenant sa fille Argencia, la traînant presque, jusqu'à l'entrée d'un palais situé en face de la basilique.

— De quoi parliez-vous? demanda Gali arrivé dans le dos d'Elisia, intrigué. Tu as l'air affectée.

— Cette dame a proposé de prier pour ceux qui ne sont pas arrivés, mentit Elisia, préférant ne pas parler d'Isembard devant son mari. Les habitants de Barcelone nous acceptent, au moins.

— Il est encore trop tôt pour le savoir, Elisia.

Elle n'écoutait pas, toujours intriguée par la réaction de Goda. Ils se trouvaient dans un endroit étrange, se dit-elle, et elle devait se montrer plus prudente.

7

Le vicomte offrit de la place à quelques colons sous les auvents en bois situés près du palais comtal et de l'église au plan en croix grecque ; c'était là qu'étaient enterrées les réserves de grain de la ville pour l'hiver, dans de grandes jarres. D'autres furent installés sur des terrains en friche ou dans les étables de maisons particulières. Les nouveaux venus faisaient confiance à l'évêque pour tenir sa promesse et ils espéraient partir d'ici à quelques jours sur les terres que l'Église allait leur céder.

Au milieu de l'après-midi, on annonça le rétablissement de Frodoi après son évanouissement. Les cloches appelèrent à l'office des vêpres, qui seraient solennelles. Tout le clergé de Barcelone répondit présent, jusqu'aux abbés des monastères proches de Sant Pere de les Puel·les et de Sant Pau del Camp. Les familles patriciennes remplirent l'église et la foule s'entassa à l'extérieur, sur la place.

— C'est le moment d'aller chercher ce dont mon grand-père m'a parlé, murmura Gali à l'oreille d'Elisia.

— Maintenant ?

— Avant la fin des vêpres. Personne ne s'en apercevra.

Passant entre les fidèles, ils s'éloignèrent des palais par une ruelle.

— Gombaud m'a expliqué en détail où se trouvait la maison.

Ils empruntèrent une rue en pente qui conservait encore des parties du vieux pavement. Dans le quartier le plus élevé de la ville se dressaient les ruines d'un ancien temple païen que le temps n'avait pas réussi à engloutir. Elisia resta sans voix devant un ensemble de colonnes cyclopéennes toujours debout.

— Elles sont plus grosses que le tronc d'un chêne centenaire ! Qui a pu soulever un tel poids ?

Gali était lui aussi impressionné.

— Mon grand-père m'a raconté qu'on les appelait le *miraculum*, le miracle, parce que, d'après les ecclésiastiques, elles avaient été érigées par des saints chrétiens grâce à l'aide et à la puissance de Dieu. La maison que nous cherchons est à côté.

Elisia, encore fascinée, suivit Gali, qui s'efforçait de se souvenir. À côté des colonnes, il y avait une placette entourée de vieilles maisons, déjà écroulées pour certaines. La plus proche d'eux était une grande bâtisse à la façade lézardée. Gali constata avec soulagement qu'elle était abandonnée.

— C'était la demeure de Gombaud, mon grand-père.

Ils passèrent la tête dans l'embrasure de la porte fendue dont il ne restait que quelques pans de bois vermoulu. L'intérieur était encore debout. La maison comptait deux niveaux, ainsi que des combles à deux pentes qui servaient de grenier à grain. Après s'être assurés que personne ne les regardait, ils entrèrent. Des pigeons s'envolèrent par les trous de la toiture en roucoulant

— Ça peut s'écrouler à tout moment, dit Elisia, inquiète.

— C'est mieux que personne ne s'y intéresse.

Ils pénétrèrent dans un grand salon, où se trouvait un foyer aux pierres noircies.

— Regarde ! – Gali montrait une partie du stuc décoré de formes géométriques, abîmée par l'humidité. – C'est exactement comme Gombaud me le décrivait.

— Vous étiez une famille prospère, dit Elisia, impressionnée.

— Moi, je vivais avec mes parents dans notre villa de Vernet, dans le Conflent. Mon grand-père demeurait habituellement à Barcelone. Il était au service du comte Sunifred, et il s'est enfui quand Guilhem de Septimanie a attaqué la ville. Aujourd'hui, je vais récupérer ce qui me revient.

Ils explorèrent prudemment le reste de la bâtisse. Les pièces étaient inhabitables, et ils renoncèrent à utiliser l'escalier en pierre qui menait à l'étage quand ils aperçurent les joints fendus. La cuisine, qui communiquait avec le potager, était jonchée de décombres et d'éclats de mortier. Gali sourit.

— Ça doit être ici. Allez, aide-moi.

Ils déblayèrent un coin jusqu'à voir une petite trappe se dessiner.

— C'était la cave.

Elisia, qui avait toujours sur elle de l'amadou et une pierre à feu, improvisa une torche avec des branchages et de la paille qu'elle ramassa au sol. La cave était remplie de tonneaux cassés et d'outils inutilisables tant ils étaient rouillés.

— Prie, Elisia, prie, maintenant plus que jamais.

Elle inspira profondément. Gali compta quelques pas puis attaqua le mur en terre de la pointe de son couteau. C'était la première fois qu'elle le voyait travailler de ses mains. Au bout d'un temps qui lui parut une éternité, le métal corrodé d'un chaudron apparut.

— Oh, Seigneur ! s'exclama Elisia.

Ils se mirent à deux pour le sortir et entendirent avec émotion le tintement à l'intérieur. Gali en souleva le couvercle plaqué par la rouille et y plongea la main. Il la ressortit remplie de piécettes, des deniers d'argent et des oboles frappés à Barcelone, à la Seca. Il les laissa tomber dans la paume d'Elisia qui se mit à rire, des larmes plein les yeux. Aucun d'eux n'avait vu une telle richesse de sa vie. Ils s'embrassèrent, euphoriques. La vie pouvait continuer.

— Mon grand-père avait la conviction qu'un de ses descendants reviendrait. Dieu nous a réservé ce trésor pour nous deux. Nous pourrons ouvrir notre auberge, comme nous en avons rêvé !

— J'en ai déjà le nom ! dit Elisia.

Elle apercevait enfin une lumière après ce voyage trop souvent ténébreux ; une nouvelle existence les attendait.

— On l'appellera l'auberge du Miracle.

— Ça me semble bien.

— Regarde, il y a aussi un parchemin.

Une ombre passa sur le visage de Gali. Ni l'un ni l'autre ne savaient lire. Selon Lambert, qui avait toujours été désireux d'apprendre, les lettres possédaient l'étrange pouvoir de retenir les pensées malgré le passage du temps, et pour une durée infinie. Elisia contemplait avec intérêt les lignes d'encre brune, mais Gali lui arracha l'écrit des mains et le glissa sous sa chemise.

— Pourquoi fais-tu cela ? demanda Elisia, déconcertée.

— Ce sont sûrement des vieux documents qui sont maintenant sans importance. – Il agitait bruyamment les piécettes dans sa main pour capter l'attention d'Elisia. – L'important, c'est ça, Elisia ! C'est pour ça qu'on est venus ici.

Elle acquiesça et l'enlaça. Gali ne lui avait pas menti. Le moment était venu d'oublier les sentiments impossibles et les baisers furtifs, même très purs. Il était son époux et elle apprendrait à vivre avec lui, comme beaucoup de femmes de Carcassonne mariées par leurs parents.

Elle ne chercha pas à approfondir davantage la question du parchemin que Gali avait gardé et, à la nuit tombée, ils quittèrent la maison en ruine de Gombaud, le trésor sous leurs vêtements, bavardant avec enthousiasme de l'avenir prometteur qui les attendait à Barcelone. Avec cette fortune, il leur serait plus facile de fonder un foyer.

Dans la sierra de la Marina, Isembard s'appuya contre le tronc d'un chêne. C'était une nouvelle nuit et il cherchait toujours Rotel. Il avait craint le pire quand il avait vu Drogon de Borr apparaître en héros, et la disparition de sa sœur n'était pas un hasard. Épuisé, il se frotta le visage pour se tenir éveillé. Il pensa à Elisia et fut encore plus triste. Il l'imagina à Barcelone, enfin en sécurité.

Il reprit sa marche, errant sans but jusqu'au moment où il distingua une lueur en haut d'un monticule. Il grimpa très discrètement. Le feu se trouvait devant une de ces prodigieuses tables de géants mais, à la différence des autres, la pierre plate horizontale du dolmen reposait sur six pierres verticales. Trois hommes couverts de peaux de bêtes cousues ensemble se réchauffaient en silence autour du feu, leurs heaumes hérissés de pointes rouillées posées au sol. Ils appartenaient au groupe qui les avait attaqués.

Constatant que Rotel n'était pas avec eux, Isembard recula. À cet instant, son regard s'arrêta sur le foyer. Au milieu des braises, il y avait une jambe humaine rôtie et mordillée et à côté, jetée sur les pierres, une minuscule tunique en laine grise tachée de sang. Celle de la petite Ada. Il trébucha sous le choc, et ils le découvrirent. Les trois créatures étaient horribles à voir. L'individu à la joue barrée d'une cicatrice bourgeonnante de l'orbite oculaire vide jusqu'au menton rugit. Ils empoignèrent leurs massues et se lancèrent à sa poursuite. Après une longue course, ils le rattrapèrent. À bout de forces, Isembard réussit à esquiver la première charge, mais il perdit l'équilibre et roula sur le tapis de feuilles mortes. Ils l'entourèrent. Le jeune homme pensait qu'ils allaient briser chacun de ses os en mille morceaux, lorsqu'une ombre encapuchonnée surgit entre les arbres et les attaqua par surprise.

L'apparition, faisant virevolter sa lame avec élégance, ouvrit le ventre du premier. Elle esquiva la deuxième massue et entailla le cou de celui qui la brandissait; l'homme s'écroula. Le troisième essaya plusieurs fois de le frapper, mais l'individu au capuchon anticipait chacun de ses mouvements grossiers. Il lança une estocade pour blesser la brute à la jambe et lorsque celle-ci s'affaissa à genoux, il lui trancha la tête. Tout s'était déroulé très vite. Isembard, toujours au sol, assistait à la scène, médusé.

— Tu as eu de la chance, Isembard de Tenes.

— Qui êtes-vous? Comment connaissez-vous mon nom?

— Quelqu'un à Barcelone a dit que tu comptais parmi les colons.

Le guerrier s'approcha et rabattit sa capuche. L'homme d'une cinquantaine d'années, aux traits affilés, à la barbe et à l'épaisse chevelure grises, écarquilla les yeux.

— Grand Dieu! Tu es le portrait craché de ton père!

Isembard recula tout en le menaçant avec le ridicule couteau de cuisine du monastère. Il prétendait intimider le guerrier, qui lui tordit le poignet et lui fit lâcher l'arme.

— Au moins, tu ne manques pas de courage, Isembard de Tenes. Je sais que tu recherches ta sœur, Rotel, mais si tu persistes à errer par ici tout seul, tu mourras.

— Ils mangeaient..., commença-t-il, encore horrifié. Mon Dieu, c'était la petite Ada!

Isembard se jura de ne jamais le révéler à Jehan et à Leda s'il les revoyait un jour.

— Moi aussi, j'ai mangé de la chair humaine, au cours d'un siège, confessa l'homme d'une voix grave. Cela fait parfois la différence entre la vie et la mort, même si ceux-là – il désigna les cadavres – ont dégénéré au point de ne plus distinguer un enfant d'un agneau. Voilà où nous conduit la misère. Mon nom est Guissand de Barcelone. Je suis parti à ta recherche dès que j'ai appris la nouvelle.

— Ils ont enlevé Rotel !

— Eux, ils n'enlèvent personne, seulement quelques morceaux. Si tu ne l'as pas retrouvée, c'est que Drogon de Borr la détient.

Isembard s'effondra. Ses craintes étaient confirmées. Il frappa le sol de colère et d'impuissance.

— Dans ce cas, aidez-moi ! Vous êtes un guerrier et vous connaissiez mon père !

— Je le ferai, le moment venu. Cette nuit, il s'est passé une chose importante, qui peut tout changer.

— Laquelle ?

— Je t'ai rencontré, Isembard II de Tenes. Si tu veux sauver Rotel un jour, viens avec moi ; si tu veux finir comme cette pauvre fillette… ou pire encore, continue ta quête absurde.

— Pourquoi me recherchiez-vous ? – Une douleur sourde surgit des brumes de sa mémoire. – Mon père a disparu il y a longtemps, et j'ai grandi dans un monastère avec ma sœur.

— Aujourd'hui, je suis un chevalier banni et errant, et je vis dans les montagnes et les forêts, mais avant cela j'étais le vassal de ton père.

Isembard, surpris, l'observa. Il ne connaissait pas Guissand ; brusquement, il prit conscience du peu de choses qu'il savait sur son père. Quand il pensait à lui, la rancœur resurgissait ; il lui en voulait de les avoir abandonnés à leur sort, Rotel et lui, dans le château de Tenes, et la blessure profonde ne s'était jamais vraiment refermée.

— Si vous étiez à son service, vous savez ce qui s'est passé, murmura-t-il d'un ton hargneux, et pourquoi il n'est pas revenu défendre son château et sa famille.

— Suis-moi, Isembard, et tu connaîtras la vérité.

Troublé et désespéré, le jeune homme commença à se détendre. Guissand l'intriguait, et au cœur de cette nuit funeste il était le seul auprès de qui se réfugier. Rotel n'était pas là, et il ne serait pas facile de la retrouver, il l'admettait. Il n'avait plus rien à perdre. Il accepta donc. Ils sortirent de la forêt et rejoignirent la via Augusta. Laissant Barcelone à leur gauche, ils continuèrent vers le sud, puis ils s'engagèrent sur un sentier caché au milieu des pins et des herbes hautes. Sur la terre rocailleuse d'une clairière se dressait une tour circulaire en pierre, face à la rivière. Plusieurs ermites en haillons les reçurent. La présence d'Isembard, dont ils reconnurent les traits, les stupéfia.

— C'est la tour de Benviure[1], annonça Guissand de Barcelone. Ces moines vivent tout près d'ici dans des ermitages creusés dans la terre. Nous sommes dans la vallée du Llobregat, l'ultime frontière du royaume. C'est une belle nuit pour raconter des histoires, jeune Isembard, mais nous attendrons pour cela de vieux amis, dit-il en lui mettant une main sur l'épaule et en continuant à lui parler d'un ton solennel. Autre chose : rappelle-toi toujours que tu es en vie grâce à une femme nommée Goda de Barcelone. C'est elle qui m'a envoyé le message.

Isembard frissonna. Parmi les colons, seule Elisia connaissait son lignage aristocratique, ce qui signifiait que la jeune femme avait déjà noué des relations avec des habitants de Barcelone. Sans le savoir, elle lui avait une fois de plus sauvé la vie. Il désira se retrouver dans l'abri de la forêt, sous la pluie, et pouvoir l'embrasser de nouveau.

---

1. Le nom de Benviure, en relation avec la tour et les ermitages à Sant Boi de Llobregat, n'apparaît dans les documents historiques qu'à partir du XIe siècle. Il est cité ici pour permettre au lecteur d'identifier les lieux.

8

L'évêque contempla la dalle sur laquelle il s'était évanoui le matin même. Elle ne portait aucun nom gravé, car le tombeau était vide. Dieu avait mis sa foi à l'épreuve. Le soir, il devait assister au banquet offert en son honneur au palais comtal par le vicomte Sunifred et les hauts dignitaires de la cité. Auparavant, il souhaitait visiter la ville en toute discrétion et avec pour seule compagnie le capitaine Oriol et les moines Jordi et Servusdei.

Ils déambulèrent dans les rues tortueuses jusqu'à chacune des quatre portes.

— Barcelone est-elle bien protégée, Oriol ?

— Après l'attaque de cet été, il ne nous reste que trois douzaines de gardes, mais la muraille d'enceinte et les portes sont en bon état.

— Bera, le premier comte, avait fait ériger cette muraille, qui a été renforcée à l'aide d'anciennes pierres de taille et de morceaux de pierres tombales, de sarcophages..., signala Jordi, natif de Barcelone.

Ils se dirigèrent vers le centre de la cité par des ruelles sales et silencieuses, totalement désertées pour certaines, qui empestaient l'oignon et le chou bouilli. Barcelone était une cité rurale avec des potagers et des terrains cultivés entre les bâtiments en ruine, car hors des murailles rien ne durait bien longtemps.

Au centre, ils visitèrent une chapelle dédiée à saint Jacques ainsi que la vieille église des saints Just et Pasteur. Un ecclésiastique à la bure dépenaillée leur ouvrit le temple qui avait été le siège épiscopal au temps des Wisigoths. La petite église se caractérisait par des arcs outrepassés brisés soutenus par de solides colonnes et des lampes à huile de style oriental.

— Ne vous laissez pas tromper par son aspect vétuste, dit Jordi. Le noir de la suie atteste de la grande fréquentation de l'église, dont l'office est le plus suivi car il se pratique selon le rituel mozarabe.

Frodoi garda le silence. Ce n'était pas le moment d'aborder cet épineux sujet. Ils ressortirent et visitèrent les ruines des thermes romains et le fameux *miraculum*.

— C'est ici que se trouvaient le forum et le temple d'Auguste.

Il en coûtait d'imaginer une telle splendeur au milieu des maisons de terre montées sur de vieilles pierres de taille rongées par le salpêtre. Ils regagnèrent l'évêché, pensifs. Beaucoup de villes avaient souffert une décadence similaire.

— Combien de familles vivent à Barcelone ? Nous n'avons vu presque personne ce soir.

— Depuis la dernière attaque, il doit rester moins de mille cinq cents âmes, répondit Oriol, et le chiffre continuera de baisser puisque la razzia a détruit une partie des récoltes de blé et de raisin.

La situation était pire que celle imaginée par Frodoi, or son audace avait attiré dans la ville une centaine de bouches supplémentaires à nourrir.

— Ne vous découragez pas, dit Servusdei, toujours attentif aux attitudes de l'évêque. Dieu est à vos côtés.

Il faisait déjà bien nuit quand Frodoi revêtit une cape brodée de soie assortie d'une croix en or pour se présenter devant le patriciat local. Le salon du palais comtal ne ressemblait pas à ceux de Reims, néanmoins des tapisseries mangées aux mites étaient accrochées aux murs et des tapis arabes couvraient le sol. Les brûle-parfums accentuaient l'éclat des coupes en argent que le vicomte Sunifred avait donné l'ordre de polir pour le banquet.

Doté d'un pouvoir comparable à celui du comte, l'évêque se plaça à côté du trône en bois riveté vide et le vicomte le présenta aux couples aristocrates et aux autorités, qui défilèrent en ordre devant lui dans leurs plus beaux atours afin de présenter leurs respects. À la fin, Frodoi sentit les battements de son cœur s'accélérer. La mère de la fillette nommée Argencia, qui lui avait adressé un premier geste accueillant à son arrivée à Barcelone, s'avançait. Elle portait une robe de soie noire et marchait avec élégance au bras d'un vieil homme chauve au teint jaune.

— Nantigis de Coserans, lui murmura le vicomte à l'oreille. Il possède des territoires dans le comté et il est membre du conseil des *boni homines* de la ville. Il est accompagné de son épouse Goda.

Quand il reçut les paroles de bienvenue, Frodoi était déjà hypnotisé par les yeux brillants de chat, couleur émeraude, de cette femme à la beauté princière. Ses traits et son allure provoquaient une sensation étrange chez lui ; Goda irradiait une sorte de mystère.

— Monseigneur évêque, intervint brusquement Nantigis, agacé par la façon dont il dévorait des yeux sa belle épouse. Ma famille fournit le meilleur vin à l'évêché et à ses églises.

— J'espère qu'il continuera d'en être ainsi, Nantigis de Coserans, répondit Frodoi, distrait, en s'efforçant de ne plus regarder Goda.

— Si vous avez besoin d'un prêt pour la nouvelle cathédrale, nous pouvons négocier.

Visiblement fâchée par l'attitude de son mari cacochyme, Goda s'excusa avec courtoisie et le tira par le bras jusqu'au bout de la longue table couverte de victuailles. Frodoi admira la courbe cintrée de sa robe noire ornée de perles.

— Soyez discret, monseigneur. Ce vieux Franc est aussi influent que jaloux, et il a remporté le plus beau trophée de la cité.

— Je ne sais pas de quoi vous me parlez, vicomte.

Sunifred sourit.

— J'ai soixante ans et je vis dans cette ville depuis ma naissance. Je ne connais pas un homme qui n'ait jamais désiré Goda, sa mère ou sa grand-mère avant elle. Elles possèdent toutes ces mêmes yeux… Elle appartient à la plus vieille famille de Barcelone. Ses ancêtres remontent peut-être aux Romains ou même aux Laietans, le peuple ibère qui vivait dans la région il y a bien longtemps. Selon certains, ce lignage est l'âme de la cité, qui disparaîtrait s'il venait à s'éteindre.

— Pourquoi est-elle mariée à cet homme ?

— Elle était l'épouse d'un chevalier que Guilhem de Septimanie a fait exécuter en 848 pour le punir de sa fidélité au comte franc Sunifred. Le vieux Nantigis vivait déjà ici, depuis l'époque de Bernard de Septimanie, et il était chargé de collecter la *teuta* auprès des marchands. Il a offert sa protection à Goda, mais il a exigé en échange qu'elle l'épouse. Ils ont un enfant, Argencia.

— La petite fille qui m'a accueilli ce matin.

— Goda est très spéciale, vous le découvrirez. Je n'accorde aucun crédit aux légendes qui circulent au sujet de sa famille, cependant les habitants de Barcelone y croient dur comme fer, et ici nous la respectons tous. Ne la mettez pas en danger par votre ardeur juvénile.

Frodoi prit place à la table et les esclaves lui apportèrent des plateaux chargés de canards rôtis, le plat principal. L'évêque s'attarda surtout sur les poissons de mer, rares à Reims, et il dégusta avec étonnement la morue fumée et les harengs frits.

Le vicomte, son voisin de table, lui relatait les vicissitudes du comté. En face, l'archidiacre de la cathédrale et plusieurs chanoines déploraient véhémentement le manque de prêtres, de calices et de vêtements de cérémonie dans la plupart des paroisses en dehors de la ville. Des seigneurs construisaient des églises sur leurs territoires ou dans leurs villages, nommaient leurs propres curés et allaient même jusqu'à encaisser la dîme et les taxes, comme s'il s'agissait d'un commerce supplémentaire.

Frodoi découvrit avec inquiétude que la curie épiscopale fonctionnait à peine. Les postes vacants et les litiges se multipliaient, les coffres étaient vides et, avec l'atelier monétaire fermé, il ne fallait pas compter sur le tiers traditionnellement perçu par l'évêché sur chaque pièce frappée. L'Église possédait des esclaves et des serfs par centaines, en revanche la perte des récoltes conduirait à la famine. Sans compter qu'ils étaient plus nombreux depuis l'arrivée des colons, une mauvaise idée pour la plupart des invités, qui ne se privaient pas de le dire tout en mordant hardiment dans une cuisse de canard, ou la bouche pleine de noix.

Frodoi était de plus en plus accablé.

— Que pensez-vous faire pour notre foyer, monseigneur ? l'interpella Goda, à l'autre bout de la table.

Tous se turent. Elle le dévisageait avec attention.

— Et vous, que feriez-vous, Goda ?

Elle ne s'attendait pas à cette question ; son visage se contracta. Aucune femme ne prenait la parole en public sur des sujets ayant trait au gouvernement de la cité, et encore moins avec un haut dignitaire de l'Église.

— Que peut en savoir une femme ? intervint Nantigis, la voix rendue pâteuse par le vin, tirant quelques rires dédaigneux aux présents.

— Monsieur, laissez votre épouse s'exprimer, insista Frodoi.

Goda fronça le sourcil. Le fait que l'évêque désirait l'écouter le rendait différent des autres hommes, et elle s'enhardit à répondre.

— La Marche ne résistera que si les descendants des comtes peuvent hériter des comtés sans se soumettre à la volonté du roi.

La réponse plongea l'assistance dans la perplexité, particulièrement les Francs.

— C'est le roi qui concède les prébendes, répliqua Frodoi, alarmé. Une telle idée frise la trahison.

— Charlemagne a placé les Guilhemides, c'est-à-dire sa branche, sur le trône, afin que ses descendants mènent à terme toutes ses réformes en faveur de la paix et de la prospérité. Telle était son idée. Si ses petits-enfants n'avaient pas tout perdu par cupidité, la Marche ne serait pas plongée dans les ténèbres, abandonnée, et les royaumes de l'Empire ne pâtiraient pas de si nombreux conflits.

— Que deviendrait Barcelone si elle était gouvernée durant des générations par un même lignage ? interrogea l'évêque dans un silence tendu.

Le beau Frodoi la mettait à l'épreuve. Elle courait le risque de se retrouver jetée le soir même dans les oubliettes de son palais, elle le savait, mais les yeux de l'évêque la suppliaient de poursuivre. Elle connaissait bien ce regard chez les hommes et elle continua sans aucune crainte.

— Dieu seul le sait, monseigneur, mais si ce lignage désirait conserver la cité, il la repeuplerait et il la protégerait grâce à son armée. Quantité de comtés d'autres régions sont gouvernés par des maisons aristocratiques respectées par le roi, qui les concède à leurs descendants le moment venu. C'est ainsi que ces comtés prospèrent. Or, ici, des comtes de maisons chaque fois différentes se succèdent pour gouverner Barcelone.

— Voyons, femme, tais-toi donc ! lâcha Nantigis.

Tous se mirent à parler en même temps, creusant un fossé entre les Goths et les Francs. Frodoi et Goda se regardaient, indifférents à ce qui les entourait. L'évêque éprouvait une sensation nouvelle dans la poitrine. Il était arrivé là sans projet déterminé, et la belle dame lui dévoilait l'impossible tâche que lui avait assignée le Très-Haut. Ses mots le frappèrent telle une vision éblouissante : c'était la seule manière de sauver la Marche.

Goda lisait sur le visage de l'évêque le changement qui s'opérait en lui, et elle esquissa un sourire. Frodoi voulut déceler dans ses yeux félins les profonds secrets qu'elle semblait cacher. Il désirait la connaître, et à ce moment précis elle acquiesça légèrement, ce qui le combla de bonheur.

Dans la tour de Benviure, le jeune Isembard, épuisé et inquiet pour Rotel, dévora la miche de pain noir et le morceau de fromage que lui offrirent les ermites. Plus tard, deux chevaliers amis de Guissand de Barcelone se présentèrent : Invèria de Roussillon et Nil de Montclús, des hommes d'âge avancé mais encore forts. Ils étaient tous des chevaliers bannis, des aristocrates contraints de vivre en exil dans les montagnes et les forêts, accrochés à un passé à tout jamais disparu.

— Est-ce que tu aimes les histoires, Isembard ? s'enquit Guissand en attisant le feu. Cette terre en est gorgée. Des histoires de donzelles sarrasines condamnées, de dragons et de puissants sorciers. De colons venus labourer avec leur houe la terre en friche, et qui ont mal fini. La tienne est-elle une de celles-là ? Raconte-nous.

Isembard leur relata l'histoire des Natifs de cette terre, jusqu'à l'attaque dans la forêt au cours de laquelle Rotel avait disparu.

— Cette horde obéit à Drogon, et j'ai l'impression que tu t'en doutais déjà. Par chance, le jeune évêque Frodoi n'est pas tombé dans son piège et ne l'a pas laissé entrer dans Barcelone. Ce religieux a l'air malin.

— Drogon contrôle le château de Tenes qui appartenait à ton père, Isembard, intervint le vieil Invèria, mélancolique. Il a sauvé Frodoi et il a enlevé ta sœur… Rien de cela ne paraît fortuit. Il a des centaines de mercenaires à son service, auxquels s'ajoutent ces créatures démoniaques qui vivent dans des grottes proches. Rotel est désormais une de ses esclaves. Tu ne pourras que la venger, fils.

— Pourquoi m'avez-vous amené ici, alors? dit Isembard, fâché et impuissant face à des paroles aussi crues, lui qui jamais ne renoncerait à son serment de retrouver Rotel.

— Pour te révéler notre histoire, celle de ton père et celle des Chevaliers de la Marche.

— À Santa Afra, on racontait que sept chevaliers avaient juré devant le roi de défendre la Marche, mais apparemment ils avaient été exterminés avec leurs troupes. Je n'ai jamais entendu dire que mon père était l'un d'entre eux.

— En l'an 834, après des années de grands troubles, sept nobles goths firent le vœu devant l'empereur Louis le Pieux de rester dans la Marche pour défendre la frontière. Ils devaient obéissance aux comtes successifs. Toutefois, comprenant le danger que représentait l'émirat de Cordoue, Louis le Pieux leur concéda des terres fiscales pour maintenir des troupes et des châteaux sur la frontière. Cette tour a été bâtie par eux, avec leurs propres moyens, comme d'autres le long du Llobregat, du Cardener et du Segre; elles sont en ruine à présent. Ils ont aussi favorisé le repeuplement de terres laissées à l'abandon à Barcelone, Ausone et Urgell.

» En 844, le comte Sunifred d'Urgell, un Goth de la maison des Bellonides, rejoignit la cause des Chevaliers. Il succéda à Bernard de Septimanie après sa décapitation pour rébellion. Durant plus d'une décennie, il fut impossible aux Sarrasins de franchir la frontière. Tout le monde espérait qu'à la mort de

Sunifred le roi nommerait comte un de ses fils majeurs, Guifré ou Miró, afin de poursuivre le lignage et l'œuvre protectrice. Mais c'était sans compter avec l'obscur Guilhem de Septimanie, qui surgit pour venger son père. Il exécuta Sunifred devant tout Barcelone.

— Je pensais que les Chevaliers de la Marche n'étaient qu'une légende de héros goths.

— Une légende à la fin très triste, Isembard. Ton père était l'un de ces sept chevaliers. Il a disparu en tentant de sauver l'épouse de Sunifred, Ermessende de Carcassonne, et leurs sept enfants.

— Que s'est-il passé ? demanda le garçon, ouvrant la porte à la douleur.

Guissand hocha la tête, peiné.

— Nous l'ignorons tous. Ce que nous savons, c'est que lorsque Guilhem de Septimanie est entré dans Barcelone et a exécuté Sunifred, ton père a réussi à faire sortir toute la famille de la ville en combattant. Puis leur trace s'est perdue pour toujours. Peut-être sont-ils morts dans la forêt. On n'a plus jamais rien su de la comtesse Ermessende et de sa progéniture. Durant des années, Guilhem a continué sa rébellion. Il a dévasté la Marche en pourchassant ses adversaires, jusqu'à ce qu'il soit vaincu par Aleran de Troyes. Ce furent des périodes sanglantes et atroces dont le comté ne s'est jamais remis. En 852, les Sarrasins attaquèrent de nouveau. Aleran tomba, et les Maures laissèrent une terre ravagée. Nous qui avons survécu, nous avons conservé l'espoir de retrouver les descendants de Sunifred, le lignage goth des Bellonides qui pourrait nous rendre l'espoir d'un avenir pour la Marche.

— Je me souviens que mon père n'est pas revenu pour nous défendre quand le château de Tenes a été attaqué, et je me rappelle la peur…, commença Isembard avec amertume. Des mercenaires de Guilhem de Septimanie se sont emparés du château, en 849, et ils ont tué tout le monde, ma mère…

Sa voix se brisa, ses yeux s'emplirent de larmes. Il avait lutté pendant des années pour refouler ces images et elles revenaient soudain, nettes et terribles.

— Des hordes sont arrivées, poursuivit-il. Elles ont massacré les soldats qui résistaient encore, avant de fouiller toute la forteresse. Nous avons réussi à nous enfuir, ma sœur et moi, par le vieux tunnel du puits.

— Tu n'as pas de souvenir de ton père ? Il parlait toujours de toi avec fierté.

— J'avais sept ans. Il passait l'hiver avec nous et il était toujours armé. Il avait combattu, participé à mille batailles, et il m'avait promis qu'il m'apprendrait à manier l'épée, mais il n'a pas tenu sa promesse. – C'était la plus grande blessure du jeune homme. – Ma mère et lui ne se parlaient presque pas, et je crois maintenant que c'était à cause de Rotel.

— Ton père était un grand guerrier, un cœur noble, ne l'oublie jamais, Isembard, même s'il a fait passer son serment sacré avant sa famille, expliqua Guissand avec compassion. Nous étions des vassaux. J'étais inféodé à ton père, et Invèria et Nil à d'autres suzerains. Après l'exécution du comte Sunifred, un des sept chevaliers, Darvard de Berga, nous a trahis, sous l'influence de Drogon de Borr. Au cours des deux années de terreur qui s'ensuivirent, le reste des chevaliers et leurs féaux furent capturés et exécutés. Puis ce fut au tour de leurs familles, comme cela se produisit avec la tienne, et de leurs châteaux, qui furent détruits ou que les vainqueurs s'approprièrent. Nombre de leurs vassaux connurent une fin horrible qui demeure entourée de mystère.

— À présent, il semblerait que la nomination du jeune évêque franc ait fait renaître l'ambition de Drogon, dit Invèria en soufflant sur les braises d'un air grave, comme Guissand auparavant. Pendant toutes ces années, il a étendu ses territoires et développé sa propre armée. Toutefois, il existe sur ces terres un autre démon, Isembard, le plus sinistre qui soit. Nous l'avons vu errer et nous pensons qu'il est l'allié de Drogon.

— Quel est l'objectif de Drogon ? À Santa Afra, on racontait qu'il avait été prêtre, il y a longtemps.

— Il reste bien peu de sacré en lui. Depuis des années, il ambitionne de succéder à l'actuel comte de Gothie, Unifred, et au comte d'Urgell, Salomon, afin de devenir marquis.

Isembard revit la jambe de la petite Ada, et cette image lui retourna l'estomac.

— Quelqu'un qui envoie la mort contre des gens sans défense ne devrait pas gouverner.

— Tu commences à comprendre, acquiesça Guissand. Aucun roi, aussi inhumain et insouciant soit-il, ne lui concéderait un comté s'il ne fait pas preuve de mérite, mais Drogon est d'origine franque et il a fait disparaître tous ses plus proches rivaux.

Nil prit la parole :

— Même si la situation se détériorait dans la Marche, le roi Charles le Chauve ne nous enverrait pas de troupes, cela l'affaiblirait par rapport à son frère, le Germanique, et à ses neveux, qui gouvernent le reste de l'empire. La Marche doit se défendre par ses propres moyens et Drogon est désormais le seul capable de le faire. Il se croit donc en droit de réclamer la couronne comtale. Telle est sa stratégie. Il a un temps nourri l'espoir qu'un autre Franc, l'évêque Frodoi, l'aide à monter sur le trône de Barcelone, et il se sent probablement offensé. Il manigance sûrement sa vengeance pour le contraindre à se plier à ses désirs.

— Vous prétendez l'en empêcher, c'est cela ?

Guissand, Invèria et Nil se regardèrent.

— Nous sommes trois chevaliers bannis, errants, privés de terres et de maison. Les nôtres ont été tués et nous vivons depuis onze ans dans la forêt, à la recherche des Bellonides, en vain. Notre temps est révolu, mais ce soir nous avons compris pourquoi Dieu ne nous a pas encore rappelés à Lui, dit Guissand, les yeux embués de larmes par l'émotion. Il se peut que le nouvel évêque n'apporte rien à notre cause… Malgré tout, il a amené avec lui un espoir que nous pensions perdu : toi, jeune Isembard.

Invèria de Roussillon posa la main sur l'épaule du garçon.

— Tu as beau ne posséder ni armes, ni instruction, ni terres, tu es Isembard II de Tenes, le seul fils vivant des Chevaliers de la Marche. Tu ressembles tellement à ton père que les aristocrates goths ne pourront pas le nier. Toi seul pourras réunir de nouveau les maisons vassales des sept chevaliers, qui survivent dispersées. Même le comte Salomon d'Urgell, parent de Sunifred, reconnaîtra en toi l'héritier du lignage de Tenes. Il aimait beaucoup ton père. Un jour nous retrouverons les Bellonides et tu prendras la tête de leur armée, toi, Isembard II de Tenes, comme ton père, qui nous a guidés en son temps.

— Je ne sais que cultiver la vigne et je porte une bure que m'ont laissée les moines de Santa Afra.

— Tu possèdes la seule chose que nous ne pouvons pas te donner, poursuivit Guissand. Le sang de ton père dans tes veines. Nous t'apprendrons à devenir un guerrier. Le reste dépendra de la volonté de Dieu.

— Ainsi, notre vie et la mort de ton père n'auront pas été vaines, conclut Invèria.

Isembard était dépassé par la situation. Quelques semaines plus tôt, ces chevaliers ne lui auraient même pas jeté un regard en passant. Il avait oublié son lignage et il haïssait le souvenir de Tenes. La seule chose qu'il souhaitait, c'était retrouver Rotel. Il songea alors à Frodoi, le jeune évêque qui faisait face à des difficultés insurmontables, et à Elisia, dont l'avenir était incertain. Ils avaient tous les deux du courage et un but à atteindre, avec la volonté de Dieu. Lui, il n'avait cessé de fuir. De Tenes d'abord, et de Santa Afra il y a peu. Il devait reprendre les rênes de son existence, là résidait peut-être son propre chemin.

— Il t'est encore impossible d'évaluer la situation, et nous le comprenons, intervint Guissand en le voyant pensif. Pour le moment, contente-toi de chercher une raison de rester ici ce soir, et accroche-toi à elle. Tu découvriras le reste avec le temps.

— Je veux retrouver ma sœur, mais pour la sauver je dois apprendre à me battre.

Guissand regarda ses compagnons.

— Lorsque tu réussiras à me mettre à terre lors d'un combat, nous irons ensemble au château de Tenes pour la délivrer. Si elle est destinée à devenir une esclave du harem de Drogon, elle y restera longtemps. Pendant ce temps, tu mèneras dans ces contrées désertes la vie d'un chevalier banni et errant. Tu observeras et tu apprendras de ces pauvres vieux que nous sommes, tandis que nous réunirons davantage de soldats pour rechercher les Bellonides disparus et mettre un terme à l'ambition de Drogon.

— Ce sera trop tard ! répliqua Isembard, désappointé.

— Ne sous-estime pas Rotel, dit Nil. Elle sait se débrouiller.

Ce propos intrigua Isembard et réveilla en lui un ancien soupçon.

— Je sais que c'est une bâtarde. Mon père était revenu avec elle un jour, elle venait de naître, et ma mère ne lui a jamais pardonné. Que dois-je savoir d'autre ?

Après un silence embarrassé, Guissand prit la parole :

— Ces lieux solitaires recèlent de nombreux secrets. Ils n'abritent pas uniquement des animaux nuisibles et des hordes bestiales, mais aussi des êtres mystérieux. Et parmi eux des femmes qui ont choisi de vivre à l'écart du monde pour s'adonner à la pratique de croyances ancestrales. Elles connaissent les propriétés des plantes, et certaines ont des pouvoirs sur les bêtes. Un jour, au cours d'une razzia sarrasine, ton père a été blessé et il est resté seul dans la forêt, près de Berga. Nous n'avions pas retrouvé son corps et le pensions perdu. Quelque temps plus tard, il est revenu, guéri et avec plus de force et de courage que jamais. Il avait changé, on aurait dit qu'il n'avait pas seulement rencontré le moyen de guérir sa plaie. Tu me comprends, je pense. Après cela, il lui arrivait de disparaître de temps à autre pendant des semaines. Un jour, nous l'avons vu revenir avec Rotel dans les bras. Il ne raconta jamais rien à personne, mais ces étranges femmes de la forêt ne sont pas toutes vieilles et voûtées…

— Selon une rumeur, il retrouvait une lamie, ces créatures fabuleuses de la forêt qui existent encore, bien que les prêtres le nient, ajouta Invèria d'un ton craintif.

Isembard garda le silence. Il entrevoyait une explication au lien particulier qu'entretenait Rotel avec la nature, et à son esprit indomptable, cruel et destructeur en certaines occasions. Qui pourtant ne la sauverait pas des instincts brutaux de Drogon.

— Crois-moi, mon garçon, si ta sœur est née dans la forêt, elle n'est pas aussi vulnérable que tu le crains, assura Guissand.

— Et si elle est fille d'une lamie, d'une *femme d'eau*, d'autres la craindront, affirma Invèria dans un sourire tendu.

9

L'excellent vin de Nantigis offert par le vicomte Sunifred rendit la soirée animée. Devant le groupe de musiciens, les danses en couple commencèrent.

Frodoi, enfin libéré des requêtes, bavarda avec les nobles afin de savoir qui lui offrirait son soutien et des moyens. Mentalement, il bâtissait déjà la nouvelle cathédrale, alors que le siège épiscopal faisait face à des problèmes beaucoup plus pressants, et il cherchait continuellement Goda du regard parmi l'assistance. Nantigis était ivre. Il se mit à vociférer, trébucha, et on lui avança une chaise. Goda se plaça près de la porte. Comme si elle avait attendu le bon moment, elle échangea un coup d'œil avec l'évêque avant de quitter le salon. Frodoi y décela une invite. Il venait d'arriver à Barcelone, en qualité de chef de l'Église, et Goda était l'épouse d'un noble influent. Il allait peut-être au-devant de problèmes, pourtant il désirait connaître cette femme, et l'occasion s'en présentait à lui. Il se débarrassa de l'archidiacre et sortit discrètement.

Il descendit l'escalier et suivit la silhouette de Goda dans la nuit. Il ignorait où le conduisait cette mystérieuse dame. Il la vit entrer dans la vieille église wisigothe au plan en forme de croix grecque. Il hésita. Et si c'était un piège tendu par les Goths ? Il n'avait cependant remarqué aucune hostilité de la part de Goda pendant le banquet. Il avança, intrigué.

Goda n'était pas dans l'église. Une unique lampe à huile éclairait le tabernacle suspendu par des chaînes dans le presbyterium. Frodoi prit peur et, alors qu'il décidait de faire marche arrière, il aperçut au fond du transept une ouverture d'où émanait une lueur. Il descendit prudemment dans une petite crypte qui comportait de grosses colonnes veinées et des arcs outrepassés noircis. Le sol et les murs étaient couverts de dalles funéraires et de coffres en fer. Goda se tenait là, de dos.

— Ma grand-mère racontait que la table du roi Salomon se dressait ici avant d'être transportée près de Tolède. Personne ne s'en souvient plus.

La présence d'un évêque et d'une femme mariée et aristocrate, seul à seule dans une même pièce, n'était pas une situation des plus appropriées, mais Goda l'attirait fortement.

— On dit que ta famille est plus ancienne encore que la Barcino romaine, avança Frodoi, fasciné.

Elle désigna la crypte de ses deux mains ouvertes et annonça d'un ton solennel :

— Beaucoup de mes ancêtres reposent ici. J'y viens quand je me sens perdue.

— Est-ce ce que tu ressens ce soir, Goda ? demanda-t-il, en proie à un sentiment étrange et envahissant.

Elle se retourna. Sa beauté l'impressionna, bien qu'il lui trouvât un air triste...

— Pourquoi es-tu venu, monseigneur ? Que cherches-tu, aussi loin de ton foyer ?

— Dieu m'a envoyé ici. C'est ma maison.

Goda frissonna. Elle voulait savoir si ces paroles étaient authentiques ou s'il l'avait suivie pour la même raison que les autres avant lui : pour la séduire. Elle trouvait le Franc différent, et son regard même paraissait chercher à l'intérieur d'elle autre chose que sa beauté. Elle souhaita qu'il ne ressemble pas aux autres hommes. Son aspect lui plaisait, son visage intelligent, ses yeux bruns et vifs, ses cheveux bouclés.

— D'autres Francs ont dit la même chose avant toi, mais jamais jusqu'à ce soir un prélat n'avait sollicité mon opinion.

Elle sentait l'essence de rose et Frodoi, si proche d'elle, en frémit.

— Il est possible que tu croies véritablement suivre le commandement de Dieu, poursuivit Goda.

— De qui d'autre, autrement ?

Dans sa jeunesse, Frodoi avait séduit beaucoup de femmes, mais maintenant qu'il était évêque, il ne devait plus céder à la faiblesse de la chair. Pourtant Goda le captivait.

— Voilà pourquoi je t'ai conduit à la crypte, dit-elle en le fixant droit dans les yeux, intensément. Je voulais savoir ce qu'ils en pensaient... Eux...

Frodoi examina les tombes, saisi. La crypte irradiait une énergie spéciale, occulte. Il se sentait observé. Goda marcha autour de lui comme si elle étudiait une proie.

— Pendant que tu m'écoutais, au cours du banquet, tu as changé. Puis-je savoir pourquoi ?

— J'ai accepté d'occuper cette chaire épiscopale uniquement pour me venger de mes rivaux, avoua Frodoi. Je me disais que si je redressais cet évêché, Hincmar de Reims me couvrirait d'honneurs et que mon tour viendrait de me moquer. Ensuite, je me suis renseigné, et le fait que Barcelone soit toujours debout après autant d'attaques et de révoltes m'a intrigué. Je me suis demandé si je pouvais y faire quelque chose. Aujourd'hui j'ai vu une cité à l'agonie. Je suis un homme à l'esprit pratique, et les mots que tu as prononcés pendant le banquet m'ont permis de comprendre que des colonnes, une cathédrale et un même rite catholique romain pour tous ne suffisaient pas.

— Continue, monseigneur, indiqua Goda, intéressée.

Sous le désir de Frodoi, elle entrevoyait autre chose.

— Tu dois savoir, Goda, que ce n'est pas le monarque Charles qui fait vivre le royaume et l'entretient, mais une série de maisons aristocratiques qui se partagent le territoire. Les Guilhemides de la cour et les Bosonides de Provence, par exemple. Ils contrôlent les chemins, les ponts et les cols des montagnes. Ce sont ces maisons qui fournissent les armées, et elles ont beau jurer fidélité au roi, elles servent exclusivement leurs propres intérêts. Les liens du sang sont ce qui compte pour elles. Elles prennent les décisions ensemble, toujours au bénéfice de leur famille, ce qui explique qu'elles entretiennent, sauvegardent et accroissent leurs domaines.

— Cela ne se passe pas comme cela ici.

— C'est ce sur quoi tu m'as ouvert les yeux. – Il lui sourit. – La Marche doit forger son propre lignage !

Goda frémit. Elle ressentait le charisme du jeune évêque ; peut-être représentait-il une possibilité réelle de sauver la ville.

— Le candidat actuel pour remplacer le comte Unifred est Drogon de Borr.

— Il pense probablement qu'on convainc le roi par la force. La cour est bien différente, dit Frodoi en esquissant un sourire malicieux. Je suis mauvais prêtre et pire théologien encore, mais ce soir j'ai compris qu'en m'envoyant ici Hincmar ne m'a pas puni pour satisfaire les rivaux de ma maison. Il croit en ma capacité de sauver cette terre maudite.

Ils se tenaient maintenant l'un en face de l'autre. Après tant d'années, Goda se sentait revivre, et elle nota que cette sensation était également physique. Le regard ardent de Frodoi exprimait la force du guerrier et la ruse du commerçant byzantin.

— Je te propose un pacte, monseigneur. Rends tout cela possible et je t'aiderai. Barcelone t'aidera.

— En ce cas, laisse-moi du temps pour étendre mon prestige à la curie et à la cour, répondit Frodoi sans bouger. Quels lignages rencontreraient des soutiens suffisants parmi l'aristocratie gothe ?

— Celui des Bellonides. Mais Sunifred a été exécuté il y a treize ans et personne ne sait ce qu'il est advenu de ses enfants.

— Je connais cette maison par ouï-dire, acquiesça l'évêque. Ce sont des descendants de Bellon de Carcassonne. S'ils sont morts, il faudra chercher d'autres parents, comme Salomon d'Urgell.

Une vague de désir circulait entre eux sous les paroles qu'ils échangeaient. Un désir interdit. Pourtant ni l'un ni l'autre ne reculaient ne serait-ce que d'un pas.

— Je ne suis pas seule, Frodoi. D'autres pensent comme moi. Ton arrivée s'est accompagnée d'un miracle. Avec toi voyageait Isembard de Tenes ! Dont le père était un des Chevaliers de la Marche, comme mon premier époux. – Elle parlait sous l'emprise de l'exaltation, sans bouger. – Il ne peut s'agir du seul fruit du hasard, c'est impossible ! Les forces du monde posent à nouveau leurs yeux sur cette terre oubliée !

— Tu te réfères à Dieu ? questionna Frodoi, soupçonneux.

— Tu es celui que mes ancêtres attendaient, répliqua Goda d'un ton énigmatique. Tu nous as apporté l'espoir !

Frodoi avait des questions à lui poser, mais le regard enflammé de Goda les effaça. Face à face, aucun des deux ne s'écartait, en dépit des nombreuses raisons qu'ils avaient de le faire. L'évêque ne put se retenir plus longtemps : il fit le geste de l'embrasser. Elle se détourna, confuse. Depuis onze ans, au côté de Nantigis, vieux et impuissant, Goda vivait dans l'ennui et le dégoût. Frodoi réveillait soudain en elle des sensations qu'elle croyait éteintes. Or elle le connaissait à peine, et il était évêque. Se laisser aller risquait de la mener à sa perte.

— Mon époux s'est sûrement rendu compte de mon absence, dit-elle, troublée. Il faut que je rentre.

Frodoi ne parvenait pas à croire au geste qu'il avait tenté.

— J'ai besoin de te revoir, Goda.

Il était conscient de se laisser aller au péché, mais il n'avait jamais rien éprouvé de la sorte. Il lui était impossible de résister à la force qu'elle irradiait, à son air hiératique.

— Nous avons conclu un pacte devant mes ancêtres, murmura Goda, effrayée. Ils t'en jugent dignes et moi aussi. Soyez les bienvenus, toi et les colons. Nous nous reverrons bientôt.

Elle l'incita d'un coup d'œil complice à ne pas insister, puis elle partit. Frodoi resta un instant dans la crypte, le temps de reprendre ses esprits. La rencontre avait été étrange. D'une certaine manière, Goda l'avait ensorcelé. « J'installerais n'importe qui sur le trône du comté, fût-il sorti de la lie du peuple, à la seule fin de voir à nouveau briller le désir dans tes yeux », pensa-t-il. Il comprit sur-le-champ que ce sentiment serait sa plus grande faiblesse.

10

Rotel se réveilla tout endolorie. Le monde alentour s'agitait avec violence. Elle se trouvait dans une cage en rondins, sur un chariot tiré par deux mules. Trois jeunes filles et deux fillettes appartenant aux familles de colons l'accompagnaient. Elles n'avaient plus de larmes, et lorsque Rotel cria, elles la supplièrent de se taire. Un homme s'approcha et lui cloua le bec à coups de trique.

— Où nous emmènent-ils ?

Elles haussèrent les épaules. Le chariot traversait un paysage inhabité sur un sentier pierreux qui leur infligeait un véritable supplice.

— Qui sont-ils ? demanda encore Rotel.

— Ils parlent de Drogon de Borr comme de leur seigneur.

La nouvelle l'assomma.

Au milieu de l'après-midi, ils arrivèrent dans une bourgade composée d'habitations de pierres levées, sur un coteau désertique. Deux paysannes à la peau tannée s'entretinrent avec les guerriers. Elles payèrent cinq brebis et un agneau pour une des jeunes filles et les deux fillettes. Rotel ne dit rien ; elle n'aurait pas plus de chance.

À la nuit tombée, ils s'arrêtèrent dans un bois de chênes verts. Quelques heures plus tard, trois cavaliers apparurent, enveloppés dans des couvertures et coiffés de turbans sarrasins. Les deux autres captives priaient tandis que Rotel maudissait l'humanité entière pour sa cruauté. Leurs ravisseurs discutèrent avec les visiteurs, et ils tirèrent rapidement les deux filles de la cage. Rotel resta seule. Le paiement s'effectua en dinars d'or sarrasins. Un des acheteurs au turban noir la dévisageait avec intérêt. Elle se blottit dans un coin de la cage, mais il s'approcha de plus près.

— Quel est ton nom? lui demanda-t-il avec un accent étrange.

C'était un jeune homme d'une vingtaine d'années, très beau, avec une barbe bien taillée d'un noir de jais.

— Pas elle, Malik! rugit l'un des ravisseurs en l'écartant brutalement.

En s'éloignant, le Sarrasin adressa à Rotel un ultime regard, comme une promesse qu'il ne pourrait pas tenir. Le chariot reprit son cahotement. Il se mit à pleuvoir. Rotel, transie de froid, fondit en larmes. Les loups hurlaient dans la forêt. Elle préférait leur présence à celle de Drogon. Elle finit par sombrer dans une torpeur inquiète, et lorsqu'ils la secouèrent pour la réveiller, elle découvrit devant elle un bloc massif plus noir que la nuit. Une douleur aiguë la transperça. Elle reconnut les lieux, elle en avait rêvé. Au sommet d'un éperon rocheux abrupt se dressait une forteresse entourée de murailles, avec un bastion central et une tour isolée. C'était le château de Tenes, le foyer de sa famille. D'un aspect sinistre, il paraissait en ruine.

— Bienvenue dans le nid de ton maître Drogon.

Rotel s'accrocha aux barreaux de la cage, mais elle fut contrainte de descendre du chariot. Le chemin jusqu'au sommet était tortueux, et ils devaient le parcourir à pied. Ils attachèrent une corde à sa taille pour la tenir, au cas où elle essaierait de se jeter dans le précipice. Les deux seuls souvenirs qu'elle conservait de cette forteresse étaient le silence et l'air hostile d'une femme dont elle sentait qu'elle n'était pas sa mère.

Ils franchirent le portail jusqu'à la place d'armes. Elle vit des angons pointe de harpon munie de crochets, des haches, des boucliers en bois et des piles d'épées recouvertes de draps de laine. De grandes jarres renfermaient le grain conservé pour l'hiver.

Le bâtiment principal était une tour carrée bâtie sur la roche. Le rez-de-chaussée puait la sueur et la rouille. Les guerriers qui s'entassaient à l'intérieur la détaillèrent comme des bêtes sauvages affamées. Des bribes d'autres souvenirs de ce château lugubre l'assaillirent. Ils montèrent sans un mot vers la salle du trône.

Des chandeliers recouverts de cire étaient suspendus aux poutres. Les murs étaient décorés de peaux d'ours et de bois de cerf comptant jusqu'à douze andouillers. Sur un tapis usé étaient allongées quatre filles couvertes de bijoux, avec de simples voiles de gaze pour toute vêture. Rotel n'avait jamais vu un tel luxe ni senti parfum plus agréable que celui qui se dégageait d'elles. Sur une estrade se trouvait un trône orné d'un dragon grossièrement sculpté. Assis sur ce trône, Drogon la scrutait derrière ses cheveux qui lui tombaient sur les yeux. Au milieu des belles esclaves, le noble à la peau pâle ressemblait à une ombre sinistre.

Il se leva et s'approcha de Rotel. Il tripota de façon obscène son visage, sa chevelure blonde et la douce courbe de ses jeunes seins sous la tunique rapiécée.

— Tu es la plus belle fille que j'ai jamais contemplée. Tu devrais être la favorite de mon harem, mais je te réserve un autre destin. Le jour de notre partie de chasse, près de Santa Afra, quelqu'un d'autre t'a vue dans les vignes. Il était avec moi, et il a tout de suite su que tu étais spéciale ; tu possèdes un don qui ne peut pas être gâché. C'est peut-être un étrange jeu du destin qui nous a guidés jusque là-bas, à la poursuite de cerfs..., continua-t-il, énigmatique. La deuxième fois que nous y sommes allés, tu as réussi l'épreuve qu'il t'a imposée.

Rotel tressaillit. Cet étrange jeu du destin dont parlait Drogon l'avait ramenée à Tenes, son premier foyer, même si l'aristocrate paraissait l'ignorer. Pour satisfaire à leur combat éternel et insondable, Dieu, ou son ennemi le Malin, tirait le lignage de Tenes de l'oubli.

Elle sentit le duvet sur sa nuque se hérisser et sa poitrine se souleva. Il y avait quelqu'un d'autre dans la salle, derrière elle. Elle nota un picotement dans son cou. Les esclaves crièrent. Cependant elle resta immobile, alertée par un instinct soudain. Une scolopendre venimeuse presque longue comme son avant-bras, accrochée au col de sa tunique, agitait ses mille pattes sur ses épaules. Les filles coururent se cacher derrière le trône en poussant des cris. Rotel, affolée, regarda le sol. Devant elle se dressait un énorme serpent brun d'une espèce qu'elle n'avait jamais vue.

— Il n'est pas d'ici, c'est un cobra, siffla dans son dos une voix rauque à l'accent étranger. Si tu fais le moindre mouvement pour écarter le mille-pattes, le serpent te mordra, mais il n'est pas venimeux, et si tu essaies d'attraper le cobra, la scolopendre te piquera.

Se forçant au calme, elle se pencha tout doucement, les yeux fixés sur le reptile. Le mille-pattes bougea. Rotel sentait ses crochets sur sa peau. Presque à genoux, elle se laissa guider par son instinct. Les femmes hurlèrent de nouveau et, à l'instant où le serpent rejetait sa tête en arrière, elle l'attrapa d'un mouvement rapide de la main. Elle sentit une piqûre dans le cou et remua les épaules. La scolopendre tomba par terre et s'éloigna sur le dallage. Dans un geste de colère, elle lui lança le cobra qui se tordait sur son bras.

Son cou enflait et la douleur était de plus en plus intense. Elle se retourna et se trouva nez à nez avec un homme à la peau noire, aux yeux brillants, à l'aspect terrifiant. Des cicatrices et des tatouages marquaient son visage; une large cape en peaux de bêtes vibrant d'une façon incroyable le couvrait des pieds au sommet du crâne. C'était elle, l'ombre que Rotel avait aperçue dans la forêt, l'ombre qui la suivait.

— Le mille-pattes avait mordu un rat avant toi. Tu souffriras, mais ses crochets ne contenaient presque plus de venin. Tu as bien fait de ne pas me croire. Le cobra t'aurait tuée.

Rotel allait de plus en plus mal. Le gonflement lui obstruait la gorge.

— C'était une épreuve? haleta-t-elle, sidérée. Comme la vipère dans la forêt?

— Je t'ai achetée pour lui, serve, dit Drogon, impressionné. Pour le récompenser des services qu'il me rend contre mes adversaires depuis des années.

— Quel genre de sorcier es-tu? demanda Rotel, terrifiée par l'expérience qu'elle venait de vivre.

— Onyx est un bestiaire, répondit Drogon après avoir vociféré contre les esclaves pour les faire taire. Un très vieux métier, datant de bien avant l'existence des Romains. Dès l'enfance, on soumet les bestiaires à des piqûres jusqu'à ce que leur corps s'immunise, et ils apprennent à dresser n'importe quel fauve et animal venimeux. On en fait des sicaires aussi discrets que mortels.

L'homme noir s'approcha de Rotel. Elle esquissa un mouvement de recul, pourtant elle le laissa appliquer sur la piqûre une boue noire et pestilentielle. Elle ressentit une forte brûlure sur sa peau.

— En réalité, ce n'est pas tout à fait ainsi, fille aux cheveux d'or, dit Onyx avec son étrange accent. Car il est de plus en plus difficile de trouver quelqu'un doté d'un instinct qui lui révèle les secrets de la nature. Chez toi, cet instinct est intact. Je l'ai compris dès que je t'ai vue, Rotel. Je cherche un disciple depuis tellement longtemps…

— Je veux aller à Barcelone avec mon frère, c'est tout.

— Ce n'est pas vrai. Tu aimes ton frère, mais la ville te fait horreur. Tu ne trouves pas ta place parmi les hommes, tu détestes l'idée de te marier et d'être enfermée dans une maison. C'est ce qui t'attend là-bas. Moi, je t'offre un autre chemin. Je peux répondre à toutes tes questions.

Rotel avait envie de hurler de douleur, mais la proposition l'intrigua. Elle examina l'homme attentivement : il avait un âge indéfinissable, même s'il était robuste. Ses yeux noirs la transperçaient et elle décela en eux un pouvoir terrible. Soudain, la sensation de partager un lien avec lui l'assaillit, comme s'ils provenaient d'une même souche, ce qui lui parut impossible.

— Je ne comprends pas ce que tu dis.

— Tu comprends. De la même façon que tu savais qu'un cobra peut être mortel. Tu possèdes le don d'anticiper ses réactions et son instinct. Je sais que les forêts et les endroits sauvages constituent ton foyer, je t'ai observée. Drogon a posé des questions sur toi et le prieur Sixto a raconté une vieille histoire : même les loups n'ont pas fait de mal à la petite fille que tu étais quand tu es arrivée à Santa Afra. Je te cherche depuis des années, Rotel. Je te cherchais avant même ta naissance.

Onyx gagna le coin sombre où le cobra dévorait le mille-pattes ; il le prit sans difficulté. En revenant, il ouvrit sa cape de peaux cousues. Elle cachait de multiples bourses en cuir dont le contenu se mouvait. La peau noire de ses bras était parsemée de cicatrices, de morsures et de traces de crochets.

Rotel observa les jeunes filles, simples jouets destinés à satisfaire la lascivité de leur *domine*, le maître des lieux.

— Je suis né esclave, Rotel, continua Onyx en voyant le malheur dans ses yeux bleus. Désormais je suis libre. Je t'offre non seulement la liberté, mais aussi le pouvoir de la défendre.

— En me transformant en bestiaire ?

— C'est la faculté de connaître la part la plus profonde et la plus obscure de ton être. Si tu survis à un entraînement douloureux, tu disposeras de la vie et de la mort, à l'égal d'un dieu.

— Mais toi, tu sers Drogon.

— J'ai accepté cette alliance il y a longtemps, et elle m'a conduit jusqu'à toi. La nature est parfois régie par des règles incompréhensibles. Ce devait être ainsi. Sous ces traits pleins de douceur, tu caches de la noirceur. Tu as au moins deux morts sur les bras.

Rotel baissa la tête. Les moines et son frère disaient qu'elle n'avait jamais peur. Ce n'était pas vrai, elle avait été effrayée quand l'homme de Drogon l'avait attachée, et aussi à Gérone, au milieu de la foule, et quand elle s'était réveillée dans une cage. La terreur s'emparait d'elle quand elle se trouvait à la merci des autres.

— Est-ce que je serai libre ? demanda-t-elle impulsivement.

— Tu découvriras la vraie liberté, Rotel, celle qui existe quand ni l'amour ni la haine, ni non plus la peur de la mort, ne te lient. Avant cela, tu souffriras beaucoup. – Il désigna les marques sur ses bras. – La Création exige qu'on paie pour connaître ses secrets. Viens avec moi.

Elle se tourna vers Drogon. Malgré la peur qu'elle en avait, Onyx l'éloignait du maudit noble. Elle n'était qu'une serve de quinze ans. Pourtant, une force étrange la poussa à parler.

— Je préfère la présence du serpent à une vie ici, enfermée… – Elle hésita une seconde avant de poursuivre. – En attendant le moment opportun pour m'enfuir par le puits.

Drogon se raidit, intrigué.

— Comment connais-tu l'existence de ce puits ?

— Mon nom est Rotel de Tenes, je suis la fille d'Isembard de Tenes, seigneur de ce château.

C'était comme si un autre mettait ces mots dans sa bouche. Cet homme les avait arrachés à leur humble existence. Le trouble de Drogon lui donna plus d'audace encore. Elle poursuivit :

— Mon frère Isembard me vengera un jour, et il récupérera la demeure de notre famille !

Drogon écarquilla les yeux, le visage altéré. Il se rappelait à peine le lignage éteint auquel il avait pris le château. Il les croyait tous morts. Il fixa son attention sur les beaux traits de la jeune fille. Il comprenait, à présent ! Rotel disait vrai à propos de son lignage. Il maudit son aveuglement. Il aurait tué le frère et la sœur, à Santa Afra, s'il l'avait su. Un grand effroi l'envahit et il leva sa hache, prêt à couper le cou de la jeune prisonnière. L'homme noir s'interposa. Sa grimace démoniaque arrêta le noble.

— Elle vient avec moi, Drogon ! – Le ton faisait froid dans le dos. – Chaque action agite les forces occultes du destin. Tu le sais. La venue d'un nouvel évêque, la réapparition d'un lignage qu'on croyait disparu… Quelque chose est en train de changer, un nouveau cycle se prépare… Tu devrais être attentif, pour en profiter.

— Je sais maintenant d'où lui vient ce don ! Elle porte le stigmate de sa mère !

— Qui était-elle ? demanda Rotel avec anxiété.

Elle avait toujours su qu'elle était une bâtarde.

— C'est sans importance maintenant, affirma le sinistre Onyx. À partir d'aujourd'hui, tu n'auras plus ni parents, ni nom de famille, ni foyer. Le monde entendra parler de toi uniquement quand tu le décideras.

Il se tourna vers Drogon et tendit vers lui un doigt menaçant.

— Je t'ai aidé jusqu'à présent… Ne déchaîne pas ma colère ou tu le regretteras.

— Je retrouverai ton frère Isembard et je l'écorcherai vif ! hurla Drogon, ébranlé, tout en reculant jusqu'au vieux trône.

Rotel fit un pas en arrière face à la furie fébrile du noble, dont elle percevait toutefois la peur. L'avertissement d'Onyx avait fait mouche. Pendant des années, Drogon s'était senti invincible, mais il avait lui-même provoqué une déchirure dans la trame du destin et désormais le fils d'Isembard de

Tenes existait, là, dehors, quelque part. De nombreux chevaliers goths oubliés éprouveraient un même choc s'ils venaient à découvrir son existence.

Onyx quitta la salle du trône en silence. Rotel remarqua que la douleur cédait un peu dans son cou. Elle regarda les jeunes filles presque nues, vulnérables, seulement protégées par leur éphémère beauté. Le prieur Sixto et Drogon avaient saccagé son univers et l'avaient séparée de son frère chéri, la seule personne qui la reliait aux êtres humains. Son aspiration à la vengeance était telle qu'elle en frémit.

Elle partit derrière Onyx, rongée par l'incertitude. Les soldats s'écartaient craintivement devant le bestiaire. Elle marchait sur ses traces et aucun n'osa même lui sourire. Elle se sentait forte avec lui. Un jour, ils s'écarteraient aussi devant elle.

La peur disparut complètement. Elle était décidée à suivre le maître et à devenir bestiaire, la dernière d'entre eux.

11

Il avait plu durant toute la semaine et Barcelone était un bourbier impraticable. Frodoi évita difficilement les flaques de la place avant d'entrer dans le palais comtal. Le vicomte et ses officiers attendaient dans la salle du trône, ainsi que quelques vicaires et des collecteurs d'impôts, tous Francs. Les *boni homines* de la cité étaient également présents en qualité de conseillers. Plus de deux semaines s'étaient écoulées depuis l'arrivée de l'évêque et de ses colons. Le temps des harangues optimistes et des promesses était révolu. Tous attendaient les premières décisions de l'évêque.

Frodoi sentit un poids lugubre lui peser sur l'estomac. Il avait passé avec Servusdei des journées entières enfermé dans la salle des archives au sous-sol du palais, en compagnie des chanoines et des copistes épiscopaux. Au milieu du capharnaüm qui régnait là, ils avaient étudié les actes de propriété de l'évêché. Il avait alors pris conscience de son erreur. Une bonne partie des terres de l'Église étaient à l'abandon, en friche ou dévastées par les Sarrasins. Oliveraies, vignes et vergers n'étaient plus qu'une poignée de souches noircies, les puits des jardins potagers étaient empoisonnés ou comblés et les moulins détruits. Ils barrèrent la majorité des noms de la liste des esclaves et des serfs, morts ou disparus. Privés de l'atelier monétaire et du commerce, ils ne devraient compter que sur les contributions des fidèles qui suffisaient à peine à maintenir le siège épiscopal. Frodoi comprenait qu'il ne pourrait pas financer la construction de la nouvelle cathédrale.

La situation du culte n'était pas plus encourageante. Quantité de paroisses étaient privées de prêtre, ou alors, si elles n'étaient pas hérétiques, elles choisissaient un villageois, parfois analphabète, marié et avec des enfants ; la messe devenait un amalgame de gestes et de paroles dépourvu de sens. Quand il n'y avait pas de vin, on consacrait du lait, et on communiait avec des légumes secs. Dans les vallées éloignées, où la parole de Dieu n'avait pas résonné depuis des décennies, les coutumes païennes avaient refait surface. Certains seigneurs possédaient leurs propres églises, dont le prêtre était un parent, et ils collectaient la dîme et les prébendes pour les sacrements sans autorisation de l'évêque.

Servusdei, horrifié, découvrait une situation pire encore que ce contre quoi on les avait mis en garde à Narbonne. En outre, l'hiver arrivait, et si les premières gelées survenaient rapidement, il serait impossible de semer le blé sur les rares terres cultivables.

Frodoi n'avait presque rien à offrir aux colons que, tel un Moïse prétentieux, il avait entraînés sur le chemin de la Terre promise. Ils avaient perdu des leurs et ils avaient souffert pour une pauvre poignée de terres en friche. L'évêque se trouvait à la croisée des chemins et la cité exigeait de lui qu'il les pousse à repartir ou les abandonne à leur triste sort.

— À quoi vous attendiez-vous, monseigneur ?

Assis à une extrémité de la table, le vicomte le contemplait avec condescendance. À ses yeux, Frodoi, dont il appréciait la ténacité, n'était qu'un de ces Francs qui croyaient pouvoir les sauver. Un de plus.

— Je leur ai promis un avenir, Sunifred !

— Eh bien, diminuez la taille des parcelles et distribuez-les-leur ! grogna Nantigis.

Le vieil homme était le membre le plus influent du conseil et il ne paraissait pas disposé à accorder son soutien à l'évêque tant que ce dernier ne manifesterait pas sa volonté de leur concéder un privilège, quel qu'il soit.

Frodoi le regarda avec mépris, puis il songea à Goda, qu'il n'avait pas vue ces derniers jours. On racontait que son époux ne la laissait pratiquement pas sortir de son palais, mais il savait que c'était faux. Il se rappelait la flamme brillant dans ses yeux verts. Nantigis n'exerçait pas d'autre contrôle sur elle que celui qu'elle lui autorisait, en femme sensée et soucieuse de sauvegarder les apparences. Il fit un effort pour se concentrer sur la question importante.

— Il faut une manse[1] pour nourrir une famille, indiqua-t-il d'un ton grave. L'évêché n'a pas assez de terres pour tout le monde.

— Le peuple a faim, mais il résiste toujours. Il accepte sa misère.

— Ce sont des paysans libres, pas des serfs ! objecta Frodoi. Comment s'installeront-ils et se fixeront-ils ici sans le minimum pour vivre ?

Le vieil homme rit, méprisant.

— Se fixer ici ? Vous parlez comme mon épouse ! Ne mettez pas en péril votre *cursus honorum* pour quelques guenilleux. Imposez-vous, avec dureté s'il le faut, pour encaisser jusqu'au dernier cens sur vos terres, et bâtissez cette cathédrale, vous êtes ici pour cela.

— Nantigis a peut-être raison, intervint le vicomte Sunifred. – Il ne voulait pas offenser l'évêque, mais pas non plus lui laisser de l'espoir. – Prendre soin des âmes est votre véritable mission. Que celui qui veut partir le fasse.

Personne n'avait envie de perdre son temps en digressions, et dans la mesure où l'évêque gardait le silence, ils décidèrent de clore la réunion. Les colons n'avaient pas leur place à Barcelone.

Avant de quitter la salle, Nantigis s'approcha de Frodoi.

— Vous êtes jeune et vif d'esprit. Accomplissez votre ministère, n'ennuyez personne, et vous serez peut-être un jour archevêque à Narbonne, ou même plus près de la cour.

Frodoi sentit son sang bouillir dans ses veines. Ce vieil homme voûté tenait son pouvoir de sa place au conseil et de son amitié avec le comte Unifred. Pour obtenir ses semences, les paysans gageaient leurs terres, et quand ils échouaient, quelle qu'en soit la raison, ils les perdaient. Ensuite, pour solder la dette, ils se vendaient, et c'étaient les *boni homines*,

1. Parcelle de terre avec maison d'un hectare et demi à deux, nécessaire, selon les usages carolingiens, pour nourrir une famille.

Nantigis à leur tête, qui fixaient leur prix. En abusant de sa position, le vieil homme avait amassé des terres et une fortune qu'il désirait faire fructifier par de nouveaux prêts.

L'évêque attendit qu'ils soient tous devant la porte pour lancer la proposition élaborée avec Servusdei la nuit précédente. Il ne comptait pas rendre les armes à la première difficulté.

— Il faut concéder le droit d'aprision aux colons !

Le conseil s'immobilisa, comme un seul homme. Frodoi poursuivit, conscient du choc qu'il provoquait :

— Conformément à la loi gothe, le roi a la prérogative d'offrir aux paysans autant de terres fiscales incultes qu'il leur sera possible de défricher. S'ils les défrichent et les cultivent pendant trente années, ils peuvent en disposer et en devenir propriétaires. Je propose donc que les colons débroussaillent, cultivent et gagnent leurs propres terres.

— Ce droit n'appartient pas à l'Église, monseigneur, avertit Sunifred.

Frodoi plissa les yeux d'un air malicieux. Il avait anticipé cet argument.

— En l'absence du comte, le vicomte est autorisé à le concéder au nom du monarque. Les Barcelonais sans terres pourraient également se prévaloir de cette loi et partir aux champs. En une année, les jarres seraient à nouveau remplies de grain, et nous percevrions davantage d'impôts.

— Ce garçon a perdu l'esprit ! cracha Nantigis, mal à l'aise.

Sunifred regardait l'évêque d'un air interloqué. Frodoi était plus jeune qu'eux tous, toutefois il avait la ténacité que lui-même avait perdue après avoir subi trop d'avatars. Le nouvel évêque était disposé à bâtir plus qu'une cathédrale.

Le vicomte, qui ne s'attendait pas une proposition aussi osée, réfléchit un instant. Peut-être était-ce la solution pour les habitants qui avaient tout perdu au cours de la dernière razzia ?

— Je devrai le faire approuver par le comte Unifred.

Refusant de laisser sa proposition s'engluer dans de fastidieuses discussions, Frodoi insista :

— Je le sais, mais l'hiver approche à grands pas et il faut semer le blé avant les premières gelées. Unifred se trouve au côté de notre souverain, en Aquitaine. Il l'autorisera !

— Le comte a changé, ces derniers temps…, objecta Sunifred.

Les conflits continuels entre le roi Charles et ses parents provoquaient des tensions au sein de l'aristocratie ; les alliances se faisaient et se défaisaient à un rythme vertigineux, et Unifred n'était plus aussi bien vu à la cour.

— … cela pourrait être considéré comme une désobéissance de notre part, poursuivit-il.

— Je suis l'évêque de Barcelone ! s'exclama Frodoi, impérieux face à tous, rappelant à chacun que désobéir à un prélat représentait également un danger. Le pouvoir d'Unifred lui vient du roi, le mien me vient de Dieu. J'ai déjà écrit à l'archevêque Hincmar de Reims, conseiller du roi. Il atténuera la moindre aspérité.

Sunifred acquiesça au milieu d'un silence absolu, tant il admirait l'audace du jeune évêque. Certes, Frodoi s'en attribuerait le mérite, mais depuis l'attaque sarrasine de l'été précédent, la ville s'enfonçait dans le marasme.

La discussion enflammée du conseil fit apparaître des tensions internes. Les Goths accueillaient la proposition comme un bon début et les Francs comme un acte qui réduirait les propriétés fiscales du royaume de France. Le vicomte se tourna vers l'évêque pour lui exposer son unique doute.

— Qui défendra vos colons en cas d'attaque ? Votre capitaine Oriol et son quarteron d'hommes ?

Frodoi fronça les sourcils. Il n'avait pas de réponse à cette question. Au-delà des murailles de la Cité couronnée, les paysans seraient en danger, et il ne pourrait pas les défendre.

— Dieu prendra soin d'eux.

— Vous avez été attaqués en arrivant, insista le vicomte, et vous ne connaissez pas encore l'ampleur du risque qu'on court hors de ces murailles.

L'évêque voulut se montrer ferme face à ce problème. Les temps étaient durs partout, pourtant ce petit pas, difficile, était nécessaire pour que soit honoré le pacte passé avec Goda.

— Ils préféreront prendre ce risque plutôt que de voir leurs familles mourir de faim l'hiver prochain.

Isembard suivait Guissand, Nil et Invèria dans une contrée sauvage, le long du fleuve Llobregat. La montagne de Montserrat se dressait devant eux, massif saisissant aux pics colossaux qui dominait le paysage.

— Selon la légende, ces montagnes ont été érigées par des géants, expliqua Guissand. On croirait qu'elles ne sont pas de ce monde, et personne n'y vit, hormis des bergers et un ermite.

— Il s'en dégage quelque chose de magique, murmura Nil avec crainte.

— Il n'est pas exact que personne n'y vit. Ces pics impossibles cachent des secrets…, objecta Invèria, superstitieux.

Ils remontaient le long du fleuve par un sentier menant à Urgell, où le jeune garçon serait présenté au comte Salomon. Deux fils d'un autre vassal des Chevaliers de la Marche s'étaient joints à eux, sans grand enthousiasme. Leur père, Gontari de Bètia, trop vieux pour ressortir les armes du coffre, voyait en Isembard une espérance nouvelle.

Celui-ci était juché sur une monture prêtée par un paysan avec la promesse de la lui rendre, ou de lui en payer le prix s'il obtenait des biens. Il avait mal aux jambes, mais il parvenait enfin à conserver son équilibre, y compris au trot ; ils traversaient de vastes étendues inhabitées, et passaient devant des forteresses en ruine dévastées par les Sarrasins ou par Drogon de Borr. Isembard apprenait également le maniement des armes, et il finit par accepter la cruelle vérité : sauver Rotel n'était pas à sa portée, même avec l'aide de ces vieux chevaliers. Cela apaisa son âme enflammée.

Guissand l'encourageait pourtant chaque soir à imaginer la façon de venir en aide à sa sœur car, selon lui, un soldat devait maintenir vivante la raison, noble ou détestable, de dégainer l'épée à chaque combat. Rotel saurait prendre soin d'elle et un jour Isembard serait en situation d'aller la chercher. En attendant, Dieu lui permettait d'approcher la vie qui avait été celle de son père en défendant cette terre anéantie. Car si certains voyaient en lui son futur successeur, la plupart le considéraient comme un serf de monastère. Guissand de Barcelone, de son côté, ne perdait pas la foi qu'il avait en lui.

— Nous passerons d'abord par la tour du vieil Adaleu de Llobregat, indiqua-t-il après un frugal déjeuner de poisson salé et de pain. Il a été l'un des nôtres. Il gardait un pont de bois sur le fleuve Llobregat dont il encaissait le péage au nom du comte. Il a soulevé tout un village, avec dix familles, et un petit groupe de vassaux armés. Mais depuis des années il vit isolé, sans donner de nouvelles.

Le chemin conduisant à la tour avait disparu. Ils poursuivirent, étreints par un mauvais pressentiment, avant d'apercevoir un groupe de vautours qui volaient en cercles. Le pont s'était également évanoui lorsqu'ils atteignirent la berge du fleuve. La tour était écroulée et des poutres noircies émergeaient des décombres. Le village était étrangement silencieux.

— Cela ne me plaît pas, dit Invèria. L'attaque est très récente.

Les maisons de pierre étaient intactes, et des outils étaient posés contre les murs. Une odeur de mort émanait de la petite chapelle, dont la porte était ouverte. Quand ils y entrèrent, l'épouvantable scène leur sauta aux yeux. Une douzaine de cadavres en décomposition pendus aux poutres se balançaient dans un brouillard de poussière ; les cordes grinçaient, enveloppées d'insectes vrombissants. Les chevaliers se signèrent, horrifiés, dans un air irrespirable.

— Est-ce l'œuvre des Sarrasins ? demanda Isembard, saisi.

— Non. Regarde, indiqua Guissand, c'est sa signature…

Les contours maladroits d'un dragon avaient été tracés sur l'autel.

— Drogon de Borr !

Le jeune Isembard sortit pour vomir. Les autres le suivirent, abattus.

— C'est un avertissement. Drogon sait que nous nous sommes mis en marche. Il sait peut-être aussi que nous avons rencontré l'héritier de Tenes, et il nous provoque.

— Comment l'aurait-il appris ? demanda le jeune homme.

Son existence se diffusait-elle dans la Marche ?

— Il a des yeux et des oreilles partout. Nous sommes passés par plusieurs châteaux.

— Les fils de Gontari ne sont plus là ! avertit Nil.

Ils s'étaient enfuis pendant qu'ils étaient dans la chapelle. Isembard constata, comme il le craignait, que les trois chevaliers bannis s'accrochaient à leur passé sans voir la réalité.

Pour l'aristocratie gothe, Isembard n'était pas le successeur de son père et son lignage n'était qu'une légende.

— Nous devons continuer jusqu'à Urgell, murmura Guissand, désolé mais déterminé.

— Non.

Isembard réclama l'attention des trois hommes.

Il ne savait pas bien manier l'épée, mais il connaissait d'anciennes gestes et des événements héroïques que lui contaient les moines. Lui se plaçait dans une perspective différente ; élevé dans un monastère, il savait que, parfois, il ne suffisait pas de croiser le fer pour vaincre.

— Les moines de Santa Afra disaient que l'on croit davantage dans les légendes que dans la réalité, car les légendes font intervenir des forces supérieures, et c'est ce qui nous émeut. Les Chevaliers de la Marche ont disparu, et personne ne nous suivra si nous ne créons pas notre propre légende. Ils doivent croire que Dieu est à nos côtés !

— Qu'essaies-tu de nous faire comprendre, mon garçon ?

— Cela fait des jours que je ne mentionne plus Rotel, parce que, je le sais maintenant, Drogon est trop dangereux. Personne ne jouera sa vie et ses biens pour une vieille espérance. Il faut de nouveau recommencer, comme l'ont fait mon père et les autres.

— Nous ne sommes que quatre, Isembard, signala Invèria, gêné par ce constat.

— Eh bien, cherchons des guerriers ! Des hommes qui n'ont rien à perdre non plus. – Ses yeux brillaient. – Pas pour lutter contre Drogon ! Non ! Pour défendre les nouveaux colons ! En échange, ces derniers nous fourniront les denrées qui nous permettront de survivre. Si nous réussissons, cela se saura dans toute la Marche, la légende commencera d'exister, et bien d'autres hommes nous rejoindront.

Les trois chevaliers bannis étaient médusés. Les paroles d'Isembard résonnaient au plus profond d'eux.

— Drogon ne le permettra pas. Il te pourchassera, mon garçon, si tu représentes une menace pour lui.

— Vous connaissez bien ces parages, et nous ferons en sorte qu'il ne nous attrape pas.

Une fois passée la stupéfaction, les trois chevaliers eurent l'impression de se réveiller d'un très long sommeil.

— Tu es aussi téméraire que ton père, Isembard, dit Guissand.

— Il est possible que nous marchions vers la mort, mais nous le ferons avec honneur, conclut Invèria.

Ils regagnèrent le bois de chênes verts, à la fois affligés par la scène à laquelle ils venaient d'assister et régénérés par le renouvellement de l'ancienne promesse de défendre leur terre.

12

Le jour du départ se leva, gris et venteux. Les colons et des habitants de Barcelone qui partaient vers les nouvelles terres se rassemblèrent dans la vieille basilique de la Santa Creu. L'évêque attendait, en tenue, sous le porche ; il leur laissa le temps d'admirer le sol désherbé et les échafaudages installés autour des bases de murs et de piliers. Il tenait à démontrer que son arrivée ouvrait une ère neuve. Il avait convoqué les maîtres d'œuvre encore en ville afin de revoir avec eux les dessins du futur siège gravés sur des tablettes en cire. La plupart des tailleurs de pierre étaient repartis à Narbonne ou dans d'autres villes plus sûres, mais il espérait qu'il en viendrait de nouveaux lorsque les travaux débuteraient et que le bouche-à-oreille le ferait savoir.

L'évêque célébra la messe avec plusieurs chanoines et, après la bénédiction, il accompagna l'assistance jusqu'à la Vieille Porte, où les attendaient les chariots chargés d'outils, de vivres et de grains. L'évêché avait livré un total de cinquante sesterces de semences[1] par chef de famille, en plus de ce que chacun s'était procuré par ses propres moyens. La clause selon laquelle ils prendraient en charge les terres qu'ils seraient en mesure de cultiver durablement avait encouragé les paysans de Barcelone ayant tout perdu l'été précédent.

Frodoi avait donné un tour inespéré à une situation très incertaine. Dans chacune de ses homélies, il combattait la peur

1. Ce qui, à l'époque carolingienne, correspond approximativement à vingt-sept kilos.

des fidèles qui lui faisaient confiance. Même s'il courait une rumeur affirmant que le comte Unifred ignorait la concession de l'aprision et pouvait l'annuler, les colons, n'ayant rien d'autre à quoi se raccrocher, se fiaient au prélat. Leur seule autre option était de mourir de faim. Ils échangeaient des regards pour se donner mutuellement du courage.

Frodoi, qui ne s'était pas encore habitué à l'humidité des lieux, refusa de se départir de l'épaisse cape de cérémonie, conférant ainsi une plus grande solennité aux adieux. Portant la crosse et la mitre, il avança derrière le porte-croix, accompagné de plusieurs chanoines et diacres. Un esclave conduisait le cheval de l'évêque, qui avait décidé de faire un bout du chemin avec les colons, en hommage.

Ç'avaient été des journées de travail intense avec les copistes. Chaque chef de famille présentait des témoins attestant de son honnêteté et de ses habitudes chrétiennes. Le vicomte, le viguier et plusieurs officiers du comte étaient présents. Le capitaine Oriol et ses hommes devaient escorter les colons jusqu'aux cinq emplacements situés près du massif du Montseny, où ils s'installeraient à proximité de propriétés appartenant aux évêchés de Riells et de Breda. Les terres étaient fertiles et, s'ils se hâtaient, ils pourraient semer avant les premières gelées.

Sunifred avait l'air préoccupé, mais Frodoi l'évita. Il voulait faire ses adieux à quelques colons en particulier. Il trouva Jehan et Leda avec leurs enfants. Tous baisèrent son anneau respectueusement.

— Tu as le document, Jehan ? Même si tu ne sais pas lire, garde-le comme le plus précieux des trésors. Ta famille conservera ces terres pendant des générations.

La coutume gothe était d'établir par écrit un contrat de vente et de concession. Frodoi poursuivit :

— Je continue de prier pour votre fille Ada. Elle est avec les anges de Dieu. Souviens-toi, Jehan, à la Saint-Félix, tu apporteras deux jambons, deux chapons et un travers de porc, ou la valeur équivalente en grain. La *primicia* t'oblige à donner les premières productions de tes champs à l'Église, en hommage à Dieu. Cela te paraît beaucoup, mais cette terre sera fertile.

Le vicomte n'avait pas accepté d'exemptions pour l'aprision dans la mesure où le comte n'aurait pas toléré de telles pertes. Si la terre était généreuse, ces familles s'exécuteraient.

— Je le ferai, promit Jehan, dissimulant son appréhension.

— Monseigneur l'évêque, c'est vrai qu'il y a des dragons là où on va ?

Jehan gifla Gauderic pour avoir parlé sans sa permission. Frodoi se pencha et ébouriffa les cheveux de l'enfant inquiet. La question puisait dans les histoires qui se racontaient sur la Marche, et lui-même ignorait si elles étaient ou non véridiques. Sur les terres d'Angleterre aussi, on parlait de dragons qui dévastaient des monastères, même si d'autres assuraient que les destructions étaient l'œuvre d'hommes du Nord sanguinaires.

— Ne crois pas tout ce qu'on raconte, Gauderic, dit-il en sortant une petite croix en argent. Prends-la, mon fils. Aucun dragon n'osera te faire du mal si tu la portes.

— C'est trop beau, monseigneur, objecta Leda, mal à l'aise devant le cadeau si précieux que recevait son fils.

Frodoi les bénit et poursuivit son chemin. Il était soucieux. Depuis que Charlemagne avait conquis la Marche, quantité d'entreprises comme celle-là s'étaient mal terminées.

Elisia et Gali étaient également présents. L'évêque les appela ; il était encore déconcerté par ce qui s'était passé. Gali avait indiqué être l'héritier d'une grande maison située à côté du *miraculum.* Les anciens connaissaient l'histoire de Gombaud, un vassal du comte Sunifred ayant fui quand Guilhem de Septimanie était entré dans la ville, et ils savaient qu'il avait une famille à Vernet. Il n'existait pas d'actes écrits concernant la demeure, mais personne ne témoigna contre Gali, et le vicomte la lui donna. Sur le conseil de Servusdei qui, comme tout le monde, éprouvait de l'affection pour Elisia, il fut toutefois précisé dans le contrat établi que, selon la loi gothe, un dixième du bien lui revenait comme dote de l'époux. Gali ne pourrait donc prendre aucune décision sans son consentement. Le plus surprenant, toutefois, était qu'ils possédaient l'argent permettant la rénovation de la maison. Des pièces d'argent frappées à Barcelone. Les travaux avaient d'ailleurs commencé. Sans les prévenir, Frodoi réussit à freiner l'enquête du vicomte et du viguier, qui désiraient connaître l'origine de cette fortune. Le temps était venu de regarder vers l'avenir.

— Mes plus puissants colons, dit-il avec malice.

— Monseigneur, salua Gali, hautain.

Il portait une tunique courte de toile écarlate et il promenait son large sourire au milieu des colons contraints de partir vers les terres incultes.

— Quand ouvrirez-vous les portes de l'auberge du Miracle ?

Gali regarda Elisia, dont les yeux pleins d'enthousiasme brillaient comme des étoiles.

— La taverne et la cuisine seront bientôt prêtes, mais la salle à l'étage tardera davantage, expliqua Elisia avec ferveur. Et puis il faut aussi arranger le toit, désherber le potager, construire une étable pour les chevaux et…

Frodoi la freina d'un geste. Elisia était un tourbillon d'énergie.

— Tu es une bénédiction pour cette ville.

La jeune femme rougit et baissa les yeux. Malgré ses dix-sept ans, elle était celle qui s'était le mieux adaptée. Non seulement elle était joviale et déterminée, mais en outre elle payait bien une fois le travail accompli ; grâce à elle, de nombreux maîtres d'œuvre et charpentiers abordaient l'hiver dans les meilleures dispositions. En signe de gratitude, elle et son époux avaient fait à l'évêché un don généreux, que Frodoi avait déjà destiné à l'hôpital des pauvres et à la construction des nouveaux échafaudages de la cathédrale.

Lorsque Frodoi s'éloigna, Gali marcha vers lui tandis qu'Elisia s'entretenait avec Leda.

— Monseigneur, il faut que je vous dise quelque chose.

— Pas maintenant, Gali.

L'évêque ne l'appréciait pas autant que son épouse. Ils avaient le même âge, mais son sourire sournois et les rumeurs qui circulaient parmi les colons éveillaient la méfiance du prélat.

— J'ai un message pour vous de la part de Drogon de Borr.

Frodoi fronça le sourcil. Il n'aimait pas qu'un des colons entretienne des relations avec ce noble.

— Parle, murmura-t-il, tendu.

Gali s'assura que personne autour ne les écoutait.

— Hier, sur le chantier, un homme est venu de sa part. Il s'appelle Calort. Drogon voulait savoir si vous vous étiez bien remis et si vous lui apportiez votre soutien face aux Goths. Si vous souhaitez repeupler le territoire, vous aurez besoin que lui le protège. On aurait dit un avertissement.

— Pourquoi t'a-t-il cherché, toi ?

Gali détourna le regard, et Frodoi le soupçonna de mentir.

— Il est encore tôt pour savoir à qui nous pouvons nous fier, poursuivit Frodoi, mécontent. Est-ce que je peux te faire confiance, Gali ? Pourquoi n'as-tu pas voulu parler devant ton épouse ?

— Laissez-la à l'écart de tout cela !

Gali trembla quand il prit conscience de son ton, tout à fait inapproprié devant un évêque. Il s'inclina.

— Je vous en supplie, monseigneur, ajouta-t-il avant de s'éloigner, mal à l'aise.

Seule l'affection qu'il éprouvait pour Elisia empêcha Frodoi d'ordonner que Gali soit immédiatement conduit dans son palais pour y être interrogé. Il décida d'écarter ces pensées et il monta sur son coursier. Après la bénédiction, il prit la tête de la marche vers la Strata Francisca. Afin de produire l'effet le plus imposant sur les habitants, il donna l'ordre à Servusdei d'entonner le psaume évoquant la sortie d'Égypte des Hébreux. Ils franchirent la Vieille Porte sous les ovations et dans les larmes d'adieu. La vie dans les champs était dure. Beaucoup de ces gens ne reviendraient pas.

Frodoi accompagna la caravane pendant deux milles, puis il s'excusa et regagna Barcelone au galop. Il avait honte d'admettre que la mise en scène solennelle cachait une intention à la fois plus simple et plus puissante. Il passa sous l'arche de l'aqueduc puis par la ravine du Merdançar, et il avança le long de l'étroite bande qui séparait la ville de la côte, face à la Porte du Regomir. Enfin, il emprunta la sente qui serpentait au milieu des marécages.

De l'autre côté de Barcelone se trouvaient la lagune appelée Cagalell et, en face, le Mons Iovis. Frodoi ne connaissait pas encore cette zone située au sud-ouest de la cité, à la fois marécageuse et insalubre. Quelques parcelles de terre avaient été asséchées et devenaient des potagers pendant l'été. L'évêque traversa un village misérable aux maisons en adobe. Des enfants nus coururent derrière son cheval ; leurs mères, des femmes à la peau boucanée, faméliques et effrayées, les appelèrent. Dans une flaque, deux hommes foulaient de la boue mélangée à de la paille. Ils utiliseraient ensuite cette mixture pour fabriquer des blocs et reconstruire les logements rasés lors de la dernière attaque des Sarrasins. Ils s'agenouillèrent en apercevant l'évêque, qui les bénit avant de s'engager sur un chemin sinueux montant vers le haut de la colline, face à la mer. Nantigis possédait sur les coteaux des vignobles qui comptaient parmi les rares biens épargnés lors de la razzia.

Au sommet s'élevait une austère tour carrée en pierres jointes au mortier de chaux, que la ville dénommait « château ». À cette altitude, la vue de la côte impressionna Frodoi. On y ressentait une atmosphère tranquille. Il contempla le petit port au pied du coteau, au milieu d'anciennes ruines et de passerelles en bois ; vers le nord-est, l'église des pêcheurs, sur le sable, devant la plage, et leurs maisons ; et beaucoup plus loin, le village de Badalona.

Il attacha le cheval aux branches d'un figuier et marcha jusqu'à la silhouette qui regardait la mer. Le vent agitait sa cape. Cette vision le bouleversa.

— Tu es venu, dit la femme sous la capuche.

Frodoi avait rêvé d'elle pendant des semaines.

— J'ai reçu ton message. Tu savais que je viendrais, Goda.

— Tu as donné un nouvel espoir aux colons et à de nombreux Barcelonais.

— Prie pour que Dieu les protège.

Goda se retourna et Frodoi vit les larmes de joie sur ses joues. Il sut qu'ils croyaient en lui, à présent, lui, le jeune Franc arrogant et manipulateur, mais peut-être capable de surmonter des difficultés que ni les comtes ni les évêques précédents n'avaient pu vaincre. Il s'approcha plus près d'elle, en proie à un désir incontrôlable. Dans un tel endroit, il ne lui était pas difficile d'oublier ses vœux. Il respira son parfum. Elle tourna le regard vers la mer avec une expression étrange.

— Tu as sauvé la cité, et moi avec.

Frodoi éprouva une émotion intense en discernant la gratitude dans ses yeux verts. Goda n'avait qu'une trentaine d'années, pourtant elle semblait renfermer dans un coin de son âme un savoir ancestral accumulé par des générations de femmes qui avaient vécu chaque instant de l'histoire de Barcelone.

— Je crois que c'est le bon chemin. Nous devons commencer par labourer la terre.

Frodoi lui frôla la main et elle se retourna, provocante. Ils étaient seuls et conscients du danger s'ils poursuivaient la relation intime débutée dans la crypte. Si Nantigis le découvrait, ils deviendraient ses esclaves selon la loi des Goths, ou alors l'évêque se balancerait à une des tours de la ville, pendu.

Chacun d'eux avait déjà secrètement cassé ses vœux auparavant, mais cette fois c'était différent; outre le désir prohibé, il existait quelque chose de solide entre eux, une alliance à la fortune incertaine qu'ils souhaitaient partager.

Ils se perdirent l'un l'autre dans un long regard, laissant les doutes s'effacer, puis ils s'embrassèrent, face à la Méditerranée; la mer éternelle fut le témoin de l'alignement de ces deux étoiles qui accomplissaient leur destin. Goda, plus prudente, conduisit Frodoi dans la vieille tour à l'aspect abandonné. Elle avait disposé des chandelles et des tapis propres sur le sol. Frodoi suffoquait de désir. Il ôta hâtivement sa mitre et Goda le laissa la déshabiller, dans un jeu de caresses passionnées.

Elle n'avait jamais cru ressentir un jour un tel désir. Son premier mari lui avait été imposé par ses parents, mais elle l'avait aimé. Le second, elle le détestait. Elle n'avait pas eu d'autre possibilité que d'accepter de l'épouser pour rester en vie. Pour la première fois, elle choisissait, et cela l'excitait. Elle se retrouvait dans le jeune évêque : ils étaient tous deux pleins de vie, prêts à prendre tous les risques pour atteindre leur objectif, et pour être dans les bras l'un de l'autre.

Goda se laissa emporter par une ardeur contenue depuis longtemps. Elle voulait le sentir en elle et unir les énergies puissantes qui les guidaient. Frodoi l'embrassait dans le cou, sous sa chevelure noire; elle caressait ses cheveux en bataille et son dos. Elle désirait franchir avec lui la frontière interdite. Ils se dénudèrent sans cesser un instant de s'embrasser, impatients de sentir le contact de leurs peaux. Le premier frôlement les électrisa, mais ils s'apprivoisèrent d'abord grâce à tous leurs sens. Frodoi admirait le corps svelte et souple qui ployait sous ses mains et que sa bouche parcourut jusqu'à le faire gémir. Ils commettaient un grave péché, sans pouvoir toutefois s'en empêcher.

Goda sentait la peau de Frodoi vibrer sous les caresses. Quand la sensation devint trop forte, elle explora son corps viril perlé de sueur. Elle prit tout son temps, en dépit du désir de l'homme. Au plaisir physique s'ajoutait l'impression d'être entièrement femme, maîtresse de la vie et de l'instinct de procréation.

Frodoi la posséda dans une explosion de jouissance. Goda se laissa emporter par les poussées fermes. Haletante, elle incita son amant à emprisonner ses seins entre ses mains. Puis, à califourchon sur lui, elle le reçut une fois encore pour un voyage commun jusqu'à l'extase. Celle-ci survint avec une intensité qui les laissa épuisés. Aucun des deux n'avait pareillement joui auparavant.

Quand ils reprirent leur souffle, Frodoi se redressa pour la regarder. Goda était mystérieuse. Sa nudité lui évoqua une de ces figurines de déesses anciennes parfois rendues par la terre près de ruines. Mais elle était bien davantage que cela. Dernièrement, il avait cherché à en apprendre plus sur elle. Des chanoines rapportaient avec méfiance que Goda s'adonnait à certaines pratiques étranges, néanmoins tous reconnaissaient en elle une femme influente qui s'attirait le respect de la cité.

Ils passèrent l'après-midi ensemble. Ils évoquèrent le passé de Barcelone, ses trésors perdus, ce que la ville pourrait devenir si on asséchait les marais et qu'on agrandissait le port. La conversation coulait facilement, et Frodoi comprit que Goda incarnait véritablement l'âme de Barcelone. Le désir les avait conduits jusqu'ici, mais à présent de nouveaux sentiments naissaient entre eux. Goda ne serait pas seulement l'amante du jeune évêque, elle serait également sa confidente.

Enveloppés dans la cape de Goda pour se réchauffer, ils regardaient la nuit précoce de novembre tomber sur la mer. Il leur fallait rentrer dans la ville avant la fermeture de ses portes. Leur relation était un secret qui pouvait les détruire, mais aucun des deux ne se sentait capable d'y renoncer.

Pendant qu'ils se rhabillaient, Frodoi partagea une dernière inquiétude avec Goda :

— Drogon est entré en contact avec moi. Il protégera les colons en échange de mon soutien.

— Tu commettrais une erreur en acceptant, dit Goda avec une grimace. Qui t'a passé ce message ?

— Un colon. Gali de Carcassonne.

— Le mari de la jeune Elisia, se souvint-elle, appuyée contre son cou. Je n'aime pas que cet homme obéisse aux ordres de Drogon. Elisia est très spéciale, Frodoi, je l'ai senti en la voyant pleurer à votre arrivée, et grâce à son auberge elle aide la ville à sortir de son marasme. Nous devons la protéger. Barcelone a autant besoin d'elle que d'une bonne auberge.

Très loin de là, Rotel se réveilla tout étourdie dans la plus totale obscurité. Elle était transie de froid, sur un sol en terre, couverte de sa seule chemise sale. Son dernier souvenir était le breuvage amer qu'Onyx lui avait fait avaler de force. Elle entendit de sinistres craquements près d'elle, mais elle ne voyait rien.

Un rai de lumière l'éclaira brusquement par le haut. Elle tressaillit, effrayée. C'était une torche. En voyant les murs en pierre autour d'elle, elle sut qu'elle était enfermée au fond de la grotte profonde où elle se trouvait depuis plusieurs jours avec le taciturne Onyx. Le bestiaire l'avait tout d'abord ignorée, au point qu'elle avait dû chercher seule sa nourriture et cueillir des baies dans la forêt voisine. Chaque fois qu'elle songeait à s'échapper, le sinistre Onyx apparaissait à ses côtés.

Elle ignorait comment il l'avait descendue dans cette cavité, et pourquoi il l'avait fait. Soudain, quelque chose rampa sur le sol. Elle poussa un cri. Elle était entourée de serpents et de scorpions inquiets qui tentaient de se défendre. Elle leva la tête. Penché au-dessus du trou, Onyx l'examinait d'un air impénétrable. Elle sentit une morsure à la cheville et replia les jambes. Un serpent sifflait tandis que d'autres glissaient sur elle. Elle fondit en larmes, terrorisée.

— Maître !

— Essaie de survivre jusqu'à l'aube.

Le visage d'ébène disparut. Deux petits crochets se plantèrent dans la main de Rotel, dont les membres s'engourdissaient sous l'effet du venin. Elle n'avait jamais imaginé éprouver un jour un tel sentiment d'horreur.

13

À la nuit tombée, Elisia reçut un message apporté par une esclave de Goda. Épuisée par les travaux dans la vieille maison de Gombaud, elle songea néanmoins qu'elle ne devait pas refuser l'invitation d'une dame de la noblesse, d'autant que ce message piquait sa curiosité. Elle avait fait la connaissance de l'aristocrate le jour de son arrivée et depuis elles s'étaient saluées plusieurs fois, sans plus. Goda appartenait à un autre milieu et se montrait aussi affable que distante.

— Méfie-toi des nobles, Elisia, la prévint Gali. Ils ne font que profiter de la plèbe.

— N'aie aucune crainte, dit-elle, sûre d'elle. Si ça se trouve, nous sommes plus riches qu'elle, maintenant. J'en ai connu beaucoup à l'auberge d'Otèri, je sais comment les traiter.

Gali la toisa d'un air rageur. C'était lui qui déambulait dans les vieilles rues, exhibant des tuniques de beau drap et une cape récemment achetée. C'était lui le maître et le propriétaire de cette fortune. Certes, il pourrait lui interdire d'aller au rendez-vous, mais il avait des projets pour ce soir-là, et tant mieux si son épouse était occupée ailleurs.

Elisia s'engagea dans la rue qui descendait doucement vers les palais, passant devant la vieille basilique entourée des fondations de la nouvelle. On y montait des échafaudages et des poteaux à l'aide de poulies afin de hisser les pierres de taille. La venue de Frodoi avait revitalisé la cité, mais les Barcelonais s'intéressaient aussi à la future auberge, pensa-t-elle fièrement. Beaucoup d'anciens, surtout, venaient sur la place du Miracle pour constater l'avancement des travaux entrepris par le couple prospère arrivé de Carcassonne. Ils leur demandaient s'ils auraient bientôt des enfants et émettaient toutes sortes de conjectures à propos de futurs mariages.

Tout irait bien ; Elisia était optimiste. « Si tu pouvais voir ça, grand-père ! » pensait-elle souvent avec nostalgie. Son seul sujet d'inquiétude était Gali. Depuis qu'ils avaient trouvé le trésor, il avait changé d'une manière qui ne lui plaisait pas. L'attitude hautaine autant que les allées et venues sans explication de son mari la souciaient. Elle faisait des efforts pour ne pas se rappeler les rumeurs le concernant qu'on lui avait rapportées à l'auberge d'Otèri. Gali était vaniteux, cependant il l'aimait à sa façon et ils avaient un grand projet ensemble ; tout s'était déroulé comme il le lui avait promis.

Goda vivait dans un palais en face de la basilique en chantier, avec son mari Nantigis et leur unique enfant, Argencia. La façade intégrait des pierres tombales réutilisées et même le buste d'une énorme statue. Deux serviteurs la reçurent en silence.

— Madame t'attend dans le jardin.

Depuis le portique, elle entendit des cris d'homme ivre provenant de l'étage supérieur, mais elle n'en laissa rien paraître. On la conduisit avec discrétion jusqu'à un jardin pareil à un cloître. Les feuilles de vigne mortes crissèrent sous ses pieds. Elle longea des arbres fruitiers et un enclos de plantes médicinales, des plaques de marbre, des statues mutilées et des fragments de colonnes gigantesques semblables à celles du *miraculum*. Le passé trouvait ici un lieu où reposer.

Au fond, elle aperçut l'entrée en pierre d'une grotte éclairée par une lampe. Elle descendit quelques marches avec curiosité. Elle découvrit l'hypogée d'un ancien temple bâti en pierres de taille énormes rongées par les siècles. L'air était lourd. Goda, de dos, chantonnait devant une niche qui renfermait plusieurs statuettes en terre cuite de femmes arborant de hautes coiffes pointues. Elisia vit des vases cinéraires remplis de vin, de miel et de sel. Elle comprit avec surprise qu'elle assistait à un rite païen.

— Elisia de Carcassonne, approche et salue la Mère.

— Quel est cet endroit ? Vous n'êtes pas chrétienne ?

— Si, mais je suis aussi ce qu'étaient mes ancêtres. Et toi ?

Goda tendit à la jeune aubergiste un cratère décoré de spirales qu'elle remplit d'une huile aromatique.

— Ma famille possédait une église sur le versant du Mons Iovis, continua Goda, absorbée par le rituel. Elle avait des colonnes de marbre vert et de jolies arcades, des calices en or et un énorme crucifix en argent. Le prêtre nommé par mon grand-père nous racontait des histoires de la Bible, à mes frères et à moi. J'étais surprise qu'il ignore les mânes protecteurs du foyer et la Magna Mater, la déesse mère qui accorde la fécondité. Puisque Dieu vivait dans les cieux, qui s'occupait de la terre ?

— Votre famille n'a pas conservé l'église ? demanda Elisia, déconcertée.

— Il ne reste plus personne. Guilhem de Septimanie les a tous tués.

L'affliction voila le regard de Goda tandis qu'elle poursuivait :

— Une crainte superstitieuse s'est emparée des Francs. Puis mon premier époux est mort au combat sans m'avoir donné d'enfant. Ma mère, avant d'être exécutée, m'a suppliée de résister afin que notre sang ne meure pas, et j'ai donc épousé cet homme horrible, si on peut appeler « homme » cette vieille baderne flasque et ivre que tu as entendue crier. J'ai voulu mourir… Jusqu'au jour où j'ai mis Argencia au monde. Dans ses yeux, je les retrouve tous.

— Vous êtes une magicienne ? demanda Elisia, inquiète, en observant le souterrain.

Goda, reprenant son chant, offrit sa libation à l'autel en versant l'huile sur la figurine. Elisia, jeune femme pragmatique qui n'avait jamais rien fait d'autre que travailler, regardait, fascinée. Une aura majestueuse enveloppait Goda qui semblait officier avec la même application que le vieux moine Servusdei. On aurait cru la prêtresse d'une ancienne légende païenne comme il s'en racontait encore.

Elle termina. Le calme s'installa. L'huile gouttait dans un bol. Goda en remplit un petit flacon de verre.

— Tu es venue à Barcelone avec de bonnes intentions, Elisia. Les protecteurs de la cité le savent et ils veulent te bénir. Prends cette huile et ne t'en sépare pas.

— C'est interdit par l'Église !

— Ma famille l'a toujours fait et la ville est toujours debout. Les Romains ne l'ont pas bâtie par hasard. Tant que je vivrai, nous respecterons le pouvoir de ce lieu.

— Vous n'avez pas peur de la condamnation de Frodoi ?

— L'évêque est un homme, rétorqua Goda, les yeux brillants, rien de plus…

L'aristocrate fascinait Elisia. Elle était adulte et belle, dotée d'une forte personnalité. Là, dans ce sanctuaire, la jeune tenancière aborda la question qui la rongeait :

— Le jour de notre arrivée, je vous ai parlé d'un frère et d'une sœur…

— Isembard et Rotel, de la maison de Tenes. Tu les pleurais.

Percevant l'anxiété d'Elisia, Goda releva la tête.

— Il est vivant. Elle aussi, peut-être, mais prisonnière de Drogon.

— Où est Isembard ?

Goda, devinant les sentiments qu'Elisia tentait de dissimuler, posa une main sur son épaule.

— Ce jeune garçon fait partie d'une vieille légende qui refuse de mourir, expliqua-t-elle avec une certaine complicité. Il va bien, il a été accueilli par de vieux chevaliers bannis et errants qui ont été les vassaux de son père et des Chevaliers de la Marche il y a de cela des années. Des hommes tombés en disgrâce, comme moi, qui se refusent à oublier.

Son amertume était patente ; l'apparition d'Isembard remuait un triste et douloureux passé.

— Ces hommes le formeront au maniement des armes tout en s'acharnant à élucider le dernier mystère de la Marche, à savoir ce que sont devenus les enfants du comte Sunifred qui ont disparu en même temps que le premier Isembard de Tenes.

Elisia demeura silencieuse.

— Dieu seul sait ce qu'il adviendra de lui, reprit Goda avec mélancolie. Donc protège-toi, prends garde à ton cœur.

Tiraillée entre la joie et la peine, Elisia éprouva l'envie pressante de sortir de la crypte.

— Pourquoi suis-je venue, madame ?

— Je désirais te connaître. – Les yeux de Goda étincelaient d'une lueur étrange. – Vous avez trouvé de l'argent dans la maison proche du *miraculum*, n'est-ce pas ?

Il était inutile de le nier. Gali se pavanait, fanfaronnant au sujet de sa fortune soudaine.

— La maison appartenait au grand-père de mon mari, c'est pour cela qu'il connaissait l'existence de cet argent. Je l'ai épousé le jour où nous nous sommes mis en route pour Barcelone afin de commencer une nouvelle vie.

— Comment vous êtes-vous connus ?

Goda souhaitait s'assurer qu'Elisia ignorait la relation de Gali avec Drogon de Borr. Tel était le motif de son invitation à la rejoindre.

Elisia commença à raconter son grand-père et sa vie de serve à l'auberge d'Otèri, où elle était heureuse. Elle égrena son existence, ses peurs et ses joies. Elle ne mentionna pas beaucoup Gali. Le profond regard vert émeraude de Goda l'incita à ouvrir son âme. Elisia lui révéla à quel point elle s'était sentie renaître, de façon inespérée, quand elle avait fait la connaissance d'Isembard. Goda, absorbée par son enthousiasme juvénile et la puissance de ses sentiments, en oublia son intention première. Une amitié naquit entre elles sans qu'elles l'aient cherchée et malgré leur différence de statut social.

Elles entendirent des bruits de pas ; la magie se brisa. Un serviteur descendait dans l'hypogée, frémissant de découvrir le lieu sacré de sa *domina*. Goda le dévisagea d'un air fâché : il lui était interdit de pénétrer dans cet endroit.

— Madame, l'évêque disait vrai. – L'homme regarda Elisia. – Gali est de nouveau allé dans la taverne de la Porte du Regomir où se réunissent les informateurs de Drogon.

Elisia faillit lâcher le petit flacon d'huile. Elle scruta le visage de Goda comme si cette dernière l'avait trahie.

— Vous faites suivre mon mari ?

— Drogon l'a utilisé pour approcher l'évêque, expliqua Goda sans ambages. Il se peut que cela vous soit égal, à vous, les colons, mais c'est la survivance de Barcelone qui est en jeu, Elisia. C'est pourquoi je tiens à savoir qui est un ami et qui ne l'est pas.

Le monde s'effondrait sous les pieds d'Elisia. Gali avait au moins raison sur une chose : les nobles les utilisaient. Pourtant, savoir qu'il était dans une taverne la rendit nerveuse. C'était cela qu'évoquaient les rumeurs qu'elle n'avait pas voulu écouter avant de se marier.

Goda remarqua sa pâleur.

— Félix, prends quelqu'un avec toi et allez-y avec Elisia. Sortez Gali de là avant qu'il soit trop tard.

Gali entra dans la taverne sordide située à côté de la Porte du Regomir. Il descendit les marches en bois jusqu'à une vieille cave dont le sol était couvert de briques posées en chevron. Le fumet de graisse rancie et de secrétions corporelles était insupportable. En le voyant, Baldia ouvrit un peu plus sa blouse crasseuse et s'approcha, certaine de son affaire.

— Plus tard, lui murmura-t-il en l'écartant d'un geste autoritaire.

La prostituée bougonna entre ses lèvres jaunies. Elle avait les cheveux frisés et puait la sueur masculine. Elle était jeune, plus que lui, mais cette vie l'avait consumée. Gali la préférait aux autres car devant son expression de vaincue, il se sentait fort. Ce qui n'était pas le cas lorsqu'il s'asseyait à côté de sa jolie femme, qui en ce moment même devait être à la table d'une maison noble de la cité. Elisia était énergique et déterminée ; à Barcelone aussi elle était plus appréciée que lui, et cela lui était insupportable. Il avait néanmoins besoin d'elle pour la cuisine de l'auberge ; c'est pour cette raison qu'il l'avait choisie quelques mois plus tôt, chez Otèri.

Quand il voulait l'oublier, Gali savait où aller. Il avait commencé à fréquenter les plus sordides tavernes dès leur arrivée à Barcelone. Il y avait rapidement croisé Calort, un homme peu avenant qui fournissait des informations à Drogon de Borr. Il lui avait parlé de leur rencontre dans la forêt, et ils avaient établi une certaine relation. Gali connaissait les hommes dans son genre et, pour gagner sa confiance, il avait accepté de porter le message à l'évêque, à condition que l'autre le guide dans les meilleurs bouges de la Porte du Regomir.

Grâce à sa fortune, il se sentait important. En outre, il se rendit compte avec bonheur qu'il n'avait pas de rival au lancer de dés dans tout Barcelone. Les dés lui avaient permis d'acquérir sa belle épouse, et grâce à eux il accroîtrait sa richesse dans sa nouvelle ville. Avec le temps, si l'auberge s'avérait être un bon commerce, il deviendrait riche. Il répudierait alors Elisia, annulerait leur mariage et épouserait une aristocrate du comté.

— Notre potentat de Carcassonne ! s'exclama quelqu'un dans la pénombre.

Indifférent aux éclats de rire, Gali marcha vers un homme vêtu d'un sayon noir malpropre, assis avec d'autres. Il lorgna avec avidité sur le gobelet de cuir et les dés sur la table.

— Tu veux jouer ? – Ayant remarqué sa convoitise, Calort éclata d'un rire méprisant. – Ta belle épouse exige quelque chose, elle fait un caprice ?

La provocation eut l'effet escompté : Gali laissa tomber une bourse remplie de pièces sur la table.

— Ne parle pas d'elle !

Les autres hurlèrent devant une telle audace.

— L'évêque ne s'est donc pas encore prononcé sur la proposition de Drogon ?

— L'évêque n'est fidèle qu'à lui-même. Je crois qu'il ne répondra pas.

En prononçant ces derniers mots Gali sourit d'un air narquois et tapota sa bourse ; c'était une bonne nuit pour augmenter sa fortune.

— Est-ce que tu prends le risque de m'affronter ?

Il bouillait d'impatience. Calort ordonna aux autres de se lever et de dégager la place en face de lui.

— D'accord, jouons. *Iactus tres ?* Avec trois dés ?

— Et lancés à la main, répondit Gali. Je n'aime pas vos gobelets, vous le savez.

Gali attrapa un pot rempli de vin qu'il vida d'un trait. Il prit les dés en os, usés et sales, notant au passage le fourmillement et la pression dans sa poitrine qu'il connaissait bien. Cette sensation juste avant de jouer était si puissante qu'il ne pouvait s'empêcher de la rechercher, encore et toujours.

Il huma les dés et souffla dessus. D'un mouvement auquel il s'était entraîné pendant des années, il les plaça au creux de son poing avant de les lancer, à trois reprises. Tous mémorisèrent le chiffre le plus élevé. Quatorze. Calort empila ses pièces pour en faire une petite tour, torturant Gali par son flegme et sa lenteur. Il lança enfin les dés et fit onze.

— La chance est encore avec toi ce soir, Gali. Tu nous offres un coup à boire, non ?

Gali indiqua le tonneau au tavernier. Il enchaîna les parties à trois dés avec l'homme de Drogon. Les clients s'agglutinèrent autour de la table, et les pièces s'entassèrent devant Gali. Lorsque l'une d'elles roula sur le sol, le tintement le tira de son état second. Il la laissa à un des clients.

Calort s'était départi de son éternel sourire.

— Je crois que ça suffit, l'ami.

Gali était euphorique : c'était sa meilleure soirée. Il en avait oublié Elisia et la jalousie qui le rongeait.

— Tu ne veux pas essayer de te refaire ?

— J'ai assez perdu pour aujourd'hui.

Gali se leva et se lança dans une péroraison méprisante, véritable provocation à l'égard des présents.

— Barcelone n'est qu'un bourg de miséreux ! Personne n'ose jouer sérieusement, vraiment ?

Il s'adressa à Calort, les yeux mi-clos.

— Tu es au service du plus puissant noble de la Marche, tu as sûrement une petite fortune cachée quelque part.

Après un silence lourd, Calort éclata d'un rire sonore.

— Tu ne manques pas de courage pour venir ici nous insulter, Gali de Carcassonne.

Gali devina le danger, mais il ne plia pas. Sur un signe de Calort, le tavernier apporta une besace en cuir qui arracha des sifflets dans l'assistance. Gali déglutit et commença à regretter sa forfanterie. Trop tard. Il ne s'en sortirait qu'en mettant en jeu une même quantité de pièces. Il ouvrit sa chemise et posa sur la table des bourses remplies dont il fit une petite montagne – tous les deniers d'argent du chaudron de Gombaud. S'il gagnait, il serait l'un des hommes les plus riches de la ville, il n'aurait plus besoin de l'auberge ni de sa jolie femme aux mains abîmées par le travail.

Les clients, excités, entourèrent de nouveau la table. Ils n'avaient jamais vu autant de pièces. Ils tapotaient l'épaule de Gali, qui regardait les dés avec avidité. Baldia s'installa derrière lui et lui promit une nuit inoubliable. Il exigea le silence, prit les dés, accomplit son petit rituel et les lança, trois fois de suite. Le cœur battant, il garda le troisième coup : les dés marquaient dix-sept points.

La taverne s'emplit de hurlements. Le résultat était très élevé et Calort n'avait plus qu'à se retirer du jeu.

— Il semblerait que ta veine continue, Gali de Carcassonne, dit ce dernier d'un ton inquiet. On devrait fêter ça avant que je sois ruiné. Tavernier !

Les pichets en bois se remplirent dans un grand brouhaha. Deux hommes se lancèrent dans une discussion et l'un tomba sur Gali, qui le repoussa. Il concentra de nouveau son attention sur la table, nerveux.

— Finissons-en ! Tu jettes les dés, oui ou non ?

— Ça va, ça va, s'excusa Calort, goguenard. On est des sauvages de la frontière, ne nous en veux pas.

Lorsque Calort prit les dés, Gali désigna sa main.

— Ce ne sont pas les mêmes !

Les dés roulèrent sur la table d'une curieuse façon et chacun marqua un six : dix-huit. Le silence se fit dans la taverne. Calort respira fort.

— Je n'ai pas besoin de tirer une autre fois, tu ne crois pas ?

Gali se leva, les poings serrés et le cœur sur le point d'exploser dans sa poitrine.

— Tu as changé de dés ! Ils sont plombés sur un côté ! Je l'ai vu avant que tu les lances.

Une clameur de protestations se déchaîna en même temps que tous le bousculaient et le menaçaient. Quand Gali put de nouveau regarder vers la table, ne s'y trouvaient plus que les vieux dés, ceux de toujours. Ils avaient été habiles. À présent, tous les deniers d'argent étaient du côté de Calort.

— Tu m'accuses d'être un tricheur, Gali ?

— Je te maudis, Calort ! Tu avais tout prévu. Les bousculades…

— Sais-tu ce qu'on fait des nuisibles dans ton genre, ici ?

Ils se mirent à plusieurs pour attraper Gali, avant de lui passer autour du cou une corde qu'ils accrochèrent à la poutre maîtresse du plafond.

— Pitié ! supplia-t-il, terrorisé, en lisant l'intention assassine dans leurs yeux.

Les hommes tirèrent sur la corde. Gali croassa. Ils la relâchèrent et il put parler :

— J'ai perdu. Pardonnez-moi ! gémit-il. Tout est à toi.

Sur un signe de Calort, les hommes tirèrent à nouveau sur la corde et Gali fut soulevé de terre. Il s'agita tout en essayant de desserrer l'étau. Quand il commença à étouffer et à râler, le visage violacé, ils le lâchèrent. Calort prit sa tête dans une main et de l'autre le gifla violemment.

— Personne ne reste en vie s'il nous insulte, siffla-t-il. Fouillez-le et pendez-le une fois pour toutes !

Sous la chemise de Gali, les sbires découvrirent une petite bourse d'oboles et un vieux parchemin. Calort s'en empara. Intrigué, il alla le montrer au prêtre débauché qui ne quittait pas la taverne. Gali lui-même ignorait le contenu du parchemin, l'acte de propriété de la maison de Gombaud ou un écrit quelconque, selon lui. Il l'avait gardé en espérant rencontrer un jour une personne de confiance capable de le lui lire.

L'ecclésiastique pâlit et murmura à l'oreille de Calort. En voyant le sourire de l'homme, Gali devina ce qui était écrit, et la terreur lui tordit les entrailles. Il s'était comporté comme un imbécile en conservant ce document sur lui.

Il regarda Calort d'un air apeuré, s'attendant à ce que l'homme révèle à haute voix son secret le plus inavouable.

— Comme tu l'as dit, Gali, tout est à moi. Je garderai donc aussi cet intéressant parchemin et je te laisserai la vie sauve. Mon seigneur Drogon de Borr sera certainement heureux de compter sur un serviteur fidèle à partir de ce soir. Nous voulons que tu restes dans ton auberge et que tu écoutes tout ce qui s'y dit. Si tu n'obéis pas, ceci sortira au grand jour, ajouta-t-il en agitant le parchemin défraîchi.

Pour la première fois de sa vie, Gali était incapable de prononcer un mot. Toute sa vanité avait fondu devant ce vieux texte désormais entre les mains du dangereux Calort.

— Flanquez une bonne correction à ce déchet et sortez-le d'ici !

Gali atterrit sur le sol d'une ruelle nauséabonde, sous le regard impassible du garde des tours. Il avait mal au cou et avait laissé deux dents dans la raclée. Quand il vit des torches qui approchaient, il se ratatina, terrifié, persuadé que ses assaillants revenaient.

— Gali, mon Dieu !

Elisia s'agenouilla près de lui. Plusieurs serfs de Goda l'accompagnaient. En le voyant dans cet état, elle l'enlaça.

— La chance me souriait, murmura-t-il, honteux. Ils m'ont joué un mauvais tour.

Ce fut comme un coup de poignard, incurable peut-être, dans le cœur de la jeune femme. Elle aurait pu le laisser là, comme son grand-père le lui aurait conseillé, mais elle s'assit par terre à côté de lui et elle le berça dans son giron. Il était son époux devant Dieu et devant les hommes.

— Que nous reste-t-il ? se contenta-t-elle de demander.

— Rien, susurra-t-il en pensant au parchemin qu'il aurait dû brûler.

Elisia ne put lui parler davantage. Ce qu'ils avaient construit ensemble venait de s'écrouler.

14

Villages abandonnés de la région d'Ausone, près du Montseny

Jehan posa les mains sur son dos endolori. Le soleil baissait déjà. Il observa le sillon creusé qu'il perdait presque de vue, ainsi que sa femme Leda, la petite Auria accrochée dans son dos, et ses aînés, Sicfred et Emma, munis des houes qu'il avait lui-même façonnées quand il était forgeron. Le jeune Gauderic prenait les pierres qu'il était capable de transporter et les empilait en tas; elles serviraient pour construire la maison. Mais auparavant ils devaient labourer la plus grande parcelle possible. Chaque empan gagné en aprision leur appartiendrait dans trente ans. Même si la terre n'était pas suffisamment préparée pour y semer du blé, il espérait faucher une petite récolte l'été suivant. C'était un début.

Au loin, il voyait les autres retourner la terre. Jehan et Leda s'étaient établis là avec neuf autres familles, et ils avaient décidé de s'entraider pour récupérer autant de terrain qu'ils pourraient en travailler. Entre eux, les bergers qui leur apportaient du lait et du fromage désignaient ce lieu comme l'Esquerda, « l'Écharde ». Il était situé sur une étroite bande rocheuse, dans un méandre du fleuve Ter. Dans des temps immémoriaux, il avait existé là une localité dont il restait encore des traces de murs ainsi que des crevasses dans la roche. Sur cette terre fertile poussaient des forêts de chênes, d'érables et de châtaigniers. Ils avaient également trouvé des cerisiers, des pommiers et des noyers pris dans les ronces, qu'ils pourraient récupérer. C'était un bon endroit pour s'installer.

La petite communauté avait marqué à l'aide de pierres ce qui serait l'unique rue, bordée de maisons, et la placette où, si Dieu le permettait, ils édifieraient une église. Ils avaient l'idée d'installer un moulin au bord du Ter. Mais il s'écoulerait encore du temps avant que ces projets deviennent réalité. Ils étaient en train de gagner sur la friche et, le soir venu, ils trouvaient refuge dans des grottes voisines.

Les autres colons s'étaient répartis en petits groupes qui s'étaient installés dans la même zone, sur les pentes du massif du Montseny, pas très loin les uns des autres, par précaution. Pendant les nuits glacées, ils rêvaient ensemble autour du feu de la future bourgade de l'Esquerda et de l'église qu'ils décoreraient. Ils se promirent de fondre un précieux calice en or en signe de gratitude pour la chance qui leur avait été offerte.

Un cri d'enfant arracha Jehan à ses pensées. Gauderic courait dans les broussailles. Agacé, il songea qu'Emma devait le poursuivre. En décembre, les journées étaient courtes et il allait bientôt neiger, il fallait profiter du jour pour travailler, au lieu de jouer. Soudain, des hordes surgirent de la chênaie, et la panique le cisailla. Il avait déjà vécu cette situation, et il maudit le jour où ils avaient pris la décision de suivre l'évêque Frodoi. La terreur envahit la vallée, et chacun courut se cacher.

Sous la lumière crépusculaire, les parures en os et les infâmes accessoires en fer rouillé étaient encore plus effrayants. Les nouveaux venus bondissaient, l'un d'eux semant des boules de bois. Il en lança une vers Gauderic. L'enfant hurla et tomba dans les mauvaises herbes.

Leda courut en direction de son fils, sans réfléchir qu'elle allait vers la mort. Par chance, Sicfred et Emma fuyaient avec Auria vers le surplomb du fleuve. Jehan attrapa sa houe et partit derrière sa femme sans hésiter une seconde.

Leda jetait des pierres en hurlant en direction des hordes, qui l'entourèrent immédiatement. Jehan s'interposa, la houe levée. Sur un côté, un agresseur avec un crâne de sanglier sur le visage brandit une énorme hache et lui coupa le bras au niveau du coude. Jehan s'affaissa dans une plainte qui se mêla à celle de Leda. Lorsqu'elle voulut se pencher sur lui, un cavalier s'arrêta devant elle.

— Pitié ! implora-t-elle.

— C'est la faute de Frodoi, rugit l'homme sur sa monture, inclément.

Leda se retourna. La vue brouillée, elle remarqua toutefois l'aspect sinistre et les cheveux sur le visage noirci.

— Drogon de Borr.

Les hordes poursuivaient les colons tandis que Jehan se vidait de son sang en gémissant de douleur.

— Je veux que quelqu'un de cette zone apporte ces présents à l'évêque pour qu'il comprenne qui est le seigneur de ces terres.

Des mains et des bras ensanglantés, d'une teinte cireuse, pendaient de sa selle. Il embrocha sur un crochet l'avant-bras de Jehan, d'où le sang gouttait encore. À cet instant, Gauderic lui lança une pierre qui alla frapper le casque arrondi. Le visage du noble se contracta de douleur. Il se retourna, plein de colère.

— Coupez les mains de ce gamin ! Ça fera plus d'effet à l'évêque.

— Non, pas Gauderic ! implora sa mère.

Les mains tenues à plat sur un rocher, le petit appelait ses parents. Jehan tenta de se traîner jusqu'à lui, mais une des créatures lui écrasa le moignon et il s'évanouit sous l'effet de la douleur. Le monstre à la tête de sanglier leva sa hache. Leda se sentit devenir folle, et Gauderic ferma les yeux.

— Une croix en argent ! grogna soudain le bourreau.

Il baissa sa hache pour arracher la croix de Frodoi. Gauderic ne le laissa pas faire, et ils se mirent à plusieurs pour le maintenir. À cet instant, un sifflement passa au-dessus d'eux. Le sauvage s'effondra sur l'enfant, une flèche lui traversant le corps de part en part. Deux autres agresseurs tombèrent, le corps criblé de flèches. Un groupe de six cavaliers arrivait au galop sur le sentier pierreux.

Drogon pesta entre ses dents.

— Les spectres de la Marche sont de retour. Isembard…

Les hordes beuglèrent comme des bêtes ; ils étaient plus de vingt contre six.

Isembard galopait maladroitement derrière Guissand, Invèria et Nil. Un autre vassal des anciens Chevaliers de la Marche s'était joint à eux, ainsi qu'un ermite de la tour de Benviure, Pau, qui maniait encore la masse avec dextérité en dépit de ses quelque soixante-dix ans. Grâce à sa présence, les chevaliers bannis avaient l'impression de prendre part à une mission sacrée.

Le jeune de Tenes, qui ne maîtrisait pas encore bien sa monture, sauta au sol. Il ressentit une peur viscérale, pourtant il empoigna la vieille épée comme on le lui avait enseigné. Un des sauvages au visage couvert d'une tête de mort courut vers lui. Un fourmillement parcourut tout le corps d'Isembard. Il savait qu'il devait frapper à deux mains avant que son adversaire arrive sur lui. Il n'était plus à l'entraînement : s'il agissait précipitamment, la lame fendrait l'air inutilement, et s'il hésitait, l'autre le couperait en deux avec sa hache rouillée.

Il se recommanda à son père pour ne pas lâcher l'arme et prit une inspiration profonde. Il était de la maison de Tenes ! Cette estocade marquerait le début ou la fin de sa nouvelle histoire !

Lorsque le sauvage fut presque sur lui, il songea qu'avec cette épée il aurait pu défendre Rotel ; son pouls battit dans sa tête, comme un signal montant de la part la plus ancestrale de lui-même. Il ne pouvait plus défendre sa sœur, désormais, mais les colons, si. L'épée bien tenue à deux mains, il lança un puissant coup de taille qui frappa le flanc de son adversaire, s'enfonça dans son ventre et coupa jusqu'à ressortir de l'autre côté. Quand l'agresseur tomba, les viscères éparpillés, il agonisait déjà. C'était le premier homme qu'Isembard tuait.

Il éprouvait une sensation étrange, ses oreilles bourdonnaient, mais déjà un autre sauvage se précipitait vers lui, armé d'une massue. Isembard l'esquiva avant de l'affronter ; il constata que cet homme au heaume hérissé de pointes effectuait un seul et même mouvement, de haut en bas. Il avait l'air aussi apeuré que lui, et manifestement personne ne lui avait appris à combattre. Les mots de Guissand prirent tout leur sens pour le fils de Tenes : c'est l'adversaire qui montre comment on peut le vaincre. Dès que l'occasion se présenta à lui, Isembard plongea la lame dans sa poitrine.

Le brouhaha du combat faiblissait. Les cavaliers avaient fait un carnage et la horde fuyait, décimée. Ils aperçurent Drogon de Borr au loin. Ils le défièrent, mais il s'éloigna avec les siens, la situation étant trop risquée pour lui. Il pénétra dans la forêt, jurant et poussant sa monture.

Les cavaliers se regroupèrent. Seul Invèria avait été touché. Il souffrait d'une coupure à la jambe. L'ermite Pau s'approcha du pauvre Jehan.

— Il faut cautériser cette plaie, ou il perdra le peu de sang qu'il lui reste.

— Il y a un feu allumé dans la grotte, indiqua Leda près de son époux.

Les colons transportèrent Jehan rapidement. Leda reconnut alors le plus jeune de leurs sauveurs.

— Isembard ! C'est bien toi ?

— Oh, Leda, je suis désolé, dit-il, peiné.

Il repensa à la fin de sa fillette, Ada, mais il se tut, comme il se l'était juré ; c'était trop de douleur pour cette femme.

— Nous avons appris qu'ils lançaient une attaque contre les colons, reprit-il. Dans deux des nouvelles colonies, il ne reste plus personne, mais ici, au moins…

Il ne savait qu'ajouter. Leda le serra fort dans ses bras sans pouvoir retenir ses sanglots. Tout s'acharnait contre eux et Dieu semblait absent. Elle trouva néanmoins une raison de remercier les chevaliers bannis, qui approchaient, épuisés.

— Grâce à vous, mes enfants sont vivants.

Ils vivaient dans un abri naturel qui surplombait un méandre du Ter. Sur la paroi de la caverne, des peintures maladroites représentant des scènes de chasse étaient encore visibles. Ils avaient choisi cette grotte parce que d'autres hommes s'y étaient installés, ce qui leur porterait chance, pensaient-ils.

Le clerc appliqua la feuille de sa hache rougie au feu sur le coude mutilé de Jehan, et une lamentation atroce se répandit dans la vallée. Tous les colons revenaient peu à peu, regardant, atterrés, les champs semés de cadavres monstrueux.

— S'il survit, ce sera un miracle, murmura Pau en recouvrant la blessure d'une pâte odorant le fenouil.

— Ega pourrait le soigner…, suggéra Guissand.

— C'est exact. Cette femme en sait plus que quiconque sur les plaies, grogna Invèria, tout en continuant de recoudre lui-même la coupure de sa jambe avec un fil fabriqué à partir d'un boyau.

Pau jeta un regard rapide à Isembard qui n'avait pas quitté des yeux le visage de Jehan, dont le teint blêmissait. Il fronça les sourcils et se concentra à nouveau sur le moignon, qui présentait un vilain aspect.

— Je n'aime pas les sorcelleries des femmes de la forêt, mais il est vrai qu'Ega pourrait le soigner, acquiesça-t-il.

Il se tourna vers Leda.

— Fais en sorte qu'il reste en vie jusqu'à mon retour.

Lorsque toute la communauté des colons fut réunie, encore sous le choc, Guissand s'adressa à eux :

— Écoutez-moi tous ! Racontez ce qui s'est passé aux bergers, à tout le monde, au moine, au colporteur ou au muletier qui passera dans le coin. Racontez-leur à tous comment Isembard II de Tenes et les chevaliers bannis et errants vous ont sauvés des démons de la Marche.

Leda s'approcha d'Isembard et lui baisa les mains. Ce geste impressionna tous les présents. Le jeune homme pensa de nouveau à Rotel. Ils avaient grandi au milieu des vignes d'un monastère et ils auraient pu se trouver là, tous les deux, à l'Esquerda, sans défense face aux hordes sauvages. Or Dieu leur avait réservé un autre destin, étrange, qu'il était incapable d'interpréter pour le moment. Devant ses propres mains couvertes de sang, il comprit quelle était sa voie, et qu'un jour il retrouverait sa sœur.

— Sais-tu quelque chose au sujet d'Elisia de Carcassonne ? se risqua-t-il à demander discrètement à Leda.

La femme fit oui de la tête, affligée.

— On l'a laissée à Barcelone. Gali et elle étaient en train de rénover ce qui sera une belle auberge. Elle est saine et sauve, Isembard. Elle a beaucoup pleuré après vous.

Isembard se retira, pensif. Leda se retourna vers Guissand :

— Drogon a dit que vous étiez des spectres.

— C'est vrai, affirma le vieux chevalier banni. Nous sommes les spectres des Chevaliers de la Marche. Nous couperons les têtes de ces bêtes des hordes et nous les accrocherons à chaque croisée des chemins. Ainsi, tout le monde saura que nous sommes revenus d'entre les morts pour que la Marche vive.

15

Gali ayant tout perdu, Elisia et lui furent incapables de régler leurs nombreuses dettes. La nouvelle se propagea rapidement, à la grande honte du couple. Grâce à l'affection que suscitait la jeune femme et à la protection de l'évêque, les réclamations présentées devant le tribunal du comte furent reportées aux *dies Sanctorum Innocentium,* le 28 décembre. À cette date, s'ils ne pouvaient pas payer une partie de ce qu'ils devaient et négocier la part restante, ils deviendraient, selon la loi gothe, esclaves de leurs débiteurs. Elisia n'eut bientôt plus de larmes à verser. Elle désirait rentrer à Carcassonne, or pour cela il fallait qu'elle évite de devenir une servante esclave.

Elle était prête à ouvrir la taverne, mais ils devaient beaucoup d'argent aux charpentiers et aux maîtres d'œuvre. Elle entreprit de nettoyer la grande salle et de la préparer, sans en parler à Gali. Privé du charisme et de la personnalité dont il avait toujours fait montre, son époux n'était plus que l'ombre de l'homme qui l'avait éblouie par ses roucoulades et ses sourires. Lorsqu'il finit par l'aider de mauvaise grâce dans cette tâche ingrate, ses mains se couvrirent d'ampoules. À l'étage, la salle resta dans l'état où elle était, mais le rez-de-chaussée devint utilisable. Ils occultèrent les fenêtres à l'aide de sparte, débarrassèrent les gravats et mirent en place une porte qu'ils récupérèrent dans une maison en ruine. Puis, avec du bois abandonné, ils fabriquèrent des tables et des banquettes qui n'invitaient guère à s'asseoir, mais ils ne pouvaient pas engager un artisan pour leur en assembler de meilleures.

À la veille de la fête de Sainte-Llúcia, Elisia contempla le résultat et soupira de désolation. La salle avait l'allure d'une taverne miteuse dans laquelle elle n'aurait jamais mis les pieds, mais ils ne pouvaient pas faire mieux. Sans un mot, elle se couvrit de sa cape qui conservait l'odeur de l'auberge d'Otèri. Son mari l'examina d'un air renfrogné.

— Qu'est-ce que tu vas faire, Elisia ? Est-ce que tu crois vraiment que quelqu'un entrera ici ?

Après un long silence, et incapable de supporter davantage le regard déçu de la jeune femme, il cracha :

— Tu penses ne plus jamais me parler, c'est ça ? Je suis ton mari !

— Je croyais que tu m'aimais, Gali. Maintenant… je ne sais plus qui tu es.

— Je t'aime ! J'ai fait une erreur, mais je suis ici, dit-il en lui montrant ses mains meurtries.

Il avait plus que jamais besoin d'elle pour survivre.

La colère d'Elisia fondit dans un grand vide. Gali lui avait volé sa joie, elle avait découvert ses ombres et doutait désormais qu'il puisse être un bon père. Malgré tout, chacun n'avait plus que l'autre dans la vie, et cette maison. Elle regrettait les journées longues et fatigantes dans la cuisine d'Otèri.

— J'ai besoin de quelqu'un à mes côtés, en qui je puisse avoir confiance, dit-elle, les yeux humides.

Gali s'approcha d'elle. Cette fois, Elisia, se sentant trop faible, ne s'écarta pas.

— On pourrait s'enfuir, suggéra-t-il.

— On nous rattraperait avant qu'on arrive sur la via Augusta, et on serait exécutés. Cette taverne misérable représente notre dernière chance. On nous a laissé un délai, jusqu'à la huitaine de Noël, pour payer une partie de notre dette, et il ne reste que quatre semaines !

Sa voix se brisa d'anxiété.

— D'accord. Je te laisse faire ce que tu crois être le mieux, acquiesça Gali.

Elisia ne prêta pas attention à l'insolence. Elle avait encore le flacon d'huile que Goda lui avait donné pour la protéger. Elle avait failli le jeter, pour le peu qu'il lui avait servi… Elle en versa quelques gouttes dans les coins de la salle et dans la cuisine.

Peut-être arriverait-elle à échanger le flacon en verre vide contre quelque chose. Puis elle sortit. La journée était froide et humide.

— Où vas-tu ?

Elisia montra une poignée d'oboles qu'elle avait mises de côté.

— Je les conservais pour ce jour-là. Prie autant que tu le pourras.

Le 13 décembre, l'humble taverne du Miracle ouvrit ses portes au cœur de Barcelone. Par chance, avant d'être ruinée, Elisia avait affiné des fromages gras et enrobé certains d'herbes aromatiques. En outre, ses tonneaux étaient remplis d'une cervoise fermentée comme l'aimait son grand-père. Avec ses dernières pièces, elle acheta du beurre frais, de la viande salée, des oignons et des légumes. Elle travailla sans relâche pour que tout soit fin prêt, et le couple s'efforça de rester uni dans l'adversité.

Mais personne ne franchit le seuil craquelé du Miracle.

Elisia, les yeux pleins de larmes, assise à côté de la porte, regarda le jour se finir. Elle avait gâché du bois pour chauffer le local minable, en vain. Le ragoût serait perdu. Gali allait et venait entre les banquettes, silencieux. Il se maudissait lui-même de cette situation, et il évaluait les possibilités de fuir sans Elisia. Il ne supportait pas la honte et les coups d'œil méprisants que lui lançaient les voisins, mais Drogon tenait son sort entre ses mains, et sans argent il n'irait pas loin. Il n'osait plus franchir la porte des tavernes.

Ce soir-là, ils se couchèrent sans un mot. Le lendemain, la situation se répéta. Le quatrième jour, en fin de matinée, alors qu'Elisia n'avait plus la force de pleurer ni de s'interroger, le capitaine Oriol se présenta.

L'homme de la garde de Frodoi paraissait surtout chercher la compagnie de la jeune tavernière. Il s'assit dans un coin de la salle et elle lui servit son meilleur ragoût. Il mangea en silence. Elle l'épiait avec anxiété depuis la cuisine. Quelque chose dans l'expression du soldat l'inquiéta. En buvant la cervoise, il fit la grimace, et il laissa le pichet à moitié plein. Quand il eut terminé, il se montra courtois, paya son obole et partit.

Elisia se laissa tomber sur une souche, éplorée. Dans l'auberge d'Otèri, il ne se passait pas de jour sans qu'elle reçoive des compliments doux comme des caresses en passant parmi les clients. Le ragoût et la cervoise servis étaient dignes de la table d'un roi.

Après avoir tourné comme un lion en cage, elle prit sa cape.

— Tu pars ? demanda Gali, qui s'occupait à vider les réserves de cervoise avant que les débiteurs les emportent.

— Pourquoi ne viennent-ils pas ? éclata-t-elle, déçue.

— Les temps sont difficiles.

— « Dans une taverne, on y vient faire la fête ou pleurer », répétait toujours Otèri. C'est partout pareil.

— L'auberge d'Otèri existait avant que les chrétiens prennent Carcassonne, il y a un siècle.

— Ici aussi on propose la meilleure nourriture. Qu'est-ce qu'il y a de différent ?

Gali termina le pichet sans répondre. Ruminant cette question, Elisia sortit et traversa la place. La journée était froide et ensoleillée. Le vent, qui emportait avec lui la puanteur du sol, laissait percevoir l'odeur de la ville.

« Qu'est-ce qu'il y a de différent, ici ? » se demanda-t-elle de nouveau.

Elle ferma les yeux et se concentra sur ce qu'elle humait. Peu à peu la nostalgie des odeurs qui flottaient à midi dans le faubourg de Carcassonne l'envahit. Elle nota qu'ici manquaient l'arôme du fromage crémeux et celui du beurre chauffé sur le feu. Parcourant les rues, elle glissa la tête dans l'entrée des tavernes nauséabondes. L'odeur pestilentielle de la cochonnaille qui était servie à des dizaines de clients dans un vacarme épouvantable la fit fuir. Parvenue devant les bâtiments de l'évêché, elle distingua dans l'air un fumet de lentilles, de pois chiches et de laurier. Dans la rue, deux enfants mordillaient un morceau de pain de seigle d'où tombaient des gouttes. Curieuse, elle s'approcha et observa le pain.

— C'est de l'huile d'olive ? Vous ne préférez pas le beurre ?

Ils haussèrent les épaules sans comprendre de quoi elle parlait. L'un d'eux tenait une corne remplie de liquide. C'était du vin chaud, et non de la cervoise, comme elle en avait quand elle était petite fille. Elle comprit d'un coup.

— Bien sûr ! s'exclama-t-elle.

Tout excitée, elle courut au palais de Goda. Les serfs, surpris, avisèrent aussitôt leur maîtresse. Celle-ci parut, radieuse, comme toujours.

— Il était temps que tu viennes me demander de l'aide, petite Franque orgueilleuse ! De quoi as-tu besoin ?

— De cinq pièces d'argent et d'écuelles en bois ou en terre cuite ! Je regrette, j'avais trop honte, s'excusa-t-elle sans cacher la vérité. Je te les rendrai.

— Je n'en doute pas. Je n'ai qu'à regarder tes yeux couleur de miel. Mes serfs te porteront toute la vaisselle possible à la taverne.

Elisia alla jusqu'à la Vieille Porte. Elle était très nerveuse. Il ne restait que quelques marchands qui remballaient et rangeaient leur étal. Elle passa devant des paniers de légumes secs, d'ail et d'oignons. Des bouquets d'herbes aromatiques étaient suspendus à des cordes. Parmi les viandes, elle chercha les chapelets de saucisses noires, qu'elle flaira. Elles ne ressemblaient pas à celles qu'elle connaissait. Car à Barcelone, on ne mangeait pas comme à Carcassonne…

Elle emporta tout ce qu'elle put acheter et un esclave dut l'accompagner pour le retour.

— Je veux du feu dans le jardin, Gali ! cria-t-elle en entrant dans la taverne.

Son époux, assoupi, leva la tête de la table, abruti par la cervoise.

— Pourquoi as-tu besoin d'autant de légumes secs ? Et cette saucisse ? N'as-tu pas assez avec ce que tu as préparé ?

— Regarde cette jarre, c'est de l'huile d'olive ! J'ai du laurier, du thym et de l'ail, beaucoup d'ail !

Elle enlaça son époux et l'embrassa sur la bouche pour la première fois depuis des semaines.

— Aujourd'hui nous allons faire à manger pour la ville ! Je cuisinerai dehors, afin de les faire saliver, tous ! Toi, occupe-toi de nous trouver du vin. Tu ne comprends donc pas ? C'est la Méditerranée, ici !

À la fin de la journée, l'atmosphère se chargea d'arômes à la fois familiers aux habitants de Barcelone et dignes des cuisines de l'aristocratie. Gali était allé au palais de l'évêque, et contre la promesse de régler la facture quelques jours plus tard, il avait obtenu un tonneau de *vinum novum*, jeune et stimulant, et un autre de *vinum veterem*. Toujours des caves de l'évêque, et à crédit, il emporta deux barriques de vin blanc fermenté avec l'excédent de la vendange, beaucoup moins cher. Sur toutes les tables étaient posés un panier de pain et une petite jatte d'huile d'olive dorée.

Les premiers curieux ne tardèrent pas à se présenter. D'autres arrivèrent rapidement. Le bruit se répandit dans la ville : le prix était ridiculement bas pour une telle nourriture. Au changement de tour de garde, les soldats vinrent et déposèrent leurs armes dans un coin. La nuit et le vin incitèrent les clients à entonner de vieilles chansons et à plaisanter.

Elisia, le dos douloureux, servait le ragoût et lavait les écuelles de Goda, que Gali empilait dans la cuisine ; c'était cela ou mourir de faim dans une ville hostile. Ils n'eurent pas un instant de répit jusqu'à ce qu'il ne reste plus rien au fond de l'énorme chaudron. Pas même pour eux. Les gardes réclamèrent Elisia pour la féliciter. La jeune femme se sentit enfin chez elle, et elle laissa échapper une larme devant tout le monde.

Il était minuit passé quand ils étouffèrent le feu dans le jardin. La taverne était vide et Gali, épuisé comme elle, lui confia la caisse avec ce qu'ils avaient gagné.

— Garde-la, lui dit-il pour récupérer sa confiance, en pensant qu'une nouvelle chance leur était peut-être accordée.

Elisia sentit son estomac se contracter. Gali ouvrit les bras d'un air conciliant.

— Je veux être l'homme que tu attends. Le chef de famille à la tête de notre taverne, ajouta-t-il avec cette assurance qui l'avait conduit jusqu'à Barcelone.

Elle hésita. Gali est-il capable de se racheter ? Peut-être. Il avait le caractère nécessaire pour diriger l'auberge, et la tendresse de son épouse l'éloignerait de ses mauvaises habitudes. Elle s'accrocha à cette idée avec espoir et finit par tomber dans ses bras. Les rires et les larmes les libérèrent de la tension accumulée depuis des jours.

Ils balayèrent la salle en commentant de nouvelles recettes. Lorsque Gali ferma une des fenêtres, une silhouette le salua dans la nuit, à l'autre bout de la place. Calort arborait un sourire sinistre. Gali rabattit brusquement le rideau d'alfa et s'efforça d'effacer l'inquiétude sur son visage. Quand il se retourna, Elisia l'attendait, assise sur une table, avec un sourire suggestif.

— Il ne reste même pas de ragoût pour nous, mais on fêtera ça tout de même, autrement.

Elle voulait sceller le pardon d'une manière particulière, tout laisser derrière elle, y compris le souvenir d'Isembard et la chaleur de ses lèvres.

— Qu'en penses-tu, mon chéri ?

Rotel se réveilla en sueur, le visage enflé, les lèvres couvertes de croûtes, un œil obstinément fermé. Elle était encore fiévreuse, mais elle revenait d'un enfer délirant où elle fuyait sans cesse de gigantesques insectes qui l'attaquaient de grotte en grotte. Tout son corps la faisait souffrir. Elle leva un bras. Sa peau lisse de fille de quinze ans était enflammée, gonflée, piquetée de traces d'aiguillons et de crochets qui ne disparaîtraient jamais entièrement. Pourtant elle était vivante, alors que la plupart des humains seraient morts empoisonnés ou auraient succombé à une frayeur intense. Elle se sentait différente, dénuée de peur et d'émotions.

— Celui qui revient de l'autre côté a laissé là-bas une partie de son âme. Sois la bienvenue !

Onyx était à côté d'un feu, près d'elle. Ils étaient toujours dans la caverne.

— Je te maudis !

— La malédiction est ce qui nous caractérise, Rotel. Nous n'appartenons pas à ce monde. Tu as franchi le seuil qui mène à l'obscurité. Je le vois dans ton regard glacé. Tu es prête à commencer l'entraînement. L'ultime bestiaire fera trembler le monde.

DEUXIÈME PARTIE

LE TRÔNE VIDE

An 864

À l'automne de l'année 861, tandis que Barcelone se remettait de la razzia sarrasine et que Frodoi organisait son diocèse, le roi de France, Charles le Chauve, s'opposait à son neveu Lothaire II. En effet, ce dernier s'obstinait à vouloir divorcer de la noble Theutberge, de la maison bosonide. Désireux de lui nuire, le roi décida d'attaquer les territoires de Charles de Provence, frère de Lothaire II, dont l'état de santé laissait augurer une fin prochaine. Or Lothaire aspirait à cet héritage et cherchait à accroître l'étendue de ses terres.

Le roi des Francs se rendit en Provence au prétexte d'apporter son aide dans la défense contre les Normands, des deux côtés du Rhône. Le duc Girart de Roussillon, homme fort de Charles de Provence, devina le dessein caché du monarque. Avec ses troupes, il obligea l'armée de Charles le Chauve à se retirer, mais la convoitise du roi avait déjà suscité l'indignation des provinces du sud de la Gaule, plutôt malmenées par les Normands. Unifred de Gothie, comte de Barcelone, Gérone et Empúries, du Roussillon, de Narbonne et d'autres comtés encore, fut au nombre de ceux qui se rebellèrent.

En 862, après avoir subi la révolte de ses propres fils, alliés à son neveu Pépin II, le roi Charles, furieux, déposséda Unifred de tous ses titres. La rébellion n'en continua pas moins en Septimanie. Unifred perdit le comté d'Empúries au profit des frères Sunyer II et Delà, ainsi que Gérone, qui passa aux mains d'Otger. Toutefois le reste des comtés, dont celui de Barcelone, demeura sous son pouvoir.

La Marche se trouvait de nouveau dans une situation chancelante. Salomon d'Urgell renégocia la trêve avec les Sarrasins afin d'empêcher Unifred de s'allier avec eux, tel Guilhem de Septimanie par le passé. Mais le comte rebelle ne renonça pas et, en 863, il conquit les comtés de

Toulouse, du Pallars et de la Ribagorce. Au nord, le comte Étienne, conseiller d'Aquitaine, poursuivit la révolte des nobles et s'empara du comté d'Auvergne.

Unifred affrontait le roi tout en devant faire face aux Normands, qui attaquaient ses territoires en Méditerranée. Il résista jusqu'en 864, puis, vaincu et privé d'alliés, il se réfugia à Toulouse.

Barcelone connut une vacance du pouvoir. Unifred, depuis longtemps destitué officiellement, perdit le contrôle du comté en 864, et ses officiers se dispersèrent. Les jeux de pouvoir et les vieilles aspirations reprirent des couleurs. Le moment était déterminant et tous le percevaient ainsi.

16

Toulouse, en décembre

Le comte Unifred de Gothie se retourna, inquiet. Le lit vibrait comme si la terre tremblait. Il ouvrit les yeux. À son côté, l'esclave nue roulait les yeux, le dos arqué. Terrorisé, Unifred se laissa tomber par terre, tirant sur lui la couverture en fourrure. À la lueur de la chandelle, il vit le corps de la jeune esclave se contracter sous l'effet de spasmes. Un filet de sang coulait sur sa cuisse et elle grimaçait de douleur. La bouche ouverte, elle gargouillait des sons incompréhensibles.

Un serpent glissa du lit sur le sol. Unifred retint un hurlement. Il chercha son épée au milieu des vêtements éparpillés autour de lui, en vain. Le reptile rampa jusqu'à lui. Il l'écrasa. Trop tard : il sentit la morsure sur sa cheville. Il continua de broyer le reptile, réduisant la tête à un amas visqueux, tandis que la queue remuait encore.

— La deuxième morsure ne tue jamais, comte, dit une voix.

Un frisson parcourut le dos nu d'Unifred. La présence immobile dans l'ombre d'une silhouette encapuchonnée lui causa une plus grande frayeur encore que le serpent. La silhouette se montra, et les légendes de vieux cénobites séduits par un diable à l'allure de femme revinrent à la mémoire d'Unifred. Cette femme-là était la plus belle d'entre toutes, malgré la froideur de son regard bleu clair.

Debout, il l'attaqua, mais elle l'esquiva facilement. Une sensation de brûlure montait de la morsure à sa cheville et se répandait dans son corps. Sa jambe enflait et s'engourdissait.

— Qui es-tu ?

— Je peux être ce que tu veux. Un démon, l'ombre de tes crimes, la mort…

La fille encapuchonnée le frappa à la cheville, le faisant tomber. Elle s'assit à califourchon sur lui. Malgré ses presque quarante ans, Unifred possédait un corps vigoureux après une vie passée sur les champs de bataille. Elle ôta sa capuche ; une longue chevelure blonde se répandit sur son épaisse cape en peaux de bêtes. Elle gesticula sur lui, un sourire étrange sur les lèvres. La peur mêlée d'excitation empêcha Unifred de réagir : le sexe chaud de la fille couvrait son membre. Il priait pour que tout cela ne soit qu'un cauchemar torride, mais la douleur de la morsure s'intensifiait. Les battements accélérés de son cœur activaient la circulation du venin. Il avait froid et il transpirait.

— Donne-moi tes mains pour que je les attache, lui chuchota-t-elle sans cesser de remuer le bassin, le rouge lui montant aux joues.

— Quel genre de créature démoniaque es-tu ? Est-ce le roi qui t'envoie ?

Elle s'immobilisa. Le comte cria en apercevant un scorpion jaune sur sa poitrine.

— Ton organisme ne résistera pas à un supplément de venin. Tends les mains, lentement.

Unifred se laissa attacher sans protester. Il avait la nausée et était à la merci d'une jeune femme qui haletait en se frottant à lui. Il se sentait humilié en même temps qu'effrayé. Elle attrapa le scorpion par la queue et le rangea sous sa cape d'un mouvement naturel. Elle resta sur lui, puis, après une série de tremblements, elle s'immobilisa, les yeux fermés. Sa peau luisait.

— On ne m'avait pas dit que tu étais aussi bel homme, comte.

Unifred, ayant du mal à garder les idées claires, ferma les paupières.

— Je viens te délivrer un message. Ton temps dans l'histoire est terminé. Un ordre nouveau approche. On t'invite à renoncer et à fuir en Italie.

— Qui désire mes comtés ?

— Je pourrais te tuer, mais on ne m'en a pas demandé autant. Ton épouse Berthe est saine et sauve dans un couvent, et tu n'as pas d'enfants pour qui te battre. Prends quelques hommes avec toi, franchis les Alpes, et fais-toi oublier !

L'inconnue s'écarta de lui et marcha vers la porte. Avant de sortir, elle lança sur le lit un petit flacon en terre cuite. L'esclave était toujours raidie par les spasmes et trempée de sueur.

— C'est un purgatif. Il soulagera ta fièvre. Elle, il la sauvera. À toi de choisir.

Le comte se précipita et il but le liquide d'un trait, sans une pensée pour l'esclave moribonde.

— Mes soldats ne te laisseront pas partir !

Quand la jeune femme ouvrit la porte, des plaintes et des gémissements lui parvinrent de différents endroits de la petite forteresse où Unifred s'était réfugié.

— Avant de fuir, donne l'ordre de mettre le feu à la forteresse... Elle est remplie d'horreurs.

— Attends ! Qui es-tu ? Qui t'envoie ?

— Mon nom est Rotel de Tenes. Si nos chemins se croisaient de nouveau, ce serait beaucoup moins agréable pour toi.

Sur la place d'armes, Rotel retrouva Onyx, son maître. Il avait une sarbacane à la main et par terre gisaient plusieurs soldats secoués de convulsions. L'aube qui allait poindre teintait subtilement d'indigo l'obscurité finissante. Sous leur capuche et entourés d'ombre, ils contemplèrent tous deux les contours du fortin défensif construit à l'extrémité de la ville à l'aide de troncs et de pierres grossières.

— Tu l'as tué ?

— Non, maître. Je l'ai vaincu. Il abandonnera son épouse et il ne reviendra plus.

— Lui as-tu suggéré l'Italie ?

La jeune femme fit oui de la tête. Un cri terrible déchira le silence. Onyx avança sans crainte vers la porte entrouverte. Rotel regarda de nouveau les soldats. S'ils mouraient, ce serait de faiblesse et de froid, mais s'ils survivaient, cette nuit resterait dans leur mémoire comme la plus horrible de leur existence. Pendant ces années, elle avait découvert que son maître suscitait une terreur bien plus grande qu'une forêt de lances. La mort qu'il infligeait était silencieuse et implacable.

Elle ne ressentait aucune peine à leur égard. Elle n'abritait au fond d'elle qu'un désert froid et obscur. Ses souvenirs antérieurs n'étaient plus qu'un songe diffus. Elle avait oublié le visage de son père, et elle se rappelait à peine celui des moines si bons de Santa Afra. Seuls les traits d'Isembard demeuraient vifs dans sa mémoire. Le jour où elle parviendrait à les effacer, elle serait enfin l'ultime bestiaire.

Le visage impénétrable, elle marcha sur les traces de son maître. Ses armes venimeuses se tordaient dans les bourses de cuir cachées dans sa cape. Sous celle-ci, elle portait une tenue de soldat faite de pièces noires de cuir tanné épousant son corps. Elle laissait voir les formes ondulantes de ses dix-huit ans, quoiqu'elle ne fût plus une jeune fille. Avec Onyx, elle avait tout perdu, mais elle avait retrouvé quelque chose : elle n'avait plus peur.

17

Tour de Benviure, Barcelone. 12 février 865, Dies Natalis *de sainte Eulalie*

L'évêque Frodoi entra dans la petite tour le cœur serré. Les torches éclairaient près d'une centaine de crânes humains disposés au milieu des pierres. Un temple mortuaire pour une ancienne vengeance. Chacun des ossements murmurait une histoire de souffrances, de cruauté et de mort. Un frisson lui parcourut le dos et il se signa, inquiet.

— Ce n'étaient que de pauvres malheureux, chuchota-t-il, impressionné. Réduits à l'état de bête par la misère.

— C'étaient des hordes. Ils ne vivaient que pour détruire des villages et tuer, objecta Guissand derrière lui. Si l'Esquerda et d'autres colonies récemment fondées existent, c'est grâce à cela, ajouta-t-il en désignant les crânes.

— Souhaitez-vous que je vous félicite ? répliqua Frodoi avec acrimonie. Je reconnais qu'il s'agit d'une prouesse héroïque, qui a offert un répit dans certaines vallées du comté d'Ausone. On parle désormais d'Isembard II de Tenes comme du nouveau défenseur. Toutefois, vous n'êtes que quelques chevaliers bannis et errants qui vous obstinez à honorer un serment devenu caduc. En réalité, rien n'a changé. Drogon résiste toujours.

— Il reçoit des vivres de villages et de monastères de la région de Berga, et il a ses mercenaires, mais cela vous le savez déjà, bien sûr. Pourquoi êtes-vous venu, Frodoi ?

Guissand et Frodoi s'étaient retrouvés plusieurs fois en secret, par l'entremise de Goda, dans le monastère de Santa Maria del Pi, près de Barcelone. La période était déterminante pour l'avenir du comté et la Marche hispanique, mais il manquait aux chevaliers bannis la vision générale dont bénéficiait Frodoi grâce aux messages qui lui parvenaient de la cour et des évêchés. Pendant les trois années précédentes, il avait exercé son pouvoir ecclésiastique avec une conscience de plus en plus accrue de l'état d'abandon qui régnait à la frontière. Il avait appris à manœuvrer entre les factions ennemies gothe et franque, pourtant, malgré le développement de la ville et la construction de la cathédrale autour de l'ancien temple, au rythme de son habileté conciliatrice, tous continuaient à vivre sous la menace.

— Ne vous êtes-vous jamais demandé pourquoi Drogon ne vous avait pas écrasés ?

— Tous les jours, monseigneur, répondit Guissand.

Frodoi se tourna vers le chevalier qu'Invèria, Nil et le jeune Isembard accompagnaient. Le fils de la maison de Tenes avait vingt-deux ans et un port de guerrier. Les chevaliers l'avaient bien formé.

À l'extérieur du monastère, cinquante hommes en armes, dont trente cavaliers, campaient. Ils étaient tous d'anciens vassaux des Chevaliers de la Marche, membres de la petite noblesse ou propriétaires qui s'étaient armés en considérant la possibilité de se libérer du joug de Drogon.

Ensemble, ils avaient réduit les hordes menaçantes en menant des embuscades et des incursions éclair, toutefois Frodoi regardait plus loin que les crânes empilés. Lorsque le comte rebelle Unifred avait été destitué en 862, un autre comte, Sunyer II, avait été nommé. Or la rébellion dans toute la Gothie l'avait empêché de venir prendre possession de son comté. Il n'était jamais arrivé à Barcelone et le trône comtal demeurait vide. Drogon avait changé de stratégie et abandonné les hordes à leur sort.

Après le dernier message qu'il avait reçu de Narbonne, Frodoi avait chevauché jusqu'à Benviure. Ce que l'évêque redoutait tant s'était produit.

— La rébellion est terminée, expliqua-t-il à Guissand. Unifred s'est enfui vers l'Italie après avoir été attaqué par un démon qui, d'après ce qu'on raconte, se serait présenté à lui sous les traits d'une jeune femme blonde.

Il jeta un coup d'œil à Isembard devenu tout pâle, avant de poursuivre :

— À Toulouse, on dit qu'il délirait : il avait été mordu par un serpent trouvé dans sa chambre, et il souffrait de fortes fièvres. Ici, nous savons qu'il n'y a pas que cela.

— Croyez-vous véritablement qu'il s'agisse de ma sœur, de Rotel ? s'enquit Isembard, mal à l'aise.

— Elle a été vue avec le bestiaire noir qui accompagne Drogon.

— Un bestiaire ?

— Ce ne sont pas des légendes. Servusdei assure que les chroniques anciennes évoquent ces obscurs sicaires. Certains membres de la noblesse franque capables de rivaliser avec Drogon de ce côté des Pyrénées sont morts de façon horrible. L'âme de Rotel est perdue, et je le déplore, crois-moi, Isembard.

Le jeune homme baissa la tête. Les paroles de l'évêque le blessaient. Grâce à un des leurs qui s'était infiltré dans la forteresse de Tenes, il savait que Drogon avait livré sa sœur à un sinistre Africain. Il avait longtemps gardé l'espoir de pouvoir la sauver d'un harem ou d'un infâme lupanar, mais Rotel s'était engagée sur un autre chemin; elle n'avait pas besoin de son aide. Elle servait désormais Drogon, et leurs loyautés s'affrontaient. Il craignait de constater, s'il la retrouvait, qu'il ne restait rien du lien profond qui les unissait.

— Pourquoi Drogon de Borr voulait-il se débarrasser du comte Unifred ? demanda-t-il pour détourner l'attention de l'épineux sujet. Le roi l'avait déjà dépossédé de ses titres.

— Il restait en Gothie dans l'espoir d'obtenir le pardon. Dans le royaume, un ordre est volatile. Drogon a compris qu'il ne serait jamais comte en tuant des paysans sans défense et en se battant contre des chevaliers errants qui mordent et se retirent. Je pense qu'exiler Unifred en utilisant des sicaires discrets fait partie de son plan pour gagner la couronne comtale.

— Que pensez-vous qu'il fera ? interrogea Nil, taciturne.

La situation s'était enlisée et, comme tout le monde, il respectait le jeune évêque pour sa vivacité d'esprit.

— Il s'emparera de Barcelone. Les officiers loyaux à Unifred qui y restaient encore sont partis en apprenant sa fuite en Italie, et personne ne sait rien du vicomte Sunifred. Aucun de ses hommes ne comprend où il est. Le roi nommera le nouveau comte lors de l'assemblée de printemps, puisque Sunyer II a été écarté en raison de son échec à mater la rébellion. La vacance actuelle du pouvoir est l'occasion ou jamais pour Drogon. La modeste garde de la ville n'obéit qu'à mon capitaine Oriol et au viguier. Si Drogon en venait à gouverner Barcelone de façon intérimaire jusqu'à l'assemblée, le roi Charles le Chauve ratifierait son poste, en signe de reconnaissance pour avoir assuré l'ordre pendant des mois. Il existe des précédents en d'autres endroits du royaume : on commence par s'emparer du trône et ensuite on négocie la confirmation royale.

— Je suppose que vous pensez l'en empêcher, dit Guissand, impressionné.

Drogon n'avait pas oublié l'outrage de l'évêque, et s'il s'emparait de Barcelone, il se vengerait non seulement de l'aristocratie gothe mais également de lui, Frodoi. Il s'était montré sans pitié vis-à-vis des colons, et il sèmerait pareillement le désordre et la violence dans la ville. Toutefois l'évêque n'était pas là pour exprimer ses craintes mais pour réclamer l'aide des chevaliers bannis.

— Barcelone est un vrai nid d'espions, les mercenaires déguisés de Drogon sont partout. Oriol pourrait organiser la défense de la cité à condition de compter sur vous et sur vos armes. La difficulté serait de les faire entrer dans la ville sans éveiller les soupçons des indicateurs de Drogon. Au moindre signe, il prendrait les devants.

— Nous devons le faire, faute de quoi tout ce que nous avons gagné sera perdu, déclara Isembard après un long silence. Les attaques sur les terres en friche se rapprochent de Barcelone.

Les vétérans se regardèrent. C'était la vérité. La rébellion du comte Unifred n'avait pas empêché la ville de prospérer, et de nouvelles parcelles étaient défrichées. Les paysans avaient replanté autour du Cagalell des vignes, des oliviers et des arbres fruitiers qui ne produiraient pas avant plusieurs années. Une paix timide attirait des marchands et des bateaux dans le vieux port. L'évêque avait rouvert l'atelier monétaire, et lorsque de l'argent arrivait de Narbonne, des deniers et des oboles étaient frappés à la Seca. Grâce à la perception du tiers de cette monnaie frappée et aux impôts collectés, Frodoi avait relancé les travaux de la cathédrale qui ferait la fierté de la Marche. Mais tout tanguerait très bientôt.

— Il y a quelqu'un à Barcelone qui pourrait nous aider, annonça l'évêque. Elle est arrivée avec les colons. Je veux parler d'Elisia de Carcassonne.

Le cœur d'Isembard s'emballa. Il ne l'avait pas oubliée durant toutes ces années, et même s'il n'était pas entré dans la ville truffée de gens à la solde de Drogon, il demandait toujours à l'ermite ou au paysan qui revenait de Barcelone des nouvelles d'Elisia, désormais une aubergiste prospère.

— Allez-vous la mettre en danger, monseigneur ? s'exclama-t-il d'une voix grave.

— Elle est notre meilleur atout. Une noble, Goda de Barcelone, se chargera de la convaincre. Elle franchit quotidiennement les murailles pour approvisionner l'auberge. Les gardes des portes la connaissent et ils ne vérifient jamais ses cargaisons.

Isembard se fâcha. Il se rappelait le jour où Rotel avait été vendue, et aussi la tragique histoire de Jehan et Leda. Les nobles et les personnages haut placés de l'Église utilisaient la plèbe pour leurs intérêts propres. Lui aussi se sentait une marionnette dans les mains de Guissand et de ses vieux rêves.

— Permettez-moi de lui parler, déclara-t-il soudainement, presque malgré lui.

Les autres, surpris, le dévisagèrent.

— Si les hommes de Drogon te découvrent, tu n'en sortiras pas vivant, Isembard.

— Elisia a le droit de savoir pourquoi elle va risquer tout ce qu'elle a construit de ses mains ! répliqua-t-il avec aigreur.

Il ajouta, plus résolu encore :

— Elle et moi avons été serfs, et nous ne le sommes plus. Notre âme a pareillement de la valeur aux yeux de Dieu.

Frodoi le scruta, comme s'il le voyait pour la première fois. Il n'avait pas songé qu'Elisia pouvait ou non mesurer la gravité de ce qui se passait. Il acquiesça.

— C'est vrai, jeune Isembard de Tenes. – Il fronça le sourcil, plus observateur. – Je devine que tu éprouves une affection particulière pour Elisia, et nous sommes nombreux à Barcelone à apprécier l'aubergiste du Miracle, pourtant, sois prudent. Si Drogon apprend qu'elle est impliquée dans cette affaire, il le lui fera très chèrement payer.

Isembard s'éloigna, le cœur battant. Ses paroles cachaient le désir beaucoup plus simple de revoir Elisia de Carcassonne, désormais âgée de vingt ans.

Frodoi attendit qu'il sorte de la tour pour regarder Guissand avec respect. Sous sa tutelle, et en dépit des terribles conditions dans lesquelles ils vivaient, Isembard était devenu un guerrier habile ; sa personnalité, très différente de celle du serf qu'ils avaient emmené avec eux à Gérone, affleurait déjà. Il avait gagné la considération des vieux chevaliers, qui acceptaient qu'il participe aux décisions. La légende du retour du lignage de Tenes dans la Marche se renforçait dans les vallées ; l'heure de vérité avait sonné.

Elisia essuya de son bras son visage et se pencha au-dessus du chaudron. Dispersant la vapeur, elle huma le fumet. Elle sourit d'un air satisfait.

— Gauderic, prends ce torchon et aide-moi à l'écarter du feu. Fais bien attention…

Ils posèrent le lourd récipient sur le sol. Gauderic regardait avec envie l'épaisse sauce brune et les morceaux de viande. Elle lui sourit en retirant les branches de romarin.

— Il en restera pour nous, mais il faudra patienter.

À son entrée dans la cuisine, Gali sentit l'odeur du ragoût. Il ne s'était rien mis sous la dent de toute la journée et il était contrarié. Trois années avaient passé et l'auberge du Miracle était encore ouverte. Ils avaient travaillé très dur et réussi à la sueur de leur front. Ils n'avaient pas fermé un seul jour afin de rembourser leurs dettes et de regagner le respect de la ville, surtout son épouse obstinée, plus aussi naïve qu'à leur arrivée. Ça avait été très dur.

— Les clients attendent, lança-t-il sèchement.

Elisia fit oui de la tête et Gauderic approcha la pile d'écuelles en bois.

— Tu vois l'encoche, là ? lui montra-t-elle. Ne remplis pas au-delà. Celui qui en veut plus payera davantage.

Gauderic commença à servir avec des gestes retenus, concentré. Le fils de Jehan et de Leda était obéissant et faisait des efforts pour gagner son pain quotidien. Bien qu'à l'auberge depuis deux ans, il avait encore des cauchemars. Il revivait l'apparition de la horde, en fin d'après-midi, et le moment où son père avait eu le bras coupé. Il conservait la croix en argent de Frodoi comme un talisman. L'ancien forgeron avait survécu. Estropié, il travaillait la terre avec sa femme et ses aînés, Sicfred et Emma. Malheureusement, les champs ne produisaient pas encore assez, et ses parents avaient envoyé Gauderic, âgé de onze ans, à l'auberge. Il était d'une grande aide dans la taverne et il apprenait vite.

Elisia, qui regrettait toujours sa vie à Carcassonne, les promenades sur les berges de l'Aude et le paysage de la fière citadelle avec ses tourelles et ses palais en pierre, avait adapté ses recettes au goût des Barcelonais. Le Miracle avait une clientèle fournie, néanmoins la maison demeurait en mauvais état. Si tout continuait de bien aller, d'ici quelques années ils pourraient l'aménager pour y loger des voyageurs, et aussi engager des servantes. En attendant, elle priait pour que la vieille toiture ne leur tombe pas sur la tête.

Fidèle à l'habitude d'Otèri, elle maintenait la taverne toujours propre et aérée, et le soir elle encourageait les clients à raconter des histoires ou à chanter devant le feu. Elle n'autorisait ni le jeu ni la présence de prostituées, malgré les tentatives de Gali pour la convaincre du contraire en lui faisant miroiter les commissions juteuses qu'ils pourraient empocher. Il lui reprochait la lenteur avec laquelle le commerce prospérait. Le fossé qui s'était creusé entre eux après qu'il avait perdu le trésor ne s'était jamais refermé. Ils se supportaient, tout au plus. Gali s'était vite lassé de l'aider, et au prétexte qu'il était l'héritier de Gombaud et le propriétaire de la maison, il se contentait de négocier quelques achats, de passer entre les tables, quand il ne somnolait pas, un pichet à la main. Elisia avait fini par admettre qu'elle était tombée dans ses filets par naïveté, mais elle n'en était pas moins son épouse devant Dieu, même si leur relation était glaciale et vaine. Gali sortait parfois la nuit, furtivement; de son côté, elle veillait à garder en lieu sûr l'argent gagné à la taverne. Elle en souffrait, et elle avait fait taire son cœur, attendant seulement de lui, les rares nuits où il la touchait, qu'il lui fasse un enfant.

Gauderic resta debout à côté de la porte de la cuisine, les écuelles à la main.

— Qu'est-ce que tu fais ? Le ragoût va refroidir !

— Il est venu..., dit l'enfant, impressionné. Il est là, Elisia.

Elle se posta sur le seuil, intriguée. Assis à la table la plus proche de la sortie, un homme au visage couvert émiettait un morceau de pain. Elisia ressentit un chatouillement dans le ventre.

— Je lui apporterai son écuelle, Gauderic. Continue de servir.

La jeune femme traversa la salle, un sourire aux lèvres, tandis que les clients la complimentaient pour son ragoût. Sa réputation s'était étendue à plusieurs comtés et personne ne s'arrêtait à Barcelone sans entrer dans la taverne du Miracle. Elle le reconnut et tressaillit. Si elle faisait un pas de plus, elle glisserait vers un avenir incertain, elle le savait. Elle alla poser l'écuelle sur la table. Son cœur battait la chamade.

— Elisia...

Elle aperçut une épée appuyée contre le mur. Il n'était plus le garçon vêtu d'une vieille bure de moine et au regard peu sûr de lui. Une émotion intense s'empara de tout son être.

— Isembard...

— Je me réjouis de te revoir. Les années ont passé.

Pour Elisia, le temps s'arrêta. Elle contempla sa stature robuste et plongea dans le bleu intense de ses yeux. Il avait les traits plus marqués, virils, et une fine barbe couvrait son menton, mais son regard était le même, bon et généreux. Il avait une présence imposante.

Tout le monde savait que le fils de Tenes était vivant. Devant la cheminée, au coin du feu, on racontait ses escarmouches pour défendre les colons aux côtés des chevaliers bannis. Si Elisia avait imaginé mille fois ces retrouvailles, en revanche elle n'avait pas prévu la tempête qu'elles déclencheraient en elle, ni l'attirance physique qu'ils partageaient toujours. Elle n'était plus une petite fille non plus.

— On parle beaucoup du jeune noble Isembard II de Tenes par ici, commença-t-elle en tentant de cacher son trouble. J'ai été heureuse d'apprendre que tu n'étais pas mort... Je croyais que je ne te reverrais jamais.

Incapable de trouver ses mots, Isembard était à nouveau le garçon timide qui s'était enhardi à l'embrasser. Il admira longuement le doux visage, un peu pâle, d'Elisia, devenue une femme, et sourit, ému.

— Tu es très belle, Elisia. J'ai très souvent désiré te revoir...

— Dieu avait d'autres projets. Cela n'a pas été non plus facile pour moi.

Ils se dévoraient des yeux et éprouvaient le même trouble, malgré les changements opérés dans leurs existences.

— Gauderic ne se lasse pas de raconter comment vous les avez sauvés de ces brutes bestiales ! lâcha-t-elle soudain, rougissante, puis, désignant l'épée usée : As-tu des nouvelles de ta sœur ?

Une ombre de tristesse passa sur les traits d'Isembard.

— Rotel est vivante, mais son existence ne ressemble pas à ce que tu pourrais imaginer. Tu as certainement entendu les rumeurs au sujet de deux démons qui hantent les forêts. On parle d'une jeune femme aux cheveux très blonds...

Elisia mit sa main devant sa bouche, horrifiée. Tout se savait, au Miracle, les informations véridiques et les divagations fantastiques, parfois impossibles à distinguer. Isembard la contempla, le cœur serré. Ils désiraient tous deux se parler encore, mais ils finissaient par attirer l'attention. Au fond de la taverne, il vit Gali buvant en compagnie d'autres hommes, qui se tournèrent vers eux avec curiosité.

— J'ai beaucoup de choses à te raconter, Elisia, murmura-t-il d'une voix tendue. J'espère que nous pourrons nous reparler bientôt. Aujourd'hui, je suis venu t'avertir.

Elisia aurait préféré écouter des mots doux; l'air grave d'Isembard commença à l'alarmer. Un avertissement signifiait la présence d'un danger.

— Ma vie est ici à présent, Isembard.

Il prit sa main dans la sienne, un geste osé qui témoignait d'autres changements plus profonds. Il paraissait très déterminé. Il caressa les cicatrices et les brûlures sur sa peau. Elle tressaillit et retira vivement sa main.

— Gali va s'apercevoir de quelque chose. Qu'attends-tu de moi ?

— Le vicomte a disparu, comme tu le sais.

— On ne parle que de ça dans la ville, et son absence se fait sentir. Avant-hier un bateau venant de Byzance n'a pas déchargé sa cargaison. Je manque des meilleures épices. Si nous n'avions par l'évêque Frodoi, tout ne serait que chaos.

Elle parlait ainsi pour se raccrocher à son univers. Le feu qu'elle observait dans le regard d'Isembard l'affolait. Il baissa la voix ; des clients essayaient d'écouter ce qu'ils se disaient.

— Elisia, je me bats depuis des années pour les colons qui nous ont accueillis, ma sœur et moi. Beaucoup sont morts, mais plusieurs colonies survivent. – Il la fixait d'un air grave. – Drogon veut s'emparer de la ville.

La jeune femme prit peur et écarquilla les yeux. La plus grande partie de sa clientèle était gothe. Elle évoquait souvent la cruauté de Drogon et racontait ses razzias cruelles. Malgré son effroi, elle ne se laissa pas intimider.

— C'est ton ennemi, pas le mien.

— Et si tu demandais au petit Gauderic ?

Elle recula, comme si elle venait de recevoir une gifle.

— Peu importe qui gouverne, il me faudra travailler pareillement du matin au soir !

Isembard reprit sa main ; elle se tourna pour qu'on ne puisse pas les voir.

— Écoute-moi, Elisia. J'ai appris par l'évêque Frodoi qu'une aristocrate nommée Goda de Barcelone allait te proposer de nous aider dans une tâche très dangereuse. – Il la scruta d'un air peiné. – Ils n'envisagent pas que tu refuses, mais je suis venu te dire que tu n'as aucune raison de te sentir obligée d'accepter.

Il hésita un instant avant de poursuivre. Il agissait sans l'accord de Guissand et de l'évêque, pourtant il fallait qu'il le fasse – il le devait à Elisia.

— Pendant toutes ces années, la certitude que tu étais en sécurité dans la ville m'a aidé à supporter les difficultés. Je suis conscient qu'il ne reste qu'un souvenir entre nous. Malgré tout, je ne veux pas qu'il t'arrive quoi que ce soit de mal. Tu as beaucoup à perdre, et pour cette raison, si tu ne souhaites pas nous aider, ne le fais pas. Nous trouverons une autre solution, et je leur parlerai de ta part.

Les yeux d'Elisia se remplirent de larmes. Elle s'était habituée à vivre sans se sentir protégée. C'est toujours elle qui allait de l'avant, et Gali vivait même de son travail à elle. Voilà pourquoi il l'avait choisie pour épouse, elle en était désormais convaincue. Elle retira doucement sa main. Elle désirait dire à Isembard qu'il restait entre eux plus qu'un souvenir. À cet instant précis, ce qu'elle éprouvait pour lui était de l'amour, un amour inaccessible.

— Goda m'apprécie beaucoup. Nous sommes amies depuis des années et j'ai confiance en elle. Que se passera-t-il si Drogon s'installe ici ?

— Cet homme a envoyé des hordes sauvages contre les paysans, lui rappela Isembard en parcourant des yeux la taverne remplie. Il désire ardemment se venger de ceux qui l'ont écarté du pouvoir pendant des années, et devenir comte.

Les tables de l'auberge étaient occupées par des membres de la petite noblesse terrienne, des artisans et quelques marchands. De ces Goths qui pendant des années avaient fulminé contre Drogon. Elisia s'avoua avec tristesse qu'elle était mêlée à cette histoire. Après un début calamiteux et des années de labeur, jusqu'à l'épuisement, elle verrait à nouveau son auberge vide. Une rage profonde l'envahit. Elle décida sur-le-champ qu'elle ne laisserait personne saborder le Miracle. Malgré sa frayeur, elle affirma avec détermination :

— Je n'attendrai pas Goda. De quoi as-tu besoin, Isembard ?

Il tressaillit. Les yeux d'Elisia brillaient d'un éclat froid, exprimant son grand courage.

— Quand on sort par la Porte Neuve, il y a une église, Santa Maria del Pi. Trois moines vivent là.

— Je les connais. Ils me fournissent des œufs de leur poulailler et des fines herbes.

L'auberge du Miracle faisait déjà vivre plusieurs familles, ainsi que le petit monastère.

— Tu devras rapporter dans la ville quelque chose qu'ils te donneront, et le cacher. Le capitaine Oriol viendra le chercher.

— Oriol ? C'est un de mes meilleurs clients !

Le chef d'escorte de l'évêque était toujours célibataire à trente ans, et Elisia avait remarqué qu'il était attiré par elle, sans jamais l'ennuyer ou la harceler. Elle aimait ses regards qui la faisaient se sentir femme sous le tablier graisseux, et n'en attendait pas plus de lui.

Personne ne les écoutait, mais Elisia nota que Gali s'était levé, le sourcil froncé.

— Pars, Isembard ! – La jeune femme le supplia et lui effleura la main impulsivement. – Tu auras de mes nouvelles.

Elle se tourna vivement et plaisanta bruyamment avec les clients de la table centrale. Elle obligea deux vieux à danser avec elle, ce qu'elle faisait fréquemment quand elle était gaie. Ils occupèrent l'espace, bloquèrent le passage, et Isembard s'éclipsa discrètement.

Gali lança un coup d'œil furibond à Elisia qui riait avec les deux vieux à la bouche édentée et à la main baladeuse. Il était persuadé que l'inconnu était Isembard, et il lui avait même semblé que son épouse et lui s'étaient pris les mains un instant. D'ailleurs, elle avait beau rire et s'agiter, il décelait la tension sur son visage. Il connaissait aussi les histoires qui se colportaient. Il devait y avoir une bonne raison pour que le petit chien des chevaliers bannis réapparaisse après tant d'années. Il venait de commettre une erreur : sa présence à Barcelone intéresserait fort Drogon. Gali se rassit, un sourire mauvais aux lèvres. Mieux valait être discret et découvrir ce qui se tramait. Peut-être réussirait-il à récupérer le document que Calort lui avait arraché des mains. Alors il serait libre et quitterait cette ville infecte.

Ce jour-là, Barcelone célébrait santa Eulàlia, la jeune martyre du temps des Romains vénérée par les Barcelonais. Une vieille tradition affirmait qu'elle était originaire de la ville, or Servusdei assurait qu'on prétendait la même chose dans la lointaine Mérida.

La célébration eut lieu en présence de la totalité du collège de chanoines, du clergé et du chœur, et elle se prolongea tout l'après-midi dans la vieille basilique de la Santa Creu.

Le nouveau temple qui l'entourait permettrait d'accueillir un plus grand nombre de fidèles. Les murs étaient déjà érigés et on montait les chapiteaux destinés à soutenir les arcs à voussoirs en marbre sur lesquels reposeraient les voûtes et l'abside semi-circulaire. Frodoi s'était attaché les meilleurs maîtres d'œuvre, venus de Tolède et de Pampelune. La cathédrale promettait d'être prodigieuse, si Drogon n'interférait pas dans ce projet.

À la fin de la messe solennelle en l'honneur de la vierge martyre, la procession traditionnelle se mit en marche vers la petite chapelle du Camp de Santa Eulàlia, non loin de l'église Santa Maria, devant la mer. Année après année, Servusdei se plaignait des traces de paganisme affichées par cette procession. La martyre était une sainte très vénérée de toute la chrétienté, avec saint Vicente de Huesca, mais le moine demeurait persuadé qu'elle symbolisait autre chose aux yeux des Goths. La colombe blanche qui, selon l'hymne d'Aurelio Prudencio, sortit de sa bouche au moment de mourir, comme dans le cas d'autres martyrs, possédait une signification tellurique et cachée. La colombe était l'oiseau sacré de Vénus, le « cadeau des amants », et Servusdei n'ignorait pas que les Barcelonais priaient en secret pour la fécondité des cultures, des animaux et des femmes.

Frodoi n'avait pas l'intention de s'immiscer dans ces coutumes. L'univers entier était un mystère et il craignait, à l'image de la plupart des hommes, que la lumière de Dieu n'ait pas éteint le pouvoir des anciens dieux et autres créatures ancestrales. En outre, il gagnait peu à peu la confiance des Goths. Sa bataille la moins avancée était celle contre la pratique du culte mozarabe.

La procession aux chandelles sortit à la brune par la Vieille Porte. Frodoi avait imposé que la croix et quatre diacres avec des encensoirs ouvrent la marche. Les *fideles* suivaient le clergé en portant des cierges. Goda et ses compagnes patriciennes avaient le visage couvert d'un voile blanc. L'image était saisissante. Leurs lèvres bougeaient mais elles ne chantaient pas les cantiques en l'honneur de la sainte ni les prières chrétiennes. Dans les yeux verts de son amante, Frodoi décela une foi plus profonde et plus ancienne que la sienne.

Elle avait persuadé l'évêque d'autoriser la procession à faire trois fois le tour de la ville, y compris des faubourgs et de la petite église des pêcheurs, comme le 29 mai. En intercédant auprès de santa Eulàlia, on élevait une barrière invisible contre les ennemis de Barcelone et les forces du Malin qui provoquaient les maladies. Ils avaient décidé ensemble, en secret, que le peuple prierait pour protéger Barcelone de Drogon et de ses intentions sanguinaires.

Ce qui déplaisait le plus à Servusdei dans cette très ancienne *lustratio* – ce rite de purification et d'exorcisme hérité des Romains –, c'était que les bergers, à la fin du cortège, poussaient un bœuf, un porc et un mouton. Frodoi s'était élevé contre la pratique païenne du sacrifice mais, dès qu'il se serait retiré dans ses appartements du palais épiscopal, des bûchers seraient allumés dans des lieux écartés et les animaux seraient sacrifiés selon les vieux rites du sang, avant le banquet et les danses.

Devant l'ermitage de Santa Eulàlia, une colombe blanche fut lâchée. Elle alla se perdre dans la nuit au milieu des vivats et des prières. Le regard de Frodoi croisa celui de Goda qui, à cet instant, parlait avec Elisia. Une amitié insolite qui transcendait les différences de naissance était née entre ces deux femmes. Sous son voile, Elisia, très pâle, lança un coup d'œil à l'évêque, puis elle revint à Barcelone. Frodoi n'eut aucun mal à imaginer le sujet de conversation entre les deux femmes.

Il sourit discrètement à Goda. Entre eux, l'alliance pour forger l'avenir de Barcelone s'était profondément consolidée, de manière inattendue. L'attirance charnelle qui les avait d'abord poussés l'un vers l'autre s'était muée en amour. Ce que ni l'un ni l'autre n'avait prévu. En public, ils maintenaient les apparences, mais leurs rendez-vous secrets dans la tour du Mons Iovis étaient passionnés. Seuls le capitaine Oriol et quelques esclaves de la dame étaient au courant du jeu risqué auquel ils se livraient, et ils faisaient en sorte que personne d'autre ne l'apprenne.

Jaloux du vieillard décrépit Nantigis, Frodoi proposait de temps à autre de faire annuler le mariage ; Goda s'y opposait catégoriquement. Elle savait manœuvrer le vieil alcoolique afin de vivre sans se priver. Lui, Frodoi, devait s'occuper d'assurer sa position au sommet de la hiérarchie ecclésiastique dans le comté. Ils étaient amants, mais ils avaient à atteindre une mission déterminée par Dieu et ne pouvaient s'exposer à l'accusation d'adultère.

Grâce à Goda, Frodoi comptait sur le soutien de la majorité des grandes familles gothes de la cité et il était informé de ce qui se passait dans les territoires de son siège épiscopal. De la sorte, il avait obtenu une certaine prospérité pour les Barcelonais et il avait pu entamer son plus grand projet : la nouvelle cathédrale.

Goda baissa doucement la tête sous son voile. Le plan était en marche et elle faisait confiance à Elisia. Drogon ne prendrait pas Barcelone.

18

Elisia attendit trois jours, puis, avec sa brouette, elle prit le chemin du petit monastère de Santa Maria del Pi situé très près des murailles en sortant par la Porte Neuve. Elle salua les trois gardes d'un air enjoué et dissimula sa nervosité en fredonnant une des vieilles chansons de son grand-père Lambert. L'église entourée de cyprès, aux murs lézardés et à la toiture gondolée, demeurait debout depuis des temps très anciens.

Selon son habitude, Elisia franchit l'étroit portail surmonté de larges voussoirs du temple obscur et pria la Vierge couronnée comme une reine. Elle avait tout aussi peur d'être découverte que d'introduire dans Barcelone des armes qui feraient couler le sang, mais Goda lui avait confié cette mission. Elle demanda à la statue pour quelle raison tout était aussi éphémère dans la Marche, pourquoi on rasait les maisons des alentours avant que les briques d'argile finissent de sécher, et pourquoi des champs brûlaient sans qu'on ait le temps d'offrir leurs premières récoltes.

Au cours des dernières années, des dizaines d'enfants étaient morts, ainsi que de jeunes parturientes ; il y avait eu des accidents sur le chantier de la cathédrale et une épidémie avait vidé de leurs habitants plusieurs maisons près de la Porte de l'Évêché. Des familles entières s'étaient suicidées dans les faubourgs plutôt que de mourir de faim. Dieu semblait très fâché contre les Barcelonais et, non content de leur envoyer la maladie et la misère, Il insufflait de l'ambition dans le cœur des aristocrates qui, après avoir tué et violé, offraient des biens à l'Église pour le salut de leur âme.

Comme Goda, Elisia mesurait toutes les possibilités offertes par la terre, le port et les habitants, mais, sans paix, il ne restait d'autre choix que survivre et prier pour que tout change un jour.

Elle bavarda avec les moines souriants du monastère avant de charger sur sa brouette des œufs et une caisse en bois contenant trois lapins. En échange, elle leur offrit une outre de vin et un fromage frais qu'elle avait fait la veille. Rien ne paraissait différent des autres jours. Déconcertée, elle tourna les talons pour prendre le chemin du retour. Un des *frates* lui fit alors signe de le suivre dans un appentis situé derrière une cellule. Elle l'accompagna à l'intérieur, où on n'y voyait presque rien.

Quelqu'un se tenait dans l'ombre. Derrière un tas de bûches, Isembard aiguisait son épée avec une pierre à eau, appuyé contre le mur.

— Tu es courageuse, l'aubergiste, dit-il chaleureusement. Même si je le sais depuis Gérone.

Elisia éclata de rire.

— Je me rappelle encore vos visages, à ta sœur et à toi. On avait l'impression que vous n'attendiez qu'une chose : être arrêtés !

Elle tentait de dominer son inquiétude à l'idée de participer à une conspiration dangereuse. Pourtant, elle afficha un air convaincu quand elle poussa la brouette sous le sombre appentis.

Isembard sortit un ballot contenant plusieurs épées et dagues liées entre elles afin de ne pas tinter. Ensemble, ils les placèrent précautionneusement sous le chargement d'œufs et de lapins. Isembard avait proposé d'effectuer la livraison à la seule fin de revoir Elisia et il la mangeait des yeux.

— Il y a d'autres ballots à venir chercher d'ici quelques jours. Un des moines t'aidera.

— Tu ne seras plus là ?

Isembard baissa la tête.

— Pendant qu'Oriol fera avorter le projet de Drogon ici, j'irai avec mes maîtres d'armes et quelques hommes reconquérir son repaire, la forteresse de Tenes.

— C'est le château de ton père, n'est-ce pas ? Si tu réussis, est-ce que tu seras le nouveau seigneur de Tenes ?

Il haussa les épaules, partagé entre la fierté et la crainte. Il n'avait pas encore la pleine conscience de son lignage.

— Mes maîtres croient que ce serait un symbole suffisamment fort pour réunir d'autres chevaliers et arrêter Drogon. Je retrouverais mon prestige et, grâce aux terres, je pourrais m'acheter un cheval et des armes. Mais seul le roi a le pouvoir d'adouber un chevalier et de restaurer la maison de mon père…

— Tu réussiras, dit Elisia d'un ton à la fois joyeux et triste, consciente de ce que cela impliquait. Je serai l'amie du noble Isembard II de Tenes ! Tu sais, j'ai connu beaucoup de nobles, à Carcassonne… Ils avaient la main baladeuse !

Isembard lui parlait avec solennité des vieux chevaliers et Elisia lui renvoyait des plaisanteries de taverne. Ils rirent et elle imita même la danse d'une dame de la cour guindée. À l'écart des regards étrangers, ils se montrèrent ardents, s'effleurant les mains et se rapprochant sans pudeur. Ils aspiraient à se sentir de nouveau libres, comme ce jour dans les bois, sous l'averse, quand ils s'étaient abrités sous une même cape.

— Est-ce que tu te souviens de la petite Ada ? lui demanda Elisia en évoquant leur périple.

— Toutes les nuits. C'est une martyre, répondit-il sans révéler tout ce qu'il savait de sa fin tragique.

— Il en mourra beaucoup plus encore, lâcha Elisia, dont le sourire s'effaça.

Isembard s'approcha plus près et caressa une mèche des cheveux bruns. Elle ferma les yeux.

— Je te ferai une Barcelone de paix… un jour, je te le promets.

Elisia ne s'écarta pas. Isembard repartirait, une fois de plus. Elle ressentit un vide douloureux.

— Je me suis trompée sur Gali ! s'écria-t-elle, désireuse de lui ouvrir son cœur comme lui l'avait fait en révélant ses origines. Je ne sais pas si je l'ai aimé un jour… Et même si ce fut le cas, il n'est pas l'homme que je croyais. Nous n'éprouvons même pas d'affection l'un pour l'autre, malheureusement la taverne se trouve dans la maison de son grand-père.

Elle caressa son visage.

— Je ne veux pas que tu reviennes à l'auberge quand il y est, je me méfie de lui. Je crois qu'il a senti dès le début que nous étions… attirés l'un par l'autre.

Isembard lui prit les mains.

— T'a-t-il fait des remarques après mon départ ?

— Non, et je trouve ça suspect. Je sais qu'il t'a reconnu, et depuis il surveille mes moindres gestes. C'est pour ça que je ne devrais pas m'attarder, sinon il aura des soupçons.

Elle regarda tristement vers la porte en bois.

Isembard l'enlaça passionnément, et ils s'embrassèrent. Elisia remarqua que ses baisers étaient différents du tout premier. Le jeune homme avait connu des femmes, dans les villages peut-être, ou dans quelque mas isolé. Le sang bouillonnait dans leurs veines et ils s'embrassèrent avec plus de fougue encore. Ils en avaient tous deux rêvé et ils s'abandonnèrent à leur désir. Parfois, ils entendaient les pas des moines. Le lieu n'était pas des plus indiqués, néanmoins ils ne parvenaient pas à s'écarter l'un de l'autre.

Entre deux baisers, deux caresses, ils se racontèrent ce qu'ils avaient vécu dans leur nouvelle destination. Ce n'était pas la terre promise, la terre de lait et de miel que leur avait fait miroiter Frodoi. Le prélat avait le don de la parole et il en usait souvent comme un marchand ambulant. Ils rirent à cette image. Ni l'un ni l'autre ne voulaient interrompre cet instant.

— Quand j'ai appris que tu avais pu ouvrir ton auberge, cela a compensé en partie la douleur que j'ai ressentie en perdant Rotel, lui avoua Isembard.

— Tout a été dur, et amer, mais c'est du passé, dit-elle fièrement. À présent, ce que je voudrais, c'est être mère, ajouta-t-elle. Et j'espère que tu retrouveras ta sœur un jour.

Isembard écarta une pensée sinistre : s'ils continuaient à chercher Drogon, un jour ils tomberaient sur Rotel.

Après un long baiser ardent, qui leur laissa un fourmillement sur les lèvres, il sourit d'une étrange façon.

— Pourquoi me regardes-tu ainsi ? demanda Elisia avec curiosité.

— Mes maîtres disent que je dois choisir un patron. Le Christ, saint Jordi ou un autre saint auquel me recommander avant la bataille. Et aussi une dame, une femme dont je me souviendrai quand j'aurai peur ou lorsque les douleurs d'une blessure me seront insupportables. Ce sera toi, Elisia.

— Est-ce une bonne ou une mauvaise chose pour moi ? s'exclama la jeune femme, sans se laisser impressionner.

Isembard éclata de rire.

— C'est mauvais... pour moi, parce que ça m'oblige à te défendre au péril de ma vie.

Elisia prenait plaisir à contempler son visage, à toucher son corps qu'elle caressait à travers la tunique, un corps fort, après trois ans d'entraînement. Dans ses bras, elle était excitée comme jamais elle ne l'avait été avec Gali.

— Je me débrouillerai. Il me suffit de ne pas attendre encore trois ans pour avoir de tes nouvelles.

Un moine se racla la gorge à l'extérieur de l'appentis. Ils ne pouvaient pas s'attarder davantage. Elisia ferma les yeux et laissa le jeune homme l'embrasser une dernière fois avec ardeur ; un ultime baiser rempli de désirs inassouvis. Elle enferma cet instant de passion dans sa mémoire. Isembard l'aimait, mais son destin consistait à faire renaître son légendaire lignage, tandis que le sien était de rester dans sa taverne. Pourtant, sous cet appentis, il n'y avait qu'un homme et une femme libres. Lorsque Gali quitterait le lit conjugal au milieu de la nuit, elle se rappellerait les lèvres d'Isembard, et son corps que ses mains parcouraient par-dessus sa tunique. Elle avait vingt ans et elle n'était pas morte.

Le moine frappa à la porte. Elisia s'écarta d'Isembard, alors que tout son être réclamait à cor et à cri de ne pas le faire, et elle empoigna la brouette.

— Je laisserai les armes à l'étage supérieur de la maison. Personne n'y monte jamais, et encore moins Gali, car il y a trop de travail à y faire, précisa-t-elle avec cynisme. Que Dieu te protège, Isembard II de Tenes, qu'Il nous protège tous !

Un rayon de soleil baigna son visage et elle sourit, encore haletante. Bien qu'elle eût peur pour lui, elle se sentait revigorée.

Quand elle franchit la Porte Neuve, elle ne vit pas Gali qui l'observait, caché dans une ruelle latérale sombre. Il avait attendu. Son épouse avait été plus longue que d'habitude, et elle paraissait tirer un poids plus lourd que le contenu apparent de la brouette. Il soupçonna qu'elle introduisait peut-être secrètement des objets dans la ville. Ce qui le surprit plus que tout, c'était son sourire, et le rouge à ses joues. Il avait vu cette expression sur le visage d'un nombre incalculable de femmes. Une colère irrépressible l'assaillit. Sa femme lui cachait quelque chose, or il avait besoin d'elle pour vivre à l'aise, sans trop s'en faire. Il mènerait son enquête et il lui donnerait une leçon qui lui ferait passer l'envie d'oublier où était son foyer.

Dans la salle du trône de la forteresse de Tenes, Drogon se recroquevillait sur le sol au milieu d'un cercle de cierges, le corps nu enduit d'argile blanche mélangée à un onguent odorant. Autour de lui, la pièce était plongée dans l'obscurité. Le picotement qu'il ressentait sur tout le corps était le premier effet du badigeonnage. Il se mit à prier dans une langue dont il n'usait jamais à voix haute, un idiome en usage dans une vallée perdue de la jungle africaine. Là, il y avait très longtemps, il avait subi des expériences à faire dresser les cheveux sur la tête et avait appris des secrets qui ne pouvaient être dévoilés sans perdre la raison.

Le moment était venu de s'emparer de ce qui lui revenait. Il voulait le pouvoir, et aussi que son père, Rorgonis de Borr, soit maudit en enfer pour le mépris qu'il lui avait toujours témoigné.

Il entendit un cri de douleur enfantin derrière lui et perçut le soupir d'une âme non corrompue parcourant la pièce à la recherche de la libération. Il s'agenouilla, les bras tendus, insistant dans son horrible invocation. De la pénombre surgit un homme enveloppé de peaux de bêtes, un crâne converti en récipient à la main. Onyx chantonna en plongeant un doigt dans le sang encore chaud puis il traça des lignes sur le front et les joues de Drogon. Le sang forma des petits canaux sur l'argile. Onyx poursuivit sur le reste du corps.

Les sens altérés, Drogon voyait des ombres aller et venir au-delà du cercle de feu, assoiffées de son souffle vital. Onyx approcha de lui un masque en bois affreux, incrusté de coquillages et de graines. De l'envers gouttait un liquide verdâtre dont l'arôme déclencha en lui une terreur irrépressible.

— Reçois la vision…

— Non ! Non ! Non ! cria Drogon, pris d'épouvante.

Onyx le soutint fermement afin que son affolement n'interrompe pas l'antique rituel. L'obscurité bougeait, avide de l'engloutir s'il brisait le pacte.

— Reçois la vision et montre aux anciens dieux ce que tu cherches.

D'un geste violent, Onyx lui plaqua le masque sur le visage. Drogon proféra un hurlement qui s'étouffa lorsque la substance verdâtre emplit sa bouche et ses narines. Il se tordit dans une abominable agonie avant de s'immobiliser, le corps rigide, le dos arqué et les yeux mi-clos sous le masque.

Il quitta le cercle par les airs et vit ses soldats qui chuchotaient, inquiets, au rez-de-chaussée de la forteresse. Il survola les montagnes et les vallées, passa par des villages où les enfants pleuraient, où les vieilles femmes se ratatinaient avec un frisson soudain. Dans la Cité couronnée, il parcourut le bourbier infect des rues, il agita la flamme du tabernacle de la cathédrale, obligeant les moines à faire le signe de la croix. Arrivé devant le trône vide du palais comtal, il tourna autour et en contempla chaque détail du bois et des clous rouillés. Le vieux siège murmurait un nom. Un esclave présent entendit un claquement dans le silence et sortit de la salle du trône, terrifié.

Des heures plus tard, Drogon tremblait sur le dallage de la forteresse de Tenes, seul dans les ténèbres. Il était allé à Barcelone, devant le trône du palais tel qu'il en gardait le souvenir du temps de Guilhem de Septimanie, mais avec une clarté dont les souvenirs ordinaires sont incapables. Le jeune aristocrate qu'il servait à cette époque s'était montré trop imprudent, et l'avait condamné à l'échec.

Tout serait différent, cette fois. Le trône l'attendait. Il avait une vision très nette de la situation à Barcelone et des plans de ses ennemis. Ses tentacules s'étendaient plus loin que ce que l'évêque et ses alliés pouvaient imaginer. Le moment était venu d'écraser les vieux chevaliers bannis et le gamin impudent. Les anciens dieux lui octroyaient cet honneur ; il les avait payés de son âme des années auparavant.

— C'est l'heure, marmonna-t-il, la bouche sèche, en direction de l'opacité. Ils doivent tous mourir.

19

Le groupe de cavaliers avançait en silence dans la forêt. Il pleuvait des hallebardes et les sabots des chevaux s'enfonçaient dans la boue. Ils traversaient le bois touffu en direction de la falaise sauvage sur laquelle se dressait la forteresse de Tenes.

Guissand chevauchait à côté d'Isembard, à la tête de trente cavaliers, les meilleurs guerriers qu'ils avaient réunis. Le reste de ses maigres forces était entré clandestinement dans Barcelone sous le commandement d'Armanni d'Empúries, un autre des anciens vassaux. Selon les espions, la prise de Barcelone par Drogon était imminente. Le capitaine Oriol leur fournirait les armes cachées dans la taverne du Miracle et, avec la garde fidèle, ils défendraient la cité contre les mercenaires du Franc. Le bain de sang pouvait encore être évité si, auparavant, ils prenaient Tenes et capturaient Drogon par surprise ; dans ces conditions, ses soldats se rendraient à Barcelone sans se battre.

— Je crains que cette nuit l'absence d'étoiles ne contrarie notre projet, murmura Invèria.

— Elles sont toujours là. Elles brillent au firmament. Nous les verrons quand ceci sera terminé.

— Dieu t'entende, mon vieux Nil.

Ils avaient étudié et répété des dizaines de fois la façon d'entrer dans la forteresse, dont ils avaient exploré l'accès. Leurs informateurs leur avaient confirmé que le puits et le passage souterrain par lesquels Rotel et Isembard s'étaient enfuis quinze ans plus tôt étaient toujours utilisables. Les soldats de

Drogon étaient supérieurs en nombre dans la proportion de un pour trois, et le château juché sur la roche était inexpugnable sans davantage de forces. La seule possibilité était d'agir par surprise. Le jeune Tenes leur décrivit minutieusement la disposition de la forteresse. Les soldats se trouveraient dans le bâtiment principal ; le plus difficile serait d'atteindre la salle du trône, à l'étage, où Drogon se posterait avec ses meilleurs hommes. Dans l'autre tour, à l'extrémité, se trouvait son harem, croyait-il. Beaucoup des chevaliers se réjouissaient à l'idée de trouver un paradis dans cet austère château.

Isembard était inquiet. Tenes était défendu par des mercenaires, et non par des hordes enragées, et selon les rumeurs il était possible que Rotel soit là, avec le diable noir. Après trois années de dur entraînement et d'épreuves difficiles, ses maîtres considéraient qu'il était fin prêt, or il avait un mauvais pressentiment. Nombre d'entre eux n'assisteraient pas au lever du soleil. N'ayant pas encore choisi de saint patron, il invoqua Elisia et ses douces lèvres. Son amour impossible.

Les hommes partis en éclaireurs les informèrent que le chemin était dégagé. Lorsqu'ils atteignirent l'orée de la forêt, ils se turent. La forteresse de Tenes était un nid d'aigle, sinistre et en ruine. Isembard frissonna. Malgré les torches allumées dans les créneaux, le château était enveloppé d'un halo ténébreux et hostile, comme s'il n'était pas protégé uniquement par des soldats.

— Un nécromancien a pratiqué sa magie ici, marmonna Invèria, toujours superstitieux.

— Nous avons communié à Benviure, l'arrêta Guissand.

Il n'était jamais bon de semer la peur chez les autres.

— Dieu nous accompagne.

— Il est étrange qu'aucune horde n'ait surgi dans la forêt.

— Personne ne sait que nous sommes ici.

Ils laissèrent leurs chevaux dans une clairière avec une douzaine de serfs armés. Dix d'entre eux devaient entrer par le tunnel et ouvrir les portes à ceux qui montaient prudemment, protégés par leurs boucliers ronds. Isembard et ses trois maîtres descendirent dans un ravin plein de ronces. Ils débroussaillèrent l'entrée d'une étroite galerie excavée dans la roche gorgée d'eau et s'y engagèrent. Ils durent dégager un passage humide et escalader l'intérieur de la montagne. Les énormes fissures indiquaient que le passage serait bientôt refermé pour toujours.

Isembard escalada le tunnel presque vertical semé de pierres aux arêtes coupantes, en se demandant comment, enfants, Rotel et lui avaient pu descendre par ce même chemin. Plongé dans ces souvenirs oppressants, il sortit le premier du puits, épuisé par l'effort accompli et le poids de la cotte de mailles. Il faisait nuit noire, sauf autour d'un feu où rôtissaient deux lièvres. Soudain, un guerrier barbu se jeta sur lui avec une hache à double tranchant. Il évita l'attaque de son épée et transperça son assaillant, avant de recevoir un second coup. L'attaquant, presque un vieil homme, poussa un cri avant de s'effondrer. Cinq mercenaires surgirent de la tour principale, mais Guissand et trois autres chevaliers étaient déjà à ses côtés. Ils se lancèrent dans un combat d'égal à égal, mais à mesure que d'autres guerriers sortaient du puits, les mercenaires reculaient jusqu'à la porte arquée. Nil et Invèria ouvrirent l'accès au château et le reste des hommes entra en poussant des cris triomphaux. Les défenseurs s'enfermèrent dans le bâtiment principal, sans parvenir néanmoins à barricader la porte. Des hurlements et des tintements d'épées parvenaient de l'intérieur. Ils se réorganisaient.

— Ils sont tous là, avec Drogon ! cria Guissand. C'est l'occasion à saisir !

Isembard distingua une silhouette encapuchonnée à l'autre extrémité de la cour. Il ne put reconnaître son visage plongé dans l'obscurité, mais il devina qui c'était, et il trembla.

— Rotel ?

La silhouette disparut.

— Où vas-tu, Isembard ? clama Guissand sous l'entrée de la tour.

— Je vous rejoins tout de suite, je crois que j'ai aperçu ma sœur.

Pendant que le groupe de chevaliers accédait à la tour principale, Isembard traversa la cour. Il ne vit pas trace de Rotel. Il atteignit la grosse tour où étaient enfermées les esclaves, disait-on. Lorsqu'ils prendraient le contrôle de la forteresse, ses compagnons s'empareraient d'elles comme de n'importe quel autre bien de Drogon. Lui seul aurait droit au château, ils l'avaient clairement signifié. Il pensa à la situation si sa sœur était enfermée là, et il sentit la rage monter en lui. S'il parvenait à libérer ces femmes et qu'elles se cachaient hors du château, la victoire n'engendrerait pas une nuit de viols. Il récompenserait les hommes d'une autre façon. Sans réfléchir, il inséra la pointe de son épée entre le chambranle et la porte ; la vieille serrure sauta. Il faisait noir à l'intérieur. Il attrapa un tison dans le feu avant d'y pénétrer.

Au temps de son père, la tour était un petit monastère dont la cave abritait une chapelle. Il distingua des meubles et des tapis. Il faisait très froid, et ses poulaines laissèrent des traces sur la poussière accumulée. L'endroit était inhabité depuis longtemps. Une puanteur nauséabonde de chairs décomposées l'assaillit. Il descendit les quelques marches qui conduisaient au sous-sol. Il ne restait rien de l'ancienne chapelle ; seul un cadavre était adossé contre la paroi rocheuse. Il approcha son tison qui était sur le point de s'éteindre et recula, atterré. L'homme avait la peau violacée et des traces de piqûres purulentes sur une joue et dans le cou ; il devina son identité grâce à ses vêtements et aux traits de son visage.

— Sunifred !

C'était le cadavre du vicomte de Barcelone nommé par le roi, à la demande d'Unifred, parmi la noblesse gothe, et que tous croyaient en fuite. Les soupçons de Frodoi se confirmaient.

Sa sœur ne le suivit pas dans la tour. Elle s'était montrée à lui uniquement pour le séparer des autres. Isembard s'alarma. Si on leur avait tendu un piège, ce n'était pas ici, mais dans le bâtiment principal.

Guissand et les autres montèrent sans rencontrer de résistance jusqu'à la grande salle où Drogon avait installé son trône au dragon sculpté. Ils la trouvèrent vide. Les mercenaires avaient accédé à une terrasse crénelée par une échelle, et ils les provoquaient par l'ouverture de la trappe.

— On ne peut monter qu'un par un, indiqua Nil. On peut aussi mettre le feu à la tour.

Invèria, qui se méfiait depuis le début, gronda :

— Ça ne me plaît pas. Ils sont peu nombreux, et ce sont des vieillards pour beaucoup, ou des estropiés. Où se cache Drogon ?

— Selon nos informateurs, il n'a pas quitté le château, avisa Guissand.

— C'est peut-être une ruse. C'était trop facile d'arriver jusque-là...

En effet. Les trois vétérans commençaient à douter du succès de l'incursion. Ils avaient affronté une demi-douzaine de guerriers à peine, qui s'étaient enfuis comme s'ils avaient reçu l'ordre de les attirer jusqu'à cet endroit. Brusquement, les mercenaires de Drogon refermèrent la trappe supérieure et la pièce fut plongée dans le silence. L'évidence s'imposa à eux et la terreur les submergea.

— Il faut sortir d'ici !

Guissand avait beau crier, les soldats saccageaient la salle du trône pour s'emparer de tous les objets de valeur.

Une ombre se dessina dans l'encadrement de la porte par laquelle ils étaient entrés. C'était le diable à la peau noire qui peuplait les récits racontés par les froides nuits d'hiver dans la tour de Benviure. Il se tenait là, c'était un homme, comme eux, un être macabre au sourire assassin, annonciateur de malheur.

— Chevauchez vers l'enfer, chevaliers bannis et errants ! siffla-t-il avec son accent singulier.

Une cordelette à laquelle ils n'avaient pas prêté attention pendait près de l'entrée. L'ombre sinistre la tira. La porte se referma, les emprisonnant dans la salle. Des dizaines de petites fioles tombèrent des lustres en fer. Elles soulevèrent un nuage de poussière blanche fine comme de la farine en tombant sur le sol. Ils toussèrent immédiatement. Des brûlures terribles les empêchaient de respirer et, à chacune de leurs inspirations, le poison pénétrait davantage dans leur corps. De grosses planches obturaient les fenêtres étroites et les meurtrières. Après des années vécues dans la forêt, Guissand reconnut dans l'odeur nauséabonde les relents de la ciguë et de la poudre de laurier-rose. La gorge lui brûlait. Il sut qu'ils mourraient tous au cœur de ce nuage mortel.

Tous furent saisis d'une même panique et leur course éperdue dans la pièce souleva un surcroît de poussière. Guissand, la vue brouillée, cogna contre la porte avec son épée pour les sortir de là, mais elle était barricadée de l'extérieur. Il se sentait de plus en plus mal et une pensée funeste lui traversa l'esprit : tandis qu'ils étaient enfermés dans cette salle, la partie se jouait ailleurs. Drogon ne se trouvait pas à Tenes.

— Barcelone ! s'exclama-t-il avant de succomber dans un nouvel accès de toux.

20

Elisia, le visage écarlate, supportait la douleur des coups. Il faisait nuit depuis longtemps quand Drogon fit irruption dans la taverne avec une vingtaine d'hommes et quelques gardes de la ville qui avaient reçu des pots-de-vin. Il esquissa un sourire froid sous les mèches grasses qui masquaient son visage, et il la gifla jusqu'à ce qu'elle tombe sur le sol ; les clients, ahuris, déguerpirent.

Dans un coin de la salle, Gali implora la pitié pour son épouse, mais ils l'écrasèrent contre le mur. Il avait fouillé lui-même toute la maison, minutieusement, et avait fini par trouver les armes. Il en avait parlé à Calort, qui lui avait promis qu'il ne lui serait fait aucun mal. Gali, terrorisé, commençait à en douter ; entre ses dents, il pesta contre Elisia.

Attrapant la jeune tenancière par les cheveux, Drogon la tira jusqu'à une table. Ils sortirent Gauderic de la cuisine. L'enfant, en larmes, se tordit comme un ver en apercevant le noble impitoyable qui avait voulu lui couper les mains. L'homme portait toujours son surcot orné d'un dragon, plus sale et taché. Il était effrayant. Il sortit un couteau qu'il plaça sous la gorge de Gauderic.

— Réponds à une question très simple, tenancière : dis-nous où sont les armes qu'Isembard t'a obligée à cacher. Car ce n'était pas ta propre volonté, n'est-ce pas ?

La peur empêcha Elisia de répondre et Gali acquiesça à sa place.

— Ils l'ont menacée, mon seigneur ! hurla-t-il. Ayez pitié d'elle !

— Bon, je veux bien le croire. Recommençons : tu me dis où tu les caches ou j'égorge ce garçon… – Il tapota l'épaule de Gauderic. – Ensuite mes hommes te violeront, l'un après l'autre. Inutile de regarder vers la porte… Tes sauveurs ne viendront pas aujourd'hui. Ils sont morts dans le château de Tenes, ironie de Dieu…

Elisia se sentit défaillir. Sa vie était en danger, Isembard l'avait prévenue. Elle avait voulu apporter son aide, oubliant qu'elle était une simple aubergiste, sans épée et sans château où se retrancher. Elle avait commis une erreur fatale en prenant parti dans ces histoires de pouvoir.

— Elles sont là-haut, mon seigneur, avoua Gali.

Depuis le début, il avait tu l'information, mais comprenant qu'ils finiraient tous assassinés si Drogon devenait de plus en plus enragé, il préféra parler.

Elisia ressentit une rage viscérale. Son époux avait découvert les ballots et l'avait dénoncée ! Pourtant, dans cet instant critique, ils n'étaient plus que tous les deux face aux autres. La manière dont Gali agirait signerait leur arrêt de mort, ou pas.

Ils grimpèrent sur la vieille échelle. Entre les murs crevassés et les gravois, Elisia écarta un gros tas d'amandes et dégagea les ballots.

— À qui devais-tu les remettre ? voulut savoir Drogon.

— On ne m'a rien dit.

Il recommença à la frapper, il aimait ça.

— C'est la vérité, mon seigneur ! s'exclama Gali, ratatiné par la peur. Ils l'ont obligée… Maintenant, tout est à vous, nous avons bien agi, à votre service. Ayez pitié !

Drogon le toisa avec mépris.

— Quel genre d'homme es-tu, toi qui laisses ta femme agir dans ton dos, abruti ? – Il sourit d'un air rusé. – Je crois que tu devrais lui donner une leçon.

Il déchira d'un coup brusque la tunique d'Elisia. Honteuse, elle essaya de se couvrir au milieu des rires et des sifflements des mercenaires. Elle avait le corps svelte d'une travailleuse acharnée qui mangeait à sa faim. Ses formes et ses seins généreux attirèrent les mains de plusieurs hommes de Drogon, qui les arrêta rapidement sans ménagement.

— Montre-nous quel genre d'homme tu es, Gali.

Ses sbires poussèrent sa femme vers lui. Drogon le mit en garde : il avait intérêt à ne pas se dérober à ce jeu pervers. Quand elle vit son époux baisser ses chausses, Elisia pleura.

— Allez ! cria Calort derrière son seigneur. Baldia n'a jamais eu à se plaindre de toi, ni aucune autre catin ! Si tu n'y arrives pas, je le ferai pour toi. Je suis sûr que ça lui plaira davantage !

Gali la prit sur le tas d'amandes, avec des mouvements brusques, entouré d'hommes qui riaient et frappaient dans leurs mains pour l'encourager. Certains pinçaient les seins de la jeune femme pour la faire crier. Elisia était impuissante. Son âme et son corps étaient déchirés.

— Saccagez-moi cette taverne ! rugit Drogon. Il n'y a pas de place pour les traîtres dans ma ville.

Tandis que son mari la violait, Elisia entendait au-dessous le fracas des tables brisées et des murs démolis à coups de hache ; les éclats de rire, aussi. Elle pleurait et gémissait en tentant d'écarter Gali qui continuait de l'assaillir violemment, plus excité que jamais. Il ne se contentait pas d'obéir pour leur sauver la vie, il prenait plaisir à l'humilier, l'expression de son visage en témoignait. Sa femme avait agi à son insu. Or elle lui appartenait, et il profitait de la situation pour lui démontrer qui commandait. Une grimace répugnante déforma son visage quand il éjacula, puis il se retira sans le moindre mot d'excuse. En bas, le vacarme était infernal, la maison tremblait. Le cœur brisé, Elisia se couvrit avec sa tunique déchirée et, recroquevillée, elle sanglota.

Gali essaya de s'adresser à Drogon, mais le noble était pressé de partir.

— Vous n'êtes que des rats, comme tous les gens du peuple ! Je vais pourtant vous laisser la vie sauve, parce que vous m'avez livré les armes de ces chevaliers bannis.

Il attrapa Elisia par le cou et la força à se lever.

— Ne me provoquez plus jamais ou je me ferai une cape de cette peau si douce !

Elisia retomba et toussa, étouffant. Drogon ne mentait pas, elle l'avait vu dans son regard trouble.

Dès qu'ils furent partis, Gali s'approcha d'elle. Elisia le repoussa avec force.

— Je te maudis !

— Après ce que tu as fait, tu devrais me remercier, répliqua-t-il avec aigreur. Je te rappelle que tout m'appartient. Drogon sera comte et il me sera reconnaissant. Si tu agis une nouvelle fois dans mon dos, je t'assure que ce sera bien pire. Maintenant, tu peux pleurer ton ami Isembard.

Elle s'adossa contre le tas d'amandes et ne retint pas ses larmes. Elle ne s'était jamais sentie aussi mal. Tout son corps était endolori, elle était humiliée, et ses espoirs s'étaient évanouis jusqu'au dernier. Une tragédie s'était déroulée à Tenes et il ne restait plus rien de sa taverne. Par le passé, elle s'était plus d'une fois relevée, mais, là, elle se sentait sans force, incapable de continuer. Elle éprouva le désir d'être auprès de son grand-père dans un endroit de repos et de paix.

Drogon passa devant le *miraculum* et s'engagea dans la descente menant aux palais. La pluie l'avait transformée en dangereux bourbier. Il se sentait invincible. Ses espions infiltrés lui avaient révélé les intentions des chevaliers bannis d'attaquer Tenes, et Gali leur avait parlé des armes. Il n'avait pas attendu davantage. La garde de Barcelone avait cédé, débordée par une cinquantaine de mercenaires. Les hommes d'Armanni, privés des armes, s'étaient cachés dans les souterrains et dans les jardins en attendant de quitter la ville dès l'ouverture des portes, à l'aube. Drogon avait maîtrisé la cité sans contretemps, et il comptait les pourchasser plus tard. Auparavant, il lui fallait régler le cas de certains aristocrates goths qui l'avaient méprisé durant des années parce qu'il avait été le vassal de Guilhem de Septimanie.

Un grand cercle de torches qui crépitaient sous la pluie éclairait la place. Les mercenaires avaient traîné hors de leurs demeures les Goths désignés par Drogon. Neuf chefs de familles influentes étaient agenouillés dans la boue.

L'évêque Frodoi ne tarda pas à se présenter. La tournure prise par les événements le déconcertait. Il hurlait en direction des mercenaires impassibles. Drogon se délectait à contempler son agitation. Le capitaine Oriol et ses soldats, Duravit, Italo,

Nicolas et Egil, protégeaient le prélat. Drogon soupçonnait Frodoi d'être à l'initiative de la conspiration pour l'empêcher de prendre Barcelone, mais s'il levait la main sur lui, il serait immédiatement excommunié par l'Église. Le roi et les puissants évêques de France n'auraient de cesse de voir sa tête pourrir au fond d'un coffre.

Il ne commettrait pas l'erreur de Guilhem de Septimanie, c'est pourquoi il avait laissé la vie sauve à Elisia de Carcassonne, après l'avoir rudement châtiée pour son audace. Il convenait maintenant de se débarrasser des autorités gothes les plus récalcitrantes. Lors de la future assemblée, il justifierait sa conduite devant le roi en les accusant d'être des partisans du traître Unifred de Gothie. Il planifiait son action depuis très longtemps.

Drogon s'avança entre les nobles agenouillés en file et s'arrêta devant Nantigis, le seul Franc arrêté. La belle Goda était debout à côté de lui, pâle. Il lui fit une révérence moqueuse. Elle cracha par terre.

— Moi, Drogon de Borr, fidèle vassal du roi Charles le Chauve, je viens protéger le comté de Barcelone jusqu'à la nomination d'un nouveau comte ! La ville n'a rien à craindre si elle m'est loyale, mais il sera impossible de maintenir la paix tant que des traîtres conspirent contre moi. J'assume la condition de vicomte jusqu'au plaid général de printemps. Quiconque s'y opposera trahira le roi.

Frodoi s'avança.

— Je suis l'unique dépositaire de l'autorité royale dans cette ville, et tu ne peux pas te proclamer quoi que ce soit sans l'approbation du monarque, Drogon ! Retourne dans ton château et je tairai tout cela.

— Je vous affirme qu'à partir d'aujourd'hui personne ne protège plus la frontière, monseigneur. Si je pars, les armées du wali de Saragosse et de celui de Lleida ne tarderont pas à apparaître. Les Banu Qasi n'auront pas meilleure occasion pour récupérer ce territoire au profit de l'islam.

L'évêque garda le silence. L'éventualité d'une razzia était davantage une menace qu'un avertissement. Il était face à un chantage inacceptable pour une personne chargée comme lui d'une telle autorité. Dans le ton triomphal de Drogon, il devina le terrible malheur survenu à Tenes. Il se sentait honteux. Son adversaire possédait de bons informateurs et il était entré dans la ville par la ruse, sans verser une goutte de sang. Il était temps de remiser les armes et de négocier.

Nantigis en profita pour intervenir :

— J'ignore ce qu'on t'a raconté, mais je n'ai rien à voir avec tout cela, je suis un Franc, comme toi !

— Tout, à Barcelone, a à voir avec toi, le vieux ! lui rétorqua Drogon.

— Je ne sais pas si tu fais bien de me traiter de la sorte. Mon argent pourrait t'être utile à l'avenir.

— C'est vrai, il me servira à gagner la confiance du roi dans le besoin.

Une dague apparut dans la main de Drogon, qui trancha sans hésiter la gorge du vieillard. Goda cria d'effroi, comme les nobles agenouillés. Nantigis rendit son dernier soupir tandis que son sang tachait les chausses de son bourreau.

— Je te remercierai personnellement lorsque nous nous retrouverons en enfer.

Sur un signe de sa part, les mercenaires égorgèrent les huit autres aristocrates. Le sang de ces hommes, qui avaient maintenu la ville debout durant des générations, se mêla à la boue. Goda tomba, à bout de forces. Elle connaissait chacun de ces hommes depuis son plus jeune âge. Ensemble, ils avaient partagé les périodes de gloire et de misère. Ils formaient un clan d'aristocrates goths, de plus en plus affaiblis mais fidèles à leur passé, qui résistaient aux coutumes franques. Elle mourait aussi un peu avec eux.

Drogon s'approcha d'elle. Frodoi s'interposa.

— Non ! Ne la tue pas, je t'en supplie !

— Je vois que cela vous a ôté votre attitude suffisante, l'évêque.

Il éclata de rire.

— Vous vous exposez à ma colère pour une simple femme… Auriez-vous un péché à confesser ?

Frodoi pouvait perdre sa mitre et tomber en disgrâce devant les évêques de France, mais voir Goda morte, dans la fange, il ne le supporterait pas. Il ne lui restait qu'à céder face à Drogon.

— Tu sais que tu ne seras jamais comte sans mon soutien, dit-il d'une voix ferme. Moi seul ici possède le sceau royal. Ma chaire équivaut au trône du comte, bien qu'elle lui soit supérieure devant Dieu.

De près, il distinguait les yeux brillants de Drogon derrière sa chevelure crasseuse. Il distinguait le démon avide de pouvoir, auquel il vendrait son âme par amour pour Goda.

— Renonce à tuer une personne de plus et je ne m'opposerai pas à ta régence. Nous irons ensemble à l'assemblée, devant le roi, et il décidera, conformément aux lois carolingiennes.

Drogon demeura pensif. Ces paroles paraissaient prometteuses… Quoique, avec l'astucieux Frodoi, on ne savait jamais.

L'évêque voulut donner un tour solennel à sa proposition :

— Je le jure devant la Sainte Croix qui veille sur la cathédrale ! Le vicomte légitime, Sunifred, ayant disparu, tu recevras ma bénédiction demain devant tout le clergé et la cité, jusqu'à ce que le roi prenne sa décision.

— Et l'accès à l'atelier monétaire, ajouta Drogon avec un sourire tendu.

Goda adressa un regard empli de tristesse à l'évêque. Elle comprenait le sacrifice qu'il faisait pour la sauver, mais la ville encaisserait un coup terrible.

— Bien. Toutefois, selon la loi, un tiers de la monnaie frappée revient à l'évêché.

— J'aime à vous entendre, monseigneur, poursuivit Drogon, triomphant. On dit que Goda est l'âme de la cité, or je ne vois qu'une belle femme qui ne connaîtra pas le repos tant que le trône comtal ne sera pas arraché aux Francs…

— J'ai dit « plus aucun mort », insista Frodoi, saisissant son crucifix. On m'a raconté que tu as été ordonné prêtre, il y a des années… Où est ta pitié chrétienne, Drogon ?

— Personne d'autre ne mourra, concéda ce dernier. Je veux seulement que maintenant, ici, devant tous les présents, Goda de Barcelone me fasse don de tous ses biens, y compris du dixième de la dot de Nantigis, et qu'elle quitte Barcelone pour toujours.

— Tu es le diable ! hurla-t-elle.

Elle sanglotait, par terre, à côté du cadavre de son époux.

— Pour éviter que ta colère ne te trahisse, ta fille, Argencia, héritière de Nantigis, restera avec moi comme otage, conformément à la coutume entre nobles. Je l'élèverai, elle ne manquera de rien… tant que je n'aurai pas à m'occuper de toi. Au moindre soupçon à ton sujet, tu verras son petit corps souillé pendu en haut d'une tour.

Goda se retourna vers lui. Frodoi l'arrêta, et elle frappa la poitrine et la figure de l'évêque. Elle s'écarta, le visage baigné de larmes amères.

— Fais-moi confiance, lui murmura Frodoi.

— Tu n'es qu'un homme. Tu n'es pas ce Dieu qui nous abandonne, lui lança-t-elle.

— Ouvrez la Porte Neuve ! Qu'elle sorte immédiatement ! ordonna Drogon.

Ses guerriers eux-mêmes murmurèrent. La nuit était froide et pluvieuse, et mille et un dangers guettaient une femme seule au-delà des murailles. Une serve de Goda s'approcha avec un voile, des couvertures et une cape. Drogon l'attrapa, et d'une gifle il la jeta par terre dans la boue.

— J'ai dit tous ses biens…

— Garde-les et que ton âme pourrisse ! lui cria Goda. – Elle le provoqua en reprenant le voile noir que la servante lui avait apporté. – Je suis veuve, n'ai-je pas le droit de pleurer mon époux ?

Sans un mot elle ferma les yeux de Nantigis. Il était mort avec une expression d'horreur sur le visage. Elle détestait cet homme et elle n'avait pas une larme pour lui. Pourtant, il ne méritait pas de mourir ainsi. C'était un Franc qui se serait allié de bon cœur à Drogon pour obtenir des faveurs. C'est à cause d'elle que ce démon l'avait tué, pour saper son pouvoir et la réduire à néant.

Aux fenêtres des palais d'autres nobles observaient, horrifiés, l'affreuse scène. Goda de Barcelone était bannie et condamnée à la misère, à mourir rapidement de faim peut-être, mais elle se dressait, arrogante, la tête recouverte d'un voile.

Elle lança un dernier coup d'œil à Frodoi et s'éloigna en silence, sa robe noire maculée de boue. Elle grelottait de froid. L'image de la veuve dans la nuit saisit les personnes présentes et tous celles et ceux qui osèrent approcher. Deux gardes ouvrirent la porte de la ville. Oriol, Italo et Duravit les suivirent afin d'éviter une ultime trahison. Puis Goda se perdit dans les ténèbres, au-delà du Merdançar.

Au cours de cette funeste nuit, Barcelone perdit son âme.

Isembard tenta de sortir de la petite tour du château de Tenes sous une pluie de flèches tirées depuis les créneaux du bâtiment principal, d'où s'échappaient des hurlements et des râles. Il entendit soudain un fracas de poutres et de bois brisés, et quelques chevaliers sortirent en toussant. Aveuglés, ils avançaient à tâtons en longeant les murs. Isembard distingua Invèria qui tomba à genoux et vomit en arrivant dehors, avant de s'écrouler. Derrière lui Nil titubait, il trébucha sur le corps de son compagnon et roula au sol. Le déluge de flèches mit un terme à son agonie. Isembard eut l'impression que son cœur cessait de battre. Deux de ses maîtres venaient de mourir sous ses yeux. Chacun de ces hommes avait été un père pour lui, malgré la discipline sévère et les leçons rigoureuses – contrairement au véritable, qui n'avait pas tenu sa promesse. Assistant à leurs ultimes spasmes d'agonie, il hurla de toutes ses forces afin qu'ils sachent, en rendant leur dernier soupir, qu'il était vivant. Il ne saurait jamais s'ils l'avaient entendu. Les archers lancèrent une nouvelle volée et Guissand apparut sur le seuil de la forteresse. Il parvint à atteindre l'entrée du mur défensif, vomit, et réussit à sortir tandis que le carnage continuait.

Isembard provoqua les archers et, lorsque la salve cessa enfin, il s'échappa à son tour. Comme Guissand, il s'abrita sous la porte voûtée avant de s'élancer sur le sentier tortueux. Guissand était devant lui. Il avait du mal à se tenir debout, glissait et se relevait ; et une flèche finit par l'atteindre.

— Isembard…, articula-t-il, la voix cassée, étendu sur les pierres.

— Il faut partir de là !

Le jeune homme passa un bras sous les épaules du vieux compagnon et ils se remirent en marche, protégés par l'obscurité. Ils atteignirent la forêt. Guissand étouffait.

— J'ai besoin de me reposer.

— Nous devons continuer ! Ils vont partir à notre recherche.

— Je t'en prie… laisse-moi mourir ici, assis contre un arbre. Je ne veux pas mourir en fuyant.

Isembard pleurait de rage et de douleur. En un instant, il avait tout perdu. Il redressa Guissand et l'installa contre le tronc d'un chêne. La flèche qui l'avait touché au flanc accélérerait le travail du poison qu'il avait inhalé. Ses yeux étaient injectés de sang et il tremblait. L'agonie commençait.

— Écoute-moi ! Tout n'est pas perdu… Rappelle-toi ce que nous t'avons expliqué. Il se peut que ton père ait pu cacher le comte Sunifred d'Urgell, son épouse Ermessende et leurs enfants quelque part dans la Marche. Trouve-les… et notre mort n'aura pas été vaine.

— Vous les avez recherchés en vain pendant plus de dix ans.

— C'est vrai, mais c'est différent à présent : depuis la rébellion d'Unifred, Delà et Sunyer II gouvernent le comté d'Empúries.

Il cherchait l'air, avait du mal à parler.

— Ce sont aussi des Bellonides et le roi ne les a pas encore démis, ce qui signifie que le monarque respecte la maison. C'est maintenant qu'il faut retrouver la branche de Sunifred, celle qui a gouverné Barcelone !

— Je ne suis qu'un chevalier errant, sans lignage ni territoires.

— Tu es Isembard II de Tenes.

Guissand cracha du sang. Même dans son agonie, sa foi en Isembard demeurait intacte, et le jeune homme en fut ému.

— Nous t'avons tout appris et tu es un grand guerrier, mon fils. Trouve-les et enseigne-leur le maniement des armes. Je sais que Dieu réserve à Guifré et à ses frères l'écriture d'une page d'histoire.

Isembard entendit des bruits de pas derrière lui. Il se retourna.

— Ce chemin n'est pas le tien, Isembard II de Tenes, dit un homme enveloppé dans des peaux de bêtes. Drogon a ordonné que personne ne sorte vivant du château.

Un frisson parcourut le corps d'Isembard. Il voyait la cape bouger, comme mue par une vie propre. C'était le diable noir dont on parlait dans toute la Marche. Celui qui retenait Rotel prisonnière.

— Tu détiens ma sœur... Je l'ai vue au château !

— Elle parlait beaucoup de toi autrefois. Plus maintenant...

Guissand de Barcelone exhala son dernier souffle sans avoir le temps de maudire l'intrus. Isembard sentit qu'une partie de son être mourait avec le vieux chevalier. Il dégaina son épée, mais avant d'avoir pu attaquer, il fut piqué à l'épaule. Une petite écharde était plantée dans sa chair et son bras s'engourdissait déjà. Il se retourna. Sa sœur était là, une sarbacane dans la main. Elle portait la vieille cape de peaux de bêtes avec laquelle elle s'était enfuie de Santa Afra ; la fourrure vibrait comme celle de l'homme à la peau noire. Malgré l'obscurité qui l'entourait, il distingua ses mèches dorées sous la capuche. Quand elle se découvrit, il la trouva plus belle et plus froide que jamais.

— Rotel ! Qu'est-ce que tu m'as fait ?

L'épée glissa de ses doigts ankylosés. Onyx prit la parole :

— C'est ta dernière épreuve pour laisser ton passé derrière toi, Rotel. Exécute-toi et tu deviendras bestiaire !

— Ma sœur ! cria Isembard, angoissé.

Il voyait qu'elle hésitait, en proie à la terrible lutte qui se déchaînait en elle. Sa voix était dénuée de tout sentiment quand elle dit :

— Tu n'es pas revenu cette nuit-là.

— Je ne t'ai pas trouvée ! – Isembard se tordait de douleur, le bras inerte. – Rotel ! Viens avec moi !

— Tes amis sont morts empoisonnés par le venin que j'ai moi-même réduit en poudre. Pourras-tu me le pardonner ?

— Tu es sous la coupe de cet homme.

— Il y a longtemps que j'ai décidé de suivre Onyx, mon maître. Je suis une femme et je suis libre. Que m'offres-tu, toi ? Retourner dans un monastère et nous éreinter à la tâche pour un morceau de pain ? Me livrer à un époux pour forger une alliance ? Ta sœur est morte cette nuit-là.

— Elle est ma création, déclara Onyx fièrement. Il y a longtemps que je l'ai libérée de sa condition de fille, de sœur et de mère. Elle peut tuer de mille et une façons ou s'échapper comme un de ses serpents, mais surtout elle sait être libre, affranchie des peurs, de l'affection, du sentiment, des remords. Telle est la nature du bestiaire.

Rotel dégageait une force et une beauté sans pareilles, mais qui provoquaient la chair de poule. Elle ne ressemblait plus en rien à la fillette qui avait grandi avec lui, songea Isembard. Pourtant, le passé subsistait encore dans son âme indomptable.

— Vous n'êtes que des instruments aux mains de Drogon !

— C'est possible… à moins que ce ne soit l'inverse, murmura froidement sa sœur.

— Fais-le, Rotel, et tu auras terminé ton apprentissage, insista Onyx.

— Oui, maître, affirma-t-elle, impassible, avant de pointer sa sarbacane.

— Une deuxième fléchette te tuera, Isembard, indiqua Onyx sans s'émouvoir.

Le jeune homme se tourna vers sa sœur, plein d'une tristesse insupportable. L'existence qu'ils avaient partagée défila fugacement devant ses yeux. Ils avaient été complices au monastère, le seul environnement qu'ils connaissaient à cette époque. Quelque chose de plus fort que le sang les unissait, ils étaient les Natifs de cette terre. Il lui adressa enfin un vague sourire.

— Je sais au moins que tu vas bien, petite sœur. Je reposerai avec mes maîtres et nous comparaîtrons devant Dieu ensemble et fiers, comme lorsque nous étions en vie.

— Allons ! exigea Onyx. Fais-le !

Rotel dévia la trajectoire du long roseau évidé, et le dard se planta dans le cou de son maître.

— Qu'est-ce que tu as fait, peste !

— Pars, mon frère, dit-elle avant de lancer un deuxième dard au bestiaire.

— Viens avec moi !

Isembard s'approcha d'elle. Rotel recula. Il aperçut sur ses bras les innombrables marques de morsures et de ponctions. Il songea aux horreurs et aux souffrances qu'elle avait subies, au dégoût qu'elle avait dû surmonter durant toutes ces années. Onyx tomba à genoux dans la boue. Rotel avança vers lui d'un pas lourd.

— Je dois rester auprès de mon maître, déclara-t-elle d'une voix lugubre.

Une douzaine de soldats de Drogon descendaient par le sentier. Au dernier moment, Rotel sourit timidement à Isembard, avec douceur, comme jadis. Avant de s'éloigner, il prit l'épée de Guissand de Barcelone de son bras valide. Lorsque la nuit de la forêt l'engloutit, elle lui cria :

— Je veux seulement que tu restes en vie, Isembard ! J'ai tout sacrifié pour cela.

21

Rotel indiqua une direction au hasard. Les soldats de Drogon s'y précipitèrent. Elle se sentait vide et déplorait la perte de sa capacité à pleurer. Onyx accepta son aide et ils s'engagèrent sur un chemin de berger. Ils connaissaient tous deux la puissance du poison, un onguent de jusquiame noire et de venin animal. N'importe qui serait mort en quelques instants dans d'horribles souffrances. Le bestiaire, lui, résisterait des heures, voire des jours.

— Je ne ressens aucune culpabilité, maître, murmura Rotel.

— Cela fait partie de ton entraînement, dit-il d'une voix dépourvue de colère ou de reproche, à la surprise de Rotel. Je n'ai pas souvenir d'une seule histoire de bestiaire mort de vieillesse. C'était ma destinée, et ce sera la tienne.

— La mort n'aime pas qu'on joue autant que ça avec elle.

Onyx fit une grimace qui pouvait être sa façon particulière de sourire. Cette phrase, il avait l'habitude de la prononcer quand il sortait sa pire arme, un cobra plus grand qu'un garçonnet.

L'instinct aiguisé de Rotel lui indiqua qu'ils n'étaient pas seuls.

— Aidez-moi avec le maître, appela-t-elle à voix haute en direction de la forêt.

Un groupe d'individus affublés de heaumes hérissés de clous et d'ossements surgirent des profondeurs de la forêt et se chargèrent d'Onyx. La jeune femme à la chevelure dorée et à la beauté glacée marchait devant, telle leur reine. C'était une de ces rares hordes encore existantes après les incursions meurtrières menées contre elles des années durant par les chevaliers bannis et son frère Isembard. Ces hommes estropiés, blessés, sales et accoutrés de manière à provoquer l'effroi la considéraient avec un profond respect, et de la crainte. C'était une jeune fille délicate quand elle leur était apparue, et ils avaient entendu ses hurlements dans la caverne où Onyx la préparait pour son noir destin.

Elle avait cohabité avec ces hordes, elle avait vu ces hommes violer les femmes qu'ils capturaient et elle avait mangé avec eux des membres d'enfants lorsque la chasse était maigre. Le bestiaire l'avait laissée assister à tout cela, juger ces situations et ressentir la plus viscérale des répulsions. Ensuite, il l'avait emmenée un temps à Perpignan, où Rotel avait côtoyé la misère, dans ces faubourgs où personne ne dépassait les trente ans. Ces lieux qui empestaient la maladie et la faim n'éveillaient aucune pitié chez les aristocrates et le clergé. Les pleurs des créatures cadavériques étaient les mêmes partout. Les hurlements angoissés d'une jeune fille violée résonnaient pareillement dans la forêt et sous la fenêtre de la chambre tapissée de tentures d'un noble. Ces va-nu-pieds n'avaient pas l'âme plus pourrie que d'autres, seulement du désespoir.

Onyx l'obligeait à contempler de telles horreurs parce que sa transformation en bestiaire ne se limitait pas à manœuvrer des bêtes dangereuses. Elle était beaucoup plus profonde.

— Ceci est le monde, Rotel, disait-il dans le sillage de la mort. Ceci est la vérité.

La jeune femme et les hommes qui soutenaient Onyx s'enfoncèrent dans une gorge étroite menant au campement. Un fragile échafaudage en bois permettait l'accès aux abris creusés dans une paroi rocheuse. Le groupe vivait là. Le chef, Anuso, un ancien charpentier de Besalú condamné pour vol, s'approcha d'un air renfrogné. L'homme robuste aux cheveux roux crépus portait une peau d'ours élimée et à la taille un ceinturon où pendaient ses anciens outils.

— Anuso, le bestiaire se meurt, dit Rotel.

L'homme ne dit rien, partagé entre la peur et le soulagement. D'autres descendirent par l'échafaudage. Presque soixante membres du clan vivaient juchés sur la corniche, des hommes, des femmes et des enfants. Sur leur territoire, ils ne portaient ni heaumes difformes ni restes humains accrochés à leurs hardes. Ils s'aimaient, aussi, et ils pleuraient leurs morts.

Ils portèrent Onyx dans sa grotte, à l'écart des autres. Au plus profond de la caverne se trouvait un gouffre rempli d'ossements : c'était là que Rotel avait réussi son initiation. Elle tremblait encore en s'en approchant. Elle y avait passé des heures de silence et d'angoisse dans le noir, jusqu'à ce qu'elle commence à y voir ce qu'elle croyait être les lumières des morts oubliés là. Elle ne se rappelait pas le nombre de fois où elle s'était sentie mourir. Elle se souvenait seulement des brûlures de venin, des fièvres et des visions. Les moines de Santa Afra se trompaient : elle pouvait ressentir la peur, une peur plus forte que quiconque ne l'aurait supportée.

Rotel examina les piqûres sur le cou et l'épaule d'Onyx. Elle aspira fortement avant de recracher le sang noirâtre. Il la laissait faire, la fixant de ses yeux terribles.

— Moi aussi, j'ai tué mon maître.

— Tu ne m'as jamais parlé de ton passé.

— Il n'existe pas, tu le sais.

— Tu connais des histoires de vieux bestiaires, Onyx. J'aimerais raconter la tienne à d'autres. Ne me dis pas la vérité, raconte-moi seulement la légende qui doit perdurer.

Onyx acquiesça avec une expression qui ressemblait à de l'affection. Il ne lui avait pas demandé son autorisation pour faire d'elle une dangereuse meurtrière, une personne méprisée et douée d'une répugnante habileté. À lui non plus on n'avait pas demandé son avis avant de lui infliger des souffrances infinies. Il avait tort d'affirmer que le passé n'existait pas. Il se rappelait chacune des piqûres auxquelles il avait été soumis enfant, chacune des infections, et ses cris quand on lui avait coupé ses doigts nécrosés.

— Combien de doigts as-tu perdus, Rotel ?

— Deux, au pied droit. – Elle leva une main. – Et aussi un auriculaire et la moitié d'un annulaire.

— C'est peu pour devenir un maître, mais tu as surmonté l'épreuve.

— Je n'ai pas pu tuer mon frère.

— Je le sais. Le défi était de te libérer de mon influence. Je suis né zanj et esclave, sous la cruelle domination du califat abbasside de Bagdad. Ma mère devait être une de ces femmes qui, par centaines, accouchaient debout et coupaient le cordon ombilical d'un coup de dents en continuant de piqueter le sel dans les mines proches de Bassora, une terre brûlante et stérile. N'importe quel sein plein de lait nous allaitait, celui d'une mère, d'une sœur, d'une grand-mère... On n'intéressait personne, et on ne nous donnait même pas de nom. Mon plus vif souvenir, c'est la soif sous le soleil du désert et les coups de fouet qui nous crevaient la peau pendant qu'on enlevait le sel dans la terre pour la cultiver. Les gardiens étaient des soldats du califat de Bagdad, qui exprimaient par la brutalité leur frustration de partager le même enfer que nous. Ils nous frappaient, ils nous violaient. On était des milliers, et eux quelques dizaines, mais on ignorait qu'il existait autre chose au-delà de l'horizon. On ne connaissait que quelques mots et on vivait nus. On faisait nos besoins sous nous en continuant de creuser ; la seule chose qu'on devait faire, c'était travailler, et éviter les coups de fouet.

Les yeux d'Onyx restaient secs mais son âme noire pleurait.

— Comment es-tu devenu bestiaire ?

— Je devais avoir dans les sept ans quand j'ai attrapé un cobra avant qu'il morde le pied d'un gardien. Je le regrette encore. Cet homme méritait d'agoniser sur le sable sec, mais j'avais soif et il avait une outre d'eau. Le serpent est apparu entre des pierres et j'étais à côté. J'ai remarqué le léger bruissement. Je l'ai attrapé sous la tête. Le gardien a eu peur et il m'a battu jusqu'à ce que j'arrive à me traîner loin de lui. Il s'est éloigné avec son outre. J'ai cherché le cobra en vain, je voulais qu'il me pique. Je voulais arrêter de souffrir.

— L'action n'est pas passée inaperçue, c'est ça ?

Onyx avait du mal à respirer. Il but un peu de petit-lait, puis il reprit :

— Quelques jours plus tard, un des gardiens m'a obligé à attraper un autre serpent aux écailles noires qu'un vieux dégoûtant m'avait lancé. Je l'ai fait, et le vieux m'a acheté. Des dizaines de Zanj mouraient chaque jour et on jetait leurs corps dans une fosse éloignée. Personne ne posait de question, dans ce lieu immonde. Les fillettes disparaissaient en plus grand nombre encore. Voilà comment j'ai connu mon maître et ce monde étrange où nous sommes abandonnés des dieux, un monde plus vaste qu'on ne l'imagine. On m'a nommé Onyx à cause de la couleur de ma peau. J'ai été musulman, et aussi chrétien, mais j'ai surtout adoré des dieux dont personne ne se rappelle le nom, et j'ai fait des sacrifices devant eux. J'ai vu des tombes plus grandes que des montagnes, en Égypte, et aussi des villes englouties par la jungle; et j'ai aimé beaucoup de femmes, d'Inde à la froide île de Britannie.

— Et tu as tué.

— Plus souvent que j'en ai le souvenir. J'ai tué mon maître pour une femme appartenant à un clan qu'on devait anéantir. Malgré cela, je n'ai pas pu la sauver. Toi, tu m'as tué pour ton frère.

Il regarda la jeune femme avec une expression étrange.

— Tu as bien fait de me décocher le deuxième dard car je t'aurais tuée. Et à présent, tu sais comment tu mourras. L'amour et la haine sont les pires ennemis des sicaires.

— En Afrique, tu as connu Drogon.

— Il est arrivé comme esclave dans un endroit interdit, au milieu de la forêt tropicale. – Ses lèvres se mirent à trembler. – Des prêtres, dont même moi je n'ose parler, l'ont acheté, et il a assisté à des rites qu'aucun homme n'est préparé à voir sans la protection des dieux.

Sa langue enflait et il était à peine audible quand il poursuivit :

— Il a réussi à se faire libérer et je suis parti avec lui jusqu'à la côte. La seule chose qui l'empêchait de sombrer, c'était son désir de se venger de son père. Je suis venu avec lui en Europe. Je n'avais aucune raison d'agir ainsi, un bestiaire n'en a jamais, il est guidé par son destin. Peut-être fallait-il que je te rencontre, Rotel, pour que tu mettes un terme à cette vie qui est la mienne.

Il ne voulut pas répondre à d'autres questions. La fièvre augmentait. Il murmurait des phrases incompréhensibles et combattait des horreurs que lui seul pouvait voir. Le poison était en train de le vaincre.

Le venin qui tuait en quelques heures eut cette fois besoin de trois jours pour venir à bout de la forteresse Onyx. Rotel, hagarde, prépara elle-même un bûcher. Les autres l'observaient à distance, sans intervenir. Elle était majestueuse, avait la peau blanche et les cheveux blonds, mais elle était tout aussi ténébreuse et mortifère qu'Onyx, le diable à la peau noire.

Isembard arriva à la tour de Benviure trois jours après la tragédie de Tenes. Il se traînait sur les mains, la peau de ses jambes déchiquetée. Il était très malade. Pour les ermites, c'était miraculeux qu'il soit encore en vie. Les serviteurs n'étaient pas non plus revenus de la forêt.

Au fond d'un des ermitages creusés dans l'argile dure, le jeune homme se débattit des jours durant entre la vie et la mort. Les purgatifs des moines firent lentement effet et il put enfin raconter ce qui s'était passé. Les religieux, apeurés, le mirent au courant des derniers événements. Drogon gouvernait Barcelone et, en dépit de ses promesses d'impunité, il avait poursuivi ses ennemis jusqu'à l'extérieur de la ville. Les survivants s'étaient retranchés dans leurs demeures et leurs châteaux, prêts au pire. Ils maudissaient le moment où ils avaient pris la décision de suivre Isembard II de Tenes et ses maîtres d'armes.

— Et Armanni d'Empúries ?

Pau, le vieux moine qui les avait accompagnés des années plus tôt pour défendre l'Esquerda, haussa les épaules. L'âge l'avait contraint à abandonner les armes, mais il veillait encore sur les âmes et il les aidait discrètement. Il ressentait de la pitié pour Isembard ; le jeune homme paraissait ne pas avoir de foyer ici-bas.

— Il se peut qu'Armanni vive encore, mais nous ne le saurons peut-être jamais. La Marche est un bon endroit pour se cacher. Tu dois réfléchir à la façon de sauver ta tête. Drogon saura bientôt que tu t'es échappé, et il partira à ta recherche. Il ne laissera pas l'héritier de Tenes en vie. Si tu prends l'habit et que tu restes dans notre ermitage, tu bénéficieras du droit d'asile. L'autre possibilité est d'aller vivre dans la forêt.

— Pourquoi Armanni et Oriol n'ont-ils pas pu empêcher ça ? insista-t-il.

Pau avait l'habitude de rendre visite aux moines de Santa Maria del Pi et il était bien informé.

— Drogon est entré incognito dans Barcelone et il a découvert les armes que tu y avais introduites. Quelqu'un a dénoncé la tavernière et, d'après ce qu'on raconte, Drogon l'a cruellement châtiée. – Le vieil homme vit le visage d'Isembard qui se contractait, et il éprouva de la peine pour lui. – Il lui a laissé la vie sauve, mais il a détruit son auberge. Pour cette jeune femme aussi le rêve est terminé, mon fils.

Quelques jours plus tard, deux ermites arrivèrent avec un brancard sur lequel reposait le corps très abîmé de Guissand. À Tenes, on les avait autorisés à l'emporter pour lui offrir une sépulture chrétienne. À la nuit tombante, une procession aux chandelles parcourut les lieux au son d'une hymne funéraire mozarabe.

Le plus important des ermitages creusés dans la roche possédait un accès étroit menant au petit sanctuaire absidal orné d'une croix, d'une lampe à huile et d'une armoire renfermant les objets du culte. Ils placèrent le corps dans une tombe creusée dans le sol qui épousait la forme du corps.

Isembard voulut laisser l'épée du chevalier banni à côté de sa dépouille, mais Pau le pria de la garder. Pour le noble goth, le jeune homme avait été le symbole de temps nouveaux, et malgré son échec, il n'aurait pas voulu que son épée rouille au fond d'une tombe anonyme.

Ils célébrèrent une messe pour l'âme du chevalier puis posèrent une pierre plate sur la sépulture. Cette même nuit, Isembard monta tout en haut de la tour de Benviure ; il regarda vers le nord, pensant à Rotel. Peut-être son maître était-il mort, lui aussi.

À des milles l'un de l'autre, le frère et la sœur expérimentaient la même incertitude, de part et d'autre du mur obscur que l'impénétrable volonté de Dieu avait érigé entre eux.

22

La puanteur de la mort empêchait Frodoi de penser clairement. Il se tenait au sommet d'une des tours semi-circulaires de la Porte de l'Évêché. En haut de la porte centrale destinée aux attelages et au-dessus des deux portes latérales, Drogon de Borr avait fait pendre la tête de notables goths assassinés en guise d'avertissement. Il voulait dissuader toute tentative d'insurrection dans la ville. Le tableau était monstrueux.

Barcelone retenait son souffle devant la brutalité de celui qui se faisait appeler vicomte et qui siégeait sur le vieux trône du palais comtal. Ni le viguier, ni le *saig*, ni le conseil des *boni homines* n'émirent la moindre plainte lorsque le saccage commença dans les maisons les plus puissantes, déchaînant le désastre. Ceux qui possédaient des armes les confièrent à leurs serfs et, comme en d'autres occasions, les premières passes d'armes débouchèrent sur de violents affrontements. Drogon était un despote implacable. N'ayant jamais oublié le temps où on lui refusait l'entrée dans la cité, il soldait une vieille dette d'honneur. Il ne tint pas sa promesse, plongeant Barcelone dans un bain de sang tout en arguant que ces gens étaient rebelles à son autorité.

Frodoi avait le cœur brisé chaque fois qu'il apprenait de nouveaux abus. Il agissait toutefois avec prudence. En tant qu'évêque de Barcelone, il représentait l'unique pouvoir légitime. Il tentait de jouer les intermédiaires, mais la ville était désormais aux mains des mercenaires de Drogon. Dans l'intention de le calmer, Frodoi avait toléré qu'il dévalise l'atelier monétaire et qu'il s'installe dans le palais comtal, où il retenait la petite Argencia prisonnière. Craignant pour la vie de la fille de Goda, l'évêque envoyait fréquemment son escorte au palais afin de s'assurer qu'elle était dignement traitée. Il apprit que deux jeunes esclaves s'occupaient d'elle dans les sous-sols du bâtiment, et aussi qu'elle pleurait constamment et que tous déploraient son sort.

Au milieu de la tension croissante, l'imposteur avait donné une livre d'argent pour les travaux de la cathédrale, afin de purifier son âme et d'améliorer son image. C'était la part à verser pour frapper monnaie à la Seca ; il en sortit deux cent quarante deniers. L'agitation entourant la construction animait la place. Les muletiers transportaient les pierres provenant de bâtiments en ruine et les briques depuis le Cagalell, où elles étaient cuites. Les arcs en plein cintre destinés à soutenir les voûtes étaient construits sur des structures provisoires en bois cintré. La forme des trois nefs, une centrale deux fois plus large que les deux latérales, était déjà visible. Le prodigieux travail distrayait la ville.

En revanche, le tribunal avait cessé ses activités et le marché avait presque disparu. La morsure de la faim se faisait déjà sentir, et Drogon dut réquisitionner le grain gardé en réserve dans les jarres, à côté du palais comtal, pour nourrir le peuple sur le point de se soulever. Plusieurs familles gothes étaient parties s'installer à Urgell et à Gérone, abandonnant leurs champs et leurs serfs. Devant le conseil, Drogon se justifiait par l'attitude des Goths, et il assurait que, lorsqu'il serait nommé comte par le roi, les choses changeraient. Mais Barcelone suintait la misère et le pessimisme.

Le 3 mars, fête de Saint-Celoni, Frodoi sortit sans son escorte, vêtu d'une simple bure prêtée par Servusdei. Il désirait respirer un air sain et se calmer, mais aussi avoir des nouvelles de Goda. Il se savait surveillé, pourtant il ne parvenait pas à contenir son désir de la revoir. Beaucoup de temps s'était écoulé depuis qu'ils s'étaient parlé.

Des femmes de la ville et Elisia apportaient de la nourriture et des vêtements à la bannie, mais lorsque Frodoi les interrogeait, elles fronçaient les sourcils et niaient d'un signe de tête.

Dès qu'il s'éloigna des murailles, son état d'esprit se radoucit. Le printemps approchait et les amandiers étaient en fleur.

Les esclaves nettoyaient les canaux et les rigoles pour l'irrigation des jardins proches des marécages de la côte et de la lagune de Cagalell. Il rendit visite à l'abbé de Sant Pere de les Puel·les, puis, lorsqu'il fut assuré que personne ne le suivait, il partit à pied jusqu'au Mons Iovis, la tête et les épaules recouvertes d'un froc de moine. Le vieux port était désert, hormis les barques de quelques misérables pêcheurs ; les enfants s'approchèrent de lui, nus et faméliques. Pour une fois, l'ecclésiastique encapuchonné n'avait rien à leur donner.

Il grimpa avec inquiétude le long du sentier tortueux, effrayé par avance de ce qu'il allait trouver dans la petite tour. En entrant, il frémit. Goda portait encore la robe de toile noire, de plus en plus crasseuse, avec laquelle elle avait quitté la ville, et un voile couvrait son visage. Il distingua pourtant son teint pâle et ses yeux cernés. Son bannissement et son angoisse au sujet d'Argencia la dévastaient. Elle avait beaucoup maigri. Il restait de la nourriture intacte sur le sol. Elle n'y accordait pas plus d'intérêt qu'aux couvertures et aux vêtements propres qui lui avaient été fournis.

— Pourquoi es-tu venu, l'évêque ? demanda-t-elle sans trace d'orgueil. Je vais bien, si c'est ce qui t'inquiète. Je n'ai pas besoin de mon palais, de mes serfs, de mes bijoux.

Elle se laissa enlacer, la tête basse. Sa peau ne sentait plus la rose mais la puanteur des faubourgs. Sa mélancolie profonde émut Frodoi.

— Barcelone est sur le point de s'effondrer, se justifia-t-il, épuisé. Je comprends maintenant pourquoi le vicomte Sunifred et les familles gothes interdisaient l'entrée de la ville à Drogon… J'arrangerai cela d'une manière ou d'une autre, et je récupérerai ta fille.

— Comment va-t-elle ? Les femmes me disent qu'on s'occupe bien d'elle, mais elle ne m'a pas auprès d'elle.

— Drogon n'osera pas lui faire du mal, ni la ville ni moi ne lui pardonnerions.

Goda serra les mâchoires en retenant ses larmes. Elle s'écarta de Frodoi.

— Rien ne s'est pas passé comme nous l'espérions, continua l'évêque, bouleversé.

— Quelqu'un nous a trahis, et je ne parle pas de ce couard de Gali.

— J'ignore qui ça peut être ! Mon escorte m'est fidèle.

Il ne sut plus quoi ajouter devant le silence de Goda. Elle dépérissait, seule. Il essaya de nouveau de la prendre dans ses bras, mais elle l'esquiva et sortit pour contempler la mer scintillante.

— Pourquoi ne pars-tu pas à Empúries? demanda-t-il derrière elle. Je sais que le comte Sunyer II et son frère Delà sont de vieux amis. Le capitaine Oriol pourrait t'accompagner.

Goda regardait la côte et les pêcheurs nus dans leurs barques, plongée dans ses pensées.

— Crois-tu que je m'éloignerais de ma ville et de ma fille ?

— Tu as été bannie. Tu es seule, et en danger. Quand l'hiver viendra…

Elle poussa un soupir mélancolique. C'était dans cet endroit qu'ils s'étaient aimés passionnément et qu'ils avaient dessiné ensemble un avenir prometteur. Ils avaient péché et rompu leurs vœux, mais ils avaient été heureux et ils s'étaient sentis vivants. À présent, elle était mise au ban et maudite. Il devrait continuer sans elle, alors qu'il avait besoin de son souffle. Goda ne pouvait lui donner davantage ; elle le regarda avec la force d'avant.

— Ne te soumets pas, Frodoi, Barcelone a besoin de toi. Et tu me l'avais promis.

Il acquiesça tristement. La femme orgueilleuse habitait encore le corps de Goda.

— Je ne pense qu'à toi, lui dit-il en lui prenant les mains. À la façon de te racheter et de permettre ton retour.

Après un long silence, Goda montra les pêcheurs.

— Le bannissement me permet de voir les choses autrement. Je n'avais jamais pris le peuple en compte, je croyais que Dieu l'avait mis là pour nous servir. Maintenant, j'observe ces hommes et ces femmes et je les vois lutter les uns pour les autres, jour après jour, sans se soumettre. Nos conspirations pour le pouvoir ne suffiront peut-être pas à sauver Barcelone…

— À quoi penses-tu ?

Goda fit non de la tête. Elle ne parvenait pas encore à bien définir ce qu'elle percevait, tout en sentant que cette intuition la changeait profondément.

— Est-il vrai que Guissand et ses hommes sont morts ? voulut-elle savoir.

— L'abbé de Sant Pere s'est entretenu avec un ermite de Benviure prénommé Pau. Personne n'est revenu. En vérité, si l'un d'eux avait survécu, les moines colporteraient la même nouvelle afin de le protéger.

— Isembard aussi ? s'exclama une voix féminine derrière eux.

Elisia avançait, des larmes de chagrin plein les yeux. Elle les avait surpris, les mains enlacées, et même si Goda lui avait laissé entendre qu'il existait un sentiment particulier entre eux, la voir avec le prélat la déconcerta. Sans savoir comment agir, elle s'approcha et baisa l'anneau de l'évêque. Frodoi la regarda avec compassion. Elisia attendait encore sa réponse.

— Isembard est vivant, mais il sait que Drogon veut sa tête. S'il est sensé, il s'éloignera de la Marche afin de commencer une nouvelle vie. Prie pour lui, Elisia.

Frodoi se rappela que le chevalier s'était offert de parler à la jeune femme, à propos des armes. La peine d'Elisia trahissait un autre sentiment qu'une vieille amitié entre colons. Qui était-il pour les juger ? Il éprouva une grande pitié à son égard.

Depuis que le Miracle avait été saccagé sur l'ordre de Drogon, Elisia n'était plus qu'une ombre désorientée. Ses doux yeux ne brillaient plus et elle ne souriait plus. À l'inverse, Gali s'affichait en public avec les hommes de Drogon et s'employait à vider la cave avec eux. La seule chose que les mercenaires avaient respectée était les tonneaux. La fin de la taverne avait entraîné la misère pour les familles qui l'approvisionnaient, et même les monastères de Barcelone en pâtissaient.

— Prions pour lui, Elisia, c'est la seule chose que nous puissions faire, maintenant.

— Frodoi, l'interrompit Goda sans scrupule. – Elle tournait l'idée dans sa tête depuis des semaines et c'était important. – Il reste un espoir et il dépend de toi : persuade le roi d'écarter Drogon du trône.

— Ce sera très difficile, répondit-il, alarmé. Des dizaines de courriers vantant son action à la tête de la ville sont déjà en route. J'en ai moi-même rédigé quelques-uns pour Hincmar de Reims et l'archevêque de Narbonne.

— Tu es l'évêque, Frodoi. Je te connais et je sais que tu peux y arriver, insista Goda d'un ton soudainement chaleureux, convaincue que la proposition ferait son chemin dans son esprit. Ton habileté est notre seul espoir.

Frodoi la regarda avec désir. Il voulut lui adresser une parole affectueuse mais il se tut devant Elisia. Puis il partit. Malgré la position privilégiée qu'il occupait, il se sentait tout aussi abandonné qu'elle.

— Je suis désolée, Goda, commença la tavernière, mal à l'aise. Je n'aurais pas dû venir.

La dame la prit par le coude et elles se promenèrent autour de la tour.

— Tout va de mal en pis ! se lamenta Elisia.

Elle avait été furieuse contre Goda pendant des semaines, la rendant responsable de son malheur. Même si elle avait accepté volontairement d'introduire des armes dans la ville, et qu'elles avaient toutes deux chèrement payé le prix de sa témérité. Finalement, le malheur les avait encore rapprochées.

— Que se passe-t-il ? C'est encore Gali ?

Elisia fondit en larmes.

— Je n'ai pas saigné, et j'ai des nausées ! murmura-t-elle, désespérée. Je crois que ça date de cette maudite nuit…

Goda, tremblante, serra son amie dans ses bras. Elle savait ce qui s'était passé dans l'auberge lorsque Drogon et ses hommes avaient fait irruption, et elle les maudissait.

— En es-tu certaine ?

Face au silence d'Elisia, elle hocha la tête en signe de compréhension.

— Il y a une sage-femme juive qui pourra te le confirmer. Sa maison est proche de la Porte de l'Évêché.

— Qu'est-ce que je vais faire ? Je n'ai rien, nous vivons sur les réserves de nourriture de l'auberge ! Qu'allons-nous devenir ? Et Gauderic ? Si l'enfant vient au monde, comment pourrai-je le nourrir ?

Épuisée par tant d'interrogations angoissées, Elisia s'effondra, en pleurs. Goda l'entoura de ses bras en silence. Longtemps après, elle parla :

— Ne cède jamais, Elisia, pas toi ! dit-elle avec une énergie qu'elle croyait ne plus posséder, pleurant elle aussi. Tu t'es relevée quand Gali a perdu tout son argent, et tu le referas. Tu sais te débrouiller toute seule, pas comme moi, toi, tu as cette force…

— J'aimerais tellement partir d'ici… Si je pouvais le revoir, une fois encore…

Goda était la seule au courant de la rencontre entre Isembard et Elisia dans une remise de Santa Maria del Pi. Dans les larmes de désespoir de son amie, elle voyait celles de sa ville, celles d'Argencia, et même celles de Frodoi. Quelque chose éclata alors en elle, et elle eut l'étrange sensation de se réveiller, comme si des milliers de voix proféraient des imprécations à son encontre depuis un lieu éloigné. Elle était Goda de Barcelone, fière dépositaire du plus ancien sang de cette terre ; elle ne s'abandonnerait pas à la mélancolie sans se battre.

— Asseyons-nous, Elisia, proposa-t-elle, comme guidée par une impulsion. Un soir, dans le temple de mon jardin, tu m'as parlé de ta vie à Carcassonne. Raconte-la-moi de nouveau.

— Du plus loin que je me souvienne, je n'ai jamais fait que travailler. Comme mes parents et mes grands-parents avant moi. Notre vie est ainsi. Dieu a mis le peuple au monde pour cela.

Elle sourit, acerbe.

— N'est-ce pas ce que prêchent les gens d'Église ?

Goda fit oui de la tête, pensive. Elle la laissa parler, en l'écoutant cette fois avec un intérêt accru. Son amie avait beau être triste, elle était forte comme un chêne. Elle, en revanche, se sentait mourir à petit feu, consumée par son orgueil. Elle était de sang noble, mais elle était faible. Elle voulait comprendre d'où venait la force de la plèbe pour résister à autant de misère et d'abus. Ainsi, peut-être trouverait-elle un nouveau chemin dans son bannissement et cesserait-elle de s'étioler? Sa ville demeurait debout pour s'adapter aux changements. Elle devait en faire autant.

23

Pour le 20 mars, jour de la Saint-Benoît, on avait préparé des vêpres solennelles dans la basilique de la Santa Creu ; on célébrait également le saint dans l'église des Sants Just i Pastor. Peu après midi, Tirs, un vieux prêtre originaire de Cordoue, entra dans la ville avec son attelage. C'était le religieux le plus réputé de rite mozarabe à Barcelone, et un cauchemar pour Frodoi. Grand ami de Guissand, il s'était rendu auprès des ermites de Benviure dès qu'il avait reçu le message. Contre l'avis des religieux, il avait accepté de dissimuler Isembard sous ses couvertures de voyage. Tous les Barcelonais, y compris les gardes de la ville, respectaient Tirs, et selon leur habitude ils ne fouillèrent pas son chargement. Le fils de Tenes se cacha ensuite dans le temple des Sants Just i Pastor jusqu'à la nuit.

Isembard se sentait perdu, ses maîtres d'armes lui manquaient. Tout ce pour quoi il avait combattu s'était effondré. Quatre ans plus tard, il se retrouvait dans l'état du jeune serf qui s'était enfui de Santa Afra avec sa sœur.

Le sentiment d'échec le minait quand il constatait combien la ville s'enfonçait dans la fange de la haine. Guissand de Barcelone l'avait prié de partir à la recherche des Bellonides, mais ceux-ci avaient disparu seize ans plus tôt. Ils étaient probablement morts. Poursuivi par Drogon et incapable d'accomplir le vœu du chevalier banni, il avait décidé de quitter la Marche. Dans sa détresse, il caressait l'idée de convaincre Elisia de s'enfuir avec lui. Il ne lui restait que son amour, ce qui l'avait poussé à prendre le risque d'entrer dans la ville.

Le silence et la pénombre de l'église le rassérénèrent. Depuis un recoin, à l'abri dans le noir, il observait Tirs. À l'approche de la soixantaine, l'*Hispanus* conservait une grande vitalité. Il jouissait en outre d'une forte influence en matière religieuse. Il voyageait dans tout le comté pour soutenir et encourager les prêtres et leur expliquer le sens de la liturgie de leurs ancêtres. Cette activité pastorale rendait Frodoi furieux, au point qu'il l'avait fait jeter dans une geôle du palais. Devant l'indignation de la ville, il avait dû le libérer quelques heures plus tard. La majorité des *fideles* respectaient l'évêque franc tout en restant attachés à leurs vieux rituels.

Isembard était étranger à ce conflit qui puisait ses racines dans le passé. Les moines de Santa Afra étaient des Francs et il avait découvert la liturgie hispanique avec les ermites de Benviure.

Guissand, pragmatique, affirmait que l'accusation selon laquelle le rituel mozarabe de la messe contenait une hérésie adoptianiste était une manœuvre de l'Église franque pour s'attirer la sympathie du pape. Les comtés de la Marche hispanique et d'autres royaumes chrétiens de la péninsule suivaient la tradition de l'évêché de Tolède, situé en terre d'Islam.

Faiblement éclairée, l'église des Sants Just i Pastor se remplit de fidèles à l'heure des vêpres. Un chœur de neuf religieux se plaça près du presbyterium, puis Tirs entra, en tenue de cérémonie, accompagné de ses diacres et religieux. Isembard se laissa séduire par un rite vivant qui, contrairement au romain, captait l'attention de toute la congrégation des fidèles grâce à ses continuels répons et à ses cantiques ponctués de vibrantes arabesques. La célébration était un dialogue actif avec la divinité à travers des réponses simples qui venaient conclure chaque prière. L'ordre était différent et ils célébraient le rite de la paix avant l'offertoire.

Tirs rompit le pain consacré en neuf morceaux qui représentaient les mystères du Christ ; le prieur de Santa Afra, lui, le coupait en deux. Sur l'autel reposaient deux volumineux missels à la couverture en bois incrustée de pierres précieuses, car les antiennes changeaient tous les jours et selon le calendrier liturgique annuel. En ce temps de carême, ils lurent plusieurs passages du Pentateuque. Ce n'est qu'à la fin de la liturgie que

Tirs s'adressa aux fidèles pour les exhorter à résister aux exactions perpétrées par le vicomte Drogon qui, de connivence avec un autre Franc, l'évêque Frodoi, saignait la cité. Dieu voulait que Barcelone résiste encore pendant huit cents autres années, mais cela dépendrait de ses habitants et de l'âme de la cité.

Lorsque la nuit tomba, Isembard quitta la petite église. Plus apaisé après ces heures de paix et de recueillement dans la pénombre. Les paroles du prêtre l'avaient touché. Il savait qu'elles lui étaient adressées, pourtant il se sentait désorienté et il ne voyait pas d'autre solution que partir.

Il sauta par-dessus le mur du jardin de l'auberge du Miracle, où des arbres fruitiers poussaient à côté du potager. Au fond, il distingua la basse-cour détruite et la porcherie vide.

Un silence affligeant régnait dans la maison. Il vit une ombre sortir de la cuisine et il se cacha derrière le puits. C'était Gauderic. Triste, le garçon ramassait sans entrain des bûches éparpillées. Isembard eut l'impression qu'il avait grandi et mûri. Il aurait aimé le prendre dans ses bras. Distrait, il ne s'était pas rendu pas compte que Gali guettait dans l'obscurité. Quand l'enfant rentra dans l'auberge, l'époux d'Elisia s'approcha.

— J'étais sûr que tu viendrais. Drogon sait que tu n'es pas mort, Isembard, lui lança-t-il d'un ton de rage contenue. Qu'est-ce que tu veux d'elle, maintenant ? Est-ce que tu n'as pas déjà fait assez de mal comme ça ?

— C'est toi qui livres des informations à Drogon, répliqua Isembard sans sortir de l'ombre du puits.

— Je pourrais courir prévenir ses hommes…

— Tu serais mort avant d'avoir fait un pas. D'ailleurs, qu'est-ce qui m'empêche de te tuer ?

Gali retint son souffle. La voix d'Isembard était saturée de haine : il ne mentait pas. En revanche, il pourrait profiter de cette faiblesse.

— Tu désires ma femme, mais c'est ici chez elle. Que peux-tu lui offrir ? Une vie de fugitifs ? L'ennemi du futur comte de Barcelone et la femme adultère ! s'exclama-t-il avec dédain. Elisia a grandi dans une auberge, elle n'a jamais connu la faim et la vie errante, elle a toujours eu un toit sur la tête. Elle sait se débrouiller et on trouvera le moyen de s'en sortir cette fois encore.

Isembard sentit sa détermination flancher. Gali continua :

— En la laissant tranquille, tu lui offriras une bonne vie. Elle mettra au monde des enfants qui auront son sourire, ils n'iront pas pieds nus et ne connaîtront pas les privations. Ils n'auront pas honte de leur père et la vie sera plus lumineuse, tandis que tu n'apporterais que l'incertitude.

Isembard souhaitait faire ravaler ses paroles à Gali. Pourtant, lorsque ce dernier fila se mettre à l'abri dans la maison, il ne lui courut pas derrière. Gali avait raison : il n'avait à offrir à Elisia qu'une existence hasardeuse et la misère. Aucun amour ne résisterait éternellement à pareille situation. Sa sœur et lui avaient souffert des agissements de leur père ; il ne ferait pas la même chose. Il sauta par-dessus le mur du jardin, le cœur lourd, tandis qu'une rage folle tambourinait en lui.

Elisia vit Gali revenir du jardin, livide.

— Qu'est-ce qui t'arrive ?

— Rien. J'ai cru entendre quelque chose, mais c'était le vent.

La jeune femme l'observa d'un air soupçonneux. Gali était troublé. Intriguée, elle alla dans le jardin fouiller l'obscurité. Il lui sembla distinguer une ombre disparaissant derrière le mur. Elle alla jusqu'au puits. Les battements de son cœur s'accélérèrent. Elle avait un odorat très fin. Elle retrouva l'odeur de cuir clouté et de métal d'Isembard, quand il l'avait serrée fort contre lui dans la remise du monastère. Elle s'en souvenait bien.

— Isembard…

Elle s'approcha du mur. Personne. Peut-être n'était-ce qu'une illusion ? Elle sentait pourtant qu'il avait été là, et qu'il était vivant. Et cela lui suffit pour retrouver sa vigueur après des jours d'abattement. Elle imaginait la conversation de son mari et du fugitif. Isembard était pourchassé et devait fuir. Il ne poursuivrait plus son ascension vers l'aristocratie. Il était comme elle. C'était peut-être pour ça qu'il était revenu, pour elle. Subitement, elle voulut partir avec lui, tout quitter et oublier Gali. Elle sortit en courant de la maison dévastée et regarda autour d'elle, mais sur la place elle ne vit que la nuit, n'entendit que le silence. Des mercenaires de Drogon, suivis par Gali, surgirent. Ils la toisèrent avec mépris et se séparèrent pour fouiller les rues avoisinantes. Son époux avait dénoncé Isembard. Pourvu qu'il s'éloigne et garde la vie sauve ! songea-t-elle, effondrée.

— Je sais que tu reviendras un jour, mon amour, murmura-t-elle au vent.

Certes, le rêve avait été éphémère, toutefois Isembard était là, dehors, quelque part. Elle avait peur que les soldats le rattrapent, puis elle se rappela qu'il était un guerrier valeureux, entraîné dans la forêt et aguerri. Elle décida de lui faire confiance et rentra, le sourire aux lèvres. Elle prit Gauderic dans ses bras d'un mouvement plus enjoué et pria pour son aimé.

Isembard, subodorant que Gali avait prévenu les hommes de Drogon, quitta rapidement la place, sans voir la robe grise et le regard amoureux qui le cherchait dans l'obscurité. Tout aurait pu être différent. Leurs âmes s'étaient frôlées sans se trouver, et le temps fit un nouveau tour de roue vers d'insondables destins.

Il passa devant les colonnes impressionnantes du *miraculum*. Elles évoquaient une ville d'une grandeur inconcevable. L'esprit aveuglé par le chagrin et la colère, il dévala la rue jusqu'à l'évêché. Il était fatigué de se cacher, de vivre cette existence errante dans la forêt. Ses maîtres étaient tombés, vaincus, et il finirait de même dès que l'alarme serait donnée et que les mercenaires de Drogon passeraient Barcelone au peigne fin pour le retrouver. Il n'avait pas peur de la mort. Avant de tomber, il cracherait au visage de celui qui avait détruit sa vie : Drogon de Borr.

La mâchoire serrée, il arriva devant le palais comtal, fermé à double tour. Sous le porche, il commença à lancer des pierres contre les fenêtres.

— Drogon de Borr… Je t'accuse de trahison ! hurla-t-il, hors de lui, dans le silence de la nuit. Sors et dis la vérité sur ce que tu caches à Tenes ! Confesse ton crime devant la cité !

Quatre hommes enveloppés de leur cape surgirent derrière lui et le renversèrent sans lui laisser le temps de dégainer son épée. Une seconde avant de perdre conscience, Isembard éprouva un soulagement inespéré.

Il se réveilla dans le noir d'une cellule, un carcan de fer autour du cou solidement accroché dans le mur. Il avait été capturé.

Il se débattit et cria pour être libéré, puis se laissa tomber, éreinté et soumis. Une ombre approcha. Ce n'était pas Drogon.

— Je suis content de voir que tu t'es calmé, Isembard. Tu es ici pour ne pas mourir. Les hommes de Drogon fouillent la ville, empan par empan. Heureusement que tu étais aussi près du palais épiscopal, et qu'Oriol t'a entendu crier.

— Vous n'êtes pas différent de Drogon, monsieur l'évêque ! rugit Isembard. – C'était également les propos de Tirs. – Je sais que vous le soutenez.

La porte s'ouvrit. Frodoi ignora l'insulte.

— Je te respecte, héritier de Tenes. Tu es courageux, mais tu ne comprends pas encore la délicate situation. Une révolte déchirerait Barcelone et la laisserait prostrée aux pieds des Sarrasins.

Servusdei entra derrière lui, le visage sombre, et lui tendit une outre de vin.

— Ensemble nous avons conçu un plan pour éviter cela, mais nous avons échoué, Isembard. – L'évêque s'exprimait avec gravité. – Les chevaliers bannis et de nombreux notables goths sont morts. Goda de Barcelone est exilée et sa fille est prisonnière. Tout paraît perdu. Je le déplore autant que toi. Pourtant, si nous voulons éviter que tant de malheurs aient été vains, il nous faut tracer une nouvelle voie. J'ai vu l'enfer dans les yeux de Drogon et je sais que Dieu est à nos côtés, mais tu dois comprendre que, cette fois, ce ne sont pas les épées qui arrêteront cette folie.

— Je n'ai pas senti la présence du Seigneur à Tenes, répliqua amèrement le jeune homme.

— Ne blasphème pas, Isembard !

Coûte que coûte le prélat devait se frayer un chemin dans la désolation qui fermait le cœur du jeune homme.

— Tu es désespéré, or dans la tour de Benviure j'ai vu un esprit fort. Je suis certain qu'il est toujours intact en toi. Tu dois te ressaisir et continuer le combat avec nous.

Isembard leva la tête. Cette foi ardente lui rappelait Guissand.

— Qu'attendez-vous de moi ? dit-il, plus serein.

— Devant le palais comtal, tu as accusé Drogon de quelque chose que tu as vu dans la forteresse de Tenes. De quoi s'agit-il ?

— J'ai vu un cadavre… J'ai peur que ce soit le corps du vicomte Sunifred.

Frodoi et Servusdei, saisis d'effroi, écoutèrent Isembard raconter ce qui s'était passé au cours de cette terrible nuit.

— Voilà la route à suivre, Servusdei ! s'exclama l'évêque, comme s'il venait enfin d'avoir la révélation qu'il attendait. Nous devons présenter Drogon en justice devant le roi et gagner le procès.

— S'il vous reste quelques souvenirs de vos années sur les bancs de l'école cathédrale de Reims, vous savez que ce sont les juges qui dictent la sentence, et non l'accusateur, répliqua le moine d'un ton mordant. Il faut des témoins, des preuves…

— Je ne vous ai pas demandé de préparer de bons arguments, ce que je veux, c'est gagner ce procès. Et avant même de quitter Barcelone, lui opposa Frodoi, ignorant la réponse acerbe du vieillard. Vous êtes le meilleur spécialiste de tout le royaume, du monde entier, oserais-je même dire, en matière de droit canon et capitulaire de l'Église. Vous trouverez la manière de changer le sens du vent !

Servusdei le considéra d'un air soucieux. Si Frodoi n'avait pas porté l'anneau, il l'aurait giflé, comme à l'école cathédrale, mais l'évêque avait trouvé une faille et il n'abandonnerait pas la partie.

— Allons aux archives épiscopales, dans ce cas ! trancha le moine. Il y a quantité de textes à examiner. Il est certain que ce jeune chevalier nous sera utile le moment venu.

L'évêque esquissa un sourire rusé.

— Mets-toi à l'aise, Isembard de Tenes, et reprends tes esprits. Tu entameras bientôt un long voyage.

24

Rotel découvrit qu'ils la surveillaient pendant qu'elle brûlait le corps d'Onyx. Elle les reconnut à l'exhalaison de peaux de bêtes imprégnées de sueur et de métal. Des mercenaires de Drogon. Dans le campement proche, la horde était inquiète, elle aussi. Drogon avait pris Barcelone et, pour gagner en respectabilité et redonner du lustre à son nom, il voulait se débarrasser de son passé obscur en éliminant des alliés gênants.

Elle décida de rester dans la grotte, de se préparer et d'attendre. La nuit même, elle se réveilla en sursaut en sentant une main plaquée sur sa bouche. Elle se débattit, mais des bras et des jambes la maintenaient. À la lueur de la torche qui éclairait la caverne, elle dénombra quatre hommes. Elle savait qu'ils la violeraient avant de la tuer, ce qui lui laisserait le temps dont elle avait besoin. Elle se tordit pour essayer de se libérer pendant qu'ils la tripotaient et qu'ils ôtaient la peau qui la recouvrait. Ils étaient nerveux, en rut. Elle ferma les yeux, comme Onyx le lui avait appris, et se concentra sur les sensations de ses membres emprisonnés. Quand ils la virent nue, ils vociférèrent devant son jeune corps désirable. Elle nota que la pression sur ses bras diminuait. Ils la jugeaient vulnérable et ils baissaient la garde. Un des hommes grimpa sur elle. Sa puanteur lui déclencha un haut-le-cœur. Elle tourna soudainement un poignet et planta ses ongles dans les yeux de son agresseur. Elle les limait pour les rendre très effilés et les enduisait d'un puissant poison à base de ciguë, de jusquiame noire et de graisse de batracien.

Aveuglé, l'homme hurla :

— Ça brûle, ça brûle !

Rotel griffa le bras de celui qui était à côté d'elle. Instinctivement, il s'écarta. Elle sortit un stylet d'une fissure dans la roche et le planta dans la gorge du troisième. Tout se déroula en un instant. Le quatrième, posté à l'entrée de la grotte, recula, effrayé.

— C'est un démon !

Nue et maculée de sang, Rotel se dressa entre les deux hommes qui gémissaient, l'un se couvrant le visage de ses mains et l'autre trempé de sueur et un bras engourdi. La panique les tétanisait, les empêchant de se liguer contre la belle et svelte femme au regard glacial. Onyx l'avait bien formée. Elle ôta le lacet d'une bourse en cuir à portée de sa main et saisit la tête de la vipère prête à attaquer. Elle avait pratiqué ce geste des centaines de fois, mais pas toujours avec succès.

— Pourquoi ? leur demanda-t-elle.

— Drogon ira bientôt à l'assemblée générale du royaume, où il sera nommé comte. Les hordes terniraient son nom aux yeux de l'aristocratie franque, lui lança le seul homme indemne. Toi aussi, tu dois devenir une de ces légendes nébuleuses de la Marche.

— C'est vous qui allez disparaître, misérables !

Elle lança la vipère contre le meneur aveugle. Le serpent le mordit à la cuisse. Ce nouveau venin le condamnait. Les autres le ramassèrent et, le traînant à leur suite, ils filèrent loin de la grotte et de son occupante. Le récit qu'ils feraient de cet épisode donnerait naissance à la légende de la belle créature démoniaque qui vivait au fond d'une caverne.

Rotel replaça la vipère dans le sac de cuir. Au loin retentissaient des cris et des plaintes de détresse. Les mercenaires de Drogon n'avaient pas attaqué qu'elle. Elle se rhabilla, le cœur lourd, puis elle prit sa cape contenant ses armes et le terrible cobra de son maître, un reptile inconnu de ce côté-ci du monde. Elle s'était habituée aux mouvements, crissements et sifflements de ces nuisibles, tout en restant particulièrement vigilante avec certains.

Un gros nuage de fumée planait sur la falaise, dégageant une odeur de chair brûlée. Arrivée au campement, elle constata le désastre. Les mercenaires avaient mis le feu aux abris et à l'échafaudage. Des femmes, des enfants et des vieillards se jetaient dans le vide pour fuir les flammes. Les soldats abattaient sans pitié les rares personnes qui survivaient à la chute. La plupart des hommes en âge de se battre gisaient morts sur l'herbe.

La colère l'envahit. Elle avait peu de relations avec eux, mais elle avait vu les enfants jouer comme elle le faisait jadis avec son frère. Elle approcha à pas de loup d'un des mercenaires occupé à couper des têtes, et elle l'égorgea. Elle avançait dans la broussaille telle une ombre fatale, silencieuse et rapide. Elle arma sa sarbacane et lança le pire de ses poisons, qu'elle gardait dans une petite bourse. Les soldats, qui ne comprenaient pas d'où provenait cette attaque, décidèrent de fuir cette mort insaisissable. Après tout, ils avaient déjà accompli leur mission. Ils voulaient simplement s'amuser un peu avec ces crève-la-faim qui leur avaient disputé pendant des années le butin des pillages. Une poignée de survivants erraient, abasourdis, au milieu de dizaines de cadavres. En apercevant Rotel, ils détalèrent, ignorant si elle ne les attaquerait pas eux aussi. Elle resta là, au milieu des morts.

Une aube grise et pluvieuse se leva sur un paysage dévasté. Elle dénombra plus de quarante dépouilles, sans compter les corps brûlés dans les abris. Le chef des hordes, Anuso, avait péri. La douzaine d'individus qui avait survécu, trois hommes, quelques femmes, leurs enfants et un vieillard, osa enfin se montrer.

— Vous devez partir.

En les mettant en garde avant de s'éloigner en silence, elle enfreignait un des mots d'ordre d'Onyx : le bestiaire est un esprit libre qui ne se préoccupe de personne.

Au milieu de l'après-midi, elle remarqua qu'ils la suivaient. Elle aurait pu les semer; elle n'en fit rien. Maudissant sa faiblesse, elle assuma cette charge inattendue. Elle ignorait où les conduire. Après réflexion, elle songea que, dans le comté de Gérone gouverné par le comte Otger, ils pourraient au moins se cacher en sécurité. Elle allait les y conduire, puis elle les quitterait.

Ils ne s'approchaient pas d'elle, marchaient loin derrière, la surveillant quand elle posait des pièges pour attraper des rongeurs et nourrir ses « armes vivantes ». La présence de ces êtres démunis touchait Rotel bien davantage qu'elle ne voulait le reconnaître. Quelque chose en elle n'allait pas. Son âme n'était pas un désert vide d'émotions. Elle voulait mettre ces personnes à l'abri, elle en avait besoin, tout en ignorant pour quelle raison. Au plus profond de son esprit, Onyx la maudissait, cependant elle se sentait incapable de les abandonner à leur sort. Isembard et elle auraient pu finir ainsi, il y a longtemps. Pour une bonne partie du peuple, la vie n'offrait pas d'autre chemin.

Elle les conduisit jusqu'au monastère de Santa Afra. Pendant des années, elle avait voulu punir le prieur Sixto, avant de comprendre que le moine obéissait à des forces inconnues et inconcevables agissant dans l'unique but qu'elle rencontre un jour son maître. Elle constata que de nouvelles cellules et des resserres en pierre jouxtaient l'ancien bâtiment. D'autres cabanes s'élevaient à côté de la sienne, semblables. Au souvenir des *frates* Adaldus et Remigius, elle éprouva une certaine nostalgie. Peut-être réussirait-elle à convaincre les moines d'accepter que la petite troupe reste là, mais elle pressentait que leur route ne s'arrêtait pas là.

Elle avait besoin de réfléchir. En proie au tourment, elle revécut brusquement un souvenir lointain. Au lieu d'aller vers le monastère, elle prit la direction du lieu où lui avait été révélé un destin différent de celui des autres femmes. Elle arriva aux grottes de Serinyà presque à la nuit, suivie à distance par le groupe. Une intense émotion la traversa quand elle en aperçut l'entrée au milieu des broussailles. L'une d'elles était éclairée.

Elle se revit, dans un temps ancien, elle avait treize ans et elle pleurait, perdue au milieu d'une terrible tempête de neige.

Elle n'avait plus de voix à force d'appeler son frère et les moines. Grelottant de froid, elle arriva devant des grottes ; elle y avait vu la lueur de torches, une fois. Ce soir-là, elles étaient plongées dans le noir mais, épuisée et effrayée, elle alla se blottir tout au fond de la plus proche. Dehors, les loups hurlaient.

Elle était sur le point de s'endormir quand elle distingua une silhouette à l'entrée. Une femme enveloppée dans une cape d'épaisses fourrures qui la regardait sans mot dire. Elle n'eut pas peur, car c'était la plus belle femme qu'elle avait vue de sa vie. La dame la couvrit de sa pelisse et lui offrit des amandes, des noix et des herbes au goût amer. Elle lui donna à boire un peu de vin doux et épais dans une gourde en peau. Puis elle partit quérir quelques branchages afin d'allumer un petit feu.

— Qui es-tu ? demanda la jeune fille en s'armant de courage, une fois réconfortée. Un ange ?

— Quelqu'un qui s'est perdu il y a des années, comme toi. D'où viens-tu ?

— Je vis au monastère de Santa Afra avec mon frère Isembard. Je m'appelle Rotel.

Un éclat flamboya fugacement dans les yeux de la dame. Elle approcha la main de la joue de Rotel dans un geste d'infinie tristesse, mais la retira au dernier moment.

— Tu es loin de ton foyer, dit-elle, troublée.

— Je revenais du village et je me suis perdue à cause de la tempête de neige. Est-ce que tu vis dans cette grotte ?

La dame indiqua du doigt une petite corniche proche sur laquelle se trouvait une statue d'argile avec une coiffe pointue et un enfant dans les bras.

— Je viens seulement faire des offrandes à la Mère. Tu as eu de la chance, petite.

— C'est la Vierge ?

— C'est la Mère, répondit la femme d'un ton fier. Si ta Vierge est la Mère, en ce cas celle-ci l'est aussi.

— Cette grotte est un ermitage, n'est-ce pas ?

— Quelque chose comme ça… mais plus ancien. Ici, des hommes et des femmes prient depuis toujours. Beaucoup de gens sont enterrés dans ces grottes, sous la protection de la Mère.

— Moi, je n'ai pas de mère, murmura Rotel tristement, mais j'ai un frère, comme je te l'ai dit.

La femme parut vaciller et la regarda avec, dans les yeux, une peine insondable.

— Si, tu en as une, elle est ici. Lorsque tu te sens perdue, parle-lui. Elle prend soin de sa Création. Cependant, tu dois lui apporter quelque chose en échange : des fleurs que tu as tressées, quelques grains, du miel.

— Tu es une magicienne ! s'exclama Rotel en s'écartant d'elle. Les moines disent qu'il y a encore des gens qui croient dans ces choses. Je serai damnée si je t'écoute.

La femme esquissa un sourire condescendant.

— Rappelle-toi que la Mère vient de te sauver la vie. Tu devrais la remercier. Garde la pelisse, elle te protégera cette nuit et beaucoup d'autres à venir. Demain, tu pourras emporter la statuette avec toi, mais ne parle pas de moi, et fais en sorte que les moines ne la voient pas.

La femme l'aida à s'installer tout contre elle et elle la caressa jusqu'à ce qu'elle s'endorme profondément. Il faisait déjà jour quand Rotel ouvrit les yeux en entendant la voix angoissée de son frère qui l'appelait dans la forêt enneigée. Elle avait toujours la cape de fourrure sur elle, mais sa propriétaire avait disparu. Avant de répondre à Isembard, elle cacha la statuette de terre cuite dans la grotte. Elle reviendrait la chercher au printemps.

Saisie par le retour de ce souvenir, Rotel s'emmitoufla dans la même cape d'où pendaient désormais des bourses en cuir abritant ses mortels accompagnateurs, ses « armes ». Elle s'approcha de l'entrée de la caverne éclairée. Au fond, elle distingua une femme presque vieille, seule devant un petit feu. Rotel vivait depuis suffisamment longtemps dans la forêt pour savoir qu'elle n'était pas habitée que par des bêtes…

— Il se raconte des choses horribles sur toi, Rotel… Mais tu es revenue. Approche.

Elle eut la chair de poule en reconnaissant cette voix. Elle se rappelait la femme rayonnante, la nuit de la tempête de neige. Elle avait désormais les cheveux presque blancs et le dos voûté.

— Qui es-tu ? demanda Rotel, perdue dans son regard profond.

— Les uns disent que je suis une fée ou une *dona d'aigua*, une dame d'eau, et les plus superstitieux une âme damnée. Les moines te diront que je suis une disciple de la déesse Diana, une *striga*.

Elle haussa les épaules, amusée.

— D'autres femmes, mortes aujourd'hui, m'ont appris que les fleuves conversent avec les montagnes, les fontaines avec les arbres, les oiseaux avec le vent… Si tu tiens à ce que j'aie un nom, appelle-moi Ega. Viens, assieds-toi.

Onyx parlait lui aussi de la nature comme d'un élément vivant. Mais s'il partait du même principe, le bestiaire dégageait le noir et les ténèbres; pas la lumière, comme Ega. Rotel était intriguée.

— Je ne suis plus la fillette que tu as trouvée cette nuit-là.

— Tu es Rotel de Tenes, et je sais que ton frère s'est battu contre ceux qui te pourchassent, afin que la Marche cesse d'être un lieu obscur. Pourquoi es-tu venue?

— Ces êtres étaient beaucoup plus nombreux, mais Drogon de Borr, leur seigneur, a ordonné de les tuer, répondit Rotel d'une voix sinistre. Je ne sais pas pourquoi je les ai laissés me suivre.

— Tu ne veux pas les voir mourir, en déduisit Ega, dont les profonds yeux bleus brillaient intensément. Tu es différente de ton maître, il reste encore de la lumière en toi. Que désires-tu pour eux? Pourquoi les as-tu amenés ici?

— Je n'ai fait que les éloigner de cette terre maudite. Peut-être auront-ils une petite chance ici.

— Crois-tu que les paysans les accepteront? Les agissements des individus qui te suivent sont connus depuis des années dans toute la Marche. Il faudra des générations pour que tout cela soit oublié.

— Ils mourront, donc, lâcha Rotel, en colère, refusant de se laisser engluer dans la pitié.

— Ton âme est corrompue... Tu pourrais toutefois les guider, avança prudemment la femme. Tu réunirais tous ceux qui restent et tu les convaincrais d'abandonner la voie de la destruction.

Rotel souleva la bourse où elle gardait le cobra; il gigota à l'intérieur.

— Tu ne me connais pas.

— Le bestiaire est un étranger, enfant de la douleur et de la peur. Toi, tu connais l'amour, grâce à ton frère. Tu es revenue ici, à tes origines, car tu étais perdue. La Mère souhaite que tu guides ces êtres sur le chemin du retour à leurs origines pacifiques.

— Ils se comportent comme des bêtes et ont oublié comment on vit autrement.

— Pourtant, au fond d'eux, ils ne désirent pas cette vie pour leurs enfants, répliqua Ega, les yeux dans les yeux froids de la jeune femme, percevant quelque chose en elle. Tous n'accepteront pas, mais le plus grand nombre, oui. Ils te connaissent et ils te craignent car tu es la disciple d'Onyx, peut-être le dernier bestiaire au monde, et la seule capable de forger une alliance entre des clans dispersés qui s'affrontent. Ils pourraient s'installer sur des terres non cultivées.

Rotel se sentit bizarre. Les paroles d'Ega pénétraient en elle comme un poison dont elle sentait lentement les effets et contre lequel elle n'était pas immunisée.

— Serais-tu en train de me demander de réaliser ce que les aristocrates et les évêques n'ont jamais obtenu ?

— Tu es la seule personne qui puisse entrer dans la forêt sans être clouée sur un arbre, et la seule qui les effraye suffisamment pour qu'ils s'arrêtent et écoutent.

Ega réfléchit un instant.

— En échange, je partagerai avec toi tout ce que je connais du visible et de l'invisible. Tu as eu un maître de mort, désormais tu auras un maître de vie.

Ayant l'impression de manquer d'air, Rotel sortit rapidement de la grotte. Ega soupira. Elle aurait voulu lui raconter la vieille histoire de la jeune femme qui s'était enfuie dans la forêt à cause d'un mari cruel. Celle qui, des années plus tard, avait soigné un beau chevalier à la chevelure blonde qu'elle avait trouvé blessé, dans la forêt. Des mois plus tard, elle lui avait confié le fruit de leur amour, une petite fille, pour qu'il la mette à l'abri dans son château… Puis elle décida qu'il était inutile de remuer le passé. Elle n'avait pas non plus été capable de l'avouer à Rotel la nuit de la tempête de neige, après des années de recherche, quand la jeune fille s'était réfugiée dans la grotte de la Mère et l'avait trouvée, elle. Elle avait découvert ce jour-là que son enfant avait hérité les dons de sa lignée.

Rotel s'arrêta dans la nuit, hébétée. Quelque chose la fascinait en Ega. Il existait entre elles un lien qu'elle se sentait incapable d'ignorer. Ega était une de ces femmes solitaires qui vivaient dans les bois, indissolublement rattachées à la nature et aux croyances antérieures au christianisme. Rotel désirait approfondir sa connaissance des mystères du monde, et c'est ce que la vieille femme lui offrait ; en échange, elle devait amadouer les chefs des hordes qu'elle avait croisées avec Onyx.

Hagarde, elle alla chercher refuge dans une autre grotte située un peu plus haut. Elle pénétra plus profondément dans la forêt en tâtonnant entre les rochers, dans une obscurité totale. Elle trouva un endroit sec et s'assit dans le silence. Des fragments de la conversation qu'elle venait d'avoir avec Ega tournoyaient dans sa tête. Elle était un sicaire, elle ne prendrait pas la tête d'une troupe de gueux qui s'entretuaient.

Elle perdit toute notion du temps et laissa son esprit se vider, dans une solitude et un silence absolus. Au bout d'un long temps, l'atmosphère changea. Elle crut discerner des lumières dans les ténèbres. Elle demeura immobile, les yeux ouverts. Elle perçut une présence derrière elle. Elle sentait l'haleine froide du bestiaire, et ses poils se hérissèrent.

— Maître, tu es là, articula-t-elle, la gorge sèche.

— Oui. Tu me trouveras toujours dans le lieu le plus lugubre.

— Tu as entendu la femme.

— Oui.

— Pourquoi produit-elle en moi une telle inquiétude ?

— Ce n'est pas de l'inquiétude, c'est de la peur.

— Je n'ai pas peur. Je ne ressens rien.

— Le jour où cela sera vrai, tu seras en enfer, avec moi.

— Rien ne m'intéresse chez Ega. Pourquoi me demande-t-elle ça, à moi ?

— Elle est puissante, pourtant elle serait incapable de le faire elle-même, car elle ne connaît que la lumière, et ça ne suffit pas.

— Je suis une meurtrière.

— Tu l'es. Tu connais bien les ténèbres, mais peux-tu connaître la lumière ?

La présence disparut. Il faisait très froid et Rotel, tout engourdie, quitta l'obscurité de la grotte. Elle avait besoin de dormir. Une tâche impossible l'attendait.

25

Servais, au nord de la Francie, 24 avril de l'année 865

Charles le Chauve, roi de France, convoquait tous les ans au printemps un plaid général auquel participaient les officiers, les comtes, les ducs et les marquis du royaume, ainsi que les évêques et les abbés importants. À cette occasion, il forgeait de nouvelles alliances avec l'aristocratie, qui fournissait la solde des troupes de l'armée royale, il distribuait des fiefs et signait des accords avec l'Église. L'instabilité intérieure et les attaques des Normands obligeaient le souverain à se déplacer constamment sur ses territoires, et pour cette raison l'assemblée se tenait chaque année dans une ville différente.

Servais était proche de la frontière avec le royaume de Lotharingie, près de Reims. Le paysage était boisé et d'un vert exubérant au printemps. La chasse y était bonne et le plus maladroit des aristocrates rapportait une pièce de gibier de la battue, ce qui le mettait de bonne humeur et dans de bonnes dispositions pour négocier. Un vaste campement de tentes entourait les murailles de la cité et des gradins avaient été installés pour les tournois sur une aire dégagée. Une fois réglées les questions relatives au royaume, on se consacrait à l'amusement, aux banquets et à des négociations de toutes sortes.

La disparition d'Unifred de Gothie avait laissé une partie des comtés du sud, du Rhône jusqu'à la Marche hispanique, sans comte. Ce territoire traversait une crise profonde, avec de nombreuses terres en friche à cause du manque de bras pour les travailler, et des populations isolées, menacées par la famine et les épidémies.

Plusieurs nobles se disputaient l'*honor*, dont un, peu connu à la cour, Drogon de Borr; on relatait toutefois ses exploits lors de la prise de Toulouse. On racontait qu'après d'obscurs délires le traître Unifred avait été contraint par le bâtard de Rorgonis de Borr à fuir en Italie, mais la majorité n'accordait pas de crédit à ces affirmations et lui les niait catégoriquement. Drogon, qui ne portait plus l'habit, ne se privait pas de rappeler son ancienne condition de prêtre tonsuré afin de démontrer qu'il était un bon chrétien. Il avait des prétentions sur les comtés de Barcelone et du Roussillon. Le roi paraissait prêt à les lui concéder, malgré sa naissance illégitime, dès que seraient payés les tributs que le précédent comte n'avait pas réglés et s'il recrutait des soldats pour l'armée royale.

L'assemblée devait durer plusieurs jours, comme à l'accoutumée, et elle se tenait dans la petite église de Servais. De part et d'autre de la nef centrale, les éminences occupaient leur place en fonction de leur ancienneté et du pouvoir de leur lignage. Face à elles se tenaient les évêques et les abbés. Le roi Charles, son conseiller Théodoric de Vergy et l'archevêque Hincmar de Reims siégeaient dans le presbyterium. La croix suspendue au-dessus de l'autel et la petite lumière du tabernacle rappelaient à l'assistance que le plaid se déroulait sous le regard sévère de Dieu. L'ambiance était sombre et l'air chargé à cause de la foule rassemblée.

Les copistes griffonnaient sur des parchemins, à toute vitesse, les décisions adoptées. Tout devait être enregistré : les concessions de terres, les extensions et les privilèges qui liaient le monarque à ses vassaux en échange d'armées et de fidélité. L'empire se saignait à force d'abandonner ses terres fiscales à l'aristocratie, mais c'était le seul moyen pour Charles de continuer à porter la couronne en or qui brillait sous les lampes à huile.

Au dernier rang, sur le banc, Drogon souriait, indifférent au mépris des vieilles familles. Lorsque les plus puissantes maisons avaient épuisé fortune et soldats dans les campagnes précédentes, le roi recourait aux petits seigneurs. Un lignage légendaire ne servait guère si on ne contribuait pas à forger l'histoire.

Le document concédant les comtés de Barcelone et du Roussillon à Drogon de Borr était déjà rédigé. Les nouvelles qui parvenaient de la Marche hispanique étaient toujours confuses, mais Charles connaissait bien la liste des comtes qui s'étaient soulevés par le passé. L'éloignement et le piètre intérêt accordé par la cour avaient plongé ce territoire dans l'isolement, or après la fuite du vicomte Sunifred, le bâtard de Rorgonis de Borr avait contrôlé le désordre, et pour se gagner les faveurs du souverain il avait offert quatre livres d'argent et divers objets de prix à la ville. Drogon serait légitimé pour ses mérites et sa loyauté à la Couronne, même s'il suscitait des doutes.

Quand le copiste tendit le document afin que la nomination soit lue à haute voix devant l'assistance, les portes de l'église s'ouvrirent. Un évêque muni de sa mitre et de sa crosse apparut. Sa tunique sombre était sale à cause du long voyage qu'il venait d'accomplir. Lorsqu'il arriva aux pieds du presbyterium, les candélabres éclairèrent sa barbe de plusieurs semaines.

— Frodoi, évêque de Barcelone ! s'exclama Hincmar de Reims.

Le prélat était près de Servais depuis quelques jours, Hincmar le savait, pourtant il ne s'était pas encore présenté au plaid. Avec son entrée remarquée, il cherchait à impressionner le monarque et les personnages importants du royaume. Hincmar sourit devant la témérité de son élève.

Tous le regardaient, stupéfaits, tandis qu'il présentait ses respects.

— Vous arrivez tard, dit le roi, fâché. J'aurais aimé pouvoir compter sur votre conseil, monsieur l'évêque, car la nomination du comte de Barcelone vous concerne.

— Pardonnez le pauvre prêtre que je suis. Il ne m'a pas été facile de traverser le royaume pour arriver jusqu'à Servais. Mais je l'ai fait pour une seule raison.

Tous écoutaient attentivement. Frodoi avait envoyé Jordi en éclaireur, discrètement, et il savait parfaitement à quel moment de l'assemblée ils en étaient. Il se retourna et, d'un geste théâtral, il désigna Drogon.

— J'ai envoyé des missives où je vous communiquais mon accord pour que Drogon occupe la charge de vicomte de Barcelone durant quelques mois. Toutefois une certaine information obtenue postérieurement démontre sans doute aucun que le bâtard de Rorgonis de Borr ne peut pas être comte de la Cité couronnée, car c'est en versant le sang qu'il s'est arrogé le gouvernement que le vicomte Sunifred assurait provisoirement.

— C'est faux ! tonna Drogon, déjà debout. Seuls les traîtres au roi sont morts !

— Pourriez-vous le jurer devant Dieu ? le provoqua Frodoi avec véhémence.

Les commentaires se déchaînèrent.

— Silence ! ordonna le monarque. Attendez votre tour, Drogon de Borr.

— Ce sont des accusations graves, monsieur l'évêque Frodoi, intervint Hincmar, intéressé. – Il connaissait bien son ancien élève et devinait qu'il tramait quelque chose. – Avez-vous de quoi les étayer ?

— Oui. Mon accusation est officielle, affirma Frodoi avec aplomb.

C'était l'un des plus jeunes prélats, et son audace déconcerta tout le monde. S'il se révélait incapable de fonder son accusation, ce serait pour lui la fin dans la curie du royaume.

— C'est une infamie ! cria Drogon en s'engageant dans l'allée centrale de l'église. Si je suis entré dans Barcelone, c'était pour empêcher la révolte de Guissand, un Goth qui avait introduit des armes dans la ville. Je les ai trouvées, cachées dans une taverne !

L'assemblait bruissait. La Marche empestait la pourriture et la trahison.

— Je suis l'évêque de Barcelone et, par le pouvoir de Dieu, je dis que cela n'est pas vrai !

Drogon afficha un sourire dédaigneux.

— C'est un prélat coupable d'adultère avec une noble mariée dénommée Goda qui parle !

Frodoi pâlit. Quelqu'un avait révélé à Drogon son plus grand secret, ce qui signifiait que ses espions étaient plus près de lui qu'il ne l'imaginait.

En entendant le mot « adultère », les évêques poussèrent les hauts cris, eux que des esclaves et des concubines attendaient sous leurs tentes… Servusdei, sous le porche, jeta un coup d'œil craintif à Jordi. Frodoi se ressaisit et feignit de n'être pas affecté par ces propos, tandis qu'Hincmar l'observait d'un air extrêmement grave.

— Est-ce exact, Frodoi ?

— Je suis un homme d'Église, fidèle à ses vœux, monseigneur archevêque. Qu'il démontre ce qu'il affirme !

Il toisa Drogon d'un air provocateur.

— Malheureusement, l'époux de Goda, Nantigis de Coserans, ne pourra pas témoigner. Cet homme l'a assassiné de ses propres mains.

Instinctivement, Drogon chercha son épée, mais ils étaient tous désarmés. Hincmar pointa un doigt autoritaire sur Frodoi.

— Deux hommes qui craignent Dieu doivent faire la lumière sur des accusations et des péchés aussi graves.

— J'apporterai les preuves de mes accusations devant l'autorité d'un tribunal ecclésiastique, annonça Frodoi.

Les évêques et les conseillers royaux se réunirent dans le presbyterium pour discuter. Le prélat de Barcelone avait provoqué cette situation afin qu'ils n'aient pas trop de temps pour réfléchir. Leur accord fut unanime : Frodoi était évêque et Drogon avait été ordonné prêtre, de sorte qu'il revenait à l'Église de juger la question.

— Drogon de Borr, interrogea l'archevêque Hincmar, qu'en dites-vous ?

L'homme, tremblant de colère, regardait le parchemin de sa nomination non signée.

— J'accepte. En revanche mes prêtres seront présents à l'élection des juges.

— Il en sera ainsi, indiqua l'archevêque et conseiller royal avec l'autorisation du monarque. La nomination du comte de Barcelone est reportée tant que la question ne sera pas résolue par un tribunal de sept juges. Ce sera dans deux jours.

Le roi se leva, contrarié. Cette question inattendue modifiait ses plans, toutefois il souhaitait que la Marche soit pacifiée. Il pointa les deux hommes du doigt d'un air maussade.

— L'un de vous deux sortira d'ici dépossédé de ses honneurs et humilié.

Frodoi fit la révérence et Drogon quitta l'église en pestant.

Les hommes du capitaine Oriol avaient monté une petite tente pour l'évêque à une des extrémités du camp, pendant que celui-ci intervenait devant l'assemblée. Frodoi se débarrassa de quelques nobles désireux d'en savoir davantage sur l'affaire et se retira sous sa tente en compagnie du capitaine et de ses deux religieux. Servusdei était livide.

— Deux jours, dit Frodoi, nerveux. – Il n'était plus obligé de feindre une assurance qu'il n'avait pas. – Pourras-tu garder notre plan secret, Oriol ?

Ils étaient à côté des domaines de la maison Rairan, le lignage de Frodoi.

— Votre mère les a tous logés dans sa demeure d'Autreville. Mais j'ai peur pour vous, monseigneur. Drogon est furieux, et il pourrait ne pas attendre le jugement pour vous réduire au silence.

— Comment a-t-il découvert la relation avec Goda ? Ouvre l'œil, Oriol, il y a un traître parmi nous !

Frodoi, ne s'attendant pas à ce revers, était contrarié. Or il était trop tard.

— Quoi qu'il en soit, ajouta-t-il, ce n'est pas ce qui doit nous préoccuper désormais, n'est-ce pas, Servusdei ?

— Vous répondrez devant Dieu à ce sujet, affirma le vieil homme.

Il connaissait les agissements de son évêque et les lui reprochait, néanmoins il respectait son vœu d'obéissance.

Frodoi inspira longuement et à plusieurs reprises pour recouvrer son assurance. Son foyer familial n'était pas loin et il désirait embrasser les siens. Toutefois, il ne le ferait qu'après avoir tenté de retourner la situation. Il avait tout planifié avec Servusdei, après avoir fait enfermer Isembard au palais et écouté son récit. Pour le moment, il avait réussi à provoquer la tenue d'un tribunal ecclésiastique.

— Nos hommes ne doivent pas être vus !

Il posa les mains sur les épaules d'Oriol.

— Que personne ne s'enivre ni ne fréquente le *prostibulum* de Servais. Une seule erreur, et nous échouerons. Ne perds pas de vue Jordi et Servusdei. – Il leur adressa un regard sévère. – Soyez toujours ensemble, et avec une escorte.

— Nous ne sommes que quatre soldats face à la trentaine d'hommes de Drogon cantonnés non loin d'ici ! se plaignit Oriol. Comment vous protéger aussi ?

— Ta mission est de prendre soin des autres. Dieu me protège. Laissez-moi, j'ai quelque chose à faire.

Oriol plissa les yeux et se tut. Les moines se regardèrent. Frodoi avait-il perdu l'esprit ? Il resterait seul à la merci de Drogon !

À la fin de l'après-midi, la pluie se mit à tomber et Frodoi quitta sa tente, un petit paquet à la main. Autour de lui, des esclaves et des serfs préparaient le dîner pour leur seigneur. La fumée des feux diffusait les aromes de viande grillée et son estomac se contracta. Il avait besoin de repos, or il devait voir quelqu'un : sa garantie de rester en vie.

Charles le Chauve était installé dans un donjon à l'entrée de la ville, surveillé par sa *scola*, sa garde personnelle, qui comptait une cinquantaine d'hommes revêtus de capes blanches, ainsi que par une unité de la *scara* composée de chevaliers d'élite du royaume.

— Vous ne pouvez pas vous entretenir avec le roi jusqu'au rendu du jugement, indiqua un capitaine en reconnaissant l'évêque.

— En réalité, je viens rendre visite à la reine Ermentrude. Je lui apporte un présent.

Un des soldats entra dans le donjon, d'où il ressortit immédiatement. Il accompagna Frodoi jusqu'à un escalier étroit qui débouchait dans une chambre à coucher. L'évêque de Barcelone se crut au paradis. La pièce était couverte de tapisseries et de fourrures. Au fond brûlait un grand feu et l'air fleurait la cannelle, une épice rare qu'il n'aurait pas trouvée sur le pauvre marché de sa cité. La reine priait, agenouillée devant un crucifix polychrome représentant un Christ à l'expression furieuse.

Frodoi savait, grâce à sa mère, qu'Ermentrude d'Orléans avait deux faiblesses : la religion et la broderie. Au moment de lui présenter ses respects, il lui offrit la plus jolie nappe d'autel brodée de son siège épiscopal. La reine se répandit en éloges. Frodoi suggéra qu'elle serait digne de celle qu'elle utilisait pour prier et ensemble ils la placèrent sur l'autel. L'entretien commençait sous les meilleurs auspices.

La fille du comte Eudes d'Orléans avait quarante ans et était mariée depuis un peu plus d'une vingtaine d'années à Charles, auquel elle avait donné neuf enfants. C'était une aristocrate éduquée pour forger des alliances entre les grandes familles, et elle connaissait le rôle qu'on attendait d'elle : être mère de rois et favoriser la création de plusieurs abbayes. La famille de Frodoi avait contribué à l'extension de l'abbaye de Chelles, où Ermentrude logeait lorsque son époux partait en campagnes militaires. De ce fait, la reine tenait la maison Rairan en haute estime.

— Mes dames ne parlent que de vous, Frodoi. Personne ne s'explique comment vous avez pu traverser le royaume de Francie sans que quiconque en apporte la nouvelle.

— Pardonnez mon apparence. Le voyage fut pénible. Nous étions conduits par des bergers du cru sur de vieux sentiers dangereux et par des bois touffus. La force de Dieu me guidait pour venir présenter la vérité devant le roi.

— En tant qu'évêque, vous ne devriez vous préoccuper que des affaires de Dieu, l'avertit-elle prudemment, lasse des adulateurs et des quémandeurs.

— C'est par Lui que j'ai eu la révélation d'une Barcelone hérissée de clochers et de grands palais, habitée par des nobles, des marchands et des artisans qui commerceraient dans un port rempli de galères et de navires venus de tous les horizons. Une cité destinée à vivre mille ans de plus, bénie par Jésus-Christ.

— Belle vision, sans nul doute provoquée par des anges.

— C'est ce que je crois. Même si elle s'obscurcit souvent. Je vois alors ses murailles détruites et à l'intérieur des ossements desséchés, rien d'autre. Voilà pourquoi je suis ici.

Frodoi parlait bien, mais la reine ne se laissait pas facilement impressionner.

— Dieu parlera par la bouche des juges, non par la mienne, monseigneur.

— Je le sais, madame.

— Que désirez-vous donc ?

— Seulement vous présenter mes respects, surtout de la part de ma mère, que je n'ai pas vue depuis des années. Elle vous estime beaucoup et elle prie toujours pour vous.

Rares étaient ceux qui l'approchaient sans lui demander d'intercéder dans leurs affaires auprès du roi, et Ermentrude apprécia.

— Désormais, vous allez profiter de votre voyage pour lui rendre visite.

— Je ne crois pas que je sortirai vivant d'ici après avoir offensé Drogon comme je l'ai fait, même si Dieu me donne raison. Je viens seulement vous demander de prier pour mon évêché et pour que le roi n'oublie par la Marche hispanique.

Frodoi s'inclina avec révérence et s'apprêta à partir sur ces derniers mots :

— Vous avez fondé des abbayes et vous avez été généreuse avec l'Église, ce qui vous conférera une place d'honneur au ciel.

Il était à la porte quand Ermentrude le rappela. Frodoi, de dos, ferma les yeux.

— Monseigneur, je n'influerai pas sur le jugement. Malgré tout, je vous garantis que vous écouterez la sentence et que vous assumerez l'honneur ou la honte qui vous reviendra. En attendant, vous aurez une protection.

— Je m'en tiens à accomplir la volonté de Dieu. J'ai confiance en Lui.

— Je mets mon escorte à votre disposition, mais ne tentez pas le sort.

À peine sortit-il du donjon qu'une douzaine de soldats de la *scara* encadrèrent Frodoi sans un mot. Une fois dans sa tente, il sourit : deux jours, c'était tout ce dont il avait besoin.

Isembard regardait la salle où s'entassait le groupe de presque cinquante hommes que Frodoi avait réussi à faire venir jusqu'à Servais, par des chemins détournés, sans éveiller les soupçons. S'y côtoyaient des paysans de la nouvelle colonie de l'Esquerda, des Goths de la petite noblesse locale et des artisans de Barcelone. Pensif, il perçait précautionneusement les ampoules à ses pieds avec un fil de lin pour les vider. Le voyage avait été un calvaire. Frodoi l'avait financé avec l'argent destiné à la construction de la nouvelle cathédrale, et ils n'avaient manqué ni de nourriture ni de couvertures mais, à quelques heures de l'arrivée, l'évêque les avait enfermés dans une vieille demeure appartenant à sa famille. Tous savaient qu'ils se rendaient à Servais, à l'autre bout du royaume, cependant l'évêque taisait la raison de ce voyage.

Isembard, comme les autres, était surpris de la ténacité du prélat, qui allait affronter Drogon. Lui suivait son propre plan. Dès que l'occasion se présenterait, il en finirait avec Drogon, pour venger ses maîtres. C'était la seule raison pour laquelle il avait accepté docilement d'aller à Servais. Une fois arrivé, il devrait se procurer une épée et entrer dans le campement. Le roi ne le lui pardonnerait pas. Qu'importe ! Après tout, il n'était qu'un ancien serf de monastère.

Oriol entra et le silence se fit.

— Le moment est venu. Jordi et Servusdei vous expliqueront pourquoi l'évêque nous a amenés jusqu'ici. Nous avons deux jours pour que tout se déroule comme il l'espère.

— Il n'a presque pas parlé, sauf pendant les messes ! s'énerva un paysan.

— Obéissance, l'ami ! Tu as été généreusement dédommagé.

— Je ne pense pas qu'on puisse arrêter Drogon avec des paroles de religieux, objecta Isembard. J'en finirai moi-même avec lui dès que je sortirai d'ici.

Oriol s'accroupit devant le jeune homme.

— Guissand a fait de toi un guerrier. Il disait que tu possédais la volonté et le courage de ton père, un grand chef. Mais ici nous ne sommes pas dans les zones dépeuplées du comté de Barcelone. Nous sommes dans un lieu bien plus dangereux. Frodoi t'a conduit jusqu'ici pour te montrer les véritables combats de l'aristocratie. Tu commenceras ton *cursus honorum* si tu es capable de le comprendre.

Isembard lui plaisait, il faisait preuve de bravoure, mais il lui restait beaucoup à apprendre.

— Puisque je n'ai pas récupéré Tenes, mon témoignage de serf fugitif servira bien peu, se lamenta Isembard. Seul le fer peut redresser ce chemin tortueux.

— Il ne suffit pas que tu manies les armes, il te faut acquérir du discernement. Tu es sous la garde de Frodoi, et si tu tentes quoi que ce soit, la colère du roi retombera sur l'évêque. Les rixes et les affrontements sont interdits pendant l'assemblée. Comment crois-tu que tous ces hommes rentreront chez eux sans lui ?

Le voyant douter, il lui sourit d'un air affable.

— J'ai quelque chose à te montrer.

Oriol revint avec l'épée de Guissand de Barcelone enveloppée dans une toile de lin.

— Dans deux jours, quand le procès sera terminé, je te la rendrai. En attendant, tu obéiras à l'évêque. Fais ta toilette et coupe cette barbe infecte. Tu as bien connu Guissand. Il n'a fait preuve de précipitation qu'une seule fois, lorsqu'il a voulu prendre Tenes avec une poignée de chevaliers, et il a trouvé la mort. J'ai confiance en Frodoi, c'est un guerrier comme nous, sauf que ses armes sont sa langue et son esprit retors.

26

Le jugement inattendu souleva une grande attente dans l'assistance du plaid général de Servais. Le tribunal composé de sept juges et présidé par Hincmar avait été minutieusement constitué en présence de Servusdei, pour Frodoi, et de Bérenger, le moine bénédictin choisi par Drogon en échange d'une généreuse donation.

Hincmar célébra la messe dans l'église sombre. Il aborda avec passion le sujet de la colère de Dieu et des châtiments réservés aux calomniateurs et aux traîtres. Pour finir, le tribunal pria devant la croix avant de prendre place sur les fauteuils. Le roi et la reine occupaient leurs sièges réservés côté « Évangile », attentifs au déroulement des événements. Sur un coussin, à leurs pieds, se trouvaient les *regalia :* le sceptre, la couronne et l'épée, symboles de la monarchie carolingienne. Drogon portait l'habit ecclésiastique, après des années de renoncement, et Frodoi une simple tunique noire, dépourvue des ornements de sa charge. Tous deux jurèrent de se conformer à la sentence sur l'épaisse bible de Charles le Chauve, à la couverture en bois incrustée de pierres précieuses.

Un chanoine lut l'ensemble des conditions requises, puis les allégations des deux parties. Frodoi accusait Drogon de s'être emparé du comté de Barcelone sans l'autorisation du roi des Francs, et Drogon l'incriminait d'adultère, un acte entraînant l'abandon de sa charge ecclésiale et l'excommunication.

Frodoi ne se démonta pas devant l'assertion de Bérenger lorsque celui-ci détailla le rôle inestimable joué par Drogon dans la répression de la rébellion d'Unifred de Gothie, ni non plus quand le bénédictin révéla des détails scabreux sur sa relation honteuse avec Goda de Barcelone, veuve de Nantigis de Coserans. Hincmar dut user de son autorité et menacer de faire vider l'église afin de rétablir le silence. Pour finir, Frodoi, qui s'efforçait de se montrer serein, pria d'un signe Servusdei d'entamer son intervention.

— Membres du tribunal ecclésiastique, commença le vieux moine, en l'absence de preuve péremptoire des accusations contre l'évêque Frodoi, en toute humilité et devant Dieu miséricordieux, j'invoquerai ce que la Sainte Mère Église a décidé au cours du concile célébré au temps du pape Sylvestre, au IVe siècle.

Le moine confia au tribunal une copie du recueil des conciles.

L'agitation gagna à nouveau le temple pendant que les religieux spécialistes en droit canon discutaient pour essayer de déterminer à quel concile il se référait. Les visages se décomposèrent. Bérenger observa Servusdei, intrigué.

— Ce concile est très ancien, objecta-t-il. Est-il toujours en vigueur ?

— Par lui, le pontife Marcellin fut condamné, d'après ce qui figure dans les registres du concile de Sinuessa. Consultez-le, si vous le souhaitez, dans les compilations de droit, *frate* Bérenger. Au cas où un des juges douterait de sa validité, qu'il présente le concile déclarant nulles les prescriptions ; dans le cas contraire, nous nous conformerons à la volonté de l'Église qui prévaut depuis des siècles.

Hincmar se dressa, pâle.

— Selon le concile de Sylvestre, on ne peut condamner un évêque sans la preuve apportée par soixante-douze témoins ; pour un prêtre, le nombre est de quarante-quatre.

Servusdei acquiesça en souriant. Il se rappelait encore la jubilation sur le visage de Frodoi lorsqu'il lui avait montré les vieux conciles sauvés des archives de l'évêché.

— Voici les témoins que l'évêque Frodoi présente contre le prêtre Drogon.

Les portes s'ouvrirent et, à la stupeur générale, quarante-trois hommes libres de Barcelone et des vallées du comté avancèrent dans l'allée centrale. Ce fut au tour du roi de vociférer pour appeler au calme. La reine, bouche bée, regardait l'évêque qu'elle avait protégé. Elle savait par ses soldats qu'on avait tenté au moins à trois reprises de pénétrer sous sa tente, mais elle s'était bien gardée de le signaler.

Servusdei apporta aux copistes et aux juges un rapport de leurs titres de propriété, alleux et maisons leur appartenant.

— Il en manque un ! cria un copiste.

Servusdei parla d'une voix grave, afin que l'opération flamboyante manigancée par Frodoi produise tout son effet :

— Isembard II a défendu les colons venus repeupler le comté de Barcelone et il a versé son sang pour protéger vos sujets, roi Charles, comme l'avait fait son honorable père, Isembard de Tenes, vassal du comte Sunifred d'Urgell et de Cerdagne, et Chevalier de la Marche par serment prêté devant l'empereur Louis le Pieux.

Ainsi le jeune évêque, qui avait été envoyé à Barcelone pour être condamné à l'oubli, revenait avec force à la *res publica* du royaume de Francie occidentale. À la stupeur générale, un jeune homme vêtu comme un soldat avança dans l'allée centrale, saisi par la solennité de la situation. Des exclamations s'élevèrent dans les travées ; son allure et sa chevelure blonde étaient reconnaissables entre toutes pour les nobles les plus âgés, y compris par le souverain, qui avait connu son père. Ils n'eurent besoin d'aucun document pour reconnaître dans le bel Isembard le lignage de Tenes supposément éteint. Une légende resurgissait des brumes du passé.

— Silence ! exigea Hincmar, debout. Drogon de Borr, pouvez-vous présenter soixante-douze témoins prêts à déposer contre l'évêque ?

L'homme savait que le tribunal n'accepterait jamais ses mercenaires. En outre, aux yeux des notables de l'assemblée, il demeurait le sinistre bâtard de Rorgonis de Borr. Bérenger manifesta son impuissance : Drogon était pris dans la chausse-trape traîtresse de Frodoi.

— J'ai besoin de temps pour les réunir ! s'exclama-t-il.

— L'assemblée ne peut pas attendre, refusa le roi.

Drogon, dépité, se jeta sur Frodoi, mais les gardes du monarque le ceinturèrent.

— Je te maudis, l'évêque !

Les heures suivantes furent consacrées à l'audition des instructions que Jordi et Servusdei avaient placées dans la bouche des témoins. Sans erreurs, ces derniers brossèrent un tableau grandiloquent des crimes de Drogon dans le lointain comté, et évoquèrent une ville soumise au saccage et aux abus de ses mercenaires. L'élément primordial fut toutefois Isembard. Il jura sur les Évangiles avoir trouvé le cadavre de Sunifred, vicomte de Barcelone, dans la forteresse de Drogon de Borr ; il ajouta que ce dernier l'avait assassiné pour s'approprier une ville privée de gouvernement légitime. Isembard était le fils d'un chevalier respecté et personne ne mit en doute son témoignage.

Drogon prit la parole sans en demander l'autorisation et, en criant, il traita Isembard de serf échappé d'un monastère. Aucun des présents ne lui prêta attention. Le jeune homme était le portrait vivant de son père, et plusieurs nobles menacèrent Drogon de mort s'il proférait une nouvelle offense contre le descendant de Tenes. Frodoi, s'attendant à cette réaction, souriait fièrement.

Le tapage qui s'ensuivit permit à peine d'entendre le témoin. Les juges se regardaient, pressés d'en finir. Le verdict n'admettait aucune discussion. Drogon ne pouvait pas être le représentant du roi, dans aucun comté.

— L'affaire n'est pas terminée, siffla Drogon, entouré par les membres de la *scola*. – Il se tourna vers Isembard. – Je ne tomberai pas seul, misérable !

Le destin du traître resta en suspens. Le roi reprit le cours de l'assemblée l'après-midi même. Il tenait à régler sans tarder les nominations et les compensations fournies à la Couronne. Frodoi et ses gens attendirent sur la place. Les cloches sonnèrent enfin. Le premier à sortir fut un séduisant jeune homme à l'armure élégante, à peine moins âgé que Frodoi, suivi d'une cour de religieux et d'hommes en armes. Il exhiba un titre, et à ses côtés un page annonça fièrement :

— Bernard, fils de Bernard de Poitiers, comte d'Auvergne et descendant de la noble maison de Rorgon du Maine par le lignage maternel, à partir de ce jour marquis de Gothie et comte de Narbonne, Béziers, Maguelone, Agde, Nîmes, Roussillon et Barcelone. Longue vie à Bernard de Gothie !

La place éclata en vivats. Frodoi observa le nouveau seigneur, membre du puissant lignage franc des Rorgonides. Sans avoir à faire ses preuves, et afin de servir les intérêts du roi, le jeune homme concentrait entre ses mains un très vaste territoire au sud de la Francie, allant du Rhône à la Marche hispanique. L'évêque avait réussi à écarter Drogon, mais le nouveau comte était une énigme qu'il devait déchiffrer sans attendre.

— Était-ce votre plan depuis le début ?

L'évêque se tourna vers Isembard. Il reconnut l'épée de Guissand pendant à sa ceinture. À côté de lui, Oriol les contemplait, confiant. Il se tranquillisa.

— Les épées étaient inutiles, expliqua Frodoi. La supériorité de Drogon était telle sur ce point qu'il fallait le vaincre par un procès devant le roi. C'était notre seule chance, Isembard. Tu étais l'élément clef. Non seulement parce que tu avais vu de tes propres yeux le cadavre du vicomte Sunifred, mais surtout parce que tu es Isembard II de Tenes. Quand tu es entré, tous les nobles ont cru voir un fantôme, un spectre aussi honnête qu'un héros. Je ne t'ai toutefois pas amené ici pour cette seule raison. Tes maîtres, Guissand, Invèria et Nil, t'ont enseigné tout ce qu'ils ont pu sur le maniement des armes, malheureusement ils étaient des chevaliers bannis, errants, tombés en disgrâce. Tu dois regarder plus loin, c'est ce qu'ils voulaient, et je sais que du ciel où ils se trouvent ils nous bénissent.

Il posa les mains sur les épaules du garçon : le moment était venu de forger de nouvelles alliances.

— Si tu m'es fidèle, j'obtiendrai du roi qu'il te fasse chevalier, dans cette assemblée. Je financerai ton cheval et tes armes. Tu seras un noble sans terre, mais tu jouiras du respect du souverain si tu lui jures fidélité en mémoire et en l'honneur de ton père.

Isembard sentit fondre en lui la sombre viscosité qui enveloppait son âme. Il était surpris. Frodoi lui offrait de récupérer la dignité de la maison de Tenes ! Il fit oui de la tête, convaincu de ce qu'il désirait, mais il n'eut pas le temps d'ouvrir la bouche. Le puissant Hincmar de Reims, accompagné de sa cour, apparut derrière lui.

— Je sais à présent pourquoi je t'avais choisi, jeune évêque !

Frodoi baisa son anneau. L'archevêque le prit par le coude et le conduisit à l'écart de l'agitation de la célébration, au cimetière situé derrière l'église de Servais, où il lui parla en toute liberté.

— Tu as été habile d'invoquer le faux concile de Sylvestre. Était-ce ton idée ou celle de Servusdei ?

— Monseigneur…

Devant Hincmar, il était inutile d'avancer de futiles arguties.

— Je sais qu'il est faux, comme est fausse la condamnation d'un évêque grâce au témoignage de soixante-douze témoins, poursuivit l'archevêque, même si le concile de Sinuessa a réellement eu lieu. Les registres sont truffés de conciles et de décrets fictifs.

— Pourquoi ne l'avez-vous pas dénoncé ? Ils m'auraient excommunié.

— J'ignore si Drogon est un imposteur ou si tu as exagéré, mais son âme est noire, et il y a déjà assez de noirceur dans la Marche. Désormais, tu devras contrôler Bernard. Ce jeune homme, contrairement à son père, est lunatique et très ambitieux.

— Comment a-t-il obtenu autant de territoires ?

— Sa famille a promis de doubler les tributs et les troupes au profit du roi. La façon dont il gouvernera est un mystère, or cette année prend fin la trêve signée par le comte d'Urgell avec l'émirat de Cordoue, après la rébellion d'Unifred. Bernard doit en négocier la prorogation. Sa sottise pourrait, au contraire, provoquer une guerre. L'ambition et la luxure sont ses faiblesses. Et en cela il n'est pas le seul à Barcelone.

— Monseigneur archevêque, je…

Frodoi ne trouva pas de paroles susceptibles de l'excuser à adresser à l'archevêque. Hincmar le regarda d'un air matois.

— J'ai été jeune, moi aussi, Frodoi. Je n'ai pas besoin de soixante-douze témoins pour voir ce que tes yeux trahissent. Tu as vaincu Drogon, mais il a révélé ta faiblesse. Tu dois veiller à ton troupeau, Frodoi. Oublie cette femme ou tu auras des difficultés à conserver la chaire de l'évêché.

Frodoi baissa les yeux, le cœur brisé.

— De nombreux prélats ont des amantes, répondit-il pourtant avec témérité.

— Oserais-tu me remettre en question ?

Les yeux d'Hincmar étincelaient de colère.

— Choisis parmi les serves ou les esclaves, si la prière n'apaise pas tes ardeurs juvéniles, mais jamais une aristocrate !

Frodoi était désappointé. Il avait la capacité de vaincre n'importe quel obstacle, mais pas le puissant Hincmar de Reims.

— Je l'aime, monseigneur. Je ne peux pas contrôler ce sentiment.

— Bon sang, Frodoi ! Tu es aussi buté qu'intelligent. Tu n'es plus le jeune évêque oublié de tous ! Aujourd'hui, nous avons assisté à un triomphe de l'Église. Ton triomphe ! Et Barcelone a de nouvelles opportunités. Si tu ne renonces pas à cette femme, tes adversaires t'écraseront sans pitié.

— J'ai agi pour la ville et aussi pour elle, pour sauver sa fille des griffes de Drogon.

— Eh bien, tu as réussi, et tu as gagné du prestige dans la curie, ce que tu désirais aussi, n'est-ce pas ? Toutefois, il y a un prix à payer. Tu as des obligations plus importantes à la tête de l'Église, à Barcelone, et un comte capricieux à surveiller de près.

Constatant la résistance dans le regard de Frodoi, il exprima son exaspération :

— Éloigne-toi de cette dame ou je me chargerai moi-même de te faire excommunier !

Hincmar ne parlait jamais pour ne rien dire. Il était le plus proche conseiller du roi, dont il avait la confiance, néanmoins il exigeait du jeune évêque un dur sacrifice. Le découragement envahit Frodoi. L'archevêque, comprenant sa peine, lui tapota l'épaule.

— Je désire seulement que tu gardes la tête froide. Ton évêché en a plus besoin que jamais. Les Rorgonides sont cupides, et je t'assure que des nuages noirs s'accumulent au-dessus de la cité.

27

Frodoi acheta plusieurs moutons et, le soir, il offrit un banquet aux hommes qu'il avait emmenés avec lui à Servais pour témoigner en sa faveur. Le lendemain, plus de trente évêques célébreraient une adoration eucharistique solennelle et plusieurs fils de la noblesse seraient armés chevaliers. Dont Isembard. Le surlendemain, après le traditionnel tournoi, le plaid s'achèverait et ils repartiraient à Barcelone avec les troupes du nouveau comte, Bernard de Gothie. L'évêque avait imaginé pendant des semaines les yeux de Goda pleins de gratitude lorsqu'il lui rendrait sa fille. Désormais, l'idée lui paraissait moribonde.

Étant donné sa condition, il assista aux festivités royales. Il y convia Isembard II de Tenes, que tous voulaient rencontrer. Le souverain avait accédé à la demande de Frodoi, formulée avec un flot intarissable d'éloges. Isembard serait fait chevalier.

Ils étaient installés sous un grand pavillon de toile dressé sur la place de l'église. Frodoi s'approcha de la reine et la remercia pour sa protection. Ermentrude n'était pas encore revenue de sa surprise. Frodoi éluda le sujet; il n'était pas bon que quelqu'un fouille un peu trop la question. Il salua ses parents de la maison Rairan et pendant quelques heures il se sentit de nouveau chez lui.

Peu avant la fin de la soirée, il rejoignit Bernard de Gothie, qui avait passé son temps à courtiser ouvertement les filles de plusieurs aristocrates, certaines mariées, les hommes contenant leur colère afin que le banquet ne se termine pas en tragédie.

Le rôle du Rorgonide dans la lutte contre Unifred faisait l'objet de débats enflammés, mais il possédait une armée très fournie et le roi avait besoin de soldats. La nomination avait été une manœuvre stratégique de la part de Charles le Chauve et aucune personne saine d'esprit n'aurait osé la remettre en cause publiquement. Ce soir-là, Bernard de Gothie était le jeune homme à marier le plus convoité du royaume. Il était fiancé depuis l'enfance, toutefois un bon accord permettait d'arranger toutes les situations, et plusieurs familles désiraient profiter de cette possibilité, au risque qu'une donzelle de bonne lignée perde sa vertu cette nuit-là en échange de promesses futiles.

Le jeune Bernard observa Frodoi avec curiosité tout en vidant une coupe de vin.

— Vous m'avez ajouté deux comtés supplémentaires, je vous en remercie.

— Le royaume ne peut pas reposer sur le mensonge, comte. Telle fut la volonté divine.

Bernard de Gothie éclata de rire en lui assenant une tape sur l'épaule. En réalité, il regardait deux jeunes filles qui attendaient un peu plus loin. Frodoi brûlait de partir avec les siens, mais le comte s'accrochait à lui, sûrement pour ne pas tituber.

— Le roi a mis la vie de Drogon entre mes mains. J'ai eu une conversation intéressante avec lui. Entre Francs, ajouta-t-il avec un sourire. Combien de tours la muraille possède-t-elle ?

— Soixante-seize, seigneur, répondit Frodoi, intrigué.

— Seront-elles suffisantes pour y pendre tous les personnages déloyaux à la Francie ?

L'évêque frémit.

— Ne vous êtes-vous pas demandé pourquoi le roi Charles a nommé un Rorgonide à la tête de la Gothie ? poursuivit Bernard, bouffi de vanité. Drogon a commis un crime exécrable, mais le grand problème de cette terre, ce sont les Goths et leur hostilité à l'égard de qui les gouverne. Là réside l'origine du chaos que je me chargerai d'éradiquer.

— Les habitants de Barcelone s'efforcent de survivre dans cette zone frontière troublée, répliqua l'évêque d'un ton ferme, conscient qu'il lui revenait d'équilibrer les forces face au comte.

— Vous vivez là-bas depuis des années et vous êtes très liés à ces gens, objecta Bernard avec une moue. Vous oubliez les graves dangers du royaume, les Normands et les conspirations de la famille du monarque dans les royaumes voisins. La Gothie connaît des émeutes depuis trop longtemps à cause de la trahison d'Unifred, et il est temps que les habitants soutiennent la Couronne… ou qu'ils soient écrasés.

— Mon seigneur, vous ignorez encore les dangers de la Marche hispanique.

Bernard n'écoutait pas.

— Drogon m'a imploré d'obtenir la clémence du roi en échange de sa fidélité, de châteaux, du versement de l'impôt et de soldats. – Il baissa la voix. – Les Goths se montreront-ils aussi soumis et généreux ?

Frodoi éprouva une grande colère. Le nouveau comte de Barcelone était de quelques années plus jeune que lui, fils d'un lignage en pleine expansion qui ne connaissait encore ni l'humiliation ni la défaite. Il susurra entre ses dents :

— Drogon a été condamné par l'Église. Ne craignez-vous donc pas Dieu ?

— Il sera châtié, comme tous ceux qui ont défié le pouvoir des Francs pendant des années. Drogon lui-même m'a livré plusieurs noms. – Le vin lui déliait la langue et il se riait de Frodoi. – Avec le fruit des réquisitions, je solderai la dette auprès du roi afin d'obtenir la Gothie, et j'armerai une armée plus puissante pour la maison des Rorgonides.

Frodoi se sentait vaincu. Bernard avait pour seul objectif de dépouiller ses vassaux en vue d'accroître sa maison. La Marche hispanique était vraiment une terre maudite et délaissée. Une fois de plus, le souverain se désengageait en troquant le pouvoir contre de l'argent et des soldats. Drogon lui avait sans nul doute parlé de Goda et de quelques membres du conseil.

— N'êtes-vous pas en accord avec la volonté de votre nouveau comte, Frodoi ?

— Ma mission est de prendre soin des âmes.

Bernard était ivre et hostile, et Frodoi le détestait déjà, néanmoins il demeura prudent.

— Barcelone est une petite ville de paysans au milieu de grandes étendues sauvages et inhabitées, poursuivit-il. Elle a surtout besoin de bras et d'espoir, pas de coffres vides et de pendus à ses tours.

Le jeune Bernard encaissa le commentaire avec un sourire glacial.

— Je connais mon devoir, monseigneur !

Il le prit dans ses bras devant les présents et lui murmura à l'oreille :

— Dites-moi, monsieur l'évêque, votre amourette avec cette aristocrate, Goda de Barcelone... est-ce bien vrai ?

Devant l'agitation de Frodoi, il éclata d'un rire bruyant.

— Je me chargerai moi-même de le découvrir...

Il ne souriait plus lorsqu'il se pencha de nouveau pour lui chuchoter une mise en garde empoisonnée :

— Vous feriez bien de vous en tenir au soin des âmes. S'il manquait des tours à la muraille et que vous vous mettiez en travers de mon chemin, j'en ferais dresser une autre pour vous, votre amante adultère et sa fille.

Bernard s'éloigna de Frodoi pour rejoindre les donzelles. Elles pouffèrent en un bouquet de rires cristallins. L'évêque passa les mains sur son visage, essayant de dissimuler sa détresse aux yeux des autres. L'expérimenté Hincmar avait raison quand il affirmait que, désormais, les nobles et les évêques connaissaient son point faible : Goda. Bernard n'hésiterait pas à l'utiliser pour le faire plier. Il était furieux. Menacer ainsi un prélat de l'Église prouvait la bêtise du nouveau comte de Barcelone. Le roi s'était trompé en le choisissant et il allait le regretter, mais son aimée et sa fille étaient réellement en danger, ainsi que d'autres fidèles. Il fallait désormais les protéger du puissant Bernard de Gothie.

Abattu par la situation, il aperçut Isembard en compagnie de Charles le Chauve, bientôt rejoints par plusieurs membres des Bosonides de Provence et de Bourgogne, l'un des plus anciens lignages francs; ils étaient parents de la controversée reine Theutberge, dont Lothaire II, roi de Lotharingie, voulait divorcer. Le jeune Isembard de Tenes était vaillant et noble, mais il avait été élevé dans un monastère et formé à l'art des armes par de vieux chevaliers bannis. Il n'était pas préparé pour affronter les loups de la cour. Or les plus dangereux approchaient. Dans ces circonstances, l'évêque attendit tout de même un peu pour ne pas avoir l'air de voler à son secours et l'humilier.

Isembard avait quitté Frodoi pour présenter de nouveau ses respects au roi. Charles voulut écouter son histoire, à partir de la mort de son père. Pendant des années, on avait spéculé sur ce qui s'était passé car il ne circulait que d'obscures légendes concernant l'époque de Guilhem de Septimanie. Bivin de Vienne, comte des Ardennes, se rapprocha d'eux avec ses enfants, Boson et Richilde.

Isembard s'inclina courtoisement devant le noble. La beauté de la jeune Richilde l'intimida. Il n'avait jamais vu de femme aussi élégante. Elle avait vingt ans, sa chevelure cuivrée tombait jusqu'à sa taille et était agrémentée de tresses et de fleurs trahissant sa condition de célibataire. Son bliaud rouge en soie de Byzance mettait sa silhouette en valeur. Le roi Charles ne la quittait pas des yeux. Sa peau semblait n'avoir jamais vu le soleil et l'arôme subtil de son parfum les enveloppa.

— C'est de l'ambre, mon seigneur, dit-elle d'un ton réservé, consciente de l'effet qu'elle produisait.

— Richilde est la femme qui a la meilleure odeur du royaume, Isembard ! s'exclama le roi avec insolence à cause du vin.

Tous s'esclaffèrent, à l'exception de la reine Ermentrude, un peu à l'écart avec ses dames. Sa vêture sombre, quoique sophistiquée, ne parvenait pas à masquer les traces de ses neuf grossesses, et ses cernes dénonçaient les soucis causés par son époux.

— L'opinion des sages est que l'odorat est le moins trompeur des sens, murmura Richilde, toute sa personne dégageant une grande sensualité. L'odeur suggère ce qu'une dame réserve…

Charles suffoquait de désir. Richilde alla, avec une pudeur feinte, saluer la reine. Malgré son attitude timide, elle irradiait la suffisance. Richilde aimait dominer les hommes en usant de son implacable pouvoir de séduction. Pendant qu'elle s'entretenait avec les suivantes d'Ermentrude, le roi cessa de se passer la langue sur ses lèvres et revint à Bivin.

— Je ne comprends pas pourquoi vous ne l'avez pas encore mariée…

— C'est la licorne, mon seigneur ! intervint fièrement Boson, le frère de la jeune beauté. Elle appartiendra au héros qui saura la mériter.

Sans relever cette remarque arrogante, le souverain désigna Isembard.

— Vous satisferiez-vous de voir la licorne blanche de Francie avec le Goth aux cheveux blonds ?

Isembard devint nerveux. Il n'avait aucune expérience de la cour, toutefois il percevait l'irritation du monarque, dont le propos dissimulait le bras de fer entre la Couronne et l'aristocratie.

— Une telle dame mérite tous les honneurs, se risqua-t-il à dire.

Richilde suivait discrètement les commentaires. Elle s'approcha avec un sourire suggestif laissant voir ses dents blanches et examina attentivement Isembard. Il ne semblait pas lui déplaire.

— Mon roi, commença Bivin avec circonspection, pardonnez les fanfaronnades de mon fils. Il est fier de sa sœur, rien de plus. Les fiançailles de Richilde ont toutes échoué, pour une raison ou une autre. Aussi crois-je sincèrement que ce jeune homme, qui n'est même pas chevalier, devrait chercher une épouse de sa condition.

— J'accepte les excuses, comte, mais je persiste à penser qu'être lié par la parenté avec les Bosonides serait pour ce jeune homme un juste prix en remerciement des services rendus par son père ; cela permettrait également à son lignage de renaître. Son château de Tenes et ses terres lui seront restitués. – Le roi regarda Isembard d'un air bonhomme. – Vous devez posséder un cheval pour combattre et apporter des vassaux à l'armée. Vous commencerez ainsi votre *cursus honorum* à la cour.

Tous en restèrent cois. Le roi savourait le malaise des aristocrates, tandis que Richilde avait l'air de s'amuser. Charles la désirait depuis qu'elle avait quatorze ans. Jaloux à l'idée qu'elle finirait dans le lit d'un quelconque noble, dès qu'il avait trop bu il s'obstinait à vouloir la marier au moins digne d'elle présent à ce moment-là afin de se sentir supérieur. Ce soir, c'était Isembard de Tenes, sans cheval et avec pour seule arme l'épée d'un chevalier mort.

Le jeune homme attira pourtant l'attention de Richilde. Elle contempla son visage, ses mains et ses larges épaules. C'était l'homme le plus séduisant de tous ceux qu'on lui avait déjà proposés. Elle se sentit toutefois humiliée quand elle apprit qu'il avait travaillé dans les vignes d'un monastère.

Boson n'aimait pas l'expression admirative de sa sœur.

— Isembard II de Tenes a été présenté en grande pompe. Attendons de voir s'il est aussi bon guerrier que l'était son père.

— Je ne le suis pas, mon roi, reconnut Isembard, qui craignait le piège.

— On raconte que ton père était aussi humble qu'il était assassin avec son épée, poursuivit Boson. Tu pourrais démontrer si ces chevaliers bannis t'ont instruit dignement. Affrontons-nous au tournoi après-demain ! Dédie le combat à ma sœur Richilde.

Plusieurs nobles qui rôdaient, l'oreille tendue, s'approchèrent, curieux. La dextérité de Boson dans les tournois était célèbre. La conversation avait beau se dérouler avec le sourire, elle était tendue.

— Mon seigneur, je ne suis pas venu ici pour combattre, affirma Isembard.

Richilde fut surprise. Jamais personne n'avait refusé de se battre pour elle, et chaque fois Boson sortait vainqueur de la joute, sans pitié. C'était divertissant et cela magnifiait le nom de la maison bosonide.

— Ne le feriez-vous pas pour moi, Isembard ? demanda-t-elle, un éclair ardent dans sa pupille bleu-gris.

— Je crois deviner que vous ne manquez pas de chevaliers servants.

Boson persista, provocant :

— Je crains qu'il n'ait guère hérité du courage de la maison de Tenes. On m'a rapporté que votre sœur vit dans la forêt, elle serait une sorte de nécromancienne, ou quelque chose…

— Je vous prie de vous retenir, coupa Isembard sans perdre le contrôle et très désireux de partir.

— Enfin ! Nous constatons qu'il coule un peu de sève dans vos veines ! Ce n'est qu'une rumeur propagée par les hommes de Drogon, et sans doute infondée.

Boson sourit avec dédain.

— Une once de vaillance ferait taire les calomnies.

La mention de Rotel avait plongé Isembard dans une profonde détresse. À son grand soulagement, il aperçut Frodoi qui marchait vers lui, pâle.

— Le héros du jour nous honore de sa présence ! signala ironiquement Boson.

— Ce n'est que la volonté de Dieu qui s'est exprimée, Boson, rétorqua Frodoi, impassible. – Il avait fréquenté depuis l'enfance des individus comme ce jeune noble. – Je regrette de devoir emmener Isembard avec moi, j'ai besoin qu'il m'escorte jusqu'à ma tente.

— Espérons que vous ne croiserez aucun danger. Même pour la beauté de ma sœur Richilde il est incapable de sortir sa vieille épée du fourreau.

— Isembard n'a jamais participé à un tournoi, pourtant il a combattu un plus grand nombre d'ennemis en trois ans que vous au cours de toute votre existence.

Boson se vexa. L'évêque avait la langue la plus aiguisée qui soit. Richilde regardait Isembard : il l'impressionnait. Il possédait chose de spécial.

— Rentrons, monseigneur, indiqua Isembard. Mon roi…

La voix de Boson retentit près d'eux :

— Mon seigneur Charles, je ne crois pas que vous deviez armer ce Goth chevalier. Lui et sa sœur monstrueuse offensent la digne mémoire de leur père.

Frodoi s'arrêta net, puis il se retourna, furieux.

— Majesté, nommez Isembard chevalier à l'aube, et il combattra contre Boson dans le tournoi.

Isembard regarda Frodoi, surpris, avant de comprendre pourquoi l'évêque avait pris la décision à sa place. Ainsi se déroulaient les jeux de la cour : un duel sur un terrain plat, dans une campagne paisible, risquait de rapporter plus d'honneurs et de soutiens qu'une vie entière passée à défendre le royaume dans des conditions dangereuses. Boson risquait de le condamner à n'être qu'un chevalier banni et solitaire dans la Marche. Il fallait prendre une décision, et il le fit.

— Dame Richilde, ce sera un honneur de combattre pour vous, dit-il sans faiblir.

Le roi acquiesça et les nobles approuvèrent. Boson leva sa coupe. Tous souriaient, à l'exception de Richilde. Isembard avait menti ; il ne combattrait pas pour l'impressionner, seulement pour son honneur et celui de sa sœur. Elle n'avait pas capturé le beau jeune homme dans sa toile d'araignée. Or elle n'avait jamais supporté l'échec.

Frodoi n'ouvrit pas la bouche durant le trajet. Il devait protéger Isembard et il ne trouvait pas comment s'opposer à Bernard, le jeune noble qui avait gagné la vaste Gothie grâce à un jeu de pouvoir pernicieux.

28

Le jour se leva, noyé sous une brume épaisse. Rotel allait à pied car aucune monture ne supportait la proximité des bêtes qu'elle cachait sous sa cape. Elle précédait Ega, juchée sur une mule nerveuse, ainsi que le petit groupe qui avait accepté de les suivre, tremblant à l'idée d'approcher d'autres clans.

— C'est ici, dit Rotel à la lisière d'une forêt si dense et si vaste qu'on n'en voyait pas la fin.

— Je sais, acquiesça Ega. Personne n'y entre, pourtant, un jour, on m'a amené un homme blessé… Il avait un aspect horrible et le visage détruit. C'était leur chef. J'ai fait ce que j'ai pu pour lui, et ils sont repartis.

— C'était Walbert. – Rotel la fixa intensément du regard. – On raconte qu'il y en a d'autres comme toi, Ega.

— À Montserrat, dans le massif du Montseny ou celui du Canigou… Si tu restes avec moi, tu feras leur connaissance, et tu seras l'une des nôtres. Cette terre cache encore quantité de secrets.

Elles attachèrent la mule et pénétrèrent dans la forêt ténébreuse. Sur le sol moussu poussaient des chênes centenaires tordus. Le silence les entourait. Ega était inquiète ; elle était respectée et crainte car les paysans lui attribuaient des pouvoirs ancestraux, mais jamais elle n'était entrée dans cette forêt, au sud de Berga.

— Son territoire commence ici, murmura Rotel.

Un cadavre attaché par des cordes à un arbre les avertissait qu'ils ne devaient pas avancer davantage. La dépouille avait la colonne vertébrale fracassée et les côtes ouvertes, formant d'horribles ailes d'os et de chairs putréfiées. Peut-être s'agissait-il d'un mercenaire de Drogon.

— C'est un aigle de sang. Walbert se vante d'avoir des ancêtres nordiques et il maintient la pratique de cette abominable torture. La victime vivait encore quand ils lui ont cassé les côtes.

Les enfants fondirent en larmes. Rotel les fusilla des yeux. Le visage décharné conservait une effrayante grimace de douleur. Ega pâlit. Sa sensibilité particulière lui permettait d'entendre dans sa tête les hurlements que cet homme avait proférés avant de mourir.

— Il se peut qu'on ne sorte pas vivantes d'ici, chuchota Rotel d'une voix grave.

Ils avancèrent un bon moment entre les arbres sans trouver de sentier. Le terrain était accidenté, avec des escarpements et des parois rocheuses qu'il fallait contourner. En chemin, ils virent des cadavres dévorés par la vermine, et des armes. Les restes d'une attaque.

— Est-ce que tu te sens bien ? demanda Rotel à Ega, observant le corps émacié qui avait perdu toute sa vigueur, comme si la forêt le consumait.

— C'est à cause de la douleur qui imprègne ce lieu. Les morts ne se reposent pas, ils viennent…

— Pas seulement les morts.

Des ombres sinistres venaient d'apparaître sur une hauteur. Le brouillard ne laissait dépasser que des formes pointues, des cornes et des têtes de loup. Rotel se baissa telle une bête sauvage sur le point d'attaquer. Elle prit sa sarbacane dans son dos et y introduisit un dard noirci. Un angon à pointes de harpon se planta aux pieds d'Ega, et la jeune femme s'aplatit dans les broussailles.

— Conduisez-nous jusqu'à Walbert et vous ne mourrez pas ! hurla-t-elle.

Un des sauvages cria en sentant la piqûre sur sa jambe.

— Qu'est-ce que vous attendez ? Scélérats !

Un deuxième dard en blessa un autre. La peur se propagea parmi les assaillants quand ils devinèrent qui les attaquait. Affublés de la façon la plus effrayante possible, ils avancèrent vers le groupe. Rotel se dévoila. Ega frémit en se rendant compte qu'elle luttait contre l'envie de continuer à tuer. Les hommes de la horde les auraient facilement massacrés, mais ils avaient reconnu la disciple d'Onyx.

— Vous vivrez si vous nous conduisez à votre chef, insista Rotel, le souffle court.

Ils les accompagnèrent en silence jusqu'au cœur impénétrable de la forêt.

— Crois-tu qu'ils nous mèneront jusqu'à lui ? demanda Ega.

— Oui, pour une seule raison : Walbert est infiniment plus dangereux.

Ils empruntèrent des sentiers zigzaguant au milieu d'arbres qui n'avaient jamais connu la hache. Le campement était installé sur une hauteur désertique. S'il avait abrité un jour une centaine de sauvages, beaucoup de ses cabanes se réduisaient désormais à des amas de branchages calcinés : les hommes de Drogon avaient sévi jusque-là. Au sommet se dressait une stupéfiante table de géant formée par six pierres levées supportant une énorme dalle plate. Walbert les attendait dessous. C'était lui-même un géant aux cheveux gris, aux bras puissants et au visage sillonné de cicatrices repoussantes.

— La disciple d'Onyx a décidé de mourir, dit-il méchamment. C'est Drogon qui t'envoie ?

— Est-ce ainsi que tu reçois celle qui t'a sauvé la vie un jour ? intervint Ega.

Il la reconnut et montra son visage défiguré.

— Tu es donc la sorcière qui m'a soigné quand ils m'ont fait ça ? Tu peux partir, mais pas eux.

— Ceux qui m'accompagnent appartiennent au clan d'Anuso. Drogon les a exterminés.

— Mais toi, tu vis, Rotel de Tenes.

— Ils n'ont pas réussi à l'abattre, murmura le plus vieux du groupe.

— Ils nous ont attaqués il y a deux mois, reprit Walbert. Plus de cinquante mercenaires. Un carnage. Seule une trentaine d'entre nous a réussi à s'échapper.

— Nous souhaitons réunir tous les survivants et chercher la manière de ne pas périr, expliqua Rotel. Plus on sera nombreux, mieux on pourra négocier la paix, en échange de terres.

— Et c'est toi qui le feras? La sœur de notre pire ennemi, Isembard? s'exclama-t-il amèrement.

Ce qui restait du violent clan Walbert se regroupa autour de lui : quelques hommes et des femmes avec des enfants. Le chef les regarda d'un air agressif. Ils étaient apeurés, et ils imploraient un changement, mais ils craignaient plus que tout sa cruauté. Cet homme les avait maintenus dans la soumission durant des années. Il avait abusé de toutes les femmes et de leurs filles. La meilleure nourriture qu'ils rapportaient des pillages était pour lui, il possédait des richesses cachées, et il n'entendait pas échanger cela contre une terre et une houe.

— Ici, c'est moi qui décide comment on doit vivre!

Il tira la hache de son ceinturon et marcha d'un pas déterminé vers Rotel. Elle l'avait observé et elle avait deviné ses pensées, tout en manipulant ses armes sous sa cape. Elle recula pour esquiver le coup de hache et lâcha deux vipères sur le sol. Walbert chercha à les écraser sous sa semelle. Il réussit à en tuer une, mais l'autre le mordit à la cheville. C'était ce que voulait Rotel. Elle se glissa derrière lui et laissa tomber une des bourses de cuir. Le cobra en sortit. Percevant un danger dans les mouvements brusques de Walbert, il se dressa et se jeta contre une de ses cuisses. L'homme, horrifié, vit les filets de sang et les morsures, qui commençaient à enfler. Le venin des serpents faisait déjà effet.

Tous s'horrifièrent devant le terrible cobra. Rotel l'attrapa. Walbert recula en boitant.

— Tu ne les aurais jamais laissés partir, Walbert. C'est pourquoi ton temps est terminé.

Un homme banda son arc. Rotel le fixa avec un sang-froid implacable. À cette distance, la flèche lui transpercerait le cœur. L'attaquant s'attarda, démuni, hésita, puis il baissa son arme, indifférent aux hurlements de son chef. La mort de Walbert leur donnait un nouvel espoir.

— Venez avec nous, leur dit Ega, conciliatrice.

Sans prononcer un mot, Rotel s'éloigna en direction de la forêt. Elle leur avait offert la possibilité de décider, elle ne ferait rien de plus. Walbert, à genoux, sentait son corps se paralyser.

Il implora de l'aide, mais personne ne vint à son secours. Trop de châtiments, trop d'abus.

Rotel frissonna lorsqu'elle prit conscience qu'une quarantaine de personnes marchaient derrière elle. Elle pouvait les perdre… Elle ne le fit pas. Chaque nouvel acte de pitié affaiblissait sa fermeté.

29

Un jour ensoleillé se leva sur Servais après une semaine de pluie. Les serfs du roi avaient travaillé toute la nuit pour nettoyer un terrain en dehors de la ville et parachever la construction et l'installation des estrades et de l'échafaud d'où les autorités assisteraient au tournoi. À l'issue de la grand-messe, prélats et aristocrates, suivis de leur cour, s'installèrent sur les gradins. Les dames arboraient leurs plus beaux atours, et leurs servantes relevaient le bas de leur robe pour éviter qu'elle se macule de boue. C'était le moment où les grands lignages exhibaient leur puissance. On commentait l'aspect et la tenue vestimentaire, auxquels on portait un intérêt égal, voire accru, à celui que l'on portait aux combats.

Charles le Chauve nomma neuf juges de lice, les « diseurs du tournoi », parmi les chevaliers afin d'éviter tout incident et débordement de violence. Pour cette raison également les épées étaient romaines et la pointe des lances n'était pas affilée. Le monarque avait besoin de tous ses vassaux pour lutter contre les Normands.

Les Barcelonais ne manquèrent pas à l'appel pour encourager leur champion Isembard, nouvellement armé chevalier ; il avait été adoubé au cours d'une simple cérémonie, à la fin de la messe, après tous les fils de maisons nobles reconnues. Ils se positionnèrent à l'une des extrémités du champ avec les habitants de Servais, les religieux sans rang et les serfs.

Oriol accompagna Frodoi jusqu'à sa place parmi les membres du clergé.

— Comment agirez-vous face aux menaces de Bernard? lui demanda-t-il. Beaucoup de gens sont en danger.

L'évêque fronça les sourcils. Il devait prendre de court le nouveau comte de Barcelone et intervenir avant son arrivée.

— Le tournoi achevé, j'enverrai deux de tes hommes en éclaireur.

Oriol repartit, agacé. Il détestait ces jeux d'aristocrates, leurs épées comme des joujoux et leur pompe. Cette mascarade ne servirait qu'à mortifier Isembard et à permettre aux Francs de continuer à se flatter de leur supériorité.

Le jeune de Tenes tournait et retournait l'arme qu'un des juges lui avait remise. Il connaissait les règles du tournoi. Ils n'étaient autorisés qu'à désarmer et désarçonner leur adversaire, ou à capituler; il leur était interdit de porter des coups avec les mains, d'étrangler ou de rompre les os; le roi avait décrété que, dans de tels cas, le responsable subirait le même sort.

Les juges réunirent tous les participants au milieu du terrain et la fanfare sonna le début du tournoi. Isembard combattrait contre Boson en milieu de matinée, dans un pas d'armes. En attendant, il admirait la splendeur des chevaliers de la joute, les cottes aux écailles dorées, les heaumes polis et les épées à la garde étampée. La première épreuve était le combat à cheval, afin de mettre en valeur l'habileté à sauter de la monture, attaquer et se remettre en selle, une tactique classique de la chevalerie franque pendant la bataille. D'autres passes s'apparentaient davantage à la danse qu'au combat. Même ainsi, plusieurs chevaliers furent portés hors du terrain par leurs serviteurs. Isembard reconnut quantité de gestes techniques de Guissand, et il tenta d'en mémoriser d'autres plus raffinés.

Un des juges de lice s'approcha de lui.

— À votre tour.

Boson était déjà sur le terrain et, bras levés, recevait les acclamations de la tribune et des gradins. Isembard avança à pas lents. Les gens de Barcelone hurlèrent des vivats. Les deux hommes s'inclinèrent devant le roi, puis ils se tournèrent autour.

Boson, agile, déjoua les tentatives d'Isembard. Tous deux évaluaient l'habileté de l'adversaire. Le comte accompagnait ses estocades de ahanements qui ajoutaient à la passe une tension dramatique. Lorsqu'il réussissait à frapper le jeune Goth, ses partisans s'exclamaient. Son sourire finit toutefois par s'effacer quand il constata son incapacité à désarmer Isembard ; l'homme qui avait combattu toutes ces dernières années pour rester en vie faisait la preuve de sa dextérité. Boson décida d'arrêter le combat pour changer d'arme.

Le capitaine Oriol s'approcha d'Isembard. Il était nerveux.

— Tu n'es pas comme lui, chuchota-t-il. Laisse-le vaincre et partons d'ici le plus vite possible.

— Que se passe-t-il ? demanda le jeune de Tenes, intrigué.

— L'évêque est très inquiet. Le nouveau comte de Barcelone prétend infliger une correction aux Goths. Le plus probable est qu'il veuille réquisitionner leurs biens pour dédommager le roi après sa nomination, or, après le pillage orchestré par Drogon, la ville ne supportera pas d'être une nouvelle fois dépouillée. Cela signerait sa ruine définitive. Une fois de plus, Barcelone est au bord du précipice. Je vais envoyer deux de mes hommes, mais cela laissera Frodoi sans protection et vulnérable. Isembard, je souhaite que tu sois l'un de ces deux hommes. Tu as juré fidélité à l'évêque qui t'a parrainé pour devenir chevalier, le moment est venu de tenir parole.

— Je le ferai.

Isembard ressentit le même mépris que lorsque Drogon s'était intéressé à Rotel, à Santa Afra. Décidément, les aristocrates ne se préoccupaient que d'eux.

Oriol hésita un instant avant de poursuivre :

— Le cas d'une personne préoccupe spécialement Frodoi. Je veux parler de Goda de Barcelone.

— L'accusation de Drogon est-elle exacte ?

— Nous avons besoin d'un évêque fort, Isembard. Fais en sorte qu'elle et sa fille Argencia soient mises à l'abri.

Isembard ne répondit pas. Il regagna le centre du terrain le cœur battant. Boson avait choisi un bouclier rond, et il faisait tournoyer une épée plus grande que la précédente, lançant des estocades dans l'air avec grâce, ce qui suscitait des cris d'enthousiasme parmi les jeunes filles.

— Je pensais que tu avais abandonné, Isembard de Tenes ! plaisanta-t-il. Es-tu prêt à combattre vraiment ?

— Finissons-en, Boson. Nous nous amuserons une autre fois, à présent je suis pressé de partir.

Le comte se prépara, le sourire aux lèvres. Isembard imagina qu'il avait devant lui Drogon de Borr, le soir où ses maîtres avaient été tués à Tenes. Poussant un hurlement agressif qui surprit tous les présents, il se jeta sur son adversaire avec une furie inattendue, peu élégante dans un tournoi. Après plusieurs coups brutaux, le petit bouclier de Boson éclata en morceaux. Le Bosonide recula, une expression de frayeur sur le visage, mais Isembard ne lui accorda aucun répit et ne lui autorisa aucun coup d'épée élégant à deux mains. Il avait été entraîné pour laisser derrière lui un champ de cadavres avant de tomber, tandis qu'un Boson se repaissait de banquets et menait des incursions dans l'alcôve des jeunes filles. Les acclamations se turent. Boson perdit son arme et reçut un coup au visage qui le fit saigner du nez. Assommé, il tomba au sol. Isembard leva l'épée pour l'abattre violemment sur son crâne, avant de se raviser. Il la planta profondément dans l'herbe. Après une légère révérence adressée au roi sidéré, il s'en alla dans un silence lourd.

Boson se tenait encore le visage entre les mains quand Isembard arriva auprès d'un Oriol très impressionné.

— Il n'y a pas de temps à perdre, se contenta-t-il de dire.

Frodoi arriva presque en courant, le visage livide.

— Ce ne sont pas des façons de combattre dans un tournoi !

— Il le sait, monseigneur, expliqua Oriol. Il partira devant.

— Je l'accompagnerai, si vous le permettez, proposa Egil, un des hommes de la garde de l'évêque placée sous le commandement d'Oriol.

Le capitaine accepta. Egil, le plus ancien de ses soldats, était bien connu de l'aristocratie gothe. Frodoi réfléchit un instant, puis il lui tendit une bourse.

— Avec ces oboles, vous pourrez changer de montures et gagner plusieurs jours d'avance, Isembard et toi. Que les Goths se préparent et se cachent du mieux possible. Que ceux qui quittent Barcelone aillent en Aragon ou demandent l'asile au wali de Lleida. J'enverrai des missives secrètes en ce sens.

Le public sur l'estrade s'était ressaisi et commençait à acclamer Isembard. Les adversaires des Bosonides réclamaient surtout son retour sur le terrain, mais le jeune homme s'éloigna en direction du camp avec Egil. Ils allaient chercher leurs chevaux et leurs armes. En chemin, ils croisèrent la sœur de Boson, la belle Richilde, dont la petite escorte s'écarta discrètement. Isembard l'avait aperçue au milieu des dames, reconnaissable à son habit de drap vert et sa ceinture en argent. Elle s'était hâtée pour le rencontrer, et le rouge à ses joues accentuait sa beauté. Isembard demanda à Egil de marcher devant.

— Je suis impressionnée, dit-elle, apparemment sincère. J'aimerais mieux vous connaître, Isembard de Tenes.

— Pardonnez mes agissements avec votre frère, mais je devais partir sans attendre.

Richilde ignora sa froideur et se rapprocha de lui. Il la fascinait.

— Je crois vous avoir donné une image fausse de moi l'autre soir. Mon frère se comporte ainsi avec tous mes possibles prétendants. Je vous présente mes excuses. Je constate désormais que vous êtes différent des chevaliers de la cour, et pas simplement parce que vous êtes le premier à battre mon frère dans un tournoi. N'irez-vous pas recevoir votre ovation ?

— D'autres affaires m'appellent.

Richilde vit l'urgence dans les yeux bleus d'Isembard et elle sourit, intéressée.

— Une dame en danger, peut-être ?

Isembard ne répondit pas. Richilde éprouva une sensation inconnue d'elle : la jalousie. Séductrice, elle lui offrit un mouchoir parfumé et le lui remit en frôlant ses doigts.

— Il vous rendra le voyage plus doux. Nous nous reverrons, Isembard de Tenes.

Le jeune homme l'observa tandis qu'elle marchait d'un pas gracieux vers la tribune. Richilde était ensorcelante. Elle connaissait bien les hommes, malgré son âge.

— Il faut partir ! lui cria Egil, déjà dans le campement.

La magie fut brisée.

— Que Dieu nous aide jusqu'à Barcelone.

— Tout se passera comme prévu, murmura le soldat. Vous verrez.

La nuit tombait. Goda arpentait nerveusement la vieille tour du Mons Iovis. Inactive, elle ne cessait de penser à Argencia et se désespérait. Elle ne se rendrait pas, elle n'irait pas à Empúries, ni nulle part ailleurs. Il fallait qu'elle récupère sa fille. Elle regarda sa robe noire, sale et déchirée, et elle maudit Drogon. Il ne tarderait pas à revenir, avec le titre de comte. Alors, il ne se contenterait plus du bannissement qu'il lui avait imposé. Il fallait qu'elle trouve la façon de récupérer son honneur bafoué et sa fille Argencia. Pour cela, elle avait besoin d'argent.

Et pour cela, elle vaincrait les hommes, décida-t-elle, sans savoir comment. Elle n'avait pas d'épée, pas de serfs, mais on l'appelait l'âme de Barcelone. Elle ne faisait qu'une avec la terre qu'elle foulait, et elle attendait une réponse. À cet effet, elle portait chaque soir des offrandes à la Mère. Elle avait encore à élever Argencia en digne femme de sa lignée, à lui parler de la mémoire de Barcelone, des lignages, des faits et des secrets qui ne devaient pas tomber dans l'oubli.

Le temps jouait contre elle. Une fois l'hiver venu, elle ne supporterait pas de vivre dans la tour en ruine. S'obligeant à manger, elle mordilla une côtelette d'agneau qu'Elisia lui avait apportée.

— Elle manque de sel. Ah, ces Francs…, murmura-t-elle, contrariée.

Elle la jeta dans un panier et sortit. La solitude l'étouffait. Elle descendit la colline en direction de l'humble village de pêcheurs. Ils étaient également débardeurs à l'occasion, lorsque les barcasses ou les brigantins de Byzance entraient dans le port.

Les familles rassemblées autour du feu se levèrent pour l'accueillir dans un silence respectueux. C'était la veuve aristocrate qui vivait dans la tour. Les enfants en avaient peur : ils croyaient qu'elle était une sorcière qui buvait du sang. Les adultes la saluaient en évitant d'établir des liens plus étroits avec la bannie, par crainte que les officiers du comté ne leur causent des problèmes.

— Bonsoir, dit-elle, je voudrais seulement un peu de sel.

— Oui, Madame. – Une vieille femme lui tendit un morceau de toile repliée. – On l'utilise pour saler le poisson. Parfois, on ne peut pas partir pêcher à cause des tempêtes, en hiver.

Goda les avait vus mettre de l'eau de mer dans des plats en céramique et les laisser devant les maisons pour que le liquide s'évapore jusqu'à ce qu'il ne reste plus que le sel.

— Vous devriez le vendre en ville, c'est précieux, et on le paie un bon prix.

— On ne le fait que pour nous, allégua timidement un homme.

— Si vous construisiez des bassins plus grands, vous en récupéreriez davantage.

Le petit groupe resta silencieux.

— Dieu est fâché, Madame, et il nous punit souvent, dit une autre vieille en la regardant droit dans les yeux.

Elle semblait avoir attendu des années pour dire ce qu'elle pensait à un noble sans être pendue.

— On n'a pas d'autres vêtements que ces haillons et nos barques prennent l'eau. Le jour où elles couleront, on mourra. Récolter le sel de mer revient cher, et si on réussissait à obtenir une récolte qui vaille quelque chose, les seigneurs nous la prendraient.

La vieille accusait Goda du regard; celle-ci s'éloigna sans lui répondre. Elle se trouvait à cet endroit pour des raisons politiques et à cause de son orgueil, mais ce coin dur et dangereux où les aventures finissaient mal, c'était leur univers à eux. Découragée, elle désirait plus que tout se réfugier dans la crypte de l'ancienne église au plan en forme de croix, se lover dans le souvenir de ses ancêtres et leur faire des reproches. Elle commençait à comprendre qu'ils n'avaient jamais essayé de sauver la véritable Barcelone, en réalité, mais seulement l'image idéale des grandes familles gothes.

Un enfant entra dans la tour. Il était nu et un peu plus âgé qu'Argencia. Il a l'air malin, pensa Goda.

— Ma grand-mère Maria vous offre cette sardine pour s'excuser.

— Comment t'appelles-tu?

— Ermemir, Madame.

Goda lui donna les deux côtelettes d'agneau. Le garçon écarquilla les yeux, posa le poisson malodorant et repartit avec son trophée. Goda plissa le nez devant la puanteur qui se répandait dans la tour. Dans son palais de Barcelone, cette sardine serait immédiatement allée sur la table des esclaves. Elle l'examina avec dégoût. Elle s'était abîmée parce qu'elle n'était pas correctement salée.

Un souvenir lui traversa l'esprit. Elle se leva d'un bond, comme si son corps la démangeait. Elle raviva le feu pour avoir un peu plus de lumière et, sur la terre battue, elle traça du doigt la ligne de la côte. Elle indiqua Barcelone, le fleuve Llobregat au sud et, dans les terres, son affluent, le Cardener. Elle se remémorait un vieux plan que sa famille conservait sur un vélin presque illisible et désormais perdu, comme d'autres trésors familiaux disparus après l'attaque de Guilhem de Septimanie. Son cœur battait à tout rompre. Elle redescendit en hâte au village des pêcheurs.

— Est-ce que vous avez une charrette ? leur demanda-t-elle sans détour.

— Oui. On l'utilise pour porter le poisson à la ville.

— Demain, avant l'aube, ceux qui sont prêts à me suivre viendront avec moi, annonça-t-elle, devant les regards curieux.

— Où est-ce que vous voulez aller, Madame ? demanda un homme, un brin railleur.

— Dans un lieu inhabité près de la frontière. Dangereux, peut-être.

— Pourquoi on devrait vous accompagner ?

— Parce que si nous en revenons vivants, vous n'aurez plus jamais faim, ni vous, ni vos enfants, ni les enfants de vos enfants.

Maria, la grand-mère d'Ermemir, posa une main sur le bras de son fils pour l'obliger à écouter attentivement. Elle discernait quelque chose sur les traits de l'aristocrate outragée. Un secret. Il émanait de Goda une absolue conviction. On disait qu'elle était l'âme de Barcelone et elle leur offrait une chance, à eux, pas à ses amis nobles ! Ils ne pouvaient pas la laisser passer, aussi risquée soit-elle. Mourir de faim était toujours le pire pour eux.

30

Goda n'était pas dans la tour. Gauderic l'annonça en entrant dans la cuisine dévastée de la taverne du Miracle; il rapportait le baluchon de nourriture intact.

Elisia se redressa et épongea de sa manche la sueur de son front. Elle pesta entre ses dents. Elle avait essayé d'arranger son meilleur chaudron tout cabossé, mais elle constatait que lui aussi était fissuré. Elle soupira et se tourna vers le garçon. Gauderic fournissait à l'hôpital les compotes et fromages qu'ils stockaient dans le placard à provisions afin qu'ils ne s'abîment pas, et il en réservait toujours un peu pour Goda.

— Elle est sûrement à l'église de la mer. Elle y fait ses offrandes. Tu n'as pas attendu?

— Une vieille femme m'a dit qu'elle était partie avec des pêcheurs. Elle ne savait pas quand elle reviendrait. J'ai eu l'impression que la femme ne voulait pas en dire trop.

Cette information intrigua Elisia. Elle traversa la salle de l'auberge, toujours dans l'état où l'avaient laissée les hommes de Drogon, avançant tête baissée entre les gravats. Elle éprouvait une angoisse insupportable au spectacle de ses efforts réduits en poussière. Elle avait vendu le peu qui avait réchappé à l'entreprise destructrice, quelques cruches et des assiettes en porcelaine, ainsi que le bois. Elle cachait les oboles au fond d'un trou creusé dans la terre de la cuisine, et à ce maigre pécule s'ajoutaient les repas qu'elle cuisinait dans des maisons de la noblesse et d'autres clients qui l'appréciaient, tout cela dans l'espoir de réunir la somme suffisante pour rentrer à

Carcassonne avec un marchand. Elle était prête à renoncer à la liberté si Otèri acceptait de la reprendre dans son auberge.

Elle n'avait plus de nouvelles d'Isembard. Le capitaine Oriol lui avait laissé entendre qu'il était à l'abri de Drogon, sans pour autant répondre à ses questions. Son mari traînait dans les tavernes du Regomir et jouait aux dés avec les mercenaires de Drogon pour survivre. Elle détestait cet homme qui était toujours son époux. Lorsqu'il faisait une apparition au Miracle, il lui rappelait que c'était toujours sa propriété. Elisia avait hâte de partir, de le quitter, tout en pressentant qu'elle n'y parviendrait jamais.

Elle sortit de la ville par la Porte du Regomir, en proie à un étrange sentiment. Y régnait plus d'activité que d'habitude. Des familles de propriétaires quittaient Barcelone avec des attelages chargés, suivis de leurs serviteurs. Beaucoup lui firent leurs adieux comme s'ils pensaient ne jamais la revoir, quoique personne ne lui expliquât pourquoi. Elle décela de l'inquiétude sur leurs visages.

Elle arriva à la tour du Mons Iovis haletante. Sa grossesse ne se voyait pas encore, en revanche elle fatiguait vite lorsqu'elle faisait un effort. À l'intérieur, le feu était totalement éteint et le vent qui pénétrait par la porte ouverte éparpillait les cendres. Elle descendit au port, où elle ne trouva pas la vieille femme mentionnée par Gauderic. Elle trouvait étrange que Goda soit partie sans la saluer.

Perturbée, elle revint à la taverne et trouva devant la porte le *saig* des tribunaux qui bavardait avec les soldats. L'officier de justice s'approcha d'elle, le visage grave.

— Sais-tu où se trouve Goda de Barcelone ?

— Vous ne l'avez pas vue non plus ? s'inquiéta Elisia. Que se passe-t-il ?

Le *saig* appréciait la jeune femme, comme tout le monde, et il déplorait ce qui s'était passé au Miracle, aussi lui parla-t-il.

— Je ne devrais pas te le dire, mais au cas où tu la verrais, préviens-la qu'un pigeon voyageur est arrivé de Servais : l'évêque Frodoi la supplie de partir sans délai pour Empúries. Il a envoyé deux hommes qui sont déjà en chemin. – Le *saig* fronça les sourcils. – Apparemment, le nouveau comte se fait une fausse idée des Goths, à qui il souhaite rappeler par la force qui gouverne ce comté. J'ai bien peur que d'autres souffrent comme toi et t'accompagnent dans la ruine.

— Pourquoi... ? Que s'est-il passé à l'assemblée ? demanda-t-elle avec inquiétude.

— Il y a eu des changements. Drogon a été déclaré traître, et le roi a nommé un Franc du nord marquis de Gothie. Je crains qu'ils veuillent nous faire payer la rébellion d'Unifred. Mais tout ne va pas mal pour les Goths. Isembard II de Tenes, le jeune qui accompagnait Guissand de Barcelone, a été armé chevalier.

— Je le connais, murmura Elisia, qui se sentait revivre. Il était à l'assemblée ?

— On le suppose, mais il faudra attendre son retour.

Les yeux d'Elisia se remplirent de larmes. Elle était sous le choc. Elle avait enfin des nouvelles d'Isembard, même s'il était un noble chevalier à présent et qu'un abîme les séparait. Sa chance, si elle s'était présentée un jour, s'était évanouie. Une question l'intriguait malgré tout.

— Puisque Drogon de Borr a été déclaré traître, qui est le nouveau comte de Barcelone.

— Bernard de Gothie, comte d'Auvergne et fils de Bernard de Poitiers.

Le regard d'Elisia s'illumina.

— De Poitiers ?

— Son père est comte de ce territoire, dit le *saig*, surpris par l'intérêt de la tavernière.

Pour la première fois depuis des semaines, un sourire éclaira le visage d'Elisia. Une étincelle d'espoir.

— Quand arriveront-ils ?

— Dans une vingtaine de jours environ.

Elle laissa l'officier de justice, qui continua de parler dans le vide, et courut à la taverne. Devant un Gauderic déconcerté, elle écarta des madriers, sortit une bourse de peau contenant quelques oboles et les tendit au garçon, les yeux brillants.

— Du lait, Gauderic ! Je veux du lait de chèvre, le plus frais que tu trouveras ! Si tu m'en rapportes, tu n'auras peut-être pas à rentrer à l'Esquerda.

Le voyage de retour à Barcelone était en train de devenir une épopée qu'Isembard n'oublierait jamais. L'image d'Elisia et l'espoir de la revoir à son retour lui permettaient de supporter les interminables journées de galop. Egil et lui voyageaient avec six chevaux et, en deux semaines, ils parvinrent en Cerdagne, un comté gouverné par Salomon d'Urgell ; les soldats les interceptèrent à Estana puis à El Querforadat. Egil montra la demande de passage frappée du sceau de l'évêque Frodoi, expliquant qu'ils regagnaient Barcelone, où ils étaient chargés d'annoncer la nomination du marquis de Gothie. Ils changèrent deux de leurs chevaux pour des montures robustes habituées à la montagne. Sans s'arrêter, ils arrivèrent au pied de la massive Sierra de Cadí. La neige tombée pendant l'hiver s'était accumulée sur ses pentes et il faisait un froid mordant, malgré le printemps déjà avancé. Ils abordaient l'étape la plus sauvage du voyage.

Un berger les guida par le Cortal del Roig jusqu'à Boscalt ; après deux journées d'une marche pénible sur un vieux sentier qui serpentait entre les bois et les coteaux pour éviter les profonds ravins, ils descendirent dans la vallée de La Vansa. Bien que la pluie ait redoublé, ils espéraient atteindre la petite bourgade de Fórnols le soir et dormir sous un toit, même s'il fallait se séparer d'un cheval en paiement. Ils croisèrent des moines qui poussaient un chariot rempli de cadavres en décomposition. Une épidémie s'était déclarée dans le village et ils ramassaient les cadavres, qu'ils allaient enterrer sur une colline à l'écart.

Ils décidèrent donc de contourner Fórnols et de camper dans un abri près de la berge. Ils étaient épuisés, mais ils n'étaient plus qu'à quelques jours de marche de l'arrivée.

Pendant que les chevaux s'abreuvaient, Isembard se lava dans la rivière. Le parfum ambré du mouchoir de Richilde lui fit penser à la dame. Bien qu'il aimât Elisia de toute son âme, le carré de toile fine et précieuse lui faisait prendre conscience de son nouveau rang. Il pouvait désormais récupérer le prestige de son lignage. Drogon tombé, il réintégrerait le château de Tenes, grâce au soutien de Frodoi, non par la force mais par le droit héréditaire, afin d'entamer son *cursus honorum.* À cet instant précis, il se jura de ne jamais renoncer à Elisia, même s'il était de son devoir d'épouser une aristocrate et que l'aubergiste était mariée. La loi gothe était très claire : la peine pour adultère les condamnerait à être tous les deux les esclaves de l'époux. Néanmoins, d'une manière ou d'une autre, ils trouveraient le moyen d'être ensemble. Peut-être le puissant Frodoi pourrait-il briser la chaîne qui liait l'aimée pour l'éternité au regard du ciel. La blessure de la perte de Rotel finirait par cicatriser. Cette nouvelle perspective de bonheur le comblait, après une longue période remplie de sombres préoccupations.

Perdu dans ses pensées, Isembard ne vit pas, à la surface de l'eau, le reflet de l'assaillant qui surgissait derrière lui. Avant de pouvoir se défendre, il fut poignardé au côté. La vive douleur l'empêcha de réagir. Egil lui planta de nouveau sa dague dans l'omoplate avant de le repousser sur l'herbe qui se gorgeait de sang.

— Je suis désolé, mon garçon. Nous n'irons pas à Barcelone, ni toi ni moi. – Il lui arracha l'épée de Guissand. – Drogon exige sa vengeance.

— Pourquoi ? siffla Isembard, pris de vertiges sous l'effet de la douleur. Tu as toujours été fidèle à Oriol.

— Je renseigne Drogon depuis longtemps. C'est par moi qu'il a su quand vous comptiez tenter de reprendre Tenes, et aussi que l'évêque entretenait une relation adultère avec Goda de Barcelone. – Il parlait sans fierté, impassible, en agitant une bourse lourde de pièces pour se justifier. – Il paie bien, plus que Frodoi ne l'imagine. Suffisamment pour me permettre une nouvelle vie dans un lieu plus heureux. Que Dieu accueille ton âme.

Un grand froid intérieur envahissait Isembard à mesure qu'il perdait son sang, et avec lui la chaleur et la vie. La silhouette floue d'Egil s'éloigna avec les chevaux. Gémissant de douleur, Isembard enfonça le mouchoir de Richilde dans sa blessure pour contenir l'hémorragie, puis, sans force, il s'allongea et contempla le ciel indigo. La nuit allait tomber. Il pensa à Elisia et murmura son nom. Il avait été bien naïf de croire que Dieu autoriserait ses intentions peccamineuses. Il crut voir un chevalier avec un heaume et une cape rouge cramoisie qui se penchait sur lui. Guissand de Barcelone l'accusait du regard :

il n'avait pas respecté la promesse qu'il avait faite avant de mourir. Il laissa l'obscurité l'envelopper, avec une peine infinie.

Rotel se courba quand le froid et la faiblesse s'emparèrent d'elle, et elle s'appuya contre un arbre. Elle avançait avec Ega et le groupe sur une sente à peine visible vers un campement proche du château de Taradell, au nord du Montseny. Elle se rappelait une grotte sous la forteresse abandonnée, suffisamment spacieuse pour accueillir un clan d'une cinquantaine d'âmes au moins.

— Que t'arrive-t-il ? lui demanda Ega, inquiète.

Rotel reprit son souffle et réussit à murmurer :

— Mon frère Isembard. Il lui est arrivé quelque chose.

Le groupe s'arrêta, étonné. Ega prit les mains de Rotel dans les siennes. La jeune femme regardait au-delà du bois touffu, comme si elle attendait un signe pour partir à la recherche de son frère. Une larme coula sur sa joue, aussi rare qu'un diamant. La sœur vivait toujours en elle, malgré tout, et elle souffrait.

— La mort est notre compagne, ma fille.

— Ce n'est pas la mort qui m'angoisse. Je sais qu'Isembard l'accepte, comme moi. C'est l'échec. Son âme pleure pour ce qu'il n'est pas parvenu à achever.

— Dans ce cas, tu rencontreras peut-être un jour son esprit errant dans quelque lieu isolé, dit l'ancienne, attristée. Les morts ne trouvent pas toujours leur chemin lorsqu'ils restent accrochés à cette terre. Elle est remplie d'âmes en peine.

Une horde à l'aspect sauvage leur tendit une embuscade. Plongée dans l'inquiétude, Rotel ne réagit pas. Un homme affublé d'un heaume orné de bois de cervidé, le poitrail couvert de têtes de mort, s'approcha des deux femmes.

— La rumeur disait vrai ! s'exclama-t-il sous son masque démoniaque. La disciple d'Onyx et une sorcière ont réuni les survivants des clans d'Anuso et de Walbert ! On a réussi à repousser les hommes de Drogon, vous le savez sûrement.

Il tira une francisque à deux tranchants et, à l'effroi des récents arrivés, il la fit tournoyer au-dessus de la tête des femmes avant de la lancer contre un arbre. L'arme se planta dans l'écorce.

— Deux femmes aussi audacieuses ou téméraires ne doivent pas mourir, rugit-il, les bras ouverts. Le clan de Cosla vous reçoit amicalement. Venez dans notre campement et reposez-vous. Nous aurons bien le temps de découvrir pour quelle raison vous avez sauvé ces gens.

Tous soupirèrent de soulagement. Unis à Cosla, ils formaient une petite armée et seraient en position de négocier la paix avec le comte. Cependant l'inquiétude rongeait toujours Rotel.

— Où es-tu, Isembard? chuchota-t-elle en direction d'un gros nuage orageux. Où puis-je te trouver?

Egil chevauchait vers l'ouest sous l'orage, dans une gorge sombre. On aurait dit que les coups de tonnerre vilipendaient son crime et il frissonnait de terreur, mais le mal était fait. Une longue route l'attendait, qui traversait les comtés d'Urgell, du Pallars et de la Ribagorce, avant qu'il puisse sortir du territoire franc de la Marche et échapper au réseau de Frodoi.

Il avait servi l'évêque, comme son père et ses frères, qu'il avait vus périr lors d'incursions sarrasines successives. Il ne se considérait pas comme un traître, seulement comme un homme désireux que la vie lui rende tout ce qu'il avait perdu. Frodoi était arrivé, animé d'une fougue juvénile, il avait distribué des terres, et des dizaines de familles vivaient grâce aux travaux de la nouvelle cathédrale, néanmoins Barcelone demeurait un bastion oublié du royaume.

La Marche se ruinait pour protéger un empire indifférent, et en soixante ans rien n'avait changé. Le seul combat qui valait la peine était le sien, personnel, et c'est ce qui l'avait conduit à accepter la proposition de Drogon. Il appréciait Isembard, mais le jeune homme était aveuglé par les vaines espérances de Guissand, d'Oriol et de Goda de Barcelone. Cette année, la trêve signée avec les Sarrasins s'achevait. Les quatre années de paix n'avaient servi qu'à permettre à l'ennemi de se réarmer, tandis qu'eux étaient moins nombreux que jamais. Quant au roi et aux nobles, ils s'en lavaient les mains.

Si la frontière du Llobregat tombait, l'ennemi atteindrait les Pyrénées. Charlemagne se retournerait dans sa tombe; Egil, lui, serait déjà très loin. Grâce à la petite fortune amassée dans la bourse qui pendait à sa ceinture, il se mettrait au service de quelque noble aragonais. Personne ne refuse une bonne épée.

Une flèche noire transperça la nuit et vint se planter dans sa poitrine. Le cheval se cabra. Egil lâcha les rênes et tomba dans la boue. Le sang jaillissait de la blessure à gros bouillons. Sa vision s'obscurcit. Il aperçut la bourse sur le sol et les pièces éparpillées.

Plusieurs ombres sautèrent sur les rochers et s'approchèrent. Egil voulut se mettre debout. Son cœur s'emballa sous l'effet de la peur. Ce n'était pas la première fois qu'il était blessé, mais quand il toussa du sang il comprit que, cette fois, la flèche l'avait mortellement touché.

— Il n'est pas intelligent de voyager par temps d'orage. Ça permet à ceux qui te suivent de mieux se cacher, dit un homme au visage masqué qui se baissa pour récupérer les pièces. Tu as les quatre bons chevaux qui nous manquent, et aussi un petit trésor.

C'étaient des Sarrasins. Un petit groupe qui rôdait habituellement dans la région. Egil parvint à sortir l'épée du fourreau. Tenant son arme à deux mains, il lança plusieurs coups qui fendirent l'air; en vain. À bout de souffle, il tomba à terre. Il sentit la pointe d'un sabre courbe sur sa nuque et cessa de résister. Il perdait son sang. Le chef du petit groupe prit la parole d'un ton froid.

— Tu es un vétéran et tu sais quand la fin est proche. J'ignore si tu as eu une vie honorable ou si tu es un misérable, mais il ne te reste qu'à prier ton Dieu pour qu'Il te pardonne tes péchés et envoie quelqu'un te donner une sépulture.

— Fais-le, dit Egil, le poids de l'épée sur sa nuque, préférant, comme tout soldat, une mort rapide.

L'ironie du sort voulait qu'il quitte ce monde comme Isembard. La Marche était ainsi. Un lieu où les histoires s'interrompaient, sans autre forme de procès. La pointe du sabre s'enfonça à la base de son crâne. La rancœur et les rêves disparurent à jamais. Son corps serait dispersé par la vermine dans les vieux déserts de Cerdagne et oublié pour toujours.

Peu avant la fin du jour, les moines de Fórnols atteignirent le bord de la rivière où les bergers avaient trouvé le corps d'un jeune guerrier aux cheveux blonds. Ils ne prirent pas la peine de vérifier si son cœur battait. Il pleuvait et ils voulaient rentrer au monastère. Un *frate* signala la cape sombre.

— N'est-ce pas un des deux cavaliers qui sont passés dans la bourgade à midi ?

— Je crains que l'autre ait continué le voyage seul. Que Dieu châtie son crime.

Ils chargèrent le corps en silence sur la charrette, avec les autres cadavres à la peau grisâtre, une femme et trois enfants, puis, sous l'orage, ils remontèrent difficilement le chemin transformé en bourbier. Ils égrenaient des prières pour se protéger du mal qui émanait des corps.

— Les roues s'enfoncent dans la boue à cause du poids. On devrait le laisser là. On reviendra le chercher demain.

— Charité, mon frère, charité.

Ils parvinrent tant bien que mal au sommet de la colline rocheuse où se dressait le tout petit monastère. La terre noire était défrichée et semée de monticules surmontés d'une croix. Quatre moines qui creusaient des fosses, un mouchoir crasseux sur le bas du visage, regardèrent le nouveau chargement d'un air las.

— Le prieur ne veut pas qu'on les laisse toute la nuit sans les enterrer, au risque que les bêtes les dépècent et emportent la chair infectée dans d'autres vallées, dit l'un.

— C'est bon, rouspéta un moine plus jeune, fatigué d'entendre la même rengaine toute la journée.

La pluie redoublait et les éclairs illuminaient le ciel noir. Dieu était fâché. Sans précaution, ils déchargèrent la charrette sur un tas de cadavres dégoûtants. Ils n'auraient pas fini de les enterrer avant complies.

— Regarde le mouchoir de celui-ci ! s'exclama un moine.

Le corps ramassé sur le bord de la rivière gisait sur les autres, tordu et couvert de boue. De son flanc dépassait un carré de toile fine orné de broderies exquises. Il était ensanglanté.

— C'est de la soie ? demanda un vieux moine avec curiosité.

Le plus jeune se pencha pour inspecter le tissu.

— Ce bout-là, qui n'est pas trempé de sang, il sent l'ange.

— Tu sais ce que ça sent un ange, *frate* Carpio ?

— Non, mais j'espère que c'est ce parfum-là.

Il tira sur le tissu pour le sortir et le sang se mit à couler. Le corps bougea.

— Grand Dieu ! Remets-le tout de suite ! Cet homme est vivant !

Le jeune moine regarda le mouchoir. L'autre cria plus fort et il l'appuya de nouveau sur la blessure. Carpio approcha son oreille de la poitrine d'Isembard.

— Vite, venez tous, il faut le porter à l'intérieur !

Ils le transportèrent roulé dans sa cape jusqu'au petit monastère de Fórnols, composé d'une modeste chapelle en pierre, d'une maison mitoyenne et de deux dépendances. Un vieux moine sortit en les voyant arriver, surpris. Il s'avança et toucha le front glacé du garçon blessé, puis son cou.

— Nous croyons qu'il est vivant, *frate* Bonifacio.

— Il lutte pour vivre, tempéra ce dernier, sentant le harcèlement de la mort. Il a une revanche à prendre.

31

Sur les bords du Cardener, trois frères pêcheurs, Alberic, Lothar et Donadeu, suivaient Goda au milieu des joncs, accompagnés de leurs fils. Ils n'avaient pas trente ans et leurs garçons étaient âgés de douze à quinze ans. Ils étaient armés de gourdins et d'une houe, ce qui n'empêchait pas la peur de les tenailler. Ils ne s'étaient jamais autant éloignés de la mer et ne connaissaient les parages solitaires de l'intérieur que par d'étranges récits évoquant des démons, des dragons et des Sarrasins sanguinaires. Avec un peu de chance ils effraieraient les animaux, mais s'ils croisaient des hommes armés on n'entendrait plus jamais parler d'eux.

Leur mère, la vieille Maria, les avait convaincus d'accompagner Goda, dont ils persistaient à se méfier. Ils considéraient que les aristocrates ne s'intéressaient qu'à eux, et que s'ils nouaient ou défaisaient des alliances, c'était pour conserver le pouvoir. Ils ne comprenaient pas ce que la vieille femme trouvait d'attirant dans cette dame. Les dernières années avaient toutefois été terribles et l'avenir ne s'annonçait pas très prometteur. Les Sarrasins avaient brûlé presque toutes leurs barques et les meilleurs filets hérités de leurs grands-pères. Ils pêchaient peu, en outre des hommes de la ville ramassaient les moules sur les rochers, les privant des rares coquillages de la zone, et un des pêcheurs s'était noyé.

Ils avaient trop de bouches à nourrir, et c'est ce qui les avait poussés à suivre l'injonction de Maria.

Quand ils avaient découvert des ossements noircis dans un vieux moulin du Llobregat, la consternation s'était emparée d'eux. La veille au soir, Martí, un pêcheur qui s'était joint à eux au dernier moment, avait décidé de rentrer à Barcelone.

Goda marchait devant avec Ermemir, le cadet de Lothar, un enfant de douze ans visiblement fasciné par elle depuis qu'il lui avait apporté une sardine dans la tour du Mons Iovis.

Alberic, l'aîné des trois frères, fit la grimace.

— C'est absurde, tout ça ! Cette femme finira par nous faire tuer, tous.

— Ou pire, murmura Donadeu.

— Elle avait prévenu que ça prendrait plusieurs jours, rappela Lothar, le regard posé sur son fils Ermemir qui marchait, confiant, à côté de Goda.

— On aurait dû filer, comme Martí. On est trop loin maintenant.

— Si on part à la nuit, on sera au port dans quatre jours, insista Alberic.

— Et elle ? demanda Lothar.

— Elle a su venir, elle saura rentrer. Qu'est-ce que ça peut nous faire ?

— Cette femme n'est pas une aristocrate quelconque, avança Donadeu prudemment. Elle a des amis puissants, et j'ai entendu dire qu'elle pratique l'ancienne religion. Elle pourrait se venger.

— Tu as vu les ampoules à ses pieds ? Elle est comme tout le monde !

Goda bavardait avec le petit Ermemir, tout en devinant ce qui se chuchotait dans son dos. Elle était inquiète, elle aussi. Elle avait vu le plan quand elle était petite fille, et elle se rappelait l'histoire, mais si elle se trompait ? Ce qu'elle cherchait était peut-être beaucoup plus loin. Elle gardait ses distances pour masquer son incertitude et faire en sorte que les hommes tiennent bon, encore un peu.

— Quand est-ce qu'on arrive ? demanda Ermemir pour la énième fois.

— Quand nous serons arrivés. Et nous le saurons, va, parce que rien n'y pousse, répondit Goda avec patience.

— Comme si c'était une terre maudite ?

— Au contraire, c'est un don de Dieu aux hommes et aux animaux, c'est pour ça qu'il empêche les plantes de pousser. C'est ce que me racontait ma grand-mère.

— La mienne, elle dit que vous parlez avec vos morts en dessous d'une église.

Goda sourit tristement. En contrebas, elle remarqua un saule luxuriant au bord de la rivière. Ses branches effleuraient la surface de l'eau. C'était l'arbre de la mort : il indiquait l'au-delà.

— Les morts me parlaient du temps qu'ils étaient vivants, Ermemir, et je m'efforce de ne pas oublier ce qu'ils me disaient, c'est tout.

— Au village, on raconte que vous êtes une magicienne... Moi, j'ai confiance en vous.

— Pourquoi ?

Le garçon haussa les épaules.

— J'ai peur de la mer, et je crois que vous nous emmenez jusqu'à un trésor des Maures.

Goda sourit à nouveau. Le garçon avait supporté le pénible trajet sans se plaindre et la considérait comme une créature céleste. Elle espérait de tout cœur pouvoir le ramener sain et sauf à sa mère.

— Oui, un trésor, mais plus ancien, Ermemir. – Elle ébouriffa ses cheveux emmêlés. – Je te le donnerai, à toi, parce que tu me fais confiance, du moment que tu le partages avec les tiens.

Ermemir fit oui de la tête énergiquement et accéléra le pas, revigoré. Derrière eux, les pêcheurs la scrutaient avec méfiance. Encore derrière, leurs aînés tiraient la vieille charrette qui empestait le poisson.

— Qu'est-ce qu'on va faire, Alberic ? On va la laisser là ? Si elle revient...

— Elle ne reviendra pas.

— Réfléchit, s'il te plaît, insista Lothar, craintif.

Alberic passa devant. Il ne voulait pas discuter davantage. Cette aventure était aussi absurde que les craintes de ses frères. Il avait été le premier des trois à oser remonter dans une barque après la noyade de leur père, de nombreuses années auparavant. Il avait eu de la chance et, ce soir-là, sa mère et ses frères avaient eu quelque chose à manger. Depuis, la barque était son univers et il était devenu le chef de famille. Il repensa aux ossements du moulin ; il préférait mourir en mer.

Lorsque la lumière du jour faiblit, Goda s'arrêta dans un méandre protégé de la rivière. Elle avait le teint livide et les yeux cernés. D'après ses calculs, ils auraient dû être arrivés, quoiqu'elle ne voulût pas l'admettre. Quelque chose dans l'expression d'Alberic l'inquiétait.

— Nous n'avons vu personne de la journée, on pourrait allumer un feu.

Leurs vêtements étaient mouillés et un peu de chaleur leur ferait du bien. Les garçons partirent chercher des branchages avec entrain. Les trois frères se lancèrent un coup d'œil. Alberic fit un signe de tête en silence et prit un galet gros comme sa main dans la rivière.

Goda, concentrée, frappait un morceau de silex sur une pierre pour allumer un morceau d'amadou. Alberic avança vers elle sans un bruit, par-derrière, le galet dans la main. La rumeur de la rivière couvrait le bruit de ses pas. Il levait le bras quand ils entendirent un cri.

— Je l'ai trouvé ! hurla Ermemir au loin.

Ses frères le suivaient de près pour éviter qu'il tombe dans l'eau.

— Madame ! insista-t-il, exultant. C'est là-bas ! Je l'ai vu !

Goda se retourna à l'instant où Alberic cachait le galet. Ses yeux lancèrent des éclairs quand elle le vit derrière elle, tandis qu'Ermemir arrivait, haletant et excité.

— Qu'est-ce que tu as vu ?

— Là où rien ne pousse ! C'est une montagne !

Elle s'accroupit pour regarder le garçon dans les yeux, très émue.

— Comment est-elle ?

— Haute, avec plein de sillons, grise. Il y a des bois… mais sur la montagne, il n'y a même pas un brin d'herbe !

— C'est vrai, madame, confirma un des garçons plus âgés. Ce n'est pas loin de la rivière. C'est très sauvage, avec plusieurs pics, ça mesure plus d'un mille de large, et il n'y a aucune végétation.

Goda se redressa. Alberic laissa discrètement tomber la pierre. Ils la voyaient rire pour la première fois et songèrent qu'il n'existait pas de plus belle femme.

— Nous sommes arrivés ! annonça-t-elle à la surprise générale.

À moins d'un demi-mille du Cardener, ils quittèrent le sentier pour traverser une chênaie touffue. Le pied de la colline était plongé dans l'ombre. On se serait cru dans un autre monde. Une peur superstitieuse saisit les pêcheurs. Goda gratta la terre, dont elle en arracha un petit morceau. Devant les hommes stupéfaits, elle le lécha.

— C'est du sel ! Du sel gemme ! C'est la montagne de sel !

Les jeunes l'imitèrent avant d'exploser de joie. Mille charrettes ne suffiraient pas à transporter un tel trésor. Goda commença à monter. Elle trouva les traces des anciennes extractions. Petite fille, elle avait écouté sa grand-mère lui parler de la montagne et des chemins difficiles qu'empruntaient les muletiers pour distribuer le sel gemme dans les comtés de la Marche et au-delà des Pyrénées. C'était un commerce prospère, toutefois la montagne se situait juste à la frontière, dans cette zone mal répertoriée, en territoire sarrasin éventuellement, et elle avait été abandonnée. Il demeurait des traces de passage de bergers venus chercher des pierres pour leur troupeau ; le sel bonifiait le goût du lait et de la viande. Ils étaient à la lisière d'al-Andalus et de trois comtés de la Marche : Urgell, le *pagus* de Berga appartenant à la Cerdagne, et l'ancien comté d'Ausone uni *de facto* à Barcelone.

— À qui elle appartient ? cria Alberic d'en bas.

— Ce sont des terres fiscales, dit Goda, le regard perdu sur l'horizon. Elles appartiennent au roi, mais ne vous inquiétez pas au sujet du seigneur du sel, il y en aura toujours un. L'important, c'est que, ces dernières années, personne n'a exploité la montagne. Nous allons faire naître un droit, même s'il faut payer des tributs et reverser une partie du sel au comte.

— Vous n'avez jamais pensé à une seule charrette de sel, c'est ça ? dit Donadeu, admiratif.

— Je n'ai pas risqué ma vie et les vôtres pour saler un peu de poisson.

Elle regarda Ermemir, toujours enthousiaste.

— Cette montagne élèvera celui qui lui arrachera son trésor et le conservera. De puissants lignages se sont formés avec moins que cela.

— Et vous, que ferez-vous, madame? demanda ingénument Ermemir. Vous êtes déjà une aristocrate.

Après des jours de marche silencieuse, Goda avait l'air d'une reine devant ses sujets.

— Je paierai le prix qu'il faudra pour récupérer ma fille. J'achèterai Argencia, affirma-t-elle. Nous rentrerons à Barcelone avec la charrette pleine. Il faudra cacher le sel dans des cabanes et faire de nouveaux voyages en secret. Si on nous découvre, vous direz qu'un bateau sarrasin qui le transportait s'est échoué, et que vous récupérez le chargement avant que l'embarcation ne coule. Avec les bénéfices, nous construirons des charrettes, nous achèterons des bœufs et des mules. Il faut éviter à tout prix qu'on nous le prenne, pendant un temps du moins.

— Vos paroles sont encourageantes, madame, mais on est loin de tout. Même si tous ceux de notre village venaient avec nous, il suffirait de quelques guerriers pour nous expulser.

— Pas si on les paie bien. Si nous initions le commerce de ce sel gemme, tout peut changer. Sur cette colline, là-devant, se trouve le château de Cardona. Il date du temps de Louis le Pieux. Il est abandonné. Plusieurs familles pourraient s'installer ici, et en échange elles défendraient cette partie de la frontière. Ma grand-mère me racontait que s'y croisaient des routes partant vers Barcelone et Gérone, vers Urgell, l'Aragon et Pampelune. La plus importante traversait la Sierra de Cadí et conduisait au-delà des Pyrénées, à Toulouse et à Narbonne. Nous les remettrons en service.

— Il faudra beaucoup de bras.

— C'est un travail pour vous, vos fils et les fils de vos fils.

Goda s'était laissé guider par une impulsion. Même si elle savait que quelques pêcheurs ne parviendraient pas à conserver ce trésor sans le soutien d'hommes armés, elle tut ses incertitudes.

— Pour l'instant, nous devons consacrer toute notre énergie à rapporter la première charrette de sel à Barcelone.

Elle déposa un baiser sur la tête d'Ermemir en pensant à sa

fille Argencia. Grâce au fruit de ce commerce, elle récupérerait son honneur et son enfant. Rien ne résistait à la puissance de l'argent. Pleine d'espoir, elle s'éloigna du bois sombre pour aller tresser une couronne de fleurs à la Mère et à tous les génies qui gardaient la montagne. Il fallait aussi leur demander la permission, à eux. Sans heurter la sensibilité des pêcheurs superstitieux, et sans que la rumeur qui circulait à propos de ses pactes avec les anciens se répande davantage.

32

Pendant deux jours, les pêcheurs inspectèrent la montagne de sel grisâtre et hostile, conscients de son ampleur. Goda observait les terrasses percées pour extraire les sédiments les plus purs. Ils trouvèrent des morceaux rouillés d'échafaudage et des poulies inutilisables. Ils sortirent de grosses pierres de sel. Ils explorèrent le petit château de Cardona situé sur un promontoire avec vue sur toute la vaste plaine. Bien que les murs tinssent à peine debout, la bâtisse demeurait un lieu stratégique à la frontière. N'importe quel comte apprécierait la présence d'une population stable pour exploiter la montagne de sel et défendre le territoire par les armes.

La dame et les pêcheurs repartirent vers Barcelone avec une énergie renouvelée, conscients de la difficulté d'avancer sur les bords du Cardener avec la charrette chargée. Les vieux chemins avaient disparu et sur quelques tronçons il fallait descendre le chargement, le transporter à bras, à la chaîne, et recharger la charrette plus loin, mais ils étaient habitués au travail dur. Ils partageaient l'optimisme de Goda et ne cessaient d'inventer l'avenir.

Alberic était réticent à abandonner sa barque pour cette chimère, en revanche Lothar et Donadeu croyaient à un changement possible dans leurs misérables existences. Goda se taisait. Elle imaginait déjà une charte de peuplement signée par le comte, un château élevé sur la petite tour en ruine et un lignage prospère qui perdurerait au fil des siècles. Il fallait d'abord rentrer à Barcelone avec ces quelques pierres de sel. Elle aurait aimé partager ce moment avec Frodoi. Personne n'aurait compris comme lui l'importance de ce qu'ils apportaient dans leurs mains.

Ils entendirent un sifflement sonore et la rêverie de Goda se volatilisa. Ils virent apparaître devant eux, dans un nuage de poussière, sept cavaliers à l'air sauvage. Certains garçons essayèrent de se cacher mais le sifflement des flèches les immobilisa. Les hommes portaient des vêtements de cuir riveté et un turban noir couvrait leur tête. Goda en déduisit qu'il s'agissait de Sarrasins qui faisaient une incursion dans la Marche. Elle se couvrit les cheveux avec sa cape et rejoignit les hommes apeurés près de la charrette.

— Le berger qui les a vus avait raison, ils empestent le poisson pourri, murmura en arabe l'un des Sarrasins.

Le chef approcha son cheval de guerre dangereusement près des pêcheurs pour les effrayer. Goda l'observa. Il était beau, avec un regard sombre et pénétrant. Le Sarrasin inspecta le chargement et sourit d'un air rusé.

— Chrétiens, avez-vous un sauf-conduit du wali de Lleida pour faire le commerce du sel ?

Les pêcheurs ne répondirent pas. Le cavalier dégaina son sabre.

— Votre silence est une réponse.

Il s'apprêtait à abattre Donadeu, quand Goda s'interposa.

— Ce ne sont pas les terres de l'émir, seigneur, improvisa-t-elle, persuadée qu'un pilleur ignorait tout des traités et des trêves négociées. Elles appartiennent au roi Charles le Chauve.

— Une femme a le courage de répondre ? demanda-t-il, amusé.

Il écarta les pans de la cape de Goda de la pointe de son sabre, et il la contempla, surpris. Les autres cavaliers sourirent, appréciant la beauté de la chrétienne.

— Ta peau n'est pas sèche et burinée comme celle des autres. Es-tu leur prisonnière ?

— Non.

— Comment te nommes-tu ?

— Goda de Barcelone.

Le Sarrasin plissa le front – ce nom lui était familier.

— Quelqu'un en ville paiera sûrement ta rançon, et très généreusement.

— J'ai été bannie, répliqua-t-elle avec arrogance, quoique terrorisée. En d'autres circonstances, vous vous battriez en ce moment avec mon escorte.

Les Sarrasins éclatèrent de rire.

— Ce qui est vrai, c'est que la puanteur que vous dégagez a presque failli nous faire fuir. Quoi qu'il en soit, vous n'ignorez sûrement pas que la trêve signée avec le roi Charles le Chauve a expiré cette année. Le comte d'Urgell n'a pas encore manifesté son intérêt pour la renouveler, et nous ne la rompons pas si nous vous emmenons avec nous.

— Laissez les garçons partir, seigneur, implora Donadeu d'une voix suraiguë.

— C'est ce que les marchands d'esclaves paient le plus cher ! – Il posa le fil de son sabre sur son cou. – Toi, en revanche, il est inutile de te laisser la vie.

Goda frissonna. Ermemir pleurait près d'elle, et les autres étaient paniqués. C'était un voyage dangereux, qui se terminait mal.

— Je suis très proche de l'évêque de Barcelone, Frodoi, débita-t-elle à toute vitesse pour tenter d'éviter le désastre. Respectez nos vies et il vous paiera une bonne rançon !

— Où se trouve ce pasteur des infidèles ?

— Il va bientôt arriver, avec le nouveau comte de Barcelone. Dès qu'il apprendra ce qui s'est passé, il ira voir le wali de Lleida.

Elle regarda le beau Sarrasin droit dans les yeux.

— S'il m'arrive quelque chose, il fera en sorte que vous soyez pourchassés par les puissants gouvernants de Lleida et de Saragosse, les Banu Qasi.

L'homme rit à nouveau, mais la menace avait fait mouche, plus qu'il ne voulait l'admettre. Les relations et les affaires entre les nobles chrétiens et les Sarrasins puissants étaient fréquentes ; ils nouaient même des alliances par des mariages.

— Ton évêque t'aimerait-il au point d'affronter le neveu du wali de Lleida ?

Il observa avec satisfaction la réaction de la femme. Malgré tout, il devait prendre sa demande en compte, car les dignitaires chrétiens étaient puissants.

— Mon nom est Abd al-Malik, et pour le moment, on vous emmène avec nous.

Il rengaina son sabre en adressant un sourire séducteur à Goda.

— Jusqu'à ce que nous arrivions au marché aux esclaves de Tarragone, j'espère que vous me divertirez en m'expliquant pourquoi une belle et noble dame transporte du sel dans ces parages déserts… Je déciderai sur place de vous vendre ou de faire parvenir un message à votre évêque.

Dans le petit monastère de Fórnols, le vieux *frate* Bonifacio priait pour le salut du jeune chevalier grièvement blessé, que les moines avaient allongé sur la table du réfectoire. Le moine avait nettoyé ses blessures avec du vin, puis il les avait recousues avec du fil de boyau et recouvertes d'une boue de sa fabrication à base de jus de cardon, de poudre de romarin officinal et d'ivraie enivrante. L'entaille à l'épaule était superficielle grâce à la cotte, mais la plaie au côté était profonde. Le jeune homme s'était sauvé la vie en la comprimant avec un mouchoir précieux, en revanche il avait perdu beaucoup de sang. Son existence était entre les mains de Dieu.

Le prieur se plaça devant lui.

— Je vois que vous vous êtes donné beaucoup de peine, *frate* Bonifacio.

Le vieux moine se releva en se plaignant de ses genoux douloureux, et il frôla des doigts les cheveux dorés du blessé.

— Cette couleur n'est pas fréquente par ici. Je me souviens d'un homme qui se distinguait par une pareille chevelure, il y a longtemps. Isembard de Tenes. Vous souvenez-vous de Guissand de Barcelone ? On a raconté que le fils du chevalier, qui avait grandi au monastère de Santa Afra, l'avait rejoint, et qu'avec Guissand et les autres ils protégeaient les terres des colons de l'évêque de Barcelone. Ça avait tout l'air d'une histoire à dormir debout… pourtant, si c'était lui ?

— Guissand a trouvé la mort dans la forteresse de Tenes, avec ses hommes. Si le fils légitime d'Isembard était avec lui, il a probablement connu le même sort.

— Ou il a survécu. Les voies du Seigneur sont impénétrables.

Le prieur s'approcha. Au-delà de ce qu'ils avaient appris de leurs mères, aucun des moines ne possédait les connaissances pour guérir. Les physiciens juifs, les «galiens», étaient loin, à Gérone, en outre le monastère n'avait pas de quoi les payer. Bonifacio avait déjà administré au blessé le viatique des mourants. Lorsque le prieur le toucha, le jeune homme remua, sans toutefois ouvrir les yeux.

— Elisia…, murmura-t-il.

— Qu'a-t-il dit? demanda Bonifacio, surpris.

— Je ne sais pas. Il a prononcé un nom de femme, je crois.

Ils aperçurent le mouvement erratique de ses pupilles sous les paupières.

— Guissand… Je n'ai pas pu rechercher la comtesse… Guifré… Je n'…

Les moines se regardèrent.

— Il a dit Guifré, n'est-ce pas?

— Je crains que oui.

Le prieur jeta un coup d'œil autour de lui afin de s'assurer qu'ils étaient seuls dans le réfectoire.

— Peut-être est-ce un hasard, chuchota-t-il. Quantité d'hommes portent ce nom.

— Oui, mais seul un jeune homme aux cheveux blonds peut citer dans un même délire Guissand, une comtesse et Guifré. Saurait-il quelque chose?

— S'il est réellement Isembard II de Tenes, cela serait un signe de Dieu!

Le vieux moine regarda l'autel. Ils avaient badigeonné l'abside trapézoïdale et étaient en train d'y peindre maladroitement et à gros traits la scène de la résurrection de Lazare. Personne parmi eux ne s'y connaissait en peinture, mais les *frates* étant illettrés, ils avaient besoin d'images pour instruire les nouvelles recrues qui embrasseraient la même existence qu'eux. Bonifacio avait prié durant des années pour que le petit monastère résiste aux pillages sanglants qu'il avait subis.

Seule une paix durable pourrait étendre la lumière de l'Évangile aux vallées environnantes.

Il se tourna vers le blessé, envahi par l'impression forte de participer à une chose qui le dépassait, lui, l'humble moine ; il avait le devoir de sauver ce jeune homme pour cette raison. L'inconnu avait prononcé un nom qui, après des années de silence, prenait pour eux une signification particulière : l'espoir perdu.

33

Goda ouvrait la marche des captifs attachés et reliés entre eux par une grosse corde. À son étonnement, Malik, le chef sarrasin, était un homme cultivé, qui connaissait bien la langue vulgaire de la Marche. Neveu du wali de Lleida, il lisait l'arabe et un peu de latin, et il expliqua même à Goda qu'il avait plusieurs amis prêtres à Lleida et à Saragosse ; ils avaient participé aux recherches concernant les reliques de saint Vicente à Valence en 858. Malik s'était trouvé pris dans une conspiration dont il ne raconta presque aucun détail, et il avait décidé de quitter Lleida. Lui et ses hommes vivaient plutôt mal que bien du pillage, dans la Marche et dans les territoires de Saragosse.

— Un exilé, comme moi, ironisa Goda.

Les autres l'observaient d'un air apeuré, effrayés par son arrogance à l'égard de leur ravisseur. Ce dernier semblait plus admiratif qu'offensé.

— Je viens de me rappeler ce qu'un marchand m'a raconté à ton sujet, Goda.

— Que disent les infidèles au sujet de ta captive ? demanda-t-elle d'un air hautain.

— Que tu appartiens à une ancienne famille et que tu connais toute l'histoire de Barcelone.

— Une ville de bientôt mille ans cache de trop nombreux secrets pour les connaître tous.

— Dis-moi, quels souvenirs garde-t-on dans ta ville de la domination des musulmans ?

Goda réfléchit bien avant de répondre. Sa grand-mère lui avait parlé de cette époque d'une manière évasive. Les nouveaux seigneurs venus du sud avaient trouvé une ville entourée de robustes murailles, mais dépouillée de sa splendeur.

— Tes ancêtres étaient conscients de l'empire qui s'érigeait au nord, après la disparition des rois mérovingiens.

— Ces rois fainéants !

— Barcelone était proche de la frontière et il était facile de la perdre. Tes ancêtres y firent donc venir très peu d'habitants sarrasins au cours des quatre-vingts ans de domination musulmane, pour la plupart des officiers et des fonctionnaires du wali, ainsi que des soldats. Ils construisirent une petite mosquée dans la cathédrale et ils restaurèrent quelques palais wisigoths. Ils n'eurent pas le temps d'édifier des bâtiments somptueux, comme dans d'autres villes du sud.

— Tu n'as pas répondu à ma question.

— Les habitants étaient respectés, ainsi que leurs croyances. Les chrétiens fréquentaient l'église des Sants Just i Pastor. La paix régnait en ce temps-là, mais les Barcelonais ressentaient, comme aujourd'hui, que leur terre et leurs vies étaient en d'autres mains. Tes dirigeants ont été bienveillants, cependant ce n'était pas leur foyer, comme ce n'est pas non plus celui des Francs.

— Autrement dit, vous prétendez édifier votre propre royaume.

— Nous prétendons seulement repeupler et cultiver la terre en paix, construire des moulins, des forges, commercer sur terre et sur les mers...

— Avec le sel, aussi.

— Avec tout ce que nous pouvons offrir. Nous voulons nous élever au-dessus de la fange sans être les arbitres d'intérêts de l'aristocratie ou de rois qui vivent à des milliers de milles.

Le Sarrasin éclata de rire et flatta l'encolure de son cheval. Un de ses cavaliers, parti en éclaireur, revenait au galop.

— Malik, un groupe armé approche.

— Quittons le chemin !

C'était une embuscade. Environ quatre-vingts hommes à l'aspect horrible surgirent de tous côtés. Les pêcheurs hurlèrent de terreur. Les histoires qui couraient sur ces créatures de l'intérieur des terres n'étaient pas exagérées. Sans dire un mot, Malik dégaina son sabre.

— Des hordes ! cracha-t-il. Comment sont-ils si nombreux ?

Devant eux, à peu de distance, dressé sur sa monture, se tenait un homme au heaume cornu.

— Déposez les armes ! ordonna-t-il. Ceux que vous emmenez sont-ils chrétiens ?

— Tu préfères leur chair ? cria avec mépris Malik, qui connaissait les horribles pratiques de ces hommes.

— Un berger nous a avertis qu'il y avait de la vermine sarrasine par ici. Descendez de cheval et lâchez vos armes !

Une douzaine de garçons armés de frondes se dressèrent derrière les fourrés.

— C'est bon, parlons, dit Malik. – Il baissa immédiatement la voix pour s'adresser à ses hommes. – Soyez vigilants. Il faut s'échapper d'ici.

— Je te reconnais ! lança une voix féminine.

Malik se retourna, intrigué. Une jeune femme avait baissé la capuche de sa cape, et sa tresse blonde le ramena des années en arrière, au jour où il avait admiré ce visage derrière les barreaux d'une cage. C'était l'esclave réservée à Drogon. Elle avait changé ; elle était encore plus belle et déterminée, mais ses yeux clairs étaient toujours de glace. Les fourrures qui la recouvraient lui rappelèrent un sinistre personnage dont on parlait sur ces terres.

Rotel s'approcha et l'observa attentivement. C'était le beau Sarrasin qui avait acheté les femmes voyageant avec elle dans la cage, après sa capture. Elle ressentit une impression étrange qu'elle ne parvint pas à nommer.

— Je t'intéressais, dit-elle froidement.

Son estomac se contracta et elle maudit cette faiblesse.

— À présent, tu pourrais être mon esclave, ajouta-t-elle.

Malik ne parvenait pas à détacher son regard d'elle. Sa beauté était aussi délicate que dangereuse, pensa-t-il. C'était une créature unique qui le déconcertait et l'attirait tout à la fois.

— Dans ce cas, je n'aurais jamais plus belle *domina*, osa-t-il la provoquer. Je m'appelle Malik.

Rotel se rappela le nom prononcé par un de ses ravisseurs. Elle percevait le grincement de dents d'Onyx, au fond de son âme glacée ; il pestait contre la chaleur qui l'envahissait. Elle s'en voulut, mais quand elle commença de s'éloigner, une chose attira son attention. Elle désigna l'épée qui pendait à la sacoche de selle d'un des Sarrasins.

— Où l'avez-vous trouvée ?

Goda, silencieuse jusqu'alors, saisie par la beauté de la jeune fille que les hordes terribles respectaient, examina l'arme à son tour.

— C'est l'épée de Guissand de Barcelone ! s'exclama-t-elle.

— Non ! répliqua la jeune fille. C'est celle de mon frère, Isembard.

— Serais-tu Rotel de Tenes ? demanda la noble, stupéfaite.

— Réponds ! lança Rotel à Malik d'un ton hostile.

La colère qui empourprait son visage laissait augurer de sérieux problèmes. Le Sarrasin préféra dire la vérité :

— Nous avons rencontré un homme, à deux jours de marche d'ici en direction du nord.

— Regarde-moi, Malik ! Regarde mon visage, mes cheveux ! – Sous les fourrures, la main de Rotel manipula quelque chose et le Sarrasin frémit. – Est-ce qu'ils te rappellent cet homme ?

— Non. Celui-là avait une cinquantaine d'années et les cheveux grisonnants, répondit-il, déconcerté.

Goda ne put se retenir plus longtemps. Elle s'avança.

— Et toi, qui es-tu ? grogna Rotel, furieuse de cette distraction.

— C'est Goda de Barcelone, sans aucun doute, dit Ega qui marchait vers eux en s'appuyant sur sa houlette.

Elle fit face à Goda dans une attitude amicale.

— Mon nom est Ega, j'ai connu ta mère il y a très longtemps.

— Mon Dieu, Ega ! Ma mère m'a parlé de toi, de ce qui t'était arrivé et qui t'avait contrainte à fuir Barcelone dans ta jeunesse.

Goda était impressionnée : cette vieille femme était une légende vivante, un être de la forêt, solitaire et unie à la terre par des liens incompréhensibles pour les autres. Elle vénérait la Mère, comme elle, et elle était guérisseuse, une facette différente d'un même combat pour sauver la Marche.

— Que fais-tu avec ces démons ? lui demanda-t-elle.

— C'est une longue histoire. Sous ces heaumes rouillés, il y a des paysans, des forgerons, des charpentiers et des soldats, qui ont fui dans les bois pour survivre. Désormais, ils se sont regroupés pour se défendre contre Drogon de Borr, et pour se donner une nouvelle chance.

— Rotel, reprit Malik. – Il connaissait enfin le nom de la jeune fille. – L'homme qui portait cette épée avait l'air d'un fuyard. Nous l'avons surpris près de Fórnols avec trois chevaux frais, deux de trop pour un seul homme. Je regrette qu'on ne puisse plus lui poser la question.

— Je dois savoir ce qui est arrivé à Isembard ! s'exclama Rotel en regardant Ega.

— Que te dit ton cœur ? demanda la femme, l'air grave.

— Je ne sais pas ! Il y a quelque chose… Je ressens beaucoup de faiblesse, mais il n'est pas mort, je pense.

— Je pourrais t'accompagner, en échange de la liberté pour mes hommes, proposa Malik, à la stupeur des siens.

Incapable de détacher ses yeux de Rotel, il voulait en savoir plus sur cette femme blonde énigmatique et magnifique, même si cela devait le mettre en danger.

— On y serait à l'aube, et je ne te ferai aucun mal, tu as ma parole.

Rotel le toisa d'un air suffisant. Malik ne l'en admira que davantage. Il n'imaginait pas une femme autrement que faible, et pourtant elle était là, devant lui.

— Ce Maure t'a-t-il respectée ? interrogea-t-elle Goda à brûle-pourpoint.

Goda frémit. Les rumeurs sinistres qui couraient sur le compte de Rotel ne l'avaient pas préparée à la personnalité qu'elle découvrait. Non pas l'esclave du diable mais une femme libre, vraiment libre et sans peur.

— Je crois que c'est un homme d'honneur, Rotel.

Goda percevait l'intérêt mutuel des deux jeunes gens, malgré la situation tendue. Et si l'amour rachetait la jeune femme ? Elle montra ensuite les pêcheurs.

— Permettez-nous de rentrer à Barcelone. De nombreuses familles dépendent de ce sel.

— Tu es allée à la montagne de sel ! s'exclama Ega, stupéfaite, en découvrant le chargement.

Elle regarda les pêcheurs en guenilles et songea que, s'ils avaient pris un tel risque, c'était pour se procurer un nouveau moyen de subsistance.

Goda, attentive, eut une idée qui changea tout.

— Ces hordes cherchent une nouvelle chance, dis-tu. Dans ce cas, qu'ils nous escortent jusqu'au port de Barcelone ! Leur protection en échange de biens et de matériel. Comme avant.

Ega ignorait encore comment elles maîtriseraient les accès de violence des clans, et la proposition de Goda offrait peut-être une ouverture nouvelle à la situation désespérée. Elle se retourna vers Cosla, qui suivait attentivement la rencontre, en supputant sur la façon d'en tirer un bénéfice.

— Escortez-les jusqu'à Barcelone en échange de la moitié du chargement.

— Un tiers du sel et un tonneau de poissons en saumure, négocia Goda, dont le cœur battait à tout rompre. Nous ferons beaucoup d'autres voyages. Ce sera le prix à chaque fois, si vous êtes prêts à sécuriser le chemin.

— On prendra tout le sel, c'est mieux ! exigea Cosla, pas habitué à négocier, et encore moins avec une femme, et qui ne voulait pas paraître faible.

— D'accord, s'écria Goda, que la présence d'Ega à ses côtés rendait audacieuse. Emportez le sel ! Et tuez-nous !

Elle désigna les jeunes garçons affamés avec leurs frondes.

— Au lieu de manger du poisson, ils n'auront qu'à lécher les pierres de sel. C'est ainsi que vous prenez soin d'eux ?

Lothar osa enfin parler :

— Nous sommes des pêcheurs, seigneur. Nous pouvons pêcher pour vous en échange de votre protection. On vous donnera aussi du fromage, des légumes secs, du grain…

Cosla s'éloigna avec Ega et quelques vieux au regard éclairé par l'espoir. Après discussion, le chef de horde accepta d'un mouvement de la tête, mais le sourcil froncé. Goda faillit pleurer. Les retrouvailles avec sa fille Argencia allaient se réaliser bientôt. Elle avait trouvé le moyen de mener à bien son plan. Après des décennies de torpeur, Barcelone allait reprendre un commerce timide. C'était un début. Frodoi serait fier.

Rotel ne supporta pas d'attendre plus longtemps. Malik l'aida à monter en croupe sur son cheval, qui se cabra à cause de la cape de la jeune fille. Un autre Sarrasin prit Ega avec lui. Si Isembard était blessé, il aurait besoin de la guérisseuse.

Rotel foudroya tout le monde du regard et les accompagnateurs de Malik s'éloignèrent au galop sans opposition. Elle s'accrocha au Sarrasin. Son cœur s'emballa, mais elle ne dit pas un mot pour ne pas trahir son étrange mal.

34

La rumeur de la découverte d'un soldat qui avait failli être enterré vivant s'était propagée dans la vallée de La Vansa. C'était une histoire comme il s'en racontait souvent. Rotel n'eut aucun mal à trouver le monastère, accompagnée de Malik, d'Ega et de l'autre Sarrasin.

Les moines furent pris d'effroi devant ces deux étranges créatures féminines à la porte du monastère. La plus jeune affirmait être la sœur du moribond, une parenté que confirmaient les traits de son visage. Elle pendit sa cape à la branche basse d'un chêne, et son regard bleu glacial incita les moines à la laisser entrer. Malik s'apprêtait à rebrousser chemin pour rejoindre ses hommes et regagner Lleida. Dans la mesure où un lien de gratitude existait désormais entre Rotel et lui, il se risqua à proposer qu'ils se revoient un jour. Elle ne répondit pas. Elle ne refusa pas non plus.

Ega examina le blessé, l'air soucieuse. Elle ajouta à la pommade de romarin officinal et de cardon un emplâtre de blanc d'œuf et de fenouil qu'elle tint par un bandage très serré. La médication était à répéter plusieurs jours durant.

— Il vivra, dit *frate* Bonifacio, plein d'espoir.

Il luttait contre sa méfiance superstitieuse à l'égard de la femme de la forêt, dont il avait tant à apprendre.

Rotel épongea le front d'Isembard et déposa un baiser sur ses lèvres brûlantes. Son visage avait été rasé, et elle le contempla longuement. Ils étaient les Natifs de la terre que les loups n'avaient pas attaqués, de nouveau réunis, le corps et l'âme pleins de cicatrices.

Isembard semblait s'abreuver de la vitalité de sa si jolie sœur, et sept jours plus tard il se réveilla, avec de l'appétit. Sa convalescence était très liée aux étreintes de Rotel, dont chacune des larmes purifiait les ténèbres qui dominaient en elle. Isembard comprit qu'elle en revenait et que ce moment critique avait été une manière de l'attirer vers la lumière. La mort de Guissand, d'Invèria et de Nil demeurait une blessure profonde en lui mais, même enfoui, le lien fraternel était toujours solide entre eux. Isembard raconta les événements survenus au cours de l'assemblée, et il expliqua le danger que cela représentait pour les Goths à Barcelone, pour Goda particulièrement.

Le prieur connaissait ces nouvelles.

— Nous savons que le marquis Bernard de Gothie a franchi les Pyrénées. Il doit être à Gérone. Peut-être même est-il entré dans la cité.

Isembard voulut se lever, mais il était encore faible. Rotel l'aida à se rallonger. Isembard constata avec surprise que sa sœur était autant capable d'amour et de pitié qu'elle savait être impitoyable.

— J'irai à Barcelone, mon frère. Ton évêque, Goda ou les nobles de la ville ne m'intéressent pas. Ce qui m'importe, c'est de trouver une terre pacifique où les hordes pourraient vivre.

Il acquiesça, impressionné. Rotel ne lui demandait pas la permission, elle exprimait seulement son souhait à voix haute.

— Trouve Elisia. J'ai besoin de savoir qu'elle va bien. Drogon a détruit la taverne. C'était toute son existence, et elle passe très probablement un mauvais moment.

— Te rappelles-tu la façon dont elle nous a sauvés, mon frère ? Ne la sous-estime pas, elle sait se débrouiller. Je lui rendrai visite… si tu me promets de garder le lit.

Rotel quitta le monastère le jour même, seule. Le prieur et *frate* Bonifacio n'attendirent pas davantage pour interroger Isembard.

— Dans ton délire, tu as mentionné une comtesse, Guissand et un autre homme, Guifré…

Le jeune homme n'avait rien à cacher. Surtout à ces moines qui lui avaient sauvé la vie.

— Le chevalier Guissand de Barcelone m'a instruit dans le maniement des armes. Il avait été le vassal de mon père au temps des Chevaliers de la Marche. Avant de mourir, il m'a fait promettre de rechercher l'épouse et les enfants du comte Sunifred d'Urgell que mon père avait aidés à s'enfuir quand Guilhem de Septimanie avait tenté de s'emparer de la Marche. Depuis, personne n'a jamais rien su d'eux. Je dois les retrouver afin qu'ils reprennent leur place en tant que membres de la maison bellonide, avec l'aspiration légitime au trône des comtés de la Marche.

Les moines se regardèrent, leurs yeux brillant étrangement.

— C'était donc vrai, murmura Bonifacio, ému. Je croyais ne jamais le voir.

— Isembard, commença le prieur d'un ton grave, nous pensons que Dieu t'a conduit jusqu'à Fórnols pour achever une chose préparée il y a très longtemps. Tu es revenu de la mort pour accomplir ta promesse.

Sa voix trembla quand il ajouta :

— Et nous pouvons t'y aider.

Lorsque Goda aperçut la Cité couronnée, elle serra Ermemir dans ses bras et pleura de soulagement, tandis que les pêcheurs bénissaient Dieu. Elle avait donné plus d'un tiers du sel à Cosla, mais ils étaient vivants et ils avaient négocié une protection pour de nouveaux transports en échange de poisson salé, de grain, de légumes secs, de couvertures et de toile de lin pour confectionner des tuniques et des chemises, le tout en proportion du chargement transporté.

Ils entassèrent capes et pelisses sur la charrette et attendirent le soir pour regagner le port. Les femmes reçurent leurs maris et leurs fils dans les larmes; elles avaient craint le pire. Tous les regards étaient tournés vers Goda, partagés entre l'admiration et la méfiance. Ils la vénéraient, et les récits de cette aventure occuperaient les longues veillées pendant longtemps.

Goda entra dans la tour où elle s'écroula, toute la tension accumulée l'ayant laissée sans force. Elle voulait aller en ville, embrasser Argencia et déposer des offrandes à la Mère pour la remercier de lui avoir offert un des fruits de ses entrailles, le précieux sel. Cela lui rappela ce que sa mère contait au sujet d'Ega. Elle avait fui Barcelone très jeune, après avoir été terriblement battue par son époux. Contrairement à ce que tous croyaient, elle n'était pas morte. Elle était devenue une de ces mystérieuses créatures féminines qui renoncent au monde et vivent au cœur des forêts, dans un contact étroit avec la nature et ses secrets. Des femmes tout à la fois craintes et respectées.

Lors de ce voyage vers la montagne de sel, Goda, qui n'avait jamais pénétré aussi loin dans les territoires inhabités, avait ressenti le pouls battant de cette terre vivante. La Mère était généreuse quand on la respectait. Dès qu'elle parviendrait à obtenir l'autorisation de son commerce en échange de la *teuta*, le sel serait une chance pour eux tous, y compris pour les hordes.

Elle se laissa tomber d'épuisement sur la paillasse poussiéreuse. Le lendemain, elle chargerait Ermemir de s'assurer que sa fille était toujours dans le palais comtal.

À l'aube, les pêcheurs l'invitèrent à une réunion discrète dans une de leurs cabanes. Le sel était en lieu sûr. Pour pouvoir honorer l'accord avec leurs sinistres protecteurs, qui se cachaient dans les marécages à proximité de la mer, ils devaient fabriquer d'autres filets et réparer les barques, voire en construire une nouvelle.

— On ne peut pas attendre aussi longtemps, dit Goda, encore épuisée. Nous devons offrir le sel aux pêcheurs et aux bouchers de confiance en échange de leurs produits.

Ils mirent de côté leurs parts et échangèrent tout le restant en seulement trois jours. C'était un sel dense et de bonne qualité, qui convenait très bien pour saler les viandes. Goda réclama pour elle la moitié de ce qu'ils en avaient tiré, trois deniers d'argent, et cacha les pièces entre des pierres de la tour. Le jour où elle serrerait Argencia contre elle approchait.

À la nouvelle lune, dix hommes et une douzaine de jeunes partirent avec quatre charrettes, des sacoches et des couvertures pour transporter le plus de sel possible. Goda ne les accompagnerait pas – une décision qu'elle accepta avec soulagement. Elle avait vécu toute sa vie dans le confort, entourée de servantes et d'esclaves, et elle avait du mal à se remettre de l'effort qu'avait représenté ce voyage. Les femmes des pêcheurs se proposèrent pour s'occuper d'elle, préférant que la belle aristocrate ne voyage pas avec leurs époux et leurs fils. De plus, elle était beaucoup plus habile qu'eux pour négocier en ville avec les éventuels acheteurs.

Le lendemain, Goda emmena les femmes à la vieille église de Santa Maria, face à la mer. En secret elle y déposait des offrandes à la Mère, suivant les rites de ses ancêtres, tandis qu'en public elle priait comme une chrétienne. Elles assistèrent à la messe, ponctuée par le bruit de la mer, puis elle déposa une couronne de fleurs et de plantes aromatiques sur le dallage, face au côté de l'Évangile, comme le faisait sa grand-mère, toujours au même endroit. Lorsqu'elles se retrouvèrent seules, priant devant la vieille statue de la Vierge, elle leur parla avec fermeté.

— Ce ne sera pas facile, mais si tout se déroule comme nous l'espérons, dans quelques années nous pourrons agrandir le port. Il faut transporter le sel à Empúries, au Roussillon et à Narbonne, et même chez les Maures si le nouveau comte négocie le renouvellement de la trêve. Cependant l'important, ce que je veux que vous fassiez pour vos enfants, c'est d'éviter les querelles et les conflits. Nous aurons besoin de plus en plus de bras ; nous devons former une communauté et nous placer sous le patronage de la Vierge protectrice.

Toutes les femmes tombèrent d'accord, sans bien mesurer l'envergure de l'entreprise. S'ils continuaient à extraire du sel de la montagne pacifiquement, ils obtiendraient un droit sur l'exploitation abandonnée. Avec les années, ce droit serait reconnu devant les tribunaux face à la cupidité des comtes de la Marche. Dans leur communauté se trouvait le futur seigneur de la montagne de sel, du petit château de Cardona et de ses alentours. Goda songeait à sa propre fille, qui serait peut-être l'épouse de l'homme à la tête de ces domaines. Tel était désormais son objectif.

Les cloches de la ville retentirent. Le vieux prêtre entra dans l'église, tout agité, et s'étonna de trouver encore sur place le groupe de femmes et Goda, la bannie.

— Bernard de Gothie, le nouveau comte et seigneur de la Marche, arrive !

— Et Drogon de Borr ? demanda Goda, surprise.

— Il y a eu un procès, et il a été déclaré coupable de l'assassinat du vicomte.

— Frodoi ! Mon Dieu ! s'exclama-t-elle, désemparée.

Le vieux prêtre grimaça. Ils se connaissaient depuis toujours, et il avait peur.

— On dit que Bernard ne vient pas seulement prendre possession de la couronne. Il a affirmé publiquement qu'il voulait pacifier la ville après le grand désordre créé par Drogon. D'après certains, il veut surtout écraser les Goths et réquisitionner leurs richesses. Cette situation, nous l'avons déjà vécue, Goda. L'évêque a envoyé un messager pour prévenir que Drogon continue de t'accuser devant le nouveau seigneur d'être rebelle à la Couronne. Certains fuient. Fais de même, Goda, tu es l'âme de Barcelone.

Elle quitta les femmes et, malgré la terreur, elle reprit le chemin de Mons Iovis, en pleurs. Son rêve s'envolait, comme parfois le sable fin de la plage sur laquelle elle marchait. Pourtant, elle ne partirait pas. Elle faisait confiance à Frodoi et à son pouvoir face au comte. Il veillerait sur elle jusqu'au bout.

35

Les cloches annonçaient l'arrivée à Barcelone du nouveau comte. Bernard de Gothie et l'évêque Frodoi, avec la suite de soldats, d'officiers et de serviteurs, attendaient sur l'esplanade face à la Vieille Porte que les accès soient ouverts dans un grincement sec. Des étendards ondoyaient au sommet des tours et des rubans rouge et or pendaient aux créneaux.

Bernard fit un signe aux tambours puis il franchit le porche, droit sur sa monture de guerre, acclamé en héros par les siens. La foule barcelonaise agglutinée jusqu'au palais comtal se joignit à la clameur, partagée entre curiosité et incertitude.

Le marquis ne cacha pas sa contrariété devant l'aspect décrépit de la cité. Sur ordre du viguier, les détritus et les mauvaises herbes avaient été ramassés dans les rues, on avait fait la chasse aux rats, autant que possible, et on brûlait du sparte pour éloigner les insectes. Malgré tout, l'état d'abandon était évident ; de nombreuses maisons tombaient en ruine, quand elles n'étaient pas écroulées, et les voies étaient boueuses.

Frodoi suivit Bernard de Gothie, juché sur un cheval blanc et vêtu de sa cape en soie. Il savait qu'Isembard et Egil n'étaient pas arrivés, et il espérait que ses messages avaient tout de même servi d'avertissement. Il détestait le nouveau comte de Barcelone. Ils avaient eu d'âpres discussions durant tout le trajet. Le jeune homme cupide chercherait le moyen de remplir bien vite ses coffres au prétexte d'instaurer la paix royale. Cette inimitié faisait courir un plus grand danger encore à Goda, et il brûlait de savoir si après avoir pris connaissance de son message elle était partie loin. Il était profondément triste quand il pensait à elle. Dès la fin de la réception solennelle, il trouverait le moyen de placer Argencia sous sa surveillance, et non sous celle du comte capricieux.

Elisia était dans la foule, couverte de sa vieille cape, un volumineux torchon dans les mains. Elle observait le marquis. Il n'était pas beaucoup plus âgé qu'elle, apparemment, et il était bel homme. Son visage ne portait pas les stigmates d'un dur labeur. Quand elle remarqua son expression de dégoût devant le peuple en haillons, elle forma le vœu qu'il y ait un peu de charité en lui. Son cœur battait vite et elle avait le ventre noué. Sa grossesse n'était pas encore visible.

— Qu'est-ce que tu portes là-dedans, Elisia ? dit une voix derrière elle.

— Gali, murmura-t-elle d'un ton fâché.

Il n'était pas réapparu au Miracle depuis plusieurs jours, et un nuage noir tomba brusquement sur Elisia.

— Rien, répondit-elle.

— Je te connais, je sais que tu manigances quelque chose. Dis-le-moi et je te révélerai ce qu'on m'a raconté sur toi…

Il tenta de lui arracher le baluchon qu'elle portait. Elisia résista, furieuse.

— Regarde-toi ! Combien de catins en sueur as-tu chevauchées ? Tu me dégoûtes !

Gali leva la main, mais plusieurs hommes lui jetèrent des coups d'œil hostiles. Elisia était appréciée de tous. Son mari se retint de la frapper pour ne pas s'attirer davantage de problèmes.

— C'est notre dernier espoir de sortir de cette misère où tu nous as plongés, ajouta-t-elle.

Autour d'eux la foule s'agita. Le cortège arrivait à leur hauteur. Elisia inspira profondément. Ce qui venait de se passer avait accru son anxiété et elle fut sur le point de détaler. Pourtant, quand le hautain Bernard fut assez proche pour qu'elle vît son sourire méprisant, elle prit son courage à deux mains et s'avança pour se placer devant sa monture puissante. Elle ne pouvait plus faire marche arrière.

Un homme de l'escorte du comte la frappa méchamment de son bâton. Elle encaissa sans se plaindre, et tendit son présent à l'aristocrate, la tête basse, humiliée. Parce qu'il s'intéressait aux jeunes femmes, Bernard arrêta le soldat. De sa trique il abaissa la capuche d'Elisia. Son visage lui plut et un sourire lascif éclaira son visage.

— Que m'offres-tu, femme ?

— Soyez le bienvenu à Barcelone, mon seigneur, dit Elisia sans oser lever les yeux, terrorisée.

Elle ouvrit son baluchon et lui montra un fromage rond à la croûte blanche dont la douce odeur parvint aux narines du comte. La rue et la place étaient silencieuses. Derrière, Frodoi regardait avec épouvante la jeune Elisia commettre pareille folie.

Bernard ordonna à un de ses laquais de goûter le fromage. Il ne se fiait pas à ces Goths.

— Comment t'appelles-tu ?

— Elisia de Carcassonne, seigneur comte.

— Mon Dieu, seigneur ! s'exclama immédiatement le laquais, les yeux écarquillés. C'est un authentique chabichou ! Le meilleur que j'aie jamais mangé !

Bernard fut surpris. Son serviteur porta encore un morceau de fromage à sa bouche avant de le lui donner. Le comte le savoura, les yeux fermés, et Barcelone retint son souffle sans comprendre ce qui se passait. Le sourire du comte s'élargit de plaisir. Elisia respira, les jambes flageolantes. Elle regarda enfin Bernard en face.

— Je l'ai affiné juste ce qu'il faut, dix-neuf jours, depuis que je sais que nous allions recevoir la visite de quelqu'un de Poitiers.

Constatant l'intérêt de Bernard, elle osa poursuivre :

— Mon grand-père était cuisinier dans une auberge de Carcassonne et il avait appris la recette de fabrication de ce fromage d'un marchand du comté du Poitou. Il m'a raconté que c'étaient les musulmans restés sur place après la bataille de Poitiers qui le faisaient, il y a très longtemps. Je l'ai préparé pour vous avec le meilleur lait de chèvre que j'ai trouvé, sans presser la pâte ni la chauffer, afin que vous vous sentiez comme sur vos terres.

— Tu as appris à le faire à Carcassonne, c'est cela ? Dans quelle auberge travaillait ton grand-père ?

— Dans l'auberge d'Otèri. J'y ai aussi servi, et j'y ai tout appris, mon seigneur.

— Je comprends, maintenant ! Je n'aurais jamais imaginé trouver un tel mets dans ces contrées !

— Cette femme dirige une taverne à Barcelone, dit Frodoi en s'approchant.

Il commençait à comprendre la stratégie très risquée d'Elisia et il en était bouleversé. Il devait l'aider.

— Malheureusement, dans sa furie vengeresse contre la cité, Drogon l'a entièrement détruite.

Bernard, qui avait presque terminé le chabichou, s'essuya la bouche avec sa cape. Ensuite, impassible, il s'approcha de Drogon, ligoté et encadré par ses gardes. Sans un mot, il déchira la tunique au dragon et arracha la lourde chaîne en or. Puis il se saisit des anneaux que son prisonnier portait aux doigts. Il laissa tomber le tout dans les mains tremblantes d'Elisia.

— Rouvre cette taverne, belle jeune femme aux yeux doux, dit le nouveau seigneur, expert en flatteries badines. Si Dieu t'a donné ce don pour la cuisine, que personne ne t'empêche de le développer. Durant notre séjour, tu cuisineras aussi pour moi et mes hommes.

Il laissait ainsi entendre clairement et devant tous qu'il prenait cette femme sous sa protection.

— Je te souhaite la prospérité, Elisia de Carcassonne !

Le cortège continua vers la cathédrale. Elisia se mit sur le côté où elle s'agenouilla, le trésor serré contre elle. Ses nerfs lâchèrent et elle éclata en sanglots, heureuse. Plusieurs femmes l'imitèrent. De nombreuses familles avaient survécu grâce à l'approvisionnement et au travail qu'elles fournissaient à la taverne. La jeune femme avait été courageuse et ce qui venait de se passer resterait dans les mémoires. Elles l'encerclèrent pour l'encourager. Leurs époux regardaient durement Gali : le connaissant bien, ils lui signifiaient que cet or ne serait pas pour lui.

— On n'en a pas terminé, femme, siffla Gali entre ses dents en s'éloignant, mécontent. Je sais ce que tu me caches.

Après la messe solennelle célébrée dans la vieille basilique devant le comte, sa cour, la noblesse et le clergé, l'archidiacre ouvrit un coffre fermé par des chaînes et en sortit des documents. Le premier parchemin, jauni par le temps, avait été envoyé à Barcelone par l'empereur Charlemagne. Les autres, signés successivement de Louis le Pieux et de Charles le Chauve, confirmaient les concessions attribuées aux citoyens et en détaillaient certains points. En apprenant que le souverain n'en avait pas rédigé de nouveau, la curie et les nobles soufflèrent de soulagement.

Servusdei fut chargé de lire les documents rédigés en latin, dans lesquels les monarques rappelaient à la ville qu'ils avaient cherché refuge auprès des Francs afin d'échapper au joug cruel des Sarrasins et que, de leur plein gré, les Francs leur avaient livré leur ville, ce qui en retour obligeait le roi à les aider. Les Barcelonais étaient soumis aux Francs et devaient renouveler leur fidélité en échange de protection. Le texte évoquait également l'unité de la foi. Frodoi lança un coup d'œil menaçant à Tirs, le prêtre de Cordoue installé parmi le clergé régulier.

Les Barcelonais apportaient leur participation à l'armée placée sous les ordres du comte et ils avaient l'obligation de recevoir les *missi dominici* ou tout autre envoyé du roi. Ils étaient dédommagés des frais occasionnés selon la loi franque. Tous observèrent le nouveau comte lorsque Servusdei relut les attributions juridiques. Bernard avait paru de bonne humeur pendant la cérémonie, mais à ce moment précis il regardait autour de lui avec arrogance. Telle était pourtant la volonté des rois carolingiens, et, comme le reste des maisons aristocratiques, il la respectait en public.

Les Goths étaient gouvernés en vertu de leurs propres lois, sauf en cas d'homicide, d'enlèvement ou d'incendie prémédité, la plus grande terreur dans une ville où les toits des maisons étaient généralement en bois couvert de chaume. Les autres questions étaient soumises à la loi gothe négociée au concile de Tolède, en 653, ainsi qu'à la *lex consuetudine.*

Bernard jura de respecter les décisions des juges élus et du conseil de *boni homines* de la cité.

On accueillit avec enthousiasme le maintien de l'exemption de paiement de divers impôts, les *paschualia,* collectés pour les pâturages, ou les *thelonea,* le droit de tonlieu prélevé sur les marchés, ainsi que de diverses obligations qui écrasaient les habitants dans d'autres territoires. Les rois voulaient compenser de cette façon la précarité de cette ville située à l'extrémité du royaume, sur une frontière.

Servusdei lut la concession autorisant l'utilisation des eaux de rivière et des pâtures, et le ramassage du bois dans les domaines fiscaux. L'aprision, concédée pour défricher de nouvelles terres, s'accompagnait toutefois de l'acquittement du service royal. Ceux qui feraient venir des hommes pour cultiver leurs champs obtenus en aprision pourraient les juger et réclamer une partie de leurs récoltes – manière de s'assurer la docilité de la petite noblesse locale.

À la fin du document, il était rappelé à tous les Barcelonais qu'ils pouvaient se placer sous la protection du comte en faisant serment de vassalité, en échange de bénéfices, de cession de terres ou de charges officielles.

Frodoi s'approcha de Bernard de Gothie. Il imposa les mains et plaça solennellement la couronne d'argent sur son front dans un nuage d'encens, accompagné par les cantiques du chœur. Barcelone avait un nouveau comte, et, après une longue ovation, une file de notables venus lui présenter leurs respects se forma.

Ce que vit Frodoi en sortant de la cathédrale lui déplut : les soldats de Bernard bavardaient avec les mercenaires de Drogon comme s'ils étaient compagnons. Le marquis n'avait pas l'intention de châtier l'imposteur ; il se contenterait de lui arracher la plus grande partie de ses richesses et de ses terres dans l'unique but qu'il cesse d'être une menace, comme il l'avait laissé entendre à Servais. Pareille alliance, forgée dans le dos du prélat, était dangereuse. Frodoi ne parvenait pas à penser clairement sur ce sujet sensible, toutefois la première chose à faire était d'emmener Argencia dans la basilique afin qu'elle y trouve asile. Le serment officiel prêté, Bernard possédait l'*imperium* dans la ville et il pouvait rendre la justice ; pour lui, arrivait le moment de commencer à remplir ses coffres.

Avant de parvenir au palais comtal, Frodoi fut encerclé par des hommes du marquis. Oriol et les siens, qui le suivaient de près, dégainèrent leurs épées, mais le capitaine de Bernard calma la situation.

— Seigneur évêque, le comte désire que vous attendiez dans votre palais jusqu'à la nuit. Il aimerait vous montrer quelque chose de très délicat.

Frodoi serra les dents, furieux. Il portait la mitre et ne voulait pas céder, mais de nombreux habitants les observaient avec inquiétude et il préféra rentrer dans son palais. Il ne s'était jamais senti aussi frustré. Il ignorait si Goda se trouvait toujours à Barcelone. Il jeta sa crosse par terre d'impuissance. Il avait décelé la part d'ombre de Bernard pendant la semaine de voyage, et il devina que cette visite secrète ne présageait rien de bon.

Il envoya son escorte et tous ses serviteurs en ville pour apprendre ce qui se passait hors du palais. En fin de soirée, Jordi revint, le visage décomposé.

— Seigneur, j'ai entendu la conversation de plusieurs soldats au fond de la basilique. Le nouveau comte va faire arrêter Goda pour intimider les Goths. Apparemment, la dame est toujours ici. Dans la tour du Mons Iovis.

— Bernard de Gothie cherche à vous humilier, monsieur l'évêque, en déduisit Servusdei, le visage émacié. Si vous la défendez, vous confirmerez l'accusation d'adultère lancée par Drogon. Et vous serez excommunié.

36

À la brune, un groupe de douze hommes, épée à la main, arriva en haut du Mons Iovis. L'ordre du marquis était simple : il fallait jeter la femme gothe bannie dans le plus sordide des cachots du palais comtal. Par ce geste expéditif, Bernard tiendrait l'évêque et la ville à sa merci.

La silhouette de la veuve se découpait sur un immense feu qu'ils avaient vu brûler de loin. Une peur superstitieuse se propagea parmi les Francs. Au cours des quelques heures passées dans Barcelone, ils avaient entendu les rumeurs concernant les anciens cultes encore pratiqués par les habitants les plus âgés. Ce grand feu allumé au sommet d'une colline qui se dressait face à la mer évoquait pour eux un exécrable rite païen.

Le capitaine voulut donner l'exemple et démontrer sa force de caractère. Il s'approcha de Goda. Bernard exigeait une victime propitiatoire le soir même, et l'homme savait très bien ce qui advenait quand on n'accomplissait pas sa volonté.

Elle demeura immobile et le capitaine s'étonna de sa silhouette fine et mince. On lui avait dit que Goda avait plus de trente ans. À l'instant où il la toucha, il sentit une morsure. Puis il distingua avec horreur sur sa peau deux marques de crochets qui saignaient. En relevant la tête, il vit le serpent dans la manche de la femme.

Sous le voile, un visage juvénile d'une beauté angélique grimaçait.

— Ma sœur a encore faim, siffla-t-elle en excitant le serpent.

L'homme brailla de terreur et tomba sur le dos, la main rouge et gonflée. Des forces démoniaques surgirent de l'obscurité, munies de massues et casqués de heaumes rouillés, et surprirent les soldats. De ces derniers, Onyx répétait qu'ils n'étaient pas des héros prêts à se battre jusqu'à la mort. Il suffisait d'attaquer la tête et de laisser la terreur agir comme une arme.

À son arrivée à Barcelone, Rotel avait rencontré Goda pendant la cérémonie de couronnement du comte. Au cours de l'après-midi, plusieurs amis de la dame étaient venus la mettre en garde et l'informer que Bernard avait ordonné de retenir l'évêque en otage dans son palais. Cela signifiait que la relation entre les deux pouvoirs était très mauvaise.

Goda mesura à quel point sa situation était délicate. Sans Frodoi, elle se retrouvait seule et sans défense. Elle prit alors la décision la plus risquée de sa vie. À la surprise des proches venus la voir, elle décida de ne pas s'enfuir. Il ne lui restait qu'une seule possibilité : s'adresser à Bernard, négocier le cas d'Argencia face à face et réclamer la paix. Elle possédait une chose précieuse à lui offrir, le sel.

Au crépuscule, Rotel l'observa pendant qu'elle se lavait et changeait de vêtement pour revêtir une tunique de belle toile indigo. Admirative du courage et de la liberté de décision de Goda, elle lui proposa son aide et celle des hordes qui attendaient le moment d'accompagner les pêcheurs. Elle ignorait comment la nuit se terminerait, néanmoins elle lui assura que personne ne la capturerait ici. Si tel était son souhait, Goda pourrait s'entretenir avec le marquis de Gothie, comme aristocrate de Barcelone et non en prisonnière enchaînée et outragée par des soldats toujours avides de femmes. C'était un choix risqué, au-delà duquel tout demeurait incertain.

— Ne les tuez pas ! cria une voix de femme de la porte de la tour.

Le capitaine agonisant devina qu'il s'agissait de la femme dont il devait s'emparer.

— Si nous ne revenons pas, il en viendra d'autres, madame, l'avertit-il dans une grimace de souffrance.

— Je me présenterai devant le comte Bernard, mais sans chaînes.

Son ton exprimait sa conviction, même si elle savait que ce qu'elle s'apprêtait à accomplir était très dangereux et pouvait mal se terminer. Malgré tout, elle n'avait pas d'autre moyen de sauver sa vie et de récupérer Argencia que de négocier avec le marquis de Gothie, un homme notoirement vénal.

— Ne tentez pas de résister, et à l'aube ils vous autoriseront à regagner la ville, dit-elle aux soldats.

Elle marcha en silence vers le chemin.

Rotel s'approcha du capitaine et le regarda sans pitié.

— Il se peut que tu vives, ou pas. Je te recommande de ne pas bouger. Si tu suis mon conseil, le venin n'ira peut-être pas jusqu'au cœur.

— Vous êtes des démons !

— Pas tous. – Rotel désignait les hordes qui attachaient les soldats. – Eux, ce ne sont que des humains.

Puis elle s'esquiva sur les pas de Goda.

Quand deux gardes de Bernard allèrent chercher Frodoi en pleine nuit, un funeste pressentiment torturait l'évêque. Il craignait le pire, or, à sa grande surprise, il trouva Goda devant le palais comtal. On lui avait ouvert les portes de la ville et elle se tenait là, droite face à son destin, en femme noble et fière.

La place, gardée par des soldats munis de torches, était silencieuse. Bernard sortit, vêtu d'une simple tunique brune, ivre. Il s'immobilisa sur-le-champ, bouche bée devant l'image de cette femme qu'il s'attendait à trouver dans une geôle. Il se tourna vers l'évêque pour découvrir sa réaction et l'accuser. Cet homme possédait un trop grand charisme, il fallait le supprimer, sans toutefois provoquer la révolte parmi les puissants hiérarques de l'Église.

Du regard, Goda réclama de l'aide à Frodoi. Ce qui l'abattit : la menace d'Hincmar de Reims était marquée au fer rouge dans l'esprit du prélat.

— Vous êtes donc l'âme de la ville…, commença Bernard, entouré de ses soldats.

— Bienvenu sur ma terre, marquis Bernard de Gothie.

— On dit aussi que votre peuple est l'ennemi des Francs.

— Lorsque vous apprendrez à connaître les habitants de Barcelone, vous constaterez que beaucoup sont venus du nord, et d'autres du sud, ou d'au-delà des mers. Il y a ici des Francs, des Goths, des *Hispani*, des Mudéjars et des Juifs. Tous ont leur chance ici. Mais une chose est sûre, nous ne sommes les esclaves d'aucun royaume.

Bernard s'empara d'une torche et avança vers elle.

— Je ne vous imaginais pas ainsi, murmura-t-il, impressionné.

Goda dévisagea le séduisant comte avec méfiance. Sa fille se trouvait derrière les puissants murs du palais. Elle s'agenouilla et sortit une petite bourse en cuir contenant des deniers d'argent. Les siens et ceux que lui avaient confiés les pêcheurs pour l'aider. Ce n'était que quelques pièces de monnaie, mais elle voulait seulement que le comte l'écoute.

— Ma tête pourrira si vous la coupez, mon seigneur. Mon argent, non. Si c'est ce que vous convoitez, sachez que cette terre est plus riche qu'elle n'en a l'air. À quelques jours de marche, une montagne de sel pourrait vous couvrir de richesses grâce aux impôts. Et puis il y a d'innombrables milles de terres où planter des oliveraies et des vignes, il y a des pâturages, des fleuves et des rivières, et une mer que traversent jusqu'à nous des bateaux byzantins. Drogon a l'âme pourrie par la haine à cause de vieilles histoires, mais vous, vous êtes jeune et puissant. Respectez Barcelone, et elle vous comblera, je vous l'assure.

Bernard s'approcha encore. Il sentit l'odeur fraîche et propre de cette femme. Il la dévisageait avec concupiscence sous l'effet de l'alcool. Goda avait une beauté mystérieuse et attirante. Elle avait maigri et ses yeux étaient cernés, pourtant sous la tunique ceinturée se devinait un corps désirable. Il tourna autour d'elle, tel un prédateur avide, les yeux humides de désir. Frodoi grinça des dents.

— Tout cela en échange de votre fille, je suppose. Argencia vous ressemble. Elle deviendra une femme splendide, le rêve de tout homme. J'imagine sa joie quand elle vous verra entrer dans son petit appartement, au sous-sol du palais.

Goda perdit son aplomb. La pensée de la longue captivité d'Argencia lui déchirait le cœur. Elle se courba devant Bernard et lui prit la main, renonçant à tout orgueil.

— Je vous en supplie, mon seigneur, elle est la seule descendante de ma lignée.

Bernard se délecta de voir cette belle femme à ses pieds. Il caressa insolemment sa douce main avant de regarder Frodoi. Il lui sourit avec cruauté. Le moment était venu.

— Vous devriez peut-être m'accompagner à l'intérieur du palais, nous y conclurons les termes de notre pacte, chère Goda. Je suis disposé à tout reconsidérer, et il nous conviendrait sûrement à tous deux de faire plus ample connaissance ce soir. N'êtes-vous pas d'accord, monsieur l'évêque ? Vous qui sans nul doute la connaissez bien, dites-moi : la rencontre sera-t-elle agréable ?

Goda se tourna vers Frodoi d'un air suppliant. Le prix exigé par Bernard était tout aussi évident que le dilemme imposé au prélat. Le comte acculait Frodoi à choisir entre la raison et le sentiment. Plusieurs officiers écoutaient, en témoins prêts à confirmer l'adultère dénoncé par Drogon. La tension empêchait presque l'évêque de respirer. Sa place dans l'Église, son pouvoir à Barcelone et son âme, en cas d'excommunication, tout était sur le point de sombrer. Il ouvrit la bouche pour intervenir, puis les mots moururent avant de naître. C'était trop. Il en fut incapable.

— Les accords sont toujours souhaitables, comte, balbutia-t-il enfin d'un filet de voix. Vous aurez raison de vous fier à sa parole.

Le cœur de Goda se glaça devant le coup fatal qu'il venait de recevoir. Elle grimaça quand Bernard la souleva du sol, dégoûtée par son haleine avinée. Les mains du comte lui caressaient la taille de façon éhontée pour provoquer son amant supposé. Effondrée, Goda pensa à Argencia, au moment où elle la prendrait dans ses bras. Elle y arriverait, d'une façon ou d'une autre.

— Entrons, ma belle, dit le comte, impatient, sans la lâcher.

D'un air triomphal, il se tourna vers l'évêque ridiculisé.

— Je suis certain que nous nous entendrons bien et que cette nuit sera inoubliable.

La femme implora une dernière fois Frodoi des yeux pendant que Bernard la traînait à l'intérieur du palais comtal. L'homme d'Église se tut, les poings serrés. Goda lui lança un ultime regard, lui signifiant que sa lâcheté détruisait leur alliance et leur amour.

Incapable de rentrer dans son palais, Frodoi se rendit dans la vieille cathédrale. Il passa sans s'arrêter devant les nouveaux arcs sous les échafaudages et, une fois à l'intérieur, il cria pour faire sortir les deux religieux qui veillaient sur les calices et autres objets précieux. Il frappa de rage la lourde croix en bronze suspendue au-dessus de l'autel, qui se balança. Goda retrouverait sa fille et peut-être parviendrait-elle à calmer l'animosité du comte à l'égard des Goths en échange d'impôts accrus. Mais lui était un lâche.

Bernard laissa les fenêtres donnant sur le palais épiscopal grandes ouvertes. Dans le silence, Frodoi entendit les plaintes de Goda, tandis qu'agenouillé au sol il frappait de ses poings les dalles de pierre. Cris de plaisir ou de douleur, il l'ignorait. Ils signifiaient pour lui la perte de celle qu'il avait le plus aimée. Le sang et les larmes maculèrent le sol.

Elisia dormait dans la cuisine près de Gauderic, quand elle entendit un grincement dans la salle. En se levant, inquiète, elle sentit un pincement dans son ventre. En dépit du souvenir amer de sa conception, elle désirait plus que tout voir le visage de ce tout petit qui poussait en elle.

En entrant dans la salle saccagée, elle prit peur. Une silhouette se tenait debout face à la cheminée éteinte. À la lueur d'un faible rayon de lune qui se glissait par la fenêtre, elle la reconnut.

— Mon Dieu ! Rotel !

Elle s'approcha prudemment et admira la jeune fille dont la beauté s'était épanouie au fil des ans. Son air grave l'arrêta.

— Je croyais ne jamais te revoir. On raconte sur toi des choses qui…, balbutia-t-elle.

— La vérité serait encore plus sinistre pour toi, Elisia.

Le ton n'était pas hostile, pourtant Elisia eut la chair de poule.

— Qu'est-ce que tu fais là ? demanda-t-elle. As-tu des nouvelles de ton frère ?

— C'est lui qui m'envoie. Il a failli mourir, mais son heure n'était pas encore venue.

Sentant les forces lui manquer, Elisia s'assit sur une vieille souche qu'ils utilisaient comme tabouret. Elle ne parvenait pas à croire que la fille qu'elle avait aidée à sortir de Gérone des années plus tôt était celle qui se dressait devant elle.

— Tu as beaucoup changé, Rotel.

La jeune fille lui raconta les événements survenus au monastère de Fórnols et ce qu'Isembard lui avait expliqué. La lueur de la lune faisait briller les larmes sur le visage de l'aubergiste. Rotel éprouva pour elle une compassion qu'elle n'exprima pas.

— Il veut savoir si tu vas bien. J'ai tendu l'oreille près des fenêtres ouvertes, j'ai capté des conversations, le nouveau comte t'aurait donné de l'or pour rouvrir la taverne...

Elle haussa les épaules et prit une décision.

— Je peux te conduire auprès de mon frère, si tu le désires.

Elle parlait comme si cent hommes armés attendaient derrière la porte pour la protéger. Tel n'était pas le cas, pourtant Elisia eut le sentiment qu'elle serait tout aussi en sûreté auprès d'elle. Son cœur commençait à s'emballer et un frisson de désir l'envahit.

— Je suis enceinte de Gali, lui confia-t-elle tristement.

— C'est bien peu méritoire, Elisia, répliqua Rotel sans ciller. Être un bon père honore. – Elle s'approcha et lui toucha le ventre. – Ce bon père peut être n'importe qui. Mon frère t'aime, je l'ai lu sur ses traits aussi clairement que je lis ton amour pour lui sur les tiens.

Bien que Rotel ne manifestât aucun sentiment, ses paroles pénétrèrent Elisia. Elle possédait de l'or pour redresser la taverne, mais elle avait envie de la suivre pour retrouver son aimé, quitter Gali et recommencer sa vie ailleurs. Une joie qu'elle croyait désormais inconcevable explosa en elle et elle eut envie d'embrasser la jeune fille. Mais Rotel était déjà à la porte.

— Je vais voir ce qui se passe dans la ville pour informer mon frère. Si le comte t'apprécie, nous devons être prudentes. Attends l'aube et sors de la ville comme si tu allais acheter quelque chose. Je t'attendrai sur la *strata francisca*, et là, tu cesseras d'exister.

Avant qu'Elisia eût le temps de répondre, Rotel avait sauté par la fenêtre d'un bond agile pour se perdre dans la nuit. La tavernière était animée par des forces contradictoires. Elle avait peur; de nombreuses bouches dépendaient d'elle et le comte serait très en colère. Malgré tout, elle devait le faire, elle en était sûre. Elle souhaitait être libre comme Rotel et élever son enfant avec Isembard, ainsi que tous ceux qu'elle lui donnerait. Elle désirait se sentir aimée par un homme et l'avoir à ses côtés, même si cela la condamnait aux yeux de Dieu et des hommes.

Elle préparait un petit baluchon de vêtements en chantonnant. Elle laisserait le trésor à Gauderic pour qu'il le rende au comte. Elle ne serait pas une voleuse.

— Tu comptes t'enfuir, peut-être ?

Glacée, elle se retourna en dissimulant le baluchon.

— Gali..., s'exclama-t-elle dans un souffle. Pourquoi est-ce que tu es venu ? Je range seulement quel...

— Tu comptes partir ! – Il souriait, l'air sournois, complètement saoul. – Tu vas me voler mon fils, c'est ça ?

— Comment le sais-tu ? dit-elle, épouvantée.

— Tu es allée voir la ventrière juive, la même que certaines de mes connaissances consultent. Tu es trop populaire, et dans cette petite ville les secrets sont vite éventés.

Il éclata de rire.

— Tu croyais vraiment que je ne l'apprendrais pas, dis-moi ? Tu ne partiras pas ! Avec le comte de notre côté, cette maison attirera la richesse !

— De notre côté ? rétorqua-t-elle, indignée par le cynisme de Gali. As-tu été une seule fois de mon côté ? Ah pour en profiter, ça, oui !

Il avança vers elle.

— Ça va changer, Elisia.

Il essaya de l'embrasser, mais elle se déroba.

— Tu mettras mon fils au monde et nous serons deux aubergistes prospères. On pourra certainement soutirer plus d'argent à Bernard de Gothie. Il y a d'autres fromages à Poitiers...

— Tu ne tiens même pas debout ! Maudit soit le jour où j'ai accepté de t'épouser !

Gali la gifla violemment plusieurs fois et elle finit par tomber par terre. Il l'attrapa par les cheveux et la traîna jusqu'à la petite resserre sous l'escalier, où il l'enferma. Alerté par les cris de sa patronne, Gauderic entra dans la salle. Gali le prit par le cou. Le garçon l'implora, haletant.

— Si tu ne te tais pas, Elisia, je tuerai le gamin et je jetterai son corps dans le puits, je te le jure ! Tu resteras enfermée jusqu'à ce que tu reprennes tes esprits. J'imagine qui tu pensais rejoindre… Oublie-le ! C'est ici ton monde, c'est pour ça que je t'ai gagnée aux dés chez le vieil Otèri.

Elisia, épuisée de tant cogner contre la porte de la resserre, s'accroupit en pleurs dans le noir. Chaque mot de Gali la blessait comme un coup de poignard empoisonné, et elle se demanda pourquoi Dieu lui laissait entrevoir le bonheur pour le lui arracher immédiatement après. Tout était faussé dans sa vie. Rotel partirait à l'aube et elle avouerait à Isembard que son aimée avait préféré ne pas la suivre. Le fil d'espoir ténu qui l'unissait à lui se brisa. Le chevalier Isembard de Tenes oublierait la plébéienne, comme cela se passait généralement entre deux êtres issus de mondes différents. Ainsi était l'ordre naturel des choses. Elle avait péché en essayant de l'ignorer.

Blessée à mort, elle s'allongea avec le désir de ne plus jamais se relever.

37

Le jour de la Saint-Jean, à l'heure où le soleil resplendissait sur un ciel bleu intense, au monastère de Fórnols, Isembard vit à sa grande surprise arriver quatre cavaliers. Il essaya de reprendre courage pour les recevoir selon les règles de l'hospitalité.

Rotel était repartie avec Ega deux jours plus tôt, le laissant le cœur saignant. Elisia n'était pas venue au rendez-vous – elle portait un enfant de Gali, sa progéniture légitime, et le nouveau comte appréciait ses talents de cuisinière. Isembard songea que son avenir était trop prometteur pour qu'elle se risque à fuir avec un chevalier sans terre et sans cheval, probablement détesté de Bernard de Gothie à cause de sa fidélité à Frodoi. En ville, Rotel avait eu vent de l'animosité mutuelle entre le comte et l'évêque, et elle lui en avait fait part. Isembard avait beau avoir été béni et adoubé à l'assemblée, il n'était qu'un chevalier errant, porteur d'une promesse qui restait à honorer.

Trois des cavaliers étaient revêtus de capes de laine et équipés de boucliers ronds et de heaumes. Isembard reconnut certains visages. Il se réjouit avant d'expliquer aux moines inquiets qui étaient ces hommes.

— C'est le capitaine Oriol, de la garde de l'évêque Frodoi de Barcelone. Les autres sont Armanni d'Empúries, Garleu de Conflent et Maior de Tarrasa. Des compagnons de Guissand qui ont réussi à s'enfuir de Barcelone quand Drogon y est entré.

Il sentit son âme se libérer.

— Merci mon Dieu ! s'écria-t-il.
— On te croyait mort, mon garçon ! s'exclama Oriol.
— Comment m'avez-vous trouvé ?
— Dans le coin, on parle beaucoup du miracle du chevalier ressuscité. Et puis j'ai appris que Rotel avait rencontré Elisia.
— Elle va bien ?
— Elle a entamé les travaux pour refaire la taverne, mais elle n'est plus la même, répondit Oriol, un peu peiné.

Il avait essayé de savoir de qui s'était passé, mais la jeune femme avait préféré ne rien lui révéler.

Les autres cavaliers mirent pied à terre, et l'un après l'autre ils tombèrent dans les bras d'Isembard avec effusion. Sa plaie s'était refermée mais il était encore faible.

La journée était radieuse et les *frates* se préparaient à célébrer la nuit de la Saint-Jean. Ils entassaient du bois mort derrière le mur de la chapelle et ramassaient les plantes aromatiques en fleur, convaincus que leur pouvoir curatif n'en serait que meilleur. Trois jours plus tôt, ils avaient vu des feux allumés sur des hauteurs, au loin, en revanche eux feraient le leur le soir même afin d'aider le soleil au moment où les jours commençaient à raccourcir.

Assis dans le petit réfectoire, le capitaine et les trois cavaliers firent honneur au fromage frais aux raisins secs accompagné de miches de pain servis par les moines, qui se retirèrent ensuite. Oriol mit Isembard au courant de ce qui s'était produit à Barcelone. Le jeune homme hochait la tête tout en pleurant en son for intérieur. D'après ce qu'on lui rapporta, la chance semblait sourire à Elisia. Il apprit aussi que le comte avait pardonné à Goda et qu'elle était revenue dans son palais avec Argencia. La rumeur courait qu'elle avait séduit Bernard de Gothie, sans égard pour la mémoire de son époux.

Après un long silence, Isembard révéla à ces guerriers, auxquels il aurait sans hésitation confié sa vie, le plus grand secret de la Marche.

— Ces moines savent où se cachent les descendants du comte Sunifred, et ils se sont tus pendant tout ce temps.

Les quatre hommes se levèrent d'un bond, troublés par la nouvelle.

— Est-ce certain, jeune Isembard ? demanda Armanni.

— Ces frères m'ont raconté l'histoire. Il y a quelques années, un serf est venu au monastère chercher des simples pour soigner une fillette. Il a fini par leur révéler qu'il s'agissait d'une des filles de la comtesse Ermessende. Ils se cachent à deux journées de cheval d'ici, dans un petit monastère non reconnu par l'Église où un groupe de moines bénédictins voue un culte à une Vierge, Notre-Dame de Ripoll. Les Bellonides et quelques hommes de l'ancienne escorte de Sunifred vivent avec eux.

— Ils ne sont pas morts ! murmura le chevalier Garleu en se laissant retomber sur le banc, les yeux pleins de larmes. Mais ils sont oubliés de la cour.

— Peut-être pas, objecta Oriol, qui faisait nerveusement les cent pas dans le réfectoire. Au cours du plaid général de Servais, Charles le Chauve a confirmé Delà et Sunyer II, deux Bellonides, sur le trône d'Empúries, au lieu de le concéder à Bernard de Gothie.

— Le roi redoute que la maison du Poitou n'accumule trop de pouvoir au sud du royaume, en déduisit Maior.

— Guissand doit se retourner d'impatience dans sa tombe en attendant qu'on les retrouve, déclara Oriol après un long silence. Nous devons être discrets. Si Bernard de Gothie l'apprend, il n'aura aucun scrupule à les faire disparaître définitivement.

Le prieur entra dans le réfectoire et ne leur cacha pas qu'il les écoutait.

— Nous prierons pour vous, cependant, soyez prudents. Cette région est la plus déserte de la Marche. À un jour de route de la modeste chapelle monastique se trouve la ville abandonnée d'Ausa. C'était le siège épiscopal au temps des Wisigoths, et même des Sarrasins. En 862, pendant la révolte du Goth Aizon et de ses alliés arabes contre le roi Louis le Pieux, les troupes franques l'ont détruite. Tout ce vaste territoire enclavé au cœur du comté d'Ausone est inhabité et parsemé de ruines, hanté par les spectres errants et les âmes en peine.

Les chevaliers implorèrent la protection du Christ crucifié dont une vieille statue ornait la petite chapelle du monastère. Les descendants de Bellon de Carcassonne incarnaient une possibilité de changement dans l'avenir incertain de la Marche.

Tandis que les moines préparaient le feu de joie qui brillerait pour toute la vallée au cours de la nuit de la Saint-Jean, Isembard enfila ses vêtements de guerrier. L'espoir d'accomplir la dernière volonté de Guissand de Barcelone lui insufflait des forces et lui offrait un objectif dans lequel s'engager de toute son âme, laissant le vide derrière lui. Il voulait partir pour Ripoll sans plus attendre.

Durant le trajet le long du versant sud du massif enneigé de la Sierra du Cadí ils n'aperçurent que quelques bergers qui sifflaient leur maigre troupeau de chèvres, et qui les évitaient. Les chemins ayant disparu, ils peinaient à trouver leur direction avec, pour seuls points de repère, une gorge ou un sommet indiqués par les moines de Fórnols. L'humeur des chevaliers s'assombrit lorsqu'ils atteignirent les plaines. Les chênes verts avaient été coupés et ils repoussaient à partir des souches ; en bonne partie cachées par les broussailles, elles étaient dangereuses.

Pendant le trajet jusqu'à Ripoll, ils inspectèrent les ruines d'un moulin dont les meules, sous les décombres, étaient en bon état. On distinguait encore les marques tracées avec l'ongle sur le plâtre. Ils découvrirent également des amphores intactes. Une partie d'un crâne dépassait des ronces. La Marche était un immense cimetière de dépouilles sans sépulture couvertes de terre et de mauvaises herbes.

Ils aperçurent un chemin avec des traces de roues et ils surent que leur but était proche. Au milieu d'un pré semé de quelques vieux chênes se dressait une petite église. À côté, une tour fortifiée menaçait de s'écrouler. Elle était entourée d'un mur de pierre de la hauteur de deux hommes. La porte en bois riveté était fermée.

Oriol scrutait les lieux étrangement calmes.

— Ils nous observent…

Une flèche toucha Maior à l'épaule. Ils s'abritèrent derrière les arbres. Un groupe d'hommes en bure surgit derrière eux et chargea en hurlant. Ils dégainèrent l'épée pour leur faire face, même Maior avec la flèche plantée dans son épaule.

Sa plaie récente faisait souffrir Isembard, mais il comprit vite que ces moines, si tels étaient vraiment leurs attaquants, ne représentaient pas des adversaires trop dangereux pour eux. S'ils savaient se battre, aucun n'avait moins de soixante ans. D'ailleurs, face aux cinq guerriers, dont trois vétérans, certains changèrent de visage ; ils se précipitèrent vers la porte du monastère, qui s'ouvrit pour eux.

— Vous avez vu ? s'exclama Garleu, surpris. Ils nous ont reconnus ! L'un d'eux est Ecbert. Il appartenait à l'escorte de Sunifred. Mon Dieu, ils sont ici !

Isembard courut jusqu'au mur d'enceinte et bloqua la lourde porte en bois avant qu'ils ne la barricadent à nouveau.

— Personne ne doit mourir, ordonna-t-il aux chevaliers quand ils entrèrent.

Dans la cour, au pied de la tour, ils affrontèrent pour la deuxième fois les anciens qui protégeaient deux jeunes gens d'une vingtaine d'années à l'expression rageuse, armés de vieux sabres sarrasins. Personne n'écouta la requête d'Isembard de cesser le combat. Les gardes se méfiaient et ils blessèrent un des faux moines avant de les acculer tous contre le mur de la chapelle.

— Ça suffit ! cria une voix de femme depuis la tour. Ça suffit, mes enfants.

Les deux garçons, haletants après l'effort, lâchèrent leur sabre en crachant. Les faux moines les entourèrent pour les protéger. Ils avaient l'air exténués.

— Vous ne vous en êtes pas mal tirés, déclara le capitaine Oriol aux jeunes garçons en écartant les épées du bout du pied. Vous manquez seulement d'expérience.

Les moines abandonnèrent aussi leurs armes. L'un d'eux s'écroula de fatigue.

— Ma dame, nous avons failli, murmura-t-il, honteux.

— J'aimerais me battre comme vous quand j'aurai votre âge, vieil Ecbert, dit Armanni avec un respect qui étonna les moines.

Le vieil homme rouvrit les yeux, stupéfait.

De la porte surélevée de la tour fortifiée, une femme vêtue d'une robe noire élimée contemplait la scène. La cinquantaine passée, les cheveux gris et le visage flétri par la tristesse et les souffrances, elle les toisait, hautaine, un diadème d'argent sur le front. Bouleversés, Armanni, Garleu et Maior mirent un genou à terre.

— C'était donc vrai ! Vous êtes Ermessende, épouse de Sunifred d'Urgell, comtesse de Barcelone !

— Voilà bien longtemps que personne ne m'appelle plus ainsi, dit-elle avec méfiance.

— Vous devez être ses fils, Miró et Guifré…

Armanni s'inclina devant les deux garçons.

— Mes respects.

— Qui êtes-vous ?

Ermessende, nerveuse, remarqua Isembard. Elle parut découvrir un fantôme du passé.

— Mon Dieu !

— Je suis Isembard II de Tenes.

Le cœur du jeune homme s'emballa ; cette rencontre paraissait écrite par le Très-Haut depuis le début.

Oriol s'avança, le heaume sur l'avant-bras.

— Mon nom est Oriol de Barcelone, capitaine de la garde de l'évêque Frodoi.

— Que faites-vous ici, Isembard ? demanda Ermessende, toujours troublée.

— Le chevalier Guissand de Barcelone vous a cherchée pendant des années. Avant de mourir, il m'a prié de poursuivre sa mission. Aujourd'hui, j'ai accompli la promesse que je lui avais faite.

— Nous sommes une petite communauté religieuse complètement isolée.

La comtesse de Barcelone s'était mise à pleurer sans quitter Isembard du regard.

— Non, ma dame, vous êtes des fugitifs, objecta Armanni. Les hommes habillés en moines appartenaient à votre escorte. Le temps est venu pour les Bellonides de récupérer la Marche.

— C'est une chimère. Le roi continue de nommer des marquis francs pour exercer un contrôle sur cette malheureuse terre.

— Lors de la précédente assemblée du royaume, vos neveux, Delà et Sunyer II, ont été confirmés sur le trône du comté d'Empúries, intervint Oriol, impressionné. Le moment de rentrer est venu, ma dame. Il est temps de revendiquer le rang qui revient à vos fils, les petits-fils du héros Bellon de Carcassonne.

Ermessende tressaillit. Un moine apporta une échelle et l'aida à descendre.

— Cela fait presque vingt ans ! Mes enfants étaient petits quand nous sommes venus nous cacher ici.

Isembard s'inclina avec révérence tout en réfléchissant à ce qu'il devait lui dire.

— Le sang n'oublie pas, ma dame. En mémoire de mon père, la maison de Tenes vous est fidèle, comme le sont également de nombreuses autres à Urgell, Gérone et Barcelone. Elles attendent le miracle de votre retour.

Ermessende tenta de sourire, mais n'esquissa qu'un pauvre rictus.

— Suis-moi, jeune Isembard.

Elle conduisit les chevaliers dans la petite église plongée dans la pénombre. Les lieux respiraient la sérénité et sentaient le thym. La comtesse indiqua une dalle du côté de l'Évangile. Elle la dépoussiéra de la main afin que le jeune homme puisse lire l'inscription : ISEMBARD DE TENES.

— Ton père repose en terre sacrée. Il a été blessé en nous faisant sortir de la ville, mais il a vécu suffisamment pour nous amener jusqu'ici et pour dessiner la fortification du monastère. Je l'ai pleuré au nom de votre mère. Ensuite, j'ai appris la tragédie du château de Tenes.

Les larmes roulaient sur ses joues. Elle ne dissimulait plus l'amour qu'elle avait éprouvé pour le chevalier.

— Il a sacrifié sa propre famille pour sauver la mienne.

L'âme d'Isembard était un abîme de rancœur. Il eut une pensée pour sa mère abandonnée et revit les deux enfants sans défense qui avaient dû s'enfuir dans la forêt sans l'aide de quiconque. Le seul moyen de racheter son père à ses yeux et de pouvoir lui pardonner était de donner un sens à tant de souffrances.

— Comtesse, vous ne devez pas continuer à vous cacher, ou tout cela aura été vain, réussit-il à articuler, la voix brisée.

— Durant toutes ces années, nous avons vécu à Carcassonne et à Céret, dans le Vallespir, mais nous avons l'habitude de revenir pour de longues périodes dans ce monastère inconnu de Santa Maria de Ripoll où nous avons souffert les années les plus terribles.

La présence de la tombe de son père dans cet endroit expliquait peut-être ces séjours, songea Isembard.

— Mes enfants ont été instruits dans la lecture et les habitudes du palais par mes parents de Carcassonne. Ils connaissent l'histoire de leur lignage, les hauts faits et la geste de la Marche, quoique leur habileté dans le maniement des armes soit rudimentaire.

Armanni s'avança respectueusement.

— Laissez-nous compléter leur formation de chevalier. Cela est nécessaire pour récupérer la faveur du roi.

— C'est ce que nous désirons, mère ! intervint Guifré, l'aîné, qui écoutait attentivement.

Il était beau, comme Ermessende, et il portait une barbe foncée très fournie qui recouvrait presque entièrement ses joues. Le puîné, Miró, encore méfiant, acquiesça néanmoins.

— Je suppose que ce sont les moines de Fórnols qui vous ont parlé de ce monastère, poursuivit la comtesse. Ma fille Sesenanda étant tombée malade, j'ai envoyé un des miens chercher un remède contre les fièvres.

Elle indiqua une autre tombe.

— C'est ainsi qu'ils ont su où nous étions.

— Vous aviez sept enfants, précisa Garleu. Où sont les autres ?

— Ils font bouillir l'huile dans la tour. Si vous aviez tenté d'entrer, ils vous auraient reçu de manière fort désagréable.

La comtesse Ermessende passa l'après-midi avec ses enfants. À part la jeune Ermessinde, âgée de dix-sept ans, ils étaient tous des adultes conscients de leur lignage, et se réjouissaient de ce changement de situation dont ils rêvaient depuis si longtemps. Ils étaient des Goths, ils connaissaient l'état de la Marche, abandonnée par le royaume et aux mains d'une succession de comtes francs laxistes.

Le soir, la famille bellonide reçut les chevaliers dans la tour. Le discours fut bref et, au dernier rayon du soleil, Isembard II de Tenes et les vétérans, Armanni d'Empúries, Garleu de Conflent et Maior de Tarrasa, mirent un genou à terre, l'épée hors du fourreau. Devant les trois moines tonsurés du modeste monastère de Santa Maria de Ripoll, et avec le capitaine Oriol pour témoin, ils jurèrent de protéger les fils de Sunifred, futurs comtes de la Marche, si tel était le projet ce Dieu.

Isembard sortit dans la cour. Connaître enfin le sort de son père l'avait affecté. Tandis que les ombres s'allongeaient devant lui, il pensa à Guissand, Invèria et Nil. Ils avaient cru en lui jusqu'à leur dernier souffle. Il pleura. Les Chevaliers de la Marche et leurs vassaux pouvaient reposer en paix. Le Natif de cette terre, réfugié et oublié dans un petit monastère de Gérone, avait réussi.

Son devoir était là, sans Elisia à ses côtés, et sans sa sœur Rotel, qui commençait une nouvelle vie loin des ténèbres. Frodoi, à qui il devait fidélité, aurait aimé qu'il en soit ainsi, comme Guissand et Goda de Barcelone. Le monastère inconnu de Ripoll, éloigné du monde et de ses peines, serait son foyer. Le temps de donner à cette terre une réelle espérance et un gouvernant qui, en offrant un avenir à ses habitants, deviendrait une légende.

Ils avaient devant eux une longue période d'instruction pour forger un chef. Ce qu'ils feraient dans le plus grand secret, jusqu'au moment venu.

38

Une fois l'évêque revenu de l'assemblée annuelle, l'activité avait repris sur le chantier de la cathédrale. Ce matin-là, Frodoi se trouvait dans la cabane des maîtres, au pied du nouveau porche, auquel il ne prêtait aucune attention, pas plus qu'aux explications qu'on lui fournissait. Il ne se penchait pas davantage pour examiner les groupes d'hommes qui tiraient sur des cordes afin de hisser des paniers remplis de briques jusqu'aux échafaudages. Il fixait Servusdei d'un air absent. Le prêtre discutait de l'emplacement, dans la partie haute des nefs, des étroites ouvertures destinées à apporter la lumière zénithale minimale propice au recueillement. Les fidèles devaient craindre Dieu et se cacher dans l'obscurité pour approcher Sa présence hiératique.

Frodoi souhaitait que la nef centrale soit beaucoup plus haute, avec une voûte en brique au lieu d'une ossature en bois. Il voulait du marbre noir et blanc, en alternance, pour les voussoirs des arcs d'ouverture et du porche, comme dans les plus belles cathédrales du royaume et dans la chapelle palatine d'Aix-la-Chapelle. Contrairement à son habitude, ce jour-là, il n'insista pas.

Il alla sur la place, d'où il contempla la maison seigneuriale de Goda, rongé de tristesse. Elle n'était pas sortie de chez elle depuis le soir où elle avait suivi Bernard de Gothie dans le palais comtal. Il ne parvenait pas à l'oublier. Il était resté éveillé toute la nuit et, quand il l'avait vue quitter le palais, il avait couru vers elle. Elle portait Argencia et tenait la clef de sa demeure à la main. Elle l'avait évité sans prononcer un mot puis s'était enfermée chez elle, où se trouvaient encore quelques serfs qui n'avaient su où aller. Frodoi cessa de chercher à la voir après que plusieurs soldats s'étaient avancés vers lui en entendant les coups qu'il portait sur la porte de Goda.

Quelques jours plus tard, les moines de l'hôpital épiscopal avaient recueilli une jeune fille de quatorze ans violée et battue par le comte en pleine frénésie sexuelle. Deux soldats avaient été chargés d'éviter que l'affaire s'ébruite. Prenant la mesure de ce qu'avait pu subir son aimée, Frodoi voulut mourir.

Une fois Goda revenue chez elle avec Argencia, les pêcheurs purent repartir vers la montagne de sel. C'était une femme forte et elle finit par quitter sa demeure comme une noble rachetée, la démarche fière. Frodoi s'en réjouit, tout en sachant que tout était terminé entre eux. Il s'efforçait de penser que c'était mieux ainsi. Évêque de Barcelone, il se devait d'être au-dessus de l'amour charnel. Pourtant il ne parvenait pas à oublier Goda et leurs rêves.

Il allait frapper à sa porte une nouvelle fois, quand une main l'arrêta.

— Non, murmura Servusdei d'un ton grave en montrant la place.

Les hommes de Bernard le surveillaient, et le comte n'hésiterait pas une seconde à l'accuser devant Hincmar. Rivaux, ils se surveillaient mutuellement. L'évêque retourna vers son palais. Levant la tête vers la demeure de Goda, il la vit à l'une des fenêtres. Elle bougea les lèvres. Elle le faisait parfois pendant les célébrations pour le troubler, et s'amuser. Il la comprit.

« Accomplis ta promesse, l'évêque », ordonnait-elle.

Frodoi perçut la glace dans son regard. Il ne récupérerait jamais son affection, néanmoins l'alliance qu'ils avaient forgée dans cette vieille crypte remplie de Barcelonais morts les unissait encore. D'une certaine manière, cette idée lui redonna des forces. Moins triste, il entra dans son palais, prêt à accomplir la promesse faite à Goda, même s'il gageait ainsi sa vie, conscient que ce ne serait ni facile ni rapide.

Les maçons qui travaillaient à la réfection de l'auberge du Miracle enduisaient les murs et entamaient la réparation de l'escalier. L'or de Drogon transformait la petite taverne en auberge spacieuse, comparable à celle d'Otèri à Carcassonne. Elisia, les yeux cernés et l'air sérieux, supervisait jusqu'à la moindre brique posée. Dans le jardin, on sciait des planches pour fabriquer des tables et des banquettes en chêne.

À la tombée du jour, elle gagnait les cuisines du palais comtal pour préparer les meilleures recettes de Francie dont elle se souvenait, endurant les pincements et les tapes des hommes de Bernard. Un soir, Drogon vint. Bernard avait décidé de le gracier, par pur intérêt, et il avait fait envoyer trois livres d'argent au roi ainsi qu'une à l'archevêque de Reims. Cela avait suffi à faire oublier les jugements passés. Le noble qui avait essayé de s'emparer de Barcelone était libre à la tête de quelques hommes. Il avait repris possession de la forteresse de Tenes, puisque Isembard ne s'était pas présenté devant le comte pour faire allégeance, devenir son vassal et réclamer le château. Drogon, lui, avait accepté de bonne grâce de jurer fidélité à Bernard. Il n'avait pas Barcelone, mais il appartenait au cercle du marquis de la Gothie, ce qui était bien supérieur à ce que son maudit père aurait attendu de son bâtard.

Au cours de ces dîners animés, avant que le comte parte vers d'autres comtés, les aristocrates francs et les officiers de Bernard désiraient voir la belle Elisia danser nue, comme les esclaves qu'ils avaient l'habitude d'emmener avec eux. Le marquis de Gothie s'y opposait. Il éprouvait une certaine prédilection pour elle. C'était une femme mariée, enceinte, et très appréciée dans Barcelone. En outre, et surtout, il ne voulait pas que la honte vienne abîmer son don pour la cuisine. En ville on chuchotait que c'était la seule bonne chose qu'il avait faite depuis son arrivée.

Un soir, le comte invita Gali à s'asseoir à sa table, comme époux de la merveilleuse cuisinière. Drogon, présent, lui rappela l'existence du vieux document que son sbire Calort conservait, et la loyauté qu'il lui devait. Gali avait pour mission de lui rapporter tout ce qui se disait dans la taverne sur Bernard. Drogon lui apprit que personne ne savait quoi que ce soit au sujet d'Isembard de Tenes et des autres chevaliers, toutefois ils étaient quelque part dans le coin et, un jour, ils pourraient causer du tort au marquis. Gali, plus assuré et arrogant que jamais les derniers temps, pâlit et se soumit en silence.

Les jours passant, Barcelone finit par comprendre que le nouveau comte ne ferait aucune réforme. Il n'assécherait pas les marais pour accroître la surface des terres cultivées, il ne repeuplerait pas les zones abandonnées avec des colons, il ne réparerait pas les moulins et les chemins. Il jouissait des femmes de façon sadique, s'enivrait du vin local et collectait les impôts pour préparer de nouvelles campagnes ou des alliances utiles à la maison des Rorgonides, au-delà des Pyrénées.

La Marche et sa dernière ville restaient plongées dans le désintérêt et l'incertitude. Pendant ce temps, les Sarrasins et les aristocrates cupides suivaient avec convoitise le déroulement des événements pour se jeter tels des faucons sur cette terre oubliée de Dieu.

TROISIÈME PARTIE

LIGNAGE DE SANG

An 869

Le temps passant, l'ambition du roi Charles le Chauve s'accroissait. Infatigable dans sa lutte contre les Normands, et las d'étouffer des révoltes sur ses territoires, il guignait ceux de ses neveux.

Ni la mort accidentelle de son fils Charles l'Enfant en 866 ni la réclusion volontaire dans un monastère de son épouse Ermentrude, ravagée par cette perte, n'affaiblirent son esprit guerrier.

Le 8 août 869, son neveu Lothaire II mourut de fièvres. Il régnait sur la Lotharingie depuis le traité de Prüm de 855, qui avait partagé le royaume de Francie médiane entre les trois fils du défunt Lothaire I. Le cours de l'histoire changea. Avec la disparition de Lothaire II s'éteignit un conflit très complexe né entre les Carolingiens après sa tentative de divorce d'avec Theutberge, de la maison bosonide. Un conflit beaucoup plus important était toutefois en germe.

Lothaire II n'ayant pas de descendants, l'héritier de ses domaines était son frère, l'empereur Louis II d'Italie, dit «Louis le Jeune», qui combattait les musulmans menaçant les côtes italiennes. Profitant traîtreusement de son éloignement, le roi Charles le Chauve conquit la Lotharingie, contre l'opposition déterminée de son propre frère Louis le Germanique, de ses neveux et d'une bonne partie des évêques.

Une terrible guerre se préparait, qui dépassait de beaucoup la prise de la Lotharingie. Le roi qui accumulerait la plus grande puissance sur la dépouille de l'Empire carolingien pourrait aspirer à enlever à Louis d'Italie la couronne impériale. Ce titre, symbolique, accorderait un caractère sacré à son imperium.

Pendant que le marquis Bernard de Gothie accompagnait le roi Charles et son délire de grandeur dans les campagnes pour arrêter l'invasion des Normands, Barcelone et les comtés du marquis demeuraient entre les mains de vicomtes et d'officiers francs. Seule la collecte des tributs de ses comtés frontaliers intéressait Bernard. La Marche était toujours abandonnée à son sort. Des plaintes pour abus et des mauvaises nouvelles parvenaient à la cour, qui les ignorait.

Au sein de la cour de Charles le Chauve, véritable nid de vipères, personne n'avait le temps de s'inquiéter de ce qui se produisait à la dernière des extrémités du royaume.

39

Forteresse de Gordes, en Provence, à la fin du mois d'août

Après avoir traversé le village, les cavaliers empruntèrent un chemin sinueux bordant le piton rocheux sur lequel se dressait la forteresse. Sur son rocher escarpé, la construction aux murs épais et aux grosses tours était imposante. Au plus haut flottaient les étendards aux couleurs des Bosonides, bandes bleues sur fond or. Ils étaient les seigneurs d'un vaste territoire dans la partie orientale de la Francie.

Le cortège pénétra dans la cour d'armes au sol boueux où des dizaines de soldats allaient et venaient au milieu des serfs et des villageois. La brume avait l'odeur du charbon et le marteau du ferronnier résonnait dans la forge. Un sénéchal en habit, apparu dans la galerie de bois du bâtiment principal, leur fit signe. Les hommes mirent pied à terre et des esclaves emmenèrent les chevaux.

— Vous êtes attendus, Bernard de Gothie, dit l'homme du château.

— La tempête nous a retardés, répliqua le marquis d'un ton rogue.

Bernard laissa une domestique d'à peine treize ans nettoyer la boue de ses guêtres. Elle était jolie, avec ses boucles rousses et ses yeux bleus, et après trois longs jours de voyage, il avait besoin d'un autre genre de soins. Il lui prit la main.

— Ce soir, je te veux dans mes appartements.

La jeune fille, apeurée, s'éloigna vers les cuisines. Elle passerait le reste de la journée à pleurer dans les bras de sa mère, qui lui expliquerait qu'il en serait ainsi jusqu'à ce que ses hanches soient devenues trop larges et ses seins trop flasques.

Bernard entra dans la salle principale où se trouvait un trône en fer forgé oxydé. Les étroites ouvertures maintenaient la pièce dans la pénombre, néanmoins il admira les murs en pierre de taille et les bois de cerfs, de dix-huit andouillers pour certains, les peaux d'ours et d'autres animaux inconnus de lui, rapportées d'Afrique. Une douzaine de nobles de tous âges, vêtus de riches atours où le bleu dominait, attendaient, assis à une table.

Bernard, fils de Bernard de Poitiers et petit-fils de Rorgon du Maine par sa mère, afficha de l'arrogance devant les principaux membres de la famille bosonide, un lignage aux origines obscures qui, grâce à d'astucieuses alliances, avait réussi à prospérer au temps de Charlemagne. Depuis la mort d'Hucbert, fils aîné de Boson l'Ancien et abbé de Saint-Maurice en Valais, le timoré Bivin de Vienne gouvernait le clan, dont la destinée était en réalité entre les mains de Theutberge. L'épouse de Lothaire II, récemment décédé, était la sœur de l'abbé et de Bivin de Vienne.

Theutberge approchait la cinquantaine mais les soucis et la honte qui l'accablaient depuis son mariage en 855 l'avaient fait vieillir prématurément. Bernard connaissait l'histoire : la nullité matrimoniale était devenue une question politique qui concernait les quatre rois du Saint Empire. Lothaire II avait d'abord obtenu d'un concile d'évêques, et après de nombreuses concessions, la reconnaissance de la nullité qu'il voulait pour pouvoir épouser sa concubine, Waldrade. Mais le pape avait abrogé la décision. Lothaire avait donc attaqué Rome, tandis que Theutberge, humiliée, se réfugiait à la cour de Francie. Menacé d'excommunication, Lothaire avait enfin été convaincu par ses oncles, les rois Louis le Germanique et Charles le Chauve, de revenir auprès de son épouse légitime. Theutberge, vengeresse, l'avait à son tour rejeté. L'empire avait tremblé sur ses bases. L'union matrimoniale malheureuse avait inspiré de longs poèmes. Avaient même circulé des accusations d'inceste entre la reine et son frère l'abbé Hucbert.

Après de nombreuses prières, et pris d'une fièvre soudaine suspecte, Lothaire avait rendu son dernier soupir au début du mois d'août, à Piacenza. Les yeux de la récente veuve brillaient; elle était délivrée de son calvaire et elle avait bâti une amitié solide avec le roi de Francie occidentale, Charles, et ses conseillers. Les Bosonides en tireraient profit pour se placer au sommet d'un empire en ruine.

Il fallait compter avec les enfants de Bivin de Vienne, Richard, Boson et la belle Richilde, sans oublier d'autres parents, des propriétaires de demeures et de châteaux en Provence et en Bourgogne unis par la fidélité à la maison et au sang. Les Bosonides avaient les cheveux cuivrés et des traits séduisants. Comme dans la majorité des lignages francs, ils partageaient le destin de la maison, décidé conjointement.

Bernard présenta ses respects et prit place au bout de la table. Un serf lui offrit du vin dans une coupe en argent et le marquis de Gothie les félicita pour la qualité du breuvage. Il n'avait d'yeux que pour Richilde, resplendissante dans une robe en soie bleu clair bordée d'hermine sur laquelle se déployait sa longue chevelure. À vingt-quatre ans, elle était plus belle que jamais, et depuis que Bernard avait reçu l'invitation à cette réunion secrète des Bosonides, il caressait l'espoir que Bivin la lui propose comme épouse pour unir les familles de Provence et du Poitou.

Boson, le frère de Richilde, perçut clairement le désir fébrile du marquis.

— Réprimez vos appétits, Bernard. Ma sœur ne vous est pas réservée.

Bernard s'offensa. Richilde lui offrit un sourire éblouissant.

— Attendriez-vous toujours cet Isembard II de Tenes? demanda le marquis, acerbe. Il a disparu, comme son père.

— Ne vous offensez pas, jeune Bernard, l'arrêta Theutberge. Vous êtes ici pour une chose beaucoup plus importante que des fiançailles.

— Pourquoi suis-je là, donc?

Devant le silence réservé de Bivin, sa sœur Theutberge poursuivit :

— Nul besoin de vous rappeler que cette réunion est confidentielle. À la moindre fuite... tout le courroux de notre maison retomberait sur votre tête. Même si, vous connaissant, je crois que vous ne refuserez pas notre proposition.

Ils l'avaient croisé dans de nombreuses assemblées et aux festivités organisées par la cour itinérante du roi Charles. Grâce à leurs informateurs, ils connaissaient ses ambitions et ses secrets. Bernard était un homme cupide et follement désireux d'accroître le pouvoir des Rorgonides ; il pourrait donc être un allié très utile.

— Nous vous proposons de cesser d'être un marquis vassal de Charles le Chauve pour devenir roi de la Gothie, premier d'un lignage…

Bernard se redressa, stupéfait. Les plus puissantes maisons du Saint Empire aspiraient à régner, malheureusement les Carolingiens châtiaient durement tout refus de vassalité, considéré comme une traîtrise, et aucune alliance de nobles n'y était parvenue. L'émotion le submergea ; jamais aucun Rorgonide n'avait eu une telle ambition. Il brûlait de les entendre.

— Vous avez ma parole d'honneur. Je jure devant Dieu de garder le silence, ma dame.

Consciente de l'impression produite par ses paroles sur Bernard, Theutberge montra la carte tracée sur le vélin étendu devant eux. Les territoires de l'empire, de la Germanie à la Marche hispanique, étaient représentés par des encres de différentes couleurs. Des petites figurines de bois étaient réparties sur la carte.

Les Bosonides rirent, et Bernard se demanda si tout cela n'était pas une plaisanterie.

— Cet objectif est encore loin, petit-fils de Rorgon, mais il est temps de faire le premier pas. Nous avons besoin de votre soutien pour approcher le conseiller privé du roi Charles. À partir de là, notre pouvoir s'étendra à la Bourgogne, l'Aquitanie, la Neustrie…

— Les Carolingiens ne céderont jamais leur couronne, lança le marquis, intrigué, pour les tester.

— Il arrivera un moment où tout l'univers sera une carte parsemée de petits royaumes et de seigneuries indépendantes, affirma froidement Theutberge. Les maisons qui monopolisent le pouvoir de nos jours n'apparaîtront plus que dans les chroniques. Pour cela, nous devons nous rapprocher du roi comme des chiens fidèles afin de le dépecer ensuite, lentement.

— J'avais cru comprendre que vous étiez amis, ma dame.

— Un jour, lui et moi ne serons plus que des cadavres aux os blanchis. Tout cela dépasse nos personnes. Charles appartient aux Guilhemides carolingiens et il défend la prééminence de son lignage sur tous les autres. Il n'hésiterait pas une seconde à m'écraser, quitte à pleurer ensuite sur ma tombe, dit-elle avec la solennité d'une matriarche. Si tu veux fonder ton propre lignage en Gothie, tu as beaucoup à apprendre de nous, jeune Bernard de la maison du Poitou.

Par ces mots, Theutberge déchaîna son ambition. Bernard se voyait déjà supérieur à ses ancêtres.

— Je dispose de milliers d'hommes libres en âge de combattre !

Après un silence, les Bosonides éclatèrent de nouveau d'un rire moqueur.

— Modérez vos ardeurs, marquis, conseilla Richard avec morgue. Gardez les épées pour le moment venu. Avant cela, il faut avancer avec prudence et précision.

— Selon moi, nous devrions y réfléchir tranquillement, intervint Bivin, toujours plus circonspect que son fils. Dieu nous observe avec sévérité.

— Laissez Dieu aux religieux, mon père, lança Boson sans le moindre respect.

Après un silence gênant, Theutberge reprit la parole :

— Pour le moment, nous avons besoin que vous nous rendiez un service discret. Nous savons qu'un de vos vassaux a mis un terme aux aspirations du comte Unifred.

— Drogon de Borr. Il a été condamné pour l'assassinat du vicomte de Barcelone, mais il a payé le roi Charles le Chauve, et moi aussi, pour prix de sa vie. Il surveille les Goths afin qu'ils n'escamotent pas les tributs et il m'est fidèle comme une force armée dans la Marche.

— Nous connaissons les événements, poursuivit Theutberge, indifférente. Ce que nous voulons savoir, c'est si ce la rumeur qui circule sur son compte est exacte… On raconte que, pour exiler Unifred sans résistance, il lui a envoyé de mystérieux tueurs qui ne laissèrent aucune trace derrière eux.

Bernard tressaillit. Drogon le lui avait expliqué quatre ans plus tôt.

— Il s'agit des bestiaires, avoua-t-il. Le maître est mort et, d'après ce que j'ai entendu, sa disciple vagabonde désormais avec une magicienne. Je ne l'ai jamais vue, et elle n'est plus au service de mon vassal Drogon de Borr.

L'assistance accueillit la nouvelle dans le silence. Boson reprit enfin la parole, le visage figé.

— Vous avez fait un long voyage. Peut-être est-ce à cause de cela que vous n'êtes pas tout à fait conscient de l'importance de notre proposition. Vous n'êtes pas ici pour faire étalage de votre importance, Bernard, mais pour avancer vers le sommet. Ce Drogon vous doit loyauté et obéissance. Exercez votre pouvoir et qu'il nous amène ce bestiaire. Ou châtiez-le !

Dans ce jeu de pouvoir, les Bosonides n'admettraient aucune faiblesse. Bernard avait fait preuve de pusillanimité. Il se méfiait encore. Il réagit énergiquement.

— Avant cela, j'exige de savoir pourquoi vous feriez appel au sbire d'un petit aristocrate de la Marche !

— Nous avons besoin de quelqu'un qui ne pourrait en aucune manière être relié à nos maisons. Une ombre discrète qui ne susciterait pas le soupçon et ne s'épancherait pas dans les tavernes. Trop de maisons dépendent des actes des Bosonides.

Bernard se crispa. Il ne pouvait pas laisser passer cette chance. Les paroles de Theutberge concernant sa nomination comme roi de Gothie résonnaient à ses oreilles. Il frappa du poing sur la table.

— Une preuve de fidélité à votre lignage ! Mais je ne sers pas les Bosonides !

— Ce serait une preuve de fidélité, oui, mais à l'alliance entre nos maisons, s'empressa de préciser Boson. Bernard Plantevelue, marquis de Toulouse, comte d'Autun et d'Auvergne nous a rejoints.

— Le frère de Guilhem de Septimanie qui a causé tant de ravages dans la Marche il y a vingt ans…

Le marquis évalua l'énorme pouvoir et les vastes territoires que représentait cette alliance ; il devait se montrer à la hauteur de l'entreprise.

— Vous aurez ce bestiaire ! En échange, je prendrai part à toutes les décisions.

Les Bosonides sourirent devant la facilité avec laquelle on encourageait les ambitions des plus jeunes et des plus sots aristocrates.

— La deuxième chose que tu dois faire en tant que marquis, c'est de profiter de ta position stratégique dans le royaume et d'en tirer le meilleur parti, lui conseilla Theutberge, consciente de l'inexpérience de Bernard dans ces luttes de pouvoir. Tu t'empareras du reste des comtés de la Marche hispanique, ce qui te donnera la clef de la porte de l'émirat de Cordoue ; elle peut être utile pour agrandir le royaume, ou le réduire. Lorsque tu auras la main sur toute la frontière, le roi Charles dépendra de toi. Tu pourras alors négocier de nouveaux *honores*.

— C'est Charles le Chauve qui concède les comtés. Si j'arrache les territoires d'Urgell et de Cerdagne au comte Salomon, ou Gérone au comte Otger, je tomberai en disgrâce.

— Nous ne parlons pas de guerroyer entre comtes, dit Theutberge avec une condescendance qui fit honte à Bernard quand il vit les sourires des Bosonides. Charles récompense les efforts de défense du royaume quand il est en danger. Il ne faut pas que ça ait l'air d'une usurpation. Montre-toi plus malin que les autres ! Ou tu ne porteras jamais de couronne royale.

Richilde appuyait les suggestions de sa tante par des regards provocants, évaluant la virilité de Bernard. C'était donc ainsi que l'on obtenait le véritable pouvoir… L'ambition des Bosonides empoisonnait lentement son esprit.

— Nous partagerons avec les maisons alliées les efforts qui nous hisseront jusqu'au roi, continua Boson, bouffi d'orgueil. Puis nous franchirons le pas suivant : la rébellion.

Le marquis se laissa aller contre le dossier de son siège, une coupe à la main. Il regarda Richilde. Son tour était venu. Il montrerait que la maison Rorgonide savait elle aussi jouer gros.

— J'agirai ainsi, mais jusqu'à présent seule la maison rorgonide s'engage dans cette affaire. J'exige un geste de votre part. – Il sourit d'un air rusé. – Comme la main de Richilde.

Un mariage l'élèverait à de plus grands *honores* que ceux promis par les seigneurs de Provence. Boson fit la grimace, fâché.

— Vous réclamez beaucoup, marquis. Vous n'avez pas encore démontré si vous serez capable de tenir parole.

Commencez par trouver ce bestiaire, c'est déterminant pour avancer.

— Telle est ma condition ! répondit le marquis d'un ton impérieux tant il voulait paraître implacable.

Boson allait répliquer. Richilde l'arrêta. Elle leva sa coupe vers Bernard.

— À l'alliance de nos deux maisons ! Nous réfléchirons à votre proposition, mon seigneur.

Bernard se détendit devant ce qu'il considérait déjà comme une victoire et il but, accaparé par la perspective des mille et une jouissances qu'il était avide d'obtenir.

Le soir même, la porte des appartements de Bernard de Gothie s'ouvrit. Richilde entra sans bruit. Le marquis écarta violemment la fille de la cuisinière et il contempla la Bosonide, béat, se croyant sous l'emprise d'une sorcellerie. La jeune femme s'approcha, revêtue d'une tunique tellement fine qu'elle en était transparente, laissant voir son corps nu, plus désirable encore qu'il ne l'avait imaginé. Ses seins généreux se balançaient quand elle marchait et son doux parfum d'ambre incitait à caresser sa peau lisse.

Richilde ne daigna pas jeter un regard à l'adolescente qui pleurait, nue dans un coin, des marques profondes de morsures sur les seins et du sang entre les cuisses. En voyant la dame, elle fila vers le corridor et s'enfuit.

La noble monta sur le lit. Elle avança à quatre pattes et avec des mouvements sensuels vers Bernard, dont le cœur était sur le point d'exploser.

— Frappe-moi ! le provoqua-t-elle.

— Que dites-vous, ma dame ?

— Tu n'oses qu'avec de pauvres petites filles, c'est cela ?

Elle s'étira devant lui ; elle était au courant des rumeurs concernant les goûts sadiques du marquis.

— Ou bien es-tu un homme, un vrai ?

Bernard ne put en supporter davantage et il la gifla, ce qui l'excita d'une façon presque incontrôlable. Il essaya de la frapper à nouveau, mais Richilde attrapa sa main et la plaqua sur son sein. Lorsque le téton se durci, elle empoigna par-dessus la couverture le membre en érection du marquis. Bernard gémit et elle serra plus fort pour lui faire mal.

— Obtiens-moi un royaume et tu gagneras ce que tu désires, susurra-t-elle lascivement.

Il n'eut pas le temps de réagir. Elle sauta à bas du lit et quitta la chambre. Bernard avait du mal à respirer. Ce n'était pas un songe : sa main gardait l'odeur d'ambre qui parfumait son sein. L'alliance était scellée : il suivrait les Bosonides jusqu'à la posséder. Même si personne n'avait parlé de mariage.

40

Frodoi occupait le fauteuil de cérémonie de l'aula épiscopale – la vaste salle à arcades bâtie à côté du baptistère wisigoth avait enfin été rénovée au cours de ces années de calme par les maîtres qui continuaient d'ériger la nouvelle cathédrale. Las d'écouter l'interminable rapport de l'archidiacre, il se distrayait en admirant sur les murs les lignes colorées imitant le marbre que deux artistes de Rome avaient restaurées. On percevait encore l'odeur des encres. Les couleurs vives resplendissaient sous les lampes en verre vertes suspendues entre les arcs-doubleaux soutenus par deux lignes de colonnes en marbre qui supportaient la toiture en bois. C'était un lieu délicat, aux formes douces, bien éclairé par la lumière tombant des ouvertures hautes et étroites. Un lieu digne d'un évêque de l'Église. Un lieu fait pour un homme au cœur transformé en désert aride, seulement accroché à sa crosse d'argent, songeait-il parfois avec tristesse.

— La moitié des religieux de la ville refusent le rituel romain et suivent Tirs ! expliquait l'archidiacre en faisant de grands gestes.

Seul Servusdei l'écoutait attentivement. Le reste du collège régulier s'ennuyait ferme, comme Frodoi.

— Ils perçoivent la dîme et ils administrent les sacrements sans le consentement de l'évêché !

— Je lui ferai entendre raison, dit l'évêque. Je ne veux pas le faire enfermer une fois de plus.

— Il vous faudra faire plus que cela. Un clerc nommé Baió, plus fidèle à Tolède qu'à cet épiscopat, prétend refonder l'évêché wisigoth de Tarrasa sans l'autorisation de l'archevêque de Narbonne. Il administre pour son propre compte des villes et des paroisses.

— Vous devez porter plainte devant le roi, Frodoi ! insista Servusdei.

— Il nous accordera le même intérêt qu'aux citoyens qui se plaignent, répondit ce dernier d'un ton désabusé. Je présenterai le grief en personne lors du prochain plaid général.

Le capitaine Oriol arriva avec un parchemin portant le sceau de Goda, une alouette. Avide de lire au plus vite la missive, Frodoi s'excusa et laissa les chanoines poursuivre leurs récriminations à propos du culte devant Servusdei, dont l'opinion sur ce sujet était la meilleure.

Pensif, il emprunta le couloir menant de l'aula épiscopale à son palais, puis il traversa un patio à péristyle aux belles colonnes hélicoïdales pour arriver à la nouvelle basilique. Grâce au tiers des bénéfices de la Seca et des *teutas*, il avait fait compléter les arcades qui soutenaient les nefs et était en train de faire fermer les voûtes sur des armatures en bois. Mais faute d'argent, à cause d'accidents ou parce que les fonds étaient utilisés à d'autres fins sous la stricte observance de Servusdei, les travaux étaient souvent interrompus. Pour le moine, l'Église ne se résumait pas à des pierres, et il était le seul à modérer l'obsession de l'évêque pour sa nouvelle cathédrale.

Il manquait encore l'abside arrondie du presbyterium, auquel on accéderait par une arche à l'arc outrepassé brisé, et la décoration intérieure, dans le style de la cathédrale de Reims. Il fallait également démolir la partie de la petite basilique restée enfermée à l'intérieur de la grande et qui était toujours utilisée. Frodoi pensait terminer la construction en quelques années, et il avait déjà donné l'ordre de mouler un calice en or pour la consécration solennelle.

Dernièrement, il avait établi des paroisses et ordonné le collège sacerdotal, et il officiait comme juge au tribunal ecclésiastique. Il exerçait son ministère avec fermeté et ténacité, ce qui tempérait son chagrin et sa honte. À trente-trois ans, il avait gagné en charisme et en capacité de discernement – l'un des rares compliments de Servusdei à son égard.

En l'absence de Bernard de Gothie, qui préférait ses territoires situés au-delà des Pyrénées, l'influence de Frodoi était plus grande : il contrôlait même le vicomte Astorius, un Franc vénal qui évoluait dans l'ombre du marquis. Le zèle imposé par ce dernier pour encaisser les impôts entravait le développement de la ville.

En partie grâce à l'évêque, Barcelone vivait en paix depuis presque dix ans, ce dont témoignaient les grands champs cultivés et le nombre croissant de maisons. Pourtant, hors des murailles, le territoire demeurait dépeuplé et la frontière sans défense, à cause du désintérêt de Bernard. On vivait au calme, avec toutefois le sentiment que tout pouvait basculer n'importe quand, comme cela s'était si souvent produit au cours des soixante années passées.

Oriol attendait Frodoi avec son cheval harnaché. Ils sortirent de la ville par la Porte du Regomir, escorté de Duravit, Italo et Nicolas. Ils longèrent la côte jusqu'au port. Au passage de l'évêque, les paysans et les serfs mettaient un genou à terre ; il veillait sur son diocèse et ils le savaient.

Le cœur de Frodoi battit plus vite quand il aperçut Goda sur une passerelle du port reconstruit, au milieu de rangées de paniers remplis de pierres de sel. Elle discutait avec deux marchands. Il éprouva un sentiment d'admiration et de nostalgie mêlées ; elle n'était plus la femme hautaine, épouse résignée du vieux Nantigis. Elle agissait désormais comme un marchand expérimenté de Byzance ou de Cordoue.

Les débardeurs chargeaient ces paniers sur une galère qui avait apporté des tissus et des épices. Le commerce du sel avait permis la reprise d'un timide marché, et, en ville, des familles entières avaient remisé les houes pour récupérer les métiers artisanaux de leurs père ou grand-père.

Après l'épouvantable nuit avec Bernard, Goda de Barcelone, ayant repris sa place dans l'aristocratie locale, amassait une fortune en jarres de grains, huile et pièces d'argent. Toujours veuve, elle ignorait les propositions des familles les plus influentes. Elle vivait pour encourager la ville au commerce, grâce au sel, et pour Argencia ; à bientôt quatorze ans, la fille possédait la même beauté mystérieuse que sa mère.

Leurs positions respectives à Barcelone faisaient que Frodoi et Goda se côtoyaient souvent lors de cérémonies religieuses, de banquets et de festivités. Ils adoptaient mutuellement une attitude formelle, quoique Goda demeurât distante. Ils ne se virent seule à seul qu'une fois, dans la vieille crypte, à la demande de Goda. Peu après le retour d'Oriol du monastère perdu au fin fond d'une contrée désolée, Santa Maria de Ripoll. Frodoi voulut partager avec elle la découverte des Bellonides.

Goda se montra caustique : puisque l'évêque avait fait passer ses aspirations avant son amour, il jurerait devant les anciennes tombes que son éloignement ne modifierait pas ses plans concernant le couronnement d'un comte goth pour Barcelone et d'autres comtés de la Marche. Il n'y eut ni sourire chaleureux ni caresses, seulement leurs deux visages graves et leurs yeux pleins de chagrin. Puis le temps effaça les reproches et la rancune. Ne resta que la nostalgie, et un rêve commun qu'ils maintenaient secret pour le protéger. Entre eux, tout était terminé.

Le bruit circulait dans la ville que la nuit d'amour passionnée avait racheté Goda. Elle garda le silence à jamais. Elle ne conta qu'à Elisia, et sans verser une larme, comment ses anciens serviteurs avaient dû lui ôter ses vêtements et soigner les morsures et les chairs meurtries. Ivre et fou de désir, Bernard l'avait prise avec une grande brutalité, par tous les orifices. Il l'avait mordue et frappée dans l'extase, et pour finir il l'avait forcée à avaler sa semence en signe de soumission totale, avant de lui remettre les clefs de son palais, et sa fille.

Frodoi n'osa pas lui poser de questions. Il n'avait pas besoin de savoir ce que s'était passé pour haïr Bernard presque autant qu'il se haïssait lui-même. Sa position privilégiée ne compensait pas le vide qu'il ressentait. Elle ne parviendrait pas non plus à briser le mur de glace dressé entre Goda et lui.

Comme ils en étaient convenus, leur alliance pour Barcelone se maintint. Frodoi négocia le paiement du droit de tonlieu du sel avec les officiers des comtés de Barcelone et d'Urgell, frontaliers de la montagne d'où le sel était extrait. L'influence de l'évêque et certaines concessions accordées en échange du droit de traverser des fiefs firent que les nobles respectèrent l'exploitation de la montagne de Cardona par Goda et plusieurs familles du port. Le sel était acheminé par les vieux chemins, datant des Romains pour certains, jusqu'au-delà des Pyrénées, ainsi que par le Cardener et le Llobregat, jusqu'au port, d'où on l'embarquait pour des terres plus lointaines.

L'exploitation était à la charge d'Alberic, de ses frères et des familles qui vivaient sur place. Goda instruisait Ermemir, le garçon qui avait trouvé la montagne lors du premier voyage ; devenu un jeune homme de seize ans, débrouillard, courageux et vif, il n'allait plus nu mais vêtu d'une chemise et d'un sayon de bonne toile.

La réussite était due aux pêcheurs infatigables et aux clans réunis par Ega et Rotel. Pensant aux générations futures, Goda les paya rapidement en semences et outils de construction et d'agriculture. Tandis que les uns réparaient et surveillaient les chemins du sel, les autres défrichaient des terrains. Le temps de la sauvagerie, du désespoir et du cannibalisme ne serait bientôt plus qu'un secret bien enfoui. Aucune localité n'ayant accepté d'accueillir les hordes, Frodoi les autorisa à refonder le village abandonné près de la chapelle de Santa Maria de Sorba, à côté de la montagne de sel. L'étape suivante était la reconstruction de la forteresse stratégique de Cardona. Ensuite viendrait l'obtention d'une charte de peuplement.

La dame tourna la tête et échangea un regard avec l'évêque. À l'approche de la quarantaine, elle était resplendissante, malgré le soleil qui avait doré sa peau et quelques rides. Mettant un terme à la discussion, elle s'approcha de Frodoi. Dans sa chevelure sombre brillaient déjà quelques fils argentés. Ils s'observèrent en silence durant une éternité. Ces instants étaient les pires pour Frodoi. Il se sentait mourir, mais il avait sa fierté.

— Ce que tu as indiqué dans ta missive est-il exact, Goda ? lui demanda-t-il prudemment.

— Je le crains, monsieur l'évêque.

Elle ne prononçait plus son nom depuis longtemps.

— Mes gens ont vu les traces du passage d'une troupe très nombreuse sur la route du sel. Presque une centaine de mercenaires ont franchi les Pyrénées, et tout porte à croire qu'ils prennent la direction du château de Tenes.

— Drogon ! Encore lui ! maugréa l'évêque. Pourquoi maintenant ?

— Il n'est plus que l'ombre de lui même. Ce qui se prépare est l'œuvre du marquis.

Chaque fois que Goda mentionnait Bernard, Frodoi sentait son sang bouillonner dans ses veines. Les plaintes déchirant la nuit hantaient sa mémoire.

— J'ai peur qu'ils aient découvert notre secret.

Ils se regardèrent d'un air lugubre. Quatre années s'étaient écoulées depuis le jour où Oriol leur avait rapporté la rencontre d'Isembard, des chevaliers Armanni, de Garleu, de Maior et de lui-même avec la comtesse Ermessende et ses enfants. Maintenir cette nouvelle secrète avait été un défi compliqué mais décisif dans la mesure où jamais Bernard de Gothie ne permettrait la survivance de la maison bellonide à laquelle aspiraient les Goths de la Marche hispanique. Le comportement tyrannique du marquis, puis sa désertion, avait également fini de convaincre Frodoi qu'il fallait impérativement accorder le pouvoir aux descendants de Sunifred.

Aidé de Goda, il leur avait fait parvenir secrètement, par l'entremise d'Oriol, des armes, des cottes de mailles et des heaumes, ainsi que des fuseaux pour filer, des missels et des sermonnaires. Comme le voulait la coutume, l'avenir de la maison se concevait dans son ensemble : les fils aînés, à savoir Guifré, Miró et Radulf, recevaient une instruction militaire assurée par Isembard de Tenes, tandis que les deux autres enfants mâles, Sunifred et Riculf, s'orientaient vers la religion sous la tutelle du prêtre Jordi, car il convenait de leur assurer des positions dans l'Église. Les filles, Ermessinde et la benjamine, Sesenanda, apprenaient à broder avec leur mère. Elles épouseraient un garçon d'une autre famille de l'aristocratie afin de renforcer la position des Bellonides dans la Marche hispanique.

Les aînés du défunt comte Sunifred se présenteraient à la cour le moment venu, non encore choisi, dont Frodoi et Goda pressentaient qu'il n'était plus très éloigné.

— Peut-être s'agit-il d'autre chose. La situation générale a changé depuis la mort de Lothaire II, expliqua-t-il.

Frodoi retrouvait Bernard à chaque assemblée du royaume, et il le voyait de plus en plus important et avide, et aussi de mieux en mieux introduit dans le cercle des maisons prestigieuses, comme celle des Bosonides.

— Bernard n'a plus l'air de se contenter des domaines qui lui ont été concédés à Servais, il y a quatre ans. Il aspire à davantage de pouvoir. Il se peut qu'un esprit plus influent et expérimenté le guide dans ses ambitions.

— Il faut découvrir ce qu'il complote, dit Goda.

— Recommande à tes gens de rester sur leurs gardes, Goda. Je vais écrire à Hincmar de Reims afin d'en savoir davantage sur les nouvelles alliances manigancées à la suite de la mort de Lothaire. Il se prépare de grands changements, et c'est peut-être l'opportunité que nous attendons pour les Bellonides.

Goda s'éloigna en direction du port. Frodoi la suivit des yeux. Il ne laissait paraître sa peine qu'à l'abri des regards. Le temps n'avait pas amenuisé l'amour qu'il lui portait. Il prit une petite pierre de sel avant de rejoindre l'endroit où son escorte l'attendait.

41

Le 14 septembre, jour de la fête de saint Cyprien, Rotel de Tenes allaitait sa fille Sansa dans la maison de Jehan et Leda, à l'Esquerda. Elle avait vingt-trois ans. Elle repensait à leur fuite de Gérone, avec son frère, grâce à la ruse d'Elisia. Distraite, elle fredonna une vieille chanson surgie du fond de sa mémoire. Ega et Leda contemplaient la petite, éblouies.

Les choses avaient beaucoup changé au cours des quatre dernières années. Rotel marchait désormais sur les traces d'Ega. Elle était une femme de la forêt, sans chef. Elle avait appris à connaître les propriétés des plantes, à les distiller et à fabriquer des onguents curatifs. Mais la vieille Ega n'était pas une simple guérisseuse. Son lien à la terre était plus profond, et elle avait initié Rotel à l'ancien culte de la déesse Diane. Certains soirs, elles se rendaient sous les ancestrales tables de pierre des géants, ou à Montserrat, pour se réunir avec d'autres femmes comme elles, isolées dans des grottes ou des petites cabanes et enveloppées de légendes, de celles qu'alimentaient les clercs ermites. Par leurs offrandes, elles imploraient la venue de la fertilité pour les cultures et le bétail, elles maudissaient leurs ennemis et réclamaient la perdition pour les individus maléfiques.

Rotel trouvait en Ega l'opposé d'Onyx, dont les visions avaient cessé de la tourmenter, en partie grâce à Malik. Après la période consacrée à guérir son frère, ils s'étaient revus. Le Sarrasin, séduit et pris dans ses filets, était allé la rechercher dans le refuge de Cosla et de sa horde. Rotel lui était reconnaissante de l'avoir accompagnée jusqu'à Isembard, et cette gratitude ouvrit une brèche par laquelle la lumière dont elle avait tant besoin à ce moment de sa vie pénétra en elle. Le soir même, elle se glissa sans scrupule ni pudeur sous la couverture de Malik, surpris.

Instruite pour évoluer à la frontière de la mort, Rotel le comblait avec une passion venue d'une force de vie aux antipodes de ses années de noirceur et de destruction. Elle l'aimait à chaque rencontre comme si c'était la dernière et entraînait Malik dans son ardeur. Leur idylle, pure, vibrante et jouissive, n'avait que les prés et les étangs pour témoins. Puis l'amour s'immisça dans leurs gémissements et leurs frémissements. Malik comprit que Rotel vivait sans chaînes et sans attaches. C'était sa nature, et il n'essaierait pas de la changer au risque de la perdre. Il renonça aux coutumes de son peuple. Elle vivait dans la forêt et il allait à sa rencontre pour l'aimer, sans lui imposer de limites ni rien lui reprocher.

Le temps passa. Ce fut une période difficile, comme il l'était de vivre dans la Marche, mais heureuse. Leur relation se fortifia et Rotel décida d'enfreindre la dernière loi d'un bestiaire. Elle voulait un enfant avec Malik, et elle jeta les breuvages d'Ega. En février, tournant le dos à son passé, elle donna la vie à Sansa. La petite fille avait ses yeux bleus et les cheveux très bruns du Sarrasin ; ses traits lui rappelaient Isembard. Le frère et la sœur se voyaient souvent.

Rotel et Ega menaient une vie nomade et faisaient de fréquentes visites à Santa Maria de Sorba, près de la montagne de sel. Les hordes redoutables défendaient les chemins du sel, cultivaient leurs parcelles et les domaines communaux pour payer le tribut pour la terre, ou s'occupaient des troupeaux. Des enfants étaient nés, et ils ne les abandonnaient plus dans les bois ; ils ne les dévoraient plus non plus. Ils pouvaient les nourrir, et leur progéniture avait un avenir.

À l'approche de l'automne Rotel et Ega étaient à l'Esquerda, où les colons de Frodoi leur apportaient de la nourriture qu'ils échangeaient contre des emplâtres et des plantes de la forêt. La jeune mère avait appris à vivre en leur compagnie. Elle habitait chez Jehan et Leda, dans leur maison de pierre au toit de chaume. Leur fille aînée, Emma, était partie travailler à l'auberge d'Elisia, à Barcelone, comme Gauderic, et elle s'était mariée. Les autres étaient toujours là. La bourgade comprenait quelques cabanes éparpillées et une vingtaine de maisons en pierre construites de part et d'autre d'une rue au sol en terre battue au bout de laquelle se dressaient les premiers murs d'une église. Et devant, il y aurait une place, disaient les colons, les yeux pleins d'espoir.

Un rayon du soleil éclaira une pierre précise sur le mur. Rotel cessa de chanter. Leda et Ega échangèrent un coup d'œil malicieux ; elles avaient la nostalgie de leur jeunesse.

— Allez, va, on reste avec la petite ! Tu ne peux plus attendre, ça se voit !

En sortant, Rotel salua les hommes du village. Ils ne pouvaient s'empêcher d'admirer sa beauté resplendissante. Jehan et son fils Sicfred donnaient de grands coups de masse dans une poutre pour la mettre à sa place. Ils préparaient la charpente de la chapelle dédiée à Sant Miquel, le patronage destiné à les protéger du mal. La bourgade attendait que l'évêque leur envoie un prêtre pour remplacer le berger qui célébrait la messe ; l'homme, marié et père de neuf enfants, avait été frère laïc dans sa jeunesse et il officiait de mémoire.

Rotel descendit jusqu'au Ter, dont le méandre entourait l'Esquerda. Dans une boucle de la rivière, elle ôta sa tunique et entra nue dans l'eau glacée. Si un berger la voyait, il irait raconter qu'il y avait de fabuleuses *dones d'aigua* dans cette rivière. Elle s'en moquait : plusieurs récits à son sujet circulaient déjà, occupant les soirées devant le feu. La plupart d'entre eux la ramenaient à son terrible passé, que tous évitaient de commenter.

Elle perçut un clapotis et se retourna. Les ondulations à la surface de l'eau se rapprochaient d'elle. Des mains se posèrent sur sa taille et la tirèrent vers le fond. Elle ressortit de l'eau enlacée à Malik.

— Mon aimé.

— Mon aimée… Comment se porte ma petite fille aux yeux bleu de ciel ?

— Viens au village, tu la verras. Leda t'invite à partager l'agneau.

Les colons se méfiaient de Malik, mais depuis la naissance de sa fille le Sarrasin se montrait amical avec tout le monde et il avait cessé de représenter une menace pour eux.

Les amants regagnèrent la berge. Ils ne s'étaient pas vus depuis plusieurs semaines et, à l'abri des regards, nus au milieu des joncs, leurs deux corps ne firent bientôt qu'un. Ils échangèrent des caresses et des mots ardents. Ni l'un ni l'autre n'avait de projet au-delà de ce chaud après-midi de septembre. Leurs corps vibraient du même désir incandescent. Ils se perdirent l'un dans l'autre, éperdus de baisers et de regards, haletants. La passion qui guidait leurs vies agitées renaissait à chacune de leurs retrouvailles, et plus rien ne comptait pour eux. Ils se connaissaient et avançaient ensemble sur le chemin de l'extase. À l'acmé du plaisir, Malik redressa la tête, les mains sur ses seins.

À cet instant précédant la jouissance, Rotel gardait toujours les yeux fermés. Elle sentait son amant en elle, au bord de l'orgasme. Elle gémit de plaisir. Soudain, un frisson étrange la parcourut. Les mains posées sur ses seins perdaient de leur force. Elle sut que, lorsqu'elle rouvrirait les yeux, elle plongerait dans les ténèbres. Un liquide chaud glissait sur sa peau. Elle ouvrit lentement les paupières et découvrit le visage de Malik grimaçant de douleur, une flèche en travers de la gorge. Son aimé gargouillait et son sang se déversait sur elle. Elle le serra fort dans ses bras en hurlant, puis elle le repoussa.

— Malik !

L'homme agonisait. Il la suppliait du regard, une expression déconcertée sur le visage, puis il leva un bras et effleura sa joue avant de s'immobiliser, l'œil vitreux fixé sur un ciel indigo. Rotel scruta autour d'elle. Elle ne vit aucun archet assassin. Elle courut ramasser sa tunique et eut du mal à l'enfiler tant elle tremblait, le visage baigné de larmes. Elle contemplait Malik, incapable d'accepter que tout se termine ainsi. Soudain, elle aperçut une colonne de fumée au-dessus des rochers qui surplombaient le Ter. L'Esquerda ! Une nouvelle douleur lacéra son cœur brisé.

— Sansa !

Elle remonta le long du sentier, échevelée, insensible à ce qui l'entourait, incapable de penser. La colonie était en feu. Tous fuyaient vers la chênaie. Jehan portait dans ses bras sa femme Leda, sanglotant, le visage en sang.

— Ils nous ont attaqués ! Ils étaient au moins trente ! Tout s'est passé en quelques secondes.

— Sansa ! hurla Rotel en écartant Jehan brusquement.

Elle entra dans la cabane fumante. Ega et la petite n'y étaient pas. Elle courut dans la bourgade incendiée, hurlant le nom de son initiatrice.

Sur le chemin qui traversait la bourgade, un corps était allongé. Elle s'en approcha, le cœur broyé. Ega gisait, couverte de sang, écrasée par les sabots des chevaux. Elle tenait encore entre ses mains la petite couverture de la fillette. Rotel s'agenouilla en gémissant. Sansa n'était pas là. Elle mordit la couverture, en proie à la plus intense souffrance jamais ressentie.

Trois cavaliers l'entourèrent. Rotel leva la tête, en larmes Une vague de colère l'aveugla. Cagoulés, ils cachaient leur identité aux habitants du village, mais elle reconnut ces yeux gris débordants de la noirceur qui l'habitait.

— Drogon ! Je te maudis !

En furie, elle attrapa une pierre.

— Si tu la lances, tu ne reverras jamais ta fille.

— Qu'est-ce que tu as fait ! rugit-elle.

— Aurais-tu oublié qui est ton maître ?

— Onyx te servait, pas moi !

— Non ! répliqua Drogon, savourant le plaisir de la voir vaincue. Lui, il était libre ; autrement, il n'aurait pas hésité à me tuer. Toi, en revanche, je t'ai achetée pour le prix d'un calice, t'en souviens-tu ? Si tu veux que je te rende la petite, j'ai besoin de tes services.

— Où est-elle ? demanda Rotel sans faire d'esclandre.

La vie de sa fille était en jeu.

— Une nourrice s'en occupera. Si tu refuses, je tuerai tous les habitants de la bourgade avant d'égorger ta petite de mes propres mains.

— Pourquoi as-tu tué Malik ? Il n'avait rien à voir avec ça !

Elle n'arrivait pas encore à y croire, mais face au regard implacable de Drogon, elle comprit.

— Tu savais qui il était… Un membre des Banu Qasi ! Est-ce que tu as conscience de ce qui peut arriver à présent ?

— Pour moi, tu n'es qu'une esclave, qu'un *instrumentum vocalis.* Tu ne comprends rien, et tu n'as pas à penser, contente-toi d'obéir !

Drogon montra le corps sans vie d'Ega.

— Ça n'aurait pas dû arriver, mais elle a essayé de s'enfuir avec la fillette. Enterre-la sans révéler à personne qui vous a attaqués, ou ta fille le paiera. Je t'attends au château de Tenes. Et apporte tes… armes.

Rotel les regarda s'éloigner, les poings serrés et la vue brouillée par les larmes. Si elle ne courut pas se jeter dans la rivière, ce fut uniquement pour sa fille. L'Esquerda était détruit, après neuf années d'efforts quotidiens. Le découragement s'abattit sur tous ses habitants. Seuls Ega et Malik étaient morts, mais on dénombrait de nombreux blessés et brûlés. Quelques-uns proposèrent de quitter le village, même si c'était un bon endroit pour vivre et qu'ils y avaient leurs terres cultivables en aprision.

— C'est toujours pareil dans la Marche, murmura l'un des Barcelonais qui vivaient là. Et ça continuera jusqu'au jour où il ne restera plus un seul vivant.

Pendant qu'ils éteignaient les incendies, Rotel, assommée, aida à soigner les blessés grâce aux onguents d'Ega. Ce fut une nuit de lamentations. Abattus, ils enterrèrent la vieille femme sans savoir qui les soignerait à l'avenir. Rotel la pleura, comme une fille devant la tombe de sa mère, quoique le feu de la colère brûlât en elle.

Lorsqu'on l'interrogea au sujet de l'échange qu'elle avait eu avec un des attaquants, elle se mura dans le silence, ce qui éveilla la méfiance des colons. Les hommes de Malik, qui campaient à proximité, récupérèrent son corps sans réclamer d'explication. Leur chef était mort et la chrétienne qui l'avait ensorcelé était indemne. Le pont tendu entre les deux groupes était détruit.

Rotel devinait dans ce crime une intention plus perverse. L'assassinat du neveu du wali de Lleida était un affront. Une seule flèche suffirait à déstabiliser toute la Marche, et l'attitude de Drogon indiquait que l'acte était prémédité.

Elle voulait prévenir Isembard, sans savoir où le trouver. Ils avaient l'habitude de se voir à l'Esquerda à Noël, et il lui rendait plus souvent visite depuis qu'elle avait mis Sansa au monde. Elle le trouvait plein de force et d'optimisme, même s'il avait renoncé à exiger le château de Tenes, toujours aux mains de Drogon. Elle soupçonnait son frère de remplir une mission secrète, peut-être ordonnée par l'évêque de Barcelone. Si tel était le cas, cette mission serait importante pour cette terre. Quoi qu'il en soit, Isembard l'avait priée de respecter son silence et elle n'avait pas insisté. Elle le regrettait aujourd'hui.

Incapable de rester plus longtemps à l'Esquerda, elle partit avant l'aube. Plus vite elle réagirait, plus vite elle pourrait embrasser sa fille ou arracher le cœur de Drogon s'il la trahissait. Elle pénétra dans la forêt et marcha longtemps, jusqu'à un ravin. Écartant les broussailles, elle alluma une torche à l'aide d'un silex et d'amadou, avant de pénétrer dans une caverne spacieuse. Sa pensée alla à Malik et à Ega. Tout était derrière elle à présent. Seule Sansa la reliait encore à la lumière.

Dans la grotte elle retrouva sa pelisse et ses vêtements en peau. Les bourses étaient vides depuis des années. Plus loin se trouvait une barrière de grosses planches qu'elle franchit, après avoir lancé la torche. Elle le trouva vite. Le cobra surgit d'entre les rochers et se dressa devant elle.

— Mon vieil ami, j'ai besoin de toi.

Elle le nourrissait régulièrement de lièvres et de rats. C'était la seule arme qu'elle n'avait pas libérée car Onyx l'avait rapporté des brûlants déserts d'Afrique. Le serpent bougea la nuque en suivant le rythme de la femme.

Dans le silence, Rotel sentit une présence derrière elle. Onyx n'avait jamais quitté son esprit. Il était trop puissant, il attendait, c'est tout.

— Je ne veux pas être comme toi ! s'écria Rotel en laissant couler ses larmes.

— C'est pour cela que tu souffres. Pour un homme mort et une fille disparue. Tu es plus faible que jamais et tu continueras de souffrir jusqu'au jour de ta mort, comme toute l'humanité…

— Ce sont des sentiments purs, rétorqua-t-elle, avec déjà moins de force.

— Ega a voulu te transformer en ce que tu n'es pas. Ta vraie nature est là. Il reste beaucoup de zones d'ombre à parcourir, et tu iras plus loin que moi.

— Tu mens ! hurla-t-elle.

L'écho de sa voix rebondit sur les parois de la sombre caverne.

Son agitation affola le serpent, qui attaqua. Rotel l'attrapa d'un geste instinctif. Elle était le dernier bestiaire. Elle approcha lentement la tête du reptile de son visage. L'animal montra ses crochets. Une morsure sur la figure serait mortelle, et c'est ce qu'elle désirait, car si elle regagnait les ténèbres, elle n'en sortirait jamais plus.

Elle poussa un cri long et profond de frustration qui se répandit dans le silence de la nuit. Le serpent se tordit dans sa main, furieux. Elle alla chercher la pelisse et l'enferma dans une des bourses. Elle remplirait les autres de scorpions, d'araignées et de vipères. Elle distillerait du venin et en couvrirait leurs dards. Elle n'avait rien perdu de son savoir.

Elle éteignit la torche et demeura immobile à l'entrée de la caverne. Elle était condamnée. Elle l'avait toujours été, mais Ega l'avait séduite par son optimisme naïf. Puis Malik était venu et ils s'étaient aimés. Enfin, elle s'était crue véritablement rachetée en mettant au monde Sansa.

Elle ne retomberait pas dans la magie de ces femmes qui vénéraient la Mère et chevauchaient avec Diane, ces « bonnes dames » qu'Ega lui avait présentées dans le mystérieux massif du Montseny. Elle se libéra de la culpabilité d'avoir été amante, mère et amie. Elle savait qu'échapper aux ténèbres qu'elle avait embrassées avec Onyx ne lui serait pas facile.

Elle était éveillée, pourtant elle ne voyait qu'un désert brumeux et stérile.

L'innocente Sansa ne méritait pas une telle mère. Si l'amour maternel ne l'attirait pas de nouveau vers la vie quand elle récupérerait sa fille, elle la confierait à Leda.

Elle rompit une à une les chaînes qui la reliaient au monde des hommes, à leurs sentiments et à leurs émotions, à leur fragilité.

À la nuit tombée, la lune se refléta dans deux points brillant dans l'obscurité d'une caverne sans nom. Deux éclats de glace pure, dénuée d'émotion.

42

Elisia fit descendre son fils de ses genoux et l'envoya au potager. Il aurait bientôt quatre ans et il s'appelait Gombaud, comme le grand-père de Gali, l'ancien propriétaire de la maison qui abritait l'auberge très appréciée du Miracle. Elle comptait lui apprendre tout ce qu'elle savait, et un jour l'auberge lui appartiendrait. Elle n'avait pas vu passer le temps. Ce jour-là, des dizaines de domestiques s'affairaient autour d'elle et la maison était pleine à craquer, comme toujours. Après la remise en état, la petite taverne du Miracle, dans laquelle elle avait commencé seule, était devenue une auberge élégante et propre de deux étages dont la réputation s'étendait au-delà des Pyrénées. Neuf familles en vivaient, ainsi que des dizaines de fournisseurs de vin et de produits alimentaires de toutes sortes, de Barcelone et des localités proches.

Malgré l'échec de son mariage, Elisia retrouva la joie quand elle vit le visage de son premier né, qui naquit sain et costaud. Personne n'était d'accord, mais à ses yeux il était le portrait de son grand-père Lambert, et elle se fâchait lorsqu'on évoquait la ressemblance avec Gali.

Quand il l'avait enfermée dans la resserre obscure, quatre ans plus tôt, elle avait sombrée dans une terrible détresse dont elle ne croyait pas se relever un jour, persuadée qu'elle ne sourirait plus. Ce qu'elle fit pourtant, pour son fils, et pour cette maison dont son grand-père Lambert aurait été si fier. À vingt-cinq ans, Elisia avait retrouvé son regard doux et une parole chaleureuse pour chacun de ses clients, mais elle n'était plus la jeune fille naïve incapable de voir le mal. Elle s'était endurcie, et grâce à son optimisme naturel, son cœur avait cicatrisé ; elle ne voulait plus souffrir davantage. Elle conduisait seule, en matriarche, une auberge prospère aux chambres confortables, avec des écuries et une nourriture excellente, aux confins de l'empire. Elle se sentait forte, avec un enfant à élever et un commerce qui occupait tout son temps, deux choses qu'elle accomplissait de son mieux. Barcelone l'aimait pour ça, et elle avait cessé depuis longtemps d'être une étrangère.

Isembard lui manquait, mais elle avait fermé son cœur. En outre, le rythme frénétique quotidien ne lui laissait pas le temps de souffler. Elle espérait pouvoir lui expliquer un jour pourquoi elle n'avait pas rejoint Rotel. La tristesse l'envahissait parfois à l'idée qu'il était peut-être avec une autre femme. Goda lui ayant révélé qu'il était toujours dans la Marche, elle lui transmit un message par son intermédiaire, toutefois elle soupçonnait Goda de ne pas le lui avoir fait parvenir. Elle ne reçut jamais de réponse. Apparemment, ni Goda ni l'évêque ne voulaient distraire Isembard de son mystérieux devoir.

Elle sourit en regardant son fils gambader jusqu'à la porte du potager et alla dans la salle. Comme chez Otèri, elle avait l'habitude de quitter sa cuisine le soir pour bavarder un moment avec les clients. Elle poussa un soupir de nostalgie. Elle s'approcha d'une tablée pour prendre part à la conversation banale tout en ouvrant des amandes. L'automne approchait et elle voulait préparer le nougat. À Barcelone, nombre de femmes fabriquaient une confiserie similaire qu'elles appelaient touron. Quand elle aurait un plein panier d'amandes décortiquées, elle les grillerait doucement avant de les faire bouillir dans un miel allongé avec un peu d'eau. Le mélange, qui se conservait des mois, partirait en quelques jours sur les tables des palais de la ville, où on le lui achetait à prix d'or.

Elle perdit le fil de la conversation. Elle était inquiète au sujet d'Emma, la sœur de Gauderic. Quand elle avait épousé Aio, un autre serviteur, Jehan et Leda avaient assisté à la noce avec tous leurs enfants. Les retrouvailles avaient été très chaleureuses, après les rudes épreuves qu'ils avaient traversées. Puis Emma avait brusquement disparu, abandonnant son bébé de quelques mois. Aio la cherchait partout depuis deux jours tandis qu'une nourrice s'occupait de l'enfant. Personne ne s'expliquait cette disparition. Elisia soupçonnait Gali. La veille du drame, il était sorti. À son retour il empestait le fumet des prostituées du Regomir et il rapportait une bourse remplie d'oboles. Comme toujours, il assura ne rien savoir. Elisia espérait que c'était vrai, ou elle le lui ferait payer très cher.

— Tu devrais essayer avec des noisettes, proposa timidement le capitaine Oriol. – C'était un des meilleurs soldats de la ville, en revanche devant Elisia il se transformait en jeune garçon timoré. – Ma mère le faisait comme ça.

Le capitaine avait perdu beaucoup de cheveux, bien qu'à trente-cinq ans il soit en excellente forme. Entièrement dévoué à l'évêque, toujours célibataire, il profitait du moindre moment de liberté pour s'installer à l'auberge. Il buvait à peine et passait son temps à contempler la tavernière que sa timidité empêchait de courtiser. Elisia appréciait sa compagnie.

— J'y ai pensé, mais il m'en faudrait de très bonnes, lui répondit-elle en le regardant.

— Mon cousin cultive les meilleures du comté, dit le capitaine d'une voix enjouée.

— Tu ferais cela pour moi ?

Elle aimait parfois le provoquer et le voir devenir nerveux.

Oriol tapotait des doigts sur la table, les mêmes qui tenaient l'épée avec une implacable dextérité.

— Je ferais cela et beaucoup plus pour toi, tu le sais. Il te suffit de me le demander.

Elisia le considérait comme une personne affectueuse et compréhensive. Elle désirait un homme dans les bras duquel se blottir les nuits glacées d'hiver et qui lui murmurerait que tout irait bien. Oriol éveillait en elle de la tendresse et de l'affection ; cela lui suffisait, elle n'en attendait pas plus.

Gali entra dans la salle en compagnie du revêche Calort et de deux autres hommes. Les yeux de l'aubergiste s'assombrirent.

— Je suis désolé, Elisia, dit Oriol en la voyant ainsi.

— Moi aussi, murmura-t-elle, pensive.

La première année, Gali avait décidé d'être un bon aubergiste, aimable et correct, même avec elle, puis il n'avait pas tardé à traîner de nouveau en mauvaise compagnie, et l'idée lui était venue d'organiser des paris de dés nocturnes au Miracle. Elisia avait refusé, tellement en colère que Gali avait renoncé.

Désormais, ils étaient deux étrangers vivant sous le même toit. Depuis qu'il l'avait violée devant Drogon, Elisia ne l'avait plus jamais autorisé à la toucher. Elle le détestait, mais il était le père de Gombaud et le maître des lieux, et il entretenait de très bonnes relations avec les officiers de Bernard de Gothie. Ils ne partageaient plus la même chambre et s'adressaient le moins possible la parole. Elisia contrôlait les comptes à l'obole près ; elle lui reversait une indemnité pour l'occupation des lieux, rien de plus. Gali ne travaillait pas, à son habitude, et la laissait en paix.

— Il a beau être ton mari, je ne permettrai pas qu'il te fasse du mal, osa dire le capitaine, dégoûté, ne comprenant pas que Gali n'aimât pas Elisia.

Elle leva sur lui des yeux emplis de gratitude. À cet instant ils entendirent les cloches de la cathédrale sonner avec insistance. Toutes les conversations cessèrent. Oriol, inquiet, saisit son épée appuyée contre le mur et sortit, suivie d'Elisia.

Des familles entières s'amassaient dans les rues, craignant une attaque, après huit ans de calme. Mais le son des cloches n'annonçait pas cela. Sur l'esplanade de la Vieille Porte, des soldats munis de torches attendaient à côté du vicomte Astorius. Le viguier et l'évêque Frodoi l'accompagnaient. Sur un geste du vicomte, ses gardes ouvrirent les portes.

La foule retint son souffle. Des hommes, des femmes et des enfants surgirent de l'obscurité, épuisés et maculés de sang. L'Esquerda avait été attaqué.

— Mère ! cria Gauderic en reconnaissant Leda.

Le garçon élancé qu'il était devenu embrassa ses parents et ses frères, des larmes plein les yeux. Elisia courut derrière lui, le cœur brisé. Il fallait maintenant expliquer à Jehan et à Leda que leur fille Emma avait disparu.

Le vicomte et Frodoi emmenèrent les hommes au palais du comte pour les interroger pendant qu'Elisia accueillait ceux qu'elle pouvait à l'auberge. Plusieurs familles ouvrirent leur maison pour les héberger. À mesure qu'ils apprenaient ce qui s'était passé, les Barcelonais prenaient soin d'eux.

Dans la salle du trône du palais comtal, le conseil et les officiers écoutèrent la version plus détaillée de l'attaque dont personne n'avait pu identifier les responsables. Seule Rotel de

Tenes savait qui étaient les assaillants, peut-être, mais elle était partie après qu'ils lui avaient arraché sa fille. La nouvelle de la mort du Sarrasin Malik, membre de la puissante famille des Banu Qasi, répandit une funeste impression de danger sur toute l'assistance.

Plus tard, Frodoi rendit visite à Goda dans son palais pour l'informer du terrible événement. Il se fiait à son jugement, comme toujours. Elle le reçut dans le vestibule. Elle pleura en apprenant la mort d'Ega, avant de se ressaisir. Elle s'interrogeait sur le sens de cette brutale attaque.

— Pourquoi ont-ils enlevé la fille de Rotel de Tenes ? Il y a quelques jours, une servante de l'auberge du Miracle a disparu, une autre mère qui avait accouché récemment. Crois-tu qu'il y ait un quelconque rapport entre les deux faits ?

Frodoi réfléchissait, nerveux. Soudain, il s'agita :

— Rotel n'est pas une jeune femme parmi d'autres. Elle a été au service de Drogon... Mon Dieu ! Il se pourrait que cette servante allaite la fille de Rotel pendant un moment ! Et si c'était Drogon qui avait attaqué l'Esquerda pour obliger Rotel à revenir à son service ?

Ils se dévisagèrent sans mot dire, ébranlés.

— Il la veut pour se débarrasser de quelqu'un en toute discrétion, comme cela s'est produit avec le vicomte Sunifred, poursuivit-il. Un meurtre en échange de la vie de sa fille !

— Et Malik ? demanda Goda, livide.

Elle avait été témoin de la première rencontre entre le beau jeune homme et Rotel et savait qu'ils étaient amants.

— Il n'était pas un Sarrasin parmi d'autres non plus.

— Le lignage des Banu Qasi règne sur une bonne partir du nord de l'émirat de Cordoue, et il a combattu plusieurs fois l'émir. Ils sont puissants et implacables, certains royaumes chrétiens voisins en ont fait l'expérience. Malik n'était pas un des chefs de clan, néanmoins sa mort sera perçue comme une provocation.

— Il existe un plan derrière tout cela, l'évêque, j'en suis certaine ! s'exclama Goda, emplie d'effroi. Bernard cherche à provoquer une guerre ! Pour quelle raison ?

Frodoi, ayant vécu sa jeunesse à Reims, n'avait jamais souffert les horreurs de la guerre. Goda, si, et des larmes coulaient sur son visage ravagé par la peur. Les raisons présumées de Bernard de Gothie échappaient à l'évêque, mais en tout cas elles n'étaient pas religieuses et il devait éviter la confrontation.

— Je vais écrire au wali de Lleida pour calmer les esprits, dit-il pour la tranquilliser.

— Si les armes parlent, nous perdrons beaucoup. Il en va toujours ainsi, même pour les vainqueurs ! Les troupes liquident les réserves de grains, les étables se vident et les champs restent en friche, faute de bras pour les labourer !

Frodoi ne l'avait jamais vue aussi affectée. Pas même le jour de son bannissement. Elle allait ajouter quelque chose, puis se ravisa. Elle se tourna vers l'escalier, tremblante. La guerre déclenchait en elle des souvenirs de panique et de disparitions.

— Mon Dieu ! s'exclama-t-elle, la voix brisée. Pourquoi permets-Tu cela maintenant ?

43

À la fin du mois de septembre, les informateurs du comté confirmèrent les pires nouvelles. Le wali de Lleida, Ismail ibn Musa, membre du puissant lignage des Banu Qasi, regroupait un millier de soldats à pied et environ deux cents cavaliers dans ce qu'ils qualifiaient de *terra nullius*, « terre de personne », près du fleuve Llobregat. Il livrerait bataille avant l'hiver, avant que la campagne militaire se termine et que les soldats regagnent leurs terres pour les semences. Musa détestait son neveu Malik, qui avait conspiré contre lui par le passé, mais s'il ne répondait pas aux chrétiens, ses hommes le mépriseraient et l'émir de Cordoue, Muhammad, fils du puissant Abd al-Rahman II, le remplacerait par un autre plus résolu.

La paix était rompue. La flèche dans la gorge d'un homme rappelait que l'histoire des royaumes qui s'affrontaient pour la religion et le désir d'expansion n'était pas encore terminée.

Frodoi fit couler des calices en argent et extraire perles et pierres précieuses des vieilles chasubles d'évêque. En vain. Musa, pour toute réponse, déchira les demandes de paix. Il menaçait de détruire la Marche hispanique, d'Urgell à Barcelone. Il ne s'était écoulé que huit années depuis la dernière razzia, celle de 861, et la terreur affecta l'existence dans la ville et partout alentour. Les marchands désertèrent la via Augusta, et Goda renonça au transport de sel en charrette jusqu'à la cité. Le port et les faubourgs se vidèrent.

À la Saint-Michel, Bernard de Gothie entra dans Barcelone en souverain triomphant, accompagné de cinq cents soldats et de cent cavaliers. La diplomatie tourna court.

D'une fenêtre du palais comtal, il s'adressa, bouffi d'orgueil, aux habitants de la Cité couronnée. Il accusa les Sarrasins d'avoir détruit l'Esquerda et annonça qu'une puissante armée s'apprêtait à attaquer Barcelone. En tant que marquis, il défendrait ses domaines avec l'aide de Dieu et des comtes de la Marche. Pour cela, il exigeait l'obéissance et le soutien de Gérone et d'Urgell. Les Barcelonais s'unirent dans une clameur unanime. Ils rejoindraient son armée, conscients qu'il ne s'agissait pas d'une razzia de plus. Cette fois, la Cité couronnée risquait de disparaître à jamais.

Le marquis accueillit l'ovation comme s'il avait déjà vaincu les Sarrasins. Il n'avait aucun intérêt à maintenir la trêve avec eux ni à négocier la paix. Ses troupes s'installèrent dans la ville et, pour les nourrir, on vida les poulaillers des maisons et les grandes jarres de blé enterrées près du palais comtal. Comme il s'agissait de la réserve de grain pour l'hiver, même en cas de victoire, la population connaîtrait la famine.

Cinq jours avant la fête de saint Denys l'Aréopagite, un vent humide se leva. Bernard de Gothie ordonna d'allumer un feu dans la cheminée de la salle du trône comtale. Il écoutait avec ennui la tactique suggérée par ses conseillers. Frodoi ne put se retenir davantage.

— Le wali Musa est un Banu Qasi. Ce sont de grands stratèges qui ont tenu la frontière pendant des décennies.

— Oubliez les fantômes, monseigneur. Ce ne sont plus les grands chefs d'antan, lui répondit Bernard, excédé. Vous savez mieux que moi que, depuis la mort de Musa le Grand, le père, l'émir de Cordoue veut les détrôner. Les Banu Qasi deviennent trop puissants et ils sont rebelles. La noblesse de Lleida n'ose pas prendre parti et le wali n'obtiendra pas son soutien. Il est mû par la colère, qui est toujours mauvaise conseillère.

L'évêque soupçonnait déjà que la mort du Sarrasin Malik était le prétexte de cet affrontement, lequel entrait apparemment dans les plans de Bernard de Gothie. La raison en échappait à Frodoi.

— Il se peut que vos informations ne soient pas fiables et que son armée soit plus importante.

— Il suffit ! Vous êtes un homme de Dieu, laissez la guerre aux soldats ! J'ai ordonné aux comtes Salomon d'Urgell et Otger de Gérone de se joindre à mes troupes. Le premier apporte quatre-vingts cavaliers et deux cents hommes en armes ; le second, une cinquantaine de chevaux et deux cents soldats à pied. Nous allons les écraser !

— Otger de Gérone est trop âgé pour combattre.

Cette donnée contraria Bernard, qui ne répondit pas à l'évêque. Il se retourna vers la table.

— Astorius, où en sommes-nous de la levée convoquée à Barcelone ?

— Cent garçons sont venus de la campagne, et deux cents de Barcelone, répondit le vicomte. Cette ville a vécu trop de conflits, il reste moins d'hommes en âge de combattre que nous le pensions.

— Dans tous les cas, nous comptons sur une infanterie de mille deux cents guerriers qui surpasse en nombre celle du wali, et sur quelque deux cents cavaliers qui correspondent à sa cavalerie. Une centaine de cavaliers supplémentaire arriveront très bientôt de Narbonne et des comtés de la Gothie placés sous mon autorité.

Bernard s'adressa aussitôt à ses capitaines, las de leurs tactiques complexes :

— Nous les chargerons par le milieu pour les diviser en deux groupes, puis l'infanterie attaquera sur les flancs. Nous l'avons déjà fait par le passé.

— Je suppose qu'on agit ainsi en Aquitaine ou en Normandie contre les Normands, intervint à nouveau Frodoi, de plus en plus acerbe. Mais les Sarrasins ne sont pas des hordes de pilleurs. Leur armée est très entraînée et bien équipée. Ne sous-estimez pas le peuple du croissant. Si Charlemagne a été arrêté dans son intention de faire avancer la Marche, c'est qu'il y avait une raison. Envoyez davantage d'espions et payez-les bien, nous devons savoir comment ils combattront.

Bernard ignora son intervention. Il vaincrait et il contrôlerait toute la Marche. Il gagnerait ainsi en mérite aux yeux des Bosonides et de Richilde. Il ne se l'ôtait pas de la tête.

— Vous avez convoqué la levée selon la loi franque, continua l'évêque. Un soldat pour quatre manses. Les hommes qui se présentent sont des paysans apeurés et des jeunes imberbes, sans armes ni protections. Ce sera une boucherie ! En outre, il n'y aura pas de moisson, pas de cueillette des olives. Les moulins et les presses sont à l'arrêt.

— Silence ! N'avez-vous pas confiance dans le Très-Haut ? Les femmes s'occuperont des champs.

— Destinez les impôts à forger des armes. Que nos capitaines entraînent ces hommes.

— C'en est assez, monseigneur ! Retournez à vos tâches sacrées et priez pour votre diocèse. Cette épopée inspirera des poèmes !

L'évêque quitta le palais, tremblant de rage. Il entra dans la vieille cathédrale et alla directement vers la dalle où il s'était évanoui, des années auparavant, après son entrée glaciale dans Barcelone. Il traça son nom dans la poussière. Il entretenait de bonnes relations avec le wali de Lleida. Ensemble, ils avaient maintenu la paix pendant des années, toutefois les Banu Qasi ne permettraient pas que leur maison soit humiliée. L'émir de Cordoue ne le leur pardonnerait pas. Les Sarrasins étaient astucieux et Frodoi était sûr que les éclaireurs et les espions de Bernard l'avaient informé de ce que le wali voulait qu'il sache, rien de plus.

Ce n'était pas une guerre de conquête. La victoire n'apporterait au marquis que de l'*honor*, et de ridicules dédommagements payés par le wali en échange des otages ; les nobles se les répartiraient entre eux. En revanche, en cas de défaite de Bernard de Gothie, avec les troupes maures aux portes de Barcelone, la ville risquait la destruction totale ou de nouvelles années de misère.

L'évêque se releva et contempla la croix suspendue par des chaînes au-dessus de l'autel. Il ne la frappa pas, cette fois. Il avait besoin du Christ à ses côtés. En tant que berger de l'Église, il devait protéger ses ouailles, il l'avait juré devant Dieu à Reims.

Le soir, après avoir prié complies avec le clergé de la cathédrale, il réunit en secret Oriol et ses hommes. Servusdei, inquiet, était présent. À la demande de l'évêque, il avait apporté une sacoche contenant des parchemins et des plumes ; Frodoi ne lui avait pas révélé où ils allaient. Pendant que les gardes sellaient les chevaux, l'évêque regarda en direction d'une fenêtre éclairée du palais de Goda. Elle observait le groupe qui partait discrètement en pleine nuit.

Il se rappela avec un pincement douloureux dans la poitrine le jour où il l'avait revue après la sinistre nuit chez Bernard. Il fit une légère révérence. Il voulait qu'elle sache qu'il était en train de tenir sa promesse. Veiller sur Barcelone était ce qui restait de leur amour. Attristé, il prit la tête du groupe en direction de la Porte de l'Évêché avant que le marquis puisse s'en apercevoir. Un vent glacial balayait la plaine de Barcelone quand il donna l'ordre d'ouvrir pour lui les portes de la ville.

Frodoi, Servusdei et son escorte chevauchèrent sans repos ou presque jusqu'à Ripoll. Ils y arrivèrent le lendemain au crépuscule, dans un brouillard humide et froid. Les gardes postés dans la forêt par Isembard bandèrent leurs arcs avant de reconnaître le capitaine et l'évêque de Barcelone. Isembard les reçut à la porte du monastère fortifié. Dans la cour, deux douzaines de serviteurs et plusieurs chevaliers équipés de cottes s'affairaient.

— Je suis heureux de te voir, le salua Frodoi. La Marche a besoin de vous.

Isembard hocha la tête en silence. Son cœur battait à tout rompre. La présence de l'évêque était l'apogée de ses années de sacrifice. Tout allait changer désormais. Il avait mis sa vie au service des fils de l'ancien comte Sunifred, comme son père. Jour après jour, il s'était employé corps et âme à instruire les jeunes hommes susceptibles de modifier le cours de l'histoire de Barcelone et des comtés voisins. Il n'était sorti de Santa Maria de Ripoll et des forêts environnantes que pour rendre visite à sa sœur, il n'avait pas rencontré de femmes ni fréquenté de tavernes, comme n'importe quel jeune homme, mais le jour où Guifré et son frère Miró empoigneraient leurs armes dans un combat réel, ils combattraient avec bravoure. C'était la qualité la plus respectée des guerriers.

Elisia lui manquait. Il savait seulement que son auberge était la meilleure de cette vaste terre et qu'elle avait un garçon fort et en bonne santé. Il se demandait souvent si elle se souviendrait de lui, alors que tout paraissait lui sourire, ou si Gali était enfin devenu le mari dont elle avait besoin. Il se rappelait ses baisers et souffrait de ne pas pouvoir l'aimer. Oriol avait deviné son intérêt pour elle à cause de ses questions insistantes à chacune de ses visites, néanmoins il se montrait toujours avare de paroles sur ce sujet. Avec la venue de l'évêque cela changerait peut-être aussi.

Curieux, Isembard accompagna Frodoi jusqu'à l'austère salle circulaire de la tour. Il fit appeler la comtesse Ermessende, ses enfants et plusieurs hommes d'armes. Ils écoutèrent tous en silence les mauvaises nouvelles.

Au fil des années, les chevaliers Armanni d'Empúries, Garleu de Conflent et Maior de Tarrasa avaient convoqué en grand secret plusieurs vassaux des Chevaliers de la Marche disparus. À présent, c'était différent. Ils partageaient le bonheur que Guissand de Barcelone avait poursuivi avec persévérance. Secrètement, ils jurèrent loyauté à la comtesse et à son lignage bellonide.

— Cinquante chevaliers nous sont acquis, expliqua Isembard. – À vingt-sept ans, il était considéré par tous comme le digne successeur de son père. – Une cinquantaine d'autres qui étaient fidèles au comte Sunifred nous rejoindront peut-être, mais ils sont âgés.

— C'est insuffisant, déclara Frodoi en regardant Ermessende.

La comtesse demeurait silencieuse, une expression aigrie sur le visage. Elle revivait les pires souvenirs de son existence, lorsque Guilhem de Septimanie s'était emparé de Barcelone.

— Les Banu Qasi sont difficiles à vaincre, finit-elle par dire. Mon défunt époux admirait Musa le Grand et le considérait comme un grand stratège. Son fils a forcément appris ses tactiques.

Après un lourd silence, Frodoi se leva et regarda les personnes présentes d'un air déterminé.

— Ma dame, en réalité je ne suis pas venu chercher quelques bons chevaliers. Il m'aurait suffi pour cela de vous faire parvenir un message.

La force de ses paroles retint l'attention de tous.

— Je suis venu chercher une armée.

— La voyez-vous quelque part, dans cet endroit éloigné de tout? répliqua-t-elle avec acrimonie

— Non! Vous êtes cependant la bru du légendaire Bellon de Carcassonne. Vos enfants sont des Bellonides, apparentés aux Guilhemides, la maison du roi en personne. Vous êtes la tante des comtes d'Empúries, d'Oliba II de Carcassonne. Vous avez des parents parmi l'aristocratie la plus puissante de Gothie. Le moment est venu pour vous et vos fils de reprendre votre place dans l'histoire!

— Que proposez-vous, monseigneur? interrogea Guifré, le fils aîné d'Ermessende, irrité par les propos de l'évêque.

Il était le plus combatif de la fratrie et le plus qualifié pour gouverner.

— Envoyez des messagers à Empúries et à Carcassonne, dans le Vallespir et le comté de Razès. Dans tous les châteaux de votre parentèle. Vous êtes une aristocrate, Ermessende. Vous et vos enfants êtes cachés ici depuis trop longtemps. Allez trouver les vôtres et formez l'armée qui nous sauvera.

— Qui sauvera Bernard de Gothie et ses jeux de pouvoir, voulez-vous dire? s'exclama-t-elle d'un ton lugubre.

— Je vous implore de sauver cette partie du royaume de Francie, comme votre époux Sunifred d'Urgell l'avait juré.

La comtesse, abattue, fit signe à tous de sortir pour s'entretenir avec ses fils. Tout en comprenant le caractère délicat de la situation, elle éprouvait de la réticence à céder à la demande de l'évêque. Pourtant, il était temps que le royaume entende parler d'eux.

La nuit était tombée quand elle fit appeler Frodoi et les chevaliers.

— Très bien, dit-elle d'une voix ferme. Je ferai valoir mon lignage… Toutefois de nombreuses années ont passé. Des portes se fermeront.

— Fiez-vous à Dieu, ma dame.

Frodoi se leva pour révéler le second motif de sa visite :

— Il y a autre chose. Vos fils doivent combattre. C'est un risque, je le sais, néanmoins il faut montrer au royaume que la maison des Bellonides, par la branche de Sunifred, a des héritiers dignes d'assumer la responsabilité des couronnes comtales.

Ermessende ouvrit la bouche, horrifiée. Le premier instinct d'Isembard fut de s'y opposer, puis tout de suite il comprit que Frodoi disait vrai.

— Il a raison, ma dame, approuva-t-il. Vos fils sont notre fierté à tous. Ils savent se battre à pied et à cheval. Ils s'entraînent depuis des années. Mais quel *honor* y a-t-il à combattre avec des épées sans tranchant et des cibles fixes en bois ? Il est temps qu'ils se fassent connaître sur un champ de bataille.

Il frappa un grand coup sur la table pour faire réagir les deux frères.

— Nous vaincrons et vous gagnerez l'*honor* indispensable devant le roi et la cour !

— Nous devons le faire, mère ! insista Guifré en regardant Isembard avec reconnaissance.

Son frère Miró acquiesça.

Frodoi, surpris, observa Isembard. Si tout cela finissait bien, il l'intégrerait à sa garde personnelle, et il prendrait la place d'Oriol lorsque celui-ci se retirerait. La Marche avait besoin de capitaines de sa trempe.

La comtesse se renfonça dans son fauteuil, épuisée. Il n'existe pas pire terreur pour une mère que la mort de ses fils. Elle contempla Guifré, à la barbe très fournie, puis Miró, Radulf, Sunifred et Riculf. Ils étaient tous adultes. Paralysée par la peur, elle les avait protégés afin de leur éviter la mort qui avait frappé leur père, mais malgré son chagrin, elle ne serait pas là pour eux toute leur vie. Jusque-là, aucun de ses chevaliers n'avait osé la mettre face à la réalité, or Frodoi n'était pas son vassal. La démonstration était irréprochable. Elle était une aristocrate et elle connaissait la manière dont une maison noble se gagnait le respect. Elle l'aurait même exigé, des années plus tôt, quand elle était une jeune femme ambitieuse et hautaine. Si son plus profond désir était que la cour carolingienne admette ses fils comme les dignes successeurs de Bellon de Carcassonne, le temps ne jouait pas en sa faveur.

— Il faudra envoyer de nombreux messagers, admit-elle enfin après un soupir.

Une émotion intense s'empara Frodoi.

— Servusdei, prépare ta plume pour la comtesse, ordonna-t-il. Nous n'avons pas de temps à perdre.

Ensuite, il emmena Isembard pour lui raconter ce qui s'était passé à l'Esquerda et l'informer de la disparition de Rotel. Quelque chose de terrible se préparait.

44

La reine Ermentrude d'Orléans priait dans le sombre oratoire dédié à saint George, à l'abbaye de Chelles, près de Paris. Nommée abbesse en commende du monastère, des années plus tôt, par son époux le roi Charles le Chauve, elle ne suivait pas la règle stricte des religieuses. Perdant la notion du temps, elle demeurait parfois jusqu'à l'aube agenouillée, engourdie par le froid, et les sœurs devaient l'aider à se relever. Neuf grossesses et une vie de désaccord permanent aux côtés de son époux avaient altéré sa santé, pourtant elle s'en moquait; seule la prière calmait l'angoisse provoquée par ses souvenirs.

Fille d'Eudes, comte des vastes domaines d'Orléans, d'Autun et de Nevers, elle avait vécu une enfance troublée par les conflits armés et les conspirations de son père. Très jeune, elle avait épousé Charles le Chauve, en l'année 842. De ce jour les guerres et les révoltes s'étaient succédé, et elle ne se rappelait pas un instant de tranquillité, hormis derrière les murs de cette abbaye édifiée au temps des Mérovingiens. Noble fille d'Orléans, elle n'avait jamais oublié le rôle qui était le sien dans la famille. Par son mariage, ses descendants étaient apparentés à la branche royale des Guilhemides, et son lignage avait fomenté au plus haut niveau les intrigues et les machinations de l'aristocratie franque.

Son véritable tourment était désormais le sentiment que tout dans sa vie avait été vain, à l'exception de ses enfants. Elle avait supporté la difficile relation du roi avec ses frères, les dangers et les conspirations, les infidélités, les difficultés de toute sorte de la cour itinérante, et neuf accouchements. Mais l'année 866 fut la pire. Après de nombreux conflits avec son père, Charles l'Enfant, roi d'Aquitaine, son fils chéri, était mort à dix-neuf ans lors d'une partie de chasse. Il avait succombé à une blessure que les médecins n'avaient pas su guérir. Peu après, son mari avait ordonné la décapitation de son frère Guillaume d'Orléans pour trahison. Le cœur brisé, elle avait décidé de s'éloigner de la cour. Depuis, elle n'était pas sortie du couvent. Elle était toujours reine de la Francie occidentale et dès qu'elle quittait le Christ des yeux, le poids de tant de soucis l'accablait.

D'après les nouvelles qui lui parvenaient, la Marche se trouvait en danger, or le roi avait d'autres priorités. Une dalle près de l'autel indiquait le sépulcre de Gisèle, sœur de Charlemagne. Depuis la mort du vieil empereur et de son fils, Louis le Pieux, le père de Charles le Chauve, personne ne se préoccupait du sort de ces territoires abandonnés. Pourtant Dieu est partout, songeait Ermentrude. Elle se rappela l'astucieux évêque de Barcelone qu'elle avait rencontré à Servais et pria pour que ces populations se libèrent un jour de l'aigle impérial, comme elle l'avait elle-même fait en se réfugiant à Chelles.

Elle entendit la porte grincer et elle plissa le front. L'abbesse l'obligeait parfois à se coucher.

— Je n'ai pas encore terminé.

Personne ne répondit. Elle se retourna, surprise. Dans la pénombre de l'église elle aperçut une ombre immobile, vêtue comme une nonne. Son attitude l'inquiéta.

— Ma sœur ?

Il arrivait que les morts, incapables de trouver le repos, réapparaissent au milieu de la nuit dans les lieux qu'ils arpentaient de leur vivant.

— Qui es-tu ? demanda-t-elle d'une voix tremblante.

Elle tenta de se relever, mais elle avait mal aux genoux. L'ombre avança et la reine tomba par terre en voulant s'écarter. Elle se traîna jusqu'à la base de l'autel, effrayée. L'ombre s'approcha de la lumière du tabernacle. Une mèche de cheveux blonds s'échappa de la coiffe qu'elle avait revêtue pour déambuler dans le couvent. Aucune des sœurs n'avait les cheveux longs, s'étonna la reine.

L'ombre se découvrit et, sous les yeux d'Ermentrude, apparut une jeune femme d'une grande beauté, dont le regard lui glaça l'âme. Elle voulut crier. L'apparition se jeta sur elle.

— Je crains au contraire que vous n'ayez terminé, ma dame. Vous allez pouvoir vous reposer.

La jeune lui passa autour du cou un foulard qu'elle serra avec force. Ermentrude d'Orléans tenta de résister. Elle étouffait. Sa meurtrière la laissa se tourner vers l'autel. La reine de Francie mourut dans son abbaye la nuit du 6 octobre 869.

Rotel cessa de serrer dès qu'elle vit que tout était fini. Elle ne ressentait rien et le fait que la femme à qui elle venait de donner la mort était la reine de Francie ne signifiait rien pour elle. Elle lui ferma les yeux pour éviter que l'esprit de sa victime ne la poursuive, puis elle quitta prudemment la chapelle, ôta l'habit de nonne et sauta par-dessus le mur en pierre qu'elle avait facilement escaladé.

Au cours du très long voyage qu'elle avait accompli depuis l'Esquerda, les ultimes braises animant la jeune femme qu'elle était les dernières années s'étaient éteintes. Ce crime l'avait remise sur un chemin ténébreux dont elle ne s'écarterait plus. Elle voulait revoir sa petite Sansa, mais pour cela elle avait payé le prix du sang et elle était maudite. C'est ce que sous-entendait Onyx quand il parlait d'être libre. Elle n'aurait jamais dû ouvrir son cœur, ni à Malik ni à sa propre fille. Elle décida pourtant de ne pas mettre fin à ses jours et de ne laisser personne lui ôter la vie tant qu'elle n'aurait pas touché la limite de l'abîme qu'était son âme. Le moment venu, Drogon et celui qu'il servait souffriraient eux aussi la morsure mortelle de ses ténèbres.

Des éclairs annonçaient l'orage. Elle sortit sa pelisse du tronc creux d'un arbre et rabattit la capuche sur sa tête. Le vent apportait déjà des gouttes de pluie. Elle s'éloigna de l'abbaye de Chelles sans se retourner. Quand le cri de la première moinesse déchirerait l'atmosphère sereine, elle serait loin.

Charles le Chauve était veuf. La roue de l'histoire se remettait à tourner dans un crissement effrayant.

45

Les émissaires respectifs du wali de Lleida et du marquis de Gothie avaient fixé le jour de la bataille, en vertu d'anciens codes de l'*honor*. Elle se déroulerait le 23 novembre.

La veille, anticipant la victoire, Bernard avait festoyé en se saoulant dans le campement avec ses hommes les plus loyaux. À l'aube résonnèrent les hurlements d'une pauvre esclave que personne ne revit. Les nobles qui ne le connaissaient pas étaient outrés, cependant Bernard représentait le roi dans la Marche. Les soldats non plus ne partageaient pas son euphorie : il y eut des désertions. Le marquis traita le problème par des exécutions sommaires.

Frodoi passa la nuit sous sa tente, grelottant de froid, à prier sans discontinuer. Il était terrifié. Il n'avait jamais pris part à une bataille, or sa présence était indispensable au moral des troupes. Dieu était à leurs côtés.

L'inquiétude s'ajoutait à la peur. Les éclaireurs n'étaient pas revenus pour les informer de la stratégie du wali, et il n'avait aucune nouvelle d'Isembard et de l'aide escomptée d'Ermessende.

À l'aurore, Frodoi invoqua la protection de Clément Martyr, le saint du jour, lors de la messe qu'il célébra à proximité du champ de bataille. Certains cherchèrent des signes de victoire dans les battements d'aile des oiseaux contre les froides rafales de vent. Ils ignoraient tous s'ils verraient le soleil se coucher.

L'air glacial annonçait l'arrivée de l'hiver. Une chute de neige précoce avait déposé un manteau blanc sur la plaine, près du Llobregat, au cœur du comté d'Ausone; en quelques heures, elle deviendrait un bourbier ensanglanté.

De part et d'autre du champ de bataille, les deux armées demeuraient immobiles dans la brume. Installé sur une hauteur, Bernard de Gothie, accompagné de ses officiers, observait la ligne noire de ses hommes sur la neige. Les étendards flottaient au vent, dans le silence.

Une bannière indiquait la position de Salomon. Le comte d'Urgell, qui se méfiait du marquis, combattrait sur le flanc avec ses hommes et l'armée de Gérone, à la demande expresse du comte Otger. Les troupes venues de Narbonne formaient l'autre aile. Soixante-dix cavaliers seulement équipés de lances et deux cents fantassins coiffés de la *galea*, le casque rond avec protège-joues des légionnaires romains, vêtus d'une tunique courte en cuir renforcée de lames de métal et protégés par des boucliers ronds en bois riveté. Ils étaient moins nombreux que prévu. Le gros des hommes suivait le roi à Metz et à l'ouest du Rhin, où Charles s'était proclamé souverain après la mort de Lothaire II, et où il écrasait les tentatives de révolte causées par son usurpation.

L'armée composée des paysans de la levée du comté de Barcelone et de recrues apportées par Bernard, presque neuf cents hommes, formait la phalange centrale. Certains possédaient bouclier et angon, mais la plupart n'avaient pas de protection et n'étaient équipés que de haches et de houes. Les bergers avaient des lance-pierres et des arcs.

Au total, ils étaient plus nombreux que l'ennemi, mais moins bien armés, et pas du tout préparés pour la bataille.

Le garçon qui, doté d'un œil de lynx, avait été nommé guetteur par les capitaines, cria :

— Mon seigneur, un cavalier !

Au milieu du paysage brumeux, un cheval galopait en direction des Sarrasins.

— À cette distance, nos archers pourraient l'atteindre, indiqua Astorius.

— Mon seigneur, continua le garçon, il porte une mitre et une crosse.

— Peste ! C'est Frodoi !

Le comte Bernard fut pris d'une envie féroce de donner l'ordre de l'abattre, mais l'homme était l'évêque de Barcelone…

— Amenez les chevaux ! hurla-t-il.

Frodoi galopait, terrorisé. Enfant, il avait reçu une instruction militaire et il portait l'épée, toutefois il n'était pas un homme d'armes. Il n'entendait que le son mat des sabots sur la neige et les battements de son cœur. Le wali Musa était dans la région depuis des semaines et il préparait un stratagème, Frodoi en était convaincu, pourtant Bernard refusait d'écouter ses conseils. Les renforts n'arrivaient pas, peut-être retardés par la neige ou à cause des réticences des parents d'Ermessende. Un mauvais présage chargé de mort l'assaillait.

Il avait donné l'ordre à son fidèle Oriol de ne pas le suivre. Agissant impulsivement, et sachant qu'on l'accuserait sans doute de trahison, il allait réclamer clémence au wali de Lleida. Il se laisserait humilier pour le bien de tous.

Les archers musulmans bandèrent leurs arcs et les pointèrent vers le ciel. Une pluie de flèches s'abattrait sur lui dès que l'ordre de tirer serait donné. Il encouragea sa monture et leva sa crosse en guise d'étendard. Il était un homme de Dieu, pour les deux religions. Trois cavaliers se détachèrent de la colonne ennemie et vinrent à sa rencontre au centre du champ de bataille.

— La journée sera pareillement grise et glaciale, honorable wali Musa, commença Frodoi en arrêtant sa monture. Nous désirons tous rentrer chez nous.

Le chef sarrasin le considéra avec respect. Il était équipé d'un caparaçon de cuir et un turban ornait son casque.

— Vous êtes brave, monsieur l'évêque, de venir vous mettre ainsi à portée de tir de mes archers.

— Je vous implore d'arrêter cette bataille, mon seigneur. Que les deux armées se retirent. En échange, je vous offre un généreux dédommagement, ainsi que ma rançon.

— Au nom de qui parlez-vous ? Du pape, du roi ou du marquis de Gothie ?

— Je ne parle qu'en mon nom. Mais c'est Charles le Chauve qui m'a choisi. Le monarque approuvera sans aucun doute ma prudence. Je vous promets le paiement ou ma tête embrochée au bout d'une lance.

— Je vous ai toujours respecté, évêque Frodoi, vous le savez. Nous avons vécu des années de prospérité dans nos villes sœurs, habitées par les mêmes gens. Peut-être se réuniront-elles un jour sous la même foi, qui sait ? Comme vous, je juge absurde que nous nous attaquions mutuellement comme des loups, mais l'incident de Malik a réveillé un vieux conflit entre les Banu Qasi et l'émir. Malgré tout, je serai disposé à vous écouter sous ma tente, autour d'un brasero et d'un verre de thé chaud…

Il leva les yeux.

— … mais je crains qu'il faille attendre de savoir ce que pense votre comte. Il vient par ici.

Frodoi se retourna, tendu. Quatre cavaliers approchaient au galop. Au moins, il avait eu le temps d'ouvrir la voie au dialogue.

Bernard lança un regard haineux à l'évêque.

— Personne ne vous a autorisé à converser avec l'ennemi !

— Marquis…

— Taisez-vous !

Le wali plissa les yeux.

— Votre religieux est un homme sensé, comte de Barcelone. L'affaire peut se régler d'une autre façon. Combattons vous et moi à la place de nos armées, comme le faisaient les anciens.

Bernard de Gothie huma l'air avec un sourire.

— Cette puanteur serait-elle celle votre merde, Sarrasin ? Les lâches ont partout la même odeur. Voyez-vous, Frodoi, il sait que ses armées ne pourront pas nous battre.

— Maîtrisez-vous ! rugit le wali, tandis que les membres de son escorte empoignaient leur épée.

— Vous fuirez comme des moutons et nous vous poursuivrons jusqu'aux portes de Lleida.

Le cheval de Bernard s'agitait nerveusement, et sa danse accentuait l'effet de la raillerie.

— Hier, j'ai fait amener une esclave sarrasine sous ma tente. Son vendeur affirmait qu'elle était de Lleida. Sa peur m'a provoqué un grand plaisir… – Il se délectait en regardant le wali dans les yeux. – Ce qui m'a le plus excité, c'était la pensée qu'il s'agissait d'une de vos filles.

— Fils de chien !

Le Sarrasin dégaina son sabre, mais Bernard avait déjà reculé hors de sa portée. Frodoi se lamenta ; cet homme les conduirait tous au désastre si Isembard n'arrivait pas.

— Vous vouliez me provoquer et vous avez réussi, marquis. Je vais vous dire : ce que nous verrons ici ce soir, ce sera une montagne de têtes coupées, au sommet de laquelle le muezzin appellera à la prière. Mes pisteurs vous retrouveront lorsque vous fuirez, soyez-en assuré. Car dès que la bataille tournera à votre désavantage, vous détalerez. Votre tête ornera la porte de ma ville pendant des mois, et ma colère ira jusqu'à la destruction de Barcelone.

Après cet échec, les hommes regagnèrent leurs rangs. Frodoi avançait, la tête basse.

— Vous répondrez de votre trahison, l'évêque.

— Le Très-Haut nous jugera tous, aujourd'hui, avant la tombée de la nuit.

Goda traversa la place déserte et entra dans la cathédrale, la tête couverte d'un voile noir. La basilique de Frodoi, pas encore consacrée, était pleine de mères, d'épouses et de filles qui suivaient les chants de Servusdei, les larmes aux yeux, au milieu des échafaudages et des matériaux empilés. Elles priaient pour leurs hommes, conscientes que beaucoup ne reviendraient pas vivants de la bataille. Dans toutes les églises de Barcelone, les monastères isolés et les chapelles, on priait pour la victoire.

Les fidèles la laissèrent passer et elle rejoignit devant l'autel les épouses des aristocrates et des chevaliers de la ville qui priaient à genoux. Faisant abstraction de leurs différences, Gothes et Franques joignaient d'une même voix leurs suppliques à Dieu. Dans un recoin, Elisia, Jehan le manchot et Leda, en pleurs, priaient pour la vie de Sicfred et de Gauderic, concernés par la levée. Un jeune campagnard et un domestique d'auberge affronteraient les cimeterres affûtés des Sarrasins… Certes, Elisia leur avait acheté deux vieilles épées, des casques et des plastrons en cuir, qui ne les protégeraient pas s'ils ne savaient pas se battre.

Goda s'agenouilla à sa place favorite pour unir sa prière à celle de sa ville, en ce jour gris et froid où le temps s'était arrêté. La peur lui tenaillait le cœur. Elle connaissait cette sensation. L'attente serait terrible. Elle avait peur pour tous ceux qui risquaient de mourir, et tout spécialement pour l'un d'eux.

— Laissez-le revenir, Seigneur, murmura-t-elle au milieu de ses larmes.

46

L'armée chrétienne ne parvint pas à tenir la ligne d'attaque, contrairement à ce que prétendaient les stratèges de Bernard de Gothie. La petite cavalerie sarrasine adopta une formation en équerre hérissée de lances et chargea au centre du champ de bataille. Les soldats de Bernard se protégèrent derrière leurs boucliers ronds tandis qu'à leur suite les paysans échangeaient des regards de terreur; les capitaines durent les fouetter pour les empêcher de s'enfuir lorsque le sol se mit à trembler.

— Archers ! cria Astorius.

Au son de la trompe, une nuée de flèches alla se perdre dans la brume et retomba comme une pluie mortifère sur les cavaliers. Ils tombèrent par dizaines et l'ordre de retraite se fit entendre jusque dans les rangs francs. Les chevaux firent demi-tour avant d'atteindre les chrétiens et repartirent au galop sous les pierres lancées par les bergers.

— Vous avez vu ? exultait Bernard. Voilà vos Sarrasins, monsieur l'évêque ! Cavalerie, infanterie, en avant !

— Attendez.

— De quel côté êtes-vous, Frodoi ? Si vous ouvrez de nouveau la bouche, je vous couperai la langue.

Les trois cents hommes de la cavalerie chrétienne se lancèrent sur le chemin de neige boueuse tracé par l'ennemi. La pluie de flèche attendue n'arriva pas. Puis beaucoup hurlèrent lorsque les cavaliers sarrasins s'écartèrent : ils découvrirent les phalanges d'infanterie maures à la distance d'un court galop.

Les premiers chevaux s'enfoncèrent alors dans le sol. Les Sarrasins avaient creusé des tranchées profondes, dissimulées sous un tapis de feuilles que la neige avait recouvert. Dans un charivari de hennissements et de hurlements de douleur, les chevaux sautèrent les uns par-dessus les autres pour finir par tomber dans d'autres fossés. Le ciel plombé s'obscurcit encore brusquement sous la pluie continue de flèches, parachevant le chaos général.

Le visage de Bernard perdit toute couleur. La cavalerie chrétienne venait d'être anéantie. Frodoi se demanda combien de temps il garderait sa luxueuse épée dans son fourreau.

Le marquis ordonna à ses capitaines d'insuffler de la bravoure à l'infanterie de presque mille cinq cents hommes. Une clameur furieuse s'éleva, et ils chargèrent à toute allure.

— Nous continuons d'être plus nombreux, dit le marquis à ses officiers, les poings serrés.

Puis il chuchota quelques mots à l'oreille du guetteur, qui partit vers la bataille.

L'évêque voyait la grosse ligne d'hommes courir en bloc sus à l'ennemi, qu'ils surpassaient en nombre. Le wali ne l'ignorait pas.

Quand ils atteignirent le centre du champ de bataille, une trompe sarrasine sonna. L'évêque frissonna. Le son rauque et profond provenait de bien au-delà du terrain choisi pour la bataille, des étendues de chênes verts et des bois proches. Le sol trembla de nouveau.

— Qu'est-ce que c'est ? s'inquiéta Bernard.

— Le marteau des Banu Qasi, mon seigneur, annonça Frodoi, qui l'imaginait déjà. Que Dieu nous protège.

Des centaines de cavaliers surgirent d'entre les arbres, lances pointées. Ils étaient plus de deux cents sur chacun des flancs et prenaient en tenaille l'infanterie, que le vacarme du choc chavira. Les fantassins de Musa attaquèrent frontalement, évitant les tranchées remplies de cadavres de chrétiens et de leurs montures, tandis que la cavalerie sarrasine resserrait la pince sur les flancs et l'arrière-garde. Ce mouvement provoqua un massacre. Frodoi regardait ses hommes, impuissant. Oriol pleurait de rage.

— Ce fut un honneur de servir l'évêché, mais je ne pourrais pas vivre avec une telle vision.

Frodoi acquiesça. L'angoisse l'empêchait de parler. Il vit s'éloigner son capitaine avec ses hommes vers la bataille. Il se retourna, désireux de lancer son incompétence à la face de Bernard de Gothie, mais le marquis s'était évaporé. Or l'évêque et le marquis étaient les représentants les plus importants du roi dans la Marche et ils devaient assumer ensemble la défaite et ses conséquences. Il descendait la colline pour le blâmer lorsqu'il le vit prendre des mains du guetteur un arc et plusieurs flèches sarrasines. Intrigué, il le suivit sur le champ de bataille. Il ne comprenait pas l'intention du comte, toutefois il ne faisait aucun doute qu'il ne comptait pas se battre avec honneur.

Il suivait Bernard à distance, l'esprit occupé, quand il reçut un terrible coup dans le dos. Il tomba sur la neige. Il se retourna, le souffle coupé. Au-dessus de lui, Drogon le toisait avec mépris, en cotte d'écailles de fer, les cheveux sur le visage. Il était un des capitaines choisis par Bernard, mais ils s'étaient évités dans le campement. Il était couvert de boue et de neige maculée de sang.

— Vous allez me payer ce que vous m'avez fait à Servais, l'évêque, grommela-t-il en levant sa hache.

Frodoi dégaina son épée et para le premier coup, dont la violence lui laissa la main ankylosée. Il se traîna sur le sol, sans savoir comment il allait se défendre.

À quelques pas de là, la bataille était pratiquement perdue pour les chrétiens. Sans cavalerie pour briser les lignes, l'armée à pied, cernée sur trois flancs, se réduisait, dans un bourbier de sang et de corps. Les lamentations des innombrables blessés et des moribonds couvraient le tintement des armes.

L'évêque ne tarderait pas à joindre sa voix à la leur. Il repoussa plusieurs coups tout en reculant vers le champ de bataille. Peut-être quelqu'un le verrait-il et lui porterait secours. Mais tous luttaient pour leur vie. Drogon abattit sa hache avec une telle furie que l'épée de l'évêque se brisa en deux morceaux. Frodoi, terrorisé, courut vers un bouclier rond abandonné. Il parvint in extremis à arrêter le coup dirigé contre lui. Mais la lame traversa le bois, et il comprit qu'il ne s'en sortirait pas. Drogon, qui s'acharnait à détruire le bouclier en ahanant, exultait. Au sol, l'évêque souffrait de contusions, le corps criblé d'entailles sanglantes.

— Pourquoi, Drogon ? Dis-le-moi avant que je meure.

— Ce n'est qu'une partie du plan que votre intelligence ne pourra plus empêcher, lâcha dédaigneusement son assaillant. Vous mourrez sans avoir éclairci le mystère. J'attends ce moment depuis des années, l'évêque.

— Qu'as-tu fait de Rotel ?

Frodoi cherchait à comprendre, jusqu'au dernier moment, ce qui se passait. Drogon ne put résister au plaisir de regarder ce visage rongé d'angoisse.

— Elle a changé le cours de l'histoire à notre avantage.

Il leva sa hache. Le sol vibra, une fois de plus. Il s'immobilisa, inquiet. Frodoi en profita pour reculer et se mettre hors de sa portée. Une nouvelle charge approchait depuis le bois de chênes verts où ils se trouvaient. Les chrétiens qui se battaient à côté s'enfuirent comme ils le purent devant les centaines de cavaliers qui galopaient vers eux. Frodoi regarda en direction de la colline. Il vit Bernard qui fuyait pour ne pas assister à l'assaut final. Il n'avait plus l'arc et les flèches des Sarrasins. Drogon comprit que les chevaux allaient les écraser. Oublieux de l'évêque, il courut sur les traces du marquis.

Frodoi se releva, terrifié par l'effroyable vision de centaines de chevaux avançant droit sur lui. La neige tremblait sous leurs sabots. Il ne chercha même pas un abri où se réfugier : c'était trop tard. Étonnamment, derrière lui, les Sarrasins ne jubilaient pas. Il scruta plus attentivement les cavaliers et en resta bouche bée. Ces hommes n'arboraient ni sabres ni turbans.

Isembard menait une cavalerie de trois cents hommes au moins, portant tous une tunique et une armure métallique sur le torse et les jambes. Derrière lui chevauchaient les deux fils aînés d'Ermessende. Les soldats le virent et l'évitèrent en le frôlant. Au milieu du séisme, Frodoi faillit pleurer.

Lorsque le chevalier de Tenes brandit l'épée de Guissand de Barcelone, la cavalerie se divisa pour former un demi-cercle semblable à celui de la cavalerie sarrasine, désorganisée à présent au milieu du tumulte. Elle percuta les forces ennemies par l'arrière dans un terrible fracas.

Mêlés à l'infanterie, les cavaliers du wali avaient du mal à manœuvrer, alors que les longues lances de leurs adversaires faisaient des ravages. Frodoi reconnut Guifré et Miró.

Ils combattaient avec adresse aux côtés d'Isembard. Nul n'aurait dit qu'ils disputaient leur premier vrai combat. Ils étaient préparés à assumer leur *honor*, mais il fallait malgré tout faire cesser ce massacre.

Frodoi ramassa une épée abandonnée et contourna rapidement le champ de bataille en direction des étendards des Banu Qasi. Un homme apparut derrière lui. Il se retourna et mit quelques secondes avant de reconnaître Oriol, couvert de boue et de sang sarrasin.

— Suis-moi !

— Nicolas est mort, monseigneur.

— Que Dieu accueille son âme. C'était un grand soldat… Il ne faut pas que d'autres meurent. Celui qui a voulu cette bataille s'est enfui. Toutes les vies perdues le seront en vain.

Ils furent rejoints par Duravit et Italo et, dans la plus grande confusion, ils approchèrent de l'étendard sarrasin. Le wali et son escorte se battaient contre Isembard et les fils de la comtesse. Musa blessa Guifré, sous le regard horrifié de l'évêque. Le Bellonide tomba. Le wali leva son épée pour la plonger dans sa poitrine, tandis qu'Oriol frayait un passage à Frodoi. Arrivé près d'eux, l'évêque s'interposa en criant. Isembard, qui le vit, comprit que le wali, aveuglé par le sang, ne le reconnaîtrait pas. Il courut vers eux et arrêta l'estocade à temps.

— Ça suffit, Musa, c'est assez ! tonna l'évêque.

Isembard se joignit à cette prière en bloquant le cimeterre d'Ismail ibn Musa.

— Je suis le capitaine de la cavalerie chrétienne. Cessons là, wali.

Musa cligna des paupières comme s'il se réveillait d'un mauvais rêve. Il regarda le champ de bataille autour de lui, où les troupes d'égale force se massacraient, et où les dépouilles d'hommes et de chevaux s'entassaient comme dans la pire image de l'enfer.

— Concluons une trêve, mon seigneur, insista Frodoi.

Les trompes sonnèrent. Les combattants cessèrent le combat, tout en continuant de se jauger d'un air agressif. Isembard, haletant, contemplait son évêque défait. Il ne leur avait pas été aisé de réunir cette cavalerie à la demande de la comtesse, mais malgré les difficultés et les tensions, ils étaient arrivés à temps.

Pour les deux fils bellonides, ses élèves, ce dénouement constituerait une victoire devant le roi de France… à moins que Bernard ne s'approprie le triomphe.

Un chevalier d'Urgell s'approcha en boitant, couvert de sang. Il jeta un coup d'œil méfiant au chef sarrasin ; Frodoi l'invita à parler.

— Monseigneur, le comte Salomon d'Urgell et de Cerdagne a péri. Une flèche ennemie lui a traversé le cœur il y a un instant.

Un frisson parcourut Frodoi.

— Les archers ne tirent plus depuis longtemps.

Le chevalier haussa les épaules, abattu. Frodoi dirigea son regard vers la colline par où Bernard et son escorte s'étaient enfuis. Il revit le marquis s'emparant d'un arc sarrasin et d'une poignée de flèches. À cause de cette bataille cruelle et inutile, les comtés d'Urgell et de Cerdagne se retrouvaient privés de comte. Il se demanda, tremblant, si l'épisode faisait partie du plan auquel Drogon avait fait allusion quand il était sur le point de le tuer.

Bernard fut très vite informé qu'ils n'avaient pas été vaincus. Les troupes sarrasines ne marcheraient pas sur Barcelone et son prestige n'en serait pas amoindri, pourtant il n'était guère prudent de rester là après ce qui s'était passé. Sans se préoccuper de son armée en piteux état, il donna l'ordre de chevaucher jusqu'à Narbonne. Ils ne s'arrêteraient dans aucune ville. Il serait le premier à arriver à la cour pour raconter les événements survenus à la frontière. Il laisserait croire que lui, marquis de Gothie, avait protégé la Marche et qu'il méritait pour cela les comtés d'Urgell et de Cerdagne.

Quant aux fils de la comtesse, ils partirent en compagnie d'Isembard pour la petite ville d'Urgell. Ils accompagnaient le corps du comte Salomon, un ami des Bellonides, afin de l'enterrer avec les honneurs. Les quelques habitants fêteraient le retour des descendants de Sunifred d'Urgell au milieu des larmes versées pour le vieux comte tombé au champ de bataille.

Une longue file d'hommes sales et épuisés prit la route de Barcelone. Les plus grièvement blessés, que personne ne pouvait transporter, restèrent en chemin, ainsi que les moribonds sans force. Il n'y eut pas d'entrée triomphale à Barcelone, pas d'ovations ni de tapis de fleurs. Les habitants attendaient devant la Vieille Porte, le cœur brisé, espérant retrouver les leurs parmi ceux qui arrivaient par petits groupes éparpillés, hagards et exténués.

Il y eut des cris, des courses, des élans et des embrassades émues. Des lamentations. Certains comprirent qu'ils attendaient en vain. Des orphelins et des familles se virent déjà aux portes de la misère. Les hommes qui avaient encouragé Bernard sous la fenêtre du palais le maudissaient à présent.

Frodoi arriva sur un cheval couvert de boue avec son escorte, au son triste des cloches et devant une foule silencieuse. Les survivants racontèrent ce qui s'était passé et comment leur évêque avait tenté, au péril de sa vie, de leur éviter la bataille. La mitre chiffonnée à la main, la cape en soie sale et déchirée, il tint à célébrer une messe dans la cathédrale. L'assistance s'y présenta en nombre, même les chrétiens fidèles au rituel mozarabe.

Pris de vertiges à plusieurs reprises, Frodoi laissa Servusdei terminer l'office à sa place. Il ne put pas non plus bavarder avec ses ouailles à la fin. Impuissant à trouver les bonnes paroles après l'horreur vécue, il les laissa partir.

Il voulait rester seul. Il ordonna de faire évacuer la vieille cathédrale et demeura prostré sur la dalle, le dos voûté, regardant ses mains tremblantes dans la pénombre. Il avait l'impression qu'il ne cesserait plus de trembler.

Il ressortit à la nuit noire. Il rentrait dans son palais le pas lourd quand la porte de la maison de Goda s'ouvrit. Le vestibule était plongé dans l'obscurité. Une simple lampe à huile à deux becs en terre cuite éclairait la pièce. Au fond, une silhouette endeuillée attendait debout. En silence.

— Goda…

Il désirait partager ses soupçons au sujet de la mort du comte d'Urgell, mais son esprit exténué ne parvenait pas à former les mots.

Elle courut jusqu'à lui, prit son visage dans ses mains et baisa son front, ses paupières, son nez, sa bouche. Frodoi laissa échapper des sanglots remontant du fond de ses entrailles. Goda baisa aussi ses larmes, qui se mêlaient aux siennes.

Les guerres détruisaient tout et laissaient une plaie si profonde qu'elle en stérilisait les vieilles rancunes. Goda avait éprouvé une peur viscérale, celle de ne jamais le revoir. On lui avait rapporté son comportement pendant la bataille et à présent elle caressait ses cheveux emmêlés sans cesser de l'embrasser tendrement, partagée entre la peine et la fierté.

— Je veux que tu saches une chose, Frodoi, dit-elle.

Elle prononçait son nom pour la première fois depuis bien longtemps et elle essuyait ses larmes du bout des doigts, l'une après l'autre.

— À ta place, j'aurais pris exactement la même décision ce soir-là, face à Bernard… – Sa voix se brisa. – Il m'a frappée, il m'a humiliée, et je t'en ai rendu responsable pendant des années. Or si tu m'avais défendue, à l'heure qu'il est nous serions probablement morts, Argencia, toi, et moi. Tout ce que nous avons réussi, et jusqu'au fait d'avoir survécu à cette bataille, c'est grâce à cela… Ton silence lâche et les cicatrices sur ma peau prennent un sens, désormais.

L'évêque perdit toute force. Il se laissa tomber à genoux, entouré par ce bras chaud qu'il croyait à jamais perdu. Il se débattait entre le sentiment mortifère de ne pouvoir surmonter ce qu'il avait vécu et le torrent d'amour qui se déversait avec le pardon.

— Viens, Frodoi, dit Goda en l'aidant à se relever.

Elle le conduisit dans une petite pièce qui donnait sur le jardin, au centre duquel trônait une baignoire en marbre très ancienne.

— Mon arrière-grand-père l'a exhumée des anciens thermes romains.

Frodoi regardait l'eau fumante qui exhalait un agréable parfum de rose. Goda le déshabilla, l'œil brillant. Elle le lava délicatement en silence. L'évêque sentit le poids lugubre qui avait tenaillé son âme durant des années s'évacuer avec la boue et le sang séché. Il trouva la paix.

À l'aube, un des gardes du palais comtal courut prévenir le vicomte Astorius, qui se précipita à la fenêtre. Frodoi sortait du palais de Goda de Barcelone à la dérobée. Ce fait confirmait les vieilles rumeurs sur cette relation interdite dont Bernard n'avait pu apporter la preuve. Le vicomte sourit d'un air mauvais. Le marquis aurait enfin l'occasion de se débarrasser de son rival dans le comté, et lui, Astorius, serait généreusement récompensé.

47

Frodoi sortit dans les ruelles obscures de Barcelone vêtu d'une simple tunique et d'une cape de laine. Il ne portait même pas son anneau d'évêque. Il avait laissé le soin à Servusdei de préparer la veillée de Noël et la messe de minuit. Il avait également décliné l'invitation de Goda au banquet qu'elle offrait dans son palais ; elle y réunissait la comtesse Ermessende et ses enfants, ainsi que l'aristocratie gothe de la cité. Les Bellonides étaient arrivés dans l'après-midi, accompagnés par Isembard et les chevaliers considérés par la population comme des héros.

Pour l'évêque, cette soirée était spéciale, et il tenait à la partager avec les hommes et les femmes qui avaient cru en lui depuis Narbonne, quand sous ses grands airs il n'était qu'un jeune prélat inexpérimenté.

La mort des six cents soldats tués au champ de bataille lors du combat contre le wali de Lleida, après une longue agonie pour beaucoup, pesait sur sa conscience. Les infirmes représentaient une charge supplémentaire pour leurs familles. On voyait de nouveau des maisons vides et des champs non cultivés. Des réserves de grain, il ne restait rien : elles avaient servi à nourrir l'armée pendant deux mois. Des centaines de foyers s'étaient éteints dans Barcelone et dans les localités de la Marche.

Par chance, l'échange d'émissaires organisés par Servusdei et Jordi avait évité que le wali de Saragosse ou l'émir de Cordoue en personne ne s'immiscent dans cette affaire, et les hostilités avaient été suspendues. L'affrontement renaîtrait inévitablement, comme toujours dans la Marche.

Depuis ce jour, l'esprit de l'évêque travaillait sans relâche à essayer de comprendre les agissements de Bernard de Gothie, mais ils lui échappaient. La nouvelle de la mort de la reine Ermentrude, le 6 octobre à l'abbaye de Chelles, leur était parvenue peu après la bataille, et il avait célébré l'office pour le repos de son âme avec tristesse. Il perdait une puissante alliée à la cour.

Il passa devant les colonnes du *miraculum.* Il soupira, désireux de s'offrir une trêve pour un soir, et de laisser les problèmes de côté.

Il faisait froid, les volets de bois de l'auberge étaient fermés, mais la lumière filtrait par les jointures. Le silence se fit quand il entra. Les hommes assis à la longue table se levèrent, surpris.

— Je vous en prie…

L'émotion lui brûlait la gorge. Il leva les mains pour leur montrer qu'il ne portait pas l'anneau.

— Laissez-moi être des vôtres, ce soir.

— Avec ou sans la mitre, vous êtes ici chez vous, dit Elisia, assise au bout de la table, Gombaud endormi dans les bras.

Gauderic se précipita pour lui avancer la meilleure chaise à côté de la patronne de l'auberge. L'évêque regarda les plats : cerf, légumes grillés du potager, charcuterie, compotes de fruits et volailles farcies. Même dans son palais, on ne lui aurait pas présenté pareil banquet. Pour Elisia aussi, il s'agissait d'un soir particulier; ils avaient beaucoup à fêter et à pleurer, et Isembard était là, elle n'arrivait presque pas à le croire. Elle frémissait de bonheur. Les quatre années d'absence s'évanouirent, elle revivait.

Gali s'était absenté, sans fournir d'excuse, selon son habitude. Elle savait que c'était par crainte de croiser Isembard. Son époux avait aidé Drogon, l'homme le plus haï par le chevalier de Tenes. Pour elle, son absence ce soir-là était un soulagement.

Jehan et Leda étaient assis à côté d'Elisia avec leurs enfants. Gauderic était revenu sain et sauf de la bataille, grâce à son frère aîné, Sicfred, qui l'avait protégé. Blessé à une jambe, Sicfred boiterait toute sa vie. L'Esquerda avait été abandonné, toutefois ils y gardaient leurs terres gagnées en aprision et avaient pris la décision d'y retourner sous peu afin de ne pas les perdre. Frodoi leur promit des exemptions.

Ils fêtaient également le retour d'Emma et de son mari, Aio. La servante raconta son histoire : elle avait été enlevée en dehors des murailles et retenue prisonnière dans une grotte, où elle avait dû allaiter pendant plusieurs semaines une petite fille de quelques mois, brune aux yeux bleus très clairs. Un jour, elle avait demandé de l'aide à des bergers de passage. Les deux mercenaires qui la surveillaient lui avaient arraché la petite des bras. Le bébé était tombé par terre et avait cessé de pleurer. Les soldats avaient frappé Emma, mais, grâce aux bergers qui l'avaient défendue avec leur lance-pierres, elle était parvenue à s'évader. Ils l'avaient accompagnée jusqu'à Barcelone. Elle était encore sous le choc de ce qui s'était passé. Le bébé était peut-être mort.

Frodoi relia les événements : il devait s'agir de Sansa, la fille de Rotel et de Malik. Ils offrirent une messe pour son âme. Isembard pleura sa nièce comme si elle était morte. Lorsque Rotel l'apprendrait, la colère et la douleur l'égareraient à tout jamais.

Le capitaine Oriol était aussi des leurs, ainsi que le soldat Duravit, sa jeune épouse Beatriu et d'autres familles qui avaient fait le voyage depuis Narbonne et qui travaillaient à l'auberge. Frodoi les remercia un à un, puis il regarda Isembard.

Le jeune homme de Tenes, aimé des Bellonides, avait gagné en prestige aux yeux de la noblesse des comtés de la Marche. Il ne tarderait pourtant pas à disparaître, sans terres et sans château. S'il souhaitait refonder son lignage, il lui fallait s'apparenter à une maison noble et influente dans le royaume. Elle lui apporterait les biens nécessaires à maintenir son statut de chevalier.

Isembard ne pensait à rien de tout cela, tout à la contemplation discrète d'Elisia. Dans l'effervescence du repas, ils s'étaient à peine parlé, mais il ne quitterait pas Barcelone sans savoir s'il restait ne serait-ce qu'une étincelle d'amour dans son cœur. L'absence de Gali lui convenait parfaitement. Il ne savait pas comment il aurait réagi s'il l'avait eu devant lui. Il n'était pas le même homme que quatre ans plus tôt.

Ce fut un dîner émouvant. Le lien qui les unissait était tissé de morts, de malheurs, et de réussites. Ils avaient fait de Barcelone leur foyer et ils avaient survécu. C'est ce que Frodoi voulait fêter avec eux en ce soir de Noël.

Elisia fit en sorte que personne ne cède à la mélancolie, surtout Leda, qui avait tant souffert pour son mari et ses enfants. Ils avaient tous mille et une choses à se raconter et le temps passa très vite. À la fin de la veillée, l'aubergiste coucha Gombaud avant de revenir, souriante.

Ils étaient assis devant la cheminée où brûlait la bûche de Noël. La maîtresse de maison apporta une liqueur forte qu'elle fabriquait en distillant les pépins de raisin.

— Ce que je regrette, c'est qu'on ne saura jamais la vérité sur ce qui s'est passé durant la bataille, déplora Sicfred. Les Sarrasins nous avaient tendu un piège et si nous sommes en vie, c'est grâce à Isembard et à sa cavalerie. Le marquis nous avait abandonnés !

— C'est l'éternel jeu de l'aristocratie, énonça Elisia.

— Il n'a pas respecté son serment !

— Fils, ne parle pas comme ça devant l'évêque ! avertit Leda, craintive.

— Sicfred a raison. L'histoire est pleine de supercheries et de mensonges, reconnut le prélat.

— C'est injuste ! s'exclama Gauderic.

— Les Bellonides sont de retour, voilà ce qui importe aujourd'hui, les arrêta Isembard.

— Le comté vit une période troublée, expliqua l'évêque. La division entre les aristocraties gothe et franque s'est accentuée avec l'apparition des héritiers du comte Sunifred.

— Après la lâcheté de Bernard pendant la bataille, les Bellonides pourraient prétendre à leurs titres dans la Marche, avança Jehan.

— Cela ne se produira pas, affirma Isembard. Le marquis s'est empressé de présenter à la cour une version très différente de ce qui s'est réellement passé.

Accoudée au comptoir en face de la cuisine, Elisia remplissait précautionneusement un tonnelet de sa liqueur. Elle intervint, sur un ton des plus anodins :

— Vous faites tous erreur. L'histoire réelle est celle qui est le plus souvent racontée…

L'évêque demeura pensif, un sourire patelin au coin des lèvres.

— Explique-toi, Elisia.

— Qui se souvient de Charlemagne ?

— Grand et fort comme un chêne. Le plus courageux dans la bataille, touché par la grâce divine.

— Et si c'était un petit bonhomme rusé qui avait intrigué auprès du pape pour se proclamer empereur ? envisagea Elisia. Que dit-on de Musa le Grand, le Maure légendaire, mort récemment ?

— Que c'était un Wisigoth converti à l'islam, un *muladí*, répondit Isembard, qui la dévorait des yeux. Personne ne l'égalait au combat et on l'appelait le troisième roi d'Hispanie.

L'aubergiste sourit ; elle aussi avait du mal à lâcher du regard le chevalier, à la grande tristesse d'Oriol.

— Ce dont on se souvient n'est pas la chronique des moines, qui s'empoussière, mangée aux mites, dans les monastères austères.

Elisia apporta le tonnelet et remplit les coupelles en bois à ras bord. Elle souriait avec malice.

— Ce qui est réel, c'est ce que les troubadours et les bardes relatent. Leurs chansons de geste se répandent, et elles sont reprises pendant des années. Voilà ce qui perdure, même si ce n'est pas vrai.

— À quoi penses-tu donc, Elisia ? demanda Frodoi. Nous te connaissons tous cette expression.

— Pour un aristocrate, dit-elle, il existe une chose pire que la mort. La honte.

Drogon avait détruit son auberge et l'avait humiliée devant les siens. Bernard s'était apitoyé sur son sort, mais il s'était montré sadique avec son amie Goda. Elle avait des comptes à régler. Elle vida sa coupelle.

— Je sais comment blesser l'orgueil de Bernard.

— Parfois, tu me fais peur, ma chérie, dit Leda, éberluée.

— Ici, nous logeons des troubadours, des comédiens, des bardes. Ils parcourent le monde en jouant dans les palais et sur les places. Ils se copient les uns les autres, et ils exagèrent leurs histoires pour impressionner le public. Ils sont toujours à la recherche de nouveaux événements : combats, tournois, récits d'alcôve... Ce qui remporte toujours le plus grand succès, ce sont les révélations sur les difficultés des riches aristocrates.

Frodoi la dévisageait, l'esprit en alerte. Une satire devant un public varié aurait une bien plus grande influence que la version du marquis ou la sienne présentée à Narbonne et à Reims. La proposition de l'aubergiste était aussi simple que machiavélique.

— Nous devrions te céder les clefs du comté, belle Elisia, dit-il d'un ton amusé.

Elle remua la tête fièrement et but une gorgée. Le rouge aux joues, elle regarda longuement Isembard.

— Tu me raconteras ce qu'il faudra faire savoir de Compostelle jusqu'à Rome, Isembard !

Ils partirent gaiement à la messe de minuit de la cathédrale, que l'évêque célébra de mauvaise grâce. À l'aube, Isembard pénétra, le cœur battant, dans l'étable silencieuse de l'auberge comme Elisia le lui avait discrètement suggéré à la fin de la veillée. Plusieurs coupelles allumées éclairaient la grange. La jeune femme l'attendait, souriante, la chemise dénouée. Une vague de chaleur parcourut Isembard.

— Tu voulais que je te raconte ma version des événements, n'est-ce pas ? dit-il.

Elisia s'approcha de lui. Gombaud dormait dans la maison et plusieurs serviteurs s'occuperaient de lui en cas de besoin. Gali n'était pas rentré et personne ne savait qu'ils étaient là.

— Je fabriquerai l'histoire, Isembard, l'interrompit-elle avec un sourire suggestif. Tu m'as rendu ceux qui forment aujourd'hui ma famille, et ça me suffit.

Quatre ans, c'était trop long. Ils se devaient encore des explications, mais ils ne pouvaient plus patienter. S'ils avaient appris quelque chose pendant ces années, c'est combien tout était éphémère dans la Marche. Ils échangèrent un long baiser et se dévêtirent à la hâte. Souriants et brillants de sueur, ils s'aimèrent sur la paille, nus sous une couverture de laine. Elisia se libéra du souvenir persistant de Gali en train de la violer devant les hommes de Drogon. Frémissante et les paupières closes, elle accueillit les lèvres d'Isembard qui couvraient son corps de baisers. Lorsqu'il vint en elle, une explosion de plaisir trop longtemps attendu l'irradia. Elle n'avait jamais ressenti un tel plaisir avec Gali. Ils s'aimèrent sans se préoccuper de rien d'autre que de jouir ensemble. Et la nuit s'écoula tranquillement.

Épuisés, ils s'enroulèrent dans la couverture. La main d'Elisia caressait la musculature puissante du guerrier et sa bouche baisait les cicatrices de blessures oubliées. Le jour allait poindre, les serviteurs commenceraient leur travail. Personne ne devait les voir. Ils seraient pourtant demeurés enlacés ainsi le reste de leur vie.

— Je veux que tu te maries, Isembard, dit Elisia après une longue inspiration destinée à se donner du courage. Je veux que tu récupères tout ce qui t'a été arraché, et que tu reviennes à l'auberge au bras d'une jeune et belle aristocrate, entouré d'enfants et de serviteurs, quand tu répondras à l'appel du comte.

— C'est toi que j'aime.

Elisia lui souriait d'un air doux et nostalgique, tandis que son cœur pleurait.

— C'est pourtant ce que tu dois faire.

— Pourquoi m'as-tu fait venir ici ?

Ils s'embrassèrent. Sa brune chevelure recouvrit la poitrine du jeune homme.

— Tu sais que ce n'est pas l'amour qui mène ce monde. Je t'aimerai toujours, et peut-être m'aimeras-tu pareillement, mais mon âme est en fer et la tienne en argent. Tu dois occuper la place qui te revient… J'en serai fière.

Isembard l'enlaça avec ardeur. L'avenir lui donnait le vertige. On avait beau voir en lui un grand guerrier, au fond, il se sentait toujours le serviteur qui travaillait dans les champs de Santa Afra.

— Je veux vivre beaucoup de nuits comme celle-là, Elisia.

— Au retour de Servais, le capitaine Oriol a évoqué une beauté, une certaine Richilde de la maison bosonide. – Elisia avait du mal à dissimuler sa jalousie et sa tristesse. – Il disait qu'elle s'intéressait à toi. Si tu en faisais ton épouse, tu parviendrais très haut.

Isembard sourit et l'assit sur ses genoux. La respiration d'Elisia s'accéléra quand les mains de son aimé caressèrent sa peau, du cou jusqu'au nombril.

— Il nous reste encore un petit moment avant le lever du jour. Gardons-le pour nous et que Dieu dispose du reste.

48

Attigny, juin 870

En 871, le roi Charles convoqua la traditionnelle assemblée de nobles du royaume dans la petite ville ardennaise. L'évêque Frodoi quitta Barcelone avec sa suite et rejoignit celle de l'archevêque Fredold de Narbonne. Ermessende et ses fils, Guifré et Miró, l'accompagnaient. On disait que le monarque avait hâte de revoir la vieille comtesse et de faire la connaissance des descendants du comte wisigoth Sunifred, qui avait défendu fidèlement le royaume contre le wali de Lleida.

Le comte de Gérone et sa suite se réunirent à eux en route. Le vieil Otger, de santé délicate, faisait le voyage pour savoir ce qui allait se passer pour les comtés d'Urgell et la Cerdagne, car ils partageaient ensemble le sort de la Marche.

Le marquis Bernard de Gothie était parti de Béziers avec de nombreux vassaux, dont Drogon de Borr.

Attigny s'érigeait près d'une ancienne voie romaine, au cœur d'un paysage de douces collines verdoyantes couvertes de chênes. Charles le Chauve venait souvent dans son château aux murs noircis par le temps. Le campement dressé dans les prés voisins accueillit des centaines de tentes aux bannières de leurs illustres propriétaires, ainsi que des baraquements pour les escortes et le service. Comme à l'accoutumée, un champ fut débroussaillé et des gradins de bois construits pour les tournois.

La nouvelle selon laquelle Isembard de Tenes voyageait avec l'évêque de Barcelone aviva l'attente générale. Sa stupéfiante victoire contre Boson II de Provence était encore dans les mémoires et on voulait le voir combattre de nouveau.

Les entrevues entre la noblesse et le roi Charles se succédèrent dans la grande salle du château, sous le blason à l'aigle de Charlemagne. On y parla des tributs fiscaux, on y signa des accords, on y réclama l'acquittement de dettes aux mauvais payeurs, on régla même quelque procès par duel judiciaire. Le monarque ne paraissait pas affecté par son veuvage mais, au contraire, désireux de prendre une nouvelle épouse et d'engendrer encore des enfants. Lorsqu'il buvait plus que de raison, il évoquait la couronne impériale et son espoir de la porter un jour, s'il pouvait compter avec des soutiens suffisants.

Frodoi avait minutieusement préparé les questions qu'il poserait; le pardon de Goda le remplissait d'énergie et de détermination. Il présenta une plainte officielle concernant Tirs, le prêtre de Cordoue fidèle au rituel mozarabe à Barcelone et soutenu par une partie du peuple goth et des *Hispani.* Ce dernier récoltait la dîme et dispensait les sacrements sans l'autorisation de l'évêché. Ailleurs dans le comté, un autre religieux nommé Baió avait usurpé des terres de l'Église et prétendait refonder l'évêché wisigoth de Tarrasa. Frodoi fut convaincant et la curie acquiesça, admirative. Ils l'avaient consacré évêque à Barcelone pour ne plus entendre parler de lui, or il était chaque fois plus fort face au puissant Hincmar de Reims et au monarque lui-même. La ville frontalière se développait. Le sel de Cardona, le vin et l'huile d'olive arrivaient en différents points du royaume, et le port avait été rouvert.

La guerre contre le wali de Lleida avait enrayé cet élan et l'hiver avait été très dur, mais si la paix se maintenant, la Cité couronnée s'en sortirait.

Bernard de Gothie, présent, ne remit aucune des propositions en cause. La prospérité rapportait de plus gros tributs et une population grandissante susceptible d'être enrôlée. Il était surtout intéressé par les nominations dans les comtés vacants d'Urgell et de Cerdagne. Il toisait Frodoi et souriait d'un air sinistre. Il nourrissait également des plans pour lui.

Quand ils quittèrent le château, Servusdei s'approcha de Frodoi. Il était pâle.

— Monseigneur, la représentation des ménestrels a commencé. Que Dieu nous garde.

— Tout ira bien, fais-moi confiance.

Les aristocrates qui quittaient l'assemblée après les discours s'agglutinèrent, poussés par la curiosité, sur la place où fusaient rires et applaudissements. Sur une estrade, des jongleurs représentaient une chanson de geste hilarante qui semblait familière à la plupart d'entre eux.

— Ils arrivent, mon seigneur comte ! tonitrua un jeune acteur manchot.

— Oh ! Mon Dieu, les Maures ! clama un autre, vêtu d'un sayon ridicule, le visage peint en rouge, en agitant les bras.

À côté de l'estrade, un garçonnet écrasa une vessie équipée d'un entonnoir et un son de flatulence résonna, déclenchant l'hilarité générale. Frodoi rit aussi. Aucun nom n'était prononcé, or tous les présents reconnaissaient le marquis Bernard de Gothie dans ce comte grotesque. La satire avait déjà été donnée dans les villes et les palais de toute la Francie occidentale, et les événements survenus dans la Marche en novembre étaient ceux que les jongleurs représentaient, comme Elisia l'avait prévu.

D'autres acteurs apparurent, la tête enturbannée, chevauchant des chevaux de bois. Ils poursuivirent le comte et déchirèrent ses chausses, laissant voir son derrière nu et une tache brune suspecte. La place éclata de rire. L'homme qui interprétait Drogon de Borr était un gaillard mal attifé, affublé d'une fourrure d'ours, qui se balançait maladroitement sur la scène sans pourchasser aucun ennemi. Le public lui jetait des feuilles de salade et des oignons pourris.

Frodoi s'approcha discrètement du roi qui riait, amusé. À côté, Bernard de Gothie, furieux, le priait de faire cesser cette horreur.

— Allons, Bernard ! répondit le monarque. N'humilie pas qui veut. Ce sont de simples jongleurs. Ils ont une immunité leur permettant de représenter leurs pièces pendant la durée de l'assemblée, vous le savez. Un peu de plaisanterie est toujours salutaire, marquis.

Drogon adressa un coup d'œil assassin à l'évêque, qui repensa à Elisia et dut réprimer une nouvelle envie de rire.

Tout cela résultait de l'esprit et de la perfidie d'une femme qui avait grandi dans une auberge.

Trois beaux jeunes gens firent soudain leur apparition sur la scène. Au terme d'un combat habilement simulé, ils triomphèrent de Sarrasins vociférant. Sur le côté, le faux Drogon nettoyait le derrière du comte avec les feuilles de salade lancées par le public, tout en faisant de grands gestes outranciers pour signifier la pestilence.

Bernard de Gothie voyait des lueurs de mépris dans les yeux de nombreux nobles. La belle Richilde riait aussi à côté de son père et de son frère. Il s'éloigna, honteux.

À la fin de la représentation, tandis que le public applaudissait à tout rompre, Bernard saccageait le mobilier de sa tente, cassant le nez au passage à l'esclave qui lui apportait du vin.

— Nous les pendrons tous ! s'exclama Drogon, enragé.

Le marquis vida le pichet de vin, et l'esclave se traîna vers la sortie.

— Tu es un imbécile, Drogon ! C'est pour ça que Frodoi t'a enlevé Barcelone !

Bernard écrasa les restes du mobilier au sol.

— L'évêque a fait en sorte que la représentation ait lieu ici, en ce moment. Il veut exalter les Bellonides, les faire passer pour des héros ! Il faut que ça cesse, Drogon ! – Il grimaça. – Quand feras-tu ce que je t'ai ordonné ?

— Vos ordres seront accomplis avant le lever du soleil, promit Drogon avec un sourire mauvais.

— Je l'espère. Ensuite, débarrasse-toi du… problème. Tout doit être enterré.

— Ce sera fait. Et ma nomination comme vicomte de Barcelone…

— Que l'on entende d'abord le tintement lent et funèbre du glas. Nous parlerons ensuite.

Le lendemain, Frodoi se leva avant l'aube et sortit marcher seul pour profiter du calme. Il réfléchissait aux intentions de Bernard de Gothie. Assassiner un comte pour obtenir un nouveau domaine n'avait aucun sens. Urgell était un territoire frontalier misérable et dépeuplé dont les habitants s'étaient réfugiés depuis des décennies dans les montagnes pyrénéennes sauvages. Il ne détenait aucune preuve permettant d'accuser le marquis, cependant l'analyse des faits tendait à montrer que quelque chose de très glauque se tramait.

Par ailleurs, le roi exerçait de moins en moins de pouvoir réel. L'aristocratie contrôlait les terres, les chemins, les ponts et les marchés, d'un bout à l'autre du royaume. La situation était la même en Germanie et dans le royaume d'Italie. Il devait comprendre ce qui se manigançait dans la coulisse.

Il entra dans un petit bois à l'instant où l'aube poignait. Il cherchait le silence, or il entendit des aboiements et des sifflements au loin. Les jeunes gens poursuivaient les festivités jusqu'au petit matin, tandis que leurs aînés préféraient se lever tôt et partir à la chasse entre nobles ou en compagnie des membres de leur famille. Il s'approcha d'une source où se trouvait une petite idole en bois entourée de fleurs. L'endroit était tranquille. Bercé par le murmure de l'eau et la lumière bleutée de l'aube, il songea à ses ancêtres. Le peuple croyait encore que des génies se tapissaient dans les sources.

Il frissonna, parcouru d'une sensation étrange. Une alerte. Il ne vit personne en se retournant, cependant les oiseaux ne chantaient plus. Il scruta les vieux chênes environnants avec inquiétude. Il avait été imprudent de s'éloigner seul, sans escorte.

Il distingua une ombre derrière un arbre et il prit peur.

— Rotel ?

Il se souvenait de la sœur d'Isembard, une jeune fille délicate à la beauté nordique. Elle était devenue une belle femme aux cheveux dorés. Mais il émanait une force terrifiante et glaciale de ses yeux clairs. Frodoi recula en la voyant manipuler la pelisse de fourrures qui la recouvrait.

— Que vas-tu faire ?

Il lut la réponse dans l'expression de son visage.

— Je suis désolée, monseigneur, je veux récupérer ma fille Sansa.

— Tu as disparu depuis des mois. Qu'as-tu fait ?

— J'ai changé le cours de l'histoire, à commencer par la couronne…

Frodoi tressaillit. Il lut la vérité dans le bleu glacé de ses iris.

— Mon Dieu, tu as mis fin à la vie de la reine ! – Une colère intense l'assaillit. – Pourquoi, Rotel ? Qui ordonne toute cette folie ?

— Vous devinez aisément qui m'envoie. Vous avez de puissants ennemis, monseigneur.

Frodoi perçut un sifflement provenant de la pelisse de Rotel. Il perdit l'équilibre et tomba. Malgré la peur, il devina. Ermentrude ainsi que d'autres nobles de maisons secondaires avaient trouvé la mort au cours des derniers mois.

— Qui d'autre mourra, Rotel ?

Il pensa aux adversaires possibles de Bernard et un lignage s'imposa immédiatement.

— Les Bellonides ? Ils pourraient entraver les plans du marquis de Gothie.

Le silence de Rotel confirma son propos. Elle tenait entre les mains un grand cobra aux écailles noires et brillantes qui se tordait puissamment. Frodoi parvenait à peine à respirer. Si les fils du comte Sunifred mouraient, il s'écoulerait des décennies avant que quelqu'un de la Marche soit couronné comte. Et à présent, il craignait pour sa vie.

— Tu te trompes, Rotel. Personne ne te rendra ta fille Sansa. Tu seras la dernière à mourir. Quand tu auras achevé cette œuvre de mort dans ton sillage, tout sera terminé.

Le serpent que Rotel tenait par la tête ouvrit la gueule, découvrant ses longs crochets.

— C'est ce que tu crois ! éclata Rotel.

À l'évocation de sa fille, la croûte de son indifférence se fendilla. La main qui tenait le cobra tremblait sous la force de la tempête qui se déchaînait en elle.

— C'est Drogon, n'est-ce pas ? Il t'a forcée !

Les yeux de Rotel lancèrent des éclairs, pourtant Frodoi continua à parler. Il fallait qu'il parvienne à ouvrir une brèche dans son malheur.

— Est-ce que tu as vu ta petite Sansa au cours de ces derniers mois ? Sais-tu si elle vit encore ?

— N'essayez pas de me manipuler, monseigneur !

— Sais-tu où elle se trouve, Rotel ?

— Avec une nourrice. Tant qu'elle est vivante, ils vivent. Si elle meurt, ils mourront !

— Ils ne t'ont rien dit, n'est-ce pas ? gémit l'évêque. Ils t'ont trompée !

Elle serra les dents. La supplique qu'elle entrevit dans les yeux de Frodoi l'arrêta.

— Ils ont enlevé Emma, la fille aînée de Jehan et de Leda, pour être la nourrice. Ils gardaient Sansa dans une grotte, à une journée de marche de Barcelone. Des bergers ont voulu les sauver, mais un accident s'est produit…

Il craignait de lui révéler la vérité, or c'était le seul moyen…

— Il est possible que ta fille soit morte, Rotel, même si nous n'en avons pas la certitude. Isembard te racontera tout. Il l'a pleurée pour toi le jour où il a appris la nouvelle. Interroge Drogon et Bernard de Gothie ! Ce sont eux les coupables !

Le visage de Rotel se décomposa. Frodoi crut se trouver devant Satan en personne.

— Vous mentez, maudit évêque !

— Je suis désolée, ma fille. Il se peut que tu n'aies plus aucune raison de continuer à leur obéir.

Le prélat soutint avec angoisse son regard. Le cobra avide de mordre frôlait son visage. Rotel vit la terreur sur les traits de Frodoi, et le peu d'humanité encore intacte dans son âme se déchira. Elle fit un bond en arrière avec la créature mortelle.

— Tu sais que je dis la vérité ! poursuivit Frodoi, toujours tremblant. Je t'en supplie, arrête ce cauchemar !

Rotel recula sans se retourner. Ses pupilles scintillaient, comme si elle était témoin de la plus horrible des visions.

— Où vas-tu ? demanda l'évêque en reprenant son souffle. – Il déplorait le destin tragique de la jeune femme, malgré ses crimes. – Rejoins ton frère !

Rotel n'écoutait plus. Quand elle en avait eu fini avec la reine, elle avait parcouru la Francie occidentale sur les traces d'une poignée d'âmes perdues qui déblayaient le chemin pour certains nobles. Drogon de Borr lui donnait des noms, et elle se montrait implacable. À Attigny, elle sèmerait la mort dans son sillage, poursuivant sa tâche avec les Bellonides, comme l'évêque l'avait deviné. Or Frodoi disait vrai : elle en savait trop, et Drogon la tuerait par traîtrise. Savoir sa petite Sansa sans vie était plus qu'elle n'en pouvait supporter.

Elle allait s'enfoncer dans le bois, laissant un Frodoi épouvanté.

— Monseigneur, dites à Isembard que je l'aimais, et que…

Elle allait ajouter qu'elle était désolée, ce qui n'était pas vrai. Rien de ce qu'elle avait fait ne la désolait, elle ne ressentait rien. Et pourtant elle était écorchée.

— Si tu disparais ainsi, ils auront gagné.

— Quelqu'un gagnerait-il dans ce monde misérable ?

— Tu as déjà été sauvée une fois, et tu le seras de nouveau.

Frodoi récupérait progressivement son aplomb.

— Et si Sansa était encore vivante ? Nous, nous l'ignorons, mais Drogon lui le sait ! Isembard t'aiderait à la retrouver !

— Il ne me reste qu'une chose à faire ici, dit Rotel, qui demeura pensive. Retournez au campement, monseigneur, un malheur est arrivé.

Elle s'évanouit dans l'obscurité du bois. Frodoi se releva avec un sentiment de fatalité. Rotel avait perdu son âme et il n'y aurait aucune rédemption pour elle.

Un son de trompe lui parvint, suivi du tintement lent du glas. Au campement, Oriol vint à sa rencontre, soulagé quoique porteur de mauvaises nouvelles.

— Otger de Gérone est mort à la chasse. Il s'était éloigné sur les traces d'un cerf et il a foulé un nid de vipères. Il n'a pas survécu aux morsures.

Frodoi chancela. Son capitaine le retint.

— Vous sentez-vous bien ?

— D'abord Urgell, la Cerdagne, et maintenant Gérone…

Il haletait, le regard rivé sur l'horizon. Il songea à Rotel, là-bas quelque part, et il tressaillit.

— Si Bernard devient le comte de toute la Marche, il détiendra un pouvoir sans précédent en Gothie !

— Il possédera un royaume.

— J'ai besoin de voir Servusdei !

— Il se trouve déjà dans votre tente, monseigneur.

Frodoi s'éloigna, pensif. Le moine, grand expert en droit, était la seule voix capable de se faire entendre dans l'assemblée pour éviter ce qui pourrait être la fin de son rêve.

Bernard, au loin, aperçut le prélat avec ses hommes. Il cracha par terre, le visage décomposé.

— Astorius, charge-toi de lui une fois pour toutes ! Là, maintenant ! cria-t-il, hagard, au vicomte. La bestiaire a échoué avec ce maudit évêque. Nous nous en occuperons nous-mêmes.

49

Le plaid fut suspendu pendant trois jours en raison du décès du comte Otger de Gérone, loyal vassal de Charles le Chauve, bien que le sort du vieux Goth et de son minuscule domaine à la frontière du royaume laissât la plupart des maisons franques indifférentes. Au cours de la veillée funèbre, le roi invita Ermessende à s'asseoir à côté de lui et de l'archevêque Hincmar de Reims. Ils se connaissaient. Ils évoquèrent des temps anciens et examinèrent ensemble les nobles jouvencelles à marier susceptibles de convenir à ses fils. La comtesse voulait recouvrer ce qui revenait aux petits-fils de Bellon de Carcassonne. Elle n'oublia pas Isembard et rappela au souverain la fidélité manifestée par le jeune homme de Tenes au moment de défendre la frontière contre le wali Musa. Lui aussi méritait la meilleure des épouses, d'un grand lignage. Charles écouta et promit d'y réfléchir.

Isembard restait généralement en compagnie d'Oriol. De nombreux nobles dont il faisait la connaissance lui proposaient de participer au tournoi de clôture. Il hésitait. L'assemblée se dirigeait vers le château pour assister à la dernière réunion du plaid général lorsqu'une damoiselle lui murmura quelques mots à l'oreille : Richilde, la fille de Bivin de Vienne, désirait qu'il soit son champion. Elle l'attendait le soir même sous sa tente. Cette proposition le déconcerta. Il était notoire qu'elle s'était intéressée à lui à Servais, et elle n'avait pas encore pris d'époux, toutefois la rumeur désignait désormais le puissant Bernard de Gothie comme candidat aux épousailles avec la belle Bosonide.

Devait-il accepter ? Elisia l'aurait elle-même poussé sous cette tente en cachant son chagrin. N'importe quel homme à sa place se jetterait aux pieds de Richilde, mais Isembard était convaincu qu'il n'avait aucune chance face au marquis et qu'elle voulait simplement le séduire pour le voir une nouvelle fois combattre.

Il rencontra Frodoi. L'évêque avait le visage grave. Il n'était pratiquement pas sorti de sa luxueuse tente, où il examinait des liasses de chroniques et de précis de lois gothes et franques. Ses yeux étincelaient de détermination quand il le salua.

— Allez-vous intervenir, monseigneur ?

— J'espère avoir l'occasion de parler aussi aujourd'hui.

— Il paraît qu'on n'abordera pas les sujets concernant l'Église, indiqua Isembard.

— Aujourd'hui, ce seront des questions temporelles.

— Celles que vous préférez.

Frodoi rit, les yeux mi-clos.

— Prie pour moi, Isembard de Tenes, et pour la Marche.

Quand le chambellan fit sonner la cloche, les conversations cessèrent et tous reprirent leur place. Ils prièrent pour le repos de l'âme d'Otger de Gérone avant d'entamer les dernières questions concernant la défense contre les Normands. Personne ne voulant assumer une telle débauche en hommes et en moyens, le roi Charles le Chauve céda. En échange de troupes, il se déprit de terres fiscales situées sur le territoire conquis de la Lotharingie, en faveur d'une aristocratie insatiable.

Bernard de Gothie, étant marquis, occupait une place de premier plan. Il attendait, nerveux. Lorsque le roi le nommerait seigneur des comtés vacants de la Marche, il offrirait à Richilde le royaume qu'elle lui avait demandé. Tout s'était déroulé suivant ses plans et l'affaire avait été réglée entre les conseillers du roi et le camerlingue Théodoric. Il ne restait qu'à lire le document devant l'assemblée et à y apposer le sceau royal. Bernard songeait au sourire mortifiant de la jeune Bosonide pendant la représentation des jongleurs. Il se chargerait de transformer cette expression désobligeante en supplique dès qu'elle serait sienne. Cette dernière pensée l'excita, mais ce n'était pas le moment de se laisser distraire.

— Concernant les comtés d'Urgell, de la Cerdagne et, malheureusement désormais, de Gérone, et au regard de l'instabilité de la région, il faut à la Couronne un bras puissant, fort et loyal…

Le roi Charles écouta le discours solennel du vicaire porte-parole du marquis de Gothie, puis il consulta son conseiller. Lorsqu'il les vit souscrire à ces mots, Frodoi se leva sur l'estrade où siégeaient les évêques et les abbés.

— Je sollicite la permission de m'adresser à l'assemblée et à son souverain. Que Dieu le garde !

Les nobles s'agitèrent sur leur siège, amusés ; les interventions inattendues de l'évêque de Barcelone devenaient une habitude. Charles s'apprêtait à refuser quand Hincmar, percevant l'exaltation de Frodoi, lui suggéra d'acquiescer. L'évêque s'avança jusqu'au trône.

— Depuis que notre saint Guilhem, duc d'Aquitaine et comte de Toulouse, et le noble Bera arrachèrent la province wisigothe de Septimanie aux Sarrasins, de nombreux événements se sont succédé, dramatiques pour la plupart. Toutefois, en examinant attentivement l'histoire, nous constatons deux choses fondamentales : la première est que jamais ce vaste territoire n'a été placé sous une couronne unique. Notre sage empereur Charlemagne comprenait que toute vie est fragile. On coupe facilement une tête, pas plusieurs.

Il laissa l'écho de sa voix s'éteindre sous la voûte de la salle du trône.

— Les comtés d'Empúries et du Pallars possèdent leur propre comte, répliqua Hincmar.

— C'est exact, et je me demande combien de temps s'écoulera avant que leurs chefs succombent à leur tour, victime de la malheureuse succession d'infortunes qui ressemble à une malédiction…

Ces propos mirent les membres de l'assemblée mal à l'aise, particulièrement le comte du Pallars, Bernard II de Toulouse, dit le Veau. Frodoi poursuivit :

— L'autre chose est l'examen de la vie des hommes qui ont gouverné la Marche hispanique. Je n'énumérerai pas les dynasties et ne relaterai pas les faits d'armes. Mon fidèle Servusdei a rédigé une chronique complète qu'il déposera à Reims. Il en ressort que les nobles goths ont toujours été loyaux au monarque ; en revanche, les nobles qui se rebellèrent contre votre père, mon roi Charles, et contre vous, ont toujours été des Francs. Je suis certain que vous vous en souvenez.

Les imprécations fusèrent. Au fond de la salle, Drogon se maudit de n'avoir pas coupé la tête de Frodoi à la hache quand la chance s'en était présentée. Il maudit également Rotel, qui n'était toujours pas réapparue dans sa tente et n'avait pas accompli l'ordre d'en finir avec l'évêque. Bernard de Gothie voulut attirer l'attention d'Hincmar pour exiger qu'il fasse taire le prélat, mais l'archevêque de Reims était concentré sur le discours.

— Je suis un Franc, continua Frodoi, mais je gouverne un diocèse composé de Goths, que ses habitants aiment et protègent. Et ils n'oublient pas celui qui leur permet de le faire, le roi de Francie !

— Vous faites erreur, Frodoi ! l'interrompit Hincmar pour mettre l'évêque audacieux à l'épreuve. Le premier comte de Barcelone, Bera, était un Goth et il a été banni pour trahison il y a cinquante ans.

Frodoi sourit. Servusdei l'avait bien instruit.

— C'est exact, monseigneur archevêque. À cette époque, il ne s'était écoulé qu'une vingtaine d'années depuis la conquête, des années marquées par de nombreuses guerres entrecoupées de courtes périodes d'accalmies. Barcelone était exsangue et le comte Bera voulait maintenir la paix face à de nombreux aristocrates avides de posséder davantage de terres. Il avait négocié des trêves dans leur dos, et ils l'accusèrent d'être l'ami des Arabes. En 820, il y eut un duel judiciaire au palais royal d'Aix-la-Chapelle afin de régler cette question. Le jeune Sanila, le champion des accusateurs, triompha d'un Bera déjà âgé, qui accepta son exil. En réalité, l'homme qui conduisit la rébellion sanglante était son fils Aison, outré par l'injustice commise contre son père. Aison ne fut par ailleurs jamais comte.

L'assistance se calma progressivement et l'évêque poursuivit :

— Songez en revanche au Franc Bernard de Septimanie, et à son fils Guilhem, qui ouvrit les portes de Barcelone aux Sarrasins, ou encore au comte Unifred, un Franc. Tous, ils se sont révoltés contre vous !

Il désignait le roi d'un air déterminé.

— Tous, ils ont craché sur les *regalia* de l'empire ! Je propose donc de nommer comtes les fils du dernier comte goth mort en demeurant fidèle à la Couronne franque. J'affirme par mon ministère sacré et devant Dieu que Guifré et Miró, les fils aînés de Sunifred d'Urgell et d'Ermessende, sont prêts à gouverner, en temps de paix et en temps de guerre. Ils connaissent leur terre et ils vous jureront une fidélité sans réserve, roi Charles, comme le firent avant eux et devant vos prédécesseurs leur père et leur grand-père, Bellon de Carcassonne.

Une explosion de cris et de commentaires éclata dans la salle. Tous se rappelaient la satire des jongleurs. Les Bellonides avaient vaincu le wali de Lleida et conservé la Marche, donc le royaume. Le monarque, surpris, entama une discussion avec son conseiller. Personne, dans cette assemblée, n'ignorait le dilemme qui se posait à lui.

Frodoi souffla et joignit les mains pour dissimuler leur tremblement. Ermessende pleurait d'émotion à côté de ses fils, pâles. Elle leur fit un léger signe pour leur demander de se retenir. Leur avenir tenait à un fil. Bernard fusilla Frodoi du regard et fit non de la tête. Il ne lui pardonnerait jamais.

Le roi fit appeler le comte de Carcassonne, Oliba, pour qui il avait une prédilection. *Olibam dilectum nostrum comitem*, comme il l'appelait. C'était un cousin de Guifré et de Miró, et aussi de Sunyer II, comte d'Empúries. Tous étaient les petits-fils de Bellon de Carcassonne. La restauration de cette branche Bellonide disparue satisfaisait au plus haut point toute la parentèle. Comme Frodoi l'avait prévu.

Presque une heure plus tard, le roi se rassit sur son trône et imposa le silence d'un geste grave. Il ne voulait pas que les nobles concentrent entre leurs mains un pouvoir si puissant et susceptible de nuire à la Couronne, néanmoins il ne pouvait pas faire fi du marquis de Gothie, qu'il avait lui-même nommé.

— Tous les aspects de la question ayant été pris en considération, et en nous plaçant sous la protection de l'Esprit saint, nous nommons Bernard de Gothie comte de Gérone.

Après une série de vivats, il poursuivit :

— Nous nommons Guifré comte d'Urgell et de Cerdagne. Nous nommons Miró comte du territoire de Conflent.

La décision produisit un vif effet. La branche bellonide de Sunifred était de retour sur la carte d'un Saint Empire en voie d'extinction. Leurs comtés étaient pauvres et malmenés, pourtant c'était un début. Hincmar s'approcha de Frodoi au milieu des acclamations et des sifflets.

— Vous avez une nouvelle fois influé sur le cours de l'histoire, monseigneur.

Compliment ou reproche? Quoi qu'il en soit, l'évêque jubilait intérieurement.

Lorsque le plaid fut clos, Bernard sortit sans un mot, suivi de Drogon et de ses vassaux qui n'osaient plus ouvrir la bouche. Il s'arrêta sur la place, et esquissa un sourire mauvais.

— Frodoi a été malin, mais il ne m'a arraché que deux comtés à la population famélique. J'ai gagné Gérone. Ces Bellonides sont insignifiants.

Il ajouta, se tournant vers son copiste :

— Envoie un message au père de Richilde. Je veux les fiançailles ce soir même. J'ai accompli tout ce que l'alliance m'a demandé. Il est temps que les Bosonides récompensent mes efforts.

Un de ses hommes se garda bien de lui apprendre qu'il avait aperçu la damoiselle de Richilde en conversation avec Isembard. Une humiliation supplémentaire suffirait pour que tout cela finisse dans un bain de sang.

— Et l'évêque? demanda Drogon, qui maudissait toujours Rotel. Onyx et sa disciple n'ont jamais failli. Il a dû se passer quelque chose.

— Nous trouverons le moyen de nous débarrasser de Frodoi d'une manière ou d'une autre, dit Bernard.

Le soir même, Frodoi accepta l'invitation d'Hincmar de Reims et ils chevauchèrent tranquillement dans la douce campagne bucolique d'Attigny. L'évêque de Barcelone expliqua en confession à l'archevêque ce qui s'était déroulé au cours de la bataille d'Ausone, les doutes qu'il nourrissait au sujet de la mort de Salomon d'Urgell et sa certitude que la reine Ermentrude, comme le comte Otger, avait été assassinée par un sicaire obéissant aux ordres de Drogon. Les preuves lui manquaient, ajouta-t-il. L'archevêque l'écouta attentivement et ne parut pas surpris, seulement préoccupé.

— Vous n'êtes jamais allé dans la Marche, Hincmar. On y voyage parfois pendant des jours sans croiser âme qui vive. Les habitants du comté d'Urgell se sont retirés dans les montagnes avec quelques chèvres, laissant les plaines fertiles en friche, depuis cinquante ans. Il faut repeupler la frontière, c'est fondamental pour stabiliser la domination chrétienne et accroître son influence à l'avenir. Or la situation de ses peuples n'intéresse pas Bernard de Gothie.

— Tu as donc pris la décision de ton propre chef, répliqua Hincmar avec cynisme.

— L'Église a besoin de paix pour se développer, acquérir de nouvelles terres et s'étendre.

— Je t'avoue, Frodoi, que j'étais sur le point de suggérer ton nom comme comte d'Urgell. De nombreux évêques et des abbés sont à la tête de comtés dans le royaume.

— Je préfère être le berger des âmes.

— Ce que tu préfères, c'est tisser les destinées d'autrui dans l'ombre.

— Les questions temporelles me préoccupent, je ne vous le cache pas. L'évêché de Barcelone prospère tant que le comté prospère. Vous devriez voir l'*aula* épiscopale de Barcelone, elle est grandiose, comme celle de Reims ! Et l'extension de la cathédrale sera bientôt terminée. Nous avons des dizaines de curés qui lisent le latin. J'ai obtenu que quantité d'églises et de monastères appartenant à des aristocrates demeurent sous notre contrôle et que leurs prêtres reçoivent une formation religieuse au collège épiscopal. Servusdei est très strict sur ce sujet, pour éviter qu'au moment de la consécration on prenne ce qu'on a sous la main, des noix et du lait… Telle est l'Église que nous voulons. Lorsque le problème du rituel mozarabe sera réglé, j'aurai largement accompli ma tâche.

Ils poursuivirent en silence jusqu'à une clairière, au sommet d'une colline qui dominait un paysage de pâturages. Frodoi prit une inspiration profonde. Ces paysages verdoyants dans lesquels il avait grandi lui manquaient.

— Tu as été envoyé à Barcelone à la demande de certains ennemis de ton père.

— Et vous n'avez rien fait pour l'éviter.

— J'ai eu une intuition, Frodoi. Ils désiraient éloigner un possible rival, puis, ce jour-là, je t'ai vu dans l'*aula*. J'ai décelé la fermeté en toi. Et j'ai deviné que Dieu avait d'autres plans à ton endroit, plus élevés, grandioses. Je ne me suis pas trompé. Tu es prêt, désormais.

— Prêt pour quoi ? demanda Frodoi, songeant à une promotion dans la hiérarchie ecclésiastique.

— J'ai quelque chose pour toi, monsieur l'évêque.

Hincmar lui tendit un rouleau scellé.

Ce geste satisfaisait l'orgueil du prélat, mais il avait fait de Barcelone une histoire personnelle. Il pensa à Goda. S'il abandonnait la ville, il la perdrait, car elle ne partirait jamais.

— Allez, lis-le.

L'évêque brisa le sceau. Il chercha dans le texte une nomination, puis il blêmit.

— Un certificat d'excommunication..., murmura-t-il, le souffle coupé.

— Exactement. Pour le péché de concubinage commis par un évêque. Au cours de la veillée funèbre d'Otger, j'ai eu une conversation intéressante avec le vicomte Astorius. Il t'a vu sortir du palais de cette femme, Goda de Barcelone. Je t'avais mis en garde. Il fallait renoncer à elle !

Hincmar gardait les yeux fixés sur l'horizon.

— Il ne manque que ma signature pour l'envoyer au pape.

L'angoisse empêchait Frodoi de se justifier, le certificat tremblant entre ses mains. Il avait franchi le seuil de cette maison après la pire expérience de sa vie, et les baisers de Goda l'avaient ramené à la vie. Il ne dit rien. Il ne voulait pas subir une plus grande honte encore, ni devoir supporter le regard vide de son aimée. Cette fois, il accepterait son destin et son péché.

Hincmar garda le silence. Il ne le réprimanda pas et n'exigea rien de lui, jusqu'à l'arrivée de la comtesse Ermessende, escortée par des hommes de l'archevêque.

— Que signifie tout cela ? demanda Frodoi d'une voix altérée.

— Je t'ai annoncé que tu étais prêt désormais, prêt à apprendre le plus grand et le plus dangereux secret du royaume. Je t'offre maintenant la possibilité de t'éloigner, Frodoi. Tu es un fils de la maison Rairan et tu ne manqueras de rien. En revanche, si tu décides de nous écouter, je détruirai ce certificat d'excommunication et tu prêteras serment dans un vœu de fidélité qui t'engagera jusqu'à la mort vis-à-vis de nous. Car la demande de pardon te concernant émane de la comtesse Ermessende.

— Je suis un homme faible et un pécheur, je le confesse, mais je me dois à l'Église.

— C'est facile en ce moment, or quand tu seras seul au milieu des loups, ce serment pourrait te mener à une fin honteuse, et je ne serai peut-être plus là pour te soutenir.

Frodoi se ressaisit. Il avait tout donné pour cette cause et il ne ferait pas marche arrière.

— J'en fais le serment devant Dieu. Parlez, monseigneur, dit-il d'une voix ferme.

Ermessende regarda Hincmar et fit oui de la tête.

— Nous soupçonnons l'existence d'une conspiration ourdie par les Bosonides et certains nobles, comme les marquis Bernard de Gothie et Bernard Plantevelue.

Frodoi ferma les yeux. Il frémit. Il tenait la réponse à ses insomnies. Il se rappela les mots de Drogon pendant la bataille d'Ausone. Il n'avait entraperçu que des fragments d'un plan beaucoup plus vaste. Les difficultés ne faisaient que commencer.

— Ils veulent attirer à eux le puissant abbé Hugues de Welf, marquis de Neustrie.

Frodoi prit conscience de la gravité de la situation.

— Ensemble, ils détiennent le pouvoir dans une partie importante du royaume. Prétendent-ils renverser Charles ?

— Non. Les confesseurs qui m'informent assurent que leurs intentions dépassent de beaucoup cette hypothèse, poursuivit l'influent archevêque de Reims. Ils ambitionnent de changer la configuration du monde, de transformer le Saint Empire en une mosaïque de seigneuries indépendantes où chacun gouvernerait en tant que roi oint.

— Les Carolingiens ne le permettront jamais.

— Ce qui se trame n'est pas une simple révolte d'insoumis. C'est un plan réfléchi et secret. Boson se rapprochera du roi.

Il gagnera sa confiance pour accaparer davantage de pouvoir. Pendant ce temps, les autres tentent d'étendre leur domaine, comme a réussi à le faire Bernard de Gothie. Des années s'écouleront avant qu'ils n'atteignent leur objectif. Quand cela se produira, la Francie occidentale, puis le reste de l'empire, redeviendront un amalgame de petits royaumes isolés et opposés.

— Un retour au chaos antérieur à Charlemagne, et même aux Mérovingiens, murmura Ermessende. Les guerres continuelles entre maisons, les famines, les épidémies, l'ignorance… Ce que ces aristocrates refusent de voir, aveuglés qu'ils sont par leur ambition, c'est que les Normands, les Sarrasins et les Slaves en profiteraient et s'empresseraient d'assiéger le monde chrétien. Ce serait la fin.

On racontait des histoires horribles à propos des siècles qui avaient suivi la chute de l'Empire romain, une longue période où personne n'était assez fort pour freiner les abus des rois et des chefs.

— Je comprends maintenant ce qui s'est passé : le marquis Bernard veut régner sur toute la Gothie, jusqu'au Rhône, y compris sur les comtés de la Marche hispanique. Mais pourquoi m'expliquez-vous cela ? Que peut faire un simple évêque d'un comté frontalier face à une si puissante alliance ?

— Nous avons besoin de ton intelligence, Frodoi. Je pressens que les Bosonides et leurs alliés réussiront. Dans ce cas, même les plus fidèles perdront la foi. À ce moment-là, je te rappellerai ton serment, afin que tu t'engages jusqu'à ton dernier souffle à éviter une telle situation. Ermessende a confiance en toi, et moi aussi. Nous espérons que d'autres nobles et d'autres évêques nous rejoindront.

— Avez-vous fait part au roi de vos soupçons ?

— Il se sent intouchable. Il croit encore que les serments de fidélité à la Couronne ont de la valeur, même s'il est le premier à ne pas les respecter.

Frodoi tendit le certificat d'excommunication.

— Brûlez-le, monseigneur archevêque. Tant que je serai évêque de Barcelone, mon diocèse restera loyal à la Couronne et aux valeurs du Saint Empire. Nous ferons échouer la conspiration.

Hincmar déchira le parchemin sous ses yeux.

— Dieu a un projet pour toi, Frodoi. J'espère que tu parviendras à comprendre quelle est Sa volonté. Un jour peut-être, tout dépendra de ta lointaine Barcelone.

Fatigué, le prélat de Reims fit faire demi-tour à son cheval et s'éloigna. Frodoi et Ermessende échangèrent un regard triste. La dame lui murmura :

— N'oubliez jamais que j'ai obtenu votre pardon de l'austère et strict Hincmar de Reims. Quoi qu'il arrive, veillez aux droits de mes fils. Le jour où les comtés de la Marche seront indépendants, mon lignage devra gouverner. Vous demeurerez à la tête de l'évêché pour en faire un archevêché et prendre votre indépendance par rapport à Narbonne.

La comtesse quitta un Frodoi consterné. Ermessende jugeait le démembrement de l'empire inévitable et elle envisageait déjà le futur royaume des Bellonides. La conspiration du lignage de Boson et de ses alliés n'était que la partie visible d'un sentiment partagé par la majorité des seigneurs. La situation était pire qu'Hincmar ne l'imaginait, mais Frodoi avait prêté serment et il tiendrait parole. Il était né pour cela.

Le soir venu, une silhouette encapuchonnée quitta discrètement le campement de l'assemblée et galopa pendant plusieurs milles au nord d'Attigny, jusqu'à un monastère isolé et en ruine. Elle mit pied à terre alors que la nuit avalait les vieux murs; l'endroit était lugubre, silencieux et désolé, oublié du monde.

Richilde baissa sa capuche et contempla les ruines d'un œil brûlant. C'était le lieu qu'on lui avait indiqué. Le moment était venu.

Elle avança prudemment entre les tombes recouvertes de mousse jusqu'aux décombres de l'église. Deux torches plantées dans le sol signalaient l'endroit. Le temple était profané et des chandelles de suif entouraient le vieil autel fissuré. Elle se sentait observée par l'obscurité régnant au-delà des ruines.

Elle dégrafa sa cape puis ôta sa tunique tout en avançant dans les herbes hautes vers l'autel, sur lequel elle s'allongea nue. Au-dessus d'elle, les yeux méchants du Christ mutilé scrutaient son corps lisse et svelte, le plus désiré du royaume.

Plusieurs ombres surgirent de la nuit et marchèrent silencieusement vers elle. Elle les regarda du coin de l'œil, frissonnante. Les sept vieilles femmes vêtues de haillons noirs, le visage poilu, étaient aussi repoussantes qu'elle l'avait imaginé. Richilde maîtrisa sa peur devant la scène effrayante et impie. C'était donc vrai, l'ancien culte existait encore. Ces sinistres sorcières s'étaient presque éteintes, mais un prêtre à l'origine obscure lui avait parlé d'une communauté appelée les Sept Veuves, en Gaule. Il affirmait que ces Sept Veuves possédaient des pouvoirs. Richilde les avait convoquées en échange d'une promesse de protection devant les tribunaux ecclésiastiques, qui poursuivaient avec acharnement les pratiques païennes. Aucun membre de sa famille n'était au courant, or elle avait besoin de toute l'aide possible dans ce moment qui était le plus important de sa vie. Au risque de mettre en péril son âme ambitieuse.

— Que désirez-vous, Richilde ?

— Tout.

— Vous possédez la plus admirable beauté et vous êtes de sang noble.

— Il me manque le pouvoir !

— Les anciens dieux de notre peuple sont rudes, ils ne mourraient sur la croix pour aucun mortel. Pas comme ce Christ. Si tu réclames quelque chose, tu dois offrir une chose de plus grande valeur encore.

Richilde faillit leur hurler de pratiquer leur rituel, une bonne fois pour toutes, mais elle se retint. À la place, elle débita les paroles que le mystérieux prêtre lui avait enseignées :

— Je serai à eux pour l'éternité. Cette nuit je dois faire quelque chose d'important et j'ai besoin de leur pouvoir.

— Vous nous avez convoquées pour cela.

Les vieilles femmes s'approchèrent de l'autel. L'une d'elles traînait un bouc noir qui bêlait, terrorisé.

Richilde but un breuvage amer qui manqua la faire vomir puis elle se rallongea. Les Sept Veuves entonnèrent des cantiques et, sans s'arrêter, elles égorgèrent le bouc, dont elles recueillirent le sang dans un crâne humain. Elles le mélangèrent à une pâte huileuse puis étalèrent cette pommade sur le corps de la jeune aristocrate. Ces mains tordues comme des sarments de vigne aux ongles noirs horrifiaient Richilde, mais le breuvage l'avait rendue nauséeuse et la réalité se dilua, ainsi que le fourmillement sur sa peau. Les vieilles femmes lui apparurent métamorphosées en couples de beaux éphèbes et de donzelles occupés à des amusements sexuels. Richilde s'abandonna à leurs doigts obscènes et s'offrit corps et âme. Quand elle gémit, au bord de l'extase, elles versèrent sur elle le reste du sang sacrificiel.

— Que la vie du Dieu Cornu prenne la femelle et qu'elle obtienne ses pouvoirs.

À l'acmé de la jouissance, Richilde cria. Les vieilles joignirent leurs voix à la sienne. Une clameur obscène s'éleva des ruines profanées et se perdit dans la nuit. Loin de là, les paysans se signèrent, apeurés. Dans de nombreux endroits, la lune blanche du Christ n'était pas encore arrivée.

Le rituel terminé, Richilde mit du temps à se relever. Son esprit était troublé, pourtant elle se sentait euphorique, certaine d'atteindre la grandeur.

— Vous devez payer, maintenant, ma dame, murmura l'une des vieilles femmes d'une voix sifflante.

Richilde, craignant de rester prise dans ses effluves ténébreux, évita de la regarder.

— Je vous ai promis la protection contre vos persécuteurs, que voulez-vous de plus, la vieille ?

— Une jeune femme aux cheveux blonds et à l'âme noire rôde autour du campement. Elle vient de loin. Elle irradie une force incomparable. Elle est comme nous…

Richilde songea au sicaire de Drogon. Elle leur avait été bien utile.

— Elle s'appelle Rotel de Tenes, elle est bestiaire.

— Sa peine fait trembler l'univers. Elle planifie une vengeance, et cette nuit elle mourra.

Saisie, la Bosonide n'osa pas parler.

— Vous allez l'empêcher, ma dame, poursuivit la vieille. Nous souhaitons l'initier à notre savoir antique et à notre tradition. Elle conservera notre mémoire face au Dieu qui se laisse tuer sur un poteau de bois et aux hommes de l'Église, cupides.

— Personne ne sait où elle se trouve.

— Que vos hommes surveillent le campement. Elle y sera, car il va se passer quelque chose. Le moment venu, capturez-la, et vous nous reverrez. Il se peut aussi qu'elle vous serve si vous la protégez. Aujourd'hui, vous avez payé pour le premier échelon. Votre cupidité réclamera davantage, et encore plus, jusqu'à consumer votre âme aussi noire et pourrie que la nôtre.

Richilde les toisa, fâchée. Elle ne voulait pas de ces prophéties de sorcière. Elle avait ce qu'elle désirait. Elle se rhabilla en silence, il lui restait peu de temps.

— Avant que cela se produise, beaucoup d'années s'écouleront, la vieille. Tu ne le verras pas…

Elle se tut. Elle était seule. Elle ne les avait pas entendu partir et elle prit peur. Elle devait se montrer prudente avec ces sinistres alliances qu'elle forgeait dans le dos de sa famille, quoiqu'elle agît pour la plus grande gloire du lignage des Bosonides.

50

Lorsque la nuit tomba sur Attigny, on célébra la fin de l'assemblée par les habituels banquets et danses. De nouvelles alliances et des bâtards naîtraient de cette soirée animée. L'objet de tous les potins était les futures noces de Bernard de Gothie et de Richilde. Elles se négociaient le soir même entre les Bosonides et les Rorgonides, à la déception d'un certain nombre de demoiselles en âge de se marier. Isembard se décida pourtant à accepter l'invitation de Richilde et à lui rendre visite dans sa tente. Il ne s'immiscerait pas dans les affaires du marquis, il la féliciterait et l'informerait qu'il ne s'était pas inscrit au tournoi.

La magnifique tente en toile jaune rayée de bandes bleues, aux couleurs de la maison Bosonide, se trouvait à proximité de celle du roi. C'était un privilège accordé aux lignages des *primores,* qui fournissaient plus de cent chevaliers pour une bataille.

L'intérieur était tendu de fourrures et meublé de coffres, de tabourets et de divans. Il aperçut derrière un fin voilage une couche nuptiale de grandes dimensions. Richilde l'attendait, debout, vêtue d'une tunique en soie bleu ciel brodée au fil d'or. Sa chevelure cuivrée lâchée sur sa poitrine et sa beauté féline le troublèrent. Plus radieuse que jamais, elle dégageait ce soir-là un pouvoir de séduction irrésistible, presque surnaturel.

Elle lui adressa un sourire sensuel en lui tendant une coupe en verre remplie de vin.

— Mon seigneur, vous êtes ici…

Le ton invitait à un voyage au pays des sens. Il affola Isembard. Aucun homme dans la force de l'âge ne resterait froid devant le charme de la jeune femme, toutefois la situation était des plus périlleuses. Bernard de Gothie était dans les parages, sur le point de la demander en mariage. Le désir de lui faire des adieux ardents était-il l'objet de cette invitation ? Richilde semblait lire dans ses pensées, qu'elle attisait par des sourires provocants.

— Ma dame, nous partirons demain à l'aube et je ne pourrai pas combattre.

— J'en suis désolée. J'aurais aimé vous voir à l'œuvre.

Elle s'approcha sans le quitter des yeux, devinant sa puissante musculature sous ses manches.

— Je me réjouis de vous revoir, Richilde.

— Je souhaitais cette rencontre, Isembard. À Servais, nous avons à peine fait connaissance.

— Je dois aussi vous remercier, ma dame, dit-il, nerveux et ému par le parfum d'ambre. Votre mouchoir m'a sauvé la vie. Je l'ai malheureusement perdu depuis.

Richilde ouvrit de grands yeux et son visage s'illumina, la rendant encore plus irrésistible.

— Vous êtes donc en dette avec moi, dit-elle d'un air amusé, de plus en plus près de lui. Il faudra que je réfléchisse au moyen de la satisfaire... Je sais que vous n'êtes pas encore marié. Dites-moi, Isembard, n'avez-vous pas trouvé la femme qui vous convient ?

Elle accompagnait ces paroles suggestives de regards étudiés pour le séduire. Si belle et charmante, elle éveilla le désir d'Isembard. Les Bellonides, la comtesse, et Elisia elle-même lui avaient soufflé qu'il lui fallait une épouse de noble lignage pour son *cursus honorum.* Il ne parvenait pas à croire que Richilde s'offre ainsi à lui, le plus humble des chevaliers présents au plaid général, le seul qui n'avait rien à lui apporter.

Elle le tira de ses pensées, et le regard d'Isembard se posa sur son décolleté, qui découvrait la courbe de ses seins. Son merveilleux parfum attisa son désir. Son cœur était loin de là, mais l'homme qu'il était voulait caresser son corps. Il termina son vin.

— Jusqu'à présent, elle n'est pas apparue, ma dame. Peut-être sera-ce elle qui me trouvera…

Face à face, ils se dévoraient des yeux, leurs bouches entrouvertes appelant le baiser.

— Il se peut qu'elle soit tout près, chevalier de Tenes…

— Il se peut…, commença-t-il, avant d'ajouter, perdant toute prudence : bien qu'elle se réserve pour un marquis.

Richilde sourit et caressa ses lèvres.

— Croyez-vous vraiment que je me contenterai d'un marquis ?

Elle l'embrassa. Une vague de désir brouilla l'esprit d'Isembard. Richilde ne souhaitait pas retarder le moment par des conversations et des silences calculés. Sa langue avide pénétrait la bouche d'Isembard pendant qu'elle lui caressait les cheveux. Il pressa la soie de sa tunique sur ses seins. Quelque chose pleurait en lui, mais il était sous l'emprise de l'excitation sexuelle provoquée par Richilde. Haletante, elle tâta son entrejambe et mesura son ardeur avant de s'écarter, satisfaite, le rose aux joues.

— Quel homme ! J'en ai autant envie que toi, mais ce ne sera pas aujourd'hui.

Elle déchira sa tunique et Isembard contempla, le souffle coupé, son corps parfait et sa peau douce. Elle recula brusquement, comme prise d'effroi, et hurla.

La toile d'entrée se souleva. L'esclave qui avait porté le message à Isembard le matin entra, suivie de Charles le Chauve et de quatre membres de la *scola*.

— Majesté… Regardez ! – L'esclave pointait Isembard du doigt. – Ce vil chevalier allait abuser de ma dame. Mon Dieu… ! Vous me comprenez… Je ne savais pas à qui m'adresser !

Isembard tressaillit. Richilde reculait toujours, une expression de terreur sur le visage. Et les yeux brillants de plaisir.

Elle courut vers le monarque, la tunique ouverte.

— Merci, mon seigneur ! murmura-t-elle avec une dévotion feinte. Quelle chance que vous soyez arrivé à temps !

Charles n'en croyait pas ses yeux. L'esclave de Richilde avait fait irruption dans sa tente en pleurs et voilà qu'il serrait dans ses bras la jeune femme la plus désirable du royaume. Il ne parvenait pas à détourner les yeux des seins tremblants pointant sous la tunique. Le parfum d'ambre de sa peau l'enivrait. Ce soir-là, elle était plus sensuelle et irrésistible que jamais.

— Arrêtez-le ! rugit le monarque, ensorcelé. Vous perdrez votre tête pour un tel acte, Isembard de Tenes.

— Mon seigneur, laissez-lui la vie sauve, supplia Richilde. Ce chevalier m'a trompée pour profiter de moi, mais c'est un vaillant guerrier, qui doit simplement apprendre à rester à sa place.

Elle regarda Isembard avec un sourire de dédain et de désir mêlés.

— Il ferait un grand *scola* pour votre garde. Si vous le lui ordonnez, il me respectera.

Charles était déconcerté. Richilde se pressa davantage contre lui et elle lui sourit tendrement. Le monarque s'aventura à la prendre par la taille, qu'elle avait fine. Il sentait le désir monter en lui.

— Ne me laissez pas seule, supplia-t-elle, consciente de l'état de Charles. Ma famille assiste aux festivités et j'ai peur. Je ne veux pas rester seule.

Le roi veuf frémit de plaisir. Il la désirait depuis qu'elle était petite fille. Il avait quarante-sept ans et Richilde vingt-cinq. Dieu lui envoyait un précieux cadeau qu'il ne pouvait pas dédaigner. Il bénit l'esclave qui avait accouru réclamer son aide.

— Accompagnez-moi, ma dame. J'ai le meilleur vin pour calmer votre agitation.

Il se tourna vers ses hommes.

— Celui-là, emmenez-le ! Je verrai ce que je ferai de lui.

Bernard de Gothie observait le bal d'un œil terne, indifférent aux œillades suggestives des jeunes femmes désireuses de danser avec lui. La réponse de Bivin de Vienne et de sa fille Richilde n'arrivait pas, et il avait abusé de l'excellent vin de Bourgogne. Il était furieux contre Hincmar de Reims. L'archevêque et conseiller du roi n'avait pas admonesté Frodoi, et pourtant Astorius l'avait dénoncé devant lui. Il le protégeait, de toute évidence. La colère dévorait le marquis, qui devait toutefois se montrer prudent pour ne pas tomber en disgrâce devant Charles. Car le prélat jouissait d'une grande influence.

Il laisserait Frodoi rentrer dans cette Barcelone décadente. Lorsqu'il aurait épousé Richilde, il posséderait un pouvoir et une importance accrus, grâce au soutien des puissants Bosonides ; le moment venu, l'évêque et les Bellonides paieraient pour leur affront. Un royaume l'attendait dans le sud de la Francie.

Au milieu de ses divagations, il entendit des cris de femme provenant d'une des tentes proches. Il se précipita.

— Richilde !

À l'entrée de la tente, il aperçut la Bosonide tant désirée dans les bras du monarque. Richilde refermait sur elle avec une pudeur feinte les pans de sa tunique déchirée, mais ses jambes étaient nues. Il distingua même un morceau de sa toison pubienne d'un roux cuivré. Ce paradis lui parut soudain inaccessible.

— C'était le plan depuis le début, marquis.

Derrière lui, Boson de Vienne, le frère de Richilde, affichait un sourire triomphant.

— Que s'est-il passé sous cette tente ? murmura Bernard d'une voix sifflante avec l'envie de le frapper.

— Richilde mérite un royaume. C'est ce que Charles lui donnera.

— Misérables Bosonides ! Soyez maudits !

— Calmez-vous ! – Les yeux de Boson étincelaient. – Vous avez respecté votre engagement dans l'affaire de la reine et notre alliance commence à prendre son sens. Quand je serai le beau-frère du roi, je compterai sur vous. La gloire nous attend, Bernard !

Le marquis gardait les yeux rivés sur l'intérieur de la tente d'où s'échappait un rire cristallin, annonciateur de la nuit qui attendait le roi veuf. Une nuit qui serait suivie de beaucoup d'autres.

— Sera-t-elle la nouvelle épouse de Charles ?

— Richilde a toujours été hors de votre portée, marquis. Je suis surpris que vous ne vous en soyez pas rendu compte plus tôt. Son ambition dépasse de très loin la nôtre. Vous trouverez une autre femme, qui vous comblera. Venez avec moi. Nous allons nous enivrer et nous parlerons de l'avenir. Ensemble, nous écrirons une meilleure geste que ces jongleurs.

Peu avant l'aube, Drogon entendit un bruit métallique dans sa tente. Le sang lui battait dans les tempes à cause du vin. Il avait froid. Il tâtonna la couche de fourrures, s'attendant à sentir le corps d'une prostituée d'Attigny. Il se rappela sa rage quand il avait appris que Boson de Vienne invitait Bernard à boire et qu'il était exclu de cette soirée. Pour eux, il n'était qu'un vassal du marquis de Gothie.

Les forces qui lui étaient venues avec Onyx, depuis la jungle reculée, l'avaient abandonné. Malgré cela, il était toujours en vie, au moins, et proche du pouvoir. Il avait fait le sale travail pendant que les vautours picoraient les restes pourris de l'empire. Mais il obtiendrait un *honor* et deviendrait vicomte de Barcelone. Et ce ne serait qu'un début, si la conspiration réussissait.

Il entrevit l'image floue d'une femme près du brasero. Sûrement la catin.

— Viens là, exigea-t-il d'une voix rauque. J'ai froid.

La silhouette ne bougea pas. Elle portait le sayon de serge de la fille, pourtant il nota quelque chose de différent en elle. Elle était plus svelte, et une chevelure blonde retombait sur sa poitrine. Il avait beau avoir trop bu, son esprit bouffi perçut en lui une petite voix, comme une alerte.

— Tu m'as entendu, chienne ?

Il ne se souvenait pas de grand-chose de la soirée, si ce n'est que les dévergoigneuses d'Attigny étaient très sollicitées. La colère monta en lui. Il essaya de bouger. Il était entravé, les mains et les pieds attachés. Il cligna des yeux et sa vue s'éclaircit.

La ribaude avait disparu. C'était Rotel.

— J'ai payé la fille. Elle est partie avec deux livres, cinquante oboles et sept coupes en or, annonça-t-elle d'un ton impassible. Tout ce que tu avais. Elle pourra se bâtir un palais avec.

— Quoi ? Sales chiennes !

Rotel ne le laissa pas parler davantage. Elle lui sauta sur le ventre et le bâillonna avec un tissu maculé d'excréments. Drogon eut un haut-le-cœur et il dut ravaler son vomi pour ne pas s'étouffer. Les yeux larmoyants et la gorge irritée, il poussa une sorte de meuglement de rage et de terreur.

— Tes hommes ont bu plus que toi, Drogon. Laisse-les dormir, cette histoire ne regarde que nous… Où est ma fille Sansa ? Ne me mens pas, je le saurai.

Deux scorpions dorés couraient sur le torse nu de Drogon, la queue dressée. L'homme suait à grosses gouttes, les yeux exorbités. Rotel lui enleva le répugnant bâillon.

— Il s'est produit un accident et la nourrice l'a laissée tomber.

Rotel ajouta un autre scorpion et Drogon rectifia rapidement :

— C'est un de mes hommes ! Ce n'était pas prévu, je te dédommagerai… Je te donnerai une autre fillette, du même âge… Ou bien un garçon. Ce que tu voudras.

— Où a-t-elle reçu le coup ? Tu le sais ?

L'homme se tut. Rotel lui tapota la poitrine. Un des scorpions y planta son aiguillon. La douleur se répandit dans tout le corps de Drogon et la panique s'empara de lui.

— Sa tempe a cogné contre un rocher, c'est ce qu'ils m'ont dit ! Je suis désolé…

— De quel côté ?

Implacable, elle tremblait de rage.

Drogon ressentit une chaleur dans l'entrejambe ; il avait uriné sur la couche. Rotel lui désigna la tempe droite et il fit oui de la tête. Il ignorait la signification de cet interrogatoire pervers.

— C'est ce que je voulais savoir, marmonna-t-elle.

Elle attrapa les scorpions par la queue et les rangea.

Drogon, croyant qu'elle partait, soupira de soulagement. Dès qu'il aurait réussi à se détacher, il lancerait ses meilleurs hommes à la recherche de cette possédée. Rotel s'arrêta à l'entrée de la tente.

— Malik, mon aimé, ma fille Sansa, Ega, mon initiatrice… Si j'avais la certitude qu'en mourant j'irai les rejoindre, je te tendrais moi-même la dague pour que tu me l'enfonces dans le cœur.

Lorsqu'elle se retourna vers Drogon, son sourire diabolique lui glaça le sang ; elle avait perdu la raison.

— À cause de toi, mon âme pourrira dans le dernier des enfers, et je ne pourrai jamais les revoir ! Je préfère donc te voir mourir, Drogon !

Rotel n'avait pas terminé. Elle l'avait jusque-là soumis à un jeu sadique. En la voyant revenir vers lui d'un pas décidé, l'homme s'affola. Elle le tira par les cheveux et lui écrasa un côté du visage sur les braises ardentes du brasero. Le côté sur lequel Sansa était tombée. Au milieu de ses hurlements, sa joue grilla et l'odeur de chair brûlée se répandit dans la tente. Elle appuya jusqu'à ce que l'oreille ne soit plus qu'une masse informe et noircie.

Elle serait restée ainsi une éternité, savourant chacun de ses hurlements, humant l'odeur fétide, si elle n'avait pas entendu les braillements des mercenaires qui couraient vers la tente.

En entrant, ils découvrirent l'horreur. Drogon gisait inconscient sur le sol, un côté du visage réduit à l'état de chair fumante. La toile du fond était déchirée.

L'alarme fut déclenchée dans le campement, tandis qu'une belle prostituée s'enfuyait en direction de la forêt. Rotel tremblait, euphorique, à sa grande surprise. Elle n'avait pas pu accomplir toute sa vengeance, mais si Drogon survivait, son agonie serait pire que la mort. Elle le suivrait à la trace pour en finir avec lui. Ensuite viendrait le tour du marquis de Gothie. Dans son crâne, Onyx riait aux éclats. Le vieux bestiaire avait raison : sa noirceur était sans fond.

Six hommes masqués l'entourèrent. Ils paraissaient l'attendre. Elle siffla comme un serpent. Elle n'avait pas sa pelisse et leurs épées étaient trop proches.

— Viens avec nous si tu ne veux pas qu'on te livre, dit l'un d'eux.

— Pourquoi ? lança-t-elle, furibonde. Au service de qui êtes-vous ?

— De quelqu'un de suffisamment puissant pour faire oublier tes crimes et te permettre de repartir de zéro.

Les soldats commencèrent à s'agiter. La frêle jeune femme dégageait quelque chose de sinistre.

— C'est ta dernière chance, si tu veux sauver ta peau.

Rotel se savait prise au piège. Des centaines de soldats surveillaient le campement et ses environs. Le roi ne permettrait pas qu'un crime reste impuni pendant son assemblée. Elle fulmina en silence et leva les bras. Elle ne mourrait pas sur le billot, sa vengeance n'était pas terminée.

QUATRIÈME PARTIE

LES CHEVALIERS DE LA MARCHE

An 875

La fortune souriait au roi de Francie, Charles le Chauve. Après le plaid général d'Attigny, en juin 870, le roi et son demi-frère, Louis le Germanique, s'étaient réunis près de Maastricht, le 8 août. Ils avaient signé le traité de Meerssen pour se partager la Lotharingie, le royaume du défunt Lothaire II, leur neveu. Charles acquérait les domaines situés à l'ouest du Rhin, y compris les vastes comtés de la vallée du Rhône. À l'automne, il épousa Richilde et il assujettit la région, qu'il confia ensuite à son beau-frère Boson. Peu après, il le nomma aussi duc du Lyonnais et du Viennois, puis comte de Bourges.

L'empereur Louis II d'Italie, frère et héritier légitime de Lothaire II, ne put défendre son héritage face à ses oncles cupides. Il fut enlevé en 871 à Bénévent, dans le sud de la péninsule, alors qu'il étouffait une révolte dans le duché. L'information selon laquelle il était mort se révéla fausse, mais pour la première fois Charles envisagea de lui succéder et de porter la couronne impériale, puisque son neveu n'avait pas d'héritier mâle.

Louis le Germanique caressait la même idée. L'impératrice Engelberge, épouse de Louis d'Italie et fine diplomate, sut gagner du temps au profit de son mari et elle récupéra une partie des territoires obtenus par Louis le Germanique en échange de la nomination de son fils Carloman, roi de Bavière, comme héritier de l'empire.

Toutefois, en 872, Charles le Chauve reçut une missive du pape Adrien II contenant un message occulte : « Nous te confions, sous le sceau du secret, que si ta noblesse survit à l'empereur [...] nous n'accueillerons jamais dans ce royaume et dans l'Empire romain personne d'autre que toi. » À partir de ce moment, devenir empereur devint la plus grande ambition du roi de Francie occidentale.

Charles confia la région d'Aquitaine à son fils Louis le Bègue, sans pour autant lui faire confiance; il s'était déjà rebellé contre lui en 862. Il nomma donc Boson au poste de camerlingue, avec Bernard de Gothie comme lieutenant royal d'Aquitaine et Bernard de Septimanie dans son Conseil.

Le 12 août 875, la roue de l'histoire fit un nouveau tour. L'empereur Louis d'Italie mourut à Brescia. Sa dernière volonté avait été de nommer Carloman héritier d'Italie et de l'empire, comme l'avait négocié son épouse, mais le roi Charles comptait sur la venue du pape Jean VIII, le nouveau pontife, et il ne céderait pas. Une fois de plus, les Carolingiens fourbissaient leurs armes pour s'assurer le pouvoir.

Dans la Marche hispanique, les nouveaux comtes, Guifré et Miró, entamèrent le repeuplement des comtés d'Urgell et de la Cerdagne, en faisant revenir les paysans installés dans les montagnes pyrénéennes. En revanche, Barcelone et Gérone n'intéressaient pas Bernard de Gothie, qui avait besoin de ses troupes dans d'autres de ses domaines. Livrés à eux-mêmes et pratiquement sans défense, les deux comtés attendaient leur fin.

51

Forteresse de Ponthion, en Champagne, 24 août, jour de la Sainte-Thècle

Le capitaine Isembard II de Tenes, à la tête d'un *cuneus*, une unité de cent cavaliers de la *scara*, la cavalerie d'élite très crainte, observa avec saisissement l'imposante armée qui campait dans les environs de Ponthion. Des centaines de tentes entouraient la ville retranchée derrière ses murailles. Au-delà du campement, il aperçut les *carnaticus* avec leurs troupeaux destinés à nourrir les troupes, et les *hostilenses* suivis de leurs centaines de chariots tirés par des bœufs.

L'activité frénétique indiquait que le roi s'apprêtait à repartir. Il ordonna à ses chevaliers de se mettre en formation. La foule rassemblée au pied des murailles les encouragea. Des enfants couraient devant le cortège et lançaient des fleurs sur le sol poussiéreux et sec de la fin août, jusqu'aux portes de la forteresse.

Un mois s'était écoulé depuis qu'ils étaient partis pour l'embouchure de la Loire, où ils avaient une fois de plus mis fin à la terreur normande. Trente drakkars avaient remonté le fleuve sous les ordres d'un capitaine du chef viking Hastein, qui cherchait à accroître son prestige et à s'enrichir. Isembard et son unité étaient allés à Angers pour faire cesser le pillage de bourgades et de monastères. Le choix des hommes chargés de diriger les missions les plus risquées provenait toujours de Boson de Vienne, le frère de la nouvelle reine Richilde, assisté de ses alliés Bernard de Gothie et Bernard Plantevelue.

Depuis la noce de Richilde avec le roi Charles, l'alliance des Bosonides et des Rorgonides portait ses fruits.

Le gênant chevalier Isembard ne serait plus un problème si l'évêque Frodoi, la comtesse Ermessende et ses fils n'avaient imploré qu'on lui laisse la vie sauve au nom de ses actes héroïques. Richilde l'avait également protégé, et Charles le Chauve, influencé par sa jeune épouse, l'avait gracié. Sa maîtrise des armes et son prestige après la bataille d'Ausone lui avaient même valu d'intégrer l'armée d'élite qu'était la *scara*.

— Vous n'avez pas été informé, c'est cela ? demanda un des gardes à Isembard lorsqu'ils franchirent le pont-levis. Le roi a convoqué une assemblée en urgence. L'empereur Louis II d'Italie est mort et notre monarque a décidé de se rendre à Rome afin d'y être oint et couronné par le pape Jean VIII.

— C'est impossible, l'empereur avait nommé son successeur, Carloman de Bavière, son cousin !

— Vous êtes à la cour depuis cinq ans, capitaine. Y a-t-il quelque chose que notre souverain ne désire pas ?

Abattu par la nouvelle, Isembard descendit de cheval. Voilà donc pourquoi Charles avait convoqué ses troupes… Son ambition et celle de sa belle reine étaient sans limites. Ils avaient décidé de s'attribuer la couronne de l'empire, ce qui ne manquerait pas de provoquer une nouvelle guerre avec Louis le Germanique et ses fils.

Perdu dans ses sombres pensées, il sursauta lorsque des bras délicats l'enlacèrent. Il sourit et il embrassa Berthe d'Orléans, son épouse.

— Grâce à Dieu, tu es revenu !

Il la prit dans ses bras et la fit tournoyer, lui arrachant un rire cristallin. Berthe était une dame de la suite de la reine Richilde. La reine le voulant près d'elle, elle lui avait offert la main de la jeune fille en échange de sa nomination au poste de capitaine d'une unité de la *scara*. Isembard avait essayé de retarder les fiançailles car son cœur appartenait toujours à Elisia de Carcassonne, mais pour aspirer à la capitainerie il ne devait plus être un chevalier sans terre. Il lui fallait des biens pour financer sa monture et ses armes, et il ne pourrait le faire qu'en s'apparentant à une maison noble. Il renonça à Elisia. L'aubergiste avait compris bien avant lui qu'ils appartenaient à deux mondes distincts ; en outre, elle était mariée à Gali. Il désirait devenir capitaine de l'armée et ses soldats le respectaient. Par son renoncement douloureux, il relégua définitivement dans le passé le jeune serf de Santa Afra. Désormais, il serait Isembard II de Tenes et d'Orléans, fils d'un légendaire Chevalier de la Marche.

L'union avait été conclue l'année précédente, aux dix-sept ans de Berthe. Elle était la fille d'Otber d'Orléans et appartenait à un lignage qui faisait partie des *vassi dominici*, des vassaux qui prêtaient fidélité directement au roi, lors de la cérémonie de l'hommage, en échange de concessions. Otber possédait un petit château et des terres près de la cité d'Orléans, un endroit tranquille et peu peuplé où on faisait un excellent vin. Il était de ces nobles dits *mediocres*, qui fournissaient cinquante hommes aux troupes du monarque. Il n'avait pas pu s'opposer à la volonté de la reine, et depuis il finançait également une partie des dépenses d'Isembard comme capitaine de la *scara*.

Berthe avait le teint pâle et des traits délicats qui lui donnaient l'air fragile. Elle avait été éduquée pour que soient forgées des alliances destinées à améliorer le *cursus honorum* du modeste lignage d'Otber. Elle aurait accepté n'importe quel prétendant imposé par sa famille. Par chance, au premier regard elle était tombée amoureuse d'Isembard, et elle se considérait chanceuse que la reine l'ait choisi pour l'épouser. Son père n'avait eu qu'à accepter le jeune Goth dont il espérait qu'il ferait ses preuves dans l'armée afin que ses futurs petits-enfants soient fiers de leur lignage.

Les noces, célébrées à Reims par l'archevêque Hincmar, furent discrètes. Isembard manifestait tendresse et respect à Berthe, tout en luttant quotidiennement contre lui-même pour oublier Elisia. Il ne parvenait pas non plus à écarter de son esprit celle qui avait planifié cette union. La cupide Richilde, qui agissait en permanence pour le bien de sa famille, l'avait utilisé pour attirer le roi, mais elle était capricieuse et son regard de braise le troublait. Isembard l'évitait autant que possible, se gardant toutefois de l'offenser.

Le visage de Berthe s'assombrit.

— Je suis tout à fait désolée, mon époux, j'ai saigné après ton départ, cette fois encore.

— Sois patiente. Dieu y pourvoira.

— Je désirais tant t'annoncer la bonne nouvelle… Ne me répudie pas…

Isembard la prit dans ses bras et essuya ses larmes. Il n'aimait pas la voir dans cet état.

— Il viendra, ma chérie, notre fils viendra.

Elle sourit, soulagée. Ses yeux verts l'admiraient avec dévotion. Elle s'étonnait toujours que son mari soit aussi compréhensif. Il n'était pas comme les autres, d'après ce qu'on lui avait raconté.

— Est-il vrai que le roi se rend en Italie, Berthe ?

— Il souhaite se mettre en route le plus tôt possible. – Ses yeux étincelèrent de colère. – Richilde m'envoie acheter des couvertures chez les tisserands. J'aurais aimé te recevoir comme il est du devoir d'une épouse de le faire.

Isembard lui caressa le visage et Berthe le regarda avec douceur.

— Nous nous verrons ce soir, mon chéri, dit-elle en l'embrassant furtivement.

Isembard se rendit dans les appartements du palais où il s'était installé avec sa femme et les serviteurs d'Otber. Il devait se présenter devant le roi dans une tenue décente et on avait déjà préparé pour lui la baignoire en bronze et plusieurs brocs d'eau tiède. Il se déshabilla en réfléchissant aux implications de la décision du roi. Il ne se rendit pas compte que les conversations des serviteurs derrière la porte s'étaient tues.

Des mains douces caressaient son dos. Il ferma les yeux. Berthe avait probablement décidé de repousser sa mission. Ses mains sur sa peau l'excitèrent, mais lorsqu'elles empoignèrent son membre il ouvrit les yeux. Sa jeune épouse était réservée, or ces doigts agissaient sous l'emprise d'un désir brûlant.

— Richilde !

Isembard recula devant la reine. Elle lui souriait et contemplait avec satisfaction sa nudité et l'excitation qu'elle avait éveillée chez lui. Elle le désirait, Isembard le savait. Il l'avait constaté cent fois sur son visage pendant les réceptions, mais il faisait toujours en sorte de se tenir loin d'elle et il refusait toutes les invitations qu'elle lui faisait parvenir par l'entremise de ses esclaves. Il était intrigué. La reine ne s'était jamais comportée de la sorte. Elle portait la tunique bleue aguichante qu'elle avait à Attigny, le soir où elle lui avait tendu un piège. Au cours des dernières années, elle avait mis trois enfants au monde. Seule l'aînée, Rothilde, avait survécu. Malgré les rides attestant de son chagrin, elle demeurait une femme irrésistible et passionnée.

— Salue ton impératrice, Isembard de Tenes. La femme la plus puissante du monde.

Elle était euphorique et son regard sensuel brillait d'allégresse.

— Vous cesserez de l'être si Charles l'apprend. Que faites-vous ici ?

Richilde jouissait du trouble de cet homme qui paraissait oublier de se vêtir.

— Nous partons pour Rome, y couronner Charles empereur et roi d'Italie. Nous établirons peut-être la cour là-bas, près du pape. – Elle exultait de plaisir. – Il est possible que nous ne nous revoyions pas, or nous savons tous deux que nous avons une affaire en suspens... Je t'attends depuis des jours.

Ces paroles mirent Isembard en rage. Richilde se souciait comme d'une guigne des coups, de la soif et de la honte qu'il avait endurés pendant des semaines lorsqu'il avait été emprisonné sur ordre du roi, à la fin du plaid. Il n'était plus le chevalier naïf qui était entré sous sa tente. Malheureusement, son attitude distante n'avait fait qu'attiser encore davantage l'appétit de la reine, qui ne s'était jamais risquée à ce point jusque-là.

— Partez avec votre roi, ma dame !

Isembard se rhabilla sans hâte ; il savait jouer lui aussi.

— L'amour de Berthe me comble.

Richilde grimaça. Elle voulut le souffleter. Isembard retint sa main et regarda son visage rouge de colère. Face à elle, en proie à la tension, il dut résister à son envie d'assouvir son excitation et de la prendre sur-le-champ.

— Vous fêterez votre bonheur avec un autre, un proche..., ajouta-t-il d'un ton malintentionné.

La cour bruissait de rumeurs au sujet de la nouvelle reine. Elle était soupçonnée de sorcellerie, et d'aucuns rapportaient certaines rencontres d'alcôve intempestives entre Richilde et son frère Boson, lorsqu'il visitait le monarque. On évoquait les doutes sur la paternité des enfants royaux, même si Richilde se chargeait de faire taire les mauvaises langues. Une de ses esclaves livrée au bourreau avait perdu la sienne.

— Ne sais-tu pas que je peux t'enfoncer dans la boue, maudit vigneron ?

— Vous pouvez murmurer mille et un mensonges à l'oreille de votre époux, il sait que son royaume tient grâce à la force de nos épées. S'attaquer à un capitaine revient à s'exposer à une mutinerie, et cela ne lui convient pas car il y aura une guerre pour la couronne impériale, dit-il, irrité. Ni Carloman ni son père n'accepteront que le roi de Francie usurpe la couronne, et ils compteront avec le soutien des évêques et des nobles italiens.

— Tais-toi ! rugit-elle. Charles est aussi légitime que les autres descendants de Louis le Pieux. De plus, il a le soutien du pape Jean VIII.

— Et de ses capitaines de la *scara* également, du moment que personne ne nous offense.

Richilde se moqua amèrement, mais c'était vrai. L'armée d'élite devait être respectée : leurs têtes couronnées dépendaient des hommes qui la composaient. Ses caprices avaient des limites, toutefois elle n'était pas habituée à être humiliée.

— Tu es devenu bien orgueilleux en quelques années, Isembard ! Je pourrais te combler de privilèges. – Elle s'approcha, douce cette fois, jusqu'à frôler son torse puissant. – Je sais que tu en as autant envie que moi !

— Pourquoi maintenant, Richilde? dit-il en arrêtant ses mains. Dites-moi la vérité.

Il perçut un éclair d'amertume derrière l'apparent orgueil.

— Je veux un enfant mâle, Isembard ! Un fils qui ne meurt pas dans mes bras. Un fils fort, en bonne santé, comme le meilleur capitaine de la *scara* du royaume. Un fils qui héritera un empire.

— L'héritier est Louis le Bègue, fils de Charles et de sa première épouse.

— Ça changera ! cria-t-elle. Nous succéderons aux Carolingiens, nous, les Bosonides ! Pour cela, j'ai besoin de concevoir l'héritier mâle le plus vite possible... J'ignore ce qui se passera en Italie !

Les yeux de chat de Richilde brillaient d'un éclat fébrile. La première tentative de la maison des Bosonides pour s'apparenter à un lignage royal avait été le mariage de Theutberge, la tante de Richilde, avec Lothaire II. L'union avait échoué. Or Richilde se sentait appelée à la plus haute destinée depuis qu'elle était en âge de raisonner, et elle s'était engagée de toute son âme pour atteindre ce but. Elle était reine ; elle voulait être impératrice et mère de rois.

Isembard l'écarta doucement d'une main ferme. Il refusait de prendre part à ses intrigues.

— Existe-t-il une personne que vous ne considériez pas comme un simple instrument au service de votre ambition, ma dame ?

Il finit de s'habiller devant une reine que la déception étouffait.

— Je dois rejoindre votre époux sans tarder. Il m'attend dans la salle du trône.

Richilde tourna les talons. La rage surpassait les sentiments pour le chevalier qu'elle abritait au plus profond de son cœur. Un recoin dont elle s'interdisait l'accès.

— Mon frère Boson est sur le point d'arriver. Tu le regretteras, Isembard de Tenes. Au fait, un moine de Barcelone est venu au nom de l'évêque Frodoi.

— Servusdei ?

— Je l'ignore. Un de plus qui dénoncera les abus de Bernard de Gothie. Vous, les Goths, vous ne comprenez pas qu'être sujets est un privilège.

Isembard sortit dans le couloir que les esclaves de la reine maintenaient dégagé. Il avait la sensation que quelque chose bougeait après une longue inaction. Très peu de nouvelles lui parvenaient de la Marche. Barcelone avait des problèmes, et Frodoi poursuivait son engagement de lui apporter la prospérité; il fondait des paroisses et des bourgs. L'auberge du Miracle prospérait et Goda avait fait fortune dans le commerce du sel, Isembard le savait.

Quant à Rotel, elle s'était évanouie. Il avait souffert pour elle et son absence était comme une douleur sourde au fond de son cœur. Il ne savait rien à son sujet, pourtant il avait la conviction qu'elle vivait. Drogon avait survécu à l'agression, mais il n'y aurait aucun pardon pour lui : Rotel reviendrait mettre un terme à sa vengeance.

Il pénétra dans la salle austère où l'attendait Charles le Chauve. Les murs étaient gris et les blasons d'un rouge terne. La lumière zénithale filtrait par deux fenêtres étroites et une estrade supportant le trône en bois doré composait le seul mobilier. Le roi était revêtu d'une longue pelisse de toile cramoisie doublée de peau de phoque. Il n'avait aucun conseiller près de lui, seulement deux membres de la *scola* en cape blanche, immobiles telles des statues. Au pied de l'estrade attendait un moine tonsuré portant l'habit noir élimé des bénédictins.

— Isembard II de Tenes ! Je pensais te recevoir avec la couronne de l'empereur !

— Une affaire de femme, vous me comprenez. La dame ne voulait pas attendre.

Charles sourit malicieusement. Sa position le tenait éloigné des réalités.

— Berthe t'a dompté, capitaine. Prends soin d'elle, c'est la fille la plus douce et discrète de toute la cour. Ma fille Rothilde lui voue une véritable dévotion. Elle fera une excellente mère.

— J'en suis persuadé, mon seigneur.

— Tu me raconteras les détails de la mission, mais d'abord tu as reçu une visite de ta patrie.

Isembard tomba dans les bras du vieux Servusdei. Il le trouva amaigri et avec de grands cernes sous les yeux.

— J'apporte plusieurs messages de Barcelone. Le premier, d'Elisia de Carcassonne, dit-il d'un ton légèrement soupçonneux. Elle te félicite pour ton mariage avec Berthe d'Orléans.

— Elle va bien ? murmura-t-il, le cœur serré.

— Sa prospérité est à l'image de celle de Barcelone et du commerce de Goda. Deux femmes vaillantes et fortes, encore que la seconde ne craigne guère Dieu.

— Vous aurez tout le temps de vous remémorer vos souvenirs et le bon temps, les interrompit le roi. Isembard, tu as appris la mort de mon neveu, l'empereur d'Italie, dont la sainte couronne me revient par le lignage et le mérite. Nous partirons pour Rome d'ici à quelques jours et une bonne partie de mon armée dispersée se regroupera dans les Alpes. Je compterai sur presque dix mille hommes et Carloman n'osera pas me barrer le passage.

Le monarque se voyait déjà entouré de mitres et enveloppé de cantiques, sous une pluie d'encens, dans la basilique Saint-Pierre de Rome.

Servusdei le sortit de sa rêverie :

— Puis-je m'adresser à vous en toute sincérité, roi Charles? J'attends depuis plusieurs jours.

— Parlez franchement, Servusdei, dit le roi, le visage las.

— Comme je vous en ai informé, les comtes Guifré d'Urgell et Cerdagne et son frère Miró, dans le Conflent, ont réorganisé l'administration et ils favorisent le droit d'aprision dans les vallées et les plaines. Des familles et des clans ramenés des Pyrénées défrichent de nouvelles parcelles sur des terres frontalières n'appartenant à personne, sous leur protection. Cette expansion n'a pas échappé à la surveillance des Sarrasins, et Guifré a déjà dû affronter plusieurs razzias. L'an passé, il a de nouveau été confronté au chef Ismail ben Musa, des Banu Qasi. Il l'a chassé, mais au prix d'un lourd tribut.

— Tu as déjà raconté cette histoire en arrivant à Ponthion.

— Pourtant, il n'y a toujours pas de troupes à la frontière. La situation est de plus en plus délicate. Bernard de Gothie a confié la défense à son vassal, Drogon de Borr, dont les mercenaires se livrent au pillage. Nous sommes sans défense !

Charles grimaça. Bernard de Gothie figurait parmi ses plus proches conseillers, avec Boson, le frère de son épouse.

— Ce brigandage entraîne l'abandon des terres et la famine. L'année dernière, une épidémie de sauterelles a ruiné une partie de la récolte et le paiement au fisc n'a pas été revu à la baisse.

— Le royaume a d'autres problèmes que la Marche hispanique. Je te charge de l'annoncer à Frodoi en ces termes.

Dès qu'il avait appris la mort de l'empereur, l'évêque avait envoyé Servusdei en urgence, avant que le roi Charles ne parte en Italie.

— En votre absence, les Sarrasins pourraient considérer le moment comme idéal pour attaquer.

Isembard sentait son sang bouillir dans ses veines. Il détestait le souverain, homme cultivé mais aveuglé par l'ambition.

Une fois de plus, la Marche n'entrait pas dans ses plans. Or lui connaissait mieux que quiconque la vie dans la zone frontalière et les difficultés pour la défendre.

Le roi, mal à l'aise, souhaitait conclure l'audience le plus vite possible.

— Je vous ai autorisé à parler en toute honnêteté et vous n'avez rien à craindre de moi, mais Bernard de Gothie est le comte de Barcelone et de Gérone, et je ne peux pas m'immiscer dans le gouvernement de ses comtés.

— Si le pape vous couronne empereur, vous serez le gardien du monde chrétien. Chaque empan perdu serait une blessure infligée au Christ !

— Avec tout le respect que je vous dois, mon seigneur..., intervint Isembard, conserver la Marche est essentiel pour la sauvegarde du royaume.

— Et je suppose que le sagace Frodoi a pensé à la manière de s'y prendre pour y parvenir !

Servusdei jeta un regard d'espoir à Isembard avant de répondre :

— L'évêque demande que le capitaine Isembard II de Tenes vienne inspecter la frontière avec son unité de chevaliers afin de dresser un rapport de la situation. Il y a passé des années et il connaît bien le territoire. Les comtes Guifré et Miró sont d'accord.

Le capitaine de *scara* ne s'attendait pas à une telle pétition. Il entendait presque les cris de jubilation de Guissand et de tous ceux qui étaient morts avec ce même désir. Il n'hésita pas un instant.

— Mon père a prêté serment devant le vôtre : les Chevaliers de la Marche, dit-il au monarque. Un roi doit savoir dans quel état sont les limites de ses domaines.

— J'ai besoin de toi à mes côtés, Isembard. Il est possible que nous devions affronter mon demi-frère, Louis le Germanique, et ses fils.

Servusdei insista :

— Si les Sarrasins pénètrent dans la Marche, vous devrez diviser vos forces et cela vous affaiblira.

— Une partie de mes troupes restera pour combattre le péril normand, précisa le roi, soucieux. Je ne peux me priver d'aucun des contingents de la *scara* car je n'atteindrai jamais Rome avec une armée faible. – Il se leva, disposé à quitter la salle du trône. – Je m'entretiendrai néanmoins avec Bernard de Gothie. Je ne peux pas passer outre sa décision sur un tel sujet, telle est la loi.

Frodoi et Servusdei avaient prévu cet obstacle.

— Vous avez le pouvoir d'intervenir dans un comté en y envoyant un de vos *missi dominici.*

Le souverain, qui était déjà devant la porte, s'immobilisa. Depuis l'époque des Mérovingiens, la Couronne envoyait des délégués contrôler ou inspecter les comtés et les évêchés. Ils devaient toujours aller par paire, un laïc et un religieux ensemble, les deux de lignage aristocratique, afin de maintenir l'équilibre entre les conflits d'intérêts susceptibles de se déchaîner.

— Isembard est un chevalier sans vassal. Ce n'est pas suffisant.

— Je suis *vassus dominicus,* mon roi. – Isembard éprouvait une grande émotion à l'idée de revenir dans la Marche. – Par mon union avec la maison d'Otber d'Orléans, je ne dépends que de vous. Ordonnez-moi *missus dominicus.* Je partirai avec mes cavaliers pour évaluer ce qui se passe à la frontière et la menace sarrasine. Je vous en informerai lorsque vous arborerez la couronne d'empereur.

Charles le Chauve dévisagea le moine bénédictin avec ironie.

— Je suppose que Frodoi a aussi pensé au second des *missi dominici*... Est-ce que je me trompe ?

— Il propose l'évêque Vollfadus de Bourges.

— C'est ce que je craignais. Un vieillard fatigué de vivre qui laissera faire sans trop interférer.

Il fit les cent pas dans la salle.

— La situation serait-elle aussi grave, Servusdei ?

— Elle le sera avec le temps. Sans une armée organisée sur le fleuve Llobregat, on peut perdre ce qui a tant coûté à votre grand-père Charlemagne. Dans les comtés de montagne, Guifré maintient la surveillance, mais dans les régions maritimes...

La mention de son grand-père Charlemagne touchait Charles, plus encore ces derniers jours. Il voulait être comme lui, mais la couronne impériale ne lui servirait de rien s'il ne savait pas protéger les frontières de son royaume.

— Je dois en discuter avec mon conseiller. Attendez ma décision.

Charles agissait de moins en moins de son propre chef. Isembard jeta un coup d'œil à Servusdei. Quelque chose clochait dans sa proposition inespérée, mais connaissant Frodoi, il se tut. L'austère moine ne parlerait pas non plus avant que le moment ne soit venu.

52

Le départ pour l'Italie fut fixé au 1er septembre. La veille, le fils du roi Charles, Louis d'Aquitaine, dit le Bègue, arriva à Ponthion avec sa suite. Depuis la mort de son frère Charles l'Enfant, en 866, il était l'unique héritier du trône. Richilde n'avait toujours pas donné au roi un enfant mâle assez fort pour survivre. Avec Louis arrivèrent l'influent duc Boson, le lieutenant d'Aquitaine Bernard de Gothie et le conseiller Bernard Plantevelue. Les trois avaient obtenu de nouveaux comtés et ils étaient très proches du roi.

Après avoir encensé Charles comme futur empereur, ils passèrent la journée à examiner des questions relatives au royaume et à la probable guerre avec la Germanie. Charles attendit jusqu'à la fin avant de faire état de la proposition que lui avait faite l'évêque de Barcelone par l'entremise de Servusdei : Frodoi réclamait le capitaine Isembard comme *missus dominicus* et il prétendait réorganiser la défense de la Marche.

Isembard entra dans la salle du trône, impassible devant les démonstrations de mépris de Bernard et de Boson. Le premier le détestait depuis la bataille contre le wali de Lleida, dont les jongleurs continuaient de colporter le véritable déroulement dans tout le royaume. Quant à Boson, s'il l'avait toujours ignoré, il le regardait en cet instant avec hostilité. Isembard le soupçonna d'avoir eu une conversation avec sa sœur Richilde. À n'en pas douter, la reine était encore furieuse, et honteuse d'avoir été repoussée.

— Le danger vient de la provocation du comte Guifré qui fait occuper les terres frontalières disputées aux Sarrasins !

s'exclama véhémentement Bernard de Gothie. Ce sont des Goths, ils ne pensent qu'à leur patrie, et non au royaume franc ! Les nommer a été une erreur.

— Existe-t-il un réel danger de razzia ? demanda le roi.

Le marquis rougit. Cela faisait des mois qu'il ne recevait plus les messagers envoyés par la Marche. Il ne s'intéressait qu'à ses nouveaux *honores* acquis grâce à l'alliance secrète. Jamais un Rorgonide n'avait accumulé un tel pouvoir. Charles sentit son désintérêt ; il ne voulait pas blesser le marquis de Gothie mais il ne pouvait pas non plus ignorer le problème.

— Le capitaine Isembard et le vieil évêque Vollfadus voyageront avec un contingent de soldats, en tant que *missi dominici* envoyés pour évaluer la situation réelle. Le capitaine obéira ainsi au serment fait par son père avec les Chevaliers de la Marche, et il respectera ses engagements avec fidélité.

Le visage de Bernard de Gothie s'empourpra de colère.

— Il n'a ni lignage ni autorité pour fourrer son nez dans mes comtés !

— Moi, en revanche, je ne peux qu'être d'accord avec notre roi, intervint Boson avec son inquiétante lenteur.

Le marquis se retourna, furieux, et demanda à s'entretenir en privé avec son allié.

— Calme-toi, Bernard. Ne vois-tu pas que la situation est providentielle. Si, à cause d'un serment absurde, Isembard part dans le recoin le plus sauvage du monde, bon vent à lui ! – Boson souriait, l'air mauvais. – Et fais en sorte qu'il ne revienne pas. Les troubadours chanteront ses exploits sur sa tombe.

— D'où vient cet intérêt soudain pour sa disparition ? lui lança Bernard, vexé d'être remis en question.

— Il a offensé ma sœur. Personne ne survit très longtemps après avoir offensé un Bosonide.

— Aurait-il fait une incursion dans son alcôve, Boson ? avança Bernard, retors.

Certes, il circulait sur le frère et la sœur des racontars ignominieux, mais la colère de Boson s'enracinait dans la jalousie. Après le récit déformé que lui avait fait Richilde de ce qui s'était passé avec Isembard, il avait deviné son intention de concevoir un héritier mâle. Il voulait la dépouille du chevalier, tout en sachant que le roi l'appréciait. Son départ devait être comme un exil, afin qu'il meure loin de sa sœur.

— Surveille tes propos, Bernard ! siffla-t-il entre ses dents. Le plan n'a pas encore abouti. Si les Rorgonides veulent en faire partie, n'oublie pas à qui tu dois le respect.

Ils revinrent devant le trône et Charles laissa parler son beau-frère.

— Isembard, dit Boson, vous vous glorifiez encore d'utiliser le lignage de Tenes sans en posséder le château ! Cela démontre que vous honorez votre père, et par conséquent le serment des Chevaliers de la Marche.

— Il en est ainsi, mon seigneur, admit Isembard, indifférent au dédain affiché par ce discours. Je partirai avec mes chevaliers de la *scara*...

— Pas si vite, capitaine, l'interrompit Boson. En premier lieu, nous ne connaissons pas l'ampleur de la menace sarrasine dans la Marche. – Il se tourna vers son beau-frère. – En second lieu, n'oubliez pas, Charles, que la couronne d'empereur ouvrira de nouveaux fronts contre vous, et que s'il y a une guerre en Italie, vous regretterez chacun des cavaliers de la *scara* absent de votre armée.

— Que proposez-vous donc, beau-frère ?

— Comme *missus dominicus,* Isembard a l'autorité pour voyager seul. Il ira inspecter la frontière. – Il sourit d'un air condescendant. – S'il a besoin d'hommes, qu'il dispose des vassaux de Bernard de Gothie, Drogon de Borr et autre chevaliers *minores.*

Les conseillers entourèrent le roi pour le convaincre. Par-dessus l'épaule du monarque, Boson adressa un regard sinistre à Isembard. Sans armée, il l'envoyait à la mort. Drogon s'en chargerait. Provocateur, le capitaine entrechoqua ses guêtres d'un coup sec.

— J'accepte, mon seigneur ! dit-il d'une voix ferme à Charles le Chauve, avant de se tourner vers Bernard. Ainsi, vous saurez enfin ce qui se passe vraiment dans la Marche.

L'audience terminée, et sans envies de formalités, le roi fit appeler son majordome royal, Théodoric, et deux juges pour rédiger la nomination de *missus dominicus.* Isembard quitta la salle du trône avec une sensation lugubre ; il allait affronter le plus périlleux défi de son existence.

Cette nuit-là, le monarque se laissa retomber sur le lit, épuisé et en sueur, sans oser regarder la reine en face.

— Je suis désolé, Richilde… Je suis trop préoccupé…

— Ne vous inquiétez pas, mon seigneur. Même faible, vous me comblez de plaisir, le loua-t-elle d'un ton acerbe.

Elle n'avait jamais rien espéré de Charles au lit, mais cette fois, alors qu'il la visitait dans sa couche, il n'avait pas même réussi à la pénétrer.

Le roi se maudissait. Il ne lui était pas facile d'accéder à la chambre de la capricieuse Richilde. Elle pratiquait de longues périodes d'abstinence au prétexte de prier Dieu pour qu'il lui accorde une progéniture saine. Il l'acceptait, dans la mesure où leurs deux derniers enfants étaient morts peu après leur naissance. Hormis la première nuit à Attigny, Richilde le recevait toujours avec une attitude réservée, dans une chemise qui cachait tout ce qu'il désirait en tant qu'homme.

— Dites-moi, mon roi, demanda-t-elle en lui frôlant les rares cheveux qui lui restaient sur la nuque, qu'est-ce qui vous afflige de la sorte ? Je peux peut-être vous aider ?

— Vous êtes une femme, ma dame. Vous ne comprenez pas ces choses-là.

— Je suis une Bosonide ! se vexa-t-elle.

— Pardonnez-moi. Les légats du pape ont reçu des nouvelles de Pavie. Les autorités et les évêques du nord de l'Italie sont divisés, et beaucoup affichent leur préférence pour le choix de Carloman comme empereur.

Les yeux de Richilde lancèrent des éclairs.

— Qui vous prive ainsi de sommeil, mon seigneur ?

— Mon demi-frère Louis. Il concentre un détachement au sud des Alpes, qu'il a confié à son fils Charles le Gros, le frère de Carloman, afin de nous interdire le passage.

— Ne pouvez-vous pas l'écraser ?

— En réunissant toutes mes forces, oui, mais le pape prévient que si je tarde à arriver parce que je rassemble des troupes, mes opposants en Italie auront le temps de s'organiser.

— Partons sans attendre !

— Avec les troupes dont nous disposons, mon neveu pourra nous barrer le passage, et nous resterions emprisonnés dans les montagnes. Pour peu que l'hiver nous surprenne là-bas, nous risquons de tout perdre ! De grandes armées sont tombées dans les Alpes depuis l'époque romaine.

— Comment est ce Charles le Gros ?

— Mon neveu ? C'est un faible. Son père s'obstine à le considérer comme étant à la hauteur de ses frères Carloman et Louis III, mais il manque de caractère, et ce n'est pas un bon militaire.

Richilde hocha la tête. Elle observa le pénis flasque du roi. Charles lui répugnait, or elle devait lui donner un enfant mâle pour entrer dans la compétition de la succession destinée à Louis II le Bègue.

On frappa plusieurs coups à la porte des appartements. Un serviteur passa timidement la tête.

— Ma dame, votre frère, Boson de Vienne, vous attend pour la veillée de prières.

Richilde frémit. Ne laissant rien paraître devant le roi, elle lui sourit.

— Nous prierons pour que Dieu écarte Charles le Gros de votre chemin, mon époux, et pour que nous ayons un fils sain et en bonne santé.

Charles plissa la lèvre, mais il ne voulait pas interférer dans les desseins de Dieu. Il ignorait les ragots. De semblables veillées de prière étaient coutumières dans la maison Bosonide.

— Grâce à vous, lui chuchota le roi à l'oreille d'un ton nostalgique, je me sens un élu, comme disait ma mère, Judith de Bavière.

— Une grande dame.

— Vous êtes mon talisman, Richilde.

C'était en partie vrai. Lorsqu'un noble essayait de lui nuire, ou bien il y renonçait ou bien quelque malheur opportun le punissait, quand ce n'était pas la mort. Ces coïncidences avaient donné naissance à la funeste réputation de la reine de frayer avec de dangereuses sorcières.

— Le pouvoir de la prière est grand, mon époux, dit Richilde, qui s'était couverte d'une cape de laine épaisse pour quitter l'appartement. Nous, Bosonides, demanderons à Dieu qu'il vous mette à la place que vous méritez.

— Comme il vous plaira, ma dame, trancha Charles, résigné, en la laissant partir.

Boson l'attendait derrière la porte des appartements situés dans une petite tour sans surveillance. Richilde entra et soutint son regard d'un air de défi. Il détacha la fibule qui retenait sa cape et fit tomber sa chemise à ses pieds. Nue, la reine ferma les yeux en sentant ses mains sur sa peau, puis elle imagina Isembard.

— Je refuse qu'un quelconque sans-terre conçoive le futur empereur, ma sœur, susurra Boson, aveuglé par la jalousie. Il naîtra Bosonide et le monde se prosternera devant lui.

Richilde avait tellement hâte de concevoir un mâle qu'elle avait pris la décision sans consulter personne, ce que son frère lui reprochait. Elle aurait voulu lui répondre que ni lui ni le roi ne possédaient la vigueur d'Isembard ; leurs fils étaient morts et la noblesse de sang ne servait à rien si l'enfant naissait fragile et maladif. Elle se tut. Tout pour la maison et sa plus grande gloire.

— Nous y parviendrons, mon frère, dit-elle enfin, s'abandonnant à ses baisers.

Boson avait raison. Isembard était indigne d'eux. Elle en ferma son cœur encore davantage.

— Nous serons le plus grand lignage de l'histoire !

Ils l'espéraient. Charles appliquerait de vieilles lois, comme le *Capitulare de Villis vel curtis imperii*, par lequel Charlemagne avait organisé l'administration et l'exploitation de ses domaines, en plus de confier à la reine l'autorité en son absence. Juges, ministres et sénéchaux obéiraient à sa volonté et elle aurait la charge du trésor royal, assistée par le majordome royal. Les Bosonides seraient intouchables.

Peu avant l'aube, Richilde, le corps en sueur et l'entrejambe maculé de semence, ouvrit la fenêtre de la chambre et frissonna en sentant l'air frais caresser sa peau nue. Elle posa une lampe à huile sur le rebord de la croisée et contempla la forêt noyée dans la brume. C'était le signal convenu. Des yeux bleus glacés apercevraient la flamme. Rien n'empêcherait son voyage à Rome.

53

— La saumure est prête. Est-ce que je prépare les chapons maintenant, Elisia ?

— Oui, Gauderic, si tu les as bien vidés. Demain la chair sera tendre et légèrement salée, et il faudra les fourrer de figues, d'oignons en lamelles et de romarin, mais sans exagérer.

— Avec des petits bâtons de cannelle ?

— Elle agrémenterait la saveur, mais il nous en reste très peu. Il vaudrait mieux la garder. Tu peux ajouter des amandes, si tu veux. Demain, c'est toi qui rôtiras les volailles... Tu ne les feras pas brûler, dis ?

Gauderic ne répondit pas, vexé. Il avait vingt-deux ans et il avait passé plus de la moitié de sa vie dans cette cuisine. Il ferait aussi bien qu'elle. Elisia sourit d'un air doux. À trente et un ans, on aurait dit son grand-père Lambert, doutant toujours du savoir-faire des autres. Gauderic avait un bon nez et il suivait au doigt et à l'œil ses instructions. C'était un grand cuisinier. Il avait refusé de servir dans les cuisines de maisons nobles pour rester auprès d'elle au Miracle. Quant à Elisia, elle l'avait eu à son côté presque depuis le début et elle l'aimait comme un petit frère.

Elle regarda autour d'elle. Sept autres domestiques s'affairaient en cuisine sous les ordres de Gauderic. Des soupes et des ragoûts bouillottaient et mijotaient sur quatre feux, et à l'extérieur, dans le jardin, des viandes grillaient sur deux brasiers. Pour la première fois depuis de nombreuses années, Elisia soufflait un peu. Elle se retournait vers le passé et mesurait le prix de ses efforts et de ses sacrifices. Elle n'avait pas vu le temps passer, à Barcelone. Le Miracle était plein à craquer, elle était une femme respectée, mais par la faute de Gali son cœur demeurait aride.

Après des années d'excès, il était tombé malade. Elisia avait payé un « galien » juif pour le soigner, bien que le voir dans cet état ne lui fasse ni chaud ni froid. Gali guérit, mais il devint une ombre squelettique au visage émacié et à la bouche noire et édentée, un individu répugnant. Il rejetait la faute sur elle, qui n'avait pas été la femme soumise qu'il attendait. Elisia brûla cent fois du désir de demander au capitaine Oriol de le chasser de la ville à coups de pied dans les fesses, toutefois il était son époux devant Dieu, et le père de Gombaud, son premier enfant.

Emma entra dans les cuisines de l'auberge. Elle attira l'attention de tout le monde.

— Ils sont là ! Ils sont devant la porte !

— Ce n'était pas demain ? demanda Elisia, le cœur gros de tristesse.

— Ils sont arrivés après les matines. Ils sont allés au palais et maintenant ils viennent ici.

Une étrange faiblesse envahit l'aubergiste du Miracle. Depuis qu'elle avait appris la venue d'Isembard à Barcelone, elle se répétait qu'elle devait être forte. Tout était pour le mieux. Elle s'appuya contre la banquette en bois et toucha son front ; il resta tout blanc de farine. Elle avait très envie de le revoir, plus encore qu'elle ne voulait l'admettre, et en même temps elle désirait s'enfuir le plus loin possible. Elle ôta son tablier de lin d'une couleur indéfinissable et regarda son image floue dans le fond d'un chaudron en cuivre. Elle aurait dû se laver et enfiler un vêtement plus approprié, or elle n'avait plus le temps.

Les étrangers admiraient la vaste salle de l'auberge. Ils montraient le plafond. Elisia, Emma et son mari Aio avaient peint les poutres de motifs géométriques, de fruits et d'animaux comme ceux qu'ils cuisinaient. Cela servait fréquemment aux clients pour choisir les plats et la salle ressemblait ainsi un peu à celle d'un palais. Gauderic proposait de peindre une grande fresque sur le mur à côté de la cheminée, mais Elisia n'était pas encore décidée. Elle devait blanchir ce mur à la chaux très souvent pour nettoyer la graisse. Elle ne voulait pas que son auberge exhale des odeurs de graillon comme les tavernes du Regomir.

Lorsqu'elle vit entrer Berthe d'Orléans, un froid glacial lui tomba sur le cœur. Elle mourut d'envie de courir s'enfermer dans sa cuisine. Elle ne s'attendait pas à la voir si jeune et si jolie. Elle avait elle-même décrit ce moment à Isembard lors de leur dernière nuit, dans la grange, et elle avait cent fois imaginé la scène. Pourtant elle n'aurait jamais cru que cela serait aussi douloureux.

Berthe avait de grands yeux verts, le regard tendre et chaleureux, le teint pâle et la peau douce. Son voile laissait apercevoir une épaisse chevelure noire, et sous sa cape de voyage elle portait une tunique de toile verte toute simple resserrée sur une taille fine. Le regard d'Elisia s'arrêta sur les mains de la dame, fines et habiles à la broderie, puis elle regarda les siennes, fortes, musclées et rêches après une existence de dur labeur. Avec de telles mains, les caresses de son épouse étaient forcément plus agréables à Isembard… Elle s'en voulut de ne pas maîtriser sa jalousie. Alors qu'elle aurait pu le retenir auprès d'elle, elle l'avait, au contraire, incité à récupérer son lignage. Ce qu'elle ne supportait pas.

Elle alla saluer la jeune noble avec un sourire forcé. Puis Isembard entra. Le monde s'évanouit autour d'elle. Cinq ans n'avaient été qu'un instant. Son cœur cognait dans sa poitrine et le vide lui parut encore plus grand.

— Bienvenus à l'auberge du Miracle.

— Mon Dieu ! C'est la plus belle auberge que j'aie jamais vue ! s'exclama Berthe, enthousiaste. Mon époux assure que c'est grâce à toi, Elisia de Carcassonne, il dit que tu es une femme forte et admirable.

— Elisia, comme je suis heureux de te revoir !

Isembard, intimidé, se liquéfiait. Le Miracle était toutefois le seul endroit digne d'héberger une jeune femme de noble lignée.

Elisia fouilla dans son regard et elle y trouva ce qu'elle cherchait. Il l'aimait encore, avec une telle intensité qu'il ne parvenait pas à contrôler ses sentiments. La situation était poignante.

— Isembard de Tenes, murmura Elisia avant de détourner rapidement les yeux, qui s'attardaient depuis trop longtemps déjà sur son visage. Je suis heureuse de vous revoir à Barcelone. Vous avez belle allure. On dit que vous êtes capitaine de la meilleure armée du roi.

— La *scara*! précisa Berthe.

Elle contemplait son mari avec adoration, mais son enthousiasme s'étiola quand elle constata l'attraction entre son époux et l'aubergiste. Elle n'en laissa pourtant rien paraître.

— Il ne cesse de parler de cette terre. Qui, de ce que j'en ai vu, me plaît. Surtout la lumière, plus gaie qu'à Orléans.

— J'ai entendu dire que vous étiez ici en qualité de *missus dominicus*, reprit Elisia. – Elle s'efforçait de maîtriser sa voix afin d'éviter qu'elle ne tremble. – Êtes-vous venus seuls ?

— Oui, avec quelques serfs pour servir Berthe. Je dois inspecter la frontière. Mon épouse et les domestiques logeront ici, si cela te convient…

Elisia mourait d'envie de mettre Berthe dehors. Il lui était insupportable d'imaginer qu'ils s'aimeraient dans une chambre proche de la sienne. Elle baissa la tête. Non, elle ne se comporterait pas ainsi.

— Nulle part vous ne serez mieux reçu qu'ici, mon seigneur.

— Et ton époux, Elisia ? s'enquit Berthe, mal à l'aise.

Elle voulait en savoir davantage sur la séduisante tenancière qui dévorait Isembard des yeux.

— Il est parti hier acheter des agneaux. Les meilleurs sont élevés dans les montagnes, leur chair est délicieuse.

— J'espère avoir l'occasion de faire sa connaissance et de le féliciter aussi.

Gombaud entra dans la salle. Il avait dix ans. Un autre enfant, plus jeune, le suivait. Un blondinet.

— Qui sont ces si jolis enfants ?

— Ce sont mes fils, madame. Gombaud et Lambert.

Isembard, désorienté, regarda Elisia. Il n'avait jamais été averti de la naissance du petit Lambert. Il devait avoir environ cinq ans. Le temps depuis lequel il avait quitté Barcelone. Il releva la tête et son regard croisa celui d'Elisia. Elle le fixait. Il frissonna. Berthe observait attentivement leurs réactions, et elle en fut blessée.

Gombaud réclamait toute l'attention et il fit pleurer son petit frère. Berthe caressa doucement la chevelure dorée de l'enfant jusqu'à ce qu'il cesse de sangloter. Elle le dévisagea et n'eut plus aucun doute.

— Courage, Lambert, murmura-t-elle. Tu es beau et courageux comme ton père.

Elisia et Isembard en eurent le souffle coupé. La jeune aristocrate d'Orléans avait été élevée dans la retenue et savait réfréner ses émotions. Résignée, elle contemplait l'enfant avec un sourire triste. Son propre père avait plusieurs bâtards, comme quantité de nobles. Lambert était né avant qu'elle ne fasse la connaissance de son époux. L'aubergiste éprouva de la peine pour Berthe qui, comme elle, acceptait son destin.

— Nous allons vous montrer les chambres du haut, annonça-t-elle, faisant diversion. Choisissez celle qui vous plaira. Si elle est occupée, nous changerons le client de lieu.

— Vous êtes très aimable, Elisia, dit Berthe d'un ton réservé.

Jalouse et en colère, elle conservait néanmoins une attitude affable.

— Les marchands qui encensent le Miracle sont arrivés jusqu'à Orléans, et ils affirment que vous êtes la meilleure cuisinière du royaume.

— Il y a beaucoup d'auberges dans toutes les villes, avança Elisia d'un ton modeste.

— Mais aucune régentée par une femme ! la complimenta Berthe sincèrement. Cela fait la différence.

— Mon épouse a des idées tout à fait singulières, commenta Isembard.

Les domestiques de l'auberge accompagnèrent la jeune femme et ses serviteurs à l'étage supérieur, auquel on accédait par un grand escalier de bois. Berthe retrouva son assurance et ne fut pas avare de compliments. Elle parlait d'une voix douce, s'adressant à toutes et à tous sans distinction. Elisia resta derrière avec Isembard.

— Je ne l'aurais pas mieux choisie, dit-elle, au supplice.

— Je t'aime, Elisia. – Isembard était dans les affres. – Je ne pensais jamais te le redire. J'ai dû le faire, tu le sais. Le roi était sur le point de me faire exécuter, et il m'a pardonné en échange de ma fidélité. Ensuite, il m'a offert le poste de capitaine et…

— C'est ta voie, Isembard.

Plongée elle aussi dans la désolation, elle fit l'effort de lui offrir un regard ardent.

— Regarde-toi ! Comme tu es imposant, mon chevalier !

Elle le trouvait plus robuste et plus beau que jamais, avec un éclat nouveau dans les yeux.

— Et ton fils Lambert ?

Il désirait connaître la vérité, or elle le coupa sèchement.

— C'est le fils de mon époux, Isembard ! Il doit en être ainsi, pour son bien.

Abasourdi, il effleura sa main. Elle le regarda amoureusement.

— Nous ne sommes plus ces jeunes gens à l'esprit fier empli de songes. J'ai trente et un ans, tu en as trente-trois. Nous portons le fardeau de nos péchés, et notre vie est ainsi faite. Dieu n'a jamais voulu nous voir ensemble.

— Où est Gali ? Dis-moi la vérité.

— Tu ne le reconnaîtrais pas. – Elisia fit une grimace. – Il vit ici, cette maison est toujours la sienne. Il ignore les petits, et je crois qu'il a une autre femme dans les faubourgs. Mais je suis fatiguée de le haïr.

Les traits de son visage se crispèrent ; elle avait traîné cette erreur de jeunesse toute son existence.

— Quand il a su que tu arrivais, il a disparu. Ce qu'il fait souvent, de toute façon. Je rêve parfois qu'il ne revienne plus, ou qu'on me ramène son corps sur un brancard.

— Est-il toujours en relation avec les hommes de Drogon ?

— Je ne sais pas. Quoi qu'il en soit, reste très prudent, Isembard. Le noble a retrouvé des forces. Frodoi protège la ville, mais les chemins et la frontière sont à lui. C'est pour cela que les marchands viennent de moins en moins. Barcelone est étranglée.

— Berthe ignore tout de cette situation. Elle pense que c'est un honneur que m'a fait le roi en m'envoyant inspecter les troupes de la frontière.

— Il n'y a pas de troupes ! Seulement quelques bandits…

Soudain, Elisia comprit.

— Pourquoi as-tu accepté ? Tu es un capitaine d'armée, le roi te respecte !

— J'avais beaucoup de raisons de revenir... Le responsable en a été Frodoi. Je ne sais pas combien de temps nous resterons.

Devinant ses doutes, Elisia, quoiqu'il lui en coûtât, lui conseilla :

— C'est très pénible pour moi de te voir ici avec ton épouse, mais restez. Berthe sera bien entourée et servie lorsque tu partiras pour la frontière. Toi, promets-moi de revenir. Il y a déjà trop de veuves à Barcelone.

Isembard fit oui de la tête, et, durant un instant, toutes ces années de sacrifices et d'efforts pour rester en vie restèrent suspendues entre eux. Ils entrèrent discrètement dans la petite dépense où Gali avait autrefois enfermé Elisia et tombèrent dans les bras l'un de l'autre. Leur histoire était trop longue pour qu'ils se contentent du seul regard en guise de retrouvailles. Elisia laissa enfin couler ses larmes.

— Comment avons-nous pu être aussi aveugles, Isembard ?

Lui voulait seulement la serrer plus fort encore contre lui, et sa bouche effleura sa bouche. Son cœur battait la chamade. Ils s'embrassèrent doucement, jusqu'à ce qu'elle le repousse.

— Elisia, je...

— Ne dis rien...

Elle pleurait des larmes de bonheur car elle retrouvait son aimé, et des larmes de douleur de ne pouvoir le garder.

— Rend-la aussi heureuse que tu l'aurais fait pour moi, Isembard.

Elle caressa sa barbe couleur vieil or et sortit pour retourner en cuisine. Ce jour-là, Gauderic dut se charger de tout le service.

Isembard fit ses adieux à son épouse puis il se rendit à l'*aula* épiscopale en s'efforçant de maîtriser le torrent d'émotions qui le secouait. Il n'avait pas posé le pied à Barcelone depuis des années. La ville lui semblait plus animée, et de nouvelles maisons se dressaient entre les jardins. En revanche, le marché était réduit et peu achalandé. En chemin, il avait constaté le mauvais entretien des voies et des chemins. Le comté était à nouveau un conglomérat de villages, de monastères et de domaines fonciers coupés les uns des autres, sans communication, ce qui diminuait le commerce et empêchait une armée d'arriver rapidement pour défendre les lieux. C'était un grave point faible pour le royaume.

Sur la place, un autre soldat l'attendait ; il avait presque dix ans de plus que lui.

— Capitaine Isembard de Tenes ! s'exclama joyeusement Oriol. – Ils se donnèrent l'accolade. – Grand Dieu ! Guissand serait tellement fier !

Oriol était devenu chauve, mais il conservait une allure solide.

— Comment ça se passe, ici ? demanda Isembard, en chemin vers la cathédrale.

— L'évêque t'informera. La frontière grouille de guerriers qui vivent du pillage sous le contrôle de Drogon. Ce que Rotel lui a fait l'a rendu fou.

Isembard se tut. Parler de sa sœur le faisait souffrir. Et puis sa tête était mise à prix.

— Viens, ils t'attendent.

La nouvelle cathédrale était le bâtiment le plus important de Barcelone. La sobriété de la façade terminée en pointe rehaussait l'élégance du portique surmonté d'un arc à voussoirs alternant le blanc et le noir. À une extrémité s'élevait une petite tour à quatre ouvertures pour les cloches, qui devaient encore être fondues. Oriol l'invita à entrer. La vieille basilique wisigothique avait été démontée pierre par pierre, et les blocs taillés des temples païens romains avaient été réutilisés pour ériger le nouveau bâtiment. L'intérieur présentait enfin son aspect définitif. Les trois amples voûtes en berceau, l'une plus large et plus haute encore au-dessus de la nef centrale, soutenues par des arcs-doubleaux et de belles arcades en plein cintre étaient très impressionnantes. De grandes dalles de pierre couvraient le sol. Beaucoup provenaient de la via Augusta. L'édifice faisait la fierté des Barcelonais, et surtout de son évêque Frodoi.

Il restait quantité d'échafaudages et de gravats sur le sol, et maîtres d'œuvre et apprentis s'appliquaient à polir le mortier. Eux ne s'interpellaient pas d'une voix forte et ne chantaient pas des couplets grivois. Une atmosphère sacrée émanait déjà de la cathédrale inachevée. Les travaux les plus importants se concentraient dans l'abside. Il resterait ensuite à obstruer une ouverture d'où un flot de lumière tombait directement sur l'autel.

La ville s'était d'abord montrée réfractaire à l'effort proposé par son évêque, toutefois la nouvelle basilique de la Santa Creu symbolisait l'avenir et la vitalité de la cité. Dès que la Seca cessait de battre monnaie, les échafaudages et le marché se vidaient. Le pouls de Barcelone pulsait dans chacune des briques, dans chacune des pierres, et les murs du temple offraient l'asile à tous, dans les moments critiques, comme durant la bataille d'Ausone. Depuis quatorze ans, elle n'avait toujours pas été consacrée, néanmoins elle était devenue le centre spirituel des Barcelonais, même si le rituel mozarabe résistait encore.

Isembard et Oriol pénétrèrent dans l'*aula* épiscopale éclairée par une douce lumière zénithale. À l'intérieur, chanoines et diacres déambulaient en conversant à voix basse. Frodoi siégeait, pensif, sur la chaire de marbre séparée du reste de la pièce par un muret. À trente-neuf ans, il apparut à Isembard comme un monarque écrasé par le poids des difficultés. Ses deux loyaux conseillers, Jordi et le septuagénaire Servusdei, épuisé par le voyage de retour de Ponthion, l'encadraient.

Son retour à Barcelone lui fit prendre conscience du temps passé. Elisia l'avait dit : ils vieillissaient. Quelques braises de l'espérance qui les avait guidés jusqu'à la Cité couronnée rougissaient encore, toutefois ils avaient perdu leur naïveté en chemin.

Frodoi retrouva le sourire quand il aperçut le capitaine de la *scara*. Les cheveux bouclés de l'évêque s'étaient veinés de blanc et son regard s'était assombri, devenant plus profond et plus sage. Il avait revu Isembard l'année précédente, lors d'une autre assemblée à Attigny où il avait de nouveau dénoncé les ingérences de Tirs et surtout de Baió qui, s'étant autoproclamé évêque de Tarrasa, ordonnait des prêtres et s'était approprié des terres de l'évêché. Cette fois, Frodoi était arrivé à ses fins : il avait obtenu une condamnation et l'autorisation de recourir à la force mais, sans le soutien du comte, la situation était bloquée.

Quand le chevalier se pencha pour baiser son anneau, Frodoi se leva et l'étreignit.

— Je viens seul, sans mes soldats. Boson et Bernard de Gothie ont été plus habiles.

Les pupilles du prélat fulgurèrent.

— Tu es ici en tant que *missus dominicus.* Tu ne dépends pas du marquis.

— Je suppose que c'est ce que vous souhaitiez, Frodoi. Il manque l'évêque de Bourges.

— Le vieux Vollfadus ne quittera pas son palais. – Frodoi ricana.– Il prend prétexte de sa mauvaise santé. Je n'attendais pas mieux de lui.

Servusdei, circonspect, ne s'amusait pas du tout de la situation.

— Le roi pourrait s'en offusquer, prévint-il.

— Lorsqu'il s'en rendra compte, cela ne changera rien. Seule lui importe la couronne impériale.

Goda apparut au fond de l'*aula,* toujours vêtue de noir. Elle allait vers la cinquantaine et sa longue tresse était grise sous son voile. À la différence des dames de la cour, elle ne cherchait pas à cacher le passage du temps. Elle avait perdu sa fraîcheur, mais elle conservait sa mystérieuse aura. La veuve de Nantigis, bannie par Drogon, était de retour, et des dizaines de familles qu'elle avait sorties de la misère vénéraient en elle la plus puissante matriarche de Barcelone.

— Ma dame, la salua courtoisement Isembard. – À la fin de leur rencontre, Elisia lui avait dit quelque chose qui l'intriguait. – On dit que votre fille Argencia s'est fiancée…

— … à Ermemir, un fils de pêcheur. Ce que tu as entendu est exact.

Un silence embarrassé ponctua ces mots. Personne, dans Barcelone, ne concevait comment la noble Goda acceptait une union aussi honteuse et déplacée. Isembard lança un coup d'œil vers Frodoi, qui fronça le sourcil. Même à lui, la dame occultait ce qui motivait son attitude.

— Je sais que tu ne peux pas le comprendre, Isembard, cependant j'ai mes raisons, trancha-t-elle.

Frodoi ordonna de vider l'*aula* afin que personne ne puisse les écouter. Il se tourna vers le capitaine de *scara* et s'ouvrit à lui sans détour ; ils auraient bien le temps plus tard de se donner des nouvelles.

— Nous ne t'avons pas fait venir pour que tu inspectes la frontière, tu la connais suffisamment.

— Je le craignais.

Le chevalier jeta un regard au taciturne Servusdei.

— Tu es ici pour créer une armée, poursuivit l'évêque avec détermination.

Isembard tressaillit. Frodoi intriguait toujours hors des limites de sa fonction.

— C'est du ressort du marquis de Gothie, monseigneur.

— Cette armée est nécessaire à la survie de nos comtés ! Quelques zones désolées se repeuplent enfin, et il faut créer une ligne défensive sur le Llobregat et le Sègre. J'espère pouvoir m'appuyer sur les comtes Guifré d'Urgell et Miró, et sur Ramon II, comte du Pallars et de la Ribagorce, mais nous avons besoin de quelqu'un pour l'organiser. Tu es le seul capitaine goth de la *scara*. C'est le moment. Le roi et ses nobles s'éloignent...

— Le problème est le manque de soldats, expliqua Oriol. Chaque printemps, les levées du marquis enrôlent les hommes pour aller combattre en Aquitaine au bénéfice du fils du roi. Hormis les mercenaires de Drogon, il ne reste que de jeunes garçons inexpérimentés ou des vieillards.

Le scénario était décourageant et dangereux, Isembard le savait, néanmoins il n'était plus le garçon tourmenté qui suivait de vieux chevaliers bannis. Dans les troupes d'élite de la *scara*, il avait appris la stratégie, et surtout la discipline.

— Je veux d'abord parcourir la ligne du Llobregat. Je ne désobéirai pas au souverain et je n'offenserai pas le marquis Bernard sans une juste raison. Les conséquences seraient pires que le mal.

Le visage de Frodoi se ferma. Il n'était pas habitué à être contredit. Toutefois Isembard était un envoyé officiel du roi et il ne lui était pas soumis. Il devait l'accepter.

— Qu'il en soit ainsi. Sois prudent.

Frodoi passa ensuite la parole au timide Jordi.

— Un garçon est arrivé il y a quelques jours. Sa famille gardait les troupeaux près de la tour de Benviure. Ses parents ont été tués il y a un an. Nous le soignons à l'hôpital, et nous pensons qu'il survivra, mais ses sept frères et sœurs meurent de faim. Il y en a certainement beaucoup comme eux éparpillés sur ces terres sauvages.

— Parcours les vallées et les montagnes, Isembard, et tiens le roi informé ! s'exclama Goda, les yeux humides.

Ces dernières années, elle avait compris que les seules offrandes à la Mère ne suffiraient pas pour protéger la ville.

— Les muletiers qui transportent le sel ont été agressés par Drogon et par des bandits sarrasins, poursuivit-elle. L'instabilité constitue leur source de richesse, et notre ruine. Nous n'avons rien à attendre du comte Bernard !

Isembard acquiesça. Dieu le remettait sur le chemin qu'avait suivi son père.

54

Frodoi se releva. Il avait prié sur la dalle qui, depuis la disparition de l'ancienne basilique wisigothique, occupait une place centrale au pied de l'autel, dans la nouvelle cathédrale. Servusdei avançait dans l'allée principale en s'appuyant sur le jeune berger d'une douzaine d'années que les moines de l'hôpital avaient sauvé de la mort. L'évêque sourit d'un air affable en les apercevant. Le vieux moine usé et encore affaibli après le long voyage à Ponthion appréciait l'aide du garçon. Il ne cessait de lui parler du temple et de sa signification spirituelle, comme s'il était à même de le comprendre.

Des centaines de personnes s'étaient rassemblées, et elles restaient debout dans les trois nefs pour ne rien perdre de ce moment historique. L'évêque, portant la mitre et la crosse, donna l'ordre de terminer le presbyterium.

— Vois cette lumière, mon fils. Il suffira de poser quelques briques et l'abside se refermera pour toujours, expliquait Servusdei au garçon en indiquant du doigt la colonne de lumière qui tombait sur l'autel. Le temple plongera dans la pénombre indispensable au recueillement. Dans l'ombre, nous partirons à la recherche de la lumière du Père, qui nous voit et nous juge sévèrement.

Ils regardèrent les artisans juchés sur les fragiles échafaudages de l'abside centrale. En bas, leurs apprentis préparaient le mortier et hissaient les couffins à la poulie. Dans un silence respectueux, la nouvelle basilique de la Santa Creu de Barcelone se referma sur ses fidèles, brique après brique puis, à un signal de Frodoi, la dernière fut posée. La basilique fut plongée dans la pénombre et les fidèles poussèrent des exclamations de stupéfaction. Ils entendirent alors également la nouvelle acoustique du lieu. Un bourdonnement de bénédictions s'éleva sous les voûtes. Frodoi en fut ému. Il avait réussi. Il restait encore beaucoup à faire pour offrir à la cathédrale tout le lustre que cette maison de Dieu requérait, mais le soleil avait cessé d'entrer dans l'espace sacré, et son propre nom resterait gravé dans l'histoire de Barcelone.

Il chercha Goda du regard. Elle n'était pas là. Ils continuaient de se voir en secret. Il revêtait l'humble froc de moine à Santa Maria del Pi et, encapuchonné, il gravissait la colline du Mons Iovis jusqu'au château qu'elle avait remis en état. Leur passion n'était plus celle de jadis, en revanche la complicité et l'amour les comblaient, malgré le péché. Ils ne renonceraient à s'aimer pour rien au monde, mais ils étaient plus prudents. Ils avaient trop souffert.

Frodoi s'attarda sur le jeune berger qui accompagnait Servusdei. Il n'était encore qu'un jeune innocent, pourtant il possédait déjà un magnétisme étrange qui lui rappelait Rotel de Tenes.

— Avec nous, tu es à l'abri, lui dit-il gentiment en ébouriffant sa chevelure. Un de nos bons amis ramènera bientôt tes frères et sœurs. Vous n'avez rien à craindre, Dieu prendra soin de vous.

Le garçon éclata brusquement en pleurs. Il n'était pas habitué à être aussi bien traité, même du temps de ses parents. Il tremblait.

— Monseigneur évêque, balbutia-t-il timidement. Cet ami est-il un chevalier appelé Isembard ?

Le cœur de Frodoi se glaça. Comment ce garçon était-il informé ?

— C'est lui.

Il prit le menton du garçon tassé sur lui-même.

— Parle, mon fils, parle sans crainte.

— Un homme à la figure brûlée a prononcé son nom… – Il recommença à pleurer, attendant la punition. – Le chevalier ne reviendra pas, ils vont le tuer !

— C'est un piège ! s'exclama Frodoi.

L'écho de sa voix se répandit dans tout le temple, et beaucoup le dévisagèrent avec curiosité.

— Oriol, viens avec moi !

Isembard portait la cotte à l'aigle des Carolingiens. Trois serviteurs de son beau-père et cinq gardes de la ville que lui avait assignés le vicomte Astorius, contraint d'obéir à l'ordre royal, l'accompagnaient. Les premiers jours, ils parcoururent les localités proches du Llobregat, où ils furent bien reçus. Isembard écoutait les plaintes et voyait la peur sur les visages. Le nom de Drogon était prononcé à voix basse.

Il inspecta le poste de surveillance de la via Augusta, puis ils remontèrent la rive du fleuve jusqu'à un bois d'yeuses centenaires. Il se rappelait les sentiers sauvages dans le moindre détail. Ils arrivèrent aux ermitages rupestres de Benviure, là où Guissand reposait. Isembard fut très ému en voyant la pierre tombale du vieux chevalier banni et errant ; il constata la dégradation de la tour circulaire, pratiquement détruite, et des chapelles abandonnées. Ni Pau ni aucun des ermites n'étaient là.

— C'est un endroit stratégique. Si les Sarrasins franchissent le Llobregat de ce côté, ils ne rencontreront aucun obstacle, aucune forteresse, jusqu'à Barcelone.

Quelque chose bougea dans le feuillage. Ils sortirent l'épée du fourreau. Un enfant nu, de sept ans à peine, sortit des broussailles et détala. Il était en train de fouiller la terre.

— Il cherchait quelque chose à manger, commenta un des serviteurs en faisant le tour des lieux.

— Nous sommes près de l'endroit où le garçon de l'hôpital a dit que sa famille avait été attaquée, indiqua Isembard, l'air soucieux. Suivons l'odeur de la peur, nous sommes venus pour cela.

Cela lui fut facile, car il avait appris grâce à Guissand à pister une trace. Le petit fuyait sans se cacher. À l'approche du crépuscule, ils arrivèrent devant le lit d'un torrent près duquel se trouvait une cabane en pierre au toit de chaume. Derrière, trois chèvres décharnées étaient enfermées dans un enclos. Isembard et ses hommes mirent pied à terre. Cinq enfants sans vêtements sortirent immédiatement de la cabane et filèrent dans le bois voisin.

— Ne vous sauvez pas !

En entendant les chevaliers crier, les enfants se jetèrent par terre en pleurant. L'un urina. Les garçonnets et les fillettes avaient entre trois et huit ans, ils étaient maigres, sales et couverts de plaies. Par un trou de la porte, une fille d'environ treize ans, nue elle aussi, les regardait, terrifiée, un gourdin à la main. Les larmes traçaient des sillons clairs sur ses joues crasseuses. Elle était squelettique, comme les autres.

Isembard leva les mains.

— Nous ne te ferons aucun mal. Est-ce que ce sont tes frères et tes sœurs ?

Elle fit oui de la tête. Isembard fit un pas en avant. Elle croisa immédiatement les cuisses et mit une main sur son pubis, sur la défensive. Elle tremblait comme une feuille.

— N'aie pas peur. – Il ôta sa cape et la lui lança. – Couvre-toi.

La petite n'osait pas toucher le tissu à ses pieds.

— Les chèvres sont malades, dit-elle enfin. On n'a rien d'autre.

— Vous vivez seuls ?

Isembard remarqua que la fillette s'exprimait avec difficulté. Il avança très lentement pour ne pas l'effrayer.

— Je viens au nom du roi. Où sont tes parents ?

Elle avait du mal à répondre. Des pleurs se firent entendre, à l'intérieur de la cabane.

— On vivait dans des grottes. Une vieille femme qui s'appelait Ega et une fille, jeune, très belle, comme vous, sont venues…

Elle s'interrompit, regarda Isembard d'un air surpris.

— … Elle vous ressemblait. On nous a emmenés quelque part, pour construire une colonie.

— À Santa Maria de Sorba.

— Après, mon père a combattu dans la bataille d'Ausone contre les Maures, et l'évêque lui a offert de garder les troupeaux ici. Il y a un an, des soldats ont tout pris. Mon père, ils l'ont égorgé. Et ma mère… – Sa voix se brisa. – Ma mère, elle est morte aussi.

— Ces soldats sont-ils revenus depuis ?

La fille baissa les yeux. Isembard imagina pourquoi. Il eut honte de lui-même et des hommes. Durant ces années de gloriole et de course aux *honores*, il avait oublié que la Marche était à ce point maudite.

— T'ont-ils fait du mal ?

Voyant que la fille ne répondait pas, il n'insista pas.

— Combien êtes-vous ? demanda-t-il encore.

— On était neuf frères et sœurs. Cet hiver, deux sont morts, et maintenant ma sœur est très malade, ils lui ont collé quelque… Elle a six ans. Un autre s'est enfui il y a plusieurs semaines à Barcelone.

— Comment t'appelles-tu, jeune fille ?

— Agnès.

— Couvre-toi, Agnès, s'il te plaît.

Tremblante, elle attrapa la cape et s'en enveloppa. Un des gardes appela Isembard et ils firent le tour de la cabane. Au milieu des pierres, ils trouvèrent des ossements humains avec des marques de dents.

— C'est ainsi qu'ils ont survécu. Mon Dieu !

— Ça recommence, se lamenta le capitaine. Que deviendront ces enfants s'ils réussissent à survivre ? Comment pourront-ils éprouver un jour de la pitié pour autrui, si c'est un sentiment inconnu d'eux ?

Affectés par la terrible situation qui se répétait ici et là, ils apportèrent de la nourriture à Agnès et à ses frères et sœurs. Les pierres disjointes de la misérable cabane menaçaient de s'écrouler. Les enfants vivaient de racines et ils savaient poser des pièges. L'état de la petite malade ne laissait guère d'espoir. Ils l'enveloppèrent dans une couverture et allumèrent un feu dans la cabane. Les autres enfants entrèrent, affamés. Le plus jeune toucha la main d'Isembard avec gratitude et le capitaine le serra dans ses bras, ému.

— Nous reviendrons dans quelques jours et nous vous emmènerons dans une autre colonie, qui s'appelle l'Esquerda. On vous donnera à manger et des gens s'occuperont de vous.

— Pars, homme du roi ! dit soudain Agnès, le visage baigné de larmes. Vous n'êtes pas comme eux… Partez ! Partez avant qu'ils arrivent.

Isembard se redressa.

— On a été piégés !

Le serviteur qui l'accompagnait ouvrit la porte. Trois flèches se plantèrent dans sa poitrine. Il tomba mort, provoquant l'effroi des petits qui coururent s'entasser dans un coin en criant. Les sept hommes qui attendaient dehors furent tués eux aussi. Isembard n'avait pas d'échappatoire.

— Ils ont envoyé mon frère à Barcelone... pour vous attirer ici ! gémit Agnès. On l'a fait pour qu'ils nous donnent un peu à manger.

Terrifiée par le châtiment qui l'attendait, elle sortit en courant de la cabane.

— Non ! cria le capitaine.

Agnès hurla. Un guerrier arborant un dragon sur la poitrine venait de l'attraper. Un morceau de cuir recouvrait une moitié de son visage, mais même ainsi les ravages de la brûlure sur la peau de Drogon de Borr étaient visibles. Il avait une vingtaine d'hommes avec lui. Il pointa une large dague sur le cou de la fille.

— On savait que tu viendrais, *missus dominicus.* Livre-toi, Isembard. Tu mourras de toute façon. Si tu ne résistes pas, je laisserai la vie sauve aux enfants.

L'inspecteur envoyé par le roi était pris au piège dans un lieu sans nom au milieu de nulle part. L'endroit idéal pour le faire disparaître. Il suffirait d'une flèche incendiaire pour réduire la cabane à néant. Il s'en voulut de sa négligence. Il s'attendait à une embuscade de Drogon, sans envisager qu'il utiliserait de pauvres gamins. Il laissa tomber son épée et il s'avança. Les mercenaires hurlèrent comme des bêtes. Ils se jetèrent sur les armes, les vêtements et les protections des gardes et des serviteurs qu'ils venaient de tuer.

— Agenouille-toi, Isembard, ordonna Drogon.

Il obéit, étudiant attentivement les mercenaires. Ils portaient des cottes déchirées.

— Tu as devant toi un *missus dominicus.* Bernard de Gothie lui-même n'aura pas le pouvoir d'innocenter ton crime.

— Crois-tu que ça a de l'importance pour moi? rugit Drogon, en furie. Regarde-moi ! Tu paieras pour Rotel, jusqu'à ce que je la retrouve. Tuez-le ! Les enfants aussi !

Isembard releva la tête d'un air provocateur : il avait aperçu une étincelle lumineuse dans le bois ombreux.

— Allez ! exigea Drogon.

Il s'adressait à l'un de ses hommes, qui ne bougea pas.

— Regardez, mon seigneur.

Une trentaine de torches éclairaient le sentier qui traversait le bois. Un groupe fourni de cavaliers galopait vers la cabane. Isembard reconnut le capitaine Oriol, un garçon en croupe. L'évêque en personne chevauchait derrière lui, brandissant son épée. « Dieu ne me rappelle pas encore à Lui », songea Isembard avec soulagement.

— Au nom du Christ, rendez-vous ! cria Frodoi, livide, face à la scène qui se déroulait sous ses yeux. – Les armes l'effrayaient. –Vous êtes devant l'évêque de Barcelone !

Drogon grogna et recula vers sa monture en traînant Agnès. Ses mercenaires s'échappèrent, poursuivis par plusieurs cavaliers.

— Ne commets pas un nouveau crime, Drogon, l'avertit Isembard en le voyant s'enfuir.

Le noble hissa Agnès sur son cheval puis, d'un bond, il s'assit derrière elle. Le capitaine cria de ne pas tirer pour ne pas risquer de blesser la jeune fille. Lorsque Drogon jugea qu'il s'était suffisamment éloigné, il l'égorgea sans pitié avant de se perdre dans la nuit. Isembard courut vers Agnès ; elle expira dans ses bras. Il voulut que son affliction souille son âme en châtiment de son erreur. Sa faiblesse avait permis la fuite du plus grand péril de la Marche et lui n'avait servi à rien. Ses supérieurs de la *scara* l'auraient fustigé sans pardon.

Frodoi arriva à sa hauteur. Il avait réuni une force suffisante et avait galopé jusque-là afin d'être le témoin des exactions de Drogon et de pouvoir informer de vive voix Hincmar de Reims et les évêques.

— Je suis désolé, Isembard, murmura-t-il, consterné. On aurait dû se douter qu'ils te tendraient un piège. C'est un acte de trahison envers le roi !

— Cet ordre est parti de Ponthion, répondit Isembard en se souvenant de Bernard et de Boson.

Il ferma les paupières d'Agnès et ôta sa cape tâchée de sang. L'image de son corps nu couvert de plaies lui glaça l'âme. Il comprit alors ce qu'il avait à faire en tant que capitaine de *scara* et prit une décision qui allait changer sa destinée.

Oriol revint avec Duravit et Italo. Les mercenaires qu'ils n'avaient pas capturés s'étaient réfugiés dans les ruines d'un monastère peu éloigné de la cabane. Drogon n'était pas avec eux. Frodoi était furieux. Il avait souvent entendu des témoignages d'actes terribles, mais cette fois il avait assisté à l'un d'eux.

— Attaquer un *missus dominicus* est un affront impardonnable à la Couronne ! Je veux voir leurs corps pendus à l'aqueduc de Barcelone ! Drogon devra répondre...

Isembard se tut. Arrivé devant le vieux monastère, Oriol prit la tête des cavaliers pour accomplir la volonté du prélat. Isembard lui demanda d'attendre.

— Monseigneur, dit-il sereinement, quand nous sommes arrivés à Barcelone il y a quatorze ans, des hordes nous ont attaqués. Elles ont capturé une fillette sous nos yeux. Elle s'appelait Ada et n'avait que trois ans.

— Je m'en souviens, dit le prélat d'un air lugubre.

Il en avait fait des cauchemars pendant des années. Isembard poursuivit.

— J'ai vu les restes de sa jambe grillée dans les cendres d'un feu de camp.

L'effroi se répandit sur le visage de l'évêque.

— Un de ces sauvages était peut-être le père des enfants de la cabane. Faute d'espoir, l'histoire se répète. J'en ai assez vu... Vous avez raison : il nous faut une armée.

Une chaleur se répandit dans la poitrine de Frodoi.

— Es-tu bien conscient que nous désobéirons au roi et que nous offenserons le comte ?

— Je suis le fils d'un Chevalier de la Marche qui a prêté serment devant le roi Louis, pas devant le comte. La Marche aura de nouveaux chevaliers et des soldats pour la défendre. – Isembard montra du doigt les ruines où se tenaient les mercenaires. – Nous n'avons pas besoin de morts, nous avons besoin d'épées. Si c'est vraiment ce que vous voulez, suivez-moi et partageons l'espérance ou la mort. Oriol, Duravit et Italo peuvent venir, ce sera suffisant.

— En es-tu certain ? s'inquiéta Oriol. Ils sont une vingtaine.

Isembard avança droit vers les ruines sans répondre.

— Je viens en qualité de *missus dominicus* de votre roi Charles le Chauve, et l'évêque de Barcelone m'accompagne ! cria-t-il d'une voix martiale. Laissez-nous entrer et nous négocierons, sinon vous mourrez tous à l'intérieur comme des rats !

Lorsque les cinq cavaliers atteignirent le mur d'enceinte, les hommes de Drogon ne tirèrent pas ; le reste de la garde amenée par l'évêque se tenait à un jet de flèches, prêt à attaquer.

— Je suis Isembard de Tenes. On m'a informé que vous êtes les troupes qui gardent la frontière ! Au nom du roi, je vous ordonne de former les rangs afin que nous procédions à l'inspection.

Après un éclat de rire rocailleux, un homme avança. Quand il reconnut l'évêque, ses yeux brillèrent : ses mercenaires et lui tenaient à portée de main le sauf-conduit qui leur permettrait de sortir indemnes de cette situation. Jamais il n'aurait imaginé qu'Isembard commettrait la maladresse d'emmener le prélat avec lui. Il portait un vieux froc de moine sur sa cotte de mailles

— Je te connais, Isembard ! Tu es le sans-terre qui était avec Guissand de Barcelone. Quelle nuit mémorable, à Tenes, tu te rappelles ? Tu portes une bien jolie cape, maintenant. Elle m'ira bien.

Isembard demeura impassible.

— C'est toi, le capitaine de cette garde ?

Frodoi et son escorte se lançaient des coups d'œil effrayés. Isembard se comportait comme si ces hommes n'avaient pas été sur le point de l'égorger.

— Tu as l'air bien décidé à mourir ce soir, fils de Tenes, continua le mercenaire avec morgue. L'évêque n'est pas plus courageux. Drogon nous récompensera généreusement.

— Je vois que tu parles au nom de tous. Bien. Ordonne à tes hommes de former les rangs. Je veux voir les armes et vérifier si vous êtes préparés au combat.

Au milieu des rires, l'homme souffla dédaigneusement. Les autres l'imitèrent.

— J'attends, insista Isembard.

Un autre cri et l'homme l'attaqua à l'épée. Isembard l'esquiva facilement puis, sans se donner la peine de dégainer son épée, il profita de son élan pour le ceinturer. Un craquement sec retentit : le faux moine s'écroula, le cou désaxé. Les mercenaires rugirent. Un autre attaqua, sans parvenir à toucher Isembard, qui lui tordit le bras jusqu'à lui disloquer l'épaule. Oriol, Italo et Duravit entourèrent l'évêque et en abattirent deux autres en une fraction de seconde. Les derniers mercenaires s'arrêtèrent et s'observèrent, inquiets. Isembard sortit une bourse de sa ceinture. Elle contenait ses appointements royaux pour sa mission de *missus dominicus.*

— Ce sont des deniers d'argent. C'est la rétribution pour ceux d'entre vous qui serez dignes de mon armée.

— Le mieux c'est que tu nous donnes la bourse et...

En un bond, Isembard fut sur l'homme et lui frappa la bouche de la lourde bourse remplie de pièces. L'homme recula en gémissant, crachant des dents.

— Je vous offre une nouvelle vie si vous devenez d'authentiques soldats au service de la Marche hispanique et de ses habitants. C'en est fini des pillages, des viols et des caprices de Drogon de Borr. Vous me jurerez fidélité et vous apprendrez à combattre vraiment...

Il afficha un sourire de loup.

— ... ou bien vous me volez ma bourse. Avant que vous y réussissiez, nous aurons tué environ sept d'entre vous et laissé deux ou trois autres estropiés à vie.

Le silence était lourd : le *missus dominicus* ne plaisantait pas. Les gardes du corps de l'évêque avaient également la réputation d'être d'excellents guerriers. Un des mercenaires tenta d'attraper la bourse par-derrière; il hurla, la cuisse entaillée jusqu'à l'os. Du sang dégoulinait sur la lame de l'épée d'Oriol.

— Formez les rangs! Que ceux qui ne veulent pas servir la Marche partent immédiatement.

Aucun ne souhaitait faire partie des morts en puissance. Isembard lisait clairement la lâcheté dans leurs yeux. Ces mercenaires attaquaient sans pitié des paysans et des bergers désarmés, mais ils n'étaient pas des soldats. Ils choisirent d'obéir. Certains titubaient, ivres. À contrecœur, Isembard donna dix oboles à chacun. Un jeune essaya de l'attaquer à la dague. Isembard, qui s'attendait à un tel geste de traîtrise, lui attrapa la main et la tordit pour faire tomber l'arme. Il aurait pu lui casser le poignet, ce qu'il ne fit pas.

— Je combats les Normands depuis des années. Croyez-moi, à côté d'eux vous êtes des donzelles de la cour. Comment t'appelles-tu ? demanda-t-il au jeune garçon.

— Airado, seigneur, répondit le gamin en serrant les dents de douleur.

Il devait avoir le même âge qu'Isembard quand celui-ci avait rencontré Guissand.

— Tu as de la famille ? Réponds !

— Une sœur à Barcelone. Mon père l'a vendue quand elle a saigné la première fois, et après il m'a abandonné... Elle se prostitue... enfin... je ne sais pas si elle est encore vivante.

Le capitaine sortit dix autres oboles de sa bourse et les lui tendit.

— Pour que tu l'aides, au cas où tu la retrouves un jour.

À la grande surprise de Frodoi, l'autorité émanant du capitaine de *scara* ouvrit une brèche chez ces hommes, qui partageaient presque tous une histoire aussi douloureuse et misérable qu'Airado. Jamais, jusqu'à ce soir-là, aucun n'avait approché l'*honor* ou le courage.

Au début, ils approuvèrent timidement, mais débarrassés de leur chef, ils finirent par se rendre. Drogon ne les avait jamais payés, les autorisant seulement à piller lors de leurs incursions. Isembard attrapa la cravache nouée sur sa monture. Il la gardait toujours avec lui, bien que personne ne l'ait jamais vu cravacher un cheval. Sans un mot, il la tendit à Italo, le plus fort des hommes qui l'accompagnaient.

— Airado a tenté d'agresser un supérieur. Il sera puni de sept coups de fouet. Estime-toi heureux, jeune mercenaire, si tu m'avais fait ne serait-ce qu'une éraflure, je t'aurais brisé le dos. Allez, Italo, déshabille-le.

Les cavaliers s'étaient approchés des ruines. Devant les hommes stupéfaits, Italo enleva la broigne de cuir et déchira la chemise dans le dos. Le châtiment fut appliqué d'une façon martiale. Les claquements résonnaient dans la nuit. Le mercenaire ne supporta que les trois premiers en silence. À la fin il tomba sur le sol et griffa la terre de douleur. Isembard le releva.

— Mouillez ses plaies avec du vin et démontez le campement. Nous allons au prochain poste. En chemin, je vous expliquerai les règles de l'armée. Je vous recommande de les suivre.

Interdits, ils suivirent à pied les cavaliers. L'un s'enfuit dans la forêt.

— Déserteur ! cria Isembard pour que le fugitif entende. Il a touché la prime et il s'échappe. Le châtiment est la mort. L'homme qui le capturera recevra dix oboles.

Cinq se lancèrent sur sa trace et s'enfoncèrent dans la forêt.

— Je ne te reconnais plus, Isembard, dit Frodoi, le visage altéré par l'inquiétude.

— Ils se comportent comme les hordes normandes que j'étudie depuis cinq ans. Ils se soumettent toujours au plus fort, parce qu'ils ne se respectent pas entre eux. Lorsque leur chef tombe, ils en cherchent immédiatement un autre. Ce qui nous donne un avantage. Je parcourrai la Marche et je profiterai de chaque épée. Même ainsi, nous serons moins nombreux que les Sarrasins. Il nous faut une armée disciplinée et équipée, monseigneur, qui ne s'effondre pas devant l'ennemi.

Le prélat et ses hommes se regardèrent, l'air pantois. Personne n'avait jamais rien tenté de pareil depuis les Chevaliers de la Marche.

— Ne vous réjouissez pas trop vite, continua le chevalier de Tenes. Je sais par expérience que plus de la moitié des hommes déserteront et que nous ne devrons dormir que d'un œil. Si on ne nous retrouve pas égorgés un beau matin, la Marche aura une troupe prête à défendre sa frontière.

Frodoi et Oriol se rappelèrent le jeune chevalier errant qui jetait des pierres sur le palais du comte, fou de rage. Il n'avait même pas manifesté son émotion lors de la rencontre dramatique avec les enfants. Il était capitaine de la meilleure armée et il savait clairement ce qu'il devait faire. Guissand de Barcelone avait vu juste : Isembard de Tenes était le chef militaire qui leur fallait.

— Reste avec lui, Oriol, dit Frodoi en lisant dans ses pensées. Je rentre à Barcelone, j'ai quelque chose d'important à faire. Nous nous reverrons bientôt, Isembard, que Dieu te guide et te protège. Demain, tout le monde saura que les Chevalier de la Marche sont revenus.

55

Le fils de Louis le Germanique, Charles le Gros, aimait dormir entouré de femmes nues. Généralement, il s'allongeait sur sa couche et les laissait jouer avec son gros corps gras, entre rires et pratiques lascives. Il exécrait les campagnes militaires, les longues journées de marche sur des chemins difficiles, dans le froid, sous la pluie ou un soleil de plomb. Il préférait une bonne taverne avec une chambre bien chauffée où s'abandonner aux plaisirs. Cette fois son père, furieux, avait refusé d'écouter ses excuses.

Le testament de leur cousin, l'empereur défunt, faisait de Carloman, fils aîné de Louis le Germanique, le successeur légitime au trône impérial. Les deux frères de Charles, Louis et Carloman, étaient, en dignes héritiers de leur père, pareillement hautains et habiles à l'épée. Charles, en revanche, était la honte du lignage et l'objet de moqueries à la cour à cause de ses extravagantes tenues de soie et de ses vices. Son père le méprisait jusqu'à la cruauté, mais cette fois il avait besoin de tous ses fils légitimes pour conduire les troupes dans les Alpes et arrêter le roi de Francie, Charles le Chauve.

Après des semaines de marche, ils atteignirent enfin Pavie, la plus importante cité du nord de l'Italie au pied des montagnes. La moitié de l'aristocratie étant favorable à son frère Carloman, Charles fut reçu avec les honneurs, à la tête de l'armée qu'il conduisait au nom de leur père. On le traita en roi, lui offrant des banquets de trente plats et les plus jolies femmes des environs, mariées ou pas. Tout était fait pour éviter une guerre aux portes de la ville.

Charles le Gros savait que son oncle, le roi de Francie, approchait, accompagné d'une armée renforcée par mille hommes après son passage à Langres. Son détachement, très inférieur numériquement, avait pour unique mission de lui couper le passage en attendant l'arrivée de Carloman, qui passait par le col du Brenner avec ses troupes. Le roi de Francie serait bloqué dans les Alpes, sans autre possibilité que d'établir un camp, jusqu'aux prochaines chutes de neige qui l'obligeraient à repartir vers la Francie. Un plan simple, d'après lui. Il en avait d'ailleurs confié la réalisation à ses généraux pour se consacrer aux banquets et aux plaisirs d'alcôve. D'après les éclaireurs, l'affrontement avec les troupes de son oncle se produirait le lendemain. Dans le campement, on affûtait les épées et on préparait les flèches. Malgré tout, en vidant un pichet de vin, Charles le Gros avait élaboré avec sa garde personnelle un plan de fuite secrète, pour le cas où la situation déraperait. Il sortait de la tente pour prendre un peu l'air, quand il la revit. Debout parmi les arbres, au-delà des derniers feux du camp. Il lui fit un geste pour qu'elle approche.

Depuis son entrée dans Pavie, une mystérieuse gardienne l'escortait de loin. Une femme en noir, qui apparaissait souvent au milieu des gens ou dans les bois. Bien qu'un voile la couvrît en permanence, il avait remarqué dès le premier jour que c'était la plus belle femme qu'il avait jamais vue, plus belle que toutes celles qu'il avait possédées. Cette chimère le perturbait. Fils de roi, il n'était pas habitué à ce qu'une fille se refuse à lui ou lui échappe. Il la cherchait donc en permanence. Il commençait même à la voir en rêve. Elle lui murmurait des mots incompréhensibles à l'oreille, et elle s'évanouissait avant qu'il puisse la toucher. Il se réveillait en sueur.

Il avait posé des questions à son sujet, mais personne ne savait qui elle était et les témoins avaient peur. Cela ressemblait à de la sorcellerie. Ses serviteurs le suppliaient de prier pour l'oublier. Peut-être même était-ce un piège. On racontait que la reine Richilde, l'épouse de son oncle, frayait avec de sinistres démons païens. Il s'agissait de rumeurs de taverne rapportées aux plus hautes heures de la nuit, auxquelles nulle personne sensée n'accorderait de crédit.

Ce visage et la chevelure blonde qui s'échappait du voile l'attiraient de façon énigmatique et sépulcrale. Ce devait être une jeune veuve qui n'osait pas sauter le pas, pensait Charles le Gros.

Quand il la vit à l'orée du bois, il se décida. À l'aube, ils partiraient à la rencontre de l'ennemi et ensuite il rentrerait en Aquitaine. Sans y penser à deux fois, il sortit pour la rejoindre. Il marchait d'un pas lourd et peu sûr sur le terrain accidenté. Il avait trop bu, comme tous les soirs.

Dans le bois, une fine brume flottait au ras du sol et des rais de clarté lunaire filtraient entre le feuillage déjà très clairsemé. La silhouette fuyante demeurait toute à la fois visible et hors de sa portée. Elle l'attira vers elle jusqu'au moment où il s'arrêta, épuisé et désorienté. Il perçut alors le murmure aguicheur :

— Ici.

— Où es-tu ? haleta-t-il, en sueur. Montre-toi !

Il la découvrit au milieu d'une clairière, baignée par la lumière de la lune. La sensation changea du tout ou tout. Le sourire sensuel avait disparu de son visage voilé. Le silence était total.

— Qui es-tu ?

Elle souleva son voile. Sa beauté glacée l'épouvanta.

— Je suis celle qui prie les dieux oubliés, la chasseresse.

Cruelle, elle lui montra un dé à coudre en argent en forme de dard. Charles le Gros était trois fois plus corpulent qu'elle, mais la peur superstitieuse augmentait l'emprise que cette femme avait sur lui. Elle le paralysait.

— Seigneur Jésus-Christ, protège-moi !

Contrairement à ce qu'affirmaient les curés, la mention du Christ ne mit pas en fuite la créature démoniaque. Au contraire. En quelques enjambées elle fut sur lui. Elle le piqua au cou de la pointe du dard, d'où sortait un liquide noirâtre. Charles sentit le feu parcourir ses veines et fut pris de vertige.

— Tu as été maudit, prince Charles. Ta vie prendra fin dans deux jours. Si tu veux l'antidote, demain, retire-toi avec ton armée afin de permettre à ton oncle d'entrer dans la ville.

— Je ne peux pas faire ça ! Mon père…

— Dans ce cas, tu mourras, dans les tourments.

Le corps de Charles le Gros s'engourdissait et le feu se répandait dans ses jambes. Autour de lui, le bois empruntait des formes impossibles. Il gémit de terreur.

— Par là ! s'écria quelqu'un au loin.

C'était la voix du prince.

— Retire tes troupes et tu recevras l'antidote, chuchota Rotel. Rappelle-toi : deux jours.

Quand sa garde apparut, le fils de Louis le Germanique gisait, tremblant, au milieu de la clairière. Il se frottait le cou avec insistance tout en gémissant comme un fou. On fit appeler le médecin de la suite du prince. Il huma longuement le petit orifice déjà purulent.

— Belladone et antimoine, dit-il, et peut-être quelque chose d'autre. Le prince a été attaqué.

— C'est de la sorcellerie ! s'exclama le capitaine de la garde. Sortons de ce bois !

Le lendemain, des fièvres accompagnées de crampes terrassèrent Charles le Chauve et lui tirèrent des cris de douleur. Terrifié, il refusait de raconter ce qui s'était passé. Il finit par réunir les généraux autour de sa couche, dans sa tente, et il donna l'ordre de lever le camp.

— Dans ce cas, le roi de Francie ne rencontrera aucun obstacle sur sa route jusqu'à Pavie. Votre père entrera dans une grande colère et il nous fera tous couper la tête.

— Il ne le fera pas, assura le prince d'une voix faible.

Les yeux furetant de tous côtés, il était terrorisé à l'idée d'apercevoir le démon au doux visage ; elle était proche, il en était convaincu.

— Mon frère n'est pas destiné à porter la couronne impériale. Des forces l'en empêchent. Mieux vaut ne pas les provoquer.

— Vous devriez vous entretenir avec un prêtre.

— Je ne me battrai pas ! Obéissez, et je me chargerai de parler à mon père.

Lorsque Louis le Germanique reçut la nouvelle, il n'y crut pas : Charles avait reculé juste avant de bloquer l'ennemi, et Carloman, face à une armée plus nombreuse, avait été neutralisé grâce à une mission diplomatique conduite par Boson de Vienne. Son demi-frère, le roi de Francie, avait vaincu sans verser une goutte de sang et il était entré dans Pavie avec les honneurs. Privés de défense, les autorités et les officiers de la cité avaient changé de camp et annoncé au monarque de Francie leur soutien pour qu'il puisse être couronné empereur et roi d'Italie. Par l'intermédiaire des évêques de Velletri, Arezzo et Porto, Charles le Chauve s'était chargé d'étouffer les ultimes tentatives de résistance parmi les aristocrates du nord de l'Italie. À la mi-novembre, il avait pris le chemin de Rome, sans rencontrer la moindre opposition. Jean VIII l'avait accueilli sur les marches de la basilique Saint-Pierre, comme le voulait la coutume depuis les temps de Charlemagne.

Le couronnement était prévu pour le jour de Noël à Saint-Pierre, soixante-quinze ans après la cérémonie solennelle qui avait intronisé Charlemagne et suivant le même rituel. En présence de la curie, des évêques d'Italie, de la noblesse et du peuple de Rome, le peuple Jean VIII allait oindre avec les saintes huiles le roi agenouillé avant de placer sur sa tête la couronne impériale. Charles le Chauve jurerait « honorer et vénérer la sainte Église romane, mère de toutes les Églises, et ne rien engager contre ses droits et sa puissance », puis ce serait au tour du pape de s'agenouiller devant l'empereur afin de reconnaître son *imperium* temporel.

L'alliance sacrée serait scellée tandis que s'élèveraient les cantiques et qu'à l'extérieur éclaterait la liesse populaire. Ensuite Charles serait couronné roi d'Italie avec la bénédiction de la cour italienne. Les rudes assemblées pourraient alors commencer en présence des évêques, des abbés et des nobles, afin de consolider son pouvoir sur un territoire étranger au royaume franc.

Hors de lui, son demi-frère, Louis le Germanique, prépara sans délai une attaque contre la Francie. C'était inévitable. Alors que Charles le Chauve se ferait couronner, Louis passerait la Noël dans le palais de son rival, à Attigny. Il boirait son vin et s'emparerait de tous les biens précieux qu'il y trouverait, lui signifiant ainsi sa colère. Sa descendance avait perdu l'occasion de porter la couronne d'empereur du Saint Empire au bénéfice de son rival et de la belle Richilde, dont l'aura paraissait à tous de plus en plus obscure.

Rotel fit parvenir à Charles le Gros un antidote par l'entremise d'un de ses serviteurs, puis elle resta plusieurs jours dans sa petite cabane cachée dans les broussailles de la forêt près de Pavie. Lorsque Richilde entra dans la ville avec l'armée de son époux, on la guida jusqu'à elle.

À vingt-neuf ans, la sœur d'Isembard appartenait désormais au groupe dit des Sept Veuves. Entre elles, ces femmes s'appelaient d'un nom de la langue gothique, les Aliorumnes. Au cours des cinq années passées parmi elles, Rotel avait étudié les savoirs ancestraux. Ils firent d'elle une femme plus puissante et ténébreuse encore. Les Aliorumnes se disaient descendantes des premières sorcières wisigothes. Selon la légende, le troisième roi goth, Philimer, fils de Gueteric le Grand, les avait fait chasser car il considérait qu'elles étaient maléfiques et voulait les éloigner de ses armées. Cachées au cœur des forêts, elles s'accouplèrent avec des hommes étranges connus sous le nom de faunes, et les premières descendantes de cette union virent le jour dans la lagune Méotide. Quand elles découvrirent qu'on les espionnait, elles s'éparpillèrent sur la surface de la terre.

Rotel ignorait la part de vérité dans cette vieille histoire, mais les anciennes affirmaient qu'elles avaient détecté le sang de son lignage et qu'elle était une Aliorumne par sa mère. Les croyances et les connaissances de ces femmes recoupaient en bonne partie celles d'Ega, tandis que leurs pratiques païennes leur conféraient une noirceur semblable à celle dans laquelle Rotel avait plongé après la perte de Malik et de Sansa. En se joignant à elles, elle conjura la folie qui la guettait.

Les Aliorumnes la guidaient sur un chemin sombre enraciné dans la nuit des temps. Elle avait appris les rituels du peuple wisigoth aux traditions séculaires. Elle savait lire l'avenir dans le vol des oiseaux et dans les viscères. Elle avait invoqué les morts et proféré les plus exécrables malédictions à l'adresse de Richilde, sa protectrice.

La reine protégeait ces femmes contre les anathèmes lancés par l'Église, les édits de Charlemagne encore en vigueur, et même le capitulaire de Quierzy promulgué par son époux

Charles le Chauve, par lequel il ordonnait aux comtes de faire rechercher et exécuter les sorcières et les sorciers « afin qu'avec eux disparaissent de notre royaume la connaissance d'un si grand crime ». Elle les mettait à l'abri lorsque la rumeur du peuple se rapprochait et qu'on ordonnait de les chasser de leur territoire. Le jour viendrait de venger Sansa. En attendant, Rotel, fascinée par le pouvoir de ces devineresses, avait décidé de vivre un temps avec elles.

Onyx ne la guida jamais sur ce chemin ; peut-être n'en eut-il pas le temps. Avec lui, elle s'était métamorphosée en bestiaire, à présent elle était une Aliorumne, une *striga*, une sorcière. Non seulement elle assujettissait ses victimes grâce au venin de ses armes, mais en outre elle savait utiliser les substances des plantes ou employer à son profit la peur qu'elle provoquait dans un monde saturé de superstitions.

Ce soir-là, elle égorgea un bélier et enduisit de son sang la peau blanche de Richilde. La reine implorait l'aide des dieux oubliés pour affronter la route qui la mènerait au trône impérial. La sanglante libation terminée, Rotel la regarda avec une expression sinistre.

— Tu m'as sauvée il y a cinq ans, lors du plaid, et j'ai grandi auprès des Sept Veuves. Mais je n'oublie pas. J'ai laissé Drogon de Borr souffrir, et j'ai laissé Bernard de Gothie gravir les échelons afin de précipiter sa chute depuis la plus haute marche. L'heure de venger ma fille approche.

Richilde prit peur. Rotel n'était pas une serve qu'on faisait plier, elle remplissait ses missions uniquement parce que la reine protégeait les anciennes auprès de qui elle approfondissait ses connaissances occultes ; son âme noire était libre. Rotel était la seule personne que la reine craignait véritablement. Or elle avait besoin d'elle pour dégager son ambitieuse route. Elle tentait de lui insuffler son enthousiasme :

— Je t'en prie, Rotel... Je t'ai promis l'âme de Bernard, c'est vrai, et tu l'auras. Cependant, il nous est encore utile. Le roi Charles nommera mon frère vice-roi d'Italie. Boson épousera Ermengarde, la fille de l'empereur défunt Louis II, et la noblesse italienne se rassemblera autour de lui. Nous préparons ce plan depuis très longtemps.

Inflexible, Rotel écoutait Richilde lui révéler les plus importants secrets du monde chrétien.

— Vous, les Bosonides, vous vous affrontez à l'ordre universel.

— Il existe un précédent, et il nous inspire. Dieu choisit les plus dignes de son troupeau et il les sort de la fange pour les hisser au sommet le moment venu.

Richilde n'hésitait jamais à en appeler à Dieu quand il était question de lignage et de couronne, même si son corps était couvert de sang de bélier.

— Le père de Charlemagne, Pépin le Bref, fut maire du palais du dernier roi mérovingien : Childéric III, qui se révéla aussi désastreux et décadent que les précédents. L'homme qui gouvernait réellement était le maire du palais, avec l'appui des aristocrates. On interrogea donc le pape Zacharie : qui devait régner, celui de sang royal ou celui qui gouvernait en réalité ? L'affaire était délicate et de première importance, le pontife le savait, mais il avait besoin d'alliés puissants pour le défendre contre les Lombards, ces païens qui menaçaient les domaines pontificaux. Faisant preuve de pragmatisme, il répondit que devait régner celui qui détenait le pouvoir effectif. Le roi mérovingien fut donc destitué et la couronne passa sur la tête du maire du palais. Pour symboliser la sainte alliance avec l'Église, Pépin fut consacré comme les anciens rois juifs, et oint *Rex Dei Gratia* des saintes huiles.

Richilde agita les mains d'un geste grandiloquent.

— À présent, Dieu notre Seigneur permettra que survienne une chose semblable avec les Bosonides !

— Vous êtes une femme cultivée, Richilde.

La reine regarda Rotel avec fierté. Elle avait appris cette histoire petite fille, sa famille la répétait, et chez elle tous débattaient du fait de savoir si leur maison connaîtrait la même destinée que le lignage carolingien.

— Et toi, sorcière, tu es un instrument qui permettra de changer l'histoire, avec moi. Tu auras Bernard, et qui tu veux, mais laisse-moi encore un peu de temps.

— Je veux que vous protégiez mon frère Isembard contre eux.

À cet instant, une lueur d'émotion troubla le beau visage de Rotel. Ne se sentant plus digne de la lumière, elle se tenait éloignée de son frère depuis cinq années.

— Il joue aussi un rôle dans tout cela, répondit la reine, pensive. Lui et toi, vous êtes des pièces fondamentales de notre histoire, même si mon frère Boson refuse de l'admettre.

56

Gombaud, le fils aîné d'Elisia, était un enfant vif et rebelle. Sa mère se désespérait souvent, surtout quand il frappait Lambert. Ce matin de décembre, leurs cris s'entendaient jusque sur la place. Ils avaient livré un combat sans pitié contre une horde de Sarrasins, dans le jardin potager de l'auberge. Gombaud avait vaincu de manière héroïque, comme le capitaine ami de sa mère, mais la « ville » qu'il défendait était détruite, et son petit frère pleurait, caché dans le poulailler. Le résultat était un tas de bûches éparpillées dans tout le potager et une partie des plantes aromatiques écrasées. Gombaud avait esquivé l'espadrille d'Elisia et disparu dans le dédale des rues. Sa mère était très inquiète. Personne ne parvint à le retrouver, ni Gauderic ni les serviteurs de l'auberge.

Il réapparut à midi, dans la cuisine, la tête basse.

— Je suis désolé, vraiment. Un enfant doit toujours respecter sa mère. J'essaierai d'être plus obéissant et attentionné, et de ne pas vous offenser, ainsi que père.

Il laissa Elisia bouche bée. Ce verbiage ronflant n'était pas dans les habitudes de son fils. Par l'entrebâillement de la porte, elle aperçut Berthe qui souriait, et elle en déduisit que la jeune noble lui avait fait la leçon. Les aristocrates se plaisaient à dissimuler ainsi leurs manquements et leurs fautes derrière des phrases grandiloquentes. Ces excuses ne dispensèrent toutefois pas Gombaud de consacrer le reste de son après-midi à rempiler sur le tas de bois les bûches éparpillées.

Plus tard, Elisia fit un effort et alla trouver la jeune épouse d'Isembard à la table où elle s'installait pour broder ou lire, près d'une fenêtre. Leur relation était cordiale, mais elles s'évitaient. L'aubergiste pressentait la fin de son impossible amour ; de son côté, Berthe vivait dans la crainte que les vieux sentiments renaissent entre Elisia et son époux, qu'elle retrouvait dans le petit Lambert.

Elle avait acheté un petit hôtel à Barcelone, mais sa remise en état prendrait du temps. Pendant des semaines, les deux femmes s'étaient traitées avec une distance prudente, essayant chacune de deviner des choses sur l'autre. Elles s'étaient tranquillisées, progressivement, surtout Berthe. Élevée dans l'apprentissage de la maîtrise de soi et de ses sentiments, elle agissait toujours pour le bien du lignage. Elisia comprit qu'elle ne pouvait pas rivaliser avec elle. Certes, Isembard l'aimait, mais il avait épousé la jeune aristocrate d'Orléans, et elle devait l'accepter. Pourtant la voir chaque jour, jeune et pleine de vie, la torturait.

Elisia s'approcha, disposée à changer d'attitude elle aussi. Elle trouvait étrange que cette femme puisse passer autant d'heures devant des pages qui lui paraissaient indéchiffrables. Elle la voyait pleurer parfois, ou hocher la tête, et cela piquait sa curiosité. À d'autres moments, Berthe soupirait devant la fenêtre qui donnait sur la place ; Isembard, dont elle recevait fréquemment des nouvelles, n'était pas encore revenu.

On disait de lui qu'il était le digne successeur de son père. C'était un capitaine impartial, qui n'hésitait pas à châtier l'insubordination s'il le fallait, laissant sur son chemin des soldats pendus aux branches des chênes pour rappeler le règlement militaire. Elisia frissonnait à l'évocation de telles scènes. Dans la taverne, les discussions allaient bon train pour savoir si cela aboutirait à quelque chose. Isembard se comportait moins en *missus dominicus* qu'en chef qui formait une armée en l'absence de Bernard de Gothie.

Quelques troupes de Drogon avaient tenté de l'arrêter. Il les avait anéanties ou intégrées à son armée. Les temps étaient durs, et le chevalier de Tenes se montrait à la hauteur de la situation. Beaucoup le craignaient.

On racontait aussi qu'il avait revu le comte Guifré, son frère Miró et leur mère Ermessende, or rien n'avait filtré des plans qu'ils tramaient. La situation était à la fois calme et tendue.

Bernard finirait bien par réagir un jour, et, dans la Marche, les épées sortiraient des fourreaux.

Elisia contempla Berthe, un sourire nostalgique aux lèvres. Elle enviait ses dix-huit ans et la vie heureuse qu'Isembard pouvait lui offrir. Quand elle avait son âge, Gali l'avait gagnée au jeu, et peu après ils s'étaient retrouvés dans la misère, dans une ville étrangère. Quoique candide, Berthe connaissait de belles histoires qui divertissaient les clients le soir, au coin du feu. Elisia l'écoutait parfois de la cuisine. Malgré sa jeunesse, elle était lucide et cultivée, davantage que nombre de religieux de la ville.

— Je voulais vous remercier d'avoir obtenu de Gombaud qu'il me présente des excuses, lui dit-elle en souriant. Je ne pense pas qu'il était sincère, mais ses paroles sonnaient bien.

— C'est un bon garçon, il faut être patient, conseilla Berthe prudemment.

Elisia ne voulait plus de murs de glace : elles devaient se respecter.

— Vous serez une très bonne mère, Berthe.

— Si mon époux trouve le temps de me féconder, murmura la jeune femme, la tête basse.

— Il reviendra, affirma Elisia, ressentant un poids sur la poitrine en pensant à Lambert. Vous le reverrez.

— Je suppose que tu aurais aimé avoir d'autres enfants, Elisia. J'ai remarqué que Gali et toi ne vous adressez presque pas la parole, et j'en suis désolée. Notre rôle à nous, les femmes, est parfois amer, pourtant nous devons être fortes. Je crois que cela explique le caractère de ton fils Gombaud. Tu dois l'aider à apprendre à vous respecter. Il aura bien le temps de découvrir les difficultés de cette vie...

— Concernant Gali, il n'y aucune solution, mais je vous remercie du conseil, dit Elisia.

Elle prit les mains de la jeune femme; jamais les siennes n'avaient été aussi douces.

— Vous avez un cœur noble et généreux, Berthe.

L'épouse d'Isembard prit le livre qu'elle relisait souvent.

— Je t'ai vu me regarder à plusieurs reprises lorsque je lis.

— La lecture fascinait mon grand-père, qui n'avait jamais pu apprendre.

Berthe poussa doucement le volume vers Elisia en souriant. Elle cherchait à entrer en relation avec la courageuse aubergiste, dont elle savait qu'elle ne possèderait jamais la vigueur et la résistance.

— J'aimerais t'apprendre à lire le latin. Cette écrivaine me fait souvent penser à toi.

— Ce livre a été écrit par une femme ?

Berthe acquiesça fièrement.

— Une femme qui rappelle un mauvais souvenir à Barcelone. En réalité, peu connaissent son histoire et ses souffrances. Son nom est Dhuoda de Gascogne. Elle était l'épouse de Bernard de Septimanie, le comte de Barcelone et le père de Guilhem de Septimanie.

Elisia ôta ses mains du livre comme si sa reliure en cuir était empoisonnée. L'écrivaine était la mère de l'homme qui avait assassiné le comte Sunifred et mis en fuite son épouse et ses enfants.

— Je sais ce que tu penses. Il se peut que son fils ait également blessé le père d'Isembard. Elle n'avait que quatorze ans quand on l'a mariée à Bernard. Elle a passé d'abord du temps à Barcelone avec son époux, puis ce dernier l'a envoyée sur ses terres d'Uzès, sans explication. Elle y a vécu loin de lui, seule et triste, contrainte de gouverner les domaines, de quémander des prêts pour armer Bernard et subvenir à ses besoins. Le comte passait beaucoup de temps à la cour, et des bruits couraient au sujet d'une relation adultérine avec la reine Judith de Bavière, la mère de l'actuel roi Charles.

Berthe battit des paupières.

— La noble Dhuoda a supporté cette humiliation et l'indifférence de son époux, qui ne lui rendait visite que pour concevoir un héritier. Lorsque son second fils est né, on le lui a arraché des bras, pas même baptisé, pour le confier à Charles le Chauve, comme garantie de la loyauté de Bernard. Celui-ci lui a donné son nom, Bernard, auquel, plus tard, on a accolé Plantevelue. Il sera élevé à la cour. Deux années auparavant, le premier fils, Guilhem, y avait déjà été envoyé. Méprisée par son mari, dévastée par l'arrachement de son petit, et avec ses fils au loin, Dhuoda a écrit ce livre, le *Liber Manualis,* dit aussi *Manuel pour mon fils,* à l'intention de son aîné, Guilhem, alors âgé de quinze ans. Elle souhaitait l'instruire dans le respect de son père et de l'Église. C'était sa manière de lui parler. Elle l'encourageait à toujours agir avec noblesse et à porter attention aux autres, même aux plus pauvres.

Berthe toucha le dos de l'ouvrage.

— Quand elle l'écrivit, elle était abandonnée et seule dans son château, éloignée de ses enfants aimés et luttant chaque jour pour entretenir un époux froid et insensible. Comme toi. Elle est morte il y a des années, mais son œuvre la rend éternelle.

— Mon Dieu ! s'exclama Elisia, les yeux humides, en effleurant le livre.

— Derrière ces hommes maléfiques il y avait une femme délaissée, qui a essayé d'agir pour que la réalité soit différente. Elle a échoué et son fils aîné est mort décapité à vingt-quatre ans pour ses crimes. Mais ses enseignements méritent d'être rappelés.

Elisia était émue. Une souffrance comme la sienne se tapissait aussi bien au fond de cabanes en ruine qu'au cœur d'un palais royal.

— Est-ce que vous m'apprendriez à lire ?

— Cela m'occupera. Avec du temps et de la patience, tu y arriveras. Je demanderai à Frodoi qu'il fasse réaliser un exemplaire pour toi par un de ses copistes, et je le ferai relier.

Elisia sourit, flattée. Ce livre serait l'objet le plus précieux qu'elle posséderait. Dans la cité, les femmes qui savaient lire se comptaient sur les doigts d'une main, outre Goda, et aucune n'était plébéienne. Il ne lui serait jamais venu à l'esprit d'apprendre à lire, et elle se serait encore moins attendue à ce qu'une aristocrate lui propose de lui enseigner. Dhuoda l'intriguait.

Tandis qu'elle songeait à tout cela, quelqu'un s'approcha dans son dos.

— N'hésite pas, fais-le, Elisia, dit Goda.

Elle venait apporter des sacs de sel pour conserver la viande du prochain abattage ; des serfs l'accompagnaient.

— L'auberge n'a presque plus besoin de toi, elle marche très bien, et tu peux t'accorder un peu de répit, poursuivit-elle. Je t'assure qu'une fois qu'on comprend les textes écrits, notre monde ne nous apparaît plus que comme un grain de sable sur la plage.

Berthe se leva pour présenter ses respects à la dame. Elisia contempla le livre, revoyant son grand-père Lambert. Il aurait été fier d'elle.

— Tu as enduré bien des malheurs, Elisia, et je crois que tu aimeras regarder dans le cœur d'une autre femme qui a souffert elle aussi du désintérêt de son époux. – L'œil noir de Goda brillait. – N'es-tu pas curieuse de le découvrir ? Des tempêtes secouent Barcelone, mais le plus important est de savoir comment y faire face. Les livres servent à cela : ils nous fortifient.

Ce soir-là, Frodoi, encore perplexe devant la mystérieuse notification, entra dans la crypte de la vieille église en forme de croix grecque. Goda se tenait au milieu de ses ancêtres, telle la prêtresse d'un monde oublié. L'évêque s'était toujours un peu méfié de cette pratique de son amante, tout en ayant appris à la respecter. Les croyances anciennes demeuraient ancrées dans l'âme de l'humanité, et lui, il devait savoir accueillir dans sa nouvelle cathédrale tous les fidèles de son diocèse.

Goda se tourna vers lui avec un grand sourire. Sans égard pour la sainteté du lieu, elle vint embrasser sa bouche tout en jouant avec les mèches grisonnantes de sa chevelure.

— Nous vieillissons, cher évêque. J'aurais aimé que nous le fassions ensemble, assis au coin d'une cheminée, et non dans une crypte remplie de morts, mais ton Dieu est jaloux.

— Il nous offre une vie éternelle après cette vallée de larmes. La Mère que tu vénères fait-elle de même ?

Goda, ignorant le commentaire acerbe, lui caressa doucement le visage. Quand elle s'écarta, l'évêque vit deux gros coffres sur les dalles. Elle en ouvrit un rempli de deniers d'argent. Il inspira profondément ; c'était une fortune.

— Tu souhaitais qu'Isembard constitue une armée, n'est-ce pas ? dit-elle fièrement. Avec ceci, tu l'auras, mon cher évêque.

— Ils ne sont encore qu'un petit groupe, mais grâce à cela, ils seront des centaines, et il y aura une cavalerie !

— Achète les loyautés dont tu as besoin et fait forger des armes.

— Je ne pourrai peut-être pas te le rendre, Goda.

Elle l'enlaça, les yeux plongés dans les siens, l'air plus grave que d'habitude.

— En échange de ces fonds, je désire une promesse. Des changements se préparent, je le pressens. Lorsqu'ils deviendront effectifs, tu feras en sorte que le roi attribue le domaine de la montagne de sel et le château de Cardona à Argencia et Ermemir.

Frodoi ouvrit de grands yeux. Il comprenait enfin pour quelle raison Goda de Barcelone s'abaissait à marier sa fille à un pêcheur.

— Tu cherches à forger un nouveau lignage ! Tu as toujours regardé plus loin que tous les autres.

— Ermemir était un enfant sous-alimenté et nu quand il a trouvé la montagne. Au cours de ce premier voyage, il était le seul à croire en moi. Il est devenu un jeune homme intelligent, vif et doué pour le commerce. Surtout, il aime et respecte ma fille. Leur amour était impensable, et impossible, jusqu'à ce que je prenne cette décision il y a des années. J'ai vu bien au-delà de ce que toi et tous les aristocrates concevez.

Son visage afficha une expression arrogante.

— Je ferai peut-être l'objet de moqueries jusqu'à mon dernier soupir, mais Argencia et Ermemir seront les seigneurs des lieux, et de leur sel.

— Argencia est-elle d'accord ?

— Ermemir vient dans mon palais depuis des années. Argencia l'aime, quoiqu'elle ait peur. Elle souffre des regards condescendants autour d'elle, mais elle se souvient aussi de son emprisonnement dans les sous-sols du palais comtal, et elle sait pourquoi je fais tout cela. Ma fille décidera de son destin et de celle de sa descendance en tant que maîtresse de ses domaines ! Elle n'aura jamais à épouser un vieil ivrogne pour survivre ! – Ses yeux s'embuèrent. – Je veux racheter au comté le château fortifié en ruine de Cardona. Ils y feront bâtir un nouveau château. Mes petits-enfants y apprendront le maniement des armes, et la maison de ma fille sera puissante, génération après génération, grâce à la montagne de sel.

Frodoi acquiesça, admiratif. Confrontée à la morgue des aristocrates, Goda était peut-être en train de faire l'histoire. Ermemir demeurerait un fils de pêcheur, toutefois le passé de la plupart des lignages était obscur, et parfois plus humble encore. Avec le temps, l'origine s'effaçait derrière la légende ou se confondait avec une autre de sang noble. Les documents disparaissaient, se modifiaient, et la mémoire se diluait. Ainsi, un lignage surgi du cœur salé d'une montagne rayonnerait-il de tout son éclat.

— Goda, peut-être cela ne finira-t-il pas bien. Il y a parmi nous des Francs toujours loyaux envers Bernard de Gothie. Il est possible que nous échouions et qu'une guerre éclate…

— J'en suis consciente.

Elle prit le visage de Frodoi dans ses mains.

— Néanmoins, avec ton esprit retors et l'épée d'Isembard nous atteindrons ce dont ma famille a rêvé durant des générations : que Barcelone résiste encore pendant mille autres années !

— Que Dieu protège Isembard, deuxième héros du lignage de Tenes, prononça solennellement Frodoi avant de sceller leur nouvelle alliance par un baiser.

57

Le capitaine Isembard évita les mutineries, les embuscades et les tentatives d'assassinat et, au prix de gros efforts, il forma un groupe d'hommes loyaux. Quand les coffres remplis de deniers envoyés par l'évêque lui parvinrent, très escortés, le nombre des recrues augmenta.

Sur ordre du prélat, Oriol et une partie de la garde de l'évêque demeuraient encore avec lui ; le comte d'Urgell, Guifré, lui dépêcha Armanni d'Empúries, Garleu de Conflent et Maior de Tarrasa, ses maîtres ès armes et vieux amis. Dans la chapelle rupestre de Benviure, ils jurèrent tous solennellement, devant la croix et sur l'Évangile, qu'ils seraient les Seconds Chevaliers de la Marche. Une copie de l'acte rédigé par Jordi et envoyé expressément par Frodoi fut destinée à Charles le Chauve. Isembard n'avait pas l'intention de revenir à la cour sans avoir accompli le serment de son père, même si cela devait lui coûter la vie. Il désirait aussi blesser Bernard de Gothie et Boson de Vienne dans leur orgueil.

Unis, les Chevaliers prenaient les décisions d'un commun accord et faisaient régner la discipline dans leur armée composée d'une petite cinquantaine de soldats à cheval et de trois cents soldats à pied. Les coffres de Goda de Barcelone maintenaient la loyauté dans les rangs. Isembard avait accepté Airado dans son conseil privé, et le jeune guerrier faisait preuve d'une bonne intuition dans les questions de stratégie.

Les hommes qui possédaient un cheval pratiquaient les techniques les plus appréciées des Francs, à savoir la charge au galop et le saut de cheval pour attaquer et remonter en selle.

Ils s'entraînaient avec des sacs de farine et des sacs de pierres sur le dos pour être plus forts. Quant aux troupes à pied, pour leurs longs entraînements on avait dressé une forêt de quintaines, des poteaux de la hauteur d'un homme enfoncés dans le sol et représentant des adversaires. Ils devaient évoluer avec agilité devant la quintaine, équipés de grands boucliers de bois et de massues beaucoup plus lourdes que les armes réelles, parfois même, eux aussi, avec des sacs de pierres sur le dos. Ils s'entraînaient à réaliser une sorte de danse mortelle devant leur adversaire fictif, et à combattre de plus en plus près les uns des autres sans rompre les rangs. Certes, il y avait des accidents, mais dans les vraies batailles les soldats n'avaient pas d'espace autour d'eux pour les affrontements au corps à corps. Les plus adroits apprenaient à chercher du bout de leur dague le point faible dans les protections et les armures de l'ennemi.

Leur armée devait savoir tuer, blesser, supporter les difficultés et garder la tête froide. Chaque coup ou humiliation de la part d'Isembard les préparait à ne pas céder à la colère. Le soir, dans ses harangues, il leur rabâchait qu'en pleine furie on oublie la stratégie et les tactiques, et que cela avait conduit aux pires défaites de l'histoire.

Malgré les désertions, le nombre des hommes qui les rejoignaient ne cessait d'augmenter et ils commençaient à bâtir de solides tours en bois le long de la frontière.

L'entraînement n'était pas suffisant. Avant Noël, Isembard ordonna donc à l'armée d'installer un campement au pied du massif du Montseny, dans la plaine de Taradell. Les hommes y passeraient l'hiver et seraient soumis à une dure préparation.

Le capitaine voulait vérifier les avancées de la partie secrète de son plan. Sans préciser sa destination, il partit avec Oriol vers le nord. Ils s'engagèrent bientôt sur l'étroit sentier qui conduisait à la colonie reconstruite de l'Esquerda.

Le jour se leva, gris et glacé. Les anciens humaient l'air et leurs douleurs rhumatismales les avertissaient qu'il allait bientôt neiger. Derrière eux, les enfants qu'ils avaient trouvés dans la cabane marchaient d'un pas craintif, hormis le garçon resté à Barcelone et Agnès, que Drogon avait égorgée. Comme il le leur avait promis, Isembard les accompagnait pour les placer comme domestiques dans les familles de la colonie. Ce serait pour eux la seule manière de survivre.

Dans le méandre du Ter, Isembard admira les parcelles de cultures potagères, les vergers et les nouveaux champs de blé et d'orge gagnés sur la friche. On avait également planté des noyers et des pommiers, des variétés museau de lièvre et cœur de bœuf, dont on conservait les fruits dans le miel. Un groupe de paysans, leurs épouses et leurs enfants, étalaient le sang d'une poule rousse en offrande à la terre avant de commencer les semailles. Dès qu'ils reconnurent Isembard, rassurés, ils attendirent qu'il soit passé avec son petit groupe pour poursuive leur vieux rituel.

Depuis l'attaque de Drogon au cours de laquelle Ega la guérisseuse avait été tuée, une palissade de troncs et de tourelles fixées dans la roche ceignait l'Esquerda. On entassait des pierres destinées à bâtir de nouvelles maisons d'un étage avec un toit en chaume. Frodoi voulait faire venir de nouveaux colons au printemps, puisque chacune des familles actuelles cultivait déjà trois manses pour subvenir à ses besoins et payait les prémices et le fermage. Quand la petite troupe franchit la porte d'enceinte, les enfants sortirent des intérieurs sombres pour les recevoir. Oriol distribua des noisettes et des noix, en signe d'amitié.

Isembard songea à Rotel, qui avait vécu heureuse dans ce lieu, avec sa petite fille Sansa. La nostalgie qui l'envahissait ne l'empêcha pas d'entendre les tintements. Il s'extirpa de son chagrin.

— Écoutez ! s'exclama-t-il en souriant.

C'était les marteaux. La forge travaillait à plein rendement. Tel était le plus important secret de l'armée d'Isembard. Jehan, l'époux manchot de Leda et maître forgeron, contrôlait la situation. Les mines de la vallée dites de la Picamena, sur les flancs du Montseny, étaient connues depuis l'Antiquité. Les hommes avaient aménagé les chemins et transportaient le minerai à la charrette jusqu'à l'Esquerda. Jehan, son fils aîné, Sicfred, ainsi que d'autres familles avaient construit une forge derrière la modeste église San Miguel.

Isembard et ses soldats laissèrent les enfants à des femmes de la bourgade avant de se rendre à la forge, une vaste bâtisse en terre et en pierre. Une épaisse fumée noire s'échappait du toit. Le four chauffait grâce au charbon des bûchers du Montseny. Les hommes y fondaient le minerai de fer dans un creuset circulaire, le filtrage s'achevant dans des cuvettes creusées dans la roche. Jehan formait une demi-douzaine d'apprentis de tous âges aux secrets de la ferronnerie. En entrant, ils le virent frapper de son unique bras la lame incandescente d'un soc d'araire que son fils tenait avec des pinces, pour en éliminer les scories. Sur un signe de Jehan, Sicfred le plongea dans une cuve d'eau froide. Le métal siffla. Concentré, Jehan, le visage noir comme sa chemise, expliquait aux apprentis :

— Maintenant, il faut tiédir la lame pour qu'elle ne soit pas cassante.

Il aperçut Isembard, qu'il salua respectueusement. Il avait encore du mal à croire qu'il était redevenu forgeron. Après une conversation courtoise, Isembard posa les yeux sur le fond de la forge, où s'entassaient les déchets à jeter.

— Comment va la commande ?

— Voyez vous-même, mon seigneur.

Ils écartèrent les tas de scories, puis la natte de sparte qui couvrait la trappe. Tous gardaient le secret : l'argent de Goda avait apporté la prospérité à l'Esquerda et, dans chaque famille, au moins un homme travaillait pour Jehan.

Sans mot dire, ils descendirent l'échelle. Le sous-sol était plus vaste que la maison, avec plusieurs galeries qui se prolongeaient dans le noir. Les torches qui brûlaient et l'odeur du fer rendaient l'atmosphère asphyxiante. Oriol et Isembard contemplèrent avec satisfaction les centaines d'épées, de lances et de dagues, les caisses en bois remplies de petites pointes de flèches. Une douzaine de jeunes gens affûtaient les lames à l'aide d'une pierre à eau tandis que d'autres tressaient des anneaux métalliques et des écailles en fer pour les lourdes cottes de mailles.

— Nous allons commencer à forger les *galeas*, expliqua Jehan.

Le forgeron tendit le modèle du casque arrondi à Isembard. En Francie, il en coûterait l'équivalent de deux vaches, mais ici ils possédaient du fer et des hommes fatigués de vivre dans la peur. Peut-être n'auraient-ils pas les meilleures armes, songea le capitaine, mais son armée ne combattrait pas avec des houes, seulement protégée par des caparaçons de cuir. L'entraînement implacable ferait le reste.

— Pour quand voulez-vous les équipements ? demanda Jehan.

— Le roi va être couronné empereur à Rome. Bernard attendra pour recueillir les fruits de sa loyauté envers Boson. Mais lorsqu'il comprendra que la Marche a commencé à prendre son destin en main après des décennies d'abandon, il désirera récupérer ses domaines et nous faire plier. Ce moment viendra, tôt ou tard. Continue de travailler, Jehan. Lorsque l'orage s'abattra sur nous, nous ne pleurerons pas dans le noir, comme le firent nos pères.

Gali, agité de spasmes, empoignait violemment la tête de Baldia plongée dans son entrejambe, dans la misérable cahute de la Porte du Regomir où la dévergoigneuse amenait les hommes de la taverne. Sur un galetas de paille infecte, le propriétaire de la meilleure auberge de Gothie oubliait l'envie et le mépris qui empoisonnaient son âme. Il avait voulu la servante cuisinière d'Otèri pour qu'elle l'entretienne. Ayant cru trouver dans la candide Elisia une femme soumise, il l'avait séduite. Or, pour son malheur, elle ne s'était pas laissé manipuler. Elle avait lutté contre ses addictions, avait sauvé les deux fuyards à Gérone sans sa permission, avait gagné l'affection de tous, s'était éloignée de lui, et avait même conspiré dans son dos. Il l'avait humiliée devant les hommes de Drogon… et ce fut pire encore. Son indifférence l'enrageait. Sans oublier Isembard de Tenes, l'homme convoité par toutes les jeunes filles. Il ignorait ce qu'il y avait réellement entre Elisia et le capitaine, néanmoins cet homme avait voulu l'emmener avec lui. Gali, rongé par la jalousie, imaginait sa femme éblouie par l'aura de cet homme.

Après la leçon infligée devant Drogon et ses hommes, Elisia n'avait recherché qu'une seule fois un contact intime avec lui, après la bataille d'Ausone. Lambert était né de cet acte bref et glacial. Le doute habitait Gali. Il avait seulement cherché à vivre comme Otèri, au milieu des servantes et des pichets de vin, et à jouir de la vie comme un roi, à la tête d'une auberge prospère… Or son épouse l'en empêchait. Elle lui versait une mensualité misérable pour la maison et lui cachait les revenus de l'auberge. En outre, une armée de servantes et de familiers la protégeait discrètement de lui en permanence.

Il se cabra, au bord de l'extase. Dans les bras de Baldia et des autres femmes décaties de la taverne, il se sentait fort, à l'abri des regards hautains et des rumeurs honteuses.

Les planches de la porte cédèrent brusquement. Calort entra et éclata de rire. Baldia sortit un vieux couteau rouillé de sous la paillasse, mais l'homme ne bougea pas.

— J'ai besoin que tu fasses quelque chose, Gali, dit-il en écartant la catin d'une bourrade. Drogon veut donner une leçon à ce chevalier ami de ta femme, Isembard. Il devient trop puissant et il sait se protéger. Mais sa délicate petite femme vit dans ton auberge. Les nobles comme lui, quand il arrive quelque chose à leur épouse, c'est pire que s'ils souffraient dans leur propre chair. Tue-la !

— Tu as perdu la tête ! éclata Gali. Qu'est-ce que je vais devenir si on découvre que c'est moi ?

— Il y a pire que la mort, l'ami.

Calort afficha un méchant sourire.

— J'ai un vieux parchemin qui pourrait te le rappeler. Obéis, ou prépare-toi aux conséquences !

— Tu me rendras le document si je le fais ? demanda Gali, terrorisé.

— Fais-le… on en reparlera après, répondit Calort en tournant les talons.

Mais si Gali tuait Berthe, il serait un homme fini ! Personne à Barcelone ne le protégerait. Encore moins Calort ou Drogon de Borr. L'Église condamnerait son âme à brûler dans les flammes de l'enfer, et le tribunal le torturerait avant de pendre son corps mutilé en haut d'une tour. Fou de colère, il arracha le vieux couteau de la main de Baldia et se jeta sur Calort. Il lui planta la lame dans le dos et continua de frapper l'homme tombé au sol jusqu'à ce que la prostituée parvienne à l'arrêter.

— Qu'est-ce que tu as fait ? Mon Dieu…, gémissait-elle en sanglotant. Ses hommes vont nous tuer !

Haletant et couvert de sang, Gali déchira le vêtement de Calort ; il prit son argent et un parchemin sale et froissé qu'il tendit à la hâte à Baldia. Le temps pressait, les hommes de Calort apparaîtraient d'un instant à l'autre.

— Brûle-le, vite ! Et commence à nettoyer ! Je vais creuser pour enterrer le corps.

Voyant qu'elle ne réagissait pas, il la gifla.

— Allez, bouge-toi, traînée !

Abasourdie, elle s'approcha de l'unique chandelle de suif qu'elle possédait.

Elle lui tournait le dos. Elle conserva le document. Gali avait ruiné son commerce : elle ne pourrait plus travailler avec un cadavre sous ses pieds. Elle les connaissait, les types comme lui. S'il était capable de tuer pour ce mystérieux parchemin, un jour, en cas de besoin, elle profiterait de ce bout de peau pour le rançonner.

Les hommes comme Gali n'attiraient que le malheur autour d'eux.

CINQUIÈME PARTIE

LA FORGE

An 877

Pendant deux ans, rien ne se déroula comme le nouvel empereur Charles le Chauve l'espérait. Il avait été couronné par la volonté de Jean VIII, mais seuls dix hauts personnages d'Italie avaient signé sa nomination. Sans presque aucun soutien de l'aristocratie italienne, il portait seul la charge de défendre les États pontificaux, le gouvernement de Francie et d'Italie, tout en devant faire face à la menace de son fils rebelle, roi d'Aquitaine, et au conflit avec son demi-frère Louis le Germanique, qui le considérait comme un spoliateur de la couronne impériale.

Au début, avec l'appui du pape, il convoqua des conciles et s'acquit l'adhésion des évêques italiens et francs. Le bras de fer avec son demi-frère demeurait en l'état et seule la diplomatie permettait d'éviter le désastre. Souhaitant reprendre en main l'unité de l'empire soumis à l'Église, Jean VIII nomma pour la Francie un vicaire apostolique doté des pleins pouvoirs : Anségise, archevêque de Sens. L'homme retint l'attention de Charles le Chauve, qui ne jura plus que par lui, et il accapara les postes d'honneur dans les assemblées, aux dépens d'Hincmar de Reims.

Anségise proposa une grande alliance entre les rois de l'empire carolingien divisé, et Charles décida d'envoyer une ambassade auprès de Louis le Germanique. Le jour même du départ, le 28 août 876, la nouvelle de la mort de Louis parvint à la cour. Aveuglé par son ambition et celle de Richilde, Charles entra en Germanie pour occuper la ville mythique d'Aix-la-Chapelle, symbole du trône impérial, puis il se rendit à Mayence pour conquérir la rive gauche du Rhin. Il voyait déjà se réaliser son plus grand désir, gouverner le vaste territoire de Charlemagne, lorsque son neveu Louis le Jeune réagit et, le prenant de court, lui coupa le passage avec ses troupes.

Le comportement déshonorant du roi Charles empêcha la diplomatie d'agir. Louis était sur ses terres, au milieu de ses féaux. Le 8 octobre, ils s'affrontèrent près de la ville d'Andernach, où Charles le Chauve subit la plus grosse défaite de son existence. Là, il commença d'éprouver de terribles pincements dans la poitrine. Humilié et malade, il s'enfuit à Liège. Les douleurs s'intensifièrent. Puis de sombres nouvelles lui parvinrent : les Normands remontaient la Seine avec cent grands bateaux, et en Italie les Sarrasins attaquaient les États pontificaux, aidés par des traîtres aristocrates.

Son gendre Boson, déjà duc de Lyon et de Provence, s'arrangea pour que Charles le nomme vice-roi d'Italie. Il renforça encore son prestige en épousant Ermengarde, la fille unique du défunt empereur Louis, en 876. Il avait le devoir de défendre son nouveau domaine, pourtant il s'y dérobait en prétextant son manque d'armée. Richilde se chargeait de détourner l'attention du monarque, qui ne comprenait pas que Boson agissait uniquement pour son propre compte. Charles n'avait plus Hincmar de Reims près de lui pour lui dire la vérité.

La Marche hispanique vivait dans une attente tendue tandis que le royaume dont elle protégeait la frontière prenait l'eau et tanguait vers une fin incertaine.

58

Liège, au mois de mars

« Sa Divine Majesté vous a élu parmi tous les autres pour vous élever à la dignité des augustes, afin que vous protégiez constamment l'Église du Christ… et la défendiez contre les attaques païennes. »

Quand le vicaire apostolique Anségise finit de lire la lourde missive du pape Jean VIII, l'empereur ressentit un nouveau pincement dans la poitrine, comme un coup de poignard. Il agrippa la grosse couverture en fourrure d'ours. Le Saint Siège exigeait de l'aide sans se préoccuper de son état de santé, ni du fait qu'il avait perdu une bonne partie de son armée dans la défaite face à son neveu Louis III, fils de Louis le Germanique, quelques mois plus tôt.

— Il m'envoie des dizaines de lettres réitérant la même demande, dit-il d'une voix haletante après un accès de toux. Le pape sait que je ne suis pas en état d'abandonner la Gaule !

Richilde, assise à côté de la couche de son époux, lui proposa une tisane fumante. Le pape la sollicitait également par écrit afin qu'elle joue les intermédiaires auprès de Charles. La santé du roi inquiétait la reine. S'il mourait, ses plans s'effondreraient. Deux ans plus tôt, à Rome, les évêques avaient refusé de la couronner impératrice ; le souvenir de cet affront la crispait encore. C'était une affaire à régler, et pour cela elle avait besoin de son mari affaibli. Elle lui murmura dans un sourire :

— C'est votre élection comme empereur qui est maintenant remise en cause…

Charles, en proie à l'insupportable douleur, serra les mâchoires. Il voyait parfois dans la perspective de la mort une promesse agréable. Il avait presque cinquante-quatre ans et derrière lui une vie de pressions permanentes, de luttes, de contrariétés et de déplacements. Il n'était plus que l'ombre de l'homme qui avait réussi à porter pour la première fois la couronne de roi de Francie puis à devenir empereur.

Non seulement son corps se tordait de douleur quand le pincement tenaillait sa poitrine, mais son âme était plongée dans un océan boueux de tristesse et d'échec. Tout ce qu'il avait obtenu paraissait sur le point de lui filer entre les doigts.

Au fond de la pièce, Boson, fort et beau dans sa tunique brodée, bavardait avec Bernard de Gothie et les deux légats pontificaux qui étaient les yeux et les oreilles du pape à la cour. Le duc regarda sa sœur et hocha très légèrement la tête.

— L'empereur a besoin de repos, annonça Richilde.

Ignorant le regard furibond de la reine, Bernard de Gothie s'approcha du lit de Charles. Il avait été remercié par les comtés du Berry et d'Autun, mais sa convoitise, ses appétits et ses peurs le rendaient instable. Il se comportait comme un enfant capricieux et il finirait par poser un problème. S'il n'y avait pas Boson, Richilde l'aurait depuis longtemps abandonné à Rotel.

— Nous avons une question à traiter, mon roi. Il s'agit d'Isembard de Tenes, votre capitaine. Sans mon autorisation, et avec l'aide du comte d'Urgell, il continue d'élever des tours de guet et des postes de surveillance le long de la frontière. Tous deux se proclament Chevaliers de la Marche. Isembard contrôle des villages et des petites villes auxquels il apporte sa protection en échange de grain et de bétail pour son armée. Selon mes informateurs, ses forces s'élèvent à trois cents chevaliers et plus de mille soldats à pied. Il se comporte comme le seigneur des lieux et je crois qu'il prépare une rébellion. Donnez-moi votre accord et je le ferai plier avant qu'il ne soit trop tard.

— J'ai moi-même accepté le serment de ces chevaliers, Bernard, ce qui le lie à la Couronne, comme son père avant lui. Sur la frontière, il travaille pour vous.

Le marquis serra les poings, le visage rouge de colère. Boson s'avança.

— Vous fiez-vous encore à ce Goth ? dit-il au souverain.

— Oui. Il se peut que ce soit même le seul auquel je me fie. La sécurité favorise les cultures et accroît les revenus, et c'est la raison pour laquelle je vais faire un geste pour Barcelone. Isembard et Frodoi veillent sur mes domaines. Ce n'est pas la Marche hispanique qui m'empêche de dormir, lâcha-t-il avec rancœur.

L'inefficacité du duc en Italie était en train de les conduire au désastre.

— Mon seigneur…, siffla Bernard, tellement en colère qu'on aurait pensé qu'il allait frapper le monarque.

— Suffit ! coupa Richilde, mal à l'aise. Le roi a besoin de repos, j'ai dit !

Les Bosonides échangèrent un coup d'œil complice. Ils ne laisseraient pas Bernard de Gothie consumer les maigres forces du roi. Charles avait des décisions plus importantes à prendre, et son épouse était chargée de les lui suggérer. Boson saisit le bras d'un Bernard qui s'étranglait de rage pour lui faire quitter la pièce. D'un geste sec, Richilde indiqua aux légaux pontificaux et au vicaire qu'ils devaient quitter les lieux. Charles acquiesça, reconnaissant.

— Vous êtes mon bon ange, Richilde.

— Pardonnez-moi, mon seigneur, mais je dois soulager mon cœur.

— Parlez, ma chère, votre voix est un baume pour moi.

— Je prie chaque jour pour que le saint-père soit en sécurité. Ce maléfique *nomenclator* nommé Gregorio a trahi sa foi et il a failli ouvrir les portes de Rome aux infidèles. Imaginez-vous le centre spirituel de l'Église sous le joug de l'islam ? Quel souvenir de son empereur l'histoire retiendrait-elle ?

Charles lui adressa un regard pitoyable. Il avait besoin d'entendre des mots doux, pas des reproches. Or Richilde n'était pas prête à céder.

— Il est possible que, vous sachant malade, il offre la couronne impériale à l'un de vos neveux. Carloman, Louis ou Charles le Gros.

— Il ne le fera pas ! tonna le roi, ce qui lui déclencha une attaque de toux qui l'obligea à se recroqueviller sous l'effet de la douleur.

Richilde enlaça son époux, tout en s'efforçant de ne pas respirer son haleine.

— Je désirais tellement que vous me donniez un héritier mâle…, murmura Charles, peiné.

La reine ferma les yeux. Dieu la châtiait en lui donnant des enfants malades. Cet hiver, elle avait enterré le petit Charles. Il n'avait même pas un an. La blancheur de sa peau et la faiblesse de ses pleurs avaient laissé augurer le destin fatal déjà partagé par ses frères.

— J'ai toujours foi en Dieu pour qu'Il nous le concède, mon époux.

La possibilité était peu vraisemblable. Ils ne s'étaient accouplés qu'une ou deux fois depuis la défaite. Charles n'en avait plus l'énergie. Des neuf enfants conçus avec Ermentrude d'Orléans, ne restaient en vie qu'un mâle, Louis le Bègue, et deux filles, Ermentrude et Rotrude, qui avaient pris l'habit. Quant à Richilde, elle avait perdu quatre nourrissons mâles, et seule la petite Rothilde vivait encore. Avoir enterré dix de ses enfants pesait d'un poids insupportable sur le cœur du roi.

— Le plus important, désormais, c'est vous. Demandez à Dieu la force suffisante pour quitter cette couche et partir pour l'Italie défendre le pape ! Vous démontrerez ainsi qu'une puissance supérieure a présidé au choix de l'empereur : *Rex Dei Gratia !*

Charles inspira profondément. Richilde disait vrai. Même si c'était pour en mourir, il devait honorer son serment sacré ; il était l'oint. La bravoure et la fidélité étaient les meilleures leçons qu'il léguerait à ses fils, même petits, s'ils réussissaient à en garder un en vie.

— Dès la venue de l'été, si Dieu me le permet, je partirai pour l'Italie. Écrivez vous-même au pape pour lui annoncer la nouvelle, ma reine.

Il crut apercevoir une ombre au pied de son lit et il eut un mauvais pressentiment. La mort rôdait. Il sourit toutefois à la belle Richilde.

— Que Dieu m'accompagne dans ce moment difficile.

59

Par une chaude matinée de printemps, les habitants de Barcelone se rassemblèrent devant le portail de la nouvelle cathédrale de la Santa Creu. Autour, sous des abris en bois, les tailleurs de pierre façonnaient des statues de saints et les vitriers soufflaient le verre pour les lampes à huile qui éclaireraient le temple, suspendues aux voûtes, pendant les célébrations solennelles.

Frodoi avait coiffé une mitre en soie ornée de perles. Il feignait de prier sur la dalle devant l'autel. Il percevait l'odeur étrange des pigments que les apprentis écrasaient pour leurs maîtres. Juchés sur les échafaudages, ces derniers couvraient les murs de scènes religieuses aux couleurs vives. L'évêque souhaitait que, dans les trois nefs, des représentations peintes instruisent les fidèles ignorants et que leur réputation, de surcroît, se répande par le royaume. Ainsi, à l'avenir, si d'autres prélats ambitieux érigeaient des temples plus grandioses sur le sien, le nom de l'évêque Frodoi demeurerait éternellement inscrit dans l'histoire de Barcelone. Dieu lui pardonnerait ses faiblesses.

Sur un arc d'une des nefs latérales, les artisans terminaient la scène du martyre de santa Eulàlia, morte à Barcelone si l'on en croyait la tradition populaire. Elle avait été suggérée par Goda, et le joli visage de la jeune fille présentait une certaine ressemblance, voulue, avec la dame. L'évêque s'était autorisé ce caprice afin de pouvoir la contempler durant ses prières. Une colombe jaillissait de la bouche de la sainte au moment de sa mort. Le fond de la scène comprenait l'église des pêcheurs,

Santa Maria, et la mer; c'était également une suggestion de la noble gothe, afin de conserver une vieille tradition familiale dont elle ne parlait pas. Frodoi avait accepté; le cœur de Goda était à lui, mais son âme appartenait à Barcelone.

Cette scène rappellerait toujours à Frodoi son amour interdit. Ils n'avaient pas d'enfants, il ne leur était pas possible de manifester publiquement leurs sentiments réciproques et ils vieilliraient chacun dans son palais, pourtant leur union était aussi solide que les piliers de la nouvelle basilique, la plus grande fierté de Barcelone.

Tout le collège de chanoines était présent dans le presbyterium, attendant patiemment qu'il ait fini de prier. Le son des nouvelles cloches installées dans la tour était incomparablement pur, et impossible à confondre avec celui des autres églises de la ville. L'appel aux *fideles* annonçait quelque chose d'important.

Le clergé forma un cortège et sortit sur la place. Autour, les chanoines, les juges, les *preveres*, l'archidiacre, les diacres et le chœur se placèrent, suivant l'ordre hiérarchique. La solennité conférait une symbolique particulière à ce moment historique; Frodoi savait en appeler aux sentiments de ses ouailles et obtenir qu'ils voient dans leur berger un guide solide.

Les officiers du comté se tenaient d'un côté – le vicomte Astorius, le viguier, le *saig*, le tribunal et le conseil de *boni homines*. De l'autre s'alignait l'aristocratie, dont Goda de Barcelone et Berthe d'Orléans, à laquelle Isembard rendait visite de temps à autre. Le ventre proéminent de la jeune femme, déjà visible, annonçait une naissance. Derrière venaient les artisans, les marchands, les paysans libres, Elisia et Gali avec leurs domestiques. Tout au fond, dans les rues adjacentes, se pressaient les habitants de la ville ainsi que les étrangers de basse extraction.

L'évêque réclama le silence avant de parler d'une voix forte.

— J'envoie régulièrement à la cour des courriers informant de la situation de l'évêché et du précieux travail du capitaine et *missus dominicus* Isembard II de Tenes à la frontière, avec les Seconds Chevaliers de la Marche. Malgré les difficultés, ils sont parvenus à organiser une défense, mission qu'Isembard partage avec le comte Guifré d'Urgell et son frère Miró de Conflent.

Vous savez tous que les tours et les postes édifiés sur les bords du Llobregat, du Cardener et du Sègre ont fait la preuve de leur efficacité en vouant à l'échec les escarmouches sarrasines destinées à empêcher que la *terra nullius* se repeuple de chrétiens.

Il ouvrit les bras comme pour enlacer la place entière, ce qui conféra une emphase supplémentaire à son discours.

— De nouveaux habitants arrivent à Urgell, les plaines fertiles d'Ausone accueillent déjà des cultures, des fermes et des chapelles qui dépendent de monastères importants. Beaucoup ont apporté leur contribution pour que le projet réussisse en permettant à leurs fils de se joindre aux forces des Chevaliers de la Marche. D'autres personnes, comme la noble Goda de Barcelone, des hauts personnages de la cité et des familles juives, ont accordé des prêts et des fermages. Pendant ce temps, le comte Bernard de Gothie préfère accroître son pouvoir et accumuler les *honores* aux côtés des Bosonides.

Une rumeur monta sur la place. La majorité des personnes rassemblées approuvait ces propos, mais le vicomte, un groupe de nobles très aisés et quelques officiers francs faisaient la grimace. Avec le temps, l'évêque était devenu beaucoup trop téméraire.

— Pourtant, la Marche demeure une terre lointaine et dangereuse, poursuivit-il avec grandiloquence. Le sentiment d'abandon persiste, et le roi a compati. Je vous ai convoqué aujourd'hui pour vous communiquer en personne que notre monarque, Charles le Chauve, a souhaité manifester sa gratitude aux Barcelonais et Barcelonaises !

Après la bénédiction, l'archidiacre montra une missive marquée du sceau de l'aigle impérial. À côté de lui se tenait Judacot, un marchand juif qui parcourait la Gothie et diverses parties du royaume, un homme respecté à la cour qui faisait fréquemment office de messager. L'archidiacre lut à voix haute la lettre de l'empereur adressée à tous les habitants de la Cité couronnée :

Dirigo ad Frodoynum, episcopum, libras decem de argento ad suam ecclesiam reparare.

Le roi livrait à la ville dix livres d'argent pour la réparation de la cathédrale et il remerciait les Barcelonais pour leur fidélité. Beaucoup se mirent à calculer. La somme équivalait à deux mille deniers d'argent, une vraie fortune qui permettrait à la ville de voir l'achèvement des travaux de la cathédrale après presque trente ans de retards continuels. La cité éclata de joie. Frodoi chercha parmi la foule d'autres religieux qui ne s'étaient pas joints à son clergé. C'était aussi une victoire de leur Église face au culte mozarabe. Dieu était de leur côté.

Judacot déposa aux pieds de l'évêque le coffre en bois riveté qui contenait l'argent. Le métal serait fondu à la Seca pour frapper la monnaie. Les festivités suivirent, avec musique et danse dans les étroites ruelles. Frodoi voulait que ce geste du roi reste gravé dans la mémoire collective de la ville. Grâce au souverain, il achèverait son œuvre rêvée. Charles l'avait privilégié par rapport à d'autres évêques. Frodoi ne se tenait pas de joie.

Une activité frénétique régnait au Miracle. Des gens de Badalona et de différentes villes voisines avaient répondu à l'appel de Frodoi, et l'auberge d'Elisia était une halte obligatoire dans la cité. À l'actualité du jour s'ajoutaient les préparatifs pour la noce qui serait célébrée en septembre. Argencia, la fille de Goda, allait enfin épouser Ermemir ; à leur demande, l'aubergiste préparerait le plus grand banquet jamais vu à Barcelone.

Goda ne supportait pas les moqueries sur sa fille et le jeune pêcheur, et avait l'intention d'y répondre par une ostentation tout à fait inhabituelle de sa part. À côté de son palais, elle faisait bâtir une autre demeure qui rivaliserait avec celles du comte et de l'évêque. Elle s'accaparait les soies et les somptueux objets que les marchands apportaient à Barcelone et, non satisfaite de cela, elle comptait bien clouer le bec des nobles méprisants lors de la noce. Ils se souviendraient tous du jour où le lignage d'Argencia avait été fondé.

Toujours prévoyante, Elisia faisait des réserves de compotes de fruits et grillait des amandes pour fabriquer le touron. Mieux valait préparer à l'avance tout ce qui se conservait. Elle était débordée. Elle alla dans le bûcher. Elle aimait utiliser des bois différents pour griller chaque sorte de viande, au désespoir des gens de service. Son ardeur sans limites à assurer et améliorer son savoir-faire étendait la réputation de l'auberge.

Une ombre approcha derrière elle ; elle tressaillit. Elle laissa les mains puissantes entourer sa taille et les lèvres ardentes baiser son cou jusqu'au frisson. Elle se retourna, les yeux fermés, et embrassa Isembard passionnément. Ils n'y pouvaient rien. Le capitaine revenait régulièrement à Barcelone pour informer l'évêque et visiter son épouse, qui s'était installée dans une maison voisine des bâtiments de l'évêché.

Ils s'aimaient depuis leur jeunesse, quand ils étaient deux ingénus marchant vers un avenir incertain. En dépit de l'abîme qui les séparait, ils se laissèrent porter entre regards sans fin et caresses furtives par ce qui émanait du plus profond de leur être.

Isembard souffrait de trahir la douce Berthe mais, sur la frontière de tous les périls, sa vie lui filait entre les doigts, au risque de s'achever à tout moment. Son amour pour Elisia était profond ; en dépit de tout, il éprouvait auprès d'elle un sentiment de plénitude.

Elisia l'invita à entrer de nouveau dans son cœur dévasté. Elle se sentait revivre. Auprès de lui, elle oubliait Gali, tous les déboires et toutes les déconvenues. Elle savait qu'Isembard repartirait un jour pour Orléans, mais elle voulait profiter le plus possible du temps qui leur restait, avant que leur cœur ne s'assèche, peut-être pour toujours.

Ils riaient, ils plaisantaient, oubliant leurs entraves. Isembard souleva sa vieille tunique et ils se laissèrent tomber sur le foin humide de l'étable voisine du bûcher. Le monde s'évanouit autour d'eux, et ils s'aimèrent sans faire de bruit, prenant garde que leurs chuchotements ne contiennent pas de promesses.

— Ce n'est pas bien, haleta Elisia, troublée, quand ils se séparèrent.

Le rouge à ses joues trahissait les tressaillements de plaisir qui parcouraient encore son corps.

— Je partirai bientôt, Elisia, murmura Isembard, constatant avec tristesse que le bonheur de leurs retrouvailles leur échappait déjà. Berthe souhaite mettre l'enfant au monde à Orléans, près de sa mère et de ses sœurs. Et puis le roi a convoqué une nouvelle armée pour marcher sur l'Italie et défendre le pape. Il a besoin de réorganiser la *scara* après la défaite en Germanie. Il est possible qu'il m'appelle à ses côtés.

Elle le regarda, effrayée. Un poids tomba sur son cœur.

— Mais alors, qu'adviendra-t-il à la frontière ?

— Notre armée compte de bons capitaines, et le comte Guifré est un grand chef. Sais-tu qu'il est surnommé « le Velu » ? Il paraît qu'il a beaucoup de poils sur des parties du corps généralement glabres ! Il ferait un bon comte pour Barcelone et pour Gérone. Sa mère Ermessende insiste sur ce point. Il a épousé sa cousine Guinedilde d'Empúries. Maintenant, il bénéficie d'un prestige accru et de plus grandes ressources pour payer davantage de soldats.

— Si tu pars, Bernard de Gothie voudra contrôler toutes ces troupes.

Elisia exprimait à voix haute ce que les chevaliers pensaient tout bas. Tous leurs efforts risquaient d'être anéantis à l'instant où lui-même franchirait les Pyrénées, ce qui ne tarderait pas, songea Isembard avec tristesse.

— Une armée ne peut pas dépendre d'un seul homme. Faisons confiance à Dieu.

L'aubergiste eut la gorge nouée. Elle s'était jetée dans ses bras en sachant qu'elle le perdrait de nouveau. C'était elle qui était en dehors de la vie d'Isembard.

— Comment va Berthe ? demanda-t-elle sans entrain. Cela fait des jours que je ne la vois plus.

— La grossesse l'épuise et l'odeur des rues lui donne la nausée.

Elisia lissa sa tunique et réajusta ses mèches rebelles.

— Nous devons en finir avec ça, Isembard, ou nous en sortirons détruits. Je passe mes journées à attendre de tes nouvelles le cœur serré, en craignant que tu ne reviennes pas.

Elle lui caressa les joues ; quelques poils gris apparaissaient dans sa barbe blonde.

— Je souffre comme une épouse et je ne t'ai pas à moi.

— Elisia…

— Tu m'as rendue heureuse, Isembard de Tenes. Ne dis rien, je t'en supplie.

Le capitaine baisa ses larmes.

— Comment va la lecture ? demanda-t-il pour lui redonner le sourire.

— C'est très difficile, mais je comprends beaucoup de phrases ! Cette femme, Dhuoda, avait une force admirable. Ton épouse est très généreuse et patiente avec moi. – Elisia voulut alléger la tension entre eux. – Si tu avais épousé une harpie prétentieuse, ce serait plus facile pour moi !

Voyant qu'elle lui avait arraché un sourire, elle courut vers la porte. Isembard quitta l'étable peu après. Une sensation familière sur la nuque l'avertit qu'il était surveillé. Il leva les yeux vers la maison et distingua une ombre qui s'écartait d'une fenêtre. Il savait que c'était Gali. Une haine viscérale le dévasta de l'intérieur. Ce minable était toujours en vie parce qu'Elisia l'avait supplié de l'ignorer. Il ne souhaitait pas déclencher un scandale dans la taverne, ou qu'on suspecte son adultère. Depuis la disparition d'un de ses plus sinistres amis, Calort, Gali était de plus en plus isolé et irascible, particulièrement avec Elisia. Elle lui avait proposé de lui racheter la maison, mais il refusait, prétextant sa condition de père ; en réalité, il ne faisait aucun cas de Gombaud et de Lambert. Il avait peur et il sortait peu du Miracle.

Isembard regarda la fenêtre d'un air de défi. À la moindre provocation de Gali, il lui infligerait une bonne correction.

La nuit venue, Gali prit discrètement le chemin du petit palais où vivait Berthe d'Orléans pour lui raconter ce qu'il avait vu. Son sang bouillait de colère. Ce qu'il avait toujours suspecté était vrai… Or Elisia était à lui. Accusés d'adultère, c'en serait fini d'elle et d'Isembard : conformément à la loi gothe, ils deviendraient ses esclaves. Il pensait aux pièces que sa femme lui cachait et qui lui appartiendraient bientôt, quand la porte s'ouvrit. Le domestique fit la grimace en le reconnaissant.

— Le capitaine Isembard est à la taverne, avec le capitaine Oriol et certains de ses hommes.

— Je viens voir Berthe d'Orléans, dit-il avec arrogance. C'est urgent.

Sans laisser au domestique le temps de répondre, il le repoussa et entra. Ne voyant pas Berthe au rez-de-chaussée, il monta à l'étage. Croyant que c'était son mari, la jeune femme était sortie de sa chambre pour le recevoir. Elle prit peur en découvrant Gali dans la pénombre du corridor. À quarante-deux ans, avec sa bouche noire, il avait l'air un cadavre ambulant, et sa puanteur lui provoqua un haut-le-cœur.

— Pourquoi es-tu venu, Gali ? demanda-t-elle prudemment.

— Ton époux te trompe avec ma femme, Berthe. Nous devons les dénoncer.

Le cœur de la jeune aristocrate se brisa. Dès le premier jour, elle avait deviné l'attirance qui existait entre eux, et elle s'était sentie soulagée quand elle avait quitté l'auberge, même si elle avait la gentillesse d'apprendre à lire à Elisia. Elle craignait ce moment depuis longtemps, toutefois elle n'était pas une enfant. Elle avait été élevée pour accorder la première place à son lignage, et elle avait pour époux un grand capitaine de *scara*. Son père avait des bâtards, comme la majorité des mâles aristocrates. Ce n'était pas l'amour qui régissait sa destinée, même si elle en avait rêvé avec Isembard.

Elle se rappela avec tristesse les conseils de sa mère : elle était noble et même si son cœur saignait, elle devait se comporter comme telle, surtout face à des plébéiens du genre de Gali.

— Mon mari est capitaine grâce à la maison d'Orléans, affirma-t-elle d'un ton hautain. Mon époux est un homme. Il se comporte comme tel, mais il sait où est son foyer, et qui est son épouse.

Elle caressa son ventre rebondi.

— C'est de mes entrailles que naîtront les héritiers qui poursuivent son lignage.

— Ainsi, tu te contenterais des miettes que te laisse ma catin d'épouse ?

— Je n'ai pas eu la possibilité de choisir, à la différence de toi, mais je rends grâce à Dieu de m'avoir donné un époux comme Isembard.

Elle le regarda avec dégoût avant de poursuivre :

— Il n'est pas impossible que tu aies toi-même poussé Elisia dans les bras d'Isembard.

Devinant que Gali n'était pas prêt à accepter la situation, contrairement à elle, et désireuse avant tout d'éviter la honte, elle s'approcha de lui, impérieuse :

— Mon père appartient à l'aristocratie *mediocre* ! Si tu t'avises de souiller le nom de mon époux et celui de la maison d'Orléans, ses cinquante chevaliers te traqueront sans relâche comme un lapin !

Elle avait voulu le blesser et comprit son erreur lorsqu'un horrible rictus déforma le visage de Gali. Elle cria. Il la poussa dans l'escalier et, avant de sombrer dans les ténèbres, Berthe sentit une intense douleur lui vriller la tête et le ventre. Horrifié par ce qu'il venait de faire, Gali écarta le domestique et s'enfuit à toutes jambes dans la nuit noire.

Un serviteur se précipita à l'auberge pour prévenir Isembard, qui accourut au palais, suivi de plusieurs clients du Miracle. Entourée de ses servantes, Berthe gisait, inconsciente, avec une plaie sanglante à la tête et une fracture au bras. L'angoisse saisit toutes les personnes présentes.

— C'est Gali de Carcassonne, mon seigneur, dirent les domestiques à Isembard.

Elisia était également accourue. Elle palpa très attentivement et en douceur le ventre de la jeune femme.

— Il faut la monter à l'étage. Je vais faire appeler le médecin juif de l'évêque.

Un sanglot amer la secoua. Dieu avait puni leur péché. Si Berthe mourait ou restait estropiée, son amant et elle ne pourraient plus jamais se regarder dans les yeux.

Isembard quitta le palais fou de rage et de chagrin. Cette fois, il n'aurait aucune pitié pour Gali. Elisia ne le retint pas : son époux ne méritait aucune clémence.

La tragique nouvelle se répandit dans la ville. Frodoi en personne vint s'informer de l'état de santé de l'illustre étrangère. Personne ne s'expliquait la réaction de Gali, mais lorsque Goda apparut à son tour, l'évêque et elle se comprirent au premier coup d'œil.

Le passage d'Isembard déclencha le désordre dans deux tavernes, cependant personne ne savait où était Gali.

Frodoi, Oriol et Goda se réunirent dans le petit palais de Berthe.

— Le capitaine Isembard est trop exposé, dit l'évêque, soucieux.

— Il a trop d'ennemis pour que son épouse demeure dans un lieu aussi simple d'accès, reconnut le capitaine. Si Berthe vivait dans une tour ou une habitation fortifiée, Gali n'aurait pas pu l'attaquer et s'échapper en toute impunité.

— À quoi pensez-vous, monseigneur ? demanda Goda devant le silence de Frodoi.

— Oriol a raison. Isembard est un Chevalier de la Marche. Sa famille et lui ont besoin d'un refuge sûr et protégé. – Ses yeux brillèrent d'un éclat malicieux. – Peut-être est-ce le moment de lui suggérer de récupérer la forteresse de sa famille.

— Tenes ? s'écria-t-elle, alarmée. Elle est la propriété de Drogon de Borr par la grâce de Bernard de Gothie !

— Je suis certain qu'il est impliqué d'une manière ou d'une autre dans ce malheur. Pour gravir un nouvel échelon de son *cursus honorum,* il faut qu'Isembard cesse de penser comme Guissand de Barcelone.

Il regarda Goda avec un sourire entend.

— L'ambition, ma dame. L'ambition qui a permis d'édifier une cathédrale et qui créera un lignage à Cardona. Isembard doit ambitionner la forteresse de Tenes !

60

Boson, les mains dans le dos, contemplait, l'air songeur, la danse des flammes dans la gigantesque cheminée de pierre de la salle du château de Berzé, une des vieilles forteresses des Bosonides. Il songeait à l'ironie de sa situation : il appartenait au lignage qui détenait le plus grand pouvoir dans le royaume et il se sentait en permanence insatisfait. Durant sept années, ils avaient influé pour leur propre compte sur les décisions de Charles le Chauve et tout s'était déroulé comme ils l'avaient prévu ; et chaque fois qu'un noble était un obstacle pour eux, sa sœur savait à qui s'adresser pour le faire taire. Le roi franc était devenu empereur. Malheureusement, en Italie, les plus influents lignages et une bonne partie du clergé avaient refusé de couronner Richilde impératrice.

Hugues l'Abbé, de la maison de Welf, un puissant cousin du monarque par la lignée de sa mère Judith de Bavière, s'était rallié à l'alliance conclue avec Bernard Plantevelue et le marquis Bernard de Gothie. Diplomate habile et fléau des Normands, il avait vu sa fidélité à Charles récompensée par la Marche de Neustrie, au nord de la Francie, ainsi que par les comtés d'Angers, d'Auxerre et de Tours. Les quatre hommes dominaient une bonne partie du royaume et des centaines d'aristocrates *primores* et *mediocres* apportant à eux tous des milliers de soldats et d'importantes ressources.

Quand Louis le Germanique mourut, espérant augmenter encore leurs possessions, ils poussèrent Charles le Chauve à marcher sur les domaines de son demi-frère, sans la moindre préparation. Après l'humiliante défaite subie à Andernach, le rêve s'était évanoui. L'empereur était malade. S'il mourait, leur plan échouerait, alors que l'objectif final était désormais à leur portée.

Boson entendit la porte s'ouvrir. Ses invités arrivaient. Même sa sœur Richilde avait fait le déplacement jusqu'à Berzé avec un petit contingent de membres de la *scola* pour assister à la réunion secrète.

Il ne se retourna pas avant d'entendre la porte bruyamment refermée. Ils étaient tous là, son père Bivin de Vienne, Richilde, les deux Bernard et Hugues l'Abbé venu du Nord. Boson déplorait l'absence de sa tante Theutberge, qui s'était éteinte le 11 novembre 875 en l'abbaye Sainte-Glossinde de Metz. À la différence de Bivin, elle avait toujours été une protectrice de la maison bosonide et encourageait l'ambition de son neveu et de sa nièce, malgré la honte et les souffrances que lui avait infligées son époux, le maudit Lothaire II.

Hugues l'Abbé était mal à l'aise. Il avait toujours été fidèle à la Couronne, et seules les difficultés actuelles du royaume l'avaient convaincu de la nécessité de chercher une alternative. Le seul absent à cette réunion était Hincmar de Reims. Après l'arrivée du vicaire apostolique Anségise, il avait été écarté du conseil du roi, or sa colère n'avait pas brisé sa loyauté envers un Charles le Chauve affaibli.

— Eh bien ! Boson ? commença Hugues. J'ai fait un long voyage. J'espère apprendre ce que l'avenir nous réserve, et si c'est Dieu ou le diable qui l'écrit.

Boson leur adressa un sourire carnassier.

— Nous sommes proches du but, mon cher abbé.

— Le roi convoquera un plaid général dans la ville de Quierzy le 14 juin prochain, expliqua Richilde, fière de faire entendre sa voix devant les nobles. Il veut régler les choses en Francie avant de traverser les Alpes pour aider le pape à défendre ses États.

— Comment va sa santé ? J'avais cru comprendre qu'il ne se remettait pas de ses maux.

— Il est prêt à honorer ses engagements vis-à-vis du pape ; il sait toutefois qu'il n'en reviendra pas. Ce plaid sera son testament.

— C'est le sujet de notre réunion, mes amis, enchaîna Boson. Au cours de l'assemblée, le roi légiférera sur la succession héréditaire des comtés afin que les fils puissent succéder à leur père de droit, sans avoir besoin d'être nommés par le roi. Avec la reconnaissance de l'hérédité de la charge comtale, chaque maison perpétuera son domaine en toute autonomie.

— Cela anéantit les principes mêmes de notre royaume ! répliqua l'abbé. Charlemagne se retournera dans sa tombe !

— Nous ne savons même pas où se trouve sa tombe, objecta Boson. À l'époque, le royaume sortait de l'âge obscur des Mérovingiens. Aujourd'hui, il existe une aristocratie forte, qui verse son sang pour les rois depuis un siècle. Une fois ce droit approuvé, quand la maison des Carolingiens sera écartée du trône, nos domaines seront des royaumes légitimes, sans soumission à quiconque, et nos maisons deviendront des monarchies à perpétuité.

Ils maintenaient les apparences alors que l'enthousiasme les étouffait. Dans la pratique, la plupart des territoires étaient gouvernés depuis des décennies, si ce n'était des siècles, par les mêmes maisons ; toutefois, le pouvoir suprême revenait au roi oint et, après chaque décès de monarque, ils devaient se rendre à la cour pour obtenir leur nomination. Le nouveau roi en profitait immanquablement pour leur réclamer fidélité, et de nouvelles troupes. Loyautés intéressées, conspirations et révoltes provoquaient souvent la chute de maisons fortes, ainsi que des dépossessions intempestives et des changements abrupts dans la hiérarchie nobiliaire.

— Il y a aussi une autre question, indiqua sèchement Bernard Plantevelue. Il faut faire savoir à toute la Gaule que Charles nous abandonne une fois de plus pour défendre l'Italie. Des nouvelles nous parviennent signalant que cent bateaux normands s'apprêtent à remonter la Seine pour détruire le cœur du territoire.

— Il ne pourra pas lutter sur les deux fronts, en Italie et contre les Normands, intervint Hugues.

— Il compte collecter cinq mille livres d'argent pour signer une trêve avec les Normands, informa Richilde. Il arrêtera ainsi l'invasion et pourra se consacrer à l'Italie.

— Cinq mille livres? s'étrangla Bernard de Gothie. Il nous dépouille pour courtiser le pape! C'est inacceptable!

Les yeux injectés de sang et le visage crispé, le marquis de Gothie s'enivrait sans cesser de fixer l'inaccessible Richilde du regard. Tous connaissaient ses accès de violence et son instabilité. Il en était arrivé à spolier des biens de l'Église et à s'opposer, dans ses comtés, à la nomination d'évêques ordonnés par le roi, ce qui avait produit des désaccords juridiques avec la Couronne. Conscients qu'il deviendrait un problème à la longue, ils jugeaient néanmoins qu'il leur était encore nécessaire.

— Il semblerait que le moment soit enfin venu, déclara Boson. Ma sœur, fais en sorte que le monarque énonce ces dispositions au cours du plaid général! Et Dieu pourra l'appeler à Ses côtés. Je me chargerai d'informer Louis, Carloman et Charles le Gros pour qu'ils l'arrêtent dans les Alpes.

— Je ne permettrai pas qu'il meure tant que le pape ne m'aura pas couronnée impératrice! s'exclama Richilde.

Elle le devait à sa tante Theutberge; où que celle-ci se trouve, et peut-être au ciel, elle serait fière d'elle.

— C'est le moins que vous puissiez faire pour moi, après tout ce que j'ai supporté auprès de cet homme.

— Il en sera ainsi, acquiesça son frère. La rébellion s'organisera dans la foulée. Il n'est pas question que le roi rentre… et nous prendrons le contrôle du royaume.

— Trahir un empereur oint est un terrible péché, jugea Bivin.

Son fils et les autres présents lui lancèrent un regard chargé de mépris. Il n'avait jamais eu le caractère des Bosonides et il paraissait de plus en plus effarouché.

— La seule trahison est celle du souverain de Francie prosterné aux pieds d'un pape capricieux uniquement intéressé par la conservation de son siège et de ses États!

— Multiplier nos titres est une chose, se rebeller contre la volonté de Dieu en est une autre.

— Père, êtes-vous avec nous ou avec notre roi?

Bivin avait toujours été un bon ami de Charles. Il constituait le maillon faible de cette conjuration, et ils le savaient tous.

Même les beaux yeux de sa fille l'accusaient de lâcheté. Il finit par céder.

— Je me dois à la maison des Bosonides. Que Dieu nous pardonne.

Boson et Richilde s'observèrent, très inquiets. Leur propre père risquait de les dénoncer.

— Durant le plaid de Quierzy, reprit Richilde, le visage grave, mon époux nommera son fils Louis le Bègue héritier de la Couronne. Quoi qu'il arrive, nous devons éviter son couronnement, sous peine de voir tous les féaux agir par loyauté à la Couronne et se rassembler autour de lui.

— Lorsque la rébellion commencera, nous l'acculerons en Aquitaine. Cet homme serait incapable de gouverner.

Les maisons présentes scellèrent les termes de la conspiration. Alliées, elles détenaient le plus grand pouvoir aristocratique jamais connu dans l'empire. Chacun leva sa coupe. Hugues de Welf les accompagna ; il était le moins convaincu, pour autant il n'était pas un lâche comme Bivin. Entre ses dents, il adressa une prière à Dieu pour qu'Il les aide. L'année 877 allait changer la destinée du monde.

À minuit, quand les nobles se retirèrent dans leurs appartements, ivres et euphoriques, Richilde repoussa l'insolent Bernard de Gothie et se rendit dans la sombre chapelle du château de Berzé. Elle s'agenouilla devant le Christ de l'abside. Elle aimait cette statue depuis qu'elle était petite fille parce que le crucifié, vêtu d'une tunique pourpre brodée et la tête ceinte d'une couronne, avait les yeux fermés et le visage serein. Il ne portait pas sur elle un regard accusateur, contrairement aux autres représentations du Christ.

Une larme coula sur sa joue. La frustration de ne pas avoir d'enfant mâle afin de disputer la Couronne à Louis le Bègue la rendait furieuse contre son époux et contre Boson. Or la coupable, c'était elle. Ses rejetons naissaient faibles et maladifs parce qu'elle s'était offerte à des dieux païens condamnés aux ténèbres, à l'image de leurs vieilles prêtresses.

Elle avait trente-deux ans et était encore fertile. Elle pourrait séduire le Bègue pour l'épouser, mais Adélaïde de Paris, son épouse actuelle, était jalouse et intelligente. Tandis que de nombreux chevaliers lui murmuraient cette suggestion à l'insu de son frère, elle pensait à Isembard, et la façon dont il la posséderait lui échauffait l'imagination. Il lui aurait donné un enfant fort et sain, lui. Elle n'aurait pas dû permettre que son frère l'envoie dans la Marche. Non seulement il n'était pas mort, mais à présent, avec son armée fidèle au roi, il représentait un obstacle à la conspiration. Elle voyait là une ultime chance, néanmoins. Être la mère d'un roi était devenu l'obsession maladive de Richilde.

Un frisson parcourut son dos. Elle sut qu'elle n'était pas seule. Une ombre se confondait avec les ténèbres au fond de la chapelle. La reine sortit un petit vélin et lut à voix haute une série de noms : les comtes Oliba II de Carcassonne et Guifré d'Urgell, les prélats Frotaire de Bourges, Frodoi de Barcelone et Hincmar de Reims... Elle nomma une petite douzaine de personnalités éminentes de l'aristocratie et du haut clergé, tous fidèles à son époux et représentant un danger pour la rébellion. Après une pause, elle ajouta un dernier nom :

— Bivin de Vienne.

— Votre père? demanda la voix féminine tapie dans l'ombre.

Richilde inspira profondément pour que sa voix ne tremble pas. Ce sacrifice était nécessaire. Si Bivin les dénonçait, ils finiraient sur l'échafaud. Même son charme ne servirait de rien pour obtenir le pardon du roi.

— Mon père sera le premier, Rotel. Qu'il ne puisse pas quitter Berzé. Ce sera cette nuit.

— Tout le mal reviendra, d'une manière ou d'une autre, ma reine.

Cette pensée effraya Richilde. Dès qu'elle en aurait fini avec cette liste, elle donnerait l'ordre de tuer cette femme. Boson avait raison : Rotel était dangereuse, elle en savait trop.

— Je sens votre peur, ma reine. Il n'y a pas de place pour la peur de ce côté obscur de l'univers. Si vous flanchez, vous ne maîtriserez plus rien. D'autres forces, lumineuses, interviennent également dans ce combat.

— Cette lumière s'éteindra. Obéis, Rotel. Que tes démons te viennent en aide.

À l'aube, les domestiques donnèrent l'alerte. Bivin de Vienne gisait sans vie dans sa chambre. Une horrible expression de terreur crispait son visage. Il portait sa cape de voyage. La mort l'avait emporté au moment où il s'apprêtait à quitter le château en pleine nuit.

À midi, Hugues l'Abbé partit hâtivement avec sa suite. Cette alliance n'était pas une simple conspiration ; quelque chose de ténébreux planait sur elle. La soif de pouvoir des Bosonides et la façon dont le moindre opposant potentiel disparaissait l'inquiétaient. Il demeurerait au sein de l'alliance pour le moment, mais s'il découvrait une vérité sinistre ou un sacrilège, il briserait le pacte, et les conjurés le trouveraient sur leur route, lui et son pouvoir.

61

Le plaid général de Quierzy se termina sans une ovation et sans les vivats de longue vie à l'empereur. Aucun tournoi ne fut organisé. Charles ne voulait pas courir le risque de blessures chez les chevaliers qui partiraient avec lui pour l'Italie. Le grand absent de l'aristocratie franque fut le marquis Bernard de Gothie, en conflit avec le roi dont il n'acceptait pas la politique ecclésiastique. Par ailleurs, son comportement erratique gênait les membres de l'alliance. L'aristocratie affronta le vicaire apostolique Anségise au cours de discussions acides, car il ne cessait d'exiger d'eux des efforts en faveur du pape. Charles déplorait de s'être séparé de l'archevêque Hincmar de Reims.

Comme il l'avait décidé avec Richilde, il quitterait la Francie pour aller défendre les côtes italiennes contre le fléau sarrasin. La Gaule resterait exposée à ses neveux germains et aux Normands. On verserait cinq mille livres d'argent à ces derniers pour qu'ils ne débarquent pas de leurs drakkars; la collecte de ce montant très élevé appauvrirait ses vassaux, ses serfs et ses hommes libres. En outre, le roi se voyait contraint de laisser la régence aux mains de son fils Louis le Bègue, auquel il ne faisait aucunement confiance. Ce dernier l'avait déjà trahi par le passé.

Le panorama était navrant. Pendant l'assemblée, le monarque avait soumis les nobles à un interrogatoire les conduisant à s'engager à conserver les biens de l'Église et les édifications de l'empereur. Il leur avait aussi fait jurer fidélité à la Couronne et promettre de respecter les biens de ses enfants comme de son épouse, serments qui s'évanouiraient s'il mourait.

Le plus gros du temps avait été consacré à l'examen et à la discussion de la proposition des Bosonides, rejoints par d'autres aristocrates, d'établir le droit héréditaire sur les domaines. Le sujet avait occupé plusieurs journées et, en dépit des mots doux de son épouse, le roi avait uniquement consenti à ce que, en cas de décès du titulaire, la seigneurie soit gérée par un organisme dans lequel interviendrait la parentèle du défunt. Le titre serait réservé au fils du mort, dans le cas où il aurait servi dans les armées royales en Italie. Seuls en disposeraient librement les féaux qui accepteraient, lorsque Charles s'éteindrait, de renoncer au monde et de consacrer leur existence à prier pour son âme.

Il organisa en détail l'administration du royaume pendant son absence, la conservation des forêts et les positions contre les Normands. Son obsession de la mort était telle qu'il régla même des questions aussi triviales que l'établissement des pièces de chasse pour son fils Louis.

Charles était dévoré par un présage mortifère. Son angoisse ne passa pas inaperçue et la fin du plaid prit des allures de funérailles. Le 20 juin, la cour se rendit à Compiègne pour réunir les maigres troupes disponibles et partir pour le Sud.

Le 1er août, le roi s'apprêtait à franchir la Saône en direction des Alpes. Les nouvelles l'effrayaient. Il avait réquisitionné du bétail et gagé des récoltes entières pour payer les Normands et de nombreux monastères avaient perdu leurs calices et leurs ornements, dont l'argent avait été fondu en livres afin que soit respecté l'engagement envers les pilleurs du Nord – engagement qui avait causé la ruine de centaines de vassaux et de leur peuple. La Francie maudissait son roi.

L'alliance forgée par les Bosonides encourageait cette colère ; jongleurs, ménestrels et troubadours chantaient des poèmes corrosifs qui, cette fois, n'amusèrent pas du tout Charles.

Des barques furent placées sur la Saône pour permettre le passage du millier de soldats composant l'armée. Le souverain convoqua ses capitaines et ses conseillers dans la tente royale. Il fit formellement ses adieux au duc Boson de Vienne et à

Bernard Plantevelue. Bernard de Gothie était toujours absent. Charles se repentait d'avoir accepté la couronne impériale, qui ne lui avait causé que des soucis. En outre, les sujets italiens ne paraissaient pas disposés à protéger le Saint-Siège. Ses conseillers ne quitteraient pas la Francie, pas plus que Boson, vice-roi d'Italie, dont l'épouse Ermengarde de Lotharingie vivait à Rome. Cela éveilla les soupçons d'un monarque lassé par de tant de trahisons et de conspirations. Ils lui promirent donc d'accourir avec leurs armées en cas de besoin. En attendant, l'empereur honorerait seul son serment sacré.

Richilde feignait de broder tout en écoutant les adieux du roi qui résonnaient comme un testament. Elle gardait entre ses seins la petite fiole en verre que Rotel lui avait fournie. Pour déclencher les fièvres, il lui suffirait d'en verser quelques gouttes dans le vin aux herbes médicinales que le médecin juif Zedequias faisait boire chaque soir à Charles. Boson et elle échangèrent un regard. Il n'y avait plus de retour en arrière possible.

Charles fit appeler un membre de sa *scola.*

— Envoie un pigeon à Barcelone. J'ai besoin d'Isembard de Tenes à mes côtés.

— Il fait un travail nécessaire à la frontière hispanique, mon seigneur.

— C'est un *missus dominicus,* et j'ai besoin de lui maintenant ! Regarde notre armée, elle est insuffisante ! Il nous faut de bons capitaines pour mettre à profit jusqu'au dernier soldat !

Boson interrogea Richilde des yeux ; elle détourna la tête. Il comprit : l'ordre du roi émanait de sa sœur. Il allait protester quand elle sourit d'un air rusé. Le capitaine de *scara* n'était pas mort comme ils l'avaient prévu. Cantonné avec ses troupes dans la Marche hispanique, il pouvait devenir un problème. Mieux valait qu'il soit en Italie avec le roi qui, par ailleurs, ordonnerait à Bernard de Gothie de prendre la tête de l'armée de la frontière. L'alliance contrôlerait ainsi le sud du royaume et éviterait une quelconque menace. Puis elle en finirait avec les comtes Guifré et Miró, fidèles au roi.

— Je suis d'accord, dit Boson. Vous avez besoin des meilleurs avec vous.

Le soldat de la *scola* ne paraissait pas très convaincu.

— Mon seigneur, vous devriez peut-être reporter le voyage en Italie jusqu'à ce que le mécontentement de vos sujets se calme en Gaule.

Richilde s'employa à l'interrompre, très en colère.

— Le pape réclame de l'aide, imbécile !

Elle accapara ensuite l'attention de Charles.

— Auriez-vous oublié la dernière lettre du pontife ? Seuls dix bateaux byzantins en voyage diplomatique protègent actuellement Rome ! Mon époux, nous devons y aller pour que, quoi qu'il arrive, l'histoire glorifie notre sacrifice et notre bravoure. Je vous suivrai, même s'ils restent tous à l'arrière. Et pour prix de cet engagement, vous solliciterez du pape qu'il me nomme impératrice.

Charles la contempla avec fierté. Sa reine était prête à partager ses peines et les difficultés du parcours. Elle était la gardienne de droit des *regalia* – le sceptre, la couronne et l'épée –, et elle les emporterait dans un coffre solide dont elle seule garderait la clef. Richilde prit son époux dans ses bras ; ce geste maternel le rassérénait, généralement.

— Très bien, altesse, dit le soldat, vaincu. Je rédigerai le message et je l'enverrai à Barcelone.

Richilde regarda Charles tendrement.

— Je me sentirai beaucoup plus protégée avec le capitaine Isembard de Tenes.

62

— Tendez ! cria Isembard.

Deux cents jeunes archers levèrent leur arc et bandèrent la corde en boyau. L'objectif à atteindre était une ligne de terre débroussaillée à l'autre extrémité du camp proche de la tour de Benviure. Le capitaine passa parmi eux tranquillement, attentif aux craquements du bois en tension. Il vit les visages rougirent peu à peu et les bras commencer à trembler.

— Que personne ne tire avant mon ordre !

À côté de lui, Airado observait chacun des archers. Maintenir cette position était douloureux. Ils s'étaient entraînés pendant des mois et ils étaient capables de le supporter. Isembard, silencieux, restait indifférent aux regards suppliants. Une éternité plus tard, il cria :

— Décochez !

Une nuée de flèches monta dans les airs jusqu'à presque disparaître de leur vue avant de retomber tel un rideau compact de pluie mortelle.

— Chacun a fait une encoche personnelle sur ses flèches. Votre flèche doit se trouver exactement en face de votre position. Je veux que vous la retrouviez. Les espaces entre les flèches correspondent à autant d'ennemis qui ont eu de la chance. Or je veux qu'ils n'aient aucune chance ! Tous ceux qui ont tiré en dehors de la bande de terre recommenceront l'exercice dix fois de suite, est-ce bien clair ?

Pendant que le groupe d'archers courait chercher les flèches, un cavalier s'approcha d'Isembard au galop.

— Capitaine, un message est arrivé de Barcelone.

— Quand ?

Il attrapa la petite bande de parchemin sur le pigeon voyageur.

— Le capitaine Oriol vous attend dans la tour de Benviure. L'évêque Frodoi veut vous voir de toute urgence.

— Que dit le message ? demanda Airado en voyant Isembard pâlir à la lecture.

— Le roi ordonne que je le rejoigne à Pavie, répondit ce dernier d'une voix terne.

— Justement au moment où nous apprenons que Drogon de Borr rassemble des troupes ! Cela ne vous semble-t-il pas suspect ? Voudraient-ils vous éloigner pour une raison quelconque ?

— Je dois partir, se contenta-t-il de répondre à ces questions préoccupantes.

Airado sentit son estomac se contracter. Sa profonde antipathie à l'égard d'Isembard avait cédé la place à une véritable vénération. Le capitaine était ferme mais juste, et il leur avait offert une raison noble de combattre. Peu d'hommes étaient retournés vers Drogon. Ils avaient cessé d'être une horde de pilleurs pour devenir des soldats d'une armée bien entraînée. Isembard et les vétérans Armanni, Garleu et Maior répartissaient les hommes selon leur habileté à l'épée, à l'angon ou à l'arc, et tous étaient équipés de protections et de boucliers. Airado avait trouvé un sens à son existence auprès du capitaine de *scara*, et il nourrissait l'espoir de retrouver sa sœur et de la sortir des horribles tavernes du Regomir.

Une partie de l'armée se concentrait près de la via Augusta qui conduisait à Barcelone et aux villes du Nord. Une voie stratégique pour de possibles incursions sarrasines. Dans des dizaines de tours de guet, des garçons dotés d'une excellente vue surveillaient les rives de la frontière fluviale. Ils étaient accompagnés d'hommes armés et d'éclaireurs, et ils avaient à leur disposition des tas de bois et d'herbe verte pour donner l'alerte par le feu ou la fumée. Les soldats étaient payés en oboles ou en blé. L'argent de Goda et les prêts des Juifs de la Cité couronnée étaient épuisés depuis longtemps déjà, mais les familles aristocratiques, les abbés et les paysans libres propriétaires de domaines dans les nouvelles terres contribuaient à l'entretien des troupes.

Isembard galopa jusqu'à la tour, en proie à un étrange sentiment. Il avait presque oublié qu'il était sur place pour inspecter la garde de la frontière. Sa tâche était terminée.

Oriol l'attendait avec une coupelle de vin brûlant. Ils s'étreignirent. Le garde du corps de l'évêque était rentré depuis longtemps à Barcelone, mais ils restaient en contact étroit. Ils se mirent en route ensemble.

— Dans quel pigeonnier le message est-il arrivé ?

— Dans celui du palais comtal. Le roi te réclame au moment où Drogon sort de sa léthargie.

— Ne commence pas ! Airado me l'a déjà dit. Je fais mon devoir de capitaine de *scara*. Armanni, Garleu et Maior prendront le commandement. Nous comptons aussi sur Guifré le Velu et son frère Miró.

Oriol dissimula la peine qui lui contractait le gosier. Si Frodoi disait vrai, Isembard allait mourir avec le roi en Italie. Le prélat recevait quotidiennement des messages de Narbonne et de divers évêchés laissant craindre le pire. Charles le Chauve avait traversé les Alpes et on parlait d'une révolte bien orchestrée mettant à profit le mécontentement général. Pour qu'elle réussisse, le roi ne devait pas revenir vivant de son expédition.

Avant de partir pour Pavie, Isembard alla voir Berthe. Elle était jeune et elle s'était bien remise de sa chute. Elle avait le bras tenu par des éclisses, et elle sentait en elle son rejeton bien accroché à la vie. Ils respiraient tous. Le capitaine avait même renoncé à rechercher Gali, dont personne ne comprenait comment il avait pu disparaître ainsi sans laisser de trace.

La jeune femme fondit en larmes en apprenant la nouvelle. Elle comprit que, pendant qu'elle mettrait leur enfant au monde, son époux combattrait les Sarrasins dans la lointaine Italie. Le voyage prévu à Orléans en serait retardé. Les rumeurs qui parvenaient de Francie étaient chaque fois plus inquiétantes.

Le capitaine se rendit au Miracle le cœur lourd, mais il ne rencontra pas Elisia. Depuis la chute de Berthe, elle le fuyait. Elle était persuadée que leurs péchés avaient provoqué ce malheur et ne voulait pas que quiconque d'autre en souffre.

En apprenant le départ d'Isembard pour l'Italie de la bouche de Gauderic, elle s'était enfermée dans sa chambre pour pleurer. Elle pouvait renoncer à ses caresses, mais elle ne supporterait pas sa mort. Dans la taverne, on prédisait la fin du roi et de son armée ; soit par la main des Sarrasins en Italie, soit par celle des fils vindicatifs de Louis le Germanique.

Isembard allait retrouver Frodoi dans l'*aula* épiscopale quand il l'aperçut dans la cathédrale. Grâce aux dix livres d'argent de Charles le Chauve, l'évêque avait fait venir des artistes pour décorer l'abside de peintures murales qui rivaliseraient avec les fresques de la magnifique abbaye de Saint-Germain-en-Auxerre où Frodoi avait passé une année dans sa jeunesse. Deux orfèvres de Tolosa réalisaient les calices et l'énorme croix en bronze qui conféreraient à l'endroit la splendeur des grands temples.

L'évêque conduisit le chevalier dans l'ancien baptistère par une porte étroite. Isembard n'était jamais descendu dans ce petit temple ; éclairé par des ouvertures réduites, il était occupé par un bassin octogonal en marbre doté de quatre escaliers intérieurs formant une croix. C'était un vestige du passé de la ville que Frodoi s'acharnait à conserver.

— La cité est confrontée au plus grand dilemme de son histoire, commença l'évêque, désireux de faire part de ses craintes à Isembard. Si l'alliance des Bosonides se lève contre la Couronne, Bernard de Gothie exigera de Barcelone qu'elle se joigne à la révolte. Mais si la rébellion échoue, nous souffrirons la répression du roi Charles le Chauve ou de son successeur sur le trône.

— À l'inverse, si vous vous opposez à Bernard et que la révolte sort gagnante, vous subirez sa colère contre les traîtres.

— Tu as compris, je vois. Tels sont les risques qui pèsent sur notre ville.

— Avez-vous demandé conseil à l'archevêque Hincmar de Reims ? Il est habile sur ces questions, comme vous, Frodoi.

Isembard lui adressa un sourire entendu, pourtant l'évêque, très concentré, ne réagit pas. Depuis les dix-sept années qu'il dirigeait son évêché, il avait travaillé sans relâche pour la prospérité de Barcelone et de son territoire. Il avait connu des déboires et des joies, et à présent il se rongeait les sangs à l'idée que l'avenir se jouait loin de là sans qu'il puisse intervenir.

— J'ignore quel parti prendra Hincmar. Il n'est plus le même depuis que le roi l'a écarté au profit d'Anségise. Je soupçonne qu'après ton départ, dit-il d'un air grave, Bernard de Gothie réclamera ton armée en se servant de Drogon. Ne vois-tu pas, Isembard, que tout est planifié ?

— Mon armée possède de bons capitaines qui s'inspirent des Chevaliers de la Marche. Ils gardent la frontière. Et puis vous êtes là, monseigneur.

— Combien de temps tarderont-ils à m'éliminer, d'après toi ? J'espère seulement que ce ne sera pas ta sœur qui s'en chargera... On raconte qu'elle est devenue une sorcière maléfique au service de la reine Richilde.

Isembard détourna la tête. Parler de Rotel le blessait profondément. Les rumeurs persistaient au sujet de la sorcière aux cheveux blonds qui obéissait à Richilde. Il savait que sa sœur n'était au service de personne, néanmoins elle avait pu négocier un accord.

— Priez, et que Dieu vous éclaire, monseigneur Frodoi.

— Il me souffle que Barcelone doit rester fidèle à la Couronne ! Le roi nous a donné dix livres d'argent pour la cathédrale ! Seulement, le peuple a besoin d'une démonstration palpable de la volonté de Dieu...

— Vous êtes déjà sûrement en train de préparer un plan, maugréa Isembard.

L'évêque se tut, véritablement effrayé. Ils firent le tour du bassin baptismal qui avait donné naissance au peuple chrétien qu'il devait protéger. Isembard aussi avait besoin qu'on lui ouvre les yeux.

— Il y a une chose que tu dois savoir avant de partir, Isembard. Mes informateurs ont repéré Gali en route pour la forteresse de Drogon, il était avec une prostituée.

— Gali ? Ce maudit !

— Il est vivant, et il se peut qu'il cherche une protection. Mes hommes ne l'ont pas intercepté car ils n'avaient pas l'ordre de le faire, je suis désolé.

La colère envahit le capitaine de *scara.*

— Je jure sur mon honneur que je planterai sa tête au bout de ma lance !

— S'il se rend à Tenes, c'est que Drogon a quelque chose à voir avec tout ça, suggéra l'évêque, attendant la réaction d'Isembard. Tu devrais peut-être dépasser l'offense personnelle… et penser comme un noble.

Le capitaine sortit du baptistère d'un pas déterminé. Frodoi demeura silencieux, plongé dans ses pensées. Le moine Servusdei apparut peu après.

— J'ai vu Isembard, il était furibond. Vous lui avez dit que Gali avait été vu…

— Oui, et il a eu la réaction que j'espérais. Il affrontera Drogon. Sa loyauté à l'égard de ceux qu'il aime est plus forte que sa loyauté envers la Couronne.

— Vous venez de provoquer une guerre ! s'emporta l'ancien le vieux moine.

— Drogon et Bernard de Gothie ne s'attendent ni l'un ni l'autre à une attaque maintenant. Si Isembard bat Drogon dans son repaire, nous gagnerons du temps pour prendre une décision : la Couronne ou le marquis.

Le moine toucha le marbre et le baisa. Il aspirait à une vie de contemplation et d'étude, or l'évêque s'obstinait à s'immiscer dans les affaires temporelles.

— Vous avez apporté ici la prospérité et vous pouvez compter sur le respect des Goths et des *Hispani.* Toutefois, s'ils sont contraints de choisir entre vous suivre et la disgrâce, j'ignore quelle décision ils prendront.

— Ils ne doivent pas me suivre, moi, mais Dieu !

— En ce cas, que Lui et les saints nous protègent…

L'évêque descendit dans le bassin, à la recherche d'émanations de l'ancien lieu saint. Ses bâtisseurs ne l'avaient pas creusé à l'extrémité de la cité par caprice. Ils savaient que la terre possède des courants d'énergie, traces du travail de la Création capables de favoriser la connexion avec la divinité. Frodoi comprenait à présent l'exigence de fidélité d'Hincmar en échange de l'oubli de son excommunication : le prélat pressentait ce qui allait se produire. D'autres évêques devraient également tenir parole. Sa tâche à lui, Frodoi, était que Barcelone reste fidèle au roi. Il implora de l'aide tandis que les paroles du moine résonnaient dans sa tête.

— Que Lui et les saints nous protègent…, murmura-t-il.

Il eut la chair de poule. Frémissant, il toucha les vieilles dalles de marbre, et sourit pour la première fois depuis des jours. Servusdei s'inquiéta. Il connaissait Frodoi et ses expressions. Son esprit était de nouveau en train de concocter une ruse alambiquée.

— Tu l'as dit, mon ami, un saint qui nous protège ! Nous avons besoin d'une *inventio* ! D'une relique qui rassemble en elle tout l'esprit de Barcelone !

Frodoi traîna presque Servusdei dans la cathédrale. Exultant, il s'arrêta sous la fresque du martyre de santa Eulàlia et se délecta un instant à la contemplation du visage de son aimée.

— Santa Eulàlia ! s'exclama-t-il.

Sa voix résonna sous les voûtes du temple.

— Elle sera notre protectrice !

— C'est une martyre infiniment vénérée, indiqua le moine. Ce serait une découverte historique, à la hauteur de celle de saint Vicente martyr, protecteur de Valence ! Mais on ignore où elle est morte… Seule la tradition locale parle de Barcelone, et même ainsi personne ne sait où se trouve sa tombe.

Frodoi était agité, nerveux.

— Il faut que j'envoie un message à Hincmar de Reims, lui pourra me conseiller !

— Mon Dieu ! Quel homme ! murmura Servusdei sur les pas de l'évêque.

63

Après avoir poussé Berthe dans un accès de colère aveugle, et se sachant perdu, Gali était allé trouver Baldia, la catin auprès de qui il se sentait un homme et pas une ombre. Elle le cacha dans les vieux égouts romains de la ville, sous une des tavernes du Regomir.

Il voulait s'en prendre à son épouse et à Isembard, les blesser. Ils l'avaient trompé. Soudain, il pensait à Lambert comme le fils possible du capitaine. S'il l'avait soupçonné plus tôt, il aurait noyé l'enfant dans la lagune Cagalell. Quand il avait voulu dénoncer les deux adultérins avec l'aide de Berthe, l'aristocrate avait réagi comme l'exigeait son rang, en plaçant l'honneur et le lignage avant ses émotions. L'agresser avait été une erreur. Berthe était une hôte de choix, appréciée de tous, l'épouse d'un héros. Il serait exécuté avant d'avoir pu accuser qui que ce soit.

Désespéré, il cherchait à fuir Barcelone. Baldia lui proposa de rejoindre la forteresse de Tenes. Dans les tavernes, elle avait appris que le roi partait pour l'Italie et que Bernard de Gothie avait envoyé en secret à Drogon des soldats mercenaires afin de mater l'armée d'Isembard. Dans les bouges, on préférait les femmes jeunes et apparemment en bonne santé, et Baldia n'était ni l'une ni l'autre, même si elle n'était pas aussi âgée qu'elle en avait l'air. Dans le petit château de Tenes, en revanche, les soldats n'avaient pas l'embarras du choix, et elle serait bien reçue. Or elle craignait d'y aller seule. Gali refusa. Il avait l'idée de revenir à Narbonne et ne voulait pas s'embarrasser d'une putain.

Baldia le menaça alors de faire connaître le document de Calort, qu'elle n'avait pas brûlé.

Gali allait l'étrangler lorsqu'il prit conscience qu'il s'agissait peut-être d'un coup de chance. Il accepta d'accompagner Baldia à condition qu'elle lui rende le parchemin porteur de malheur qui entraînerait la perdition de son épouse et briserait le cœur d'Isembard. Drogon se montrerait prêt à payer pour ce document et lui, Gali, disparaîtrait dans n'importe quelle ville éloignée de la Marche.

Grâce à son visage crasseux et à sa barbe broussailleuse, il trompa la vigilance des gardes de la Porte de l'Évêché. Baldia et lui effectuèrent le trajet jusqu'à Tenes en empruntant des sentiers écartés, se cachant dès que quelqu'un approchait. Une nuit, un groupe d'hommes de Drogon les surprit, et Baldia paya de son corps leur vie sauve à tous les deux. Gali fit parvenir un message à Drogon.

Enfin, ils pénétrèrent dans le château de Tenes dressé sur son promontoire rocheux, une bâtisse délabrée aux créneaux détruits, à la tour principale trouée de brèches où s'engouffraient des branches de figuier. La forteresse était devenue aussi noire que l'âme de son seigneur. Comme ils le constatèrent, Drogon de Borr rassemblait ses troupes. Sur la place d'armes, des centaines de soldats oisifs buvaient ou s'entraînaient, serrés comme des harengs, dans une puanteur épouvantable.

Les mercenaires venus d'au-delà des Pyrénées étaient rustres et violents. Ils bousculèrent Gali, cherchant la bagarre, et traînèrent la pauvre Baldia dans un coin, comme une meute de loups. Quand il pénétra dans le bâtiment principal, Gali entendit ses cris de douleur au milieu des rires d'hommes. Elle ne ferait pas d'affaires avec eux, et il sut qu'il ne la reverrait pas ; cela lui fut indifférent.

Il inspira profondément afin de se donner du courage. Il avait voyagé jusqu'à cet endroit qui avait été le foyer d'Isembard pour lui infliger la blessure la plus profonde, avant de disparaître à jamais.

D'une bourrade, un soldat le poussa dans une salle sombre où un moine revêche lui indiqua un escalier de bois. Les marches fendues et vermoulues couinaient sous ses pas, près de s'effondrer. Gali était terrifié. Les hommes de Drogon de Borr eux-mêmes le craignaient, après ce que Rotel de Tenes lui avait infligé à Attigny.

Lorsqu'il entra dans la salle du trône plongée dans la pénombre, il constata que les propos qui circulaient étaient exacts. L'homme occupait un trône dit «de dos». Le lourd siège en bois était tourné vers le mur du fond et d'épaisses tentures occultaient les fenêtres. Les murs noircis par la suie accentuaient l'ambiance ténébreuse du lieu. Le trône grinça. Drogon était là, caché derrière le dossier. Très peu de personnes l'avaient vu depuis l'attaque de la bestiaire au cours de laquelle il avait failli mourir. Il ne sortait que rarement de cette pièce.

Une voix rauque résonna dans la pièce déserte.

— Approche.

Gali obéit, saisi.

— Il y a déjà trop de vermine dans ce vieux château, reprit la voix. Pourquoi une de plus ?

— Je t'ai informé pendant des années sur ce qui se disait dans la taverne et…

— Il y a longtemps, l'interrompit Drogon. Tu es ici parce que tu as dit à mes gardes que tu avais quelque chose qui pourrait m'être utile. Si ce n'est pas vrai, mes hommes t'écorcheront vif, pour s'amuser.

Drogon ne plaisantait pas. Gali se courba, chercha nerveusement le parchemin et le lui tendit. Drogon se leva. Il demeura immobile un instant, de dos, puis il se retourna lentement. Gali poussa un cri, incapable de dissimuler son effroi. La partie droite du visage de Drogon était une masse informe privée d'oreille ; il avait perdu une partie de la joue, qui laissait apparaître une mâchoire aux dents jaunies dessinant un sourire permanent et diabolique.

Drogon lui arracha le parchemin des mains. Il avait appris à lire car son père l'avait fait enfermer dans un couvent pour ne plus jamais entendre parler de lui. Ses yeux étincelèrent.

— Tu es méprisable et lâche, Gali ! Comptes-tu vraiment agir ainsi avec ta propre épouse ?

— J'essaie simplement de survivre, lâcha l'aubergiste, le souffle court, s'efforçant de cacher sa répulsion.

— Pour quelle raison ta haine à son égard m'intéresserait-elle, d'après toi ?

— Parce que j'ai découvert qu'elle me trompe avec Isembard de Tenes, qui est peut-être le père d'un de nos fils. Elisia et lui se connaissent depuis des années et, pour lui, elle avait pris le risque de faire entrer des armes dans Barcelone. À l'époque, je croyais qu'elle obéissait à Goda de Barcelone.

L'intérêt qui s'exprimait sur l'horrible visage de Drogon l'encouragea à continuer :

— Ils s'aiment, si ça se trouve, et au cas où vous chercheriez à fragiliser le capitaine, elle serait un atout pour vous. Un point faible.

Drogon serra les poings. Ses espions n'avaient pas découvert cette relation. Elle changeait tout. Il alla dans un coin de la pièce où se trouvait un crâne maculé de sang séché qu'il avait rapporté de la lointaine jungle africaine. Il y avait également une statuette de plomb martelée de clous rouillés et à moitié fondue, sur laquelle était nouée une mèche de cheveux du capitaine de *scara* qu'un mercenaire infiltré dans ses rangs avait obtenue. Après autant de temps, le rituel de damnation s'achevait et Drogon allait être récompensé. L'amour était une faiblesse, la plus grande de toutes.

— Que veux-tu en échange ?

— Une protection pour sortir de cette maudite Marche...

Constatant le changement qui s'était opéré en Drogon, il se risqua à ajouter :

— Plus cent deniers d'argent. Et je vous laisse la bordelière pour vos hommes de troupe.

— Auparavant, tu dois attester l'authenticité de ce vieux document et signer.

Le clerc rédigea une brève attestation que l'époux d'Elisia parapha d'une croix tarabiscotée devant un Drogon frémissant de plaisir. Gali mettait le point final à ses rêves de grandeur à Barcelone, mais il repartirait de zéro ailleurs, comme il l'avait déjà fait à Carcassonne.

Enfin s'ouvrait le véritable chemin de la vengeance ! Pas celui de la mort, celui de la douleur. Drogon avait tellement souffert qu'il y puisait un soulagement. Il voulait briser le frère de la femme qui l'avait condamné au trône « de dos ». Il laisserait l'âme d'Isembard aussi mutilée que l'était son visage.

— Décidément, la tavernière n'a pas retenu ta leçon, le railla-t-il. Tu es vraiment tombé bien bas !

Gali ravala sa colère. Il voulait sortir de là et ne plus jamais revoir cet horrible visage. Drogon s'approcha très près pour bien lui montrer à quel point il était monstrueux. Une douleur aiguë cisailla Gali au ventre. Il baissa la tête et vit une dague plongée dans ses chairs jusqu'à la garde.

— Croyais-tu vraiment que j'allais laisser une charogne de ton espèce en liberté ? Calort conservait ce document, et il n'a toujours pas reparu. Je sais maintenant pourquoi. Voilà ta récompense.

Le clerc saisit le parchemin avant qu'il ne soit taché de sang. Gali sentit la lame qui ressortait de ses entrailles. Il plaqua ses deux mains sur la plaie béante d'où jaillissait son sang. La tête lui tournait. Sa misérable vie glissa sur le dallage. Personne ne le pleurerait.

64

— *L'élection de sa personne fut inscrite par Dieu dans l'ordre du monde.*

Charles le Chauve demandait au clerc de lui relire cette phrase une fois de plus. C'était la meilleure nouvelle qu'il avait reçue depuis des mois, et en l'entendant il se sentait déjà moins faible. Elle s'inscrivait dans l'acte du concile célébré par le pape à Ravenne, avec cent trente évêques italiens, pour faire valoir leur soutien à l'empereur. En outre, le pontife en personne avait fait le voyage pour l'accueillir en Italie, dans la petite ville de Vercelli, au pied des Alpes, où ils étaient convenus de se retrouver un jour du mois de septembre.

Lorsqu'ils approchèrent de la ville, le monarque aperçut le gonfanon papal et il se sentit bienheureux. Il envoya plusieurs membres de sa *scola* élever son étendard sur lequel était brodé l'aigle carolingien, symbolisant l'épée de l'empire venant en aide à l'Italie. Le gros de l'armée campa dans les environs de Vercelli. Après l'échange d'ambassades, l'empereur alla à la rencontre du pape Jean VIII.

Les cloches carillonnaient et les clairons sonnaient aux portes de la ville où l'attendait le Saint-Père, assis sur la *sedia gestatoria,* le trône mobile papal, en tenue d'apparat de pontife avec la tiare. Charles portait la tenue impériale à la mode byzantine, et il arborait la couronne, le sceptre et l'épée que Richilde, gardienne des *regalia,* lui avait remis. La reine était resplendissante, sa longue chevelure cuivrée couverte d'un fin voile de soie blanc, dans sa tunique cramoisie à manches noires et son capelet de marte. Ses dames tenaient les pans de sa longue cape. Après cinq grossesses, elle demeurait d'une beauté irrésistible.

Tandis que Jean VIII descendait de son trône mobile aidé par ses diacres, Richilde se pencha vers Charles le Chauve et lui murmura à l'oreille :

— N'oubliez pas votre promesse, mon époux.

— Je jure par Dieu que le pape vous couronnera impératrice en toute solennité.

Elle se pencha davantage et ses lèvres effleurèrent le lobe de l'oreille du monarque.

— Ne buvez pas trop et gardez des forces pour ce soir, mon seigneur. Si vous le persuadez, je vous donnerai du plaisir comme jamais…

Charles sourit. Autant de bonnes nouvelles lui redonnaient des forces pour honorer de nouveau la couche de la reine dans l'espoir de concevoir l'enfant mâle tant désiré.

Remarquant la préoccupation sur le visage de Jean VIII, il sentit une douleur soudaine dans sa poitrine. Sur le visage du Saint-Père, la poudre blanche ne parvenait pas à cacher les larges cernes foncés. Le pape était inquiet et grave. Charles s'agenouilla devant lui et baisa le gros anneau d'or avant d'avancer dans l'église de Vercelli. Ils devaient y entrer ensemble afin de représenter publiquement l'équilibre des pouvoirs.

— Se passerait-il quelque chose, Votre Sainteté ?

— Je le crains, empereur. Votre neveu Carloman de Bavière approche avec une armée puissante et il engrange des promesses d'allégeance dans l'aristocratie italienne qui n'approuve pas votre élection. En tant que roi de Bohême, de Moravie, de Pannonie et de Carinthie, il vient vous disputer la couronne lombarde et la couronne impériale.

Charles pâlit et dut s'appuyer sur le pape pour ne pas s'effondrer.

— Où est-il ? murmura-t-il dans un filet de voix.

— En chemin vers le col du Brenner.

— Il tardera encore des semaines avant d'arriver, précisa le roi, furieux. J'enverrai des messagers en Francie, afin que mes nobles accourent avec leurs armées.

— Nous devons nous réfugier dans la ville de Pavie. Ses murailles sont solides et nous y serons plus à l'abri.

À cinquante-sept ans, Jean VIII était toujours un homme énergique, attentif aux questions temporelles et à la défense de ses États. Sa main ne tremblait pas quand il s'agissait d'excommunier nobles et rois s'ils contrevenaient à ses intérêts. Il se tourna vers Richilde, qui les suivait la tête couverte d'un voile; elle lui adressa un sourire sensuel. Le pontife songea combien elle était belle; il possédait encore la vigueur nécessaire pour satisfaire la reine. Jusqu'où serait-elle prête à aller pour obtenir ce qu'elle désirait le plus chèrement?

— À Pavie, je couronnerai votre épouse impératrice. Je dois manifester ma reconnaissance à la personne qui a intercédé pour vous faire venir jusqu'en Italie. Votre empire a besoin de vous.

Charles acquiesça, abattu. À côté du vigoureux pape, le roi franc avait l'air d'un vieillard, chauve, pâle et amaigri. Depuis le couronnement il ne s'était pas passé un jour sans qu'il maudisse cette couronne impériale qu'il avait tant convoitée.

— Gardez la foi, Charles, dit le pape sans enthousiasme excessif. Au concile de Ravenne, les évêques vous ont soutenu. Il est possible que nous trouvions des alliés.

Le roi se mordit la langue pour ne pas lui reprocher le fait que ces cent trente évêques se cacheraient comme des rats dès que la bannière de Carloman apparaîtrait au milieu d'une forêt de lances. Sans l'aide de Boson et de ses nobles francs, Charles était perdu.

Quand ils atteignirent l'autel dans un nuage d'encens, Charles s'affaissa sur son trône; il avait envie de pleurer. Pendant la messe de gratitude pour la rencontre des deux têtes couronnées du Saint Empire, il pensa à sa mère, Judith de Bavière, aux rêves de grandeur qu'ils élaboraient dans son enfance. Elle devait verser des larmes pour lui dans sa tombe. Charles le Chauve se sentait écarté par Dieu, et maudit par l'histoire.

65

À table, on servit un festin en tout point semblable à ceux que chantaient les poètes dans leurs histoires extraordinaires. Fruits secs et cinq sortes de fromages pour commencer, suivis d'un brouet de poulet à la cannelle et au pain dur trempé dans le vin, de fritures de poissons, de volailles et de lapins à la compote de châtaignes, bœuf grillé, cochons au four farcis d'un hachis d'abats à l'œuf épicé d'ail, de cumin et de vieux fromage ; enfin le lait caillé au miel, la pâte de coings, les nougats et autres douceurs. Dans la Cité couronnée, on se souviendrait longtemps du banquet de noce offert par Goda dans les jardins de son palais. Une centaine de convives y assistaient, des membres de l'aristocratie gothe de Barcelone, Gérone et Empúries pour la plupart. Les familles des anciens pêcheurs qui se consacraient désormais à l'extraction du sel et prospéraient rapidement étaient installées à l'écart afin de ne pas heurter par leur présence les éminents personnages invités.

Des cordes garnies de guirlandes de fleurs avaient été tendues entre les arbres, et un petit groupe d'étudiants de l'école cathédrale était venu de Gérone avec harpes, vièles et tambourins. Goda passait parmi les convives, hautaine, évoquant avec orgueil le futur lignage d'Argencia. Aucun des conseils donnés par les familles amies n'avait ébranlé ses convictions – ces familles n'avaient pas connu le bannissement, elles n'avaient pas vu le peuple sur lequel reposaient leurs privilèges lutter dans la misère pour survivre. Ces gens malodorants l'avaient sauvée, et il lui importait peu de briser des règles sacrées. Argencia et Ermemir fonderaient une maison centenaire.

Les jeunes époux présidaient la table principale : Argencia, le portrait vivant de Goda jeune fille, et le bel Ermemir qui, grâce à un long entraînement sous la houlette de son exigeante belle-mère, se comportait comme un aristocrate de vieille souche. Ils débordaient tous deux de vie et ils semblaient heureux, quoique mal à l'aise dans la situation provoquée par Goda l'obstinée.

Frodoi avait célébré la cérémonie et ils entonnèrent l'hymne de santa Eulàlia dans l'église de la mer pour laquelle Goda éprouvait un penchant particulier. Pendant des générations, sa famille avait financé plusieurs réparations, comme si la conservation de ce temple était une mission sacrée. Toutefois, l'évêque n'était toujours pas parvenu à en soutirer la raison à Goda.

Elle avait offert à l'évêque un calice d'or orné de pierres précieuses et cinquante sacs de sel moulu, et elle finançait la ciselure des chapiteaux de la nouvelle basilique sur lesquels étaient représentés des visages, des motifs floraux ou des phrases bibliques tracées en écriture caroline. La cérémonie s'était déroulée dans la plus grande solennité. Tout le canonicat était revêtu de soie et d'or, et le clergé et les diacres s'étaient déplacés en procession avec l'évêque au milieu des cantiques et de la fumée d'encens. La ville s'était rassemblée dans la petite église bâtie au bord de la mer, décorée pour la noce de voiles et de fleurs.

Argencia et Goda prièrent sur la tombe de Nantigis, dans le cimetière de la vieille église en croix grecque, puis le banquet put commencer. Il se prolongea toute la journée et toute la nuit. Les serviteurs de Goda, aidés par ceux de la taverne du Miracle, allaient et venaient avec une petite bassine pour laver les mains des convives : munis chacun d'une écuelle, d'une cuillère et d'un couteau, ces derniers prenaient la nourriture avec trois doigts de la main droite, comme le voulait la coutume.

Elisia avait travaillé pendant des semaines, mais ce jour-là Goda désirait qu'elle soit à ses côtés. La cuisinière portait une belle robe bleue ceinturée à la taille d'une soie blanche. Elle rayonnait, sa belle chevelure brune lâchée sur ses épaules. Le sourire aux lèvres, elle ne quittait pourtant pas des yeux le service – c'était plus fort qu'elle. Une façon, aussi, d'éviter de penser à Isembard, dont elle n'avait aucune nouvelle. Elle avait appris par le *prevere* Jordi qu'il avait rassemblé ses troupes dans l'intention d'aller à Tenes et de réclamer une entrevue avec Gali. Elle ne voulut pas en informer Berthe qui devait mettre son enfant au monde dans quatre lunes ; elle avait déjà suffisamment souffert.

Goda notait l'inquiétude sur le visage d'Elisia. Elle avait des projets pour elle. La cérémonie terminée, elle exigerait de Frodoi qu'il annule son mariage avec Gali. L'aubergiste ne manquait pas de prétendants ; le préféré de Goda était Oriol, toujours prévenant avec Elisia, dont il était secrètement amoureux depuis des années. Il était encore bel homme, bien que trop solitaire après des dizaines d'années au service de l'évêché. Il avait un cœur noble et il la respecterait.

À côté d'elles deux, Berthe s'efforçait de se montrer joyeuse. Tous la félicitaient de s'être si bien remise, et aussi pour la tâche accomplie par son époux, mais elle n'aspirait qu'à une chose : partir pour Orléans. Elle regardait Elisia, l'amante d'Isembard, et elle étouffait de tristesse et de jalousie. Ses illusions naïves de jeune fille s'étaient évanouies. Pourtant, c'était elle l'épouse, devant Dieu et les hommes. Elle se taisait et dissimulait, mais Elisia avait déduit de son attitude qu'elle savait quelque chose, et elle l'évitait.

Les invités parlaient fort et riaient aux éclats, tentant d'éloigner d'eux la rumeur insistante d'une rébellion contre Charles le Chauve. Goda tendait discrètement l'oreille. Elle écoutait les patriarches goths qui conversaient en cercle. Si la révolte éclatait dans tout le royaume, Barcelone devrait choisir entre respecter la fidélité à la Couronne et se plier aux désirs du comte franc, Bernard, qui les avait appauvris par ses taxes sans jamais s'occuper de la Marche.

Les Goths éprouvaient le sentiment d'avoir été abandonnés, et ils devaient se décider en fonction de la ville. Leur seul espoir était le comte Guifré d'Urgell et son frère Miró. Même s'ils jouissaient d'un statut inférieur à celui du marquis de Gothie, ils n'apporteraient jamais leur soutien à un noble qui se serait allié à Bernard Plantevelue, dont le frère Guilhem avait assassiné leur père. S'ils se trompaient dans leur choix, Barcelone le paierait par le sang et le malheur.

Dans l'après-midi, le vicomte Astorius fit une apparition avec plusieurs gardes et le *saig*. Les conversations animées cessèrent brusquement et la musique se tut. Tous avaient remarqué l'attitude grave de l'officier.

— C'est une fête, vicomte, lui lança Goda, fâchée.

Astorius la fixa d'un air intraitable et laissa le *saig* expliquer les raisons de sa présence. L'officier chargé des arrestations s'excusa du regard auprès de Goda.

— Nous devons emmener Elisia de Carcassonne.

L'aubergiste pâlit quand tous les regards convergèrent vers elle.

— Il est parvenu au palais comtal, depuis le château de Tenes, un document de première importance. Cette femme a commis un grave délit et elle sera emprisonnée jusqu'à son jugement par un tribunal.

— Êtes-vous certain de ne pas commettre une erreur? demanda Goda, affligée.

Astorius prit la parole :

— Les juges diront si le document est ou non authentique, mais la loi est claire, et nous procédons au nom du comte de Barcelone, Bernard de Gothie. Il a juré de se conformer à la loi wisigothe du *Liber Iudiciorum*, et de la faire respecter, or elle inclut la faute grave d'Elisia.

Sur un signe du vicomte, les gardes avancèrent vers l'aubergiste, déchaînant l'indignation. Les patriciens et les pêcheurs aimaient la femme de Carcassonne arrivée seize ans plus tôt, toute jeune fille à l'époque. Ils l'avaient vue travailler d'arrache-pied, année après année. Et l'auberge du Miracle, située près des colonnes cyclopéennes, faisait la fierté de la ville.

— Le comte Bernard me connaît, et il m'apprécie ! objecta Elisia en se levant.

Le vicomte sourit, indifférent à l'hostilité que tous lui vouaient.

— Cela ne dépend pas du marquis, mais de la loi de ce comté. Le noble Drogon de Borr a porté plainte contre vous.

Le *saig* lui montra un vieux parchemin. Un souvenir assaillit Elisia : Gali et elle devant un chaudron rempli de pièces, mais elle ignorait s'il s'agissait du même parchemin. Avant que le *saig* le replie, elle réussit à déchiffrer un nom : Gombaud.

Le grand-père de Gali. Elle frémit, sans comprendre ce qui se passait. Goda exigea de lire le document. Elle devint livide.

— Que se passe-t-il, vicomte ? demanda Elisia avec un mauvais pressentiment. Qu'ai-je fait ?

— Ton époux ne t'a-t-il jamais rien raconté ?

— Raconté quoi ?

L'angoisse commençait à lui nouer l'estomac.

— Gali n'est pas un homme libre, en réalité, mais un *servus fiscalis*, un esclave de la Couronne. Son nom est Trasmir, et son grand-père n'était pas Gombaud, vassal du comte, mais un de ses esclaves également nommé Trasmir. Tous les membres de sa famille étaient *mancipia*, esclaves, et ils avaient été remis au comte Sunifred par Charles le Chauve en 843 pour travailler les terres fiscales de la ville de Vernet, dans le comté de Conflent. Gombaud, lui, était le contremaître de ces esclaves, père et grand-père d'un fils et d'un petit-fils tous deux appelés Gali. La maison où se trouve aujourd'hui l'auberge lui appartenait en propriété, bien qu'il passât la majeure partie de l'année auprès de sa famille à Vernet. Lorsque Guilhem de Septimanie exécuta le comte Sunifred à Barcelone en 848, Gombaud se trouvait avec lui. Craignant de subir le même sort que le comte, il cacha les pièces et ce document dans sa maison avant de s'enfuir, aidé par l'esclave Trasmir, qui l'accompagnait toujours.

Elisia vacilla. Les gardes la soutinrent. Le vicomte agita un autre parchemin, récent celui-là, sur lequel elle reconnut le paraphe de son époux.

— Gombaud, le contremaître, voulait se réfugier avec sa famille dans une ville du Nord. D'après ce qu'affirme ton époux, lorsqu'ils s'enfuirent de Vernet, son grand-père Trasmir tua le contremaître et son fils dans un bois afin de se faire passer pour eux dans d'autres régions. Avant de mourir, il parla du chaudron rempli de pièces à son petit-fils, l'homme que tu as épousé. Pour s'approprier le trésor et la maison, il lui suffisait de se faire passer pour le petit-fils de Gombaud, que personne n'avait jamais vu. Pour parachever la ruse, il se ferait appeler Gali. Ils ignoraient que Gombaud avait également placé dans le chaudron le document attestant de la concession royale sur lequel figuraient les noms des *mancipia* remis au comte Sunifred.

Elisia tomba au sol, prostrée. Il fallut la relever. Le *saig* la regarda d'un air peiné.

— Conformément à la loi wisigothe, une femme libre ou affranchie qui épouse un esclave devient *ancilla*, esclave du même seigneur que son mari, et cela vaut également pour sa descendance. Par conséquent, Elisia, tu es une *serva fiscalis* à la disposition du comte Bernard de Gothie, bénéficiaire de toutes les prébendes concédées aux précédents comtes. Tu resteras à la disposition du marquis comme esclave, avec tes deux enfants.

— Elisia l'ignorait, c'est évident ! s'indigna Goda. La loi dit-elle quelque chose à propos de la tromperie ?

— Ce sera au tribunal et au conseil de *boni homines* d'en décider, madame.

Elisia entendait à peine les protestations des invités. Soutenue par les gardes du *saig*, elle eut la certitude que toute son existence s'effondrait. Elle se rappela l'après-midi pluvieux devant la tombe de son grand-père Lambert. Depuis qu'elle avait quitté Carcassonne, sa vie avait été une mascarade. Elle avait épousé le mauvais homme, elle aimait le mauvais homme, elle avait un enfant bâtard et elle avait offensé Dieu par son péché. Le poids de tant de mensonges eut raison d'elle. Sa plus grande peine était pour Gombaud et Lambert, qui jouaient heureux avec d'autres enfants au fond du jardin. Eux aussi deviendraient des *servi fiscalis* de Bernard de Gothie. Elle préférait leur mort à la cruauté du marquis fou.

Bouleversé, l'évêque Frodoi s'approcha pour protester. Son cœur se brisa quand il regarda Elisia, dont il imaginait déjà la terrible destinée.

— Selon la loi, lorsque trente ans ont passé sans que le *mancipia* soit inquiété, il acquiert la liberté, dit-il d'un ton ferme.

Le vicomte esquissa un sourire matois.

— Le véritable Gali est mort en 848, et nous sommes en 877, monseigneur. Il y a donc de cela vingt-neuf années. Le droit n'est pas prescrit. Elisia et ses deux enfants sont esclaves.

Le découragement se propagea, et les protestations s'intensifièrent. Parmi les invités, les patriarches qui étaient membres du conseil de *boni homines* présent au tribunal comtal demandèrent à vérifier les documents. L'officier refusa. Ils seraient examinés pendant le procès. Goda regarda Frodoi, toujours silencieux. Derrière lui, Oriol, le visage rouge de colère, avait la main sur la poignée de son épée ; ses hommes, Italo et Duravit, étaient également prêts.

— Vous devez empêcher cela, monseigneur ! l'incita Goda, ne comprenant pas pour quelle raison Frodoi n'insistait pas face au vicomte.

— Je connais les gardes du *saig*, murmura Oriol, crispé. Ils abhorrent cette situation autant que nous. Si nous conduisons Elisia de force dans la cathédrale, elle y bénéficiera du droit d'asile et vous pourrez exiger qu'elle soit jugée par un tribunal ecclésiastique.

— Qu'attendez-vous, monseigneur ? tonna Goda, hors d'elle. Vous avez assis des comtes sur leurs trônes ! Ne pouvez-vous pas éviter une simple arrestation ?

Frodoi, livide, regarda Servusdei tassé sur sa banquette. Pendant qu'il écoutait la terrible accusation, il avait observé le visage des nobles goths et constaté le dilemme auquel ils étaient confrontés : devaient-ils se conformer à la volonté du vicomte franc ou défendre cette femme estimée de tous ? Ils n'osaient pas prendre parti, de même qu'ils ne se prononçaient pas au sujet de la loyauté de Barcelone envers la Couronne. L'évêque avait prêté serment de fidélité à Hincmar de Reims et le conflit autour d'Elisia servirait peut-être ses intérêts, ce qui l'amena à prendre une douloureuse décision.

— Non, dit-il avant de se rasseoir. Telle est la loi des hommes.

— Comment ?

Goda, hors d'elle, serra les poings et se retint en public. Frodoi la décevait à nouveau, et cette fois sa mitre n'était pas en jeu.

Il ressentit la douleur de Goda comme une vague brûlante, pourtant il demeura inflexible. Elisia lui adressa un regard suppliant; il détourna la tête honteusement. Cette tragédie concentrerait autour de sa personne le ressentiment contre Bernard de Gothie. Il voulait la sauver, or pas de la manière que tous attendaient. Il implora Dieu. Si cela se terminait mal, il porterait le poids de ce drame pour le restant de ses jours.

— L'Église ne peut pas intervenir, dit-il d'une voix ferme. Les juges de Bernard de Gothie trancheront. Il est l'homme chargé d'appliquer la justice dans ce comté.

Les invités laissèrent exploser leur colère et leur indignation, des insultes fusèrent relatives aux origines franques de Frodoi. Il encaissa stoïquement, rongé par l'angoisse.

Oriol serra les mâchoires. Sa fidélité envers le prélat était soumise à la pire des épreuves. Les gardes du *saig* emmenèrent Elisia et ses deux fils, qui pleuraient et se débattaient dans les bras des soldats.

— Soyez maudit, l'évêque ! siffla Goda, qui considérait Elisia presque comme une sœur. – Sa déception ouvrait entre eux un abîme impossible à combler. – Sortez de chez moi ! Vous n'êtes plus le bienvenu parmi les miens !

Frodoi se leva, le visage décomposé, et quitta le palais de Goda au milieu d'un silence hostile. En un instant, il avait fait le vide autour de lui. Son aimée n'accepterait jamais le plan qu'il échafaudait mentalement. Afin de rallier les Goths à sa volonté de s'opposer au comte en faveur de la Couronne, il ne lui restait plus que la perspective d'un douloureux chemin de croix, et sa foi en Dieu.

66

La nuit commençait à tomber lorsque Isembard s'engagea avec Armanni et Airado sur le sentier sinueux qui montait le long du massif rocheux en direction du château de Tenes. Cinquante chevaliers à cheval et bien armés attendaient en file au pied du promontoire, hors de portée des archers de Drogon. D'épais nuages menaçaient d'éclater en un terrible orage et la forteresse offrait un aspect sombre sous la lumière crépusculaire.

Le capitaine savait qu'il suffisait d'une flèche traîtresse pour mettre fin à toute l'opération, mais les émissaires de Drogon avaient affirmé que leur seigneur tenait à lui remettre Gali en main propre et qu'il assurerait sa sécurité, sauf en cas de provocation.

Isembard, le cœur serré, s'arrêta quelques instants pour contempler le château. Dans quelques petites années, il ne resterait plus que de vieux murs au milieu des décombres. Il ne gardait pratiquement aucun souvenir de sa vie dans ce lieu, et les images qui lui restaient n'évoquaient que la souffrance et la peine. Il se rappelait le château comme un endroit gris et silencieux. Les servantes les réprimandaient quand ils jouaient, sa sœur et lui, avec les enfants des gardes; ils ne devaient pas gêner leur mère, que des crises de mélancolie profonde clouaient au lit pendant des jours. Leur père, Isembard, était constamment absent.

Il sourit tristement en songeant au contraste entre ce lieu lugubre et le rire frais de Berthe. Il s'imagina sur la place d'armes en train de jouer avec ses fils armés d'épées de bois, ou célébrant des banquets avec ses hommes les plus fidèles. Là, il pourrait se réconcilier avec Dieu après le péché commis avec Elisia, et s'il réussissait à revenir vivant d'Italie, il accomplirait la promesse des Chevaliers de la Marche.

Son père serait fier de lui. Quant à lui, il commençait à lui pardonner. Il comprenait maintenant la tâche titanesque entreprise par ces soldats dans une Marche désolée. Il était anxieux. Une voix intérieure, la voix du sang, exigeait réparation.

— À quoi pensez-vous, capitaine ? s'enquit Airado.

— À mon père. Soyez vigilants. Tenons-nous-en au plan fixé.

Dans les créneaux, des groupes de soldats les observaient avec morgue. Quelques insultes leur parvinrent, auxquelles ils ne répondirent pas. Drogon se montra sur le chemin de ronde. Les torches tenues par les soldats éclairèrent le cuir qui couvrait la partie brûlée de son visage.

— Voici celui qui a agressé ton épouse, Isembard sans terre.

Ils lancèrent un paquet qui, après avoir rebondi sur les rochers, tomba près d'Isembard et de ses hommes. Plusieurs jours avaient passé depuis que Frodoi l'avait informé, et la puanteur laissait imaginer le contenu du paquet. À la vue de la tête de Gali, ils reculèrent, pris de dégoût.

— Vous n'avez pas pu attendre pour le livrer vivant, c'est ça ?

— Ne te réjouis-tu pas de savoir que ton amante est désormais une veuve resplendissante ?

Drogon éclata d'un rire cruel devant la mine décomposée d'Isembard et chercha à provoquer sa colère .

— Même si tu trouveras ton aubergiste bien changée à ton retour, je le crains.

— Que dis-tu ? – Le capitaine sentait son sang bouillonner dans ses veines à mesure qu'il comprenait l'intention de Drogon. – Pour quelle raison Gali est-il venu jusqu'ici ?

— Ta chère Elisia est une *ancilla,* car elle a épousé un esclave ! – Le rire de Drogon se propagea à tous ses hommes, qui se moquaient unanimement d'Isembard. – Gali voulait se venger de vous tous et s'enfuir. Je n'ai fait qu'appliquer la loi. Tu devrais m'en être reconnaissant, toi le chien de garde du roi de Francie.

Une terreur viscérale envahit le capitaine. Il ne désirait qu'une seule chose : retourner au grand galop à Barcelone.

Ses hommes restaient sur leurs gardes, conscients de son malheur. Isembard revécut le souvenir proche et très précis qu'il s'était promis de ne jamais oublier. Il se revit avec Agnès, la jeune fille de la cabane, dans les bois. Il l'avait vue mourir, il avait vu l'éclat de l'espérance s'éteindre au fond de ses yeux. Cette mort inutile lui avait montré sa propre faiblesse. Drogon le frappait une nouvelle fois au cœur, pourtant il ne commettrait pas la même erreur. Son cœur devait être aussi dur et froid que le fer de l'épée de Guissand.

— Je te mets en garde, Drogon de Borr : on nous appelle les Seconds Chevaliers de la Marche car nous avons juré de protéger la frontière et d'être fidèles au roi. La moindre agression de ta part sera considérée comme une trahison à la Couronne et tu en assumeras les conséquences. Te voilà prévenu. Pour ce qui est de l'aubergiste Elisia de Carcassonne, je te remercie de veiller à l'ordre du comté. Si elle a commis un délit, elle paiera pour cela.

Il se tourna vers ses cavaliers et cria :

— Nous rentrons au campement !

Drogon rugit de rage devant le calme d'Isembard. Il avait prévu que le chef de *scara*, sous le coup de la colère, filerait à Barcelone pour essayer de sauver son amante. Il aurait alors attaqué en traître l'armée des Chevaliers de la Marche et ses postes. Surpris et privés de leur chef, les hommes d'Isembard seraient tombés sans difficulté.

Frustré par la réaction maîtrisée de son ennemi, Drogon décida de briser le serment d'immunité accordé le temps de la rencontre. Le capitaine était venu avec cinquante cavaliers, et il en avait à peu près le même nombre, ainsi que cinq cents soldats à pied bien préparés. Il tenait là l'occasion de décapiter les Chevaliers de la Marche. Bernard ne pourrait pas lui refuser Barcelone comme récompense quand il créerait son propre royaume de Gothie.

— Que les troupes se préparent à mon signal, dit-il à ses hommes. On va les surprendre par l'arrière, dans la forêt.

Isembard et ses cinquante hommes s'éloignèrent. Peu après, Drogon donna le signal à ses hommes. Sans trompe ni tambour, les portes du château s'ouvrirent. Quelques cavaliers descendirent le long du sentier accidenté tandis qu'apparaissaient, de part et d'autre du promontoire rocheux, les phalanges de soldats à pied. Elles progressèrent le plus discrètement possible. La cavalerie tendrait une embuscade aux hommes d'Isembard pour laisser le temps aux cinq cents fantassins d'arriver et de les massacrer.

Lorsqu'il perdit son armée de vue, Drogon redescendit jusqu'à la salle du trône « de dos ». Il jeta la statuette en plomb d'Isembard dans le brasero où Rotel lui avait brûlé la figure, et il marmonna d'étranges paroles durant tout le temps que la statuette mit à fondre. Il sentait des présences derrière lui et, saisi, il répéta à plusieurs reprises le nom d'Isembard telle une imprécation.

Plus tard, il perçut le fracas assourdi de la bataille qui lui parvenait par les fenêtres obturées. Il frémissait de plaisir à chacun des hurlements à la mort qui trouait la nuit.

— Mon seigneur, venez voir, annonça le clerc sur le seuil de la porte.

Drogon monta sur le chemin de ronde, persuadé d'assister au retour victorieux de ses hommes. Or il n'entendait pas un bruit.

— Là-bas, lui indiqua le clerc en tremblant.

Un jeune garçon couvert d'une peau de mouton, une houlette de berger à la main, se tenait à l'orée de la chênaie, seul, portant une torche. Immobile. Sa présence, tout comme le silence qui s'était abattu sur la forêt, inquiéta les rares soldats consignés à la forteresse de Tenes. Certains craignaient qu'il s'agisse d'un spectre.

— Qui est-ce ?

— J'ai un mauvais pressentiment, mon seigneur. Dieu nous enverrait-il une vision ?

— Décochez ! Visez ce bâtard !

Les flèches manquèrent leur but. Le garçon prit la corne pendue à son côté et souffla avec force. Le son profond se prolongea dans la nuit. Les hommes du château en eurent la chair de poule. Soudain, des lumières scintillèrent au milieu des arbres. Quelques-unes éparses, puis des dizaines, des centaines, jusqu'à transformer la forêt noire en un océan d'étoiles orangées.

— Pour ma sœur Agnès ! cria à pleins poumons le petit berger.

— Dieu Notre Seigneur ! gémit le moine sur le chemin de ronde. C'est un piège ! Isembard est venu avec toute son armée pour récupérer le château de sa famille !

— Isembard n'agirait jamais ainsi !

— Il n'est peut-être pas comme son père. Il a appris en combattant les Normands.

Atterré, Drogon poussa le moine, qui s'écrasa sur le sol de la place d'armes, la nuque brisée. Les soldats contemplèrent son corps en silence. Les innombrables points lumineux avançaient, tels les spectres vengeurs de toutes les victimes de Drogon. L'enfant berger disparut au milieu des rangées d'hommes équipés de flèches enflammées. Il sonna la trompe une nouvelle fois, et les flèches incendièrent la voûte du ciel.

— À l'abri ! crièrent les sentinelles.

La charge mortelle s'abattit sur les quelques soldats demeurés dans la forteresse. Ils tombèrent en gémissant tandis que d'autres flèches enflammaient les remises, les hangars, les meules de foin, le fourrage.

Une petite catapulte détruisit des parties du donjon et des bâtiments de la place d'armes, semant le chaos. Un troisième son de trompe annonça l'assaut. Les archers d'Isembard maintenaient les créneaux dégagés par des tirs aléatoires alors que des dizaines d'hommes montaient le long du sentier avec des échelles, à l'abri sous leur bouclier. Les envahisseurs atteignirent la porte du château, à laquelle ils mirent le feu. Ils reçurent de l'huile bouillante et se retirèrent dans des hurlements, mais déjà les flammes dévoraient le bois.

Isembard et Airado grimpèrent sur le mur d'enceinte à l'aide d'une échelle, priant pour que les hommes de Drogon ne la renverse pas – la chute sur les rochers serait fatale. Lorsqu'ils sautèrent enfin par-dessus le rempart, ils constatèrent que personne ne défendait le périmètre. La passerelle était déserte et le château silencieux.

— Regardez ! haleta Airado à côté de lui.

Sur la place d'armes, les défenseurs avaient abandonné toutes les épées en tas à côté du cadavre d'un moine à la nuque brisée. Au pied du bâtiment une quarantaine de mercenaires désarmés attendaient. À ce moment précis, la porte céda et tomba à l'intérieur dans un bruit de tonnerre et un nuage d'étincelles. Des dizaines de soldats d'Isembard avides de combattre prirent la place d'armes.

— Acceptez notre reddition ! cria un des sbires de Drogon.

— Où est votre seigneur ?

— Il s'est enfui par le puits avec certains de ses féaux. Vous pouvez fouiller la forteresse.

Des soldats descendirent aussitôt dans le puits noir et se lancèrent à la poursuite de Drogon, mais ce dernier connaissait bien les lieux et ils allaient avoir du mal à le retrouver.

Isembard se tourna vers les mercenaires.

— Je déclare ce château propriété d'Isembard II de Tenes. Je le tiens de droit par mon père. Drogon de Borr, votre maître, a attaqué des soldats fidèles au roi et c'est par conséquent un traître. Quelqu'un parmi vous remet-il en cause mon titre ?

Dans le silence, Airado prit un bouclier et se mit à le frapper en criant :

— Isembard ! Isembard ! Isembard !

L'un après l'autre, ses soldats joignirent leur voix à la sienne. Les mercenaires massacrés dans les forêts étaient les forces envoyées par Bernard, et les hommes qu'ils avaient devant eux étaient de vieux soldats de Drogon. Ils se regardèrent tous avant de se joindre à la clameur ; ils jouaient leur vie dans cette décision. Ils reconnaissaient parmi les soldats d'Isembard certains de leurs compagnons qui avaient changé de camp depuis longtemps. Ils étaient bien armés, munis de bonnes protections, et ils avaient l'air fier.

Airado et d'autres jeunes soldats mirent un genou à terre devant leur capitaine.

— Acceptez-nous comme vassaux et nous défendrons ce château et ses biens.

— Nous vous jurons fidélité, nous aussi ! cria un des hommes de Drogon, plein d'espoir, rapidement imité par les autres.

— Vous méritez la mort pour n'avoir pas défendu le château, mais la lâcheté de Drogon vous excuse. Ceux qui veulent servir dans l'armée des Chevaliers de la Marche seront organisés par groupes de dix et ils iront sur la frontière pour commencer leur instruction. Les autres devront quitter la Marche, désarmés.

On soigna les blessés et on éteignit les incendies. Isembard fit le tour de la forteresse, une ruine puante en piteux état. Il se réunit avec ses capitaines dans la salle du trône.

— Où peut bien être Drogon ? demanda Armanni, songeur.

— Il s'est enfui pour rejoindre Bernard de Gothie à Narbonne ou dans l'un de ses comtés, répondit Isembard d'un air grave. Cette guerre est loin d'être terminée.

Ils discutèrent des détails de la défense du château de Tenes. Isembard voulait faire venir des maîtres d'œuvre et des charpentiers pour le restaurer. Il passerait de longs moments à Orléans, certes, mais c'était la maison de son lignage. Enfin, ils fêtèrent la victoire et percèrent un tonneau remonté de la cave, euphoriques.

Isembard prit ses capitaines dans ses bras l'un après l'autre, très ému.

— Je devrais vous pendre pour avoir brisé le serment et m'avoir aidé à récupérer le château de mon père ! dit-il, les yeux humides.

Tous levèrent leur coupe de vin en son honneur. Ses ancêtres pouvaient être fiers de lui : le Natif de cette terre élevé dans l'humble monastère de Santa Afra devenait enfin Isembard II de Tenes, seigneur du château, dans le comté de Barcelone.

Le capitaine de *scara* réfléchissait sur le déroulement des événements au milieu des rires et d'une flopée de récits de la bataille. Ils avaient massacré une armée de mercenaires gaulois que Bernard avait pris le risque d'envoyer car la rébellion prédite par Frodoi était en marche.

Il pensa à l'astucieux évêque. C'est lui qui lui avait mis dans la tête l'idée de récupérer le château de Tenes. Il souhaitait saper les forces du marquis dans la Marche, et gagner du temps, mais quand Bernard de Gothie apprendrait la nouvelle il entrerait dans une grande colère et enverrait contre lui une armée beaucoup plus nombreuse et mieux armée. Si le roi était en Italie, ils ne pourraient pas compter sur sa protection.

Isembard s'efforçait de faire bonne figure et de se montrer joyeux devant ses hommes, malgré les soucis qui l'accablaient. Le plus important était ce que Drogon avait dit au sujet d'Elisia et de son délit. Il regagnerait Barcelone dès le lendemain.

Il avait reçu l'ordre du roi de se présenter sans délai devant lui, mais il n'obéirait qu'après être certain que l'aubergiste était à l'abri.

À l'aube, Isembard entra dans la salle vide et s'approcha du vieux trône de Tenes sur lequel Drogon avait gravé un dragon. Le plaçant tel qu'il était dans son souvenir, il parvint presque à voir son père assis dans la pénombre, la tête appuyée sur une main, pensif. Il commençait à comprendre le déchirement que cela supposait, pour un noble, de choisir entre le cœur et le devoir.

Isembard prit deux montures puissantes et galopa jusqu'à Barcelone. Devant la Cité couronnée, sur la via Augusta, il vit Oriol avec six cavaliers vêtus d'une broigne et d'une cape semblables aux siennes. Le capitaine s'arrêta devant les officiers de *scara* à l'aspect martial.

— Ces cavaliers sont arrivés dans la ville hier, Isembard, expliqua Oriol avec gravité.

— Isembard de Tenes, ta mission de *missus dominicus* est terminée, annonça un des hommes de *scara.* Le roi réclame ta présence dans son armée sans délai. Nous partions à ta recherche. Tu dois venir avec nous immédiatement.

— Je souhaite d'abord faire mes adieux à mon épouse, en ville.

— Je crains que ce ne soit pas possible. Tu es loin de ton *cuneus* depuis des années, par autorisation du roi, mais les ordres sont stricts. Tu viens avec nous ou tu es un traître.

Les six cavaliers mirent la main à l'épée. C'étaient de bons guerriers et ils ne repartiraient pas sans lui, ou sans avoir exécuté la condamnation pour désertion. Isembard regarda Barcelone, le cœur en lambeaux.

— Les rumeurs de révolte sont plus solides que jamais, capitaine, dit un des cavaliers avec impatience. Nous devons partir avant qu'on nous bloque le passage. Le roi ou la mort !

— Le roi ou la mort ! reprirent les autres en chœur, d'une voix forte.

Isembard tenta de se calmer. Il connaissait bien la discipline de la *scara.* Il avait prêté serment et il ne déshonorerait pas son lignage. Il se tourna vers Oriol, le visage grave.

— Fais savoir à Barcelone que Gali de Carcassonne est mort, et que la forteresse de Tenes est en ma possession.

Il approcha sa monture tout contre celle d'Oriol pour lui parler en toute discrétion.

— Communique à l'évêque que nous avons anéanti les mercenaires de Drogon. C'était ce qu'il souhaitait, et il a su me manipuler. – Il plissa le front. – Il doit faire quelque chose pour moi, à présent. Drogon m'a dit qu'Elisia deviendrait esclave du comte ; préviens l'évêque que si on touche à un cheveu de l'aubergiste, sa précieuse mitre en soie n'arrêtera pas l'acier de mon épée.

— Isembard…

Oriol reprenait à son compte cette menace à l'égard de l'évêque, tout en souffrant de constater l'intensité des sentiments du capitaine pour Elisia.

— Contente-t…

— Allons, capitaine ! exigea le cavalier de *scara* qui parlait au nom de tous. Le roi et la reine t'attendent. Nous avons une longue route à faire pour arriver en Italie.

Quand ils se perdirent de vue, Oriol resta là, le regard perdu sur la poussière.

— Que Dieu te protège, Isembard, et ne souffre pas. Si Frodoi se dérobe, c'est moi qui l'obligerai à payer, même si c'est la dernière chose que je ferai.

67

Une faible lueur filtrait par les fenêtres étroites du salon du trône du palais comtal. L'arrestation d'Elisia de Carcassonne avait eu lieu presque deux semaines auparavant et, ce 21 septembre, jour de la Saint-Matthieu, elle comparaissait devant un tribunal composé de sept juges nommés par le vicomte. Ils discutaient entre eux d'un air grave. Afin de garantir l'impartialité, ils venaient de Gérone, de Conflent et du Vallespir. On avait disposé à côté d'eux une petite table avec une croix en argent et le livre des Évangiles sur lequel les témoins jureraient. Les *boni homines* occupaient deux banquettes. Leur rôle était de veiller à l'impartialité des juges, de les conseiller sur la *consuetudine* et d'être témoins. Frodoi assistait au procès, assis à une place d'honneur, à côté du tribunal, en tant que témoin.

Pour éviter le chahut, la loi wisigothique conseillait de ne siéger qu'en présence des personnes lésées, mais l'émotion et les pressions furent telles que le vicomte toléra la présence des citoyens qui entretenaient avec Elisia une relation d'amitié. Goda prit place sur une banquette du fond en compagnie des membres de l'aristocratie locale. Elle n'avait pas daigné adresser un regard à Frodoi, pas plus qu'elle n'avait consenti à le rencontrer les jours précédents. La passivité du prélat cachait un dessein, Goda en était convaincue, toutefois elle jugeait injustifiable de se servir d'Elisia. La seule chose dont elle était reconnaissante à l'évêque, c'était d'avoir convaincu Astorius de tenir les enfants de sept et douze ans à l'écart de ce procès. Gombaud et Lambert n'avaient pas à subir cette épreuve. Emma, la fille de Jehan et Leda, s'occupait d'eux.

Goda vit entrer Oriol. Il n'avait pas pu faire venir avec lui le *missus dominicus* Isembard. Comme eux tous, il était désolé pour Elisia, dont le sort dépendait d'un tribunal étranger.

Les gardes ouvrirent les portes et le *saig* entra, accompagné de l'aubergiste. Elle était vêtue d'une tunique sale en grosse serge, rapiécée et trouée par endroits. Elle allait pieds nus, les cheveux en bataille, mais ce qui brisa le cœur des personnes présentes, ce fut l'expression de peur et de chagrin dans son regard autrefois si doux qui charmait la ville. Elle avançait en traînant les pieds, désemparée et abattue. Le dernier coup de Gali avait été dévastateur et son optimisme avait enfin mordu la poussière.

Elle avait épousé un esclave et elle était *serva fiscalis*, sans plus d'importance que n'importe lequel des chevaux de Bernard de Gothie. Elle contempla l'assistance comme s'ils étaient tous des inconnus. Elle voulut s'asseoir par terre, mais le *saig* l'en empêcha. Servusdei serait son avocat, même s'il n'avait pas d'argument à apporter. Or si lui ne pouvait rien pour elle, personne dans la ville ne serait en mesure de l'aider.

— Êtes-vous Elisia de Carcassonne ? demanda le juge de Gérone qui présidait le tribunal.

Elle ne répondit pas. Un *assertor* rapporta une nouvelle fois les faits au nom du vicomte et du marquis, avant de formuler le *petitum*. Puis on fit entrer deux témoins. La main sur les saintes Écritures, ils jurèrent sur Dieu le Père, Jésus-Christ et l'Esprit saint, de dire toute la vérité. C'étaient des artisans qui vivaient sur la place du temps de Sunifred ; ils avaient connu Gombaud et savaient qu'il était un vassal du comte et le contremaître de ses terres du Conflent. Et aussi qu'il était généralement accompagné d'un de ses esclaves nommé Trasmir. Suivant la coutume, les juges s'adressèrent à Elisia et ils lui demandèrent si elle avait quelque objection, si elle récusait les témoins ou si elle en présentait d'autres, et de meilleurs, qui invalideraient les propos des témoins récusés.

Servusdei fit défiler des clients de l'auberge qui confirmèrent haut et clair le caractère indocile de Gali. Son épouse ellemême ignorait qu'il s'appelait Trasmir. Sa défense se fondait sur la fausse identité de l'époux, mais pour le tribunal l'ignorance d'Elisia n'était pas prouvée ; on était libre de penser qu'elle avait menti, comme son mari, pour vivre en femme libre.

La procédure se poursuivit avec la lecture des documents, à savoir les fragments récupérés de la donation des serfs fiscaux par le roi en 843, et par le récit des événements signé par le faux Gali au château de Tenes. Le capitaine Oriol confirma la mort de l'époux d'Elisia, qui, par conséquent, ne pourrait pas être poursuivi.

L'*assertor* du vicomte fit remarquer que la conservation d'un tel document pendant autant de temps relevait du miracle, ce qui signifiait que Dieu voulait que la loi s'accomplisse. Frodoi frémit. Faire intervenir le Très-Haut était dangereux, car les juges n'oseraient pas agir contre Lui. Les *boni homines* rappelèrent tout ce que l'auberge du Miracle faisait pour la ville. Le vicomte assura qu'elle demeurerait ouverte mais, dans la mesure où sa cheffe était une esclave, la propriété était fiscale et le comte lui assignerait quelqu'un pour l'exploiter.

Elisia ne prononça pas un mot, le regard rivé à la fenêtre, plongée dans des souvenirs heureux de son enfance avec son grand-père, dans l'auberge d'Otèri.

— Ne direz-vous donc rien, Elisia de Carcassonne ? supplia un juge, las des diatribes techniques du moine Servusdei.

— Mon époux s'appelait Gali, murmura-t-elle de façon presque inaudible.

— Cela peut paraître injuste, néanmoins les lois font partie de l'ordre sacré, et y contrevenir revient à déshonorer Dieu, poursuivit l'*assertor* du comte. En conséquence, le dommage doit être réparé. Elisia est un *instrumentum vocalis*, un outil doté de la parole, propriété du comte de Barcelone, comme le sont ses biens et sa descendance.

Elisia fondit en larmes, enfin ; tous se sentirent soulagés de constater qu'il restait un filet de vie en elle. Les juges se réunirent. Ils hochaient la tête en murmurant. Il leur fallait appliquer à la lettre le *Liber Iudiciorum*, ils n'avaient pas d'autre choix.

Frodoi fit appeler Servusdei.

— Tu n'as donc rien trouvé à opposer ?

— Elisia ne peut apporter la preuve qu'elle l'ignorait… En outre, vous avez entendu l'*assertor* : Dieu a protégé le document pour une bonne raison. Il n'existe aucune possibilité de la sauver.

Devant le regard enfiévré de l'évêque, le vieil homme se contracta.

— Si, il en existe une, Servusdei ! Nous en avons parlé. Fais la demande.

— Monseigneur !

Frodoi regarda Goda ; elle détourna le visage avec mépris. S'il subsistait un ultime lien entre eux, il allait irrémédiablement le rompre ; il ne pouvait s'en dispenser, même si le risque était grand. Depuis l'arrestation d'Elisia au banquet de noce d'Argencia et d'Ermemir, il savait qu'il faudrait en arriver à la dernière extrémité pour que la ville réagisse.

— Si tout cela est du ressort de la volonté divine, que Dieu parle ! lança-t-il à son conseiller.

Servusdei regagna l'estrade, le dos voûté, conscient de ce que lui demandait son évêque. Il regarda Elisia, les yeux embués de larmes. Les juges regagnèrent leurs sièges pour édicter la sentence et exiger la *recognitio* ; on attendait ainsi du coupable qu'il reconnaisse sa faute et s'engage à renoncer à poursuivre la défense de ses intérêts dans cette affaire. Servusdei demanda la permission de reprendre la parole :

— Juges et *boni homines*, la femme que je représente réaffirme qu'elle ne connaissait pas la véritable identité de Gali, et elle implore que Dieu parle pour elle dans cette affaire.

Un silence sépulcral tomba sur la salle. Le moine jeta un coup d'œil à Frodoi avant de terminer :

— Bien que cela ne s'applique pratiquement pas dans la loi gothe, j'invoque la loi germanique des Carolingiens qui permet de soumettre l'accusé à une épreuve pour déterminer si Dieu l'innocente ou pas. Étant donné qu'Elisia de Carcassonne soutient qu'elle ne connaissait pas la véritable identité de son époux et qu'elle n'est pas gothe, je sollicite qu'elle soit soumise à l'ordalie *aqua fervens* afin de déterminer si elle ment ou si elle dit la vérité.

La salle explosa en protestations. Beaucoup se levèrent avec de grands gestes dirigés contre l'évêque et le moine. Frodoi baissa les épaules et Oriol, à côté de lui, sortit légèrement son épée du fourreau en signe d'avertissement.

— Je le ferai…

Le brouhaha empêchait d'entendre la voix d'Elisia qui avait les yeux fixés sur Frodoi. Contrairement à toute attente, un éclair d'espoir brillait dans son regard. L'évêque lut dans son âme : elle avait prié pendant des semaines pour mourir, et l'ordalie ne serait pas pire que de voir ses enfants esclaves d'un homme comme Bernard. La condamnation serait prononcée, et c'était pour elle la seule solution.

— Je le ferai ! cria-t-elle. Je le ferai !

La salle retomba dans le silence. L'assistance était déconcertée.

— Dieu sait que je dis la vérité ! Que cela soit fait le plus vite possible !

Indifférente à tous ceux qui tentaient d'empêcher ce recours en alléguant son défaut d'application dans le comté, elle se laissa emmener par le *saig* jusqu'à la place, où se rassemblait une foule attentive à ce qui allait se produire. Goda parla à Elisia : ils trouveraient une solution, lui dit-elle, mais Elisia refusa.

— Si je surmonte cette épreuve, je serai libérée de Gali pour toujours. Je sens encore son haleine fétide sur mon visage, bien qu'il soit mort… Si je ne réussis pas, cela n'aura plus aucune importance.

Deux esclaves apportèrent des cuisines du palais un chaudron d'eau bouillante. Frodoi s'approcha d'Elisia et ils prièrent ensemble. Le vicomte était franc et il connaissait bien la procédure. Indifférent à l'hostilité des Barcelonais, il ôta de son doigt l'anneau d'or du comté avec lequel il scellait les missives et le jeta dans l'eau bouillante.

— Elisia de Carcassonne, tu sortiras l'anneau de l'eau. La brûlure provoquera une plaie sur ton bras. Si, dans un temps déterminé, tu guéris, tu auras dit la vérité, et il sera avéré que tu ignorais le secret de ton époux. Ceci vous libérera toi et tes fils de l'esclavage, en vertu d'une erreur sur la personne. Dans le cas contraire, Dieu vous rabaissera au statut de simples serfs fiscaux.

Servusdei entonna un psaume mais sa voix se brisa quand on déchira la manche de la tunique de l'aubergiste. On n'entendit plus un bruit sur la place. Les lèvres d'Elisia tremblaient sous l'effet de la peur.

— Dieu te protégera, dit Frodoi, en larmes, en agrippant son crucifix en or.

Elisia ressentit la douleur avant même d'effleurer l'eau bouillante de la main. Elle serra les dents et y plongea le bras. Son hurlement fit trembler l'assistance. Elle sentit qu'elle perdait la raison. Dans un ultime éclair de lucidité, elle se rappela qu'elle devait sortir quelque chose de l'eau. Parvenue à l'extrême limite de sa résistance, elle toucha l'anneau du bout d'un doigt. Et elle l'attrapa.

Tous s'exclamèrent. Ce qui avait semblé une éternité pour Elisia n'avait duré qu'un instant, et déjà des lambeaux de peau blanche pendaient de son bras à vif couvert de cloques. Le *saig* prit l'anneau de sa main. Il se brûla et le laissa tomber. Les gardes, impressionnés, retinrent l'aubergiste quand elle perdit connaissance. Goda avait déjà fait appeler une guérisseuse juive réputée qui arriva les bras chargés d'emplâtres. Frodoi avait également convoqué deux moines qui possédaient des connaissances médicales. Tandis que les présents priaient, ils appliquèrent tous trois des onguents sur le bras d'Elisia, puis les gardes la portèrent dans sa cellule. Le vicomte ne prendrait pas le risque qu'elle quitte secrètement la ville.

Pendant le trajet, Elisia ne revint pas à elle. La vieille guérisseuse juive resta avec elle en se promettant de la guérir. On n'avait jamais vu une telle chose à Barcelone.

Des heures plus tard, le vicomte alla regarder par le judas de la porte. L'aubergiste gisait dans sa cellule, inconsciente, et le bras à vif. Il était troublé et n'appréciait pas du tout la manœuvre intentée contre elle par Drogon de Borr. Derrière lui, l'*assertor* et le *saig* arboraient des mines graves. Conscient que son attitude déplairait au marquis s'il l'apprenait, Astorius ne put s'empêcher de se confier.

— Aucune personne dotée d'un tel courage ne mérite d'être esclave. Que Dieu parle en sa faveur ! Laissez la guérisseuse rester auprès d'elle tout le temps qu'il faudra.

68

Enveloppée par la fumée de l'encens, Richilde leva la tête pour profiter de l'unique rai de lumière qui tombait de l'étroite ouverture de la chapelle. Elle resplendissait dans son éblouissante tunique de soie blanche brodée de fil d'or ; on aurait cru une déesse. Agenouillée, elle ouvrit les bras pour que tous contemplent la scène. Elle était l'élue, l'impératrice. L'univers était à ses pieds.

C'était une humble chapelle, indigne d'un moment aussi solennel, mais l'armée de Carloman était trop près de Pavie, et l'empereur, accompagné du pape, était descendu avec ses troupes au sud du Po. Le fleuve leur servirait de défense naturelle en attendant les renforts de Francie. Richilde savait que le temps était compté, aussi accepta-t-elle d'être couronnée impératrice dans ce pauvre petit temple fait de pierres grossières où s'entassaient des familles aristocratiques des maisons voisines de Tortone, Nice et Gênes, ainsi qu'une douzaine d'évêques pressés de quitter les lieux. Charles souhaitait se montrer impérial à côté de son épouse, toutefois son visage émacié était couvert de sueur due à la fièvre. Jean VIII, revêtu de l'habit et de la tiare papale, tendit la crosse à son archidiacre et prit la couronne qui reposait sur un coussin cramoisi, accompagné par le chant d'un modeste chœur. Richilde, le front brillant d'huile sacrée, désirait plus que tout sentir le froid du métal sur sa peau.

Elle eut envie de crier de joie quand elle porta enfin la couronne. Les cinquante personnes que la chapelle pouvait accueillir élevèrent une prière pour la santé de l'impératrice et de l'empereur. Elle était parvenue à ses fins ! Elle avait imaginé ce moment depuis qu'elle était petite fille, bien que, dans ses rêves, il se déroulât dans une grande cathédrale, au milieu de centaines d'autorités. Peu importait. Elle avait renoncé à ses sentiments, à l'innocence et à la décence, pour qu'il se réalise. Elle avait conspiré, pêché et tué pour cette couronne... Richilde de Provence entrait désormais dans l'histoire : elle était impératrice du pouvoir de Dieu sur la terre.

Les portes de la chapelle s'ouvrirent brusquement dans un grincement strident. Une rafale d'air glacé fit vaciller les flammes des cierges sur le petit autel et agita la lourde chasuble du Saint-Père. Richilde se retourna vers l'entrée du temple d'un air contrarié. Elle ferait châtier la personne qui avait interrompu son moment de gloire. La silhouette d'Isembard de Tenes se découpait dans la lumière grise, la cape presque noire de poussière et de boue. Elle le trouva plus viril que jamais, avec ses cheveux en bataille et sa barbe blonde non taillée, pourtant ses traits tirés révélaient le terrible effort du voyage.

L'interruption irrespectueuse augurait une mauvaise nouvelle. Isembard avança vers le centre de la petite nef sans s'occuper des chuchotements outrés. Inquiet devant son expression sévère, Charles se leva avec difficulté pour l'accueillir.

— Mon seigneur, je suis venu comme vous me l'avez demandé, mais je n'apporte pas de bonnes nouvelles. – Il regarda un instant Richilde, dont la beauté l'impressionna. – Carloman a eu vent du couronnement et il avance vers cette enclave. Dans deux ou trois jours, il traversera le Po avec son armée.

L'information déclencha la panique. La chapelle se vida avant même la bénédiction générale. Ceux qui possédaient des richesses qu'ils risquaient de perdre se préparèrent à quitter leurs châteaux, en revanche, pour le plus grand nombre, le moment était venu de décider s'ils demeuraient fidèles au pape et à l'empereur de Francie, ou s'ils envisageaient une autre voie. Conscient de la fragilité de sa position, Charles chercha une nouvelle encourageante.

— En venant, avez-vous vu l'armée de Boson et de ses alliés ? Ils sont en chemin.

— Altesse, aucune armée ne se trouve à proximité des Alpes. J'ai traversé toute la Gothie et la Bourgogne. Les forces sont cantonnées auprès de leurs seigneurs.

— Ils me l'avaient promis !

La nouvelle affecta l'empereur, dont les forces flanchèrent. Richilde soutint son époux tout en lançant une œillade au capitaine, qui avait reconnu la senteur de l'ambre sur sa peau.

— Vous n'êtes pas en condition de voyager, mon seigneur, déclara-t-elle. Laissez-moi retrouver mon frère et je vous apporterai l'aide promise.

— Vous feriez cela ?

Charles toucha sa couronne ; ils y étaient arrivés, après tant d'années, mais à quel prix...

— Ordonnez à Isembard de m'accompagner avec un détachement.

— Les meilleurs hommes seront à vos côtés, ma reine ! Exigez de votre frère le duc Boson et des deux Bernard qu'ils volent à mon secours sans délai. Je crains qu'ils n'arrivent pas à temps et que Carloman ne s'empare des *regalia*.

Les yeux de Richilde étincelèrent. Elle avait eu la même pensée.

— Cela ne se produira pas s'ils ne sont plus en Italie. Je suis la gardienne de ces trésors. Permettez-moi de les emporter jusqu'en Francie. Quoi qu'il advienne je les conserverai en mon pouvoir.

— Ne les cédez pas, Richilde, pas même en échange de ma vie ! dit Charles.

— Pour votre vie je donnerai la mienne, mon empereur, mais Dieu nous protégera, vous êtes Son élu.

Isembard eut envie d'applaudir Richilde pour la parfaite interprétation de son rôle. Elle n'avait pas changé. Elle ravissait le roi par ses paroles, encore et toujours.

— Isembard..., commença Charles.

Un étourdissement dû à la fièvre l'empêcha de poursuivre un instant.

— Je souhaitais que tu commandes mes troupes face à Carloman, poursuivit-il, or l'impératrice a besoin de toi. Conduis-la saine et sauve jusqu'à son frère et reviens avec l'aide promise.

Le capitaine acquiesça, le cœur lourd. Le roi, très faible, avait perdu son sens tactique. Charles possédait une armée nombreuse en Italie, même si elle ne l'était pas autant que celle de

Carloman. Mobiliser des milliers de soldats depuis la Gaule signifiait du ravitaillement en grande quantité, des têtes de bétail et des chariots de grains par centaines, un grand nombre d'esclaves et la réquisition de tanneurs, de forgerons... Il n'avait pas vu la trace de leur passage sur les voies romaines encore en usage.

Richilde fit ses adieux puis alla se changer et préparer le départ immédiat. Elle ne pensait pas rester un jour de plus dans cet infect campement. Charles espérait un ultime regard tendre de l'impératrice sur le seuil de la chapelle, mais la dame affichait un trop large sourire pour laisser son époux l'apercevoir. Charles prit les mains d'Isembard, qu'il serra. Le capitaine ne put se retenir. Deux ans plus tôt, il avait quitté un roi fort et plein d'ambition ; à présent, il avait devant lui un homme fini, vaincu.

— Mon seigneur... – Le capitaine de *scara* choisit d'être sincère en voyant une supplique de vérité dans le regard de Charles. – Vous êtes seul.

— Je mourrai ici.

69

Après deux semaines de route, l'impératrice Richilde, le capitaine Isembard et dix chevaliers de *scara* atteignirent les côtes de Provence, au cœur des domaines du duc Boson. Ils n'avaient aucune nouvelle du roi, qu'ils avaient laissé en Italie malade et harcelé par son neveu Carloman de Bavière. L'aide espérée de la Francie ne risquait pas d'arriver un jour, et ils n'imaginaient pas revoir Charles le Chauve en vie.

Isembard scruta l'épaisse brume opalescente qui flottait sur les eaux immobiles des marais d'Arles et mit la main sur la poignée de son épée. Il ignorait la destination choisie par l'impératrice pour se mettre à l'abri, et les bateliers avaient reçu l'ordre de n'en rien révéler.

Le jour se levait, couvert, ce 9 octobre, et le doux clapotis des rames des trois barques provoquait une onde légère à la surface de l'eau qui se perdait dans la brume. Ils glissaient dans un dédale aquatique de canaux et d'îlots couverts d'arbres tordus et de roselières. Un lieu étrange et saisissant seulement connu des pêcheurs qui les avaient embarqués. Ils ramaient sans bruit, esquivant les racines noires qui surgissaient de l'eau tels des ossements de noyés.

Richilde, qui ne connaissait pas le sort du roi, s'était tout de même vêtue de noir. Dressée à la poupe de la première barque, recouverte d'un voile noir, elle offrait une image saisissante.

Isembard ne lui avait pratiquement pas adressé la parole durant le long trajet à cheval jusqu'à Arles. Il sentait son regard de braise rivé sur lui, cependant les difficultés d'un voyage aussi précipité ne laissaient place à aucune intimité. La reine exigeait de galoper le plus vite possible et poussait les montures jusqu'à leurs limites, comme si elle désirait gagner du temps. Deux esclaves l'accompagnaient ainsi qu'un vieux prêtre, chargé de répondre à ses besoins spirituels.

Les soldats étaient désorientés dans ces marais. Une lagune plongée dans la brume n'était pas le meilleur endroit pour défendre la nouvelle impératrice du Saint Empire. L'ambiance réveillait des terreurs superstitieuses. Un territoire aussi malsain était sûrement peuplé d'obscures créatures qui refusaient d'accueillir la lumière du Christ.

— Où allons-nous, ma dame ? demanda Isembard, assis près de Richilde dans la barque.

— Là où les *regalia* seront à l'abri de Carloman.

Ils passèrent devant un îlot couvert d'arbres desséchés évoquant de grandes mains décharnées. Ils distinguèrent une ombre encapuchonnée et couverte d'une pelisse de fourrures parmi des volutes de brume. Isembard eut la chair de poule. Sans voir son visage, il eut la certitude qu'il s'agissait de Rotel, immobile, telle une présence fantomatique dans le silence de la lagune. Elle les attendait.

Après tant d'années sans nouvelles d'elle, Isembard éprouvait des sentiments contradictoires. Il était soulagé de la savoir en vie, mais il se rappelait une présence similaire quand, en fuite, ils marchaient sur la route de Barcelone avec les colonnes de Frodoi. Une présence qui avait été présage de malheur. Rotel annonçait la même chose, il en eut l'intuition.

Les pêcheurs, derrière lui, l'avaient vue eux aussi, et ils se signaient en marmonnant dans un dialecte incompréhensible.

— Nous sommes arrivés à l'abbaye de Montmajour, annonça bientôt Richilde.

Une masse entourée d'arbres se découpa devant eux. Ils accostèrent sur une île boisée où étaient érigés une tour carrée en pierre de taille, un cloître et une chapelle. Les hommes d'Isembard eurent l'impression d'approcher un autre monde, un endroit de repos pour les âmes. Les bateliers silencieux guidèrent la barque jusqu'à un petit quai fait avec des troncs. Plusieurs soldats portant l'uniforme des Francs, sans signes distinctifs, débouchèrent immédiatement d'un sentier herbeux.

— Ce sont les hommes de mon frère Boson. Nous sommes arrivés avant lui, dit Richilde avec un sourire. Il sera là demain.

Isembard sauta sur la terre ferme. Il se méfiait de Richilde ; elle tramait sans doute quelque chose. Il prit conscience du silence derrière lui et se retourna. Les deux autres barques avec ses hommes et le prêtre avaient disparu, englouties par la brume.

— Ne les cherchez pas, capitaine, annonça Richilde. Ils ne viennent pas avec nous.

Un des soldats de l'île le frappa traîtreusement dans le dos. Il ressentit une décharge douloureuse avant de plonger dans le noir.

Isembard se réveilla enchaîné à un mur de pierre ; ce n'était pas la paroi d'une cellule. Il distingua la lumière tremblotante de plusieurs candélabres. Son sang battait dans ses tempes et il sentait des pincements à la base de son crâne. Il cligna des yeux pour mieux distinguer une silhouette au loin. Un gigantesque Christ, couronné comme un roi. Il se trouvait à l'intérieur de l'abbaye. La statue était suspendue par des chaînes dans l'abside de l'église. Autour de lui, les murs couverts de moisissures et crevassés conservaient des traces de fresques. Le toit était en bois.

Richilde était agenouillée à côté de l'autel, dans une attitude de recueillement. Elle portait une riche cape de soie blanche brodée d'or. À côté, il vit le coffre en bois et en fer qui contenait les *regalia*.

— Pourquoi faites-vous cela, Richilde ?

Il tenta de bouger, mais les bracelets de fer le retenaient solidement. On lui avait enlevé son armure et sa tunique, et il ne portait qu'une chemise, très sale après leur long voyage. L'impératrice se tourna vers lui avec un sourire enchanteur.

— Tel est mon destin ! Il ne me manque qu'une chose pour parachever mon projet, et tu me la donneras.

Isembard comprit pourquoi elle avait voulu arriver avant son frère. Son obsession s'était accrue au cours des deux dernières années, et elle le dévorait des yeux, fébrile.

— Tes péchés sont trop grands pour que Dieu te concède un descendant mâle.

Richilde s'approcha de lui et le gifla, prenant plaisir à le voir enchaîné et à sa merci. Elle se pencha et déchira sa chemise d'un coup sec. Elle admira le corps puissant d'Isembard. Ses doigts parcoururent sa musculature, de la poitrine à l'abdomen, et elle joua avec le fin duvet blond. Elle savait s'y prendre pour éveiller la vigueur d'un homme, et elle hocha la tête, satisfaite.

— Nous sommes dans un des endroits les plus sacrés de Francie, dit-elle distraitement. D'après la légende, c'est saint Trophime, un disciple de Paul de Tarse envoyé pour évangéliser la Gaule, qui fit ériger cette chapelle.

— Depuis quand êtes-vous aussi pieuse, ma reine ?

Après tant de nuits sans dormir, Isembard n'y alla pas par quatre chemins :

— Les rumeurs concernant vos sombres pratiques étaient sans nul doute des mensonges ! dit-il avec ironie. Si vous devenez veuve, vous pourrez prendre le voile, vous consacrer à l'oraison et prier pour l'âme de votre époux bien aimé !

— Tais-toi ! Tu n'imagines pas quel calvaire j'ai enduré à devoir supporter ce débris humain qui s'agitait sur moi tout en sachant que sa semence insignifiante était incapable de procréer. Dieu m'est témoin que j'ai accompli mon devoir d'épouse, pourtant je ne suis pas la mère de rois. Pas encore. Je descendrai dans les enfers ou je monterai au ciel pour réclamer ce que je mérite !

— L'obsession vous rend folle.

Richilde sourit avec condescendance. Ce nobliau ne pouvait pas la comprendre. Mais ce n'est pas pour cela qu'elle le voulait.

— Il n'existe pas d'homme qui ne me désire pas… Mais c'est toi, Isembard II de Tenes, l'homme élu pour écrire l'histoire. Je désire que ce saint lieu soit le témoin de mon sacrifice pour concéder au Saint Empire un chef puissant, chrétien et au cœur noble.

Elle ouvrit la fibule de sa lourde cape, qui tomba à ses pieds, et se montra nue devant Isembard. Malgré les grossesses, elle avait un beau corps aux seins ronds et aux hanches fermes. L'odeur d'ambre imprégnait sa peau. Le cœur d'Isembard était cependant loin, à des centaines de milles de là, et le sort d'Elisia lui ôtait le sommeil.

— Vous avez perdu la tête, Richilde. C'est un sacrilège.

Elle chercha avidement sa bouche et sourit quand elle palpa son érection. Elle vainquait toujours.

— Je t'ai désiré pendant des années, mon chevalier, lui murmura-t-elle dans le cou, entre halètements et mordillements. Prends-moi, et donne-moi un fils comme toi !

Isembard n'était qu'instrument au service de l'ambition obsessionnelle de la reine et il avait ce rôle en horreur ; il se refusa à elle, mais Richilde s'assit à califourchon sur lui et leurs sexes se touchèrent.

— Tu le désires aussi, Isembard ! s'exclama-t-elle.

Elle jouit à l'instant, d'un désir contenu si fort qu'il lui fut impossible de retenir un orgasme comme elle n'en avait jamais connu. Elle vit la lutte qu'Isembard, incapable de contrôler son corps, menait contre lui-même, et elle explosa de plaisir. Elle entendit soudain des voix à l'extérieur du temple. Son visage se contracta sous l'effet de la peur. C'était la voix de son frère Boson.

— Richilde ! Où es-tu ?

Elle s'écarta d'Isembard, tremblante et apeurée, et se couvrit de sa cape au moment où les portes de l'église s'ouvraient.

— Ce que nous avons tant attendu s'est enfin accompli ! tonna Boson sous l'arc du portail. Les pigeons ont transmis la nouvelle à Arles et dans tout le royaume : le 6 octobre, il y a trois jours, l'empereur Charles le Chauve a remis son âme à Dieu au col du mont Cenis. Il se retirait en Francie parce que les renforts n'étaient pas arrivés.

Isembard, baissant la tête, pria pour l'âme du roi et de tous ses sujets.

Euphorique, Boson ne prêta pas attention à l'homme que sa sœur retenait enchaîné, la chemise déchirée. Exultant d'allégresse, il courut vers une Richilde abasourdie qu'il conduisit jusqu'au coffre au trésor. Ils l'ouvrirent et l'admirèrent, complices.

Boson posa la couronne sur sa tête, prit l'épée et le sceptre royal, et se dressa devant l'autel avec les trois *regalia*, perdu dans ses rêves.

— Un jour, j'empoignerai Joyeuse, l'épée royale de Charlemagne, clama-t-il en admirant l'arme brillante, tout imprégné de l'instant.

Richilde avait oublié Isembard. Elle se plaça à côté de son frère avec sa propre couronne. Du plus loin qu'elle se souvînt, tel était le rêve des Bosonides.

— Mes condoléances, veuve impératrice, dit Boson en la prenant par la taille.

Ils exultaient et jouaient à mettre en scène leur propre couronnement. Le capitaine explosa de colère.

— Il s'agit des symboles de l'empire ! Traîtres ! Que voulez-vous ?

Boson le découvrit enfin et, constatant qu'il était nu, il foudroya Richilde du regard.

— Tu le désirais tellement que tu n'as pas pu te retenir, n'est-ce pas, ma sœur ? Aurais-tu oublié qui tu es ?

— Je suis une Bosonide, mon frère, dit-elle prudemment. Et j'agis pour la grandeur de notre maison.

— Regarde-moi, Richilde ! – Il prit une pose royale. – Nous sommes tout proche de la gloire, ne salis pas notre sang !

— Pardonne-moi, Boson. Il fallait que ce soit maintenant, afin que tous croient que j'ai conçu un fils légitime de Charles, avant le prochain saignement.

— Tu auras ce fils, je te promets que tu l'auras et qu'il sera le plus grand roi du monde ! Mais démontre que tu es fidèle et digne de ton lignage !

Boson lui arracha sa cape et l'embrassa avec ardeur. Richilde s'allongea sur le coffre et, soumise, elle accepta son frère. Boson la posséda, la couronne impériale sur la tête. La reine supporta docilement les violents coups de boutoir ; elle n'avait pas pu réaliser son désir avec Isembard et le regarda brièvement. Le capitaine lut de la résignation dans ses yeux, sans la plaindre pour autant. Richilde éprouvait peut-être des sentiments pour lui, mais elle était une Bosonide et, incapable d'ouvrir la plus petite brèche dans son cœur, elle se vouait à son lignage.

Boson jouit puis il tourna la tête vers Isembard, une expression triomphale sur le visage. Le frère et la sœur retombèrent sur le dallage, les *regalia* toujours dans les mains.

— Tu es arrivé vite, dit-elle.

— Dès que j'ai appris la mort de ton époux. J'ai envoyé des messages aux deux Bernard et à Hugues. La rébellion a éclaté dans tout le royaume.

— À présent que Charles n'est plus, son fils Louis le Bègue va réclamer la Couronne, selon la décision de son père lors de la dernière assemblée générale de Quierzy.

— C'est un pantin. Les esclaves et le vin lui feront vite oublier ses droits.

— Le seul cas non résolu est Hincmar de Reims, continua Richilde, allongée sur lui. La plupart des évêques de Francie le suivent, et même s'il était fâché avec Charles, il prendra le parti de son fils.

Boson éclata de rire tout en caressant sa sœur sans pudeur.

— Tu as traîné l'archevêque jusqu'ici ? devina-t-elle.

— Il a cru que nous allions parlementer. Sa garde patauge dans la gadoue des marais et lui est enfermé ici, à côté. Il nous a sûrement entendus. S'il ne rejoint pas notre camp, ta bestiaire s'en occupera, c'est pour ça que je t'ai demandé de l'amener. Aucun soldat n'accepterait de tuer un ministre de Dieu aussi haut placé.

Isembard tressaillit. Rotel n'était-elle qu'un sicaire au service de ces aristocrates ambitieux ?

— Misérables ! tonitrua-t-il.

Boson marcha sur lui, l'épée de Charlemagne à la main, les yeux étincelant de jalousie. Sa sœur avait beau dissimuler ses sentiments, il savait qu'elle lui préférait le capitaine.

— Je me souviens encore du tournoi de Servais… Tu me dois ton capitaine, Richilde.

Dissimulant son affolement, la reine acquiesça :

— Il est à toi, mon frère. Mais ne le tue pas dans ce lieu, et pas avec cette épée. Sache en outre que Rotel ne nous le pardonnera pas.

— Dans ce cas, mieux vaut se défaire des deux.

Isembard, enfiévré de colère, secoua les chaînes en jurant. Boson riait aux éclats en le piquant de la pointe de l'épée.

— Allons dans la chambre, Boson, dit Richilde derrière lui, son indifférence cachant de l'inquiétude. Raconte-moi ce qui se passe dans le royaume. Nous avons beaucoup de choses à fêter.

Quand les Bosonides furent partis, Isembard essaya de tirer sur ses liens à s'en arracher la peau. Épuisé, il tomba dans une torpeur inquiète, puis s'endormit.

Il se réveilla avec le sentiment d'un danger. Dans l'ombre, la lueur du tabernacle laissa entrevoir un regard glacé sous un capuchon.

— Bonjour, mon frère.

— Rotel ? Est-ce bien toi ?

L'émotion de la retrouver après toutes ces années le submergea.

— Dans quel état es-tu !

Il perçut un léger tremblement derrière la froideur de la voix. Le lien était toujours là, caché. La natte blonde qu'elle avait l'habitude de tresser quand elle était nerveuse, à Santa Afra, dépassait du capuchon, et il en ressentit une immense tristesse.

— Viens-tu me tuer ? lui demanda-t-il pour échapper à ce sentiment.

— Je ne te tuerai jamais.

— C'est ce lâche de Boson qui le fera, n'est-ce pas ? Toi, tu te charges des basses œuvres de la reine.

Rotel ôta sa capuche. Isembard tressaillit. Elle avait trente et un ans, pourtant elle conservait une beauté juvénile. Son visage enfantin paraissait indifférent au temps, même si elle avait le teint très pâle et les yeux cernés. Elle semblait bouleversée de revoir son frère.

— Je ne suis pas au service de la reine. J'ai passé plusieurs années avec les Sept Veuves, les Aliorumnes. Elles possèdent un savoir ancien proche des secrets de ce monde. Richilde nous protège de la haine déchaînée contre nous par l'Église et l'aristocratie.

— Tu avais déjà appris les secrets de la création avec Ega, ce que tu fais à présent, c'est de la magie, de la sorcellerie, de la nécromancie… C'est ce qu'on dit.

Isembard voyait sa sœur derrière le rictus sinistre, la petite sœur qu'il aurait dû protéger. Il en avait été empêché, puis ils avaient emprunté des chemins différents. Il se sentait incapable de la condamner, et la sentir à ce point distante le peinait profondément.

— Je lis dans tes pensées la culpabilité de ne pas m'avoir protégée. Libère-toi, Isembard. Je me suis enfin trouvée, même si cette voie est obscure et impie à tes yeux ! J'ai découvert ce que nos ancêtres savaient du monde et de ses mystères.

Elle désirait que son frère comprenne pourquoi elle avait disparu et repoussé l'exécution de sa vengeance.

— Les anciens dieux se dissimulent derrière les saints, et leurs temples deviennent des chapelles, mais de grands feux brûlent encore pendant les solstices, des offrandes sont déposées au bord des sources et des poules sont sacrifiées pour fertiliser les champs. Tu l'as certainement déjà constaté. Une bonne partie du peuple suit secrètement ces traditions. Ils suivent celles de leurs pères parce qu'ils ne trouvent pas la consolation promise. – Elle montra du doigt le crucifix. – C'est tout ça que je voulais découvrir. La reine nous protège, et c'est pour cette raison que j'ai accompli sa volonté !

— Tu as toujours été différente, dit Isembard, nostalgique. Tu conservais une idole féminine dans la grotte, à Santa Afra, et je ne l'ai jamais révélé à quiconque. Je sais que tu ressens des choses, que la nature te parle et que tu la maîtrises. C'est pour ça que tu n'as jamais trouvé ta place parmi les gens. Mais il y avait jadis une lumière en toi. À présent, tout est noir.

— On m'a fait beaucoup de mal, mon frère : le prieur de Santa Afra, Drogon, Onyx… Puis on a tué Malik, et Ega, et ma fille… Ce monde-ci mérite-t-il autre chose de moi ?

Isembard crut voir une larme sur sa joue pâle, sans en être certain. Il comprit. Rotel avait préféré vivre à l'écart du monde, apprendre auprès des magiciennes afin de ne pas laisser la haine achever de la détruire entièrement.

— Te souviens-tu de Jehan et de Leda ? Combien de fois ont-ils vu leurs efforts anéantis ? Et Elisia ? Elle n'est peut-être désormais qu'une esclave de Bernard de Gothie. Nous vivons des temps funestes, des temps de misères, de maladies et de guerres ! Même la puissante Richilde a enterré quatre enfants. Il n'y a aucune excuse pour tes actes, Rotel.

L'écho se perdit sous la voûte obscure. Ils demeurèrent silencieux.

— Regarde-nous, Rotel, ajouta Isembard, attristé. Frère et sœur, nous n'avions personne d'autre au monde que nous-mêmes, nous existions l'un pour l'autre, et voilà que nous ne savons plus que nous lancer des reproches. Est-il vrai que tu vas tuer un archevêque, de sang-froid ? Ils t'ont fait venir pour cela...

— C'est un homme comme les autres à mes yeux, voilà tout.

— Il est la dernière colonne encore debout du royaume ! Et après ?

— Je terminerai ce que j'ai commencé avec Drogon et ce sera la fin de Bernard de Gothie, le premier coupable de mon malheur.

— Si tu veux tenir le responsable de la mort de Sansa, ne cherche pas si loin : ce sont les Bosonides. Ils élaborent leur conspiration depuis des années, et ce sont eux qui ont pris toutes les décisions, jusqu'à la dernière. Tu as cessé de servir Drogon pour te prosterner devant ses maîtres !

Rotel chancela comme si on venait de la frapper. Isembard entra dans une grande colère.

— Le roi est mort ! La rébellion est en marche. Le temps des secrets et des trahisons est terminé. Crois-tu que tu sortiras vivante de cette abbaye, avec tout ce que tu connais de leurs mensonges et de leurs crimes ? Ne sois pas naïve !

— Je sais me défendre, dit Rotel, le visage contracté.

— Et les autres ? cria-t-il, furieux. En tuant Hincmar, tu élimineras la dernière possibilité de rééquilibrer la balance. Celui que tu tueras, ce sera Frodoi ; et avec lui les colons de l'Esquerda, et Elisia, qui nous a sauvé la vie à Gérone et que j'aime de toute mon âme, et mon épouse Berthe... Si cette révolte conduit au chaos, eux en subiront les ravages, et tu ne seras peut-être même plus en vie pour le déplorer !

La jeune femme se recroquevilla sur elle-même. Isembard remuait des émotions qu'elle s'efforçait de faire taire en elle. Son cœur pleurait. Elle tira une fine dague et, fixant son frère d'un regard embrasé, elle tourna habilement la pointe dans la serrure des bracelets jusqu'à ce qu'ils s'ouvrent.

— Pars, Isembard ! La reine non plus ne veut pas que tu meures, et elle se fie à moi pour te libérer. Elle t'aime, mais elle ne s'autorisera jamais une telle faiblesse. Fuis, fuis loin d'ici, tu ne peux pas affronter l'alliance.

— Et mes chevaliers de *scara* ?

— Ils font désormais partie de la légion fantomatique qui erre dans les marais.

— Viens avec moi, Rotel ! murmura-t-il, la voix brisée. Seul, je n'y arriverai pas. J'ai besoin de toi.

Ils se contemplèrent longuement. Rotel sentit une étincelle au profond de son âme, une petite flamme qui réchauffait lentement une grotte glacée. Elle prit peur et s'écarta.

— Il y a une barque. Les marais forment un labyrinthe complexe ; si tu ne t'enlises pas dans un bourbier, tu en sortiras.

Isembard se leva et la serra fort contre lui, il avait besoin de le faire. Rotel se raidit avant soudain de l'agripper. Elle fondit en larmes pour la première fois depuis très longtemps, victime du torrent d'émotions qui se déversait en elle. Dans les bras de son frère, tout remonta à la surface : le chagrin de la perte de son aimé et de sa fille, de tous ceux qui avait compté pour elle.

— Qui suis-je pour toi, Isembard ? demanda-t-elle timidement comme si elle retombait dans son enfance.

— Une légende. Tu as survécu au bestiaire, tu as appris les secrets de la forêt avec Ega, et tu pratiques maintenant des cultes païens. Tu portes sur toi le poids de nombreuses âmes, mais tu es toujours libre, Rotel. Et tu continues d'être ma sœur chérie.

— Tu dois partir, dit-elle en séchant ses larmes. Je vais les occuper.

— Je ne partirai pas sans Hincmar de Reims. Je t'en prie, ne m'en empêche pas.

— Crois-tu que cela m'importe, qu'il y ait une guerre ?

— Cette fois, ce ne sera pas un conflit entre des aristocrates. Les Normands et les Sarrasins nous menacent. Ces personnes modestes avec qui tu partages le culte païen seront les premières à périr, Rotel, si elles ne sont pas réduites en esclavage ! L'archevêque possède de l'influence dans l'Église et auprès des maisons nobles, il peut arrêter la rébellion. C'est pour cela qu'ils veulent que tu le tues, toi qui es déjà condamnée pour tes crimes.

Devant son air soupçonneux, il conclut sans ambages :

— La première victime innocente de cette conspiration a été ta propre fille, Sansa.

— Habille-toi et viens, ordonna Rotel, un éclair de colère dans les yeux.

L'abbaye se composait d'un petit cloître, d'une cellule collective, d'un réfectoire, d'une sacristie et d'une resserre. Les chambres nobles, les appartements des Bosonides, se trouvaient à l'étage. Rotel s'approcha du soldat qui surveillait le cloître dans l'obscurité, tandis que les autres se réchauffaient autour d'un feu à l'extérieur. Isembard le vit s'effondrer sans un bruit devant sa sœur. Quand il passa à côté de lui, il constata qu'il gisait dans une mare de sang, la gorge ouverte. Rotel demeurait imperturbable. C'était une formidable meurtrière, ce qui le faisait se sentir encore plus coupable.

La clef du soldat leur ouvrit la porte de la resserre. L'archevêque Hincmar se leva. Il avait mauvaise mine.

— L'heure est-elle venue, fille du diable? Un jour, tous les royaumes d'Europe seront des bûchers sur lesquelles on vous brûlera, sorcières!

— Taisez-vous! lança Rotel.

La main levée, elle brandissait une sinistre aiguille métallique. Isembard arrêta son geste avant de s'agenouiller pour baiser l'anneau du prélat.

— Monseigneur archevêque, nous venons vous sortir d'ici.

— J'ai entendu les gardes. Le roi Charles est mort, semble-t-il. Que Dieu ait pitié de son âme cupide. La rébellion a commencé, si je comprends bien.

— En effet. Vous devez vous mettre à l'abri afin d'intervenir dans le conflit.

Hincmar lissa sa barbe grise de plusieurs semaines.

— Il faudra plus que cela. – Ses yeux brillèrent; il avait eu le temps de méditer. – Dieu seul peut arrêter cette folie en manifestant Sa volonté par un signe sans équivoque.

— Je ne vous comprends pas.

— J'ai entendu le roucoulement des pigeons dans la tour. Je dois envoyer un message à l'évêque Frodoi de Barcelone. Il m'a consulté et il faut que je lui réponde.

— Je ne crois pas que les Bosonides possèdent des pigeons voyageurs pour les villes de la Marche.

Rotel attrapa son frère par le bras.

— S'ils entendent des battements d'ailes à cette heure-ci, ils nous découvriront.

— Dans ce cas, laissez-moi ici et que Dieu nous châtie tous, une bonne fois pour toutes ! lança Hincmar.

Il n'avait pas l'habitude qu'on discute ses ordres.

— Allons-y, dit le capitaine en prenant une chandelle de suif dans une niche.

Ils conduisirent discrètement le prélat au réfectoire et, comme le supposait Hincmar, ils y trouvèrent des parchemins et une plume pour écrire. Il griffonna en tremblant sur un étroit bandeau :

*Remettez ce message à l'évêque Frodoi de Barcelone, suivant la volonté d'Hincmar de Reims. Trouve les restes de sainte Eulalie et proclame l'*inventio *dans le monde entier ! Personne ne se soulèvera contre celui qui possède un tel cadeau de Dieu.*

Ils se rendirent tous les trois dans la remise située derrière la tour. Le pigeonnier contenait des cages portant des noms de villes. Hincmar en trouva une au nom de Reims. Il s'en contenta.

— Dans mon palais, nous avons des pigeons voyageurs de Barcelone. Que Dieu nous aide.

— Que signifie ce message ?

— Frodoi le comprendra.

Ils placèrent le message dans une minuscule capsule de cuir qu'ils nouèrent à la patte du pigeon voyageur. Le battement d'ailes brisa le silence d'une aube toute proche. Des voix donnèrent immédiatement l'alerte.

— Emmène le vieux avec toi, dit Rotel, je détournerai leur attention. On se retrouvera sur le quai.

— Tu m'accompagneras ?

Elle déposa un baiser sur sa joue tandis qu'un éclair de tendresse brillait dans ses yeux.

— Si tu réussis à sortir de là, tu deviendras le pire ennemi de l'alliance. Crois-tu que tu pourras traverser toute la Gothie sans mon aide ? La reine dit que Bernard de Gothie et Drogon de

Borr rassemblent des troupes à Narbonne. C'est le moment de régler ses comptes.

Isembard ressentit une vive émotion en la voyant s'enfoncer dans l'obscurité. Il se rappela la petite fille qu'il poursuivait en riant dans les vignes de Santa Afra. Innocente et sans défense. Il était très soulagé de savoir qu'elle le protégeait.

Un rire sinistre de femme éclata au milieu des arbres de l'îlot et leur glaça le sang. Des soldats, inquiets, coururent vers le bruit. Ils n'en menaient pas large mais ils craignaient encore davantage la colère de Boson.

— Ta sœur est dangereuse, murmura Hincmar en tressaillant.

— Je le sais. Elle est en train de nous sauver la vie, monseigneur, ne l'oubliez jamais.

Quittant l'abbaye sans un bruit, ils se dirigèrent vers le quai. Des moines les virent et se turent. Les Bosonides étaient les seigneurs d'Arles et les protecteurs de l'abbaye, mais jamais ils ne dénonceraient un archevêque, de même qu'ils ne pardonneraient jamais l'inceste sacrilège des Bosonides.

Rotel les rejoignit. L'aurore pointait lorsque la vieille barque glissa, enveloppée de brume, pour se perdre dans les eaux mystérieuses des marais. Une ombre passa dans le ciel au-dessus d'eux. À l'une des fenêtres de l'abbaye de Montmajour, Boson tendit le bras pour accueillir le faucon pèlerin, qui se posa sur son gantelet de cuir. Il se battit avec le rapace pour lui arracher du bec le pigeon mort et il chercha l'étui en cuir. Il lut le message en silence et grimaça de colère.

— Tu avais raison, ma sœur, ce pigeon portait un message d'Hincmar.

Drapée dans une couverture, Richilde vint derrière lui.

— Que dit-il ?

— Je dois informer immédiatement Bernard de Gothie et l'archevêque Sigebode de Narbonne. Il s'agit de quelque chose qui bouleversera le cours de l'histoire pour celui qui le possédera.

L'impératrice resta devant la fenêtre à admirer le point du jour brumeux et elle sourit. Les gardes venaient de les informer de la fuite des prisonniers. Le frère et la sœur de Tenes s'éloignaient dans le brouillard avec l'archevêque. Elle ne prendrait plus jamais le risque de séduire Isembard, mais elle frémissait encore au souvenir de ce qu'elle avait éprouvé contre lui. Elle ferma la fenêtre en se demandant si le véritable amour était ainsi.

70

Une bonne partie des habitants de Barcelone attendait impatiemment sur la place la fin des prières de tierce, après le lever du soleil, ce 10 octobre, jour des festivités de Santa Afra. Quand les fidèles commencèrent à sortir de la nouvelle cathédrale, l'agitation s'accrut. L'évêque apparut sous le portail, la mitre sur la tête, avec sa suite. Il avait de lourds cernes sous les yeux et les traits tirés par l'amaigrissement. Il avait jeûné et veillé longuement en prières pour la santé d'Elisia de Carcassonne.

Le vicomte donna un ordre au *saig* et tous se turent quand l'aubergiste parut sur le seuil du palais comtal. Elle ferma les yeux, éblouie par la lumière, puis elle avança d'un pas hésitant, hâve et sale après tant de jours enfermée dans une geôle. La guérisseuse marchait derrière elle ; son visage grave ne laissait rien présager de bon. Les gens s'efforçaient d'apercevoir Elisia. Goda s'approcha d'elle, angoissée, ne sachant que dire. Le *saig* prit le bras de l'aubergiste et releva la manche, découvrant le bandage de lin. La foule retint son souffle.

Elisia ferma les yeux et hocha légèrement la tête. L'officier détacha une à une les bandes, qui tombèrent à terre. À quelques pas de là, Frodoi chercha en vain à croiser le regard de Goda.

Berthe d'Orléans, le teint blême, éprouvait de la pitié pour Elisia, malgré sa rancune depuis la révélation de Gali. Sur ses terres de Francie, elle avait assisté à des ordalies terribles, telles que marcher sur des braises, embrasser des fers rougeoyants ou plonger des nouveau-nés mâles dans l'eau pour voir lequel des deux Dieu sauvait et bénissait. L'épreuve était toujours cruelle.

Prêtres et tonsurés priaient à voix basse. Dieu allait se manifester sur le bras meurtri de cette femme.

Une fois le bandage ôté, le *saig* attrapa la toile imprégnée d'emplâtre qui recouvrait la main et l'avant-bras d'Elisia. Le visage de l'aubergiste se contracta de douleur quand il mit les blessures à nu. Dans un silence absolu, Barcelone contempla la surface rouge et enflée. La vision était désagréable, mais les plaies n'étaient pas gangrénées et elles ne sentaient pas mauvais. Sur les doigts, on apercevait déjà le bourgeonnement de la nouvelle peau.

— Elle guérit ! annonça le *saig* sans contenir son émotion.

Une clameur inédite explosa sur la place. Elisia éclata en sanglots. Certains se jetèrent au sol tandis que des familles entières s'embrassaient, rendant grâce à Dieu d'avoir intercédé pour l'aubergiste aux yeux si doux qui leur achetait des légumes, des fruits et des animaux de leur basse-cour. Goda étreignit son amie ; Frodoi frissonna ; Berthe la salua, distante, avec une expression de soulagement.

Elisia se tourna vers la guérisseuse juive qui pleurait à l'écart. Elles deux seules savaient l'angoisse qu'elles avaient endurée pendant des jours quand la douleur était insupportable et que l'aspect de son bras ne s'améliorait pas.

Le tribunal arriva et les hommes s'inclinèrent respectueusement devant Elisia pour examiner scrupuleusement ses blessures. Le *saig* réclama le silence à grands cris.

— Dieu a parlé et Barcelone en est le témoin ! annonça le juge de Gérone. Cette femme dit vrai quand elle jure qu'elle ignorait la condition de *servus fiscalis* de son époux. En conséquence, elle ne peut être considérée comme une *ancilla* dans la mesure où son consentement en se mariant était entaché d'erreur. Quelqu'un s'oppose-t-il à cette ordalie ?

Le silence régnait. La volonté divine était sans appel. Le juge poursuivit :

— Astorius, représentant légal du comte de Barcelone pendant son absence, signera une écriture dans laquelle sera déclarée la *recognitio.* Il renoncera à ses prétentions et respectera à partir de ce jour et pour toujours la liberté d'Elisia de Carcassonne, de sa progéniture et de toutes ses propriétés, présentes et futures.

— L'écriture sera ainsi signée au nom du comte Bernard de Gothie par la grâce de Dieu, affirma le vicomte à haute et intelligible voix.

Il se réjouissait sincèrement pour Elisia tout en craignant la colère de Bernard quand il apprendrait la nouvelle. Il y perdrait probablement sa charge, sauf à lui démontrer sa loyauté d'une autre manière. Il devait maintenant entrer dans le palais avec les juges et les *boni homines* pour rédiger le document.

La place était une véritable fourmilière et les Barcelonais se bousculaient pour regarder le bras d'Elisia, frémissants comme devant une relique sacrée. À la stupeur de l'assistance, le puissant Frodoi s'agenouilla devant l'aubergiste, les yeux humides. La femme le releva, souriant tristement.

— Mon évêque... J'ai réussi.

— Pardonne-moi, Elisia, dit-il, la voix brisée, conscient qu'il ne pourrait plus jamais la regarder comme avant, même si tout s'était bien terminé.

— Je sais pourquoi vous l'avez fait, Frodoi. C'était terrible, mais je ne vous en garde pas rancœur.

— Il a été lâche ! lui lança à la figure Goda, avec une irrévérence impardonnable.

— Non, Goda. C'était la seule manière de me sauver, moi, Elisia de Carcassonne. Quel autre moyen avais-je d'échapper à l'esclavage ? Fuir et me cacher le restant de mes jours ? Changer d'identité, comme Gali ? Si la loi ne s'était pas accomplie, mes fils et moi aurions été condamnés à fuir, à vivre de la charité, dans la peur que les hommes du comte nous arrêtent.

Frodoi s'inclina, incapable de parler. Il n'avait jamais autant imploré Dieu, il ne s'était jamais autant mortifié par le jeûne et la veille pour interpeller la faveur divine. Il l'avait obtenue et se sentait béni. Elisia se pencha vers lui et murmura :

— Ni vous ni moi ne sommes d'ici, monseigneur, et vous voyez tout cela avec un autre œil. Je sais que vous profitez de l'ordalie pour savoir de quel côté est Dieu, avec Barcelone ou avec le comte. – Elle leva le bras. – Vous avez désormais Sa réponse.

Elisia avait changé. Son regard avait perdu son éclat candide et son esprit avait acquis la solidité du chêne. Elle avait compris en partie le jeu politique risqué de l'évêque. La population a besoin de signes et, grâce à elle, Frodoi leur en offrait un.

— On dirait que tu lis dans mon âme, Elisia.

— On se connaît depuis de longues années, monseigneur. J'espère seulement que vous pourrez le mettre à profit le moment venu.

Jordi, le visage décomposé, se frayait un passage parmi la foule pour guider Servusdei, usé, jusqu'à Frodoi. Le vieil homme était sombre et plus pâle que d'habitude.

— *Deo gratias,* Elisia, dit l'ancien en regardant son bras, impressionné.

Il se tourna ensuite vers l'évêque et l'informa sans prendre la peine de baisser la voix :

— Un nouveau message vient d'arriver. Le roi s'est éteint le 6 octobre et une rébellion a éclaté, conduite par une alliance d'aristocrates formée par le duc Boson de Provence, Bernard Plantevelue, comte d'Autun et d'Auvergne, Hugues de Welf, marquis de Neustrie, et Bernard de Gothie. En outre, la reine Richilde, qui a été couronnée impératrice quelques jours avant la mort du roi, s'est emparée des *regalia,* et elle prend le parti de son frère.

— Que Dieu nous vienne en aide ! dit l'évêque, tandis que des murmures s'élevaient autour de lui.

Le vicomte, qui avait reçu un message semblable, quitta son palais avec son escorte et d'autres officiers de Bernard. Le visage impassible, il remit à Elisia une copie de la sentence dont l'encre était encore fraîche, puis il s'adressa au peuple d'une voix forte pour répéter les mots que venait de prononcer Servusdei. Lorsque le brouhaha cessa, il conclut d'un ton solennel :

— Barcelone déclare sa loyauté à son comte, Bernard, dont elle loue la proclamation comme roi légitime de la Gothie et autres seigneuries sous son pouvoir.

Le visage de Frodoi s'empourpra de colère. Tel était donc l'objectif final des alliés : se couronner comme rois oints dans leurs royaumes indépendants ! Le moment prophétisé par Hincmar de Reims et la comtesse Ermessende dans la campagne d'Attigny était arrivé. Ce jour-là, il avait fait un serment afin d'éviter l'excommunication, et il lui fallait à présent l'honorer, même s'il lui en coûtait beaucoup plus que sa mitre. Il se posta devant le vicomte. Oriol et ses hommes l'entourèrent discrètement.

— N'avez-vous pas vu ce qui vient de se produire ? Justement aujourd'hui, Dieu a accordé Sa protection à une habitante de Barcelone, passant outre la justice du marquis !

Il agita les bras, comme dans ses homélies les plus enflammées, tout en poursuivant :

— Pendant des années, Bernard a ignoré la Marche, sauf pour encaisser des impôts ! L'homme qui nous a permis de prospérer a été un *missus dominicus* goth !

— Vos paroles empestent la trahison, Frodoi !

Oriol dégaina son épée. Les gardes d'Astorius l'imitèrent. La tension allait croissante.

— Si la ville se déclare contre la Couronne, elle le regrettera un jour, dit Frodoi.

— Et si elle ne suit pas le comte, elle subira sa colère ! Bernard n'est pas clément, lui opposa le vicomte, furibond et tout à la fois conscient de l'ascendant de Frodoi sur les féaux. Cette affaire doit se traiter en réunion de conseil, pas sur la place publique.

— D'accord.

Pendant que les autorités de la ville pénétraient dans le palais comtal, Frodoi s'approcha de Servusdei et lui parla à voix basse.

— A-t-on des nouvelles de l'archevêque Hincmar de Reims ?

— Il n'a pas répondu à votre proposition d'*inventio.*

— Il s'est passé quelque chose, j'en suis sûr. – Il regarda le vieux moine. – Continue de fouiller dans les archives. Cherche tous les récits concernant les saints de la Marche. Nous devons trouver où les restes de santa Eulàlia ont bien pu recevoir une sépulture.

Goda passa devant lui avec Elisia. Frodoi l'observa avec tristesse. Sans elle, son combat devenait très difficile. Il ne la récupérerait peut-être jamais, mais au moins contemplerait-il son visage peint pour l'éternité sur la fresque du martyre de la sainte dans la cathédrale.

Servusdei se racla la gorge.

— Dans le cas improbable où Dieu nous récompenserait avec une *inventio,* si les rebelles nous arrachent les reliques nous aurons tout perdu, monseigneur évêque. – Il grimaça. – Vous seriez leur champion !

— C'est possible… Malgré tout, regarde le bras d'Elisia ! insista Frodoi, tenace. Dieu est avec nous, j'en suis convaincu !

Le vieillard ne comprenait pas où Frodoi puisait sa détermination dans les moments les plus délicats, en revanche il avait appris à respecter son ancien élève.

— J'examinerai scrupuleusement les dossiers établis au temps des Wisigoths. Rejoignez-moi aux archives lorsque vous en aurez terminé avec le conseil.

— Nous vous attendons, monseigneur.

Le vicomte piétinait d'impatience sous le porche du palais, et il regardait les deux hommes d'une manière étrange, comme s'il devinait le sujet de leur conversation.

Au même moment, Elisia s'approcha du palais.

— Il ne m'est pas permis d'entrer au conseil et je fais confiance au jugement des autorités de la cité. – Elle montra de nouveau son bras aux hommes qui allaient débattre. – Néanmoins, sachez que je suis en accord avec l'évêque : c'est Dieu qui a protégé une femme de Barcelone, pas le comte.

Astorius supporta mal son audace, mais Elisia haussa les épaules sans crainte. Elle désirait simplement soigner ses plaies et reprendre son travail à l'auberge. Goda l'observait avec admiration, consciente du changement qui s'était opéré chez l'aubergiste.

Les archives de l'évêché étaient entreposées au sous-sol du palais épiscopal, entassées sur de vieilles étagères de bois, scrupuleusement dépoussiérées, entre de gros piliers de brique et les voûtains noircis par la moisissure. Ce lieu était le sanctuaire de Servusdei. La première fois que Frodoi et lui y étaient descendus, le moine avait observé avec découragement les piles de dossiers aux bords rongés, les étagères mangées aux vers et deux douzaines de livres éparpillés sur le sol. Seize ans plus tard, dans la cave toujours aussi sombre et humide, tout était rangé et ordonné ; les documents les plus abîmés avaient été recopiés sur de nouveaux vélins.

Le vieil homme s'approcha d'une pauvre table et alluma les mèches des quatre becs de sa lampe à huile en bronze.

Les battements de son cœur ralentirent; il se calmait. L'extérieur déclenchait en lui une angoisse chaque fois plus grande. Il conservait dans une niche une statuette usée de la Vierge, ou d'une sainte peut-être, dont on ne distinguait pratiquement plus les traits et qui n'arborait plus aucune trace de polychromie. Des paysans de Solsona l'avaient déterrée et apportée à l'évêque. Servusdei avait l'habitude de prier durant des heures devant cette statuette, agenouillé sur un tapis de sparte. Tandis que Frodoi érigeait une magnifique cathédrale qu'il souhaitait remplir d'or et de riches ornements, le moine sentait que ce n'était que là qu'il entrait en communion avec Dieu, avec l'humilité préconisée par son fils Jésus-Christ.

Il était orphelin et, au contraire de la majorité des religieux qu'il connaissait, il avait voulu être moine depuis l'enfance. Il avait mené une vie austère, dans le respect du célibat, conformément aux préceptes de Benoît de Nursie, une vie consacrée à la prière, à l'étude et à l'obéissance, même lorsque Hincmar de Reims l'avait placé au service de Frodoi. Son âme flanchait quand il constatait comment l'Église de Rome se vautrait dans la vase de l'avidité, et combien ses évêques mitrés se comportaient à l'image des aristocrates avides de pouvoir, pourtant sa foi demeurait solide. Beaucoup de ces hommes d'Église fourvoyés ne connaissaient même pas les saintes Écritures, ni le psautier, ni les antiphonaires. Les diacres et les experts en droit canonique ne manifestaient pas non plus d'intérêt à refléter la lumière de l'Évangile dans leurs sentences. Au cours des chapitres réguliers des évêques, on réglait des questions intéressées, obligeant rois et nobles à céder davantage de terres et de biens pour la salvation de leur âme, et on accumulait ainsi les privilèges. Pendant ce temps, les ouailles étaient aux mains de prêtres incapables, parfois analphabètes. Cette situation encourageait la pratique des vieux cultes et des coutumes païennes.

Dans les fondations du vieux palais épiscopal de Barcelone, Servusdei était indifférent au désordre du monde. Il prenait soin de chaque parchemin dont il perçait le secret en méditant.

— *Magister*, j'ai entendu la nouvelle. C'est terrible.

— Il en est ainsi, Astrald.

Servusdei lui sourit. Le garçon était l'orphelin envoyé à Barcelone par Drogon pour tendre un piège à Isembard.

Le petit berger qui, deux ans plus tard, avait brandi la torche devant le château de Tenes pour venger la mort de sa sœur aînée, Agnès. Le moine l'avait rencontré à l'hôpital quand il n'était qu'un enfant famélique et apeuré seulement désireux de protéger ses frères et sœurs, et il avait tout de suite décelé en lui un caractère spécial, de l'intelligence et de la curiosité. Il avait pris soin de lui et il lui avait ouvert son cœur desséché. Ce qui fascinait le plus le garçon, c'était les étoiles, et il croyait pouvoir lire les événements dans ces sortes de luminaires nocturnes. Pour cette raison, lorsque le moine le prit comme pupille, il le baptisa du nom d'Astrald.

Le garçon, âgé à présent de quatorze ans, lisait couramment le latin. Il paraissait destiné à prendre la tonsure. Aux yeux du vieux moine, il était le fils qu'il n'aurait jamais. Il voulait faire de lui un érudit, expert en lois et en canons, afin d'assurer son avenir.

— Que va-t-il se passer, maintenant, maître ?

— Le cœur des hommes est plein de noirceur, mais j'ai confiance en Dieu dont la lumière nous viendra en aide cette fois encore.

Servusdei aimait parler ainsi à son élève, persuadé que, même s'il ne le comprenait pas, il retenait chacune de ses paroles, et qu'il les apprécierait à l'avenir. Astrald acquiesça, troublé néanmoins. Il leva aussitôt la tête vers la statuette et le moine éprouva l'étrange sentiment qui l'assaillait de temps à autre. Son jeune pupille avait quelque chose de différent, une intuition qui pouvait être un don de Dieu ou provenir des entrailles lugubres de l'enfer. Qui savait ce qu'il avait pu voir dans les forêts écartés où il avait grandi !

— Tout ira bien, *magister*, dit Astrald d'une petite voix. Pourtant je crois que le sang coulera.

Servusdei, ébranlé, fit non de la tête.

— Sois prudent dans tes propos, Astrald. Tu es encore trop jeune pour distinguer si, dans les étoiles et autres phénomènes de la nature, tu lis des règles écrites par Dieu ou si le Malin se joue de toi.

— Je suis désolé, maître.

Le vieux moine lui tendit un vieux livre à la couverture en bois. Astrald leva les yeux au ciel.

— Ce sermonnaire de l'évêque saint Eladio de Tolède traite des précautions à prendre avec l'astrologie. Monte et lis-le à la lueur du jour.

— Est-ce nécessaire ?

— La paresse est un péché capital !

Le garçon partit, tête basse, en renâclant. Servusdei sourit. Le recueil de sermons était illisible, mais il l'occuperait toute la journée. Lui-même avait besoin de se concentrer sur l'*inventio* que Frodoi avait en tête. Il prit des dizaines de vies de saints, des missels et des recueils de décrets et canons issus des conciles. Trouver une sainte relique était comme recevoir directement un message de Dieu. Personne n'oserait plus affronter l'évêque.

Assis à la table, il examina les textes à en perdre la notion du temps. À un moment, un vélin sur le dessus d'une pile de documents moisis qu'il n'avait pas encore feuilletés attira son attention. Il s'agissait d'une hymne en vers trochaïques attribuée à l'évêque Quirico. Dans les textes du dixième Concile de Tolède figurait un certain Quirico, cité comme évêque de Barcelone au VIIe siècle. Curieux, Servusdei déchiffra patiemment l'hymne devenu presque illisible au fil des siècles :

— *Fulget hic honor sepulcri martyris Eulaliae*…

Il frissonna. Il n'avait aucun moyen de savoir si ce texte était authentique, mais les vers situaient la célèbre martyre de l'époque de l'empereur Dioclétien, au IVe siècle, dans la cité. Et ils indiquaient l'emplacement de sa tombe !

Servusdei savait qu'il existait une autre tradition selon laquelle la sainte était de Mérida, une ville sous domination musulmane, en revanche la *vox populi* de Barcelone assurait qu'elle avait vécu dans la Cité couronnée et qu'elle y avait reçu sépulture. La martyre avait été très vénérée avant la présence sarrasine et elle faisait l'objet d'une dévotion dont seuls témoignaient à Barcelone un lieu nommé Campo de Santa Eulàlia et une chapelle proche de l'église des pêcheurs. Il tenait soudain dans sa main tremblante un document oublié qui confirmait la dévotion du peuple et, par la voix d'un ancien évêque de la ville, où se trouvait la tombe !

— Santa Eulàlia ! Mon Dieu… ! Elle serait donc véritablement ici, à Barcelone ?

Son cœur battait à tout rompre. Avec saint Vicente martyr, elle occupait une place d'honneur dans le *Martyrologe Hieronymien* et dans les églises et chapelles du monde chrétien. Il continua à déchiffrer le vélin endommagé et divers textes du même dossier, puis il commença à dessiner sur un parchemin, jusqu'au moment où il entendit des pas derrière lui. Fâché d'avoir été dérangé, il allait réprimander Astrald, quand le silence qui s'ensuivit l'étonna. Il regarda du coin de l'œil. C'était le vicomte. Astorius n'était jamais descendu aux archives épiscopales. Servusdei glissa discrètement le parchemin sur lequel il avait dessiné le plan dans la poche de son habit.

— Mon seigneur, êtes-vous avec l'évêque ?

— Frodoi assiste encore au conseil. Je me suis excusé un instant.

— Sait-on quelque chose de la décision ? demanda le moine pour gagner du temps.

— Frodoi est loquace, et il a gagné le respect des Goths. Je crains que Barcelone n'apporte pas son soutien au comte Bernard de Gothie. Nous tomberons tous en disgrâce.

Le visage sombre du vicomte dénotait sa colère.

— Que faites-vous ici ? demanda Servusdei, inquiet.

— Avant le conseil, vous conversiez, l'évêque et toi, et vous aviez l'air graves. J'ai reçu un message du comte et de ses alliés à propos d'une missive curieuse interceptée à Arles... Concocteriez-vous l'*inventio* de santa Eulàlia ?

— Ce sont des questions religieuses, mon seigneur.

— Avec Frodoi, rien n'est jamais seulement religieux.

S'approchant de la table, le vicomte, qui savait lire, se pencha sur les interpolations de Servusdei écrites en marge de l'hymne de Quirico. Il pâlit.

— Ses restes sont-ils réellement à Barcelone ?

— Si nous prenons en compte l'hymne de Prudence, ils seraient à Mérida...

— Non ! Ici, il est dit qu'elle serait enterrée dans la petite église face à la mer !

— Le document est peut-être un faux, ou une invention de l'évêque Quirico pour conférer de l'importance à la ville.

Servusdei commençait à être anxieux.

— Tu mens ! La découverte du sépulcre de santa Eulàlia provoquerait un choc dans l'empire ! – Les yeux d'Astorius étincelèrent de convoitise. – Comment affronter celui qui est béni par cette trouvaille ? Frodoi ! Maudit soit son ingéniosité ! Quand fera-t-il connaître l'*inventio* ?

— Il n'a même pas connaissance de ce document, mon seigneur ! Tout pourrait n'être qu'une pure légende et...

Il se tut en prenant conscience de l'erreur qu'il venait de commettre. Ses nerfs l'avaient trahi. Personne d'autre que lui, et Astorius désormais, ne connaissait ce qu'abritait peut-être la vieille église de Santa Maria de la mer, or ce secret pouvait changer le cours de l'histoire.

Astorius frémit. S'il obtenait que l'*inventio* des reliques reste aux mains des alliés rebelles, personne n'oserait s'opposer à eux. Et Bernard, lorsqu'il serait oint roi de Gothie, le récompenserait par un comté.

— Tu as fini par être très utile à notre cause, *frate* Servusdei. L'heure est venue de recevoir ta récompense, là où tu le désires : au ciel.

Le moine recula, terrorisé. Le vicomte tira un poignard de sa ceinture et se jeta sur lui. Sans défense, le vieux Servusdei reçut quatre coups de poignard dans l'abdomen et à la poitrine. Il tomba au sol. Le vicomte ramassa les documents sur la table et courut vers l'escalier. Le *frate* agonisant eut une pensée pour Astrald, dont il désirait faire un grand canoniste. S'il avait pu, dans ce moment, il aurait demandé à Oriol de l'entraîner au maniement des armes afin qu'il sache se défendre contre l'injustice humaine. Il mourut en priant pour lui.

71

Après avoir placé Hincmar en lieu sûr auprès de l'évêque de Maguelonne, une petite ville du comté de Melgueil, Isembard et Rotel traversèrent la Gothie par des chemins solitaires de transhumance. Ils savaient s'orienter et chasser. Au départ, Isembard redoutait la sinistre cape de sa sœur, mais la tension s'évanouit peu à peu. Ils étaient les Natifs de cette terre, seuls et ensemble comme jadis. Ils prenaient soin l'un de l'autre et ils retrouvaient le lien très fort qui les avait aidés à s'enfuir de Tenes, enfants, et à survivre.

Ils évoquaient le passé, ils plaisantaient, et ils évitaient de faire référence au trouble destin de Rotel. Isembard pleurait Elisia, et il avait peur de ce qui se passait sûrement dans la Marche, mais il avait retrouvé sa sœur et pour la première fois depuis très longtemps il se sentait libéré du poids de la culpabilité.

Son amour presque oublié pour Isembard purifiait les plaies à l'âme de Rotel. Malgré cela, son destin était scellé et elle irait au bout de sa vengeance. Elle acceptait la tendresse d'Isembard comme un cadeau inespéré, toutefois elle ne pardonnerait jamais à ceux qui l'avaient blessée. Lorsqu'il lui demandait ce qu'elle ferait en arrivant à Narbonne, elle se taisait.

Près des murailles de la cité gauloise, ils furent impressionnés par l'immense campement militaire et se cachèrent dans une cabane de berger abandonnée. Malgré les réticences de Rotel, Isembard se couvrit de peaux de mouton et se rendit dans une auberge située hors les murs; il voulait apprendre les nouvelles les plus récentes. Il était tard et il apprécia la chaleur de la cheminée. Toute la journée de ce 17 octobre, les rafales de vent froid balayant les champs solitaires qu'ils traversaient les avaient fouettés sans répit.

Il était fatigué et pessimiste. Comme capitaine de *scara*, il avait parcouru de vastes territoires pendant des années et il avait constaté le dépeuplement. À part quelques cités, le royaume était parsemé de villages, de hameaux et de fermes isolés, toujours situés dans les vallées fertiles ou à proximité des monastères. Dans les montagnes, les bergers vivaient dans des grottes ou dans des cabanes en pierre. Il existait des forêts que personne ne s'aventurait à traverser et des étendues où on ne rencontrait pas âme qui vive pendant des jours. La guerre causerait une plus grande désolation encore, et la noblesse et le clergé étoufferaient les survivants sous les taxes.

Durant ce périple, Isembard comprit pourquoi Rotel avait repoussé sa vengeance pendant des années. Elle était fascinée par les énormes monolithes et les dolmens, ces gigantesques tables de géant érigées au sommet de collines ou dans les plaines. Elle lui expliqua que, même si les curés parlaient d'idolâtrie, l'Europe était très ancienne, et ses dieux et ses génies n'avaient pas entièrement disparu. Dans la solitude de certains lieux, on sentait encore battre le pouls de cette force atavique, source de légendes.

Assis dans un coin de la pauvre salle, il écouta les conversations des clients, surtout de ceux qui avaient abusé du vin chaud. Il apprit que le roi avait été enterré à Mantoue. Son corps se décomposant rapidement, sous l'effet d'un quelconque poison peut-être, sa suite avait refusé d'accompagner sa dépouille en cortège funèbre jusqu'à Paris. La rébellion s'implantait. Bernard de Gothie était un de ses promoteurs. Isembard entendit un charpentier déplorer que deux de ses fils aient rejoint son armée. Ils partiraient dans la Marche hispanique pour écraser la résistance de Barcelone, et celle du comte Guifré d'Urgell qui s'était opposé à la rébellion.

— Quand doivent-ils partir, demanda-t-il sans bouger de sa place.

— T'es pas d'ici, toi, pourquoi ça t'intéresse ?

Ils se tournèrent tous vers lui, méfiants ; le charpentier, ivre, ne tint pas sa langue.

— Ça dépendra de notre archevêque, Sigebode, s'il trouve ou pas la santa Eulàlia.

— Qu'est-ce que tu racontes ? interrogea Isembard, le visage décomposé.

— On parle que de ça, ici ! Le vicomte de Barcelone a deviné où sont les reliques de la sainte martyre, et il a confié le secret à l'archevêque Sigebode de Narbonne. C'est ce qu'on raconte. Le prélat prépare son départ en urgence pour la Marche. Il veut rapporter les restes à Narbonne. La sainte y bénéficiera d'un meilleur culte que dans cette cité perdue et rebelle. – L'homme éructa, indifférent à la réprobation des autres ; il n'était guère prudent de parler ainsi des choses de l'Église. – Dès que le marquis aura récupéré les saints ossements, il donnera à ces Goths ce qu'ils méritent !

Isembard termina son gobelet de vin. Il avait un mauvais pressentiment. En rentrant dans la cabane de berger, il constata que sa sœur n'y était plus. Il l'attendit toute la nuit, mais il ne pouvait pas rester là davantage : il fallait qu'il retrouve son armée. Il partit en direction des Pyrénées. Quelques jours plus tard, il s'aperçut qu'il était suivi par un groupe de soldats guidés par des bergers.

Grâce à son expérience de chevalier errant, il se débarrassa d'eux et, après deux semaines épuisantes, il franchit les montagnes. Il arriva dans un endroit désert, au bord de la mer, où se trouvaient quatre humbles cellules monastiques. On le laissa se reposer dans une cabane en bois[1].

Le soir, il partagea le frugal repas des moines. Ils étaient autour du petit feu quand six soldats surgirent brusquement de la nuit, armés de haches. Épuisé et inquiet, Isembard avait baissé la garde. Drogon de Borr arriva derrière lui tel un spectre horrible qui le contemplait d'un air de triomphe.

— Isembard de Tenes ! Nous savions que tu t'étais échappé d'Arles. Il était logique que tu reviennes dans la Marche, mais quand j'ai été informé qu'on t'avait vu près de Narbonne, je

1. Ces cellules monastiques sont désignées sous le nom de Sant Pere de Rodes dans un document de 878. C'est le nom que porte le monastère bénédictin caractéristique du roman catalan visitable aujourd'hui.

n'arrivais pas à le croire. Les années passées dans la Marche sauvage t'ont rendu maladroit, capitaine.

— C'était donc toi qui me suivait? s'étonna Isembard, ne comprenant pas comment ils l'avaient trouvé.

Drogon éclata de rire. Les moines eurent un mouvement de recul en découvrant ce visage de momie vivante.

— Tu te croyais malin, Isembard, mais ta trace était visible comme le nez au milieu de la figure! J'ai parcouru la Gothie pour en finir avec toi, une bonne fois pour toutes, comme Bernard le fera avec ton armée. Je récupérerai le château de Tenes, et ton lignage redeviendra une vieille légende gothe.

Deux de ses mercenaires se jetèrent sur Isembard. Cette fois, le capitaine était sur la défensive. Il arrêta les haches et tua leurs propriétaires en deux coups précis. En rugissant, Drogon se lança sur lui avec les quatre autres hommes. Isembard courut vers une des cellules en pierre afin de protéger ses arrières, et réussit à contenir l'attaque. Il fut blessé à la jambe, mais il résista jusqu'au bout de ses forces. Un autre mercenaire tomba, éventré. Ce n'était pourtant qu'une question de temps avant qu'il se fasse tuer, Isembard le savait.

Soudain les moines crièrent, terrorisés. Une silhouette enveloppée dans une grande cape sortit de la nuit et se précipita vers eux. Paralysés par une crainte superstitieuse, les mercenaires ne s'interposèrent pas. La silhouette hurla, animée d'une haine aussi pure que le diamant, et Drogon recula. Elle se jeta sur lui. Isembard distingua sous la capuche la tresse blonde de Rotel.

— Sansa…, l'entendit-il prononcer.

Tout se déroula en un rien de temps. Un battement de paupière. Déjà, la silhouette obscure regagnait les ténèbres. Les rugissements de Drogon n'étaient plus qu'un murmure amorti; un sac de cuir noir serré autour de son cou par un nœud coulant lui recouvrait la tête. Agitant les mains pour se libérer, il trébucha. Quand il détendit le nœud coulant, une douzaine de scorpions tombèrent sur le sol et allèrent se perdre dans les broussailles, la queue dressée.

— C'est elle, elle! parvint-il à prononcer. Tuez-la!

Les trois mercenaires, pris de stupeur, hésitèrent avant de se lancer sur les traces de Rotel. Isembard entra dans une rage folle. Il en tua un, mais les deux autres s'éloignèrent, appelant le reste du groupe de Drogon qui attendait sur le chemin.

Le capitaine s'approcha de Drogon qui se tordait dans d'horribles convulsions sur le sol. Son visage n'était qu'une masse de chair bouffie.

— Nous savons toi et moi qui a laissé des traces de son passage, pas vrai, Drogon ?

Il regardait son vieil ennemi agoniser, infecté par le venin. Drogon leva une main implorante. Se souvenant de la mort de la jeune Agnès, Isembard ne fit pas un geste.

— Par ta cruauté, tu es responsable de nombreuses souffrances dans le monde.

L'homme étouffait à mesure que son cou et sa langue enflaient. Il émit un gargouillis. Les moines supplièrent Isembard, au nom de la pitié chrétienne. Il finit par appuyer la pointe de l'épée de Guissand de Barcelone sur la gorge de Drogon et il l'enfonça. Les convulsions cessèrent. Drogon de Borr était mort aussi misérablement qu'il avait vécu.

Isembard devait quitter cet endroit le plus vite possible. Il s'éloigna en silence des cabanes, laissant des moines interloqués, en proie à mille questionnements. C'est ainsi que naquit une autre des légendes de la Marche.

Rotel hurlait telle une louve au milieu de la nuit sans cesser de courir. Elle n'accordait aucune importance à la dizaine de soldats qui la poursuivaient dans la forêt. Si elle le décidait, elle sèmerait la mort parmi eux dès qu'ils dresseraient le camp, épuisés, ou alors elle les égarerait dans un des innombrables ravins. Un feu intérieur la dévorait, et elle se réjouissait de voir le fantôme de Drogon derrière chaque arbre, une expression d'amertume glacée aux lèvres dans sa condamnation éternelle.

— Bestiaire, murmura Onyx tapi au fond de son esprit.

Rotel sourit. Elle savait à quoi se référait le vieux maître. Dès qu'elle avait vu les soldats de Bernard de Gothie dans Narbonne, elle avait posé quelques questions, et, comme elle l'imaginait, on lui confirma la présence de Drogon de Borr dans les rangs de cette armée. Elle s'empressa de mentionner l'identité d'Isembard à quelques mercenaires, et elle n'eut plus qu'à attendre que le prévisible se produise. Elle avait utilisé son frère comme appât pour attirer Drogon et l'éloigner de l'armée. Pendant des jours, elle s'était déplacée dans une totale discrétion tout en laissant des traces qui trahissaient le passage du capitaine. Sa vengeance s'accomplirait dans la Marche, là où les malheurs avaient commencé. Elle se fiait à l'habileté de son frère pour s'en sortir sain et sauf; à présent, elle continuait d'attirer les mercenaires qui la traquaient pour qu'il puisse s'échapper et poursuivre son voyage.

À l'aube, les hommes de Drogon, privés de leur chef, abandonnèrent les poursuites. Ils devaient informer le marquis de ce qui s'était produit. Allongée par terre, le corps recouvert d'un tapis de feuilles mortes, Rotel les entendit s'éloigner, un sourire sardonique aux lèvres. Elle prit ensuite le chemin du comté de Barcelone, où elle attendrait Bernard le long de la via Augusta. Dans la ville de Narbonne, il était protégé par sa garde personnelle, mais sur le champ de bataille il serait exposé. Une armée ne lui éviterait pas son châtiment.

Elle se sentait pleine de vie, traversée de vagues d'une force terrible et destructrice. Pendant plusieurs jours, en compagnie de son frère, elle était retournée dans son enfance, elle avait même entrevu la femme qu'aurait pu être Rotel de Tenes en d'autres circonstances, mais on lui avait tout arraché et elle ne reviendrait pas en arrière. Elle était bestiaire, magicienne et sorcière ; son sort était scellé.

72

— La suite de l'archevêque Sigebode de Narbonne approche sur la via Augusta, informa Oriol, circonspect.

Frodoi hocha la tête, le regard rivé sur l'arc de l'*aula* épiscopale. Il était las et déprimé. L'assassinat de Servusdei avait été un coup dur, non seulement pour sa stratégie mais surtout pour lui personnellement. Ce moine honnête incarnait la pureté absolue de l'essence chrétienne ; il n'avait jamais connu meilleur homme. Un tel être méritait de s'asseoir sur le trône papal, et sur celui de chacun des royaumes, or il avait succombé à des coups de poignard, par obéissance à l'idiot qu'il était, lui, l'évêque.

Il n'avait pas compris le mobile du crime avant de recevoir un message urgent de Narbonne. L'archevêque Sigebode avait découvert l'emplacement du sépulcre de santa Eulàlia et il venait à Barcelone pour réaliser l'*inventio* de ses reliques. Frodoi supposa que c'était ce que Servusdei avait découvert dans les archives, même si le vieil homme était mort sans pouvoir le lui dire.

Il était convaincu que l'assassin était le vicomte. Astorius avait quitté le conseil et n'était pas revenu ; depuis ce jour, il était enfermé dans le palais comtal avec des dizaines de gardes, et il refusait de le recevoir. Si Frodoi savait où se trouvaient ces reliques, il aurait au moins pu prendre Sigebode de vitesse, or l'archevêque s'était bien gardé de le lui confier dans sa missive.

Servusdei était enterré sous l'un des autels de la nouvelle cathédrale où prendrait place la statuette abîmée de la Vierge qu'il vénérait tant. Il ne lui restait plus qu'à prier, même si son meilleur conseiller et juriste avait gagné par ses propres mérites sa place au banquet céleste. Il se chargerait aussi de suivre et de payer la formation religieuse d'Astrald. Le garçon était effondré, il avait connu trop de morts dans sa courte vie.

— Vous devriez l'accueillir à la Vieille Porte.

— Je l'accueillerai sous le portail de ma cathédrale ! rétorqua Frodoi, excédé.

Oriol baissa la tête. L'évêque laissa l'archidiacre et deux diacres le vêtir et placer la mitre sur sa tête. Puis il attendit le cortège de l'archevêque sous l'arc de marbre blanc et noir de la nouvelle cathédrale, en compagnie du distant vicomte Astorius qui évita de se tenir près de lui.

Quand Sigebode descendit de son cheval, Frodoi s'avança. La tension était palpable, néanmoins le prélat était son supérieur dans la hiérarchie de l'Église et il baisa son anneau.

— Je déplore la mort du moine Servusdei, dit Sigebode, affecté.

Frodoi se mordit la langue pour ne pas l'interroger sur la manière dont il avait appris la présence des reliques dans la Cité couronnée ; cela n'avait plus d'importance. Sigebode était un bon prélat, ambitieux, comme lui. Il souhaitait seulement profiter de l'occasion d'augmenter le prestige de son siège, pourtant, consciemment ou pas, il était un instrument entre les mains de Bernard de Gothie, qui voulait à tout prix empêcher que Barcelone possède un bouclier spirituel.

— Vous ne devriez pas emporter les reliques, si elles apparaissent, suggéra Frodoi.

— Ceci n'est pas de notre ressort, monseigneur évêque. En ces temps troublés, santa Eulàlia martyre est presque autant vénérée que la Vierge Marie dans tout le monde chrétien, et Narbonne est beaucoup plus sûre qu'une ville située à la frontière. Là-bas, je ferai bâtir un temple digne d'elle qui deviendra un lieu de pèlerinage. Tu es un Franc, comme moi, Frodoi… Aide-moi et nous partagerons la gloire.

L'évêque de Barcelone soupira et ouvrit les bras comme pour embrasser l'intérieur de la nouvelle basilique. Il contempla avec fierté l'expression admirative de l'archevêque. L'humble cathédrale était devenue un vaste temple de forme rectangulaire, comportant trois nefs et de superbes arcades. Les ouvertures, longues et étroites sur la partie supérieure, tamisaient une lumière toutefois suffisante pour éclairer la foule des fidèles venus assister à la rencontre. Ils avancèrent solennellement dans la nef centrale, entre deux rangs de nobles et d'officiers, foulant les grandes dalles dont certaines portaient des inscriptions romaines. Sigebode admira les fresques sur les murs.

— C'est grandiose, Frodoi ! Aucun évêque ne croyait que tu réussirais.

— Le projet a pu être terminé grâce à la générosité de Charles le Chauve, que Dieu ait son âme ! Elle sera bientôt consacrée.

— Parfait. Nous partirons d'ici en procession solennelle jusqu'à l'église consacrée à santa Maria, près de la mer.

Frodoi adressa un coup d'œil à la fresque du martyre de la sainte, et particulièrement au petit temple représenté au fond de la scène. Il ressentit une profonde déception.

— Est-ce là-bas que reposent les reliques de la martyre ?

Sigebode sourit, triomphant. Il aimait se sentir supérieur à Frodoi, le préféré d'Hincmar de Reims.

— Il ne reste qu'à découvrir l'emplacement exact du sépulcre romain.

L'évêque sentit ses jambes flageoler. La martyre reposait dans la vieille église de la mer. La dévotion populaire avait un fondement réel. Il s'y était rendu des dizaines de fois, et il n'avait même jamais eu le moindre soupçon. Il étouffait de rage.

Sigebode voulait que la solennité des recherches produise une impression profonde sur les fidèles du monde entier. La bénédiction procurée par la précieuse découverte ferait de lui le plus prestigieux prélat, dont on vanterait peut-être les mérites en chaire. Frodoi hocha la tête, vaincu. Il n'avait plus d'espoir.

Tout de déroula comme l'archevêque de Narbonne l'avait prévu. La ville participa à la procession, avec cierges et chandelles. Un jeûne fut déclaré, et on pria dans la petite église pendant que des hommes soulevaient les pierres tombales, sous lesquelles n'apparaissaient que du sable et des ossements qui n'irradiaient pas l'aura de sainteté attendue. Goda se trouvait parmi les Barcelonais présents, toujours circonspecte. Elle avait une prédilection pour l'humble petit temple. Frodoi voulut s'approcher d'elle, mais elle se faufila dans la foule.

Le deuxième jour, on creusa au pied de l'abside craquelée. Le résultat fut le même. La scène se répéta dans le petit cimetière extérieur. Sigebode se retira pour prier toute la nuit. Il était nerveux, mais n'avait pas encore perdu espoir. Frodoi haussait les épaules lorsqu'il l'interrogeait. Il n'avait pas à mentir, il ignorait où étaient les reliques.

Le troisième jour, les recherches s'étendirent aux alentours de l'église parsemés de vieilles tombes et de stèles romaines. La santa Eulàlia demeurait introuvable. À la fin des prières de sexte, Sigebode, déçu, haussa la voix et traita les clercs comme des serfs. Son rêve lui filait entre les doigts, pareil au sable de la plage qu'il foulait. La journée passa sans que l'*inventio* se produise.

En fin de journée, l'archevêque s'éloigna vers la mer, là où les vagues venaient doucement mourir.

— Barcelone ne possède pas la grâce divine, marmonna-t-il lorsque Frodoi arriva derrière lui.

— Vous avez essayé, monseigneur archevêque.

— Nous sommes Ses esclaves et nous devons obéir à Sa volonté.

Frodoi, désireux de sonder ses véritables intentions, poursuivit :

— L'*inventio* aurait satisfait notre marquis en sacralisant sa cause.

— Je sais ce que vous pensez, et cela ne me plaît pas. Je ne sers que l'Église. Le pouvoir temporel ne m'intéresse pas, je ne suis pas comme toi, Frodoi. La raison pour laquelle tu plais tellement à Hincmar de Reims est évidente.

— Le fait que vous ne soyez mû que par la foi est tout à votre honneur. Dieu se réserve peut-être santa Eulàlia pour Lui seul, et nous ne la trouverons jamais. Il n'y a plus rien à faire ici.

Sigebode posa une main sur l'épaule de son subalterne.

— Tu as été un bon amphitryon, et pour cela je te propose de m'accompagner à Narbonne.

— Devrais-je craindre quelque chose ?

— Bernard ne tolère pas la perfidie de Barcelone, qui refuse toujours de soutenir la rébellion... Je sais que tu es pour quelque chose dans cette résistance effrontée. Tu connais la façon dont les choses se sont passées lorsque Guilhem de Septimanie a mis Barcelone à sac, il y a presque trente ans.

L'archevêque montra du doigt les murailles de la ville dans la lumière rougeoyante du crépuscule.

— Il se peut que dans quelques jours tout ce que tu vois là ne soit plus que décombres et cadavres. Bernard de Gothie paraît possédé par mille démons, et son âme est cruelle. Tu es d'origine franque, tu n'as pas de raisons de partager le sort de ce peuple.

Frodoi frémit. Sigebode de Narbonne était le deuxième personnage le plus puissant de Gothie, et il ne parlait pas pour ne rien dire. La peur alla se nicher dans sa poitrine. Il réussit toutefois à refuser fermement la proposition.

— Hincmar de Reims, en tant que conseiller du roi Charles, m'a envoyé ici pour prendre la tête de ce diocèse, et je ne partirai pas d'ici tant qu'il me restera un seul paroissien.

— Tu es courageux… Ou imbécile. En tout cas, je t'admire, Frodoi, et je prierai pour que nous nous revoyions au prochain concile des évêques. Que Dieu te protège, mon fidèle ami.

Sigebode annonça la fin des recherches. Il passerait la nuit dans le palais épiscopal et repartirait pour Narbonne le lendemain matin.

Les ombres enveloppèrent Barcelone comme un prélude à ce qui l'attendait. Sur le chemin, Frodoi se retourna pour contempler la petite église de Santa Maria, entre chien et loup, face à la mer. Il éprouvait une sorte de démangeaison à l'estomac et ne parvenait pas à croire que Sigebode avait échoué. Fallait-il y chercher un sens caché ?

— Où es-tu, Eulàlia? murmura-t-il entre ses dents. Barcelone a plus que jamais besoin de toi.

73

— C'est Isembard ! cria un garçon à la vue perçante depuis le chemin de ronde du château de Tenes. – Il discernait les traits du visage du capitaine vêtu de la broigne des soldats francs et d'une cape de laine. – Le seigneur du château est revenu !

Airado grimpa l'escalier en pierre du mur et sourit, soulagé.

— Ouvrez les portes !

Isembard tomba à genoux dans la place d'armes, épuisé. Les soldats l'entourèrent.

— Mon seigneur…, dit Airado. Grâce à Dieu, vous êtes ici !

— Avez-vous des nouvelles de l'aubergiste Élisa de Carcassonne ?

— Elle s'est soumise à l'ordalie par l'eau bouillante…, répondit Airado, surpris. Son bras a guéri. Elle est libre. Votre épouse Berthe va bien, elle aussi.

— Loué soit le Seigneur…

Le capitaine s'attendrit. L'angoisse le quittait mais le poids de la situation pesait comme une pierre sur sa poitrine.

— Rassemble les chevaliers présents, ordonna-t-il à Airado. J'ai tué Drogon de Borr. Je crains d'avoir provoqué une guerre.

Il laissa les hommes et se dirigea, le visage sombre, vers la salle du trône. Il avait besoin de se tranquilliser. Il revoyait la grande armée installée aux portes de Narbonne trois jours plus tôt. Il avait lui-même formé les nouveaux Chevaliers de la Marche, malheureusement ils étaient éparpillés le long de la frontière pour protéger la région d'un danger extérieur. Il ne parviendrait pas à réunir suffisamment d'hommes pour affronter

Bernard le rebelle. Il se sentait coincé entre anxiété et impuissance. Il aurait dû écouter Berthe le soir de la noce, se démettre de la *scara* et s'installer à Orléans, commander une poignée de vassaux et élever ses enfants en paix.

L'archevêque Sigebode s'éloignait de la Cité couronnée lorsqu'un messager couvert de boue arriva. Il annonça devant le vicomte Astorius, le conseiller et l'évêque que le marquis Bernard de Gothie se trouvait à Gérone, à la tête d'une armée puissante. Il venait mater Barcelone et combattre les frères Guifré d'Urgell et Miró de Conflent, qui lui avaient désobéi. Dans trois jours, il serait devant les murailles de Barcelone. La nouvelle était gardée secrète pour ne pas effrayer la population. Le vicomte, ses rêves de grandeur déçus par l'absence d'*inventio,* prit la décision d'abandonner la ville avec ses officiers francs pour rejoindre Bernard.

Frodoi quitta le palais comtal, sous les regards hostiles des autorités gothes qui regrettaient de s'être laissé convaincre de rester fidèles à la Couronne. L'évêque les avait conduites à leur perte…

L'après-midi, le prélat, très abattu, descendit dans la salle des archives de son palais, en quête de silence. Le crissement de la chaise de Servusdei lui manquait, ainsi que le fredonnement du vieux moine quand il recopiait un chapitre de son écriture caroline appliquée. Sur les petites dalles on voyait encore quelques traces de son sang. Il se pencha pour les toucher.

Son fidèle conseiller devait avoir franchi les portes du ciel, or lui sentait sa présence dans cette cave où il avait créé son propre univers, serein, érudit et pacifique.

Il chercha sous la table et sur les étagères proches, au cas où le vicomte aurait négligé quelque élément. Mais Frodoi manquait de patience, sa vue fatiguait vite et certaines calligraphies lui irritaient les yeux. Il contempla la statuette antique de la Vierge.

— Je vous promets un piédestal, ma dame. Révélez-moi le lieu du sépulcre.

La flamme de la chandelle vacilla avant de se redresser. Frodoi perdit courage. L'archevêque de Narbonne avait échoué et lui-même n'accéderait pas à plus de dignité. Il était seul.

— Monseigneur évêque, êtes-vous là ?

Frodoi sursauta. Astrald descendait aux archives. L'intensité du regard du berger orphelin était telle que le garçon le rendait toujours nerveux. Il n'avait pas un regard d'enfant. Il avait vu trop d'horreurs dans sa courte vie.

— Me cherchais-tu ?

— Tout le monde vous cherche ! Un pigeon voyageur vient d'arriver du château de Tenes. Le capitaine Isembard est revenu et il a rassemblé ses troupes sur la via Augusta pour arrêter le comte avant qu'il n'arrive à Barcelone.

— C'est un suicide ! Il ne pourra pas réunir ses troupes dispersées.

— On dit qu'il veut négocier pour éviter une guerre.

— Isembard n'a aucune autorité pour cela.

Il se surprit à parler ainsi avec un berger chez lequel il trouvait quelque chose de Servusdei. Astrald, grâce à sa mémoire prodigieuse, répéta mot à mot :

— Le prêtre Jordi dit que le capitaine sollicite une autorisation écrite pour agir au nom de l'évêque de Barcelone.

— C'est habile, mais ce sera inutile.

Tout en montant les marches, Frodoi se retourna vers le garçon.

— Ne reste-t-il rien de ce que Servusdei écrivait les derniers jours ?

Astrald haussa les épaules.

— Seulement ceci, monseigneur. Je l'ai trouvé dans son habit quand nous avons lavé son corps.

— Qu'est-ce ?

Frodoi prit le morceau de parchemin froissé que lui tendait le garçon.

— Ce sont des notes incompréhensibles et un dessin au revers.

Frodoi s'approcha d'une chandelle, le parchemin à la main. Un frisson lui parcourut l'échine.

— Cette forme dessinée, là, rappelle le presbyterium de Santa Maria, la petite église de la mer. Cette marque indique l'arrière de l'autel en pierre… Sigebode n'a pas ordonné d'excaver dans cette zone. Il n'y a aucune pierre au sol.

— Croyez-vous que ce soit l'emplacement des restes de santa Eulàlia ? Je suis désolé, monseigneur l'évêque, si j'avais su, je vous l'aurais donné tout de suite pour l'archevêque de Narbonne.

Astrald tendit le dos en attendant le châtiment. Frodoi se contenta de lui ébouriffer les cheveux en regardant la Vierge, le cœur battant.

— Préviens l'archidiacre et demande-lui de convoquer tout le collège canonique.

Frodoi nomma par écrit Isembard *mandatarius* de l'évêque de Barcelone avec autorité pour négocier un accord. Il gagnerait un peu de temps, mais il ne s'écoulerait pas trois jours avant que Bernard de Gothie n'atteigne la ville.

La curie diocésaine découvrit peu après, avec stupéfaction, l'intention de son évêque de continuer à chercher les reliques après le départ de Sigebode. Les cloches sonnèrent et une foule de Barcelonais forma à nouveau une longue procession aux chandelles jusqu'à Santa Maria ; l'église de la mer était déjà remplie de fidèles de toute condition. Ému, Frodoi indiqua du bout de sa crosse l'endroit où piocher, derrière l'autel.

Lorsqu'ils retirèrent les déblais, le cantique cessa. Les ouvriers s'écartèrent, suants et déçus. Frodoi s'approcha. Il ne vit que des fragments d'une construction antérieure quelconque et du sable. Il manquait d'air. Servusdei aussi avait échoué.

— Vous la trouverez, monseigneur, murmura Astrald, qui s'était faufilé parmi le clergé. Gardez la foi, comme mon maître.

L'évocation du moine lui rappela une conversation à propos de l'*inventio* de reliques. Dans la plupart des traditions, la découverte n'était pas le fait du clergé mais celui du peuple, des bergers, des paysans… « Le *sensus fidelium* convoque la grâce », répétait Servusdei. Mieux valait oublier l'hymne de Quirico et autres documents anciens. Il leur fallait prier et faire confiance. C'était aussi une façon de ne pas accroître l'inquiétude face à la situation que vivait la cité.

Insensible au découragement du collège épiscopal, il ordonna trois jours de jeûne et la prière pour les hommes et les femmes de tous les âges, y compris les enfants, chez eux, dans leur maison, ou dans les églises. Santa Maria resterait ouverte jour et nuit afin que les fidèles participent à la veillée avec des cierges allumés et qu'ils chantent sans relâche des hymnes et des psaumes.

Conscient que le temps des intrigues était terminé et qu'il ne restait plus qu'à prier, Frodoi se sentit évêque pour la première fois.

74

Isembard déplaça en toute hâte les soldats qui protégeaient la forteresse de Tenes. Il les cantonna dans un endroit désert proche d'une petite bourgade que ses habitants, enfants de gens originaires du Nord qui se plaçaient sous la protection de la vierge et martyre de Sens, sainte Colombe, appelaient Santa Coloma. Le capitaine assista, le visage triste, au départ des paysans qui fuyaient avec leur famille, emportant leurs outils et laissant derrière eux des oliveraies et des vignes encore jeunes, puisque les Sarrasins avaient dévasté la région en 861.

Ils se trouvaient à quelques milles de Barcelone par la via Augusta. Des troupes de la frontière avaient accouru à son appel, mais la plupart des postes frontaliers n'avaient pas reçu l'information ; de toute manière, les troupes mettraient plusieurs jours à arriver. De Tenes, Isembard avait fait envoyer un pigeon voyageur à Urgell deux jours plus tôt, et il n'avait toujours pas reçu de réponse. Le comte Guifré avait l'obligation de veiller sur ses propres comtés, également opposés à Bernard de Gothie.

Les éclaireurs annoncèrent que l'armée du marquis serait là le lendemain à l'aube. Elle se composait de près de deux mille hommes. Isembard ne disposait que de quatre cents soldats à pied et de quatre-vingts cavaliers.

Oriol arriva avec le *mandatus* portant le sceau de Frodoi et informa Isembard de ce qui se passait à Barcelone. L'évêque veillait depuis deux jours dans l'église près de la mer, implorant un signe divin pour découvrir les reliques de santa Eulàlia que l'archevêque Sigebode n'avait pas trouvées. Le profond respect pour la martyre dans tout le monde chrétien pouvait modifier l'avenir du conflit, or on ne comptait plus que sur de vieilles traditions mêlées à d'autres venues de la lointaine Mérida. Les ossements de la sainte n'avaient peut-être même jamais été à Barcelone.

Isembard et Oriol arpentèrent le campement militaire, l'air taciturnes.

— L'armée va se diviser, Oriol. Nos soldats pensent que rester fidèles à un roi mort au lieu du marquis est suicidaire. Ses troupes vont nous écraser.

— Des centaines d'hommes arrivent de la frontière. Tu as seulement besoin de quelques jours. Le comte Guifré ne nous abandonnera pas, j'en suis convaincu.

— Je combats depuis de longues années. Nous savons tous les deux que, pour se battre, il faut une raison. On combat pour l'honneur, pour un idéal de justice, pour honorer un serment d'allégeance ou par vengeance, pour le pouvoir ou la richesse… Or les hommes qui répondent à mon appel le font par admiration et par respect pour leur capitaine… Qui n'a rien à leur offrir pour le moment. Sans esprit de victoire, nous sommes vaincus.

— Tu dois négocier au nom de l'évêque. Tu y es autorisé, désormais.

— J'ai sollicité cette lettre de mission pour ne pas démoraliser les troupes. Nous savons toi et moi que Bernard n'hésitera pas à embrocher ma tête au bout de la lance où flotte son pennon. Avons-nous des nouvelles de la rébellion en Francie ?

— La maison bosonide et les autres lignages alliés agissent de façon que la révolte s'étende comme une tache d'huile. Néanmoins, les Guilhemides carolingiens résistent dans leurs territoires, et leurs vassaux avec eux. Avant de quitter Barcelone, j'ai appris qu'un pigeon voyageur venait d'arriver avec un message pour Frodoi : l'archevêque Hincmar est à Reims et il déclare sa fidélité à Louis le Bègue, l'héritier. Il va rejoindre Hugues l'Abbé, marquis de Neustrie, qui avait toujours été loyal à la Couronne, pour le convaincre de se retirer de l'alliance. Cela équilibrera les forces, mais il a besoin de quelque chose, une preuve de Dieu, pour appuyer la légitimité de l'héritier du roi.

— C'est là que Frodoi entre en jeu avec l'*inventio*, précisa Isembard en se souvenant du message écrit par Hincmar en Arles, dans l'abbaye de Montmajour.

— Si l'événement attendu se produisait avant que Barcelone ne tombe aux mains de Bernard de Gothie, il renforcerait notre position, or Sigebode a déjà échoué, et personne ne croit en la réussite de Frodoi, à part lui. C'est pour cela qu'il te réclame un peu plus de temps, il souhaite que tu retardes l'avancée du marquis.

— Comment va mon épouse ? demanda Isembard, découragé. Je n'aurais jamais dû l'emmener avec moi.

— Elle est effrayée, comme tout le monde.

— Que Dieu nous protège.

Il observa le terrain choisi pour résister à l'avancée de Bernard, une étendue coupée de combes profondes, de pentes rocailleuses, de futaies et de bosquets entre les prés.

— Rentre à Barcelone, capitaine Oriol, et dis à Frodoi qu'il disposera de ce temps.

À la nuit tombée, l'évêque Frodoi chargea son fidèle Jordi de poursuivre la veillée et passa, la tête haute et la démarche altière, entre les paroissiennes et paroissiens serrés dans le petit temple de Santa Maria de la mer. Laissant derrière lui les prières et les essaims de cierges allumés, désespéré, il marcha vers la mer, comme Sigebode quelques jours plus tôt. Il voyait ses fidèles tellement fatigués et manquant de foi, comme lui, et il avait besoin de respirer.

Protégé par l'obscurité, il laissa tomber la crosse sur le sable, puis il se défit sans retenue de la mitre, du crucifix et de la lourde chasuble brodée d'or. Il entra dans l'eau seulement vêtu d'une chemise de lin. Il s'affola soudain. Il ne savait pas nager et il avait peur que les vagues l'entraînent au large, mais sa désolation était telle qu'il tomba à genoux et fondit en larmes. Il était allé trop loin. On lui avait seulement demandé de tempérer le pouvoir du comte de Barcelone et d'éradiquer le culte mozarabe dans son diocèse.

L'orgueil et l'amour qu'il éprouvait pour Goda l'avaient conduit jusque-là. Pourtant elle n'était pas à ses côtés. Il était aussi terrifié qu'à Reims, dix-sept ans plus tôt, quand il avait accepté de se rendre sur cette terre maudite. Il savait maintenant que Dieu s'était moqué de lui. Il n'était pas appelé à la grandeur, pas même à sortir la Marche hispanique des ténèbres. Il était un homme, c'est tout, plus seul que jamais. Il aurait peut-être dû accepter qu'Hincmar l'excommunie au lieu de promettre quelque chose qu'il était incapable d'accomplir.

Il se mouilla la tête pour écarter ses pensées. Cette veillée ne changerait rien. Il n'était pas un homme de foi mais un homme d'action, qui ne savait plus quoi faire.

— Tout a été vain, Seigneur.

Dans l'obscurité, une silhouette enveloppée dans une pèlerine de laine le vit s'effondrer, et elle s'éloigna vers la ville.

Cette nuit-là, les gardes de la Vieille Porte avaient reçu l'ordre d'ouvrir aux habitants, car Barcelone participait au rituel des recherches. Beaucoup de femmes aristocratiques assistaient à la veillée de prières dans l'église de la mer, et leurs serviteurs apportaient ou emportaient des messages.

La silhouette qui avait vu l'évêque en pleurs sur la plage frappa à la porte de Goda. Le serviteur s'empressa de prévenir sa *domina.*

— Comment vas-tu, Elisia ?

Goda jeta un regard inquiet sur son bras bandé.

— J'assistais à la veillée, répondit l'aubergiste, l'air sérieuse.

Goda fit la grimace en s'écartant pour la laisser entrer. Elles traversèrent le jardin pour descendre dans le petit temple souterrain, où elles allumèrent des cierges à la Mère en silence.

— C'est moi qui ai le bras abîmé et c'est toi qui es furieuse !

— Si tu n'avais pas guéri ! Maudit évêque !

— Ce n'est pas le cas, je guéris ! Aimes-tu Frodoi ?

Goda baissa les yeux. Elle avait été mariée à deux reprises, et dans sa jeunesse elle avait eu plus d'amants que la ville ne l'imaginait, pourtant sa relation avec Frodoi dépassait de loin la simple attirance physique des premiers jours. Les années passant, la vigueur faiblissait, tandis que leur lien se consolidait autour d'un rêve commun.

— Il croit qu'il fait tout cela pour son diocèse, mais c'est pour toi qu'il le fait, Goda.

— Frodoi ne fait rien pour personne, il n'agit que pour lui, murmura Goda avec amertume.

— Il est exact qu'il a utilisé ma situation pour faire plier le conseil. En cela, il n'est pas différent de toi. Tu as aussi risqué la vie de pêcheurs dans ta quête de la montagne de sel. Vous aspiriez l'un et l'autre à nous offrir une opportunité, à nous autres, et vous avez fait face au danger sans rien demander à personne.

— Que veux-tu ? s'enquit Goda d'un ton rageur. Que j'aille le consoler ? Il est trop tard !

— Non. Je veux que l'âme de Barcelone parle. Il a besoin de toi. Je t'ai vue très souvent porter des offrandes à Santa Maria, et maintenant tu souffres à cause de ce qui se passe là-bas. Je te connais, et je suis certaine que tu sais quelque chose que tous ignorent.

Devant le silence obstiné de son amie, Elisia leva son bras meurtri.

— Ainsi donc, Goda, tout cela n'aura eu aucun sens.

Elle tourna les talons et laissa l'aristocrate seule et abattue.

Avant le lever du jour, Félix, le serviteur de Goda, entra dans l'église de la mer et murmura discrètement à l'oreille de Frodoi le message de sa maîtresse. Sans une hésitation, l'évêque regagna la cité. Il songeait à la fresque de la cathédrale représentant santa Eulàlia, et il se rappelait l'insistance de Goda pour que la petite église bâtie sur le sable, près de la mer, soit également représentée. Il descendit le cœur battant dans la crypte de la vieille église wisigothe du palais comtal.

— Je suis ici parce que Elisia me l'a demandé, déclara froidement Goda, au centre de la crypte.

Frodoi avança et il lui fit face.

— C'est ici que tout a commencé, et ici que tout se terminera, commença-t-il timidement. Bernard de Gothie sera ici demain. Nous ouvrirons la ville et nous nous prosternerons à ses pieds pour recevoir notre châtiment. Je marcherai devant, comme le plus grand des traîtres, mais beaucoup d'autres me suivront.

— Comment as-tu pu soumettre Elisia à l'ordalie ? cria Goda, furieuse.

L'évêque fut presque soulagé de la voir exploser de colère. Il reconnut la femme qu'il aimait.

— Tu parles ainsi parce que tu l'aimes comme une sœur ! Mais tu sais bien pourquoi je l'ai fait. Tu le sais même mieux que quiconque ! Seul Dieu a le pouvoir de changer la situation !

Goda le gifla. Voyant que ce geste calmait sa fureur, l'évêque insista :

— Pourquoi l'église de Santa Maria devait-elle figurer sur la fresque du martyre de santa Eulàlia ? Sa tombe s'y trouverait-elle vraiment ?

Goda évita son regard. Elle invoqua l'aide de ses ancêtres, or les vieux sépulcres demeuraient muets et froids.

— J'ai juré à ma mère de garder certains secrets de la ville.

— Que diraient tes ancêtres si ces secrets permettaient de sauver Barcelone ? Quelle valeur possède la mémoire ancestrale d'un peuple si ce n'est pour le protéger et le conserver en vie ? – Les larmes lui montaient aux yeux. – Pourquoi, Goda ? Pourquoi n'honores-tu pas notre pacte ?

— Tu devrais le savoir, l'évêque ! Je n'ai ouvert mon cœur à personne comme à toi. Tu devrais savoir pourquoi ma famille n'a jamais voulu que ce secret soit révélé.

Frodoi fronça les sourcils avant de hocher la tête. Il venait de comprendre.

— La santa Eulàlia n'est pas seulement une martyre chrétienne, n'est-ce pas ? se souvint-il, frémissant. Servusdei l'avait dit ! La colombe qui sort de sa bouche est l'oiseau sacré de Vénus : le « cadeau des amants ». C'est un symbole de fécondité pour la ville.

— Il y a des siècles que le culte de la martyre s'est aggloméré à cette ancienne croyance, comme dans le cas de plusieurs saintes et saints. Si l'*inventio* de ses reliques a lieu, la vénération archaïque disparaîtra à jamais, acquiesça Goda avec de la peur dans le regard. J'ai juré que je ne le permettrai pas !

Frodoi tressaillit. Il saisissait maintenant pourquoi Goda était l'âme de Barcelone. Il prit ses mains. Tourmentée, elle caressa les siennes tristement.

— Goda, tu souffres de ce dilemme, comme j'ai souffert le soir où tu t'es livrée à Bernard. Toi seule peux donner du sens à ce que nous avons vécu jusqu'à aujourd'hui. Tu tiens le sort de

Barcelone entre tes mains, mais il y a un prix à payer : peut-être faut-il qu'une tradition meure pour qu'une autre naisse.

Devant le silence de la dame, Frodoi fit demi-tour. Il ne l'obligerait pas, il l'aimait trop pour cela ; pour la première fois, l'évêque de Barcelone céda.

75

Isembard ne ferma presque pas l'œil. Quelqu'un entra dans sa tente et s'enfuit en le voyant se redresser. Les traîtres infestaient ses troupes. À l'aube, presque cent hommes avaient déserté, et les autres étaient démoralisés.

Il réunit Armanni, Garleu, Maior et Airado. La veille, ils avaient élaboré une stratégie et placé des petits cailloux représentant la position de chaque phalange de soldats à pied. Ils procéderaient à des attaques surprises et à des retraites rapides dans les bosquets pour ne pas laisser le temps à la cavalerie de Bernard de charger. S'ils parvenaient à créer un désordre suffisant, ils empêcheraient l'armée du marquis d'avancer. La suite dépendrait de Frodoi.

— Nous n'avons plus que trois cent quarante soldats à pied et cinquante cavaliers, informa Airado, le visage amaigri.

Isembard hocha la tête. Il sortit de la tente et monta sur son coursier pour inspecter les maigres forces qui lui restaient. Tous ses hommes portaient la broigne et une épée forgée par Jehan à l'Esquerda. S'ils étaient rapides et bien positionnés, ils ne tomberaient pas facilement.

— Écoutez tous ! Barcelone, Urgell et la Cerdagne protègent depuis des années la frontière du royaume ! Tel est notre serment. Nous ne sommes pas ici pour combattre les Sarrasins, nous sommes ici pour notre comte. Car nous ne pouvons rien attendre d'une alliance avec les Bosonides et le Plantevelue, le frère de celui qui a dévasté Barcelone. Bernard de Gothie le démontre depuis des années.

— Et le futur roi Louis le Bègue ? cria un des hommes. Que peut-on en attendre ?

Airado se précipita, brandissant sa hampe, mais Isembard l'arrêta. Ils n'avaient pas encore de raison de combattre, et il ne pouvait leur en offrir qu'une seule :

— Rien, peut-être. Mais s'il règne, il n'oubliera pas celui qui a toujours été de son côté.

— À quoi cela servira-t-il ?

— À exiger qu'un Goth gouverne à nouveau la Marche. Guifré peut être comte de Barcelone, lui aussi, comme le fut son père, Sunifred. Au contraire de Bernard, il demeure dans ses comtés d'Urgell et de Cerdagne. Il défend et repeuple ses domaines. Le danger planera sur ce territoire au sud des Pyrénées pendant des générations, et peut-être pour toujours, néanmoins, avec un lignage comme celui des Bellonides sur le trône comtal, il est possible d'espérer un avenir meilleur pour nos enfants. C'est pour cela que nous nous battons. Que ceux qui me font confiance avancent d'un pas. Les autres, partez.

La plupart des soldats firent un pas en avant et d'autres discutaient lorsqu'un cavalier arriva du nord au grand galop.

— Ils sont là ! cria-t-il, enfiévré, une flèche plantée dans le flanc. La cavalerie de Bernard !

— C'est impossible.

— Ils ont chevauché toute la nuit – L'homme haletait de douleur. – Ils savent combien nous sommes et où nous nous trouvons !

— Trahison ! cria Airado.

— Préparez-vous, ordonna Isembard.

— C'est trop tard, murmura Armanni.

Une épaisse poussière montait du chemin à l'horizon. À un quart de mille de là, presque deux cents chevaux s'arrêtèrent en formant une longue ligne. Les cavaliers dressèrent leurs lances pour impressionner l'armée d'Isembard. Un autre contingent apparut immédiatement sur leur flanc afin de les prendre en tenailles.

Un seul cavalier quitta les rangs. Il s'arrêta à la distance nécessaire pour que les soldats d'Isembard puissent l'entendre.

— Bernard de Gothie, seigneur de ces terres, est un homme tolérant, et il désire seulement arriver à Barcelone sans contretemps ! annonça-t-il. Tous ceux qui rejoindront notre armée seront pardonnés. En outre, ils recevront cinquante arrobes de blé pour les prochaines semailles.

Les cavaliers alignés derrière lui déchargèrent un chariot de sacs de blé.

— Ne vous fiez pas à lui ! cria Isembard.

Ses hommes parlaient entre eux. L'un sortit en courant jusqu'à la ligne ennemie. Il sortit son épée et prit un des sacs.

Isembard souffla. Il ne tenta même pas de haranguer à nouveau ses troupes. Une cinquantaine d'hommes, pour la plupart d'anciens mercenaires de Drogon qui s'étaient rendus à Tenes, se jetèrent sur la récompense. Plus jeune et impulsif, Airado essaya de les retenir en les frappant. Ils le repoussèrent et le piétinèrent sans ménagement. L'armée de la frontière réunie à Santa Coloma se réduisit à cinquante cavaliers et près de deux cent cinquante soldats à pied, indécis. Le héraut du marquis profita de ce que les déserteurs d'Isembard s'emparaient des sacs de blé dans un grand vacarme pour regagner ses lignes. Au coup de sifflet, les cavaliers de Bernard revinrent, groupés, lances en arrêt, et le massacre commença.

— Grand Dieu ! souffla Airado, livide.

— Ils ne négocieront pas, conclut Armanni. Ils voulaient seulement nous affaiblir davantage.

Plaintes et suppliques s'élevèrent. Isembard aperçut un cavalier, à l'écart, vêtu d'une cape de bonne facture. Il entendait presque le rire de Bernard de Gothie devant l'action cruelle destinée à saper le moral de l'adversaire. Isembard était pris au piège, avec des troupes insuffisantes. Un son de trompe donna l'ordre de charger pour les exterminer, mais ils ne tomberaient pas sans résistance.

Au lever du soleil du troisième jour de la veillée de prière dans l'église de la mer, après le départ de Sigebode, Frodoi dit la messe que l'évêque Quirico avait écrite des siècles plus tôt pour vénérer santa Eulàlia. Lorsqu'il leva le pain dans un grand silence, il se sentit défaillir. Ses mains tremblaient. Épuisé, il eut un vertige. Deux diacres se précipitèrent pour le soutenir.

Dans le temple rempli, les fidèles commentaient à voix basse son étourdissement. Il entrevit l'image floue d'une silhouette se frayant un passage dans l'assemblée. Il cligna plusieurs fois des paupières. Elle était là. Goda s'avançait, couverte d'un voile noir. Elle s'approcha de l'autel et ses lèvres bougèrent sous la fine toile.

« Jure-moi que la sainte ne quittera jamais Barcelone », déchiffra Frodoi sur ses lèvres. Il acquiesça doucement, le cœur battant.

Au pied du presbyterium, du côté de l'Évangile, Goda se pencha pour baiser une dalle de terre usée où on ne voyait ni sépulture ni marque incitant à creuser là. Quand elle se releva, ses yeux brillaient avec la même intensité que la première fois qu'il l'avait vue, à la réception. Il en eut la chair de poule. Les clercs qui l'assistaient se regardaient du coin de l'œil dans un silence total. À la fin de la célébration, Frodoi attendit qu'on place la mitre sur sa tête et il reprit la crosse.

— Invoquez Dieu le Père, Jésus-Christ et l'Esprit saint pour qu'Ils nous bénissent et nous concèdent une sainte *inventio* afin de conserver et de protéger notre cité !

Après la réponse des fidèles, il avança d'un pas solennel jusqu'à l'endroit exact où Goda s'était penchée. Elle avait repris sa place au fond de l'église parmi les autres femmes nobles. Frodoi scruta l'endroit, à la recherche de quelque chose qu'il ne trouvait pas à première vue. Il détecta soudain un tout petit trou qui passait inaperçu dans un joint. Dans un silence respectueux, il plaça la pointe de sa crosse dans l'orifice. Elle s'enfonça de presque un empan. La dalle recouvrait une cavité. Tremblant, il tourna la crosse avec force. Une fissure apparut entre les dalles. L'assistance retenait son souffle.

— Ici.

Les diacres firent appeler deux hommes munis de pics. Ils se mirent à creuser.

— Il y a quelque chose, monseigneur Frodoi ! s'exclama l'un d'eux en frappant une pierre dure.

Le prélat sauta dans la petite cavité. Des curieux s'agglutinèrent pendant que les deux hommes écartaient le sable, laissant apparaître un sarcophage en pierre abîmé par les ans. Il contenait un squelette dont la taille correspondait à celle d'une très jeune femme. Une croix en argent avec une colombe gravée reposait entre les phalanges des mains croisées.

— La colombe ! s'exclama le vieux prêtre du temple. La colombe qui est sortie de la bouche de santa Eulàlia au moment de sa mort ! C'est le symbole de la martyre !

Les fidèles poussèrent des exclamations de jubilation. Dieu les avait enfin bénis ! Le 23 octobre de l'an 877, à Barcelone, se produisit l'*inventio* des restes de santa Eulàlia. Dès le premier instant, tous remarquèrent l'arôme qui se dégageait de la terre retournée. Malgré quelques dénégations, personne ne douta que c'était bien la jeune martyre qui était enterrée là.

Frodoi tomba à genoux et éclata en pleurs tandis que le chœur entonnait d'une voix mal assurée l'hymne de la sainte chanté par le peuple. Sa première pensée fut pour Servusdei. Astrald lui sourit, au milieu des moines convers. Il chercha Goda du regard et vit qu'elle quittait l'église.

Frodoi, sa fastueuse vêture salie et empoussiérée, baisa chacun des ossements de la sainte avant de les poser précautionneusement sur le drap de lin neuf qu'on venait de lui apporter. La dépouille fut ensuite installée sur un brancard. Les gens emportaient avec eux des mottes de terre et des cailloux comme amulettes sacrées. Il régnait une ambiance d'allégresse et de ferveur religieuse qui faisait trembler les murs du vieux temple proche de la mer.

Frodoi regagna le petit presbyterium pour s'adresser à ses paroissiens. Il voyait dans leur regard une dévotion véritable. La confiance qu'ils plaçaient en lui était désormais inconditionnelle.

— Que toutes les colombes s'envolent, divines messagères, pour annoncer dans tout l'empire l'*inventio* de santa Eulàlia ! Que les messagers partent et que la bonne nouvelle parvienne jusqu'à la plus reculée des villes du monde chrétien !

Après chacune des phrases de sa harangue, il se taisait un moment pour laisser le peuple exprimer sa joie par des cris et des applaudissements ; il avait besoin d'un bain d'orgueil pour redevenir celui qu'il avait toujours été.

— Criez à la face du monde que Barcelone, fidèle au Saint Empire, a été bénie par le corps de la santa Eulàlia, la martyre la plus vénérée de la chrétienté !

C'était un ordre ; les archidiacres, aidés des copistes, se chargèrent de le faire appliquer. La nouvelle se répandit dans la ville, et toutes les cloches sonnèrent sans relâche. Les autorités, les notables, les officiers qui n'étaient pas partis prirent place, en tenue de cérémonie, aux côtés de l'évêque comme s'ils ne s'étaient jamais défiés de lui.

— Nous sommes désormais sous la protection de la martyre. Prions de nouveau et, à la nuit tombée, en procession solennelle, nous transporterons les reliques dans la cathédrale de la Santa Creu. Elles y seront exposées pendant huit jours, le temps de creuser une *confessio* à droite de l'autel afin d'accueillir les saints ossements. Tout comme ils étaient placés ici. Dans cette terre ils étaient, dans cette terre ils demeureront.

La clameur des Barcelonais ne faiblissait pas et les cantiques chantés dans l'église Santa Maria résonnèrent jusqu'à la mer turquoise et dans les faubourgs. Ceux qui travaillaient dans les champs revinrent pour participer à la grâce accordée. D'autres continuaient pourtant de guetter avec crainte vers le côté de la *strata francisca*, au-delà du vieil aqueduc. Là où on attendait la puissante armée de Bernard de Gothie qui prétendait s'emparer de Barcelone.

76

Les années de dur entraînement permirent à la troupe d'Isembard de résister. Protégés par une cavalerie sévèrement touchée, les soldats atteignirent les bosquets proches, où ils prirent position. Ils profitèrent des accidents de terrain pour attaquer en petits groupes et se disperser aussitôt avant de se retrouver dans des endroits désignés auparavant. Leurs flèches traîtresses, leurs lassos et leurs lance-pierres désorganisaient la cavalerie de Bernard de Gothie, peu mobile dans les zones boisées.

À midi, Bernard de Gothie, rendu furieux par la résistance héroïque des Chevaliers de la Marche, ordonna de mettre le feu au bois afin d'obliger les ennemis à sortir en terrain découvert ; là, ils affronteraient une charge mortelle de la cavalerie.

— C'en est fini, murmura Isembard, l'épée de Guissand couverte de sang à la main.

À cet instant, un puissant son de trompe retentit au-delà du bois, provenant de Collserola. Il fut suivi du tumulte de centaines de sabots lancés au galop.

— Non ! Ce n'est pas fini ! hurla Airado. Voici le comte Guifré !

Les Bellonides n'avait pas abandonné Barcelone à son triste sort. Guifré d'Urgell et son frère Miró chevauchaient à la tête de centaines de cavaliers. Ils chargèrent la cavalerie du marquis sur le flanc. Isembard constata avec émotion que les frères employaient la même tactique que celle mise en œuvre contre le wali de Lleida. Sa pauvre armée décimée interpréta cette aide comme un authentique signe divin.

La cavalerie de Bernard se débanda. Isembard donna l'ordre de charger. Il avançait à pied, à la tête d'une centaine d'hommes, suivi d'Armanni, Garleu, Maior et Airado. Ses soldats vociféraient, avides de venger leurs compagnons tombés au combat ; le martèlement des sabots couvrait leurs insultes.

Le fracas de la bataille en terrain découvert se déchaîna. Isembard brisait des lances avec son épée, tout en évitant les pointes mortelles des angons. Maior tomba, le corps percé par trois lances ; cette image lui déchira l'âme. La rage et la tristesse au cœur, il chercha parmi les combattants le véritable auteur de tous ces maux. Bernard de Gothie se tenait à l'écart, juché sur sa monture.

Dans sa fureur, le capitaine de *scara* gardait son sang-froid. Il se fraya un passage parmi les hommes mutilés et les cadavres, écrivant sur le champ de bataille une nouvelle légende concernant sa dextérité au combat. Bernard de Gothie s'inquiéta en le voyant approcher à coups d'épée, et envoya deux hommes de son escorte à cheval l'abattre. Isembard esquiva la lance du premier, et après une course, il le frappa de son épée à l'estomac. Le second en profita pour lui planter sa pique dans le dos. Le capitaine se retourna, conscient qu'il ne pourrait pas échapper à la mort. Soudain son assaillant gémit, perdit sa lance et tomba de cheval. Le sang giclait de sa jambe entaillée en quatre endroits, si profondément qu'on voyait l'os. On aurait dit qu'il venait d'être griffé par un ours gigantesque.

— Rotel ! s'écria Isembard en découvrant avec stupéfaction la silhouette qui se dessinait derrière le blessé.

Il vit la pelisse tomber sur le soldat ; quand elle se redressa, le sang jaillissait de la gorge tranchée. Sa sœur se glissa agilement parmi les combattants avec un unique objectif : Bernard de Gothie.

— Attend ! s'écria Isembard.

Rotel courait droit vers le marquis, profitant de ce qu'il n'avait plus d'escorte.

Isembard la suivit, le cœur étreint par un mauvais pressentiment. Rotel était un sicaire solitaire, jamais elle ne s'était trouvée au centre d'une bataille frénétique. Elle n'assurait pas ses arrières. Un soldat à pied tenta de l'arrêter. Il finit au sol, le visage strié de quatre horribles entailles. Bernard de Gothie, terrifié par ce spectre encapuchonné qui marchait sur lui, sortit enfin son épée bien polie du fourreau.

Une chose foncée fouetta l'air en se tortillant avant de retomber devant le cheval du marquis. Un effroyable serpent noir se dressa, la gueule ouverte, les crochets bien visibles, le cou enflé. La monture, apeurée, se cabra. Elle jeta Bernard à terre et ses sabots écrasèrent le vieux cobra africain. Après sa chute spectaculaire, Bernard resta à terre, commotionné, une jambe cassée ; il avait perdu son épée et Rotel lui apparaissait comme le héraut de la mort. Pris de panique, il se traîna sur le sol à reculons.

— Rotel ! appela Isembard. Attention à toi !

La présence de la terrible bestiaire n'était pas passée inaperçue. Un archer, présent près de son seigneur, banda son arc et tira. Rotel reçut une flèche dans le dos. Elle se cabra sous la douleur, pourtant elle continua d'avancer vers le marquis.

Les yeux embués de larmes, Isembard tentait de la rattraper quand un soldat de Bernard le blessa à l'épaule. Il dut se battre contre lui avant de continuer sa course. Il cria d'angoisse lorsqu'il vit une deuxième flèche se planter profondément dans le dos de sa sœur.

— Mon Dieu !

Rotel marchait de plus en plus difficilement. Bernard restait pétrifié au sol. Parvenue non loin sa victime, elle ôta son capuchon. Le marquis contempla la plus belle femme qu'il avait jamais vue, malgré les graves blessures qui la faisaient affreusement souffrir. Richilde elle-même ne pouvait lui être comparée. Soudain, le visage de Rotel se transforma en grimace diabolique et Bernard beugla, terrifié. Isembard, qui se trouvait à une vingtaine de pas, distingua dans les mains de sa sœur deux longs clous rouillés, peut-être dérobés avec une sacrilège indifférence au Christ en croix d'une chapelle. Rotel, très affaiblie, avait de plus en plus de mal à mettre un pied devant l'autre et laissait une traînée sanglante sur son passage. Elle se sépara de sa lourde pelisse et elle s'arrêta devant Bernard, qui s'efforça de s'éloigner en se traînant par terre.

— À présent, tu verras mes ténèbres, marquis !

Elle enfonça les clous dans les yeux de l'homme sans trembler. Sans pitié. Une troisième flèche l'atteignit alors. Comme au ralenti, Isembard vit sa sœur se contorsionner, le sang jaillissant de ses blessures. Son cœur se brisa et il rugit de douleur. Rotel tomba à genoux et demeura immobile un instant avant de s'écrouler près de sa victime. Bernard râlait comme une bête, le visage en sang. Deux de ses hommes, totalement paniqués, le traînaient loin de là.

Isembard berça sa sœur. La pointe des flèches qui l'avaient transpercée pointait sous le caparaçon en cuir. Le sang sortait de sa bouche et elle toussait, mais son visage était toujours celui de la petite fille de Santa Afra. Rotel reconnut son frère. Ses lèvres dessinèrent un sourire fragile de pur amour.

— Mon frère…, murmura-t-elle en crachant du sang, perdue dans de lointaines visions.

— Rotel…

Tandis que le monde s'effondrait autour d'Isembard, les dix-sept années qu'il avait vécues sans elle s'effacèrent. Ils étaient de nouveau seuls au monde, ensemble, et sa peine était incommensurable.

— Ne pars pas !

Elle leva une main. Elle avait perdu les dards aiguisés avec lesquels elle attaquait. Elle caressait le visage de son frère et des larmes coulaient de ses yeux bleus. Elle regarda par-delà son épaule.

— Maître, tu es venu.

Elle leva les yeux vers le ciel et ne bougea plus, les pupilles sans vie. Le sourire triste sur ses lèvres la rendait plus belle et lumineuse que jamais.

Isembard se sentit mourir avec elle. Indifférent au danger, il la tint serrée contre lui, et il pleura, inconsolable. Puis un long cri déchirant surgi du plus profond de lui résonna sur le champ de bataille, bouleversant ses plus proches.

Quand sa voix se brisa, un autre son puissant parvint à leurs oreilles. Une trompe. Les Chevaliers de la Marche se sentirent défaillir. Elle annonçait l'arrivée des deux mille soldats à pied du marquis. Or ils virent un cavalier solitaire qui chevauchait vers les combattants. C'était lui qui sonnait ainsi.

— Santa Eulàlia ! cria le cavalier d'une voix forte. Santa Eulàlia est à Barcelone !

Avec une audace inimaginable, le héraut éperonna son cheval, qu'il jeta au milieu des forces en présence. Une seule flèche aurait suffi à étouffer la voix joyeuse, pourtant aucun archer ne la tira. Personne n'était assez téméraire pour s'opposer à la volonté de Dieu.

— *Laudamus te, Domine!* lança-t-il avec plus de force encore en constatant l'effet produit par cette annonce. Barcelone est protégée par santa Eulàlia !

Il arriva devant les capitaines de Bernard, qui ignoraient encore ce qui était arrivé au marquis, et il leur tendit une missive frappée du sceau de l'évêque de Barcelone devant les *boni homines* pour témoins. Les comte d'Urgell et de Conflent négocièrent une trêve puis approchèrent. Un prêtre lut à haute voix le détail de l'*inventio.* Beaucoup s'agenouillèrent tandis que tintaient au loin les cloches de Badalona et de Santa Coloma. La nouvelle se propageait.

Quand ses troupes apprirent ce qui était arrivé à Bernard de Gothie, que les médecins de son armée tâchaient de sauver, la panique se répandit comme une traînée de poudre. Verser ne serait-ce qu'une seule goutte de sang supplémentaire n'avait plus aucun sens. Dieu était à l'origine d'une *inventio* dans une ville fidèle à la Couronne et le marquis était grièvement blessé. L'armée de la Gothie était encore capable de vaincre et de soumettre Barcelone, néanmoins tous les soldats à pied y perdraient leur place au Ciel. Ceux qui le purent s'enfuirent. Les troupes de la Marche laissèrent exploser leur joie en rendant grâce à Dieu.

Le comte Guifré et Airado s'approchèrent d'Isembard qui serrait toujours sa sœur dans ses bras, étranger à ce qui venait de se produire. Ils s'agenouillèrent près de lui, à la fois émus par son désespoir et effrayés par ce que la délicate jeune femme avait infligé au puissant Rorgonide.

— Tu as châtié Drogon de Borr et Bernard de Gothie, dit Isembard d'une voix hachée, en abaissant les paupières de Rotel sur son regard profond. Repose, ma sœur… Tes souffrances sont terminées.

77

Assis au bout de la longue table en chêne, Hincmar de Reims affrontait avec circonspection Hugues de Welf, Bernard Plantevelue, Boson de Vienne et sa sœur, l'impératrice Richilde. Une bonne vingtaine de nobles et de vassaux les entouraient, dans le plus grand silence, écoutant les termes de la négociation qui se déroulait dans le château de Berzé. L'absence la plus notable était celle de Bernard de Gothie. Le marquis était entre la vie et la mort, les orbites oculaires vides et infectées, dans l'incapacité de prendre des décisions. Ses vassaux pliaient devant les attaques lancées en Gothie, au nom du roi, par les comtes Guifré d'Urgell et Miró, pour étouffer la révolte.

La nouvelle de la découverte des reliques de la vénérée santa Eulàlia avait bouleversé l'empire dans son entier. Des pèlerins partaient de toutes les villes pour se prosterner devant la crypte que Frodoi faisait bâtir dans la nouvelle basilique de la Santa Creu de Barcelone. En signe de respect et de gratitude, la cathédrale serait également baptisée du nom de la sainte. Sur la *confessio* s'élevait un autel dédié à la Vierge Marie ; y serait représenté le modeste temple consacré à la Sainte Vierge près de la mer, où les reliques avaient reposé pendant des siècles. Hormis cela, et comme l'avaient anticipé les prélats de Barcelone et de Reims, la signification de l'*inventio* était lourde de conséquences.

Hugues l'Abbé fut le premier à repenser la situation. Il lui était impossible de s'opposer à un fait aussi extraordinaire : Dieu protégeait la dynastie carolingienne et ses loyaux sujets, comme ceux de Barcelone. Hugues s'était élevé contre

Charles le Chauve car il n'acceptait pas que le roi abandonne la Francie pour aller secourir le pape au moment où les Normands remontaient la Seine. Or le vieux monarque était mort et lui, Hugues de Welf, était toujours le premier conseiller de l'héritier au trône, Louis le Bègue. Sa position et ses privilèges se trouvaient assurés.

Les nouvelles en provenance d'Italie invitaient également à reconsidérer les choses. Le pape était revenu à Rome sans moyen pour empêcher le couronnement comme empereur de Carloman de Bavière, l'homme soutenu par l'aristocratie du nord de l'Italie. Le fils de Louis le Germanique, en chemin pour Rome, avait souffert les mêmes fièvres qui décimaient son armée, et il avait dû se replier au nord. La couronne de Charlemagne n'avait toujours pas de propriétaire et le sort de l'empire allait se décider dans cette salle du trône remplie d'aristocrates.

Richilde avait déposé les *regalia* sur la table. Elle regardait son frère d'un air désappointé ; Boson affichait un mince sourire. Le panorama avait changé, néanmoins les Bosonides étaient des stratèges accomplis. Ils s'étaient élevés jusqu'aux plus hautes positions grâce à la ruse, ayant toujours su se placer là où il le fallait et profiter de l'occasion quand elle se présentait. L'honneur ou l'orgueil ne serait jamais un obstacle à leur ambition, et pour cette raison le duc n'éprouva pas la moindre gêne quand il dut s'asseoir à la même table qu'un archevêque qu'il avait essayé de tuer un mois plus tôt. La politique de l'empire était ainsi.

— Nous nous prosternons devant le Très-Haut, déclara Boson lentement, d'un ton presque amusé. Si Sa volonté est que la dynastie carolingienne continue avec Louis le Bègue, qui sommes-nous pour nous y opposer ?

Tous acquiescèrent autour de lui, comme si la rébellion fomentée depuis des années n'avait pas été déclenchée. Dieu avait parlé, et leur seul intérêt à présent était de conserver titres et privilèges.

— Je suis ravi de vous entendre, duc Boson.

L'archevêque Hincmar était aussi fin politique que toutes les personnes présentes, et il n'allait pas perdre son temps en reproches.

— Si tous nos titres, territoires et prébendes sont maintenus, nous mettrons un genou à terre, en sujets loyaux du prince Louis. Le seul dont nous ne pouvons répondre est Bernard de Gothie, dont nous ignorons s'il survivra.

Le Bosonide parlait au nom de la noblesse rebelle, sans une once de compassion pour son ancien allié.

— Dieu signale que les véritables ennemis sont à l'extérieur du royaume, reprit-il. Oublions le passé et luttons ensemble comme un seul homme pour notre avenir !

Les applaudissements éclatèrent dans la salle du trône. Hincmar fronça les sourcils en scrutant le cynique Boson. Il reconnut malgré tout qu'il avait raison. Louis dépendait d'eux pour régner. Le sang versé, les tentatives avortées, les échecs étaient des faits anecdotiques qui n'avaient pas leur place dans la négociation.

— Vous rendrez donc les *regalia* à la Couronne et vous accepterez la nouvelle situation, précisa Hincmar.

— Ils sont ici, monseigneur archevêque. L'impératrice les remettra à son beau-fils Louis. En échange, vous oublierez certaines indiscrétions qui ne concernent que la famille.

Le Bosonide adopta un ton légèrement menaçant ; Hincmar le perçut immédiatement. Il avait lui-même entendu les halètements incestueux des Bosonides sur le sol sacré de l'abbaye de Montmajour. Sa vie dépendait désormais de son silence. En outre, le royaume était en jeu.

— J'ignore ce dont vous parlez.

— Je suis ravi de l'entendre.

Boson ne quittait pas Richilde des yeux ; elle avait pâli.

Le frère et la sœur s'étaient disputés pendant des jours. Richilde avait pleuré de déception devant le tour inattendu pris par les événements, et elle n'avait pas pu concevoir d'héritier mâle. Pourtant elle fit confiance à Boson et à sa famille. Malgré l'échec de la rébellion, ils contrôlaient désormais Louis le Bègue, cet incapable, en Aquitaine. Les Bosonides obtiendraient de plus grands privilèges encore que du temps de Charles le Chauve. Il leur fallait seulement être patients et rusés, une fois encore.

Ils continuèrent de discuter de détails. Le couronnement solennel du nouveau roi serait célébré avant la Noël en présence de toutes les autorités, les évêques et les principaux abbés de la Gaule, en signe de force et de puissance face aux cousins de Louis le Bègue, qui gouvernaient la Germanie. Ils cesseraient ainsi d'envahir la Francie. Au printemps suivant, on convoquerait le traditionnel plaid général de mai où seraient distribués de nouveaux privilèges et compensations.

Boson offrit d'organiser l'assemblée dans sa ville de Troyes. Il promit de grandes parties de chasse dans ses forêts, des banquets et des tournois comme on n'en avait jamais vu dans l'empire. Avec son habileté et son charisme habituels, il transforma la réunion tendue en aimable bavardage entre aristocrates, jeunes pour la plupart et désireux de profiter des plaisirs que Boson leur préparerait dans ses domaines.

Au cours du fastueux dîner de vingt plats, dont un remarquable cerf rôti et des faisans fourrés à la truffe, plusieurs nobles abordèrent Richilde. Malgré les rumeurs et son incapacité à donner un fils viable au roi Charles le Chauve, elle était la veuve la plus convoitée du royaume, et elle continuait d'exciter les fantasmes les plus lubriques.

Le sourire à la bouche, elle jaugeait chacun des candidats, en gardant un œil sur Boson. Il accaparait son attention. L'optimisme qu'il affichait signifiait qu'il avait quelque idée en tête, et il ne l'avait pas partagée avec la famille. Dès qu'elle le put, elle s'approcha de lui.

— Mon frère, tu es splendide, ce soir ! Te réjouis-tu donc tant d'avoir perdu l'occasion d'être roi de Provence et de Bourgogne ?

Il lorgnait sa bouche avec gourmandise.

— Ma chère sœur, j'ai reçu une lettre de Rome très intéressante.

— Ton épouse Ermengarde se porte-t-elle bien ? A-t-elle donné le jour ?

Richilde détestait sa belle-sœur, Ermengarde de Lotharingie, fille du défunt empereur Louis d'Italie. Elles ne s'étaient vues qu'une seule fois, et l'envie l'avait démangée de lui griffer le visage avec un stylet.

— La lettre n'est pas d'elle, répondit-il d'un ton amusé, en notant sa jalousie. Elle vient du Saint-Père.

— Il ne t'a donc pas oublié.

Les nobles ne leur prêtaient pas attention. Ils buvaient et ils pinçaient les fesses des esclaves qui leur servaient le vin. Seul l'austère Hincmar de Reims observait les Bosonides, le front plissé ; le duc effleurait de la main les fesses de la reine.

— Que dirais-tu d'être la sœur du fils adoptif du pape Jean VIII ?

Richilde écarquilla les yeux et mit une main devant sa bouche pour contenir un éclat de rire de joie. Elle crut entendre les grincements et les craquements de la roue de l'histoire qui tournait pour se remettre dans la position originale. Tout recommençait.

78

Isembard écoutait la respiration profonde de Berthe. Il avait passé un long moment à caresser son ventre, sentant bouger sous ses doigts l'enfant qu'ils attendaient. Sa femme était la plus douce des créatures. Il en était convaincu depuis les terribles moments qu'il avait vécus. Dès que son fils serait né, ils partiraient pour Orléans et demeureraient quelque temps auprès de sa famille ; peut-être parviendrait-il à apaiser la déchirure causée par la mort de Rotel.

La dépouille de la jeune fille de Tenes reposait à Santa Maria de la mer, hors les murailles, selon le souhait de son frère. Santa Eulàlia et Rotel avaient arrêté les troupes de Bernard. Personne ne s'était opposé à ce qu'elle soit enterrée dans cette église car très peu connaissait son histoire sinistre, et elle était considérée comme une nouvelle martyre. Ni Frodoi ni Isembard n'empêchèrent que ce récit se conserve dans les mémoires.

Le capitaine de *scara* ignorait encore si l'héritier Louis l'appellerait dans son armée, ni s'il le confirmerait comme seigneur de Tenes, néanmoins il était déterminé à remettre en état la forteresse de son père. Les forêts et les cultures environnantes appartenaient à la seigneurie et s'il emmenait des *servi* avec lui, ils défricheraient de nouvelles manses. Cela lui rapporterait les ressources nécessaires pour tenir son rang dans la noblesse. Les Seconds Chevaliers de la Marche avaient un serment à respecter.

Il se rappela l'étreinte chaleureuse qu'il avait partagée avec l'évêque Frodoi à son entrée à Barcelone. Une aura de sainteté et de prestige entourait le prélat, qui ne faisait rien pour la dissimuler. Il fit décorer la ville pour recevoir Guifré d'Urgell comme un authentique comte, et ce geste prémédité ne tarda pas à franchir les limites de la Marche hispanique. Plus actif que jamais, il préparait son voyage pour assister au couronnement du nouveau roi en décembre, et surtout se rendre à la prochaine assemblée générale, où il saurait tirer profit de tous les sacrifices déjà consentis. Servusdei lui manquait, mais il avait toujours Jordi auprès de lui.

Isembard se leva, laissant son épouse endormie. Il esquissa une grimace de douleur. Bien qu'en voie de guérison, les blessures reçues durant le combat le faisaient souffrir au moindre mouvement. La plus profonde, elle, ne cicatriserait jamais. Il n'avait pas pu empêcher Rotel de devenir ce qu'elle était et il ne lui avait pas sauvé la vie. Considéré comme un héros, il porterait le poids de cet échec jusqu'à la fin de ses jours.

Il mit une cape sur sa chemise et marcha dans les rues solitaires jusqu'à l'auberge du Miracle. Il était minuit passé et la porte était close. Il sauta par-dessus le mur du potager et alla à l'étable où ils s'étaient donné leur dernier rendez-vous.

— Elisia…

La femme courut vers lui et elle l'embrassa tendrement. Des larmes jaillissaient des yeux d'Isembard tandis qu'il se laissa embrasser.

— Ta sœur a fait justice, à la fin, murmura Elisia, attristée. Elle a toujours été une femme libre, Isembard, ne l'oublie jamais.

L'aubergiste avait changé depuis l'ordalie. Isembard l'avait constaté au premier coup d'œil à son retour à Barcelone. Elle avait cessé de se sentir coupable de l'aimer, et elle était veuve, pourtant un abyme les séparait. Lorsqu'il commença à la caresser, elle l'arrêta.

— La vie ne dure qu'un instant, murmura Isembard en baisant son cou, nous pouvons mourir demain.

Elisia leva son bras. Il avait un aspect horrible. Elle l'oignait de miel et la peau blanche bourgeonnait sur les parties rougies. Elle commençait à retrouver un peu de sensibilité, bien qu'elle ne pût encore rien toucher. Elle lutta contre ses propres sentiments avant de répondre :

— Tu dois t'occuper de Berthe et de ton enfant à naître. Ton devoir est là. Je m'occuperai de ton aîné… Lambert, dit-elle pour la première fois à voix haute. Goda veut que je prenne un nouvel époux.

Isembard ressentit un pincement dans la poitrine. Elle baissa la tête. Il lui était douloureux de parler de son avenir, pourtant elle désirait qu'Isembard le sache et l'accepte.

— Ce sera le capitaine Oriol. Il m'aime en secret depuis des années. Il est bon et me traitera bien, je le sais. Il envisage de quitter le service de l'évêque et de ranger les armes. Il a quarante-trois ans et moi trente-quatre… J'ignore si je pourrai lui donner un fils, mais je sais qu'il sera un bon aubergiste… La ville l'aime et le respecte.

Isembard voulut sourire. Il ne s'attendait pas à ce coup dur. Le pire, peut-être. Mentir à son ami ne serait pas la même chose que cocufier Gali. Oriol avait beau être chevalier, il avait consacré sa vie à protéger les évêques de Barcelone en échange d'une paie misérable, d'une maison qui tombait en ruine et de quelques terres dans l'enceinte de la muraille dont personne ne s'occupait. Il méritait mieux. Frodoi le lui devait largement.

Elisia lut la peine dans les yeux bleus d'Isembard. C'était beaucoup de pertes pour un même cœur. Elle caressa son visage doucement, et leurs cœurs saignèrent à l'unisson.

— Tu me comprends, n'est-ce pas ? J'ai aussi le droit de compter sur un homme à mes côtés, qui prendra soin de moi, me respectera et m'aidera. – Elle déposa un baiser sur chacune de ses paupières et de ses oreilles. – Et ce ne sera pas toi, mon amour, ça ne l'a jamais été… même si j'ai rêvé pendant des années qu'il en soit autrement. Tu es mon noble chevalier Isembard II de Tenes.

Il hocha la tête. Aucune épée ne romprait les vœux sacrés. Il sentait au fond de lui que cette bataille était perdue.

— Viens, mon amour, dit-elle en cherchant ses lèvres pour une dernière fois. Restons ensemble cette nuit… Que Dieu nous montre à chacun notre chemin, demain.

79

Le duc Boson de Vienne ouvrit les portes de la ville de Troyes pour le plaid général du royaume convoqué par le nouveau roi Louis le Bègue, couronné le 8 décembre de l'année précédente. On n'avait pas souvenir d'une telle attente suscitée par une assemblée. La cité et ses environs fourmillaient d'aristocrates avec leur suite et un paysage de tentes s'étendait à perte de vue. On avait même construit une chapelle en bois afin de célébrer la messe pour les très nombreux nobles. Rares furent les notables, les autorités, les évêques et les abbés à manquer cette importante rencontre.

Au cours des semaines précédentes, on ne parla que de la venue du pape Jean VIII à la mi-août, accompagné d'un cortège impressionnant d'évêques, de chevaliers et de gardes. Il avait franchi les Alpes et s'était rendu à Arles, où Boson, son homme de confiance du moment, l'avait reçu. Après une tentative avortée de convoquer un concile à Lyon, il avait pris la route pour Troyes, où il comptait attendre le nouveau roi franc. Le pontife fit son entrée sur une magnifique chaise gestatoire couverte d'or. À son côté, le duc, fringant et séduisant, montait un coursier blanc. Sa très belle et jeune épouse, Ermengarde de Lotharingie, l'accompagnait.

Muets de surprise, la cour et la noblesse sortirent, parés de leurs plus beaux atours, pour recevoir le pape et le puissant Bosonide – on murmurait dans les rangs de l'aristocratie que Jean VIII voulait en faire son fils adoptif. Le pontife avait néanmoins refusé l'invitation de Boson de s'installer dans le palais qu'il possédait à Troyes, afin d'éviter d'alimenter les rumeurs.

Il avait préféré établir son campement et celui de sa suite dans les environs de la ville.

Richilde s'avança pour l'accueillir; lorsqu'elle salua Ermengarde, elle regretta Rotel, qui aurait infligé à ce visage blanc et lisse le même traitement qu'à Drogon. Par chance, Boson n'avait donné à son épouse qu'une fille, d'ailleurs en bonne santé.

Le 7 septembre, le nouveau roi arriva avec son chambellan Théodoric et de nombreux membres de la cour. Le pape célébra un second couronnement pour réaffirmer sa légitimité. L'aspect maladif de Louis sauta aux yeux de tous. De santé précaire, il n'hésita pourtant pas à se gaver durant le banquet qu'il offrit le soir même au pontife et aux autorités présentes. Il s'était présenté devant l'assemblée en compagnie d'Hincmar de Reims, mais il se montrait absent, avec une expression d'ennui sur le visage.

On apprit qu'au cours de son passage par la Gothie, le pape avait envoyé une missive condamnant Guifré, Miró et leurs frères pour avoir démis des religieux et des officiers nommés par Bernard et dévasté la Septimanie afin d'étouffer la rébellion. Peut-être le pontife avait-il seulement cherché à éviter de mauvaises réactions de la part de celui qui était alors le seigneur de ces terres. Bernard avait survécu, ayant non seulement perdu la vue, mais aussi la raison. Dans ses crises de délire, il évoquait un démon à la beauté sans pareille qui le traquait depuis ses ténèbres éternelles. Le Rorgonide définitivement fou était laissé à l'écart, seul à Autun, sans vassaux ni troupes.

Quant aux Bellonides, ils étaient à la tête de l'armée qui avait neutralisé les autorités loyales au marquis…

Une fois à Troyes, le pape oublia cette affaire et reçut en héros les Bellonides goths de la Marche hispanique, Guifré le Velu et son frère Miró.

Isembard avait accompagné son beau-père depuis Orléans, et il n'en revenait pas de la vitesse avec laquelle la cour et l'aristocratie oubliaient les événements tragiques et les morts causés par leur rébellion. Les temps avaient changé, les pactes étaient rompus et les ennemis s'unissaient sans la moindre vergogne. Le jour où les évêques de Barcelone, d'Urgell et de Gérone arrivèrent, conjointement avec Sigebode de Narbonne, Isembard s'approcha pour saluer Frodoi. Les retrouvailles furent chaleureuses entre les vieux amis qui se respectaient.

— Le château de Tenes pourra bientôt être habitable, dit l'évêque, toujours bien informé. Quand reviendras-tu ? Les Chevaliers de la Marche ont besoin de leur capitaine. Airado est trop impétueux, et un de ces jours il déclenchera une guerre à lui tout seul.

— Ma fille est née et elle se porte bien, mais il est encore tôt pour l'emmener dans un château si reculé. J'attends que le roi me confirme le titre de mon père.

— Considère-le comme acquis, mon cher ami.

L'évêque esquissa un sourire matois puis il entra sous sa tente. Il avait emmené avec lui Jordi, plusieurs religieux spécialistes des lois gothes et carolingiennes, et le jeune Astrald. Comme il l'espérait, le roi le reçut avec les honneurs. Il était le prélat qui avait retrouvé les reliques de sainte Eulalie, ce qui renforçait également le culte romain à Barcelone. Hincmar en personne s'était incliné devant lui publiquement en le recevant à l'assemblée. Le nouveau roi lui devait sa couronne, et c'était le moment pour Frodoi de négocier une compensation.

Oriol étreignit Isembard sans effusion. Ils savaient tous deux combien cette rencontre les chagrinait.

— Je prendrai soin d'elle, mon ami. Elle ne me regardera jamais comme elle te regardait, mais j'espère la rendre heureuse.

Isembard le prit par les épaules avec un franc sourire.

— Au mal que tes mots me font, je sais qu'il en sera ainsi. Elisia te mérite et tu la mérites. Tu as tout mon respect, Oriol. Je ne trahirai jamais un ami.

Le garde de l'évêque hocha la tête, soulagé. Il savait que, comme l'eau, l'amour se frayait toujours un chemin, pourtant il avait confiance en la parole d'Isembard. Le chevalier de Tenes, de son côté, n'oubliait pas que Goda avait poussé Oriol à cette union et qu'Elisia l'avait acceptée avec une joie tranquille. L'auberge fonctionnait presque toute seule, dirigée par Emma et Aio, avec Gauderic aux cuisines. La patronne supervisait sa bonne marche quand elle n'était pas avec ses enfants, ou qu'elle ne relisait pas le livre de Dhuoda que Berthe lui avait offert lors de leurs froids adieux. Elle brodait sa robe de noces, heureuse de constater que son bras le lui permettait. Oriol et elle méritaient tous deux de cheminer ensemble vers la vieillesse, avec la certitude apaisée d'avoir vaincu les difficultés de la vie.

Le 9 septembre, Frodoi remporta sa première victoire : la *lex gotica* reconnut le châtiment sévère des profanateurs qui continuaient d'exercer le rituel mozarabe et qui usurpaient des biens. Son autorité en sortit renforcée grâce à la possibilité de l'usage de la force. Il obtint même un dédommagement pour réparer les églises ainsi que le dénommé Campo de Santa Eulàlia. Pourtant, ce fut la célébration qui eut lieu dans la ville le 10 septembre qui causa la plus forte émotion. Boson et son épouse Ermengarde ouvrirent leur palais à la cour royale, au pape et aux membres les plus importants de l'aristocratie afin de célébrer les fiançailles de leur fille nouvellement née, Engelberge, avec le fils de Louis le Bègue prénommé Carloman, âgé de onze ans.

Dans cette ambiance détendue, le roi distribua de manière extra-officielle le butin de la révolte de l'année précédente, déjà presque tombée dans l'oubli. Boson conservait ses territoires très étendus dans la vallée du Rhône, Bernard Plantevelue reçut l'Aquitaine, et le chambellan Théodoric, pour récompense de sa fidélité à Louis, se vit offrir le comté d'Autun. Le lendemain seraient octroyés quelques autres comtés de Bernard de Gothie.

En ce 11 septembre de l'année 878, jour historique, les cloches des églises de Troyes sonnèrent et les nobles pénétrèrent dans la salle du plaid. Le pape excommunia Bernard de Gothie et le roi Louis le déposséda de tous ses titres. Ses anciens vassaux l'avaient abandonné, effrayés par sa folie et sous la pression du comte Guifré d'Urgell et de ses frères. Victime d'un destin pire que la mort, Bernard serait confiné à Autun, à la charge de son frère Emenon et de parents de la maison de Rorgon, pour y finir ses jours oublié de tous.

Frodoi demanda une suspension de la séance afin d'avoir un entretien privé avec le roi et ses principaux conseillers. Il avait obtenu l'autorisation des Bellonides, Guifré et Miró, de parler en leur nom. L'attente était forte.

Ils se réunirent dans la sacristie. Le monarque, qui voulait en finir pour commencer le banquet, se tourna vers l'évêque d'un air las.

— Vous savez que tout est décidé, monseigneur ! Ce sera exactement comme vous le souhaitez : le comte Guifré recevra Barcelone, Gérone et le *pagus* de Besalú. Il réorganisera également le vieux comté d'Ausone qui, avec Urgell et la Cerdagne, couvre une bonne partie de la Marche hispanique. Miró sera comte du Roussillon. J'espère qu'ils sauront surveiller la frontière et repeupler cette terre une fois pour toutes.

— Il est très judicieux de nommer comtes de la Marche des Goths de l'aristocratie, mon roi.

— Eh bien ? Pourquoi ces cachotteries ?

Frodoi frémit. Depuis le soir où il avait fait la connaissance de Goda, il avait travaillé en vue de ce moment précis. Les innombrables nuits d'insomnie et tout le sang versé confluaient vers cette entrevue, dans la petite sacristie, en présence d'une poignée de personnes.

— Mon seigneur, votre arrière-grand-père Charlemagne a conquis ces terres arrachées aux Sarrasins, or, depuis, quatre-vingts années de luttes et de révoltes n'ont eu pour résultat que la famine et la misère. La Marche demeure un endroit désert aux confins du royaume, et une seule génération ne suffira pas pour en faire un territoire prospère.

— Que voulez-vous me dire ?

— Je viens vous demander que les descendants du comte Sunifred, de la maison de Bellon de Carcassonne, puissent hériter par droit propre les titres de leurs prédécesseurs.

— Inaugurer un droit successoral des comtés en dehors de l'autorité royale, voulez-vous dire ? s'exclama Hincmar, surpris.

— L'autorité royale créera ce droit, qui devra être respecté par les rois à l'avenir. La continuité du lignage régnant est nécessaire pour obtenir la stabilité et une paix durable. Tout le royaume en percevra les bénéfices, j'en suis convaincu.

— Ce serait une décision sans précédent, murmura le chambellan Théodoric de Vergy.

— L'émirat de Cordoue est puissant, et il en coûtera de nombreux sacrifices et surtout du temps pour le contenir dans ses frontières. Une dynastie consolidée dans la Marche hispanique réduirait le danger.

— Qu'obtiendrait la Couronne en échange de se défaire de son droit de nommer le comte qui lui convient dès que le poste est vacant ?

Frodoi regarda Guifré et Miró.

— L'allégeance à la Couronne, et la fidélité que ces hommes vous ont démontrée l'année dernière.

Ses prédécesseurs ne l'auraient jamais permis, mais Louis, ce roi faible, s'écarta avec ses conseillers pour étudier cette proposition inattendue. La stabilité de la Marche leur permettrait de se consacrer à la lutte contre le fléau normand, et même de récupérer les territoires de Germanie.

En voyant le visage du Bègue quand il se tourna vers lui, Frodoi sentit les larmes lui monter aux yeux ; Hincmar le regardait fièrement. L'évêque de Barcelone aurait tant souhaité que Goda soit présente…

Le souverain annonça solennellement :

— Par mon autorité, je concède aux comtes Guifré et Miró, et à leurs successeurs à perpétuité, le droit de transmettre leurs biens en héritage conformément au droit carolingien. Au moment d'accepter le trône comtal, l'héritier se présentera devant le roi pour la cérémonie de l'hommage et il lui prêtera allégeance. – Il regarda Hincmar et Théodoric, qui acquiescèrent. – Vous comprendrez que, pour le moment, cette décision ne sera pas rendue publique devant l'assemblée afin d'éviter toute contestation.

— Qu'il en soit ainsi par la grâce de Dieu, répondirent Frodoi et les Bellonides.

Hincmar s'approcha de son copiste personnel qui notait les propos ; il les coucherait ensuite sur le papier. Il lui dicta : *Et per alios secrete dispositos…*

Ces « autres dispositions secrètes » modifieraient le cours de l'histoire pour les comtés de la Marche hispanique.

Ils quittèrent la sacristie et reprirent leurs places dans l'assemblée. Hincmar de Reims, Boson de Vienne, Bernard Plantevelue, Richilde de Provence, Isembard de Tenes, Frodoi, Guifré, le roi Louis, Hugues de Welf, Théodoric, le pape… tous savaient que cette histoire était loin de se terminer.

LA TERRE MAUDITE

De nouvelles conjurations, de nouvelles alliances, intrigues et trahisons, de nouvelles luttes et aventures étaient écrites dans le grand livre de Dieu pour ces temps obscurs. Ces faits affecteraient dans son entier l'univers de la chrétienté ainsi que de grandes âmes, telles celles d'Elisia, d'Oriol, d'Astrald, de Jordi et de Leda, d'Emma et de Gauderic. Mais Barcelone vivait.

80

Isembard tressaillit en entendant sonner les cloches de la nouvelle cathédrale. Elles annonçaient le couronnement du comte de Barcelone. Lui-même était arrivé en ville la veille pour être présent, comme il l'avait promis à Guifré d'Urgell lors du plaid de Troyes.

Il se pencha à la fenêtre de la demeure que son épouse avait acquise pendant son séjour à Barcelone. De là, il apercevait la basilique de la Santa Creu y Santa Eulàlia baignée par la lumière orangée du soleil d'automne. Il prit une inspiration profonde; le tintement insistant des cloches ramena à sa mémoire le souvenir de Santa Afra, quand la cloche du monastère tintait et que sa sœur et lui devaient cesser sur-le-champ ce qu'ils faisaient pour courir assister à la prière. Rotel quittait les vignes l'air maussade, moins encline à suivre la routine du monastère. Le chagrin l'envahit, mais ce n'était pas le moment de se laisser dominer par la souffrance.

Une foule formait déjà une haie d'honneur sur le trajet emprunté par Guifré le Velu jusqu'à la nouvelle cathédrale. Les membres de la garde, les officiers, et la plupart des familles de la noblesse, richement parées, étaient rassemblés devant le palais comtal.

Oriol s'approcha d'Isembard. Il ne portait plus l'épée ni la cotte de mailles, seulement une élégante tunique marron et une cape foncée, ce qui n'empêcha pas les soldats de le saluer d'un air martial et avec un profond respect. Elisia, vêtue d'une robe de lin bleue et d'une épaisse cape de laine, marchait près de lui. Un groupe fourni d'hommes, de femmes et d'enfants les suivait; ils travaillaient tous au Miracle. Isembard avait le cœur lourd. Elisia, enfin maîtresse de son existence, était remarquablement sereine. Elle leva les yeux et l'aperçut à la fenêtre. Elle lui sourit tendrement et, levant la main, elle bougea les doigts. Elle était guérie. Il hocha la tête, apparemment joyeux, et ils se regardèrent un temps qui dura une éternité. Aucun des deux n'oublierait jamais tout ce qui s'était passé depuis qu'ils s'étaient rencontrés à la porte de l'Onyar, à Gérone. Ils revirent chaque baiser et chaque caresse, mais ils ne franchiraient plus jamais la ligne. Un même sentiment leur chaufferait le cœur et seul le temps en refroidirait les braises. Ils en avaient décidé ainsi, et Dieu les avait bénis avec sérénité.

Elisia pencha la tête dans une expression de gratitude, et rejoignit Oriol.

— C'est l'heure, mon époux! s'exclama Berthe derrière Isembard.

Il se retourna et lui sourit, gardant ses sentiments pour lui. Il l'admira. La jeune mère était superbe, avec sa jupe en soie incarnate et sa coiffe blanche ornée de dentelle dorée que deux esclaves l'avaient aidée à poser sur ses cheveux. Berthe avait perdu sa candeur juvénile. Elle lui avait pardonné et était toujours disposée à construire avec lui le lignage de Tenes et Orléans. Son époux alliait désormais à son prestige de capitaine de *scara* une bonne connaissance de la cour et des maisons de l'aristocratie, un élément indispensable pour prospérer dans cette jungle périlleuse.

— Ma dame, dit-il gaiement.

Il attacha son épée à son côté et ils descendirent l'escalier pour sortir ensemble. Sur la place, Airado s'approcha d'eux en compagnie de chevaliers de l'armée de la Marche. Un bandage très voyant entourait la tête du jeune soldat. La tension avec les Sarrasins s'était accrue avec l'arrivée au pouvoir d'un comte prêt à repeupler la *terra nullius*. Les blessures étaient la rançon d'une violente escarmouche à la frontière. Ce conflit allait perdurer longtemps.

Lorsque Guifré d'Urgell apparut sous l'arcade du palais comtal, une immense ovation retentit. Le comte était revêtu d'une luxueuse tunique noire rivetée de métal poli et il portait l'épée à la ceinture. Derrière lui, son épouse, Guinedilde d'Empúries, arborait une jupe en soie couleur turquoise qui soulignait sa grossesse avancée.

Deux mois après sa nomination à Troyes, le fils de Sunifred, petit-fils de Bellon de Carcassonne, allait être couronné comte de Barcelone. Selon le nouveau droit, ses descendants lui succèderaient sans autorisation royale préalable. Beaucoup pleuraient de joie tandis que certains demeuraient méfiants, tout étant trop éphémère dans la Marche hispanique.

Les frères et sœurs de Guifré ainsi que leur mère, Ermessende de Carcassonne, fière et un peu nostalgique, suivaient le comte. Ce dernier chercha Isembard des yeux. Le capitaine s'approcha de lui.

— Le vœu s'est réalisé, monsieur le comte, mais sachez que ce n'est que le début.

— Que Dieu bénisse ce début, que je vous dois, à toi, Isembard, et à d'autres…

Souriants, ils admirèrent le porche de la nouvelle cathédrale et l'élégant arc à voussoirs noirs et blancs. Le temple possédait autant de personnalité que son promoteur.

La basilique de la Santa Creu y Santa Eulàlia de Barcelone vibrait en ce moment historique, comme si elle avait été bâtie pour abriter ce couronnement, alors que ses pierres emmagasinaient une histoire autrement plus longue. Elle avait été érigée au cours de décennies où Barcelone aurait pu à tout moment être détruite et disparaître, comme quantité de cités de la Marche. Elle avait été totalement abandonnée pendant de nombreuses années, puis elle avait connu une époque d'activité fébrile. L'édifice était enfin achevé et la ville en était fière. Dans ses fondations reposait la majestueuse Barcino romaine. Ce jour-là, les cloches annonçaient à la volée que, bien que pauvre et dépeuplée, Barcelone, toujours debout, avançait vers le premier millénaire.

Consacrée pour l'occasion, la cathédrale s'était remplie dès le matin. Outre la beauté de ses fresques et de ses chapiteaux ornés, on admirait les arcades étincelantes, splendides dans leurs ornements de toiles sang et or. Quand la porte s'ouvrit pour recevoir le comte, la lumière du soleil illumina la nef centrale jusqu'au presbyterium, où elle fit chatoyer la chasuble de soie et de perles de l'évêque Frodoi ; elle était digne d'un pape. La mitre sur la tête et la crosse à la main, il attendait sur la dalle qui avait été le témoin de toutes ses peines et inquiétudes. Il avait ordonné de ne pas y toucher. Le chœur entonna un cantique qui résonna sous les voûtes, et un brouillard d'encens emplit le temple.

Les habitants avaient pris place en fonction de leur lignage et de leur position sociale. Près du presbyterium se tenait la noblesse, derrière les hommes et les femmes libres de Barcelone, au fond les domestiques et les serfs. Des centaines de regards admiraient le résultat de la ténacité de l'évêque qui avait permis l'érection de cette cathédrale qui traverserait les siècles. Frodoi chercha des visages connus parmi la foule. Goda se trouvait dans le groupe des notables, vêtue de noir, hautaine et fière, à côté de sa fille Argencia et d'Ermemir. Devant se dressaient Isembard, sa jeune épouse Berthe et les Chevaliers de la Marche. Plus loin, près d'une colonne, il aperçut Elisia et Oriol, qu'il marierait bientôt, pour son plus grand bonheur. Il reconnut également plusieurs des premiers colons et il en fut ému. Avec ses *fideles*, il avait grandi, comme homme et comme évêque, dans la plus lointaine cité de l'empire.

Les comtes déposèrent des fleurs et des cierges en offrande sur la *confessio* de santa Eulàlia avant de prendre place sous le baldaquin près de l'autel en pierre. La messe commença avec la solennité qu'aurait exigée Servusdei. La célébration dura plusieurs heures, ce qui ne s'était jamais vu dans la ville. À son paroxysme, Frodoi leva la couronne en métal du comté de Barcelone tandis que le chœur entamait un chant de gloire. Il la montra aux Barcelonais avant de la poser lentement sur le front de Guifré. L'ovation de l'assistance emplit le temple et une larme coula sur la joue du prélat, profondément ému. Il était Frodoi, évêque de Barcelone, et par ce couronnement il avait enfin accompli la volonté impénétrable de Dieu.

Épilogue

Quelques jours plus tard, Frodoi offrit un dîner dans son palais pour ses amis les plus proches, dont Goda. Lorsqu'elle le pria de l'excuser car elle souhaitait se retirer dans ses appartements, Jordi la conduisit discrètement jusqu'à la somptueuse chambre du prélat. L'évêque ne tarda pas à la rejoindre ; ils en étaient convenus en secret, et ils s'aimèrent tendrement, comblés de bonheur, loin enfin de toute adversité.

Goda étaient étendue sur la couche, les flammes de la cheminée se reflétant sur sa peau nue. En caressant son corps, Frodoi prit conscience du temps qui avait passé. En dépit de tout, ils étaient là, ensemble, l'âme marquée de profondes cicatrices mais unis par un sentiment dont la puissance et la force dépassaient leurs propres personnes.

— À quoi penses-tu ? lui demanda-t-il, devant le sourire qui éclaira soudainement le visage de son aimée.

— Ton nom restera inscrit dans l'histoire de cette terre, Frodoi. Tu le sais, n'est-ce pas ? Le mien, en revanche, se perdra dans les brumes du temps.

Une vague d'amour secoua l'évêque.

— Un homme est poussière et redevient poussière. L'âme, elle, perdure, Goda de Barcelone. La tienne vivra ici tant que cette ville restera debout.

Elle se redressa et l'enlaça, le serrant contre elle comme si elle voulait se fondre en lui.

— Je t'aime, maudit évêque, murmura-t-elle en cherchant ses lèvres.

*Hic resquiescit beata Eulàlia martyris Christi qui passa
est in civitate Barchinona sub Daciano preside II Idus februarias
et fuit inventa Frodoino episcopo cum suo clero intra domu
Sancte Marie X Kalendas novembras Deo gratias.*

« Ici repose la bienheureuse Eulalie, martyre du Christ, qui mourut dans la ville de Barcelone, sous le gouvernement de Dacien le 2 des ides de février (12 février) et fut trouvée par l'évêque Frodoi et son clergé dans l'église de Santa Maria le 10 des calendes de novembre (23 octobre) grâce à Dieu. »

Texte de la pierre tombale gravée sur une dalle de marbre à l'époque de l'*inventio*. Elle est actuellement conservée dans la cathédrale gothique de la Santa Creu y Santa Eulàlia de Barcelone, agrafée sur le mur central de l'abside de la crypte, sous le grand autel.

Contexte historique

Ce roman se déroule dans la seconde moitié du IXe siècle, au cours de deux décennies cruciales pour l'histoire de Barcelone et des comtés de la Marche hispanique connus, des siècles plus tard, sous le nom de Vieille Catalogne.

Il est difficile aujourd'hui d'imaginer Barcelone isolée à la frontière du Llobregat, là où commençait l'émirat de Cordoue, à l'ultime extrémité d'une vaste *terra nullius*, véritable no man's land. Exposée aux razzias sarrasines et aux révoltes provoquées par les comtes, la dernière ville du Saint Empire romain résistait derrière ses puissantes murailles. D'autres villes telles Egara ou Ausa, les actuelles Tarrasa et Vic, ainsi qu'Empúries disparurent.

La Barcino romaine avait décliné jusqu'à devenir une localité rurale à la population estimée à mille cinq cents habitants environ. L'ancien tracé perpendiculaire, les temples et le vaste forum n'étaient plus que potagers et vergers, ruelles étroites et sinueuses, maisons de pierre de récupération et de terre. Appelée Barchinona, elle se traversait en moins de cinq minutes à pied, au IXe siècle. Ses seuls bâtiments notables étaient les églises des Saints Just et Pasteur, et de San Miguel, toutes deux wisigothes, ainsi que le complexe épiscopal d'époque préromane et le palais comtal. De part et d'autre des murailles, venant des hauteurs et descendant vers la mer, deux ravines – *ramblas* – allaient déverser leurs eaux dans des marécages et dans une lagune surnommée Cagalell, près de la mer. Il existait des petits faubourgs et plusieurs monastères et églises, comme celle de Santa Maria, qui deviendra plus tard Santa

Maria de les Arenes, puis Santa Maria del Mar, où se trouvait alors la ligne côtière. Quelques-uns des très rares vestiges de cette époque sont conservés, et visibles au musée d'Histoire de Barcelone (MUHBA).

Le roman puise dans l'épisode de la renaissance historique de Barcelone et des Bellonides, descendants de Bellon de Carcassonne. Son petit-fils, le légendaire Guifré le Velu, fut à l'origine de la dynastie de rois qui perdurera avec la Couronne d'Aragon jusqu'en 1412.

Dans la trame romanesque, des personnages de fiction côtoient des personnages historiques comme l'évêque Frodoi, Hincmar de Reims, le roi Charles le Chauve ou les membres des différentes maisons aristocratiques : les Bellonides, les Rorgonides avec Bernard de Gothie, ou les Bosonides, avec le duc Boson de Provence et sa sœur, l'ambitieuse reine Richilde ; dans sa chronique, l'archevêque Hincmar rapporte les relations incestueuses avec son frère Boson.

Les conspirations, les trahisons et les rébellions eurent réellement lieu, tout comme l'appropriation par Richilde des *regalia*. Dans le récit, l'action dépasse les limites de la ville de Barcelone afin de montrer les jeux de pouvoir à l'œuvre dans le dépeçage du Saint Empire romain. De fait, les conditions du mouvement vers l'émancipation des comtés de la Marche hispanique furent favorisées par une conjonction d'éléments dont la crise de la succession des Carolingiens, l'ambition des maisons aristocratiques et les menaces extérieures.

Le roman comporte des éléments de pure fiction, à commencer par les Chevaliers de la Marche dont l'existence s'inspire de la présence attestée dans les montagnes catalanes d'un petit nombre de membres de la classe nobiliaire, appelés dans la documentation carolingienne *milites hispani maiores*, à distinguer des *milites hispani menores* qui comptaient des paysans parmi eux.

Concernant le calendrier des saints utilisé pour désigner certains jours de l'année, nous avons pris en compte le calendrier franco-mozarabe, réalisé à des dates proches des faits relatés, et conservé à la cathédrale de Barcelone.

L'agrandissement de l'ancienne cathédrale attribué à l'évêque de Barcelone sera suivi d'autres, aux périodes respectives de l'art roman puis gothique. Cette dernière existe toujours, au même emplacement. Depuis Frodoi, la cathédrale porte le nom de la Sainte-Croix et de Sainte-Eulalie, et elle renferme les restes mortuaires de la martyre, dans la crypte, comme si la ville restait fidèle à une vieille promesse. On est encore surpris de lire, dans des récits sur cette époque, que l'archevêque Sigebode échoua à déplacer les ossements de la sainte à Narbonne comme il le souhaitait, et que Frodoi les découvrit trois jours plus tard et les fit transporter dans la cathédrale.

La plupart des chercheurs situent l'*inventio* des reliques de sainte Eulalie à la fin de l'année 877, même si l'année suivante est parfois indiquée. La date n'est pas anodine. Avant de partir pour l'Italie, le roi Charles le Chauve donne dix livres d'argent à l'évêque Frodoi pour les travaux de sa cathédrale, remerciant ainsi les Barcelonais de leur loyauté. Le roi meurt peu après dans les Alpes (dans des circonstances plutôt obscures), et l'événement déclenche la rébellion des Bosonides et de leurs alliés. C'est alors que se produit l'*inventio* de sainte Eulalie dans une cité loyale à la Couronne. Les nobles rebelles font marche arrière devant Hincmar de Reims, et seul Bernard de Gothie persiste dans la révolte. Il finit isolé à Autun, excommunié, dépouillé de ses titres et oublié de l'histoire.

Certains spécialistes considèrent que ces faits sont liés entre eux, ce qui les conduit à soutenir l'hypothèse que c'est l'immense émotion produite dans le royaume par l'*inventio* qui mit fin à la révolte destinée à démembrer les territoires de Francie et d'Italie. Ceci expliquerait également que l'héritier Louis le Bègue ait établi un droit héréditaire dans les comtés de la Marche hispanique, en contrepartie de la loyauté barcelonaise, à travers une disposition secrète et à l'encontre de la tradition carolingienne. Cette disposition fut prise au cours du plaid de Troyes, le 11 septembre 878, jour historique pour la Catalogne. Barcelone, qui paraissait condamnée à dépérir et disparaître, entama sa marche vers la splendeur atteinte des siècles plus tard.

Ce roman contemple la possibilité que des événements survenus dans le recoin le plus reculé du royaume aient affecté l'empire dans son ensemble, et il remplit grâce à l'imagination les vides que la documentation et les preuves archéologiques n'ont pas encore comblés par leurs révélations.

Quoi qu'il en soit, les événements, les récits et les légendes qui sont parvenus jusqu'à nous sur cette époque convulsée et énigmatique laissent à penser que ce qui a dû réellement se passer l'emporte sans nul doute en intensité et en dramatisme sur les aventures racontées dans ce livre.

Table

La photocomposition de cet ouvrage
a été réalisée par
GRAPHIC HAINAUT
30, rue Pierre-Mathieu
59410 Anzin

MIXTE
Papier issu de sources responsables
FSC® C003309
FSC
www.fsc.org

L'Éditeur de cet ouvrage s'engage
pour la préservation de l'environnement
et utilise du papier issu de forêts gérées de manière responsable.

Cet ouvrage a été achevé d'imprimer en mars 2020
sur les presses de Normandie Roto Impression s.a.s.
61250 Lonrai (Orne)
N° d'édition : 58975/01 - N° d'impression : 2000791

Imprimé en France